亲亲我的狼妮

悟 君 著

中国文联出版社

图书在版编目（CIP）数据

亲亲我的狼妮 / 悟君著 . -- 北京：中国文联出版
社，2023.3
ISBN 978 - 7 - 5190 - 5117 - 4

Ⅰ.①亲… Ⅱ.①悟… Ⅲ.①长篇小说—中国—当代
Ⅳ.①I247.5

中国国家版本馆 CIP 数据核字（2023）第 034575 号

著　　者　悟　君
责任编辑　胡　笋
责任校对　龚彩虹
装帧设计　中联华文

出版发行　中国文联出版社有限公司
地　　址　北京市朝阳区农展馆南里 10 号　　　　邮编　100125
电　　话　010 - 85923025（发行部）　　　　010 - 85923091（总编室）
经　　销　全国新华书店等
印　　刷　三河市华东印刷有限公司

开　　本　710 毫米×1000 毫米　　　1/16
印　　张　23
字　　数　349 千字
版　　次　2024 年 1 月第 1 版第 1 次印刷
定　　价　95.00 元

目　录
CONTENTS

01　月光下的相思曲

这天夜里，天上挂着一轮皎洁的月亮。

大山里的肉食动物们都出来了，它们没有什么"日出而作，日落而息"的概念，每每夜幕降临的时候，便会兴奋得嗷嗷直叫，摩拳擦掌、活蹦乱跳，因为每一个夜晚都是丰收宴，可以放开手脚去狩猎，敞开肚皮吃大餐。白天的时候，它们要尽可能躲开明亮的太阳，钻进隐秘的巢穴中去睡觉，这会儿早已经养足精神，铆足气力，而且喉咙干渴想喝血，肚子饿了要吃肉，迫不及待地就要踏上征程了！食草类的动物当然也喜欢在夜色中活动，只是必须要小心翼翼，东躲西藏，绝对不能得意忘形，渴了就喝两口泉水，饿了就吃一点青草，情绪不错时还可以找自己的伙伴卿卿我我，只是要时时刻刻提高警惕，当心大山里的掠食者，一旦发现不妙，掉头就跑！四条腿的动物大体上就是这副德性，长翅膀的可另当别论，因为鸟儿们的特性大多和人类差不多，喜欢日出而作，日落而息，当然这中间也有个别的例外，如猫头鹰喜欢晚上抓耗子，蝙蝠们也喜欢在黑暗中翱翔抓虫子。

天下的事情就是这样，万万不可一概而论。

红毛小狼女和她的两个小伙伴，也就是两只眼下差不多成年的小黑狼，他们的生活习性格外的与众不同，白天躲在一片茂密的竹林里，并不是一直老老实实在睡觉，不，他们干的事情绝对惊世骇俗，尤其会让野生动物们大跌眼镜，如采花扑蝶、戏水抓鱼，吃点蘑菇，嚼根竹笋，总之是困了就睡，醒了就闹，自由自在、无拘无束，且不说情商不高的凶禽悍兽了，就连那些古希腊神话中的美丽女神们都羡慕不已，瞧这些自由自在的孩子们，东方世界的神秘元素，月亮山里的精灵古怪，果真如青竹一样的爽直，山风一样的率真，云朵一样的飘逸，天使一样的可人，甜蜜怡人、酒香醉人、生生不息、快乐无穷！

就这样，近朱者赤，近墨者黑，那两只小黑狼居然也成了一对杂食者，就像我们人类一样了。

杂食者，因为食物来源比较广泛，所以活得十分轻松。

月上中天的时候，那个美丽的小狼女，还有两只活泼的小黑狼，却不折不扣地遵守了黑狼家族的生活传统，在一片芳草萋萋的山坡上抓了两只大青兔，还有一只小黄羊，两只大青兔被他们分而食之，那只小黄羊却一直被放在一边，潜意识里他们还有一件事情要做，就是要为自己生命中最重要的朋友准备一份食物，可是直到他们各自都吃饱了，准备要进入下一个环节了，这才恍然大悟，却是物是人非，他们最为倚重的那个人早就不知道跑哪旮旯儿去了，这只新鲜的小黄羊，又应该送到哪里去呢？

月色朦胧的山野中，那声声狼嚎全是呼唤。

至亲至爱的花毛哥哥，如今你到底身在何方？

月亮河边的野人广场上，那一尊用黄铜铸造的光头小子，拉开了一副正在施展飞石神功的架势，惟妙惟肖、栩栩如生，果真就是你吗？

月亮山里的百姓们，为什么会为你铸造铜像呢？

那铜像看着很眼熟，真的很像你，只是有一个致命的弱点，那就是一根毛发也没有了，这怎么可能？大山里的野生动物们，炫耀的就是那一身健康的皮毛，暑天遮阳伞，寒冬身上衣，战场上就是一身铠甲，睡眠中更是贴身的被褥，如今你丢掉了浑身的毛发，绝对违背了生命的规律，是山野生命的大忌呀！

美丽清纯的红毛小狼女，忽然用双手捂住面孔，哽咽失声了。

花毛哥哥，你知道吗，红毛妹子在想念你？你是我们这一群浪迹山林的小兄妹中，最最令人无法忘记的那个人，我们的领头大哥，我们的恩人，我们的兄长，我们的灵魂！在那个令人魂牵梦萦的多孔狼山时代，你就是一个无所不能的奇迹，一个充满诱惑的谜。后来就是天塌了，地陷了，狼山上的天坑喷水了，黑狼家族全军覆没了。那时候，虽然你自己也只是一个孩子，却分外倔强地挺起了脊梁，舒展手臂搂住了一群大山的遗孤，带领大家走进了茶花洞时代，那是一个多么令人难忘的时光呀！你每天分外刻苦地学狼嚎，却不忘充分发挥自己的语言天才，让小弟小妹们听人话、学人言，自小就为大家打好基础，憧憬着有一天能走出大山！只是世事难料啊，花毛哥哥，谁料那三条腿的老虎就在茶花洞附近也会被人击杀？你明明是要去找猎人寻仇，偏偏还会和那猎人结伴，被一群穿制服的枪手苦苦追赶，居然会慌不择路地在大山里逃难？也许是情势所迫，你实实在在别无选择，只得把那猎人领进了茶花洞，可接下来的变化实在是匪夷所思啊，我们的花毛哥哥不见了，茶花洞里走出一个衣帽光鲜的光头小子，最最令人咋舌的还是那个猎人，他居然变成了一个赤身裸体茹毛饮血的野蛮人，挥着一柄石头的斧子，骑着一只金钱豹，居然在那里叱咤山林，称霸一方，这难道还算不得是一个奇迹吗？只是，见证奇迹的时刻却迟迟没有到来，红毛妹子也是心欲碎，泪长流，正领着一对黑狼兄妹在大山里苦苦奔走，要找回自己的花毛哥哥！每每，听到那中气十足特别圆润的狼嚎声，那别具一格的风味立刻就让大家明白了，这是花毛哥哥在呼唤，弟弟妹妹们应该赶快追上去！可是，远远瞧见那个穿衣戴帽的时髦小哥，大家的脚步立刻就会变得迟滞了，因为大山的子民都是毛发茂盛的，所有的生命法则和美学观念都离不开那一身飘逸出尘的毛发，花毛哥哥怎么可能会没有毛呢？这不是滑了天下之大稽吗？每每红毛妹子和狼弟狼妹落荒而逃，却没有一丝一毫搞笑的成分，那是毫不含糊的心生恐惧，是不可抗拒的丛林法则，野生动物们的天性使然哪！只是，那一份深深的思念，共血肉同在，伴灵魂飞翔，一息尚存，不绝如缕，总是让人欲罢不能、穷追不舍、寝食难安、别无选择！于是，每当那别具一格的狼嚎声在跌宕起伏的山风中披靡而行的时候，青山会侧耳聆听，飞瀑会停止弹琴，白云会徘徊不前，流水会汩汩涌动，红毛妹子和两只小黑狼自然也责无旁贷，只能率性而为，御风而行，恨不得立时三刻就能见到自己的花毛哥哥，那是蜜蜂对鲜花的甜蜜思念，是鱼儿对流水的喋喋有声，花毛哥哥，不要走开，等等我们！山风里传送着爱的呼唤，黑夜里梦呓着太阳的光明，红毛妹子他们终于找到了那个香椿树下的青石小院，和那个睡梦中的人儿互动交流，这时候已经确信无疑了，能发出那种别具一格的狼嚎声，这世上只有一个花毛哥哥，可青石小院中那位锲而不舍的要在睡梦中诉说衷肠的人，却只能是那位光头小子，人生就是这样无奈，不是神灵欺骗了眼睛，就是眼睛戏弄了灵魂！红毛妹子他们选择了什么？红毛妹子他们还有选择吗？这中间丝毫也没有理智的参与，完全是情感在起作用，一群大山里的小精灵，只愿意活在自己的愿望中，每天在山野中狩猎美味，秉夜送到了那青石小院的门前，只愿自己的花毛哥哥活得快乐，身心健康，无忧无愁，至于那个光头小子，还是不见也罢，不要破坏了心灵的平衡，一切顺其自然就行。可是，又有谁能预料得到，这竟是一个荒谬不堪的决定？就在那个黎明之前，青石小院门前一声爆响，红毛妹子和两只小黑狼落荒而逃，这就是一个十分惨痛的教训，大山里的野生动物们实在是不了解人世的险恶，总是一厢情愿，出于本心，却不料好心办了一件坏事情，让那香椿树下青石小院大祸临门！

红毛妹子悲痛不已，娓娓诉说。

两只黑狼并肩而立，昂首望月，长嚎裂云。

月上中天的那一会儿，也正是黑狼一族引吭高歌的时刻，礼赞天上的明月，倾诉自己的命运，这是一种祭祀，也是一种抒情。事实上就是这样，狼也有情，虎也有情，狮子也有情，豹子也有情，所以佛教的法典把一切有生命的动物称之为有情，从外形上区分，长着眼睛的就是有情，应该得到保护，不许随意杀生。

可此时此刻，红毛妹子和那两只小黑狼对自己的歌咏活动却用意极深，的的确确是情之所系，有感而动，就是一曲追逐着万里长风的山林咏叹调，要向大地长天求公道，芸芸众生诉衷情……

就是那青石小院门前的一声爆响，粉碎了月亮大山那个用情至深的老人童话，红毛妹子他们从此以后再也没有听到过那别具一格的狼嚎声，专属于花毛哥哥的狼嚎声！大家都被吓坏了，只能远远地逃走了。终于等到风平浪静的那一天，小伙伴们忘不了自己的花毛哥哥，自然还要去寻找那个曾经的梦境，可是生活中那个真实的光头小子也消失不见了！后来，就是月亮河上架起了一座公路大桥，大桥的这一边就是月亮山野生动物保护区，这里没有能够跑车的公路，紧挨着月亮河大桥的只是一座寻找野人的主题广场，广场主题可以一目了然，就是那矗立在广场中央的铸铜塑像，一个拉开了架势正在施展飞石神功的光头小子。红毛妹子一眼就把他认出来了，正是那个光头小子啊！

那亲亲的花毛哥哥哟，你从此就变成了这么一座铜铸的光头小子了？

尽管是这样，红毛妹子和那两只小黑狼终于还是找到了情感的寄托，每天夜晚都会情不自禁地走过去，就围绕着那一座英俊的铜像，久久徘徊，舍不得离去。

这件事情尤为奇特，就像神话传说中的故事，让人倍感新鲜，且又困惑不已，这世界，执意就是要和大家开个玩笑吗？生活是真实的，实实在在，而又扑朔迷离，每一步都能踩在坚实的地面上，只是大山游移若隐若现，风声鹤唳真假难辨，可亲可敬的花毛哥哥变成了光头小子，光头小子又变成了铜像，铜像的明天又会变成什么呢？这会是一个永久的存在吗？不会一觉睡醒了，又成了一个昔日的旧梦？真的，这好像就是为了宽慰人们的思念，是一个理想的存在，一个神奇的存在，可绝对不是永久的，不会一成不变的，地球上的故事统统都是这副德性，所以红毛妹子他们必须抓住时机，珍惜当下，要给那铜像摆上最好的献祭，表示最大的敬意，要把心中的思念坦陈天地之间，分分秒秒，弥足珍惜！

可是花毛哥哥你知道吗，红毛妹子他们正在涉猎着一场多么危险的游戏？云雾崖的变化也是日新月异，只是人心变得越来越邪恶了，黑夜中总是隐藏着偷窥的眼睛，那种种险恶用心让人不寒而栗。就在那一方月亮河畔的主题广场上，那一尊光头小子神勇传奇的铜像下，山民们会迫不及待地抢走红毛妹子他们捎给花毛哥哥的猎物！也许，这是可以理喻的，因为肉食祭品终究会被人吃

4

掉的，而人性的弱点就在这里，大家每时每刻都想占点小便宜，这事可以姑且不论了，只是还有更为可怕的凶险在周围游弋，那就是山民们的土炸弹，和那出现在青石小院门前一模一样的土炸弹，又被人安放在铜像的近前！还有肩扛土制火铳的猎人，浑身充满凶杀之气，随风就会飘出一股呛人的火药味，那更像是一道摆脱不掉的魔影，一直尾随着红毛妹子他们，就像一条悄无声息的毒蛇在大山间游走，一有机会便会亮出毒牙，咬上一口便会让人毙命，没有理由，不容分说！

红毛妹子和她的小伙伴们，只能远远逃离那个野人广场了。

这就是野生动物们的现实世界，自由的生命受到威胁，高尚的情操受到制约，美好的存在总是会被邪恶击碎，红毛妹子他们无力抗衡，只能闻风而逃，遁入山林，虽然心犹不甘，意犹未尽，只是自己力量羸弱，无法改变强悍的现实，根本就不是人家的对手，又奈之若何？

红毛妹子抬手擦了擦泪水，慢慢站起身来，看情形，这是要走了。

两只黑狼也赶紧围了过来，互相闻了下鼻子，便合力地用嘴叼起地上的黄羊，这也是一种习惯的认知，在月亮下面唱完歌了，接下来的任务就是去寻找或者拜望花毛哥哥了。

红毛妹子连连摇头，让它们把黄羊给放下了。

红毛妹子的嗓门里低低地发出狼嗥声，明白无误地告诉它们，不用带猎物了，那个主题广场的周围潜伏着坏人，贸然行事，十分危险，它们根本就接近不了那尊铜像，这礼物带过去又献给谁呢？眼下已经是下半夜了，夜深人静的时刻，大家过去走一走，也只能悄悄地接近主题广场，远远地看一看那广场上的铜像，表示对花毛哥哥的那一份思念，也就算是不错了，可以于心稍安了。

两只黑狼听明白了，便乖乖地放下黄羊，呜嗷地一声大叫，便率先跑开了。在山野里撒欢，人的速度根本就无法和狼相比，所以两只黑狼一直喜欢一马当先，当然，如果有必要的话，它们也会在前面老老实实地停下来等待，如果等得不耐烦了，还会一溜烟地跑回来，就这样来来回回，不辞辛劳，也乐在其中，十分开心。

红毛妹子也不急不忙地跟在后边，知道走下这面山坡，穿过前面的深谷，傍着山脚绕过那片茂密的林地，那光头小子的塑像便可以遥遥在望了，两只黑狼一定就会在那里等着自己，这事是不用着急的。

月光下的山林，隐隐约约地充满了种种稀奇古怪的声音，近处有小虫唧唧，远处有林涛阵阵，还有猛兽得意忘形地嚎叫，食草动物们无可奈何地哀鸣，被惊扰的夜鸟也会发出梦呓，高远的夜空中还有鹤唳声声、雁鸣阵阵，只是所有的声音听上去都不甚清晰，感觉若有若无，充满梦幻色彩，所以夜晚的基本格调并没有被全然破坏。夜晚就是夜晚，月朦胧，鸟朦胧，即便你是真实地醒着，正在操劳着自己的事情，可也总是感觉着不是那么真实，充满了一种随意性，好像一直在梦中。

红毛妹子一边往前走，一边聆听着夜的声音。

在这林林总总的大千世界里，她要时时留心两只黑狼一路跑去的动静。

夜色游移，梦幻瞳瞳：人的夜视能力其实看不出多远，还必须要借助于听觉，分辨着周边世界的各类信息，尤其是那两只黑狼的声息，可以帮助她辨明方向，追踪而行。

翻越一道山壑的时候，她忽然停住脚步，足足迟疑半晌，那两只小黑狼怎么了？怎么忽然听不到动静了？

很快地，答案就出来了，响起了一阵迅疾的狼蹄声，两只黑狼正在飞快地向她跑来，明白了，这一对调皮鬼是成心要捉弄她一番，忽然停住了所有的动作，就等着看她着急的样子，果真知道她担心了，又不顾一切地往回跑，跑到她附近也不打招呼，只是绕着她身边兜圈子，一连转了好几圈，这才又继续往前跑，一溜烟地又没影了。

两只黑狼长大了，感觉是越来越调皮了。

红毛妹子摇摇头，叹口气，呸了一声，又咯咯一笑，继续追着那两只黑狼的声息往前走。

就这样，走出那片山谷，绕过那片密林，傍着一处山脚，走上一条弯弯曲曲的林间小道，这小道很隐秘，极狭窄，两边灌木丛的枝条时不时地就会打到自己的身上，而且有时候还要弯下腰身，从拦路的大树枝下钻过去，这是普通人的肉眼根本就分辨不出来的路，是山野动物们自己踩踏出来的路。当然，如果你也乐意把它称呼为路的话。有人说过，这世上本无路，只是人们走多了，那道路也就出来了。红毛妹子暗自觉得好笑，情不自禁地又摇了摇头，因为山野中的道路绝大部分都不是人类走出来的，而是形形色色的野生动物们在灌木和荆棘中蹚出来的，所以，最准确的说法应该是这样的：这世上本无路，大大小小的动物们走过来，种种奇形怪状的小路也就出来了！

可是，红毛妹子突然激灵灵地打了个寒战，脸上的笑容也冻僵了，好像是那两只黑狼出事了，它们这会儿不再是恣意地跑来跑去了，不，好像是突然就掉进陷阱里，那声音沉闷得就像是从地下传出来，惊慌失措，哀哀嚎叫！

红毛妹子跌跌撞撞地往前跑去。

果然，就在这条普通人的眼睛根本就分辨不出的兽径小道上，居然被人设置了一个隐秘的陷阱！这会儿陷阱已经塌陷下去了，两只小黑狼掉到了陷阱下面，大约离地面有三米多深的样子，两个家伙好像也没有受伤，只是干着急上不来，红毛妹子赶紧喝止它们，让它们不要狂嚎乱叫了，这样很容易惊动猎人，那就是找死了！

两只小黑狼还很听话，立刻就乖乖地闭上嘴巴。

红毛妹子在周边山野中转了一圈，想寻找一些趁手的工具，帮助两只黑狼从陷阱中逃出来，后来发现了两棵碗口粗的树棍，好像是猎人挖陷阱的时候就使用过的工具，陷阱挖得很深，那猎人自己也是要爬上爬下的，这两根树棍大概就是为自己设置的梯子吧？红毛妹子便把那两根树棍拖到了陷阱跟前，把树棍的一头放进陷阱的里面，两根树棍并排地放在一起，看上去也就很像是一个像模像样的梯子了，可惜狼儿们根本就是不会爬树的，它们只会垂直跳高，不懂得利用斜面攀爬，红毛妹子也是情急无奈，只好自己先顺着树干爬下去；然后在陷阱的下边给两只黑狼做示范动作，又是推，又是搡，好不容易把两只黑狼引上了正道，等两只黑狼连滚带爬地爬上陷阱之后，红毛妹子自己也手足并用地往上爬，可刚刚爬到一半的时候，忽然响起了一道震耳欲聋的枪声，心惊肉跳的红毛妹子真的是被吓坏了，手脚好像也都不当家了，竟又重重地掉落陷阱中！

两只黑狼哀嚎着，渐渐地跑远了。

红毛妹子瑟瑟颤抖着，蜷缩在那陷阱的下边。

一个猎人出现在陷阱的上面，乌黑的枪口直直地指向陷阱里的红毛妹子。

这时候，已经大天四亮了。

02 设置陷阱的白面书生

红毛妹子仄起面孔，自下而上地仰视着陷阱上面的那个男人，那男人手中的猎枪足以证明自己的身份，这就是猎人，挖陷阱的猎人，放炸弹的猎人，布置钢铁兽夹的猎人，一门心思要把野生动物们赶尽杀绝的猎人！红毛妹子恨恨地咬了咬牙，可旋即却又使劲地摇了摇头，因为她发现了一个不可思议的地方，那猎人并不是想象中的那般凶神恶煞，或者面目猥琐，令人恶心，不，那猎人居然是一位白面书生，看上去天庭饱满，地阁方圆，挺拔的高鼻梁，标准的国字脸，一双剑眉左右高挑，乌亮的眸子精光闪闪，因为颌下无须的缘故，看不出那男人的真实年龄，至多也就40来岁的模样，只是身高伟岸，至少有1米85的个头，这在山民们当中也实属少见，刚巧这会儿东方的太阳也露脸了，一缕橘红色的霞光就投射在那猎人的肩上，看上去分外神奇，十分晃眼，红毛妹子闭上了眼睛，又使劲地摇了摇头，因为不管怎么说，那都是一个杀人越货的猎人，无恶不作的猎人，就像一条毒蛇的外表长得十分漂亮，可它毕竟还是一条蛇呀！

想明白了这一番道理，红毛妹子又恨得咬牙切齿起来，那表情自然也随之一变，发出了一阵声色俱厉的狼嚎声，这是在发表战斗宣言，该死的猎人，你少要得意，姑奶奶今天落进了你的陷阱里，这叫时运不济，我毫无埋怨，大山的女儿就是这副德性，一切都袒露在天地之间，活着不畏惧凶神恶煞，死了也不在乎自己的肉体，来吧，畜生，你可以开枪了，痛痛快快地送姑奶奶上路，我要用热血呛死你个杂种，我要用肋骨刺穿你的喉咙，为大山里不幸的野生动物们报仇雪恨！

只可惜，那陷阱上面的猎人根本就听不懂狼语。

猎人正瞪大两眼，细细端详着陷阱里的女孩。

实事求是地说，猎人其实也正在暗自赞叹，天哪，这竟是一个异常漂亮的女娃子，年龄大约七八岁的光景，弯弯的眉毛，大大的眼睛，高高的鼻宇，小小的嘴巴，尖尖的下颏，圆圆的面孔，山民们的家庭中似乎从来就没有出现过这样漂亮的女孩，这真的会是一个狼孩吗？不会是天上的小仙女吧？当然了，那孩子赤身裸体，嗷嗷怪叫，这就不像是仙女的所为了，尤为奇特的是那一头乌黑的毛发蓑衣般地裹上裸露的躯体，长满全身的红色鬈毛更像一团熊熊燃烧的火，熠熠闪烁着野性的光辉，不错，这就是狼孩，也只能是狼孩了！

猎人摇头，叹息，小心翼翼地绕着陷坑转了一圈又一圈，仔细研究地面上的痕迹，又鼓起鼻孔嗅嗅，支棱耳朵聆听，终于胸有成竹地点点头、咂咂嘴，总算是有了定论了，哈哈，一个浑身长毛的狼孩，山妖一样诡异的狼孩，仙女一样美丽的狼孩！

猎人挤挤眼、摇摇头，又嘿嘿地笑出声来。

猎人心里痒酥酥的，脑袋也像氢气球一样迅速膨胀起来，万般皆有价，物以稀为贵，这一只狼孩要值多少钱呀？他仿佛看到了一大堆钞票，正山洪般渲泻而来，挡也挡不住，数也数不完，越想越高兴，一双眼睛便十分快乐地挤眯成团，嚯的一声振翅而飞，到王母娘娘的蟠桃园里做客去了，只剩下一张不长胡须的圆胖脸，喜气洋洋，油光灿烂。

陷阱里的女娃子不再嗷嗷怪叫，想来也是生平第一次看到如此生动的表情，眼睛里流露出困惑的神情，像是正在谛听一个打从远古洪荒随风飘来的故事，也十分努力地要参悟其中精髓，只是神思恍惚、力不从心、哼哼唧唧、兀自叹息。

狼孩女娃子那认真的神情，倒让白面书生清醒过来。

三条腿蛤蟆奇货可居，独定值钱。两条腿人类浪费资源，污染环境。哪家火锅城愿意出大价钱，买一个女娃子剥皮抽筋？猎人皱起眉头，咬牙切齿、左盘右算、前瞻后顾，横竖觉得不太对劲，又大失所望，捶胸顿足，恨恨地操起猎枪，说你这不知死活的小东西，两手空空也敢找上门来，毁我陷阱，坏我营生，我枪毙你！猎人顺过枪管，把枪口直直地指向狼孩，这就决心要杀人越货食肉寝皮了，嘴边还情不自禁地挂起一缕陶醉的微笑，眼角挤出弯弯的笑纹，好像已经感受到嗜血的快乐，酝酿出杀戮的激情了。

猎人深深地吸一口气，慢慢压下枪机。

看这意思，他是打定了主意，这就要把那个小狼人给杀了。

那小狼女居然也十分配合，竟直直地站起身，迎着枪口走来了！

这又是什么意思？那小狼女真的就不怕死吗？不会吧？也许，她是从来就没有见过猎枪，不知道这东西有多么可怕？那女娃子一点也不知道害怕，双手撩开额前的长发，大大地分向两边，高高地扬向身后，就像是义无反顾地甩开一段朦胧岁月，此去慷慨赴死，从容就义，还长长地舒了一口气，眉毛眼睛婆娑起舞，分外娇憨地咯咯笑了。

这情形，是不是也太过诡异了一些？

人在做，天在看，这不会也是一种警示，不许自己草菅人命？

猎人怔怔地，又情不自禁地倒吸一口凉气，两只眼睛也瞪得溜溜圆，嘴唇哆嗦着，双手颤抖着，只觉得两腿又酸又软，无比沉重，不由自主地跪下身去。

但只是须臾的功夫，猎人又直挺挺地站起身来了。

看得出来，他也是动了一番脑子，这会儿又要极力维护一个猎人的尊严了。

因为花毛哥哥的缘故，陷阱里的红毛妹子听得懂人言，只见那猎人气急败坏地跳着脚，比画着手中的猎枪，那是在威胁陷阱里的猎物，嘴里还叽里呱啦地大喊大叫，鬼知道他是怎么想的，竟要发表长篇大论的演讲了！

"我认出来了，你是一个小狼人，每天领着两只黑狼去广场上看望铜像的那个小狼人，月亮山区的老少爷们早就偷偷地传扬开了，一个美丽的女娃子，领着两头剽悍的大黑狼，呵呵，大家可都迫不及待地等着一睹你的芳容呢！还叫什么叫？狼嚎得很好听吗？我告诉你，打从现在起，你就和狼没有什么关系了，那两只黑狼已经被我轰了一枪，打中没打中我也不知道，但肯定是不会回来找你了，黑狼们最怕的就是猎人，说得更加精准一些，它们最怕的就是猎人手中的枪，听明白了没有？你如果还要继续呜嗷呜嗷嗥叫下去，那就是呼唤两只黑狼前来送死，这样更好，我就把你们三个一根绳子给绑了，一口大锅给炖了，这样你们也是善始善终，我也是功德圆满，好吧，你就叫吧，使劲地叫吧，我这里紧握手中枪，就等着打死你那两只黑狼朋友了！"

红毛妹子又激灵灵地打了个寒战，真的，那猎人说的还挺有道理，两只小黑狼这会儿已经脱身而逃了，自己真的把它们叫回来了，那不就是让它们白白送死吗？自己果真就是有欠思量，根本于事无补，而且乱上添乱呀！

红毛妹子立刻闭上嘴巴，一声也不吭了。

猎人越发得意忘形，居然呵呵大笑起来。

"嗯，好，乖，这样就对了！你好像已经明白我的意思了，这也是理所当然的事情，不管怎么说，狼人也是人，和狼在一起你就是狼，回到人群中你就是人，就和我一样，见到狼就会开枪，剥了狼皮就可以吃肉，听明白了吗？哈哈哈哈！回到人类的世界中，我会让你天天吃狼肉，那东西大补呀！"

猎人笑得连眼泪都流出来了。

红毛妹子不理他，只是一声也不吭。

"我告诉你，小狼女，你现在表现得很乖，这让我十分满意，不要再像狼那样扯开嗓子嚎叫了，那样让人听着浑身都不舒服，情不自禁地就会抄起木棍子，不由分说地就把你给打死了，信不信？不能学狼嚎了，那就要说人话，比如眼下这个时候，东方的太阳刚刚升起，你就应该对我说一声，猎人大叔，早晨好！这就是讲礼貌，我呢，当然也要回你一句，早晨好，小毛人，小狼女，不，红毛小妹子！"

那猎人煞有介事，一本正经。

红毛妹子撇撇嘴，一声不吭。

"对了，还有一件事儿，你一定要记住我是谁，当然啦，我就是一个猎人，大名鼎鼎的白面书生，虽然没有读过几天书，连小学都没有毕业，可这副长相十分端正，身高 1 米 86，为人十分谦逊，虽然有着一身本领，可始终也只是一个小老百姓，今年已经 45 岁了，连个老婆也还没混上，这就是我迫切需要让自己成名的主要原因，因为这社会亏欠我太多太多了，我需要获得一笔大大的补偿，你听明白了吗？记住了，就是我白面书生，在月亮山区的野狼坑里，更准确地说就是通往云雾崖村落的路头上，一条山野动物们自己踩踏出来的荒山野径，猎人白面书生不辞辛劳地设置了一面陷阱，成功地抓获了一个小狼人，这说的就是你，我把你从狼的身边解放出来，从此又回到了人类的群体当中，这是一个伟大的创举，也足以惊天地、泣鬼神，让所有的人都刮目相看，猎人白面书生，打从根本上他就是一个英雄！听明白了吗？要让人们承认我是一个英雄，而不是一个鸡鸣狗盗的盗猎者，这件事情特别的重要，那意味着我的万贯家财，还有成群的美女，这一切通通都要拜托你了，一定要帮我这个忙哦！"

猎人眉飞色舞，好像好梦成真，他已经获得了巨大的成功。

红毛妹子强忍着，不让自己笑出声来，因为她也忽然发现了一个问题，那就是这个猎人真的是太贪心了，贪得无厌、少廉无耻，如果让他知道了，自己原来是听得懂人言的，完全可以自由地交流，那麻烦是不是就更大了？他一定会把自己牢牢地抓在手中，当成一个免费的宣传机器，毫不吝啬地为他涂脂抹粉，那结果只能是越来越坏了，一天到晚啰里啰唆的，烦就把人烦死了，那后果真的很可怕，这事可千万马虎不得，一定要认真对待才行，对了，就是防患于未然，让他想都不用想，那就只能装聋作哑，让人们以为自己只会学狼嚎，根本就听不懂人类的语言，这样也就不用纠缠太多了！

红毛妹子不再看他，而且垂下了脑袋，故意别过面孔。

也就是打从这一刻起，红毛妹子暗暗地下定决心，一定要保守住自己的秘密，不要暴露出自己已经听得懂人类的语言，因为花毛哥哥已经不在了，自己还会有兴趣要和一群不相干的人说话吗？不，这天底下最最动听的语言就是狼嚎声声，想念黑狼族群的时候，自己就嗷嗷地嚎上几声，这样也足以释放心底的感情，得到一份莫大的安慰了！

　　果然，看到红毛妹子的表现，那陷阱上的猎人大失所望，就像是被兜头浇了一瓢冷水一样，开始怀疑自己是不是太过荒唐了，自己这是在干什么？对牛弹琴，还是对狼抒情？也许，就怪自己这些日子听到的故事太多了，关于那个美丽的小狼女，两只忠勇的小黑狼，还有先前的那个光头小子，山民们的传说本身就是一个艺术加工的过程，亦真亦幻，缥缈迷人，居然也会影响到了一个喋血猎人的心智，这难道又不是一件十分可笑的事情？那猎人叹口气，摇摇头，只是心有不甘，不肯服输，还想把自己的即兴演说继续下去，只是那神情有些怅然若失，自信心明显的有些不足了，假如根本就没有听众，还有必要浪费表情吗？所以，实事求是地说，猎人接下来虽然还在喋喋不休，但是声调已经没有那么高了，眼睛也没有那么亮了，感觉这也就是自言自语、自娱自乐、自我安慰罢了。

　　"小狼女，你给我记住了，咱们脚下就是一片神奇的土地，猎人大叔在这里叱咤风云那就不用多说了，最大的关键就是你在这儿成了我的俘虏，从此改变了自己的命运，这绝对不是开玩笑，只要我没有把你剥皮抽筋，大锅炖肉，那么不管是把你卖进了马戏团，还是卖给哪个光棍做老婆，归根结底你还是又从狼变成人了，重新过上了人的日子，那不比当一头风餐露宿的狼要强多了？记住这片土地吧，没准将来也会被人写进教科书的，猎人白面书生在这里抓住了一个小狼女，这绝对值得大书特书，对了，这里是月亮山区，就是盛产野人故事的月亮山区，距离云雾崖山村已经不是很远了，登上高处就能看到那座月亮河上的大桥了，还有大桥下面那座寻找野人的主题广场，那广场上屹立着光头小子的铜像，这就是具体的地理方位，你要牢牢地记住这一切，因为我们这个地方好啊，山上大片的原始森林，生长着珍稀的鸽子树、红豆杉。山下流着黑水的涧坑里，游弋着短吻鳄、娃娃鱼，还有成群结队的野狼、豺狗、棕毛熊，掠夺成性的紫猴、红猴、白头猴。这片温暖湿润的土地，多情多汁、精灵古怪，插一根筷子能发芽，画一株小草会开花，大山和白云卿卿我我，绿竹和流水融融洽洽，万千生物都充满灵性，乐此不疲地孕育出种种耐人寻味的故事，这就是你美丽的故乡，不管将来走到哪里，你也不会狼心把它遗忘了！"

　　红毛妹子忽然觉得，这个癫狂的猎人，原来居然是个人才，如果还算不上人才的话，那么至少也是个歪才，你听他都说了些什么？假如受到足够的教育，没准他会成就一个了不起的人物，只可惜造化弄人，他如今只是一个偷猎者，和大山里剪径的强盗差不多。

　　红毛妹子飞快地抬起头来，不无同情地看了他一眼。

那猎人却像是忽然又受到了莫大的鼓舞，居然又变得精神抖擞起来，把手上的猎枪扔到一边，从腰上抽出一根绳子，一边冲着陷阱的下面挥舞着绳子，一边大声地吆喝着——

"小狼女，红毛妹，我知道你已经等急了，马上就把你弄上来，瞧见没有？这是绳子，必须要用它把你捆结实了，才可以带着你去上集市，看看能不能寻找一个好买主，我要大大地赚上一笔，也让你从此过上崭新的生活，见证奇迹的时刻，马上就要到来了！"

03　女教师春妮

　　这是一个星期天上午，清秀俊俏的春妮老师走出了那座名叫花青溪的山村小学，沿着弯弯的山路款款行来，这是要到云雾崖山村的集市上走一遭，购买一些新鲜的菜肴，过一个轻松愉快的周末。

　　云雾崖却是一个充满野人故事的村落，每一个隐秘的角落里都隐藏着耐人寻味的东西，每一条弯弯的山路都会把人引进一个神秘的意境，山野洪荒，自成蹊径，千年万载，生生不息，发展到今天这个时候，那香椿树下青石小院里的故事已经告一段落，光头小子被洪水冲走了，老太婆香椿婶也不知道跑到哪去了，月亮河上架起大桥了，大桥对面就是一个寻找野人的主题广场，那里竖起了一座光头小子的铜像，人们从四面八方赶来，就是从这里出发，扑进月亮山的怀抱，去寻找自己的野人兄弟，享用天地之间至纯至正的蓝天白云和清爽的风。

　　山村女教师的心情这会儿也甚为奇特，应该本身就是局中人，偏偏感觉好像观光客，因为野人大道修到了云雾崖，月亮河上架起了大桥，来自五湖四海的朋友们虽然主要目的是要进山猎奇，但是在山村中稍作逗留休息几天也是情理中事，所以脑袋稍稍聪明一些的山民们这会儿也就开始创办农家乐了，照顾客人们吃饭休息，开拓自家的赚钱门路，这种友好互动刚刚开始，好像还没有蔚然成风，对于一个山村女教师来说，的确也还没她什么事情，因为云雾崖的村庄其实很长，大体上就是东西走向，弯弯曲曲的跨度大约有五公里，公路如今通到了村东头，站在月亮河大桥上最早看到的就是那个香椿树下的青石小院，因为那里发生了许许多多的故事，如今已经被游客们当成了一处景点，而女教师所在的那个花青溪小学却坐落在村落的最西边，山道崎岖，距离较远，游客们基本上是不会光顾的，所以有些置身事外了。其实云雾崖村落的西头另有一番风景，那里有一座百花山，百花山临近月亮河的地方也有一处断崖，名字就叫百花崖，那百花山上甚是奇特，一年四季百花盛开，只是山民们不敢上山采摘，因为那是一群野猪的领地。眼下野猪是受保护的，如果放在深山野林里，偷猎者照样可以大开杀戒，可偏偏百花山就在村头上，众目睽睽之下，偷猎者反而多了几分忌惮，不敢明火执仗了。这样就形成了一个小小的生态系统，而百花山上流下来的那条山溪更为奇特，溪水竟是雪青色的，嗅起来还能闻到一股浓郁的花香味，竟然毫不含糊地充满了一种花青素，据说可以靓白皮肤，让人返老还童，这溪水也就成了一种不可多得的宝贝，山村里的文化人很久之前就发现了这个秘密，就在那花青溪畔建起了一座小学，名字就叫花青溪小学，这座小学不仅仅只是招收云雾崖村的孩子，而且周边十多公里范围内的山村孩子都到这里上学，事实上也就是这一方大山中的最高学府了。

也许就是每天饮用花青溪水的缘故，这位山村女教师，就是一位肤色细嫩气韵迷人的大美人。

春妮老师不是本乡本土的山里人，祖籍何地连她自己都说不清楚，因为母亲是个女作家，父亲是个国画家，夫妻双双原本供职于省文化馆，是一对文化馆员，所以云雾崖的乡亲们只知道春妮老师从城里来，她是一个城里人。对于云雾崖的乡亲们来说，春妮老师原本就是一个谜，二十岁那年她怀抱一只古筝进山任教，就像天上的仙女降落凡尘，这是花青溪小学有史以来的第一位音乐老师，随着她的到来，花青溪小学的孩子们开始唱歌了：没有花香，没有树高，我是一棵没人知道的小草；没有寂寞，没有烦恼，我的伙伴遍布天涯海角！春风啊春风你把我吹绿，阳光啊阳光你把我照耀，河流啊山川你哺育了我，大地啊母亲把我紧紧拥抱！

孩子们唱歌了，四面八方的山山峁峁也都情不自禁地跟着应和了。

山民们不胜惊讶，这是怎么了？

千秋万代的月亮大山，只有无穷的林涛，无尽的风雨，怎么忽然之间就染上艺术细胞了？

接下来的歌，听着就让人想落泪了：不要问我从哪里来，我的故乡在远方，为了天空飞翔的小鸟，为了山间轻流的小溪，为了广袤无垠的草原，为了守望白云的大山，我独自流浪，流浪远方……

云雾崖的乡亲们至今也还是搞不明白，如此曼妙的小女子，为什么还要独自流浪？都说人往高处走，水往低处流，没有梧桐树，不栖金凤凰，那多才多艺的春妮老师，为什么就会一直老老实实地待在这一方穷乡僻壤？一晃眼十年过去了，春妮老师始终还是那个乖乖女儿样，看上去清淡如水，袅袅婷婷，就像高山岩羚的部落里闯进了一只迥然不同的小麋鹿，所以只要她走出校园，山民们总是会情不自禁地想多看几眼，不仅仅为了她的模样俏丽娴雅迷人，还因为她那只神奇的古筝，女教师几乎没有任何社交活动，稍有闲暇便会独自抚琴，每每，人们被电视机里铺天盖地的吆卖声和蚊蝇乱飞的皇帝妃子们折腾的求生不得求死不能的时候，便有一曲倾珠溅玉般的琴声一路盘旋落下山巅，如风摆杨柳、天降甘霖，让人乍惊又喜，疑为天籁，就这样，那位以古筝为伴的春妮姑娘便被淳朴憨厚的乡亲们慕为天人，也就没有丝毫的悬念了。只是，木讷愚钝的山民们，谁也没有想到过，自己应该勇敢地站出来，在半道上和那位山村女教师打个招呼，套套近乎，好好地探讨一番自己关心的那些问题。原因很简单，山民们就是自惭形秽，总觉得那女神是神圣而不可侵犯的，彼此之间的距离实在是太过遥远了。所以，心有牵绊，敬而远之，也就是一种最佳选择了。

女教师春妮对于这一切也已经习惯了，我行我素，泰然处之，所以一路行来，不用和任何人多事寒暄，自然也不用点头，不用打招呼，多少就有了那么一点不食人间烟火的意思，只是面含微笑，神情自若，款款而行，分外洒脱。

和生活保持一定的距离，这好像也就成了她的人生格调。

只是，女教师却万万也没有想到，她的泰然自若即将保持不下去了，因为就在那云雾崖村落的小小集市上，有一个与她的生命休戚相关的人物，正在忍受着痛苦的煎熬，苦苦期盼着她的降临。

04　拍卖小狼女

这是一个极具山区特色的乡村小集市，就在村落中间的一块比较平坦的空地上，总共只有十来家小商铺，出售一些日杂用品，收购一些皮毛山货，集市的规模很小，可周边空地很多，稀疏得长满了杂乱的树木，卖肉的就把自己的猪肉挂在树杈上，打猎的也把猎获物挂在树枝上，卖青菜的就在树下随地摆摊，红毛小狼女这会儿被绑在一根平时用来拴牛拴羊的树干上，猎人白面书生神气活现地绕着自己的猎物转来转去，那份成就感果真也是满满的，活捉一个小狼女，对于这一方山民们来说，也算得上开天辟地头一回，自然是一个惊天动地的大新闻，大家都纷纷围上来看热闹，走了一拨又来一拨，呼朋引伴地叫唤着，七嘴八舌地议论着，那场面热闹得不得了，猎人白面书生作为红毛小狼女的主人，这会儿更是兴奋得不得了，二目精亮，满面红光！

看到人们是那样的热情，猎人感到机不可失，便果断地开始叫价了。

"我们这是中国地界出售的也是本地特产小狼人，所以只能使用人民币结算，不要银元，也不要美元，稀罕小狼女的乡亲们，只要你拿得出来人民币两万元，我们一手交钱，一手交人，大家都看见了，这小狼女绑得结结实实，你拽着绳头就可以把她牵回家去了，一开始只能当个猫啊狗啊地养活着，时间长了野性没了，也就可以当个人来使用了！"

白面书生这就是报价了，可等了好大一会儿，居然没有一个人应声。

他怅然若失地四下张望着，大家却纷纷直摇头，看样子都是嫌贵了，毕竟山民们都是穷人，两万块钱应该是个很大的数目了。云雾崖的乡亲们毕竟没有多少来钱的门路，让谁一下子拿出这么多钱来，那都会肉疼得心慌，猎人好像是忽然明白了这一层道理，暗自地摇头，觉得自己的生意可能不太好做，隐约地感到失望了。

"一万五千块钱怎么样？我现在降价五千元，这也算是降价大甩卖，乡亲们可要看清了、想明了，机不可失、时不再来，这全世界总共也没有几个小狼人，今天你要是不把这小狼女牵回家，那么日后只有后悔了，因为你钱再多也没用，根本就没处寻呀!"

白面书生为了培育买主，也堪称苦口婆心了。

可是没想到，降价五千也没用，把话都说到这份上了，可还是没人搭理他，白面书生真的有些急了，开始抓挠起自己的脑袋了。

"得了，我今天是亏本大甩卖，爽爽的，再降五千元，大家都听明白了没有？现在我只要一万元了，一万元应该谁家都拿得出来，这下子总行了吧？我给你们讲啊，现在正是全球野人热，我们云雾崖的乡亲们刚好可以乘船出海，只要家里拴着一个小毛人，那绝对也算得上是一个活生生的小野人，还怕那些外来的游客们不挤破脑袋往你家涌？眼球经济就是这么回事儿，瞅上一眼就会掏钱，你们家的农家乐那可就要开门发大财喽!"

这一次白面书生更卖力了，不仅又主动降价五千元，还为别人出谋划策，如果细细地寻思起来，他的话也的确有点道理，家里开办农家乐，养一个小毛人招揽顾客，很难说这其中不无道理，只是山民们的脑袋反应迟钝，还是迟迟没人接他的话茬，这真是要活活急死人了!

白面书生毕竟只是表皮光鲜，本质上也还是一个贪得无厌的偷猎者，喋血山林的不法之徒，心灵的承受能力也是极其有限的，所以也不可能有多高的修养，如今心里一着急，也就顾不得装模作样了。

"我说各位乡亲们哪，大家都摸摸自己的良心好不好？一个美丽的红毛女孩，每天领着两只黑狼前来拜谒光头小子，这故事听上去是那样的美丽诱人，云雾崖的老少爷们，哪个不是摩拳擦掌、跃跃欲试，想把他们一网打尽，一个不剩地收入囊中？可惜你们胆小如鼠，笨拙得要命，只想张嘴吃白食，不愿意动手耗气力，归根结底提着脑袋以身试法的，总共也就我一个人，知道这意味着什么吗？意味着今天的云雾崖，总共也就只有我这么一个英雄了！英雄是什么？有胆有识，敢作敢当，既有理想，又有实践，那是一条真汉子！只是我万万也想不到，自己好歹辛苦了这么些天，好不容易才抓到了这样一个稀罕物，难道就不应该得到一份酬劳吗？现在只要一万块钱了，你们还要嫌贵不成？你瞅这事整的，让我着急，让我上火，英雄流血又流泪，这世道不公啊!"

白面书生却始料不及，他这一番狠话说完，围观的人们居然一哄而散，这就是明白无误地告诉了他，大家都不乐意陪他玩了，你还有什么能耐使出来吗？

只有被绑在树上的那个红毛小狼女，依然老老实实待在那里，而且还抬头看了他一眼，看情形倒有些不无同情的意思，只是最最令人感到异样的，好像还有点似笑非笑的样子，这又是什么状况？难道连她都在讥笑自己吗？这个小女娃子，顶真是有点诡异，极不寻常哩!

这时候的白面书生，只感到自己的脑袋里一阵阵发热，那是真的抓狂了。

这时候几个猎人围过来，大家都是同村人，和尚不亲帽子亲，平常都是认识的，说起话来也就随意一些，用不着遮遮掩掩的，所以七嘴八舌地劝说白面书生，说白面书生这个算盘打错了，你抓了这么一个像人又不是人的怪物，白白养着你浪费粮食，杀了吃肉肉又少得可怜，让山民们养宠物那简直是大逆不道，这就叫石榴树打棺材，横竖够不上料子，除非你能说出一个合情合理的理由来，否则谁都不会把她买回家去的！

白面书生愣怔片刻，终于也暗自点头了，他觉得伙伴们的话说得也极有道理，小狼女肯定是个稀罕物，这个是毫不掺假的，但是要让大家认清她的价值，那可就不容易了，因为自从盘古开天地，三皇五帝到如今，从没听说过曾经有人活捉过小狼女啊，没有丝毫的可比性，就是白白地送给人家，又有谁敢要这么个怪物呢？白面书生那一双邪恶的眼睛，死死地盯着红毛小狼女，他眼珠子咕噜噜地转了一圈，立马又咧开了嘴巴，呵呵大笑起来——

"你们这些蠢货，有眼不识金镶玉，难道你们就看不出来？这是一个如花似玉的少女啊，刚刚长成的小萝莉，那绝对是个无价之宝，如今天下的男人都缺老婆，娶个媳妇彩礼至少要三十万，我这个小女人权当就是白捡的，要了你一万块钱还嫌多呀？不行不行，不对不对，至少我要三万块钱，三万块钱领个媳妇回家，那还不是一个天大的便宜啊？"

好像瞎猫撞到了一个死耗子，白面书生这句话居然说到了点子上，乡亲们的反响极为热烈，大家都在议论纷纷，先前走开的人们居然又回来了不少，尤其是那几个光棍猎人，直接就凑到了小狼女的跟前，一个个两眼都闪现着贪婪的光辉，看情形还真的被白面书生说动心了，互相嘀嘀咕咕的，好像还有各不相让的意思，白面书生一看形势大好，立马又要坐地起价了！

"对不住各位了，我是忽然又想起来了，三万块钱实在是太少了，我要六万块钱，少一个子都不卖，就这么说定了！"

那几个光棍猎人相互交换了一下眼神，摇摇头，叹口气，显然是对白面书生的漫天要价极为不满，他还真敢狮子大开口，在山林里撒泼也就算了，在乡亲们面前也要充当一个斩刀手？再说了，这个小毛人毕竟不是真正的人，果真能买回家去当媳妇吗？需要调教多少年才能用得上？要是晚上睡觉的时候被她一口咬掉鼻子，那不就是亏大发了？

那几个猎人又互相使个眼色，居然也一个接一个地走开了。

白面书生觉得大事不妙了，没准自己又要弄巧成拙，如果无人问津的话，猎物的行情只能一路走低，心里着急，立马扯着嗓子吆喝起来：

"快来买呀，快来瞧呀，千载不遇的好机会呀，六万块钱你还嫌贵，马上我就要见风长，低于十二万元谁也谈不拢了！这小萝莉卖不出去也不要紧，今天晚上我肯定要把她搂上床了，春宵一刻值千金，让你们干瞪眼在一边看着，急死你们这群王八蛋！这女娃子可是又鲜又嫩呀，怎么收拾她都不为过，想怎么快活就怎么快活，有人愿意出钱吗？趁着眼下我还没有拿定主意，六万块钱还可以忍痛割爱，一手交钱，一手交人，今天晚上我就只好憋着了，任凭你们想怎么快活就怎么快活了！"

白面书生嗓子发干，明显看得出来那是信心不足，估计自己的生意也做不成，围观的人群几乎都已经走光了，他这是气急败坏，有些歇斯底里，口不择言了。

白面书生，原来就是一个活畜生。

05　女教师惊魂那瞬间

　　远远看见那被捆在树上的红毛妹子，女教师春妮竟像是遭到电击一样，剧烈地颤抖一下，接下来就是浑身无力，两腿瘫软，竟然一步也挪不动了，只是大口喘息着，扶住身边的一棵树杆，微微地转过身去，后背靠在上面。

　　女教师真的不明白，自己这到底是怎么了？

　　为什么见到那个小狼女，自己的反应会如此的异乎寻常，不是一直盼望着能早点见到她吗？

　　小狼女的存在，果真不是天方夜谭，这难道不是一件天大的好事吗？

　　是不是要去寻找小狼女，她也是反复斟酌，思来想去，为了那一段羞于人言的往事，为了安慰自己的灵魂，为了平复失落的情感，她好不容易才下定决心，为了能够找到她，自己也采取过很多行动，甚至彻夜不眠，只身犯险，真的是付出努力了，只是没有任何收效，本来都打算放弃了，却不料踏破铁鞋无觅处，得之全不费工夫，不经意之间那奇迹就突然发生了，这可不是一个小小的意外，那绝对就是一个神迹般的遭遇，足以让人目瞪口呆了！

　　直到这一刻，女教师还是不敢相信这一切都是真的。

　　会不会，这又是一个苦涩的梦境？

　　毕竟，女教师春妮是个知识分子，为人师表，教书育人，自然也养成了良好的生活习性，知道遇事要沉着，待人要冷静，有什么不可理喻的事情，万万不可孟浪行事，冒冒失失妄下结论，最佳的方案还是认真思考，确确实实地弄清了状况，再付诸行动才切实可行。

　　所以，就在这惊魂的一瞬间，女教师让自己靠在树干上，胸臆间心潮起伏，脑海里电闪雷鸣，果真往事不堪回首，可有时候又不得不回眸，那真的是情何以堪，苦涩万分！

　　想当年，山村小学师资奇缺，每个老师都要当个多面手，女教师春妮不仅要负责音乐教学，还要教两个班级的语文课，并且担任了一个班级的班主任。

为了当好这个班主任，春妮老师也是兢兢业业，不辞辛劳，利用星期天的时间去进行学生家访，却不料就在家访的途中，被一个蒙面的汉子拖进竹林，被肆意地蹂躏了。

好像这也就是一个规律了，邪恶而且肮脏的魔鬼，总是要千方百计地去玷污纯洁而又美丽的仙女，揉碎那一朵朵清纯的花蕾，让天地蒙羞，人生无奈，这就是悲剧的诞生。

为了保护女教师的名声，小学校长钱无奈召集全体员工开会，要求大家一定要保守这个秘密，这里是偏远的山乡，标准的山高皇帝远，指望公安部门抓住凶手报仇雪恨那只能是一个遥不可及的幻想，大家唯一能做的就是痛定思痛，日后加倍小心，因为我们要活下去，为了山区的孩子们着想，也只能忍辱负重，继续努力地为人民服务了。

钱无奈果真人如其名，这就是一个无奈的决定。

偏偏，这事情还不容易那么了结，春妮老师怀孕了。春妮老师是个城里的女孩，机关里长大的孩子，对女人的事情几乎一无所知，所以知道自己怀孕，已经是几个月之后的事情了。小学校长钱无奈，更是一点办法也没有了，当时的云雾崖只有一个赤脚医生，美其名曰是合作医疗，其实根本就是缺医少药，也是万般无可奈何，钱无奈校长只得接来自己的老母亲，让老人家抛开一切俗事，全力以赴地照料春妮老师。

后来，春妮老师生下了一个女孩。

幸好，在小学校长老母亲的悉心照料之下，春妮老师母女平安。这一切，只有花青溪小学的几个老师知道内情，大家都知道严格保密，所以外部世界一无所知。可是孩子出生了，那是一条鲜活的生命，不是什么普通的物件，可以秘密地收藏起来，于是小学校长和他的老师们又遇到了一个天大的难题，这孩子应该怎么办？可以一直养下去吗？最后又是一个万般无奈的决定，春妮老师本人肯定是养不了这个孩子，小学校长钱无奈也帮不了这个忙，唯一可行的办法就是把孩子送给当地的老乡，也就是找人收养了。自打孩子满月的那天起，小学校长就开始忙活这件事了，可整整又过了一个月，竟然一点头绪都没有，中国的农民特别奇怪，明明男人们找不到老婆，可家家户户都不乐意养女孩，自己养的女孩都会抱出去扔了，怎么还会乐意收养别人的孩子？这时候，小学校长的老母亲也要回去操持自己的家事了，女教师春妮也应该公开露面继续给孩子们上课了，可收养孩子的事情却一直没有找到下家，小学校长钱无奈也是焦头烂额、束手无策，这件事情又不能大喊大叫，只能悄悄地进行，可根本就是进行不下去了，怎么办呢？好像还有一句话，那叫天无绝人之路，就在钱无奈校长被急得团团转的时候，一个住家在十多公里外的本地女老师带回来一个好消息，说她们那里有人愿意收养这个女孩，小学校长大喜过望，让她马上就把孩子给送过去，无论如何要找到下家，千万不要再抱回来了！

孩子送走的时候，女教师春妮正在给同学们上课，等到下课返回自己的宿舍，孩子已经没有了。

那天夜里，刮着呼呼的西北风，天上一直在下雪。

第二天上午，那个抱走孩子的女教师返回学校，却带回来一个令人瞠目结舌的消息，那个原本说好了要收养孩子的农户家里出现了变故，那一对夫妻已经年过四十了，却一直没有生养，所以很乐意收养一个孩子，可公公婆婆却极不乐意，说即便是收养也只能要个男孩子，将来还可以传宗接代，养个女孩子有什么用？为别人辛辛苦苦地培养老婆吗？小夫妻原本就是一对受气包，公公婆婆一发话，他们吓得直哆嗦，因为那个婆婆不是一般的刁钻古怪，那简直就是一个人间恶魔，二话不说便抢走了孩子的褓褓，一路上骂骂咧咧地走出村去，走上附近的一面山坡，就把孩子丢在了山坡上。负责送孩子的女教师第二天早晨才知道这个消息，也是结结实实地大吃一惊，赶紧跑到了那山坡上，想把孩子给抱回来，可是那里空空如也，一切都被大雪覆盖了，丢孩子的地方倒也还能找得到，只是雪地上布满了狼蹄印，如果那孩子没有被狼吃掉的话，那肯定就是被叼走了！

女教师一边说一边哭，她也是后悔得要死，干吗要接受这样的任务呢？

春妮老师没有哭，几乎连一句话都没说，只是茫然四顾，呆呆怔怔，最后眼前一黑，便一头栽倒了。

最为悔恨交加的却是那位小学校长，他抡圆了巴掌打自己的脸，两边的面孔都被自己打肿了，嘴巴也出血了，嗷嗷怪叫着，就像一个掉进了陷阱里的野兽，这就叫无可奈何呀！

后来的日子，花青溪小学就像是一座枯水季节的山塘，微风不惊，波纹如凝，鱼儿不游，蛙儿不鸣，钱无奈校长垂头丧气地进进出出，脸上再也没有出现过一丝一毫的笑容，不谈恋爱，不提结婚，如今也已经是一个40多岁的人了，毫不含糊地成了光棍，果真要把这一生一世完全贡献给家乡的教育事业了。唯一值得人们期盼的，就是那校园里会偶尔地传出一阵清亮的琴声，都知道那是女教师春妮在弹古筝，听着那琴声，人们会悄悄地叹口气，心情却无法感到轻松，虽然也算不得长歌当哭，只是悄悄地，慢慢地，好像天上下起毛毛细雨，人们的眼睛总会情不自禁地湿润起来。

日子就这样一天天地过去了。

外部的世界却风雷激荡，时时刻刻都在演绎着一些崭新的故事，让人目不暇接、叹为观止。

云雾崖山村里的夜半狼嚎声，曾经牵动了千千万万颗心，后来就是野人考察队员们在月亮河上的历险记，再后来是野人大道修到了云雾崖，月亮河上架起了大桥，大桥的那一边开拓出一方寻找野人的主题广场，广场上竖起了一座光头小子的铜像，人们都说那光头小子就是大家苦苦寻找的野人，这些都已经不再新鲜了，因为所有的故事都在不断地更新，光头小子变成了铜像，山村里没有了夜半狼嚎声，可是那光头小子的故事却依然生生不息，因为那铜像的生命力更为强盛，好像本身具有感召力，也就成了人们崇拜的对象，白天里游客们的交口称赞那就自不必说了，大山里的故事重点一般都发生在月光之下，每每到了夜深人静的时刻，居然每天都有人在那铜像下面献上了祭祀的供品，而且那全是大山里的野物，刚刚被咬死的样子，十分新鲜，于是便有贪心的山民们每每起个绝早把那些肉食搬回家去，接着便有更多的消息传出来，人们看到了一个浑身长毛的小女孩，领着两只小黑狼，每天在那铜像下盘桓，还会低低地发出呜呜咽咽如泣如诉的狼嚎声，好像在和那铜像对话，那情形十分怪异，令人毛骨悚然，不敢轻举妄动。花青溪小学里的老师们和山民们的看法却略有不同，毕竟这是一群知识分子，眼界要开阔许多了，大家认为这应该是一个狼孩的故事，那个浑身长毛的小女孩一定就是狼孩，要不然，她为什么会每天都和两只黑狼厮守一起？女教师春妮却情不自禁地发起呆来，她是想到了自己那个被抛弃的女儿，当事人回来说起过，那一夜天上下了大雪，雪地上布满了狼蹄印，只是孩子的襁褓没有了，该不会就是被狼叼走了？

女教师心灵中的那一潭死水，忽然又泛起了剧烈的波澜，虽然自己是被人强暴，遭受了一种无法言说的耻辱，可那孩子毕竟是自己身上的肉，是自己亲亲的女儿，血脉相连、丝丝牵情，自从孩子遭到遗弃，从此以后下落不明，她的眼泪始终往肚里流，那真是一份诉说不尽的悲情啊！如今的事情好像出现了一丝转机，因为据说有可能孩子就是被狼叼走了，人们传说中的那个小小狼孩，不会就是她吧？可是月亮山区这么大，各种类型五花八门的狼都有，人类的弃婴更不在少数，尤其是早些年间人们抛弃的女婴最多，如今出现了一个小狼女，怎么又能肯定那保准就是自己的女儿呢？当然了，果真是自己的女儿，女教师相信自己一眼就能认得出来，因为女儿出生的时候，双眉之间有一颗小红痣，就是俗称美人痣的那一种，所以女教师相信自己，只要能让她有机会见到那个小狼女，她一定能够辨认出来，那到底是不是自己的女儿！

记住了这样一个基本特征，女教师因此信心满满。

那么，剩下的问题就只有一个了，她如何才能找得到那个小狼女？

却不料，就是最后这样一个貌似简单的问题，其实才是最最难以解决的。小狼女不是一个正常社会人，不通电话，更没有地址，每天和狼群在一起行动，不会让你招之即来，挥之即去，你说找就能找得到吗？当然了，白日里忧思过甚，人们晚上容易做梦，梦中要想见到小狼女，那的确就是容易多了，可梦中相见也没用，那只是一个模糊的影子，所谓如梦似幻，不能当真，那小狼女就会老老实实地让你验明真身，并且老老实实地喊你一声妈妈吗？那就不是天方夜谭了，百分之百的可以肯定，你的精神出现问题，已经是个神经病了！

就这样，女教师春妮饱受折磨，那份痛楚也是常人所无法理喻的。

女教师终于下定决心，她要开始行动了。

千里之行，始于足下。

这天晚上，一夜的辗转反侧，女教师始终睡不安生，也就是凌晨三点来钟的光景，她便毅然决然地起床了，简单地梳洗了一番，抓起了一支手电筒，她便悄悄地离开了花青溪小学，穿过了十分松散而又狭长的云雾崖村落，走上月亮河大桥的时候，东方的天际便已经显露出曙光。这是一个初夏的时节，天亮得越来越早了，这倒是一个始料不及，穿越整个村庄耽搁的时间太多了，主要是路况不熟，走了弯路，所以等到她走下月亮河大桥，走到那光头小子铜像附近时，只看到两个匆匆离去的身影，那是云雾崖的村民们，他们抬走了供奉在铜像下面的一只麂子。

女教师的第一次探险，基本上也就是无功而返了。

第二次探险，女教师自然会总结经验，凌晨两点来钟就起床了，而且对云雾崖村落的内部结构也熟悉了不少，少走了不少弯路，抵达那个寻找野人主题广场的时间也就早了不少，果真抢到了那些捡便宜的山民们前面，可还是没有见到那个神秘女孩和两只小黑狼，却遇到了一个老人，竟是一个和自己一样前来探险的老人，那正是当年的野人考察队长，如今就住在香椿树下青石小院中已经退休的老教授。老人的目标很明确，他说自己最近这段日子也经常过来守候，想亲眼看一看那个浑身长毛的小女孩，还有她身边的两只黑狼，这件事情不仅和他的专业有关系，而且更是一种人生的惯性，所谓习惯成自然，他始终关注着和野人有关的话题，这也是很好理解的。女教师向老人介绍了自己，说自己就是一个普普通通的乡村女教师，听别人传说的故事太多了，情不自禁地也对探索野人产生了兴趣，这也是上天有意，居然遇上了老前辈，这就要拜老教授为师了！

老教授高兴得不得了，立马就接纳了女教师，俩人成了忘年交。

第三次探险，女教师和老教授结伴而来，却发现情况不太正常，广场周边出现了一些鬼鬼祟祟的人影，有这么多人想来看热闹吗？不会是图谋不轨吧？云雾崖的村落里，历来就少不了那种胆大妄为的不法之徒，女教师和老教授低声商量了一下，这情形实在有些诡异，他们不想卷进世俗的麻烦当中，便远远地退开了。

事后，却没有听到发生了什么事情，好像也就是虚惊一场，是自己想多了。

第四次探险，也是最后一次探险，却的的确确是冒着风险的。

光头小子的铜像附近发现了爆炸物，又是一颗山民们制造的土地雷！

幸好，这爆炸物很早就被人发现了，而且立刻就嚷嚷出来，山民们情绪激动，大喊大叫，那神秘的女孩和两只小黑狼自然也就被惊动了，再也不会出现了。女教师和老教授不知道这附近是不是还会有地雷，自然也不敢胡乱走动，只能老老实实地躲在一边，一直等到天亮，来了一群武警战士现场排雷，他们才悄悄地离去。

寻找野人主题广场上的故事，好像就到这里，被画上了一道休止符。

武警战士们仔细地搜索了周边地区，并且在主题广场上竖起公示牌，发布了宵禁的命令，每天太阳升起之前，任何人都禁止在广场上活动！武警派出了监察哨，还有武装巡逻，一定要加强防范，防止出现人身危险。

女教师的探险活动，自然也就没有必要再进行下去了。

老教授还专门找到了花青溪小学，和女教师告别，他要回城去了，这一次是完全彻底地从这个故事中退出了。

小学校长钱无奈却喜出望外，抓住老教授的手就不肯放开了，说自己早就想认识这位老人家了，这样一位身体力行的老学者，中外历史上实属少见，他做梦都想拜在老人的门下，能做个关门弟子最好！

老教授的朋友圈里，从此又多了一位小学校长。

小学校长眉开眼笑，亲自设宴为老教授践行，并且让学校里的十几位教职员工通通出席，集体作陪，这也的确算是上了档次，有了规格，老教授十分高兴。

女教师春妮也只能强作欢颜，始终陪伴在老教授的身边，却把一份深深的失望藏在心底，以为那神秘的小狼女和两只黑狼再也不会出现了，她的故事也只能到这里了，好像也是命中注定的事情，不服气也不行。

小学校长钱无奈好像也全然洞悉了女教师春妮心底的秘密，这从他那每每一瞥意味深长的目光中就能看得出来，只是什么也不说，知道说了也没用。

花青溪小学，依然在保守一个秘密。

秘密就是秘密，一个无可奈何的秘密，羞于人言的秘密，不可触碰的秘密，想着让人痛心，瞧着让人胆寒，也许，这就是一个要永远尘封在人们记忆深处的秘密了。

06　千里有缘来相会

女教师春妮却万万也没有想到，自己那个朝思暮想的小狼女，如今却被人俘获了，就捆在那个树干上，而且还像一只小猪小羊一样被人漫天要价就地还钱，毫不含糊地就变成了一件商品，参与到市场经济大潮中来了！

实话实说，对于女教师来说，这是一件天大的好事，因为就凭她的能耐，想抓住那个红毛女娃子，根本就是痴人说梦，当然她可以一条道走到黑，继续自己锲而不舍的历险之旅，可明摆着那也只是一厢情愿，对方是一个小狼女，还有两只大黑狼，这是一群山野动物，谁都不可能被女教师轻易说服，会老老实实地等在那里，听她说上一段过去的事情，这是一个现实的人生，绝对不会出现那种神话或者童话中的情形。

可眼下奇迹出现了，果真是千里有缘来相会，神话的光辉照亮了现实，就在这个云雾崖村落中十分简陋的农贸市场上，山民们日常用来互通有无卖猪卖狗卖青菜的地方，那红毛小狼女居然也被人明码标价吆喝着叫卖了，这对女教师来说绝对就是一件天大的好事，一个绝无仅有的天赐良机呀！

可是女教师却一直小心翼翼，似乎一动也不敢动，只是远远观望着那边的情形。

她一直没有走过去，是怕那个小狼女翻脸不认人，会抓住她毫不留情地咬上一口？小狼女被绑在树干上，好像大家都有这种担心，事先就做好了周密的防范，应该不会出现这种事情。那就是害怕人言可畏，云雾崖的乡亲们自然会认出她是谁，封藏在花青溪小学校园中的秘密顷刻之间就会被曝光，那段羞与人言的往事马上就会变得人人皆知，会完全侵蚀掉她活下去的勇气？事情已经过去很久了，她一直孤苦伶仃地活在这一方穷乡避壤里，如果能找到自己亲生的女儿，人世间有了一个亲人，肯定会平添一份让她活下去的乐趣，所以那份顾虑也是完全不必要的。那到底还有什么值得自己瞻前顾后忧心忡忡呢？那个捕获了红毛小狼女的猎人，似乎也在寻思着这个问题，一直偷偷摸摸地向女教师这边张望，女教师的心里咯噔一下，明白了，自己最大的障碍就在这里，说不清楚到底是为什么，她看到那个猎人就感到自己浑身都不舒服，好像那就是一种莫测高深的凶险，一种与生俱来的敌意！

　　俘获了红毛小狼女的猎人，其实还是云雾崖村落里鼎鼎有名的一个人物，就是因为他太出名了，所以无人不知、无人不晓，就连两耳不闻窗外事的女教师春妮，都对他那鼎鼎大名的外号如雷贯耳，知道他的外号就叫白面书生，人们都喊他白面书生，至于他真实的姓甚名谁，好像一点也都不重要，事实上谁也不清楚了。有了这样一个叫得响的外号，还要真实的姓名干什么？如果单纯从女人的角度看问题，这个白面书生应该十分讨人喜欢才对，因为他的确是名如其人，长着一副小白脸，还有一双大眼睛，明明是个大男人，却生出了一副狐媚相，漂亮的男人人人爱，这句话当然也没说错，只是这位白面书生的眼睛里，时时会流露出一种淫邪的光彩，一看就不是什么好东西，会让人后脊梁上直冒寒气，所以女人们反而最最讨厌他，一个个唯恐避之不及，白面书生只是浪得其名，竟是一个人见人烦的角色，自己的亲爹亲娘从来就不喊他白面书生，而是直截了当地就喊他畜生，这也算得上是一个极具特色的爱称了，当然也不会冤枉他，因为他自小就是那副德性，所作所为完全彻底的就是畜生，可能也是性早熟的缘故吧，小时候也就七八岁的光景，家里养了十来只青羊，放养在村落附近低矮的柴山上，他每天就在山坡上折腾那些母羊，天天如此，乐此不疲，居然也快活得不得了，后来被父母知道了，家里再也不敢养羊了，可是他每天晚上居然往自己姐姐妹妹的床上爬，果真折腾得人鬼不安，鸡犬不宁，也就当之无愧地变成了一个小畜生。大山里的男人们特别骚性，强奸案之类是寻常小事，被糟蹋过的女人一般都不敢吭声，只能远远地躲开去，所以表面上看来什么事情都没有，实实在在也就没人会把它当回事儿了。

　　女教师春妮打从心眼里厌恶这位白面书生，可能就是这个原因。

　　白面书生却是一个标准的美男子，好像太阳也对他特别眷顾，怎么晒都晒不黑，浑身皮肤光溜水滑，而且脸上还不长胡子，这和其他那些肤色黢黑青头紫脑的猎人们简直就是判若云泥，天人之别，只可惜名声太坏了，尽管相貌堂堂，可还是娶不上媳妇，谁愿意把自己的女儿嫁给一个活畜生？等到了本故事发生的当下，这个畜生也有四十多岁了，父母已经离世了，姐妹也都远嫁了，只把他独自一个扔在这云雾崖，他一个人居然也过得有滋有味，好像每天都有忙不完的事情，比如在香椿树下的青石小院门前安置爆炸物，还有鼓动一群山民把那个光头小子赶下洪水中，后来又在光头小子的铜像下面放置土地雷，只可惜被人们提前发现了，如今公安武警战士们在野人广场上安排了岗哨，那个神秘的小毛人和两只小黑狼再也没有出现过，好像大家都提高警惕了，不会轻易地上当了，可是他却依然不肯放弃，居然就像变戏法一样，忽然就把那个红毛小狼女给生擒活捉了，这行事的风格也极为怪异，而且细思极恐，想着就让人头皮发麻！

终于，女教师鼓足了勇气，目光尽量避开那个邪恶的猎人，一步步地向红毛小狼女走去。

可在那个白面书生看来，这就好像是夏日里吹来一阵清凉的风，那异常美丽的女人总算走过来了，白面书生深深地吸了一口气，两只眼睛里竟同时的闪出了一种野兽般的绿光，看那情形就是恨不得立时三刻扑上去，一口咬住那美女的脖子，牙齿里还咝咝地吸着风，好像正在享用一种鲜美的滋味，浑身上下的每个毛孔都舒张开来，那是说不尽的舒服啊！

可惜那女教师根本就不看他，好像根本就没有看到他，注意力全部都凝聚在那个红毛小狼女的身上，说来也奇怪，那先前一直在苦苦挣扎的红毛小狼女，这会儿忽然也安静下来，好像对美女的到来也充满期待，居然安安静静地接受女教师的抚摸，女教师撩开小狼女额头上的毛发，用一块洁白的手绢，一遍又一遍地擦拭着女孩的额头，果然，就在女孩的双眉之间，隐隐约约地现出了一颗红痣，那红痣的颜色很淡，如果不十分留意的话，根本就看不出来，女教师看着看着，眼睛里就涌出了大颗的泪珠，噗噗有声地掉落在小狼女的脸上，嗓子里却哽咽着，扭头告诉那白面书生说，这小狼女我买了，六万块钱是吧？你帮我把她送到花青溪小学，我会付你现金的。

白面书生却像是被兔子咬了屁股一样，猴急猴急地跳了起来：

"谁说六万了？谁说六万了？那是先前的报价，可惜你来晚了，没赶上那个好运气，现在已经涨价了，价格翻番了，我要十二万，少一分钱都不卖！"

"你你，你这个人，怎么可以这样无赖？说好的六万，你们吵嚷得震天介响，我在一边都听到了，怎么这会儿见风就长啊？"

"无赖，谁说的？怎么可以随便给我改名字？本人响当当的一条英雄好汉，行不更名，坐不改姓，我可正儿八经地告诉你，本人不是小无赖，是大名鼎鼎的活畜生，活畜生！你听明白了吗？父母打小就喊我活畜生，那是我的爱称，极具中国特色的爱称，就是一个活畜生！"

"哦，明白了，原来你是活畜生，"女教师摇摇头，也是哭笑不得，"那这事情做的，就算是合情合理了，一点也不奇怪了！"

"奇怪，有什么好奇怪的？我把老婆都卖给你了，本来今天晚上就要入洞房的，如今被你搅了我的好事情，让你花了十二万，难道还多了不成？"

白面书生两眼充满了淫邪，一闪一闪地冒着绿光，直勾勾地盯着女教师春妮，恨不得立时三刻就扑上去，一口就把她给生吞了。

"那好吧，不说了，就给你十二万，全当我这些年的工资都是为你积攒的，给孩子松松绑好不好？咱们赶快走吧，再继续拖延下去，这小毛妹子都快被你给整死了！"

女教师不敢再和他多废话了，生怕他说出更难听的话来，狗嘴里是吐不出象牙的，这人果真是个畜生，一点人味都没有。

07　小学校长钱无奈

　　女教师春妮花了十二万元买了一个红毛小狼女，这在云雾崖村落里算得上是头号新闻，虽然看不出来人们是如何激动万分奔走相告，但是可以肯定，最多也就一顿饭的工夫，云雾崖的乡亲们已经是家喻户晓，人人皆知了。地偏一隅的花青溪小学，虽然当事人就落脚在这里，却好像没有丝毫的反响，因为女教师春妮的房门紧紧关上了，而这又是星期天，同学们不用到校上课，教职员工们也大都居家附近，有条件的自然要回去与家人团聚，所以留在校园中的，总共只有寥寥数人，这其中为首的自然就是那个小学校长钱无奈，一个财务会计，两个炊事员，还有几个刚出校门不久的青年教师。

　　小学校长是绕不过去的，因为那猎人白面书生索要十二万元，不给钱人家就赖着不走，女教师的手上肯定没有那么多现金，所以还要请领导帮忙，小学校长也是爽爽的，直接就让财务支付了，自己写了个欠条交给会计，所以从某种意义上来说，他也是收养小狼女的直接赞助人，至于女教师为什么要收养小狼女，他一句话也没问，也是心知肚明，用不着浪费言语了。

　　春妮老师收养一个小狼孩，一个大姑娘家自动升格当上了妈妈，这可是一件破天荒的新鲜事，说出去可以把看热闹的人都结结实实地吓一大跳，小学校长却只是愣愣神，叹口气，又使劲地摇摇头，这事就算是过去了。

　　打发走那个猎人，小学校长自然也要到女教师那边看一看，想多多地表示一点关心，可女教师的房门却已经紧紧关上了。

　　听屋子里的动静，女教师好像正在给那个小狼女洗澡。小学校长点点头，觉得这的确是件当务之急，一个小狼孩回到人群中，那应该有一个漫长的适应过程，第一件事就是要学会讲卫生，接受正常人类种种的生活习性，融入自己的族群中。

　　小学校长什么也没说，转身就走了，而且十分夸张地倒背起双手，迈起大步，心事重重地在校园里兜起风来。他在想，花青溪小学是教书育人的校园，在这边远山区乡亲们的心目中，那也就算得上是一方圣地了，当然不能允许任

32

何游离主题的新闻制造，所以小学校长顾忌重重，好像他应该旗帜鲜明地反对，至少也要拿出对应之策，把影响降到最低程度，最好就像是什么事情都没有发生过，但是这事情说起来容易，做起来可就难了，因为收养狼孩的是春妮老师，这里就牵扯到一件忌讳如深的往事，小学校长可就有些不知所措了，他是投鼠忌器，生怕伤害了女教师。

这又是一个不为人知的秘密，却一直深深地隐藏在这位小学校长的心里，那是十年之前，本省师范学院毕业的春妮老师刚刚分配到这所山村小学，无奈校长就偷偷爱上她了，爱美之心，人皆有之，这本身也没有什么问题，只是他一直不敢说出口，好像就是一种职务犯罪一样，他那年已经30多岁了，是一位转业退伍军人，而且在对越自卫反击战的战场上受过伤，一枚越南人的弹片十分刁钻古怪地钻进了他的裤裆，把他的两个睾丸整整齐齐地都给削去了，最标准的说法也就是让他失去了传宗接代的能力，虽然战后记了二等功，按照当时军委的规定，二等功以上是可以直接送军校培养的，可这时候他的心情已经异于常人了，向组织上提出了自己的要求，不要再上军校了，他要求转业退伍，进师范学院，余下这一生他要做个老师，教书育人。这种想法也是很悲壮的，自己失去了生育能力，不可能再有下一代了，那就认认真真地为祖国培养下一代，尤其是为自己那贫穷落后的家乡父老坚守一方教育阵地，这种情操也是十分高尚的。

师范学院毕业之后，他要求返回自己的故乡，所以就被直接任命为花青溪小学校长，他也在心里暗暗地立下誓言，要一生一世坚守在这个岗位上。

这位小学校长从来就没有谈过恋爱，当然更不会向姑娘表白了。

春妮老师那年刚满二十岁，明亮的眼睛像一对弯弯的月亮，圆圆的酒窝溢出蜜汁的醇香，小小的嘴唇如同绿丛中的麦黄杏，莲子形的脸庞更像是一双碧波上的红睡莲，果真有一种说不尽的风韵，引人情思，逗人遐想。这一切还只是表面风光，大众欣赏，也许还不足以构成爱恋的理由，可每每夜深人静的时候，打从姑娘的闺房中会传出一阵阵妙不可言的琴声，更像一群小小的鸟儿飞起飞落，噗噗噜噜地撞人心扉，这可是一种深层的感受，足以令人聆听忘情，魂牵梦萦了。无奈校长那年已经30岁了，正该是每天做梦想媳妇的年龄，冷不防地撞上一朵凝满露珠的栀子花，心里能不鹿奔兔跃猴抓狐挠？可无奈校长偏偏是一个伤残之人，总是暗暗地告诫自己，不能去伤害人家姑娘，必须要板着面孔，当好一个小学校长，绝不能允许自己儿女情长。

这其中的底细自然不能随便告诉别人，所以钱无奈那是真正的无奈，即便是满腹的辛酸泪，还必须要假装自己骄傲得不得了，就像一只风华正茂的大公鸡。

可不幸的是，那位沦落天涯的小姑娘，偏偏也爱上了这位小学校长，这件事情也极好理解，因为在这片充满了野人故事的穷乡僻壤中，小学校长的方方面面也是颇具诱惑的，小姑娘就像一颗蒲公英的种子，被一阵风儿吹上了天，飘落到哪里都一样，只要有一方肥沃的土地，立马就会生根发芽了。

所以，小姑娘的心情更容易理解，她没有多少选择的余地，说得更为准确一点，她当上了一位花青溪小学的女教师，还想离开这里那是遥遥无期的，要想理直气壮地过好自己的人生，那位小学校长的确是最佳选择。

这也就是鬼使神差，搭建成一个悲剧结构了。

可那位小学校长却是一位在战场上流过血的军人，那副眼神尤其的犀利，几乎都不用扫描第二眼，他就能捕捉到对方极其细微的神情，知道人家在想什么，所以也就占尽了先机，会提前做好应对措施。

果然，事隔并不太久，春妮老师便羞怯怯地找上门来了。

那是一个星期天的上午，学生们不上课了，老师们也大都回乡与家人团聚，校园里空空如也，春妮老师要到大山深处去做家访，因为初来乍到，路径不熟，便红着脸央告无奈校长，说自己真的很害怕。无奈校长当然知道，这是一个十分合理的要求，自己应该陪同女教师去做一次家访，可是为了和姑娘保持距离，让女孩不要受到任何伤害，他便故意板起了面孔，拿腔作调地告诉春妮老师，说自己今天有事，分身无暇，只是为她写了一张纸条，让她去找一位民办女教师做伴。事情就是这样微妙，秉公而论，无奈校长应该关心女教师，帮助女教师，陪同女教师跑一趟家访那是天经地义的。平心而论，他也是偷偷爱上了女教师，也想多找机会腻在一起，只是为了心中的那一份道义，他不肯丝毫地纵容自己，只想着要保护一个生活的弱者，心里面有了自己的小九九，表面上就一本正经到了夸张的地步。事情就这样处理了，他心里立时三刻就后悔起来，自己这是不是也太假道学了？这时候他真的盼望姑娘能再坚持一下，撒娇也好，放赖更妙，这样他马上就可以收回成命，撕碎纸条，欢天喜地地陪着女教师走一遭，可女教师没有撒娇，她也矜持得像一枝玫瑰花，根本就没有再说一句话，只是默默地接过无奈校长的纸条儿，甚至连看都没看一眼，轻轻地叹口气，转身就走了。

这天中午，女教师春妮没有回学校。

小学校长心里想，她也许是被学生家长留住了，或者和其他老师共进午餐了？无奈校长眼巴巴地一直紧盯着学校大门，努力寻找各种理由宽慰自己，只是心里慌慌的，两条腿尤其不争气，一个劲想到校园门口去转一转。终于等到日落西山，女教师居然还是没有回来，小学校长再也坐不住了，只得临时编造一个理由，厚着脸皮去拜访那位民办女教师，转弯抹角地问起春妮老师去过没有，可对方的回答却让他大吃一惊，人家今天根本就没有见到过春妮老师，无奈校长脑袋轰的一声，知道这事不太对劲，肯定是出事了！

无奈校长把春妮老师背回校园，已经半夜三更了。

小学校长是在山道上发现了女教师春妮，当时她浑身的衣服都被撕碎了，下半身流着血，正拼命地挣扎着从一片茂密的竹林中爬出来，头发蓬乱一团，浑身伤痕累累，惊魂不定，神情崩溃，她是被人生生强暴了！大山里的邪恶之徒，就这样糟蹋自己心仪的女人，果真是一点善意都没有了，春妮老师只记得，对方头上套着一只臭袜子，凶神恶煞般地挥着猎枪，竟是一个禽兽不如的猎人！无奈校长又找来了几个女教师，让她们帮着春妮老师洗净身体，给伤口上药，又换上一身干净的衣服，把这一切都安置好了，还让人轮流值班地守着她，这才回到自己的宿舍里，闩上门，便恨恨地挥起双拳擂打自己的胸脯，号啕大哭起来。

这一生一世，他是永远也不会原谅自己了！

第二天上午，在孩子们上课之前，小学校长便召开了全体教职工会议，让大家为这件事情保守秘密，因为那不仅仅只是春妮老师一个人的耻辱，也是整个花青溪小学的奇耻大辱，是对所有献身家乡教育事业的老师们的公然挑衅，只是事情已经发生了，我们又能怎么样？大家从此散伙，不再坚持乡村教育了？其实大家都明白，说说气话是可以的，但是我们的事业还是要继续下去，我们的生命还要延续下去，所以必须要保守秘密，给我们自己留点脸面，这要求不是很过分吧？当然了，我们是法治社会，出了这么大的事情，自然是应该向公安机关报案，只是这件事情也要秘密地进行，毕竟这里是山高皇帝远，眼下还不通公路，公安干警们跋山涉水地来到这里也很不容易，指望他们能破案，不是刻舟求剑，那就是守株待兔，反正就是痴人说梦，万万不能想当然，只能自己尽力而为，保护我们的女教师，在为乡亲们贡献青春的同时，还能为自己保留一点颜面，这是一个无奈的选择，就像我的名字一样，也只能是这样了！

小学校长一番话，说得大家都流泪了。

女教师春妮惨遭强暴，身心俱毁，每每忧郁难遣，痛不欲生，便垂泪操琴，长歌当哭，那如泣如诉的琴声随风飘去，丝丝缕缕郁结成云，点点滴滴洒遍群山。无奈校长每每听到女教师的琴声，便咽喉发酸、眼皮发涩，却不敢哭，不能哭。他唯一能够付诸努力的就是小心翼翼地保守秘密，千方百计地给女教师送温暖，帮助她摆脱那段耻辱的记忆，借以减轻自己的愧疚。无奈校长也劝过女教师，说这琴不弹也罢，让大家心里都酸酸的，何苦来哉？女教师说，她这是在和妈妈说话，妈妈在她很小很小的时候就去世了，只给她留下了一张古筝，任她哭泣任她笑，这是她唯一可以得到安慰的地方呀！无奈校长再也顾不上自己有没有权利和义务，那眼泪唰地就流下来了。

无奈校长直到这一刻才晓得，那春妮的身世更可怜，竟是一朵血泪泡开的苦菜花。

当春妮还是一个襁褓中的女婴时，妈妈便因病离世了。

春妮在爸爸的拉扯下艰难地长到初中毕业。一天爸爸看见母亲的一件遗物，就是那一架家传的古琴，爸爸抚摸着那古琴失声痛哭，一阵天旋地转，剧痛钻心，便重重地栽倒了，从此躺到了病床上，再也爬不起来了。春妮考上了一座中等学历的师范学校，抱着妈妈的古琴上学去了，爸爸却没能等到女儿学业有成，临终之前还一直流泪，叮嘱女儿毕业之后就找一个不为人知的边远山乡，只要能活下去就好，每天能见到太阳就好，他们唯一的慰藉就是女儿长大了，她还活在人世间啊……

小学校长听到了这里，终于忍不住失声痛哭，果真痛断肝肠啊，恨不得挥拳打碎自己的脑袋，一个在战场上不怕流血牺牲的战士，一个决心要把自己的一生毫无保留地献给家乡的教育事业，那份献身意志何等的坚强，那种忘我精神何等的崇高，可偏偏在生活中只能束手束脚，无奈的人生啊！

自从遭遇过猎人的强暴，春妮老师再也没有展露过笑颜，一个原本就对人生充满疑忌的弱小女子，又生生地感受了一回人性的邪恶，就像一幅被人蹂躏撕裂的美丽画卷，即便再勉强地修补起来，也是伤痕累累，面目全非了。

小学校长钱无奈把这一切都看在眼里、痛在心上，只是犹豫，只是彷徨，不知道如何弥补自己的过失，整个性情也为之一变，对自己的仕途和前程也看得淡如浮云了，只是暗自叹息，咀嚼愧疚，从此步上了无奈人生。

女教师春妮收养了一个小狼女，这在别人看来肯定是不可思议的，但是小学校长心中有数，这世界没有无缘无故的爱，也没有无缘无故的恨，女教师如今对一个小狼女如此的上心，肯定与自己失去的那个孩子有关，因为根据当时的情况推断，那个小女娃子，好像就是被野狼给叼走了。春妮老师如今收养了狼女，不会就是把她当成了自己的女儿吧？小学校长觉得，这种想法其实也是太过幼稚了，因为这世界太大了，山野中的世界更复杂，当然这是一个美好的愿望，只是太不现实，太过奇葩，说到它的真实性，那绝对是微乎其微的，有这个可能吗？

岁月的河流，就这样暗涌起伏、九曲回环、不堪回首、羞与人言，好像无声无息，其实风刀霜剑，一天一天地流失着。

08 给小狼女洗澡

钱无奈校长归根结底还是放心不下春妮老师一个人给那个狼孩洗澡，所以转来转去走几圈之后，还是跑过去敲开了女教师的房门，他想过去帮帮忙，即便帮不上忙也不要紧，只要自己守在身边，至少可以增加一份安全的保障，万一那小狼女狼性大发了，自己就可以出手了，能保证那女教师万无一失，那也就是功德圆满，善莫大焉！

其实，小学校长还是想太多了，那红毛小狼女表现得就完全是一个乖乖女，根本就没有狼性大发，所以他这个人根本也就派不上用场，只是多了一个观众而已。

回家之后，春妮老师第一件事就是拉开一个大木盆，满满地倒进去两桶水，把那毛妹子提在木盆里，要给她干净彻底地洗个澡。那大木盆形状很像一只小小的船，是南国山民们居家必备的多用腰盆，可以放在田里打稻谷，划进水淼采莲子，甚至还可以去下网，去捕鱼，毛妹子在水盆里扑通着，搅起满天的香波彩泡，看得出来这是她生平第一次洗澡，兴奋地哇哇大叫，真是开心极了。

现场的情形就是这样，还有什么值得担心吗？

女教师也没工夫招呼校长，她正忙得不可开交，那毛妹子泥鳅一样在水盆里滑来滑去，只顾自己玩得高兴，扑通不停，浪花四溅，横竖就是不让搓洗，春妮老师像是在水里抓鱼，竟折腾得自己浑身是水，满头汗珠，脸上却荡漾着欣喜的神采，笑意融融。就是女教师那难得一见的笑容，也让小学校长改变了初衷，深深地吸了一口气，立刻就大彻大悟了，知道自己应该干点什么了，转过身去像是换了个人，嗓门也陡地升高八度，说各位老师都干啥去了？怎么不过来帮忙呀？快，春妮老师收养了一个小狼女，这可不是她一个人的个人行为，花青溪小学从此多了一个女儿，我们大家的女儿，这还不足以令人热血沸腾吗？一个好汉十人帮，众人添柴火焰高，我们大家一起上，养活一个孩子那就容易得多了！这时候，已经下午四点来钟了，回去与家人团聚的老师们也都纷纷返校了，小学校长分外热心地跑前跑后，果真把所有的教师和家属们统统发动起来了，大家都忙着给狼孩找衣服、缝被褥、送鸡蛋、买糖果，甚至还搜罗来一大堆幼儿识字卡通图片。钱无奈里里外外忙乎半天，自以为功劳也不小了，便凑到狼孩跟前套套近乎，笼络笼络感情，却不料那毛妹子根本就不买账，抱住他手腕狠咬一口，痛得他甩手跺脚蹦起老高，呛天呼地叫喊着，说这是狼咬吕洞宾，不识好心人，逗得大家笑成一团。

毛妹子梳起小辫，穿上衣裙，把一身红毛遮掩起来，就变成一个眉清目秀的小姑娘。也是洗澡洗累了，衣衫整齐的毛妹子就倚靠在女教师的被褥上，漫不经心地接受人们的朝觐。老师们无不啧啧称奇，说这女娃子真的太漂亮了，难怪春妮老师一见倾心、爱不释手，的确是大自然母亲的一份恩赐！等到人们散去，春妮老师也上下左右欣赏着毛妹子，开心地笑了，说你这小小狼孩，就这么黏上我了？喜欢天天听我弹琴？还要给你讲故事？别着急，慢慢来，你要一天天地长大，我们的故事长着呐！今天是个好日子，我忽然变成妈妈了，这感觉太棒了，你也该尽快忘记那个充满血腥的大森林，忘记那个邪恶的白面书生，这里就是花青溪小学，也是我们共同的家，这是一个值得纪念的好日子，你从此以后就有家了，让我们抛弃过去，重新来过，每天去迎接一轮新太阳！充满艺术细胞的春妮老师，说起话来很抒情。红毛妹子圆睁一双黑葡萄似的大眼睛，一眨不眨地凝望着春妮老师，小脸上布满困惑的神色，显然听不懂她在说什么，只是勉为其难地听，努力地听。春妮老师摇摇头，觉得自己挺好笑，也就不说什么了。毛妹子便爬起身来，跪坐在床上，把面孔埋进女教师的手掌，拱动着，磨蹭着，哼哼唧唧，女教师深感意外，呆呆怔怔，终于明白过来了，情不自禁地捧起她的脑袋，在那挺直的鼻宇间吻了一下！

钱无奈校长刚巧看到这一幕，摇头，跺脚，说春妮老师你不要命了？知道这狼孩有多大野性吗？万一她狼性大发，一口咬住你的脖子，找谁申冤去？来来来，你看看这个——钱无奈校长这次送来一叠报纸杂志，说老师们可全是好意，都在为你收集资料，这狼孩的故事印度最多，其他温热地带的国家也时有发现，许多人类学家把改造狼孩当成自己的科研课题，可惜至今为止还没有人真正取得成功，让狼孩回到人群中来，变成一个正常人，这比登天还难呀！春妮老师接过那叠报纸杂志，随手翻了翻，叹口气，知道无奈校长的意思还是要她慎重考虑，踟蹰着不知道该如何回答，不料那毛妹子却不干了，突然跳起身来，龇牙、瞪眼，蓦地发出一阵狼嗥，吓得钱无奈校长转身就跑！钱无奈校长跑出门外，还没忘了关心女教师，在窗栅外面连声招呼让春妮老师快撤！偏偏毛妹子这会儿已经收起一脸恐怖，又露出分外憨态的笑容，撒娇似的扭着腰身，蹭到女教师身上，倒像是一条善解人意的鬈毛狗儿。春妮揉着胸脯，好半晌才喘过气来，说你这小妖怪，吓死我了！照这样狼性不改，我怎么敢和你一起过日子呢？早晚等我睡着了，你一口把我咬死了，那不麻烦了？毛妹子唔唔的，像是在为自己辩解，黏皮糖似的直往人身上贴，舒服得连眼睛都闭上了，女教师感触到毛妹子热乎乎的体温，咚咚的心跳，心也就放下来了。女教师想，这毕竟是一颗人类的种子，十月怀胎，一朝分娩，尽管远离人类，与野兽为伍，那凝成血痂埋入尘沙的深层潜意识中，一定还保留着裹身母腹的温馨记忆！女教师眼睛湿润了，她相信自己的抉择是正确的。

春妮老师执意收养毛妹子，无奈校长也只好不计前嫌，摊开双手挤挤眼，又满腔热情地为毛妹子举办起接风宴会来。老师们人人争着献爱心，你送一碗米粉蒸肉，我炒一碟青椒肉丝，他捧来一盘水晶汤包，各类菜肴摆满校长的办公桌，还一本正经地为毛妹子放上靠背椅，准备筷子、汤匙和餐巾纸。一切准备完毕，大家便小心翼翼地站在一边，垂手而立，这也算是山村小学有史以来的最高接待规格了。可惜毛妹子一点礼貌也没有，先是高低不肯坐上靠背椅，接着把筷子、汤匙和餐巾纸拂落一地，最后索性猴一样敏捷地跳上席面，手脚并用横抓竖挠，折腾得杯盆碗盏一塌糊涂，满头满脸汤水淋漓！

无奈校长说这太好了，足以证明老师们的烹调技艺世界一流，将来退休了就去开饭店，到哪儿都发财！

也有人说不好，女孩子吃相不雅，有悖于中国的传统文化。于是，便有人技痒难耐，忍不住要对毛妹子教化一番了，怎奈那狼孩一意孤行，你苦口婆心，她置若罔闻，敢稍稍挨近，她便立刻露出狼的本相，龇牙咧嘴又抓又咬，让信心十足的教育家们哭爹叫娘，狼狈逃窜。后来，直到毛妹子吃饱喝足了，把最后一个盘子也给踢到地上，春妮老师把她从桌子上提下来，重新放在水盆里，这场闹剧才算结束。

老师们纷纷散去，回家吃饭去了。

只有春妮老师还在埋头苦干，分外仔细地为狼孩重新洗浴，换上一身干净衣服。毛妹子吃饱喝足又洗了一个痛快澡，心满意足地伸个懒腰，打个哈欠，便趴在小床上睡着了。那小床是钱无奈校长搬来的，就放在春妮老师的大床前面。无奈校长再三叮嘱女教师，小心无大错，一定要和狼孩保持足够的距离。春妮老师泼了木盆里的洗澡水，守在毛妹子身边坐了一会，打了一个长长的哈欠，感到累极了，困极了，便躺到自己的床上，旋即也睡着了。

09 毛妹子为什么怕穿衣？

春妮老师被一种奇怪的响声给惊醒了。

睁开眼睛一看，夕阳的光辉透过西窗，投上东墙，已是傍晚时分了。毛妹子正蹲在小床上，猫咪似的圆瞪眼睛偷觑着女教师，两只小手却一刻也不肯消闲，用力撕扯着自己身上的衣服。春妮老师大吃一惊，急忙跳起身来，抓住毛妹子的手，说你这是在干什么？不想做个好孩子啦？为什么要把衣服撕了？不穿衣服那还是人吗？女孩子赤身裸体到处乱跑，别人不把你当疯子？毛妹子见到女教师发火了，竟也有几分胆怯，十分乖巧地停止撕扯，嘴上哼哼唧唧的，似乎还知道认错。见到毛妹子那般光景，女教师又不忍心多说什么，只是摇摇头，帮她把一身缕缕条条的衣裙脱下来，又从老师们送来的衣物里挑出一套粉红色的连衣裙，给她重新穿戴起来。女教师一边为毛妹子穿衣服，一边慢声细气地跟她说话，说这些衣服都是老师们送的，大家都像亲生父母一样关心爱护着她，人类和兽类的最大区别就是互相关心、互相爱护、互相帮助，讲文明、懂礼貌、守法纪。穿好衣服，规范行为，这本身就是对人类社会的尊重啊！女教师苦口婆心地说了半天，满以为心诚所至、金石为开，那毛妹子即便不能完全听懂她的语言，至少也能意会到她的一番心意，于是便把毛妹子撕碎和先前油污的衣物拾到木盆里，打算端出去洗刷干净，谁知道她刚刚转过身，就听到身后滋啦一声，那毛妹子又开始毫不含糊地撕扯起衣服来了！

女教师呆呆地看着毛妹子。

女教师说："毛妹子，你这是屡教不改了？屡教不改的孩子，要用棍子揍，这叫体罚辅助教育，痛改不良习气，你懂不？你难道就不怕教鞭吗？"那毛妹子显然并不害怕女教师的教鞭，只是直直地盯着女教师的眼睛，两只手依旧不肯停下来，在自己身上使劲抓挠着，仿佛浑身燥热，奇痒难耐。女教师忽有所悟，毛妹子浑身长满粉红色的鬈毛，那是大自然母亲为野生动物们准备用来抵御风霜雨雪的天然蓑衣，如今给强行加上一层衣物，一定是毛发饯痛，十分难受吧？果真是这样，那不成了强人所难，蛮不讲理？有了这一重大发现，女教师便走上前去帮助毛妹子抓痒痒，果然，毛妹子十分惬意地舒展腰身，咯咯地笑出声来了！

春妮老师也笑了，笑着笑着又凝起眉头，能让毛妹子一生一世不穿衣服？原始人类皮糙肉厚披毛纷纷，大家都不用穿衣服，那是天经地义，习惯成自然。可今天的人类早已经走出伊甸园，适时更衣远远超出温暖需求，而更多是出于廉耻之心、审美观念、文化意义，出于文明社会的道德规范。女教师不无伤感地摇头叹息了。

毛妹子看着女教师摇头，觉得这很好玩，也煞有介事地跟着摇起头来。女教师不由自主地睁大眼睛，像是冷不丁地发现一片新大陆，毛妹子是在刻意模仿自己？灵长类动物一般都善于模仿，而刻意模仿和下意识仿效根本就是两个完全不同的概念，作为万物之灵的人类，那模仿的本能也就是一种学习的阶梯，是生命进步的契机，精神可塑的溶剂！女教师感到眼前一亮，真的，学习使人进步，光阴积累知识，生命本身就是一个不断汲取和发育的过程，像春雷唤醒萌动，新笋顶破岩层，还有什么奇迹不会发生？

女教师便埋下头，专心致志地研究毛妹子那一身粉红色鬈毛。女教师坚信不疑，毛妹子之所以拒绝衣着，那一身鬈毛才是罪魁祸首。原始人类被寒冷逼迫裹上兽皮，最终磨光身上的体毛，变成衣冠楚楚的现代人，这是一个十分漫长的过程，显然并不适合毛妹子，时间太长了。毛妹子喜欢洗澡，洗浴之后在一个短时间内也十分乐意穿衣服，那是热水浸软毛根的缘故，可她也不能一天到晚浸泡在水里。春妮老师终于想到男人们的剃须刀，那双面刀片装在保险刀架里，手握刀柄轻轻一拉就可以把乌云秀士刮成白面书生，操作方式简便易学，女教师自信自己也完全对付得了，只要把毛妹子一身粉红色鬈毛剃削干净，不就变成一个光溜水滑的小姑娘了？女教师兴奋不已，摩拳擦掌，在小屋里转两圈便打算付诸行动，要去找钱无奈校长借剃须刀，忽然又想到一个至关重要的大问题：那体毛剃削之后，不是还会重新长出来吗？那重新长出来的体毛，不是更粗更硬吗？更粗更硬的体毛，不格外扎得人浑身瘙痒吗？男孩子的胡须起先也只是一圈黄茸毛，越刮越黑，越刮越硬，最后刮成一个胡子拉碴的大男人，按照这个逻辑推理，那毛妹子不仅变不成小姑娘，最终还要长成小刺猬！

女教师深深地叹口气，又回到毛妹子身边。

毛妹子已经爬起身来，赤身裸体地跪在小床上，撅着腚、呶着嘴，两只手十分努力地抓挠着脊背，那模样很像一只小山猫。女教师又摇头，说毛妹子，我知道你这一身鬈毛很麻烦，咱们这不正在想办法吗？用剃须刀肯定是不行了，那样除不了根，就像割韭菜，割了一茬长一茬，越长越茂盛，这怎么得了？咱们还得想个好办法，把你这一身狼毛连根给拔出来，你明白不？你在眨眼睛，听明白我的话了？你还皱眉头，嫌一根一根拔毛那样太疼了？可你又有什么好办法呢？能不能说出来让我听听？找医生？给你用上一点止痛药？

这是一个迫不及待就要解决的问题，女教师分外认真地和那个红毛小狼女讨论着，只是说来说去，还是解决不了任何问题，那小毛人貌似听得很认真，却又似乎什么都没有听进去，总而言之就是你说你的，她做她的，两不相扰，各行其是，这当然也算不上对牛弹琴，比较靠谱的说法应该是对狼弹琴，不，她归根结底也还不是狼，只是一个小狼人，是具有一定狼性的人，归根结底还是人，大约也算得上是个小野人吧？

女教师最终还是找到了解决方法，那就是给小毛人穿上宽松的睡衣，这样的衣服足够宽大，就不会戗起她的毛发，浑身的红毛可以顺溜溜地躲在衣服后边，各不相扰、不疼不痒，小毛人也就不再拼命地挠痒痒了，不会一件接一件地撕衣服了。

于是，在后来很长的一段时间里，红毛小狼女的衣着打扮一直以睡衣为主，这样看上去也不错，宽袍大袖、衣裙随风，居然有一种古色古香的味道，仙风道骨，飘飘欲仙了！

10　毛妹子是如何闯祸的

只可惜，毛妹子从来不说话。

有时候，她会打从嗓子眼里发出一种低低的狼嚎声，那神情寂寥，若有所思，像是在回忆着久远的往事，只是看到女教师威胁的手势，知道狼嚎是不受欢迎的，便又重新变得不声不响了。

可是，也明显看得出来，毛妹子的模仿能力极强。

花青溪小学有一条大黑狗，它的名字叫黑莲花。这名字绝对的不同凡俗，听上去好像是很有文化的样子，为狗取名字的正是这里的最高长官，小学校长钱无奈，一开始大家都会偷偷笑，这果真是一个无奈的校长，一身的嘻哈味，连给狗取名都如此的奇葩，绝对是个有情有趣的人啊！赞完了无奈校长，花青溪小学的人们也就习惯接受黑莲花的称谓了，反正总是要有个名字的，其实怎么叫都是一样的。这里需要重点提示的，那黑莲花是一条母狗，特别的善解人意，而且非常的忠于职守，自从红毛妹子来到了花青溪小学，小学校长把它领到了小毛人的跟前，告诉它这就是花青溪小学的小公主，身份和地位非同寻常，大黑狗的任务就是当好她的保镖，做一个赤胆忠心的好朋友。

大黑狗摇了摇尾巴，同时咧开了嘴巴，看看那满脸警惕的小毛人，又瞅瞅一本正经的小学校长，就这样十分欣然地接受了这一光荣而又艰巨的任务，走过去认真地嗅了嗅红毛妹子的脚，趴伏到了小毛人的身边，接下来，小毛人便毫不含糊地冲着黑狗的脑袋踢了一脚，大黑狗也装模作样地哀号了一声，却十分臣服地把下巴贴到了地面上，表示接受了小主人的赏赐，这就是行礼如仪，她们成了一对好朋友了。

能看得出来，小毛人十分喜欢大黑狗，因为那大黑狗浑身都是漆黑的，看上去就像是一条大黑狼。

山里的人家都喜欢养狗，而云雾崖的村民们养狗也养出了一种特色来，那就是家家户户养的狗全都是黑色的，而月亮山区最为强悍的狼群就是那种黑狼家族，所以人们基本上也都认同了这样一个推理，那就是云雾崖的大黑狗，其实也就来源于月亮山区的黑狼一族，因为狼崽子和狗崽子小时候看上去都是一模一样的，山民们进山去打猎，经常会把那些狼崽子捡回家去当狗养，狼崽子们长大了，乐意留下来那就变成了狗，不愿意留下来还可以进山去找自己的亲爹娘，所以村里的黑狗和山里的黑狼就是直系亲属，所以小毛人瞧着那黑莲花一点也不眼生，也就是这个原因。

大黑狗也十分喜欢那小毛人，这个中情由却不太容易说得清楚，因为狗鼻子构造十分独特，嗅觉特别灵敏，和一般人有着天壤之别，尽管那女教师逮着机会就会给小毛人洗澡，用上好多的沐浴露，可是大黑狗只要走近小毛人，立马就能嗅到一种十分特别的气息，那和普通人类反差极大，充满了浓郁的山野气息，或者，更为准确的说法那是一种野兽的气息，可大黑狗却感到了一种异样的亲切，说不清、道不明，好像其中包含着一种亲情的密码，一种生命的感召，一种远古的呼唤，竟然让一条大黑狗神思恍惚、如梦似幻，那其中的快乐，其中的享受，更是不可言喻了。

最让大黑狗感动不已的，是每当身边没有别人的时候，那小毛人也会四肢着地趴在地上，手足并用地爬来爬去，好像自己也是一只狗狗，围绕着大黑狗兜着圈儿，大黑狗差不多就激动得热泪盈眶了，因为它尤其注意主人的态度，这不仅仅只是放下身段那么简单，不能简单理解为与民同乐，不，这其中好像还有更为深层的意义，那是一种亲情的昭示，缘分的象征，让一只大黑狗顷刻之间就全然顿悟了上天的苦心，知道自己应该怎么做，那是一种毫无保留的信任，责无旁贷的效忠。

就在人们不知不觉之间，花青溪小学的故事萌芽，正在悄悄地抽枝散叶，慢慢长大。

最早发现端倪的，还是那位女教师春妮。

因为她毫不怀疑自己就是那红毛小狼女的亲生母亲，所以对小毛人的一切竭尽全力，亲情呵护，自然也是体察入微，事事留心，尤其是因为自己是个女教师，本身职责就是教书育人，所以也特别在意那个小毛人的语言进步，智商发育，可是这方面的情况却不容乐观，那个小毛人好像能够听懂人类的语言，可从来不曾开口说话，会不会是一个天生的哑巴？可是女教师很快就发现了一个秘密，那个红毛妹子绝对不可能是个哑巴，因为和大黑狗在一起的时候，竟然会发出汪汪的狗吠声，这是什么情况？她已经掌握了狗狗的语言，一人一狗交谈甚欢？这就有点意思了，自己这个命运坎坷的女儿，绝对不会是个哑巴，甚至还有着超人的语言能力，只是暂时还不肯接受人类的语言，好像有种抵触的情绪，这样说来，自己更要加倍努力了。

可是，这事情说起来很容易，具体实践起来那就太难了。

毛妹子好像看穿了她的心思，居然会时时处处要和她对着干。

女教师仔细计算过，那毛妹子的实际年龄已经超过八周岁了，在正常的人类社会中，她应该是个小学二年级的学生了，可这孩子怎么瞧着都不像是一个学生妹，看心态像个咿呀学语的婴幼儿，看行为却是一个胆大妄为的冒险家，让她刷牙她吃牙膏，让她洗脸她洗衣服，让她熟悉看图识字的小卡片，她把所有画着小动物的卡片统统给咬碎了，每天从一大清早起来就忙着制造各种事端，一直折腾到睡着了为止。

自从收养毛妹子，女教师一天忙到晚，不仅再也没工夫弹琴，人也日渐消瘦了。

那天春妮老师正在给五年级同学们上语文课，数学老师木瓜匆匆赶来，隔着窗子冲她急急招手，说毛妹子闯祸了，她领着学校里的那条大黑狗，溜出校园大门去兜风，还就近拜访一家庄邻，不仅十分勇敢地赶走人家的看门狗，而且技艺超群地攀上一棵大树，跳到人家的平房顶上，从鸽子窝里掏出两只刚刚满月的小乳鸽，连血带毛给生吃了！

春妮老师赶到案发现场，那里已经围了很多人。

钱无奈校长正在指挥大家架梯子，上房顶。

主人家的那条看门狗，浑身上下基本上也全是黑色的，只是脖子上长了一圈白毛，好像是带了一个白项圈，这一下子就暴露出它的血统不纯，不是真正的大黑狗了，所以面对着外来的侵略也就显得有点理不直气不壮了，难怪毛妹子领着校园里的大黑狗，不费吹灰之力就把它赶到一边去了，这会儿发现人多了，自己家的主人也都回来了，也是狗仗人势的缘故，终于记起自己守土有责，不能夹着尾巴当孬种了，于是也在人群中上蹿下跳，分外骁勇地吠叫起来。毛妹子带来的那只大黑狗表现得却尤为奇特，众目睽睽之下它自然不好公开向那只白脖子发难，只是一声不响地堵在人家前面，你蹦我也蹦，你跳我也跳，也就允许你叫唤几声，果真想前进一步，那就是做梦了，休想办得到！

那个农舍的主人，一个满头白发的小老头，这会儿也跟在那条白脖子狗的后面，自己也不敢贸然冲到前面去，只是冲着看热闹的人们直摇头，指着花青溪小学的那条大黑狗，一脸的苦笑，那意思也是再明白不过了，这条大黑狗可是不简单，它是那小毛人的帮凶哩！

房顶上的毛妹子也不甘示弱，毫无惧色地爬上房檐口，怪模怪样的和那白脖子狗对峙着。毛妹子一身衣裙披挂纷纷，头上辫子也散开了，满脸血污，一塌糊涂，嘴上还用力吮吸着一只雪白的翎毛，魔鬼似的扎撒两手，居高临下地向人们示威！春妮老师怔怔地看着那毛妹子，胸口隐隐疼痛，双手使劲揉搓，叹口气，又摇摇头，泪水便涔涔地流下来。房屋的少主人是一对年轻夫妇，原本一直躲在人堆里看热闹，这会儿瞧见春妮老师落泪了，急忙朝那装腔作势的白脖子狗猛踹几脚，把它远远地赶到一边，又过来劝慰女教师，倒像是他们的白脖子闯下祸端一样，深深地把人家小姑娘逼上房了，该着赔上一堆不是了。

山民们的善良，愈发使女教师惴惴不安，那泪水更是抑制不住了。

后来，钱无奈校长便小心翼翼地爬上房顶，把毛妹子给背下来。

毛妹子倒也十分乖巧，看到春妮老师流泪了，便一声不吭地蹲在女教师脚下，仰着脑袋，大睁两眼，屏息凝神地往上瞅，那样子说不出是混沌未开、顽皮无赖，还是心虚胆怯了。春妮老师恨恨地抬起手来，真想抓住这事由重重责罚，让她记住一个教训，可那手在半空中摇晃一会，最终还是轻轻地落下去，帮孩子擦拭脸上的污痕。女教师哽咽着，说毛妹子，那小鸽子多可爱呀，你就这样把它们给咬死了，吞吃了？你果真血管里流淌着狼的血，从骨子里就是一头狼吗？这世上没有无缘无故的爱，我为什么就这样在乎你呢？我一直期盼有一个女儿，一个可以相依为命的女儿，你知道吗？毛妹子，求求你，不要让我伤透心，陪我守候一个梦，好吗？

守在一边的钱无奈校长也悄悄地叹口气，揉揉眼睛。

这天晚上，钱无奈校长便召集全体教职员工会议，通报了毛妹子闯祸事件，要求今后加强防范，杜绝再有此类事发生。无奈校长说，毛妹子狼性不改，骚扰居民，茹毛饮血，不仅给学校造成不良影响，让春妮老师痛苦不堪，也是对我们全体老师的教学能力提出挑战：咱们有没有足够的智商，帮助嗜血成性的狼孩找回一份做人的感觉？

话说到这份上，大家才恍然大悟，明白了小学校长葫芦里装的是什么药，这是要帮助春妮老师，研究探讨有关毛妹子的教化问题。

三个臭皮匠，凑成一个诸葛亮，老师们你一言我一语的为狼孩会诊，倒真的发现了一些问题，认为毛妹子先天并无不足，只是吮着狼奶长大，接受太多有关狼的生命密码，从而迷失人的本性。春妮老师倾情关爱，最多只能博得一种动物性的依恋，这在小狗小猫身上同样可以获得成功。到目前为止，春妮老师最大的成就就是赢得了小毛人的信任，可这只是万里长征走完了第一步，以为一个小狼孩从此就可以一蹴而就、脱胎换骨，变成一个真正意义上的人，那也是不切实际的，毛妹子眼下只是徒具人的形骸，缺乏人的理智，根本就不懂得如何做人，那精神世界还是一片蛮荒！当然，她毕竟回到人群中，没有任何理由顽固坚守那份狼性，只是需要时间，需要耐性，需要方法，重新修补那份横遭阻断的人类遗传基因!

　　小学校长这是抛砖引玉,期待人多出智慧,老师们自然明白他这一份苦心,大家纷纷跟进,表现积极,毕竟一个个都是小资,你推理,我论证,每人都想露上一手,气氛倒也十分的活跃,说不上离题千里,只是书生气十足,没有什么实用的内容。

　　最后,还是当年那个弄丢了孩子的女教师言之有物,说出了一番令人称赞的道理来,她说毛妹子吃了狼奶就学狼嗥,毫不含糊地长出一身狼毛,这说明了一个道理,那野狼们的生命密码就是通过一口奶水一脉相承!如今毛妹子要告别狼性,皈返人生,哪里跌倒从哪里爬,丢了什么就找什么,这事情就简单了,不该为她补上一份母亲的乳汁?结论:要为狼妹子修补人类遗传基因,当务之急就是启动补奶工程!

　　小学校长频频点头,觉得这话有道理。

　　老师们当中自然也有持反对意见者,怀疑人类乳汁能否产生如此的神奇妙用,这是不是病急乱投医?

　　钱无奈校长一锤定音,说走着总比站着强,有地方使劲就有希望,从明天起每个班级发两个奶瓶,全体师生总动员,广泛发动这片山区的哺乳期妇女,大家都来献爱心,让毛妹子重新变成人!

　　春妮老师激动得两眼闪光,又看到希望了。

11　启动补奶工程

春妮老师心儿怦怦直跳，两手微微颤抖，这是她生平第一次手把奶瓶为孩子喂奶，也算是补奶工程的启动式，情不自禁地紧紧咬着嘴唇，极力睁大眼睛，生怕错过对方任何一丝细微表情，仿佛正在为毛妹了进补一剂灵丹妙药，奇迹马上就要发生了！

毛妹子显然被女教师那种怪异的神情给吓住了，先是如临大敌，拼命抵抗，把那小小的塑胶乳头当成一个罪恶弥天的大阴谋，手脚并用，又抓又咬，折腾得满头满脸尽是乳汁，伸出舌头舔舔，大概觉得味道还不错，又飞快地爬起身来，从女教师手中抢过奶瓶，十分凶狠地咬掉塑胶乳头，仰起脖子咕咕噜噜一口气喝下去，喝光了，咂咂嘴，还揉揉鼻子，把那奶瓶使劲扔出老远，刚刚巧巧这时候钱无奈校长就过来了，那奶瓶刚好就砸到了他的脑袋上，他抹一把溅到脸上的奶水，凑到鼻子跟前闻了闻，便使劲地皱起眉头，说你们大伙都瞧见了没有？这小土匪，为人还蛮仗义的，咱投之桃李，她报之琼瑶！小学校长一边说着，一边使劲地甩着手，那也是煞有介事，绘声绘色。

女教师也急急嚷着，说你这孩子真是没肝没肺，就这么一口气喝下去了？一点感受也没有吗？这可是补奶工程呀，我们花青溪小学的头等大事，允许你这么马虎吗？毛妹子便直盯盯地朝她看，莫名其妙地眨眨眼睛，那眼神茫茫然，仿佛正在十分费力地转动着什么念头，只是力不从心，终于心力交瘁、疲惫不堪，闭上眼睛睡着了。

春妮老师长长地叹一口气，又暗自摇头了。

钱无奈校长却极力宽慰她，说没事儿，好像就应该是这样的，十月怀胎一朝分娩，十年启蒙百年育人，这些都是要熬时间的，人类生命的先天萌蘖和后天成熟都是一个十分漫长的过程，要修补一份虫噬残缺的病态基因，岂是一朝一暮即可大功告成？前途是光明的，道路是曲折的，关键是要持之以恒，要有信心，更要有耐心！

小学校长还是信心满满，鼓励着他的女教师。

就这样，补奶工程全面启动。通过老师们宣传动员，同学们提供信息，学校周围有十多位哺乳期妇女自愿参加爱心献奶，毛妹子从那小小的奶瓶中吮到甜头，每天便早早期待着，变被动为主动了。钱无奈校长抓住这个机会，说服春妮老师简政放权，让其他老师和同学轮流为毛妹子送奶瓶，让毛妹子进一步融入人群。有了和毛妹子直接接触的机会，大家都变得兴致勃勃，积极性也空前高涨起来。这样，当春妮老师上课的时候，毛妹子也有人主动照看，不会放任自流了。

毛妹子乐意在任何人手上接受奶瓶，来者不拒，欣然从命，这也是一个大大的进步，表明她对人类群体的整体认同，和原始山林渐行渐远，已经从个人好恶的偶然行为上升到集体意识的必然规律，用老师们的习惯说法，就是入学考试及格了，可以插班就读了。毛妹子还特别知道享受，每每进补一瓶人类的乳汁，总是十分受用地睡上一觉，坦然、安宁、舒适、乖巧，这更令人啧啧称奇，信心倍增。毛妹子每每睡着之后，眼皮便颤动不停，钱无奈校长说这也是好事，她在做梦，人性的呼唤在梦中跌宕，生命的密码也只能在梦中阐释，中国古代的先贤圣哲们早就暗示过这样一种独特的感知现象，叫天人合一、神形交融、潜移默化、梦诵五经！老师们至此又接触到一个全新的观念，人类生命基因的自我修复过程，只能在睡梦中悄悄地完成。说来也怪，仅仅十多天之后，毛妹子便明显地变白了、胖了，皮肤细嫩了，眼神发亮了，就连嗓音也显得细润了、柔和了，不那么兽性十足地大喊大叫了。

毛妹子愿意接受素食，那是两个月之后的事情。

那天，春妮老师下课之后回到自己的宿舍，发现毛妹子正趴在床上十分卖力地啃着一只大苹果，不由惊讶地睁大眼睛，说毛妹子你在干什么？学会吃苹果了？哇，这太了不起了，真的可喜可贺呀！知道吃水果是谁的专利吗？那是猴子们的拿手好戏！你这是从狼变成猴，马上就可以进化成人了！

女教师情不自禁地抱起毛妹子，在她的脸上吻了一下。毛妹子也乐不可支地挥舞着手中的苹果，高兴地咯咯笑起来。

这天晚上，春妮老师又弹起了久违的古筝。

毛妹子乖乖地守候在女教师膝前，神情专注地看着她的眼睛。女教师的双手在琴弦上轻轻抚过，小屋里便漾起习习春风，那是一种清凌凌乍暖还寒的感觉，江水清湛、柳絮轻扬、新叶茸黄、雾岚涌动，毛妹子深深地吸了口气，努力地挺起腰身，果真心清气爽，精神一振。女教师的嘴角泛起一丝得意的微笑，双腕高悬，急拨慢弹，于是漫天细雨润东风，莺飞草长山色明，蜂来了、蝶来了、白云朵朵飞来了，燕子呢喃里，杜鹃啼三声，山花烂漫处，麋鹿呦呦鸣……，毛妹子呜嗷一声，虎跃龙腾，竟迫不及待地跳起舞来！女教师暗自惊讶，毛妹子对音乐的感触如此到位，水乳交融，无师自通？原始山林中的野生动物们，一个个都是天生的舞蹈家？看毛妹子跳舞，那更是一种另类风情，岩羚角力、鹰击长空、腾挪跳跃、蛮荒激情，倒也淋漓尽致地表现出绿莽生命的野性、灵性和悟性。女教师心里又咯噔一下，真的，音乐是一门诉诸心灵的艺术，是跨越时空和物种的桥梁，对牛弹琴可以多产奶，对花弹琴可以多出蜜，对毛妹子弹琴效果就更佳了，她可以随着音乐翩翩起舞，这不足以说明对话成功了吗？女教师那双美丽的大眼睛闪闪发光，却微微咬住嘴唇，极力克制着内心的激动，手下的力度明显加大了，那琴声不再描摹自然，开始写意驰神，于是星移斗转、思接千载、神游万年，一群展开翅膀的小天使缓缓地从天空中飞过，玫瑰红色的苍穹像是注满了葡萄酒浆，奶油黄色的云彩幻化成塔形蛋糕的模样，风儿飘来酒心巧克力的芳香，毛妹子的舞蹈风格也随之发生了变化，变缓了、变慢了、困惑了、迷惘了，摇摇晃晃、跌跌撞撞，像是遇到了极大的障碍，很难迈过那一道道坎，却分外顽强地努力着、探索着，不屈不挠地向往着，舞姿渐渐地升高了。春妮老师冲毛妹子使劲地点头，为她鼓劲，为她加油，琴声也奏响了草原上的号角，群鹿快乐地奔向远天，一群半人半马的怪物出现了，这是远古神话中的半马人，上半身是人，下半身是马，一半是美丽，一半是丑陋，一半是快乐，一半是忧伤……，半马人苦苦地寻觅着那个消除烦恼的神奇药方，他们要挣脱兽性的自我，苦苦挣扎，嘶声呐喊，双手高高地举向苍天！

毛妹子呆呆地停住动作，眼睛里闪动着一丝泪光。女教师像是发现了什么稀世珍宝，高兴地笑出声来，情不自禁地抱住毛妹子，又流起泪来了。

第二天早晨，春妮老师发现自己窗外十来步远的那棵古老的银杏树杆上，被人用毛笔蘸着红漆写上了两个遒劲有力的大字：听琴。女教师端详一会，认出那是无奈校长的手笔。女教师认识这位仁兄也已经十来年了，知道他每天除了当校长就是练毛笔字，官当得没多大起色，那毛笔字倒是显出功力了。女教师只是不明白，他这是说自己曾在这儿听琴，还是让大家都到这儿听琴，抑或是让那棵老银杏树也乖乖听琴？

从这一天起，女教师每天晚上都要为毛妹子弹琴。

12　乳房争夺战

那天半夜里，毛妹子突然发出一阵怪怪的狼嚎声。

春妮老师从睡梦中被惊醒了，急忙拉亮灯，发现毛妹子依然闭着眼睛老老实实地睡在自己的小床上，只是眼窝里汪着晶亮的泪水。女教师明白了，毛妹子这是在梦中哭泣，呼唤自己朝夕相伴的狼群，思念那用乳汁把自己养大的狼妈妈。

自从启动了补奶工程，毛妹子不仅心智成熟了，那情商似乎也得到极大的提高，这从她日常的眼神里就能看出端倪，出现这种情形也就不足为奇了。

女教师伸手去推毛妹子，想要打断那呜呜嗷嗷的狼嚎声，可想了想，却又改变主意，又把手悄悄地缩回来，揉揉自己的眼睛。她终于下定了决心，作出了一个重大决定，那就是把毛妹子抱到大床上，让她睡在自己身边。果然，躺在女教师的怀抱里，毛妹子睡得安稳了，也就不再发出狼嚎声了。

这事情，好像就这么解决了。

后来，女教师也渐渐睡熟了。

不知道过了多久，毛妹子在春妮老师的怀抱里顾涌着，又把她给弄醒了。毛妹子的脑袋在女教师胸前蹭来蹭去，像是在寻找什么东西。女教师故意撑着劲，一动也不动，想看她到底要干什么。毛妹子却像一个偷儿，小心翼翼地掩耳盗铃，一点一点地解开了女教师的胸衣，把自己的面孔整个埋藏进女教师的双乳之间，使劲地揉搓着，心满意足地哼唧着，折腾得人家好痒痒，直想笑，以为这是一个顽皮的闹剧，可没等女教师笑出声来，毛妹子突然又挥师直下，饿虎扑食一般叼住女教师的乳头，使劲地咂吧起来！女教师不由自主地呻吟一声，浑身激凌凌地一阵颤抖，一种十分奇特的酸麻感觉，本能地想躲开孩子的吸吮，可胸腔里却泛起大海涨潮般的柔情，汹涌澎湃，不能自已，喉头哽咽，泪如泉涌，就把孩子的脑袋紧紧抱在怀中！

春妮老师觉得，这就是一个极其伟大的时刻，自己就在这一瞬间尝到了初为人母的滋味，成为一个真正的女人了，那竟是一种铭心刻骨的快乐和疼痛！

　　毛妹子的吸吮却充满野性，像是进行一次疯狂的掠夺，尤其是得到了默许之后，愈发拼命索取，用力开发，每每一次舌头的裹动，都把女教师那圆润的乳头拉扯老长，牵扯得半边身子隐隐酸痛。女教师咬着牙，吸着气，噙着泪，努力地要从那份酸痛中分解出一缕幸福的滋味来，为人母，为人乳，哪怕只是一个痛苦的象征，只有那么勉强的一次，也是一个女人生命的极致呀！女教师想，这小东西一定是被补出奶瘾来了，自己是孩子的母亲，更应该为"补奶工程"身体力行，咬紧牙关地坚持下去。只是乳房支持不住了，心里也酸酸麻麻的，真的是实在受不了，女教师便出于本能地要挣脱开来，可那毛妹子却分外无赖，立刻又抢住另一个乳头，毫不含糊地噙在口中，用力吸吮起来。就这样，母女俩在黑暗中忙活很久，直到双双都累极了，才又昏昏沉沉地睡着了。

　　第二天早晨，春妮老师看到毛妹子鼻子脸上沾着血迹，不禁大吃一惊，这才发现自己的两个乳头全被吮破了，出血了。两边乳房肿胀起来，女教师悄悄地为自己上药，热敷，绕着前胸和后背缠上几层纱布，却把毛妹子的小床给拆迁出去，母女俩从此以后就睡在一张床上了。

13　夜半惊魂

可是谁也想不到，就在那天晚上，女教师春妮的宿舍里，忽然又响起了一阵狼嚎声，显得特别突兀，特别吓人，因为和以前那种哽哽咽咽的声音不太相同，实在是音量十足了，有一种肆无忌惮的意思了！

激灵了一下，女教师春妮被从睡梦中惊醒了。

第一个应激反应，就是马上侧过身去，把自己的乳头塞到毛妹子的口中，这个举措很有效果，堪称立竿见影，毛妹子忙着吮吸乳头，自然也就没功夫继续狼嚎了。

女教师一直保持着侧卧的姿态，静静地躺在毛妹子身边，一动也不动，细细聆听着毛妹子那吮吸乳头的声音。女教师心里明白得很，红毛妹子偶尔会发出狼嚎声，这也是可以理解的，毕竟她先前一直生活在狼群里，那声声狼嚎也是一种常态语言，是情感交流的工具，不得不时时操练的。如今，女儿已经回归人群了，花青溪小学就是她的家，老师和同学们都无微不至地爱护着她，如果她还会发出声声狼嚎，不会是出现了什么意外的情况吧？是大家的呵护还不够周到，有什么欠缺的地方？还是梦到了以前的黑狼朋友，又怀念起山野中那种充满惊险刺激的生活了？

女教师的思绪也极为活跃，思前想后、前瞻后顾，可谓思接千古、神游八极，只是极力地稳住鼻息，闭着眼睛，努力不发出任何声音，生怕惊扰了女孩儿的梦。

小毛人又渐渐地睡熟了，发出了细微的鼾声。

女教师悄悄地抽出自己的乳头，慢慢地放平身体，只是心潮起伏，一时半刻还难以入梦。夜半狼嚎声，这毕竟不是一件小事情，先前有过光头小子的教训，当时的动静实在也是太大了一些，听说还有狼群在村外配合，那毫不含糊的就是一曲大合唱，惊心动魄，扰人清梦，同时还有大山的馈赠，出现在青石小院院门前面的礼品，那事情的确犯了众怒，结果可真是惨不忍睹，云雾崖山村里的山民们毫不含糊地参与互动，于是青石小院的院门外面就被人放置了土炸弹，那寒夜黎明前的一声爆响，彻底惊醒了光头小子那光怪陆离的梦幻，让他从此心生畏惧，再也不敢亲近人群了！

女教师如今最怕的，就是在毛妹子的身上，又重演一遍光头小子的故事，所以她也不得不小心翼翼起来，逼着自己耳听八方、眼观六路，防患于未然，为毛妹子守护住一个平安的梦，同时也守护住花青溪小学的荣誉，守护住老师和同学们的那一份拳拳爱心。

小毛人睡得很沉稳，这也就足以让人放心了。

渐渐地，女教师眼皮发硬了，轻轻地打了一个哈欠，知道自己这是困极了，马上也就要坠入甜甜的梦境了。

可是，女教师忽然又睁大了眼睛，使劲地摇摇头，居然睡意全无了。

不好了，她是听到了一种异样的声音，花青溪小学的校园外边，好像也出现了阵阵狼嚎声，就像当年光头小子的故事那样，小毛人在大山里自然也有黑狼朋友，它们会不会也叼着大山里的野味，寻亲访友来了？

真正的亲情，无可抗拒的，自有一种心意联动。

也就是说，是真正关心的朋友来了，小毛人即便是在睡梦中，也会做出下意识的反应。

那结果是极为不理智的，只要远方出现了声声呼唤，她就会在梦中作出回应，就像梦呓喃喃，轻松自如，却不知道那后果有多么的严重！

女教师大吃一惊，第一个反应就是伸手去捂住小毛人的嘴巴，只有这样才能让她发不出声音，可立刻又觉得非常的不妥，因为这就是动粗了，小毛人也会做出应激反应，睡梦中的她不知道是怎么回事，出于一种动物的本能，肯定会毫不含糊地咬她一口，那就悲催了！

女教师赶紧又俯下身去，想用自己的乳头去堵住小毛人的嘴，小毛人忙着吮奶，自然也就顾不上搭理山里的朋友，这样就可以保住一个秘密，不会再闹得四邻不安了！

可是，女教师显然又晚了一步，门外传来狗狗的狂吠声，是校园里的大黑狗赶来了，它肯定也是听到了女教师宿舍里发出的狼嚎声，大黑狗爱称黑莲花，那是绝对的忠于职守，知道自己守土有责，况且它还是毛妹子的好朋友，好朋友的宿舍里发出了异样的声音，你让它如何处之泰然，不闻不问？

大黑狗在房门外面大声示警，这等于就是扯起了高音喇叭，毫不含糊地向大家广播，还有什么隐私不会被公布于众？

大黑狗这是在抗议，那叫声越来越高了。

显而易见，再这样继续下去，女教师和小毛人的秘密那是真的保守不住了。

这事情紧急，舒缓不得，女教师赶紧跳起身来，拉开房门，低声呵斥那条大黑狗：深更半夜的，你乱叫什么？不知道大家都在睡觉吗？

看到女教师开门了，那大黑狗摇了摇尾巴，立马也就不叫了。

只是这动静自然也不小，红毛妹子受到了惊扰，翻了个身，居然扬起了一阵细细的鼾声，一个出人意料的结果，大黑狗的登门抗议居然变成了一件好事情，毛妹子的声声狼嚎竟被打住了。

女教师揉着自己的胸口，悄悄地松了一口气。

那大黑狗还是不放心，赶紧钻进屋子里，先伸头看看床上的红毛妹子，又低头在床底下探寻一番，四下里搜索了一圈，居然没有发现丝毫的异常，又冲着女教师使劲地摇起尾巴，那意思就是对不起，打搅了，这其中可能有什么误会，真的不好意思了！

女教师也顺势坐到地上，还把那狗头揽在怀里，看上去这是在套近乎，其实还有更深的用意，这叫防人之心不可无，生怕那狗狗也会猝然变色，猝不及防地发起进攻，袭击那床上的女孩，麻烦就更大了。

就这样，一人一狗，静静地守护着毛妹子的梦。

女教师的房门大开着，深夜里的校园静悄悄，这会儿连山风也都停息了，人们也都睡熟了，在校园里巡更值夜的好像也只有一个黑莲花，这样就好，女教师也就不用担心会惊扰到别人了。

可是，就在这个时候，红毛妹子又有动作了。

女孩儿不安地扭动着，嘴里叽里咕噜的，不知道在说些什么，反正是睡得极不安生，女教师紧张地扭过头去张望着，双手还紧紧地搂着狗头，生怕大黑狗忽然发难，这时候一颗心儿几乎都悬到了嗓子眼上，怕就怕那红毛妹子根本不晓得眼下的情形有多么微妙，牵一发就会动全身，只要她这会儿又发出一道狼嚎声，天知道那大黑狗会不会立刻就翻脸不认人？大黑狗毕竟也还是一条狗，虽然知道自己应该服从命令听指挥，绝对服从小学校长的指令，也知道床上熟睡的女孩正是这花青溪小学全体教职员工的心肝宝贝，只是道不同不相为谋，狗狗和狼儿们绝对是两股道上跑的车，见面就会咬成一团，不到一个特殊的时刻，绝对不会顾及亲情，必须拼个你死我活，事情就是这样复杂，你又知道它会做出什么样的抉择？

还好，不幸中的一大幸，床上的女孩始终没有发出声音，居然又安安稳稳地睡熟了。

女教师长长地舒了一口气，两手也不再紧紧地搂着狗头了。

这会儿特别安静，没有风吹，没有虫鸣，山野中也没有任何野兽的动静，夜色中的校园变得分外静谧，那大黑狗似乎也懂得这份安静的珍贵，居然也随着安静下来，不再发出粗重的喘息声，这一切都显得是那样的弥足珍贵，能够就这样一直延续下去，那真是太好了！

女教师心里居然充满了一种欣喜之情，真的，要感谢天、感谢地、感谢红毛妹子的好运气！

可是，好心情持续不过三分钟，女教师眉头又紧蹙起来，她好像听到了一种极不和谐的声音，就像一股穿山风，正打从远方盘旋而来，毫不含糊地奔向花青溪小学，那声音越来越清晰了，也就是说，是越来越响，越来越近了！

至少应该是两只野狼，一只强壮，一只柔和，一个高亢，一个低调，似乎就在花青溪小学的外边，正打着圈儿地转悠、疾走，好像也一直在寻觅，在呼唤。

女教师大惊失色，知道大事不好了，最不该发生的事情，偏偏这会儿就出现了，她知道红毛女孩的身边有两只黑狼，据猎人介绍说，正是小毛人把两根树干塞进陷阱里，把它们从陷阱中救出去，猎人晚到了一步，追着它们的屁股轰了一枪，自然也不可能打中要害部位，这会儿一定是伤愈归来了，正在满世界地寻找着它们的好伙伴，偏偏花青溪小学的忠诚卫士大黑狗这会儿就守在小毛人的床前，只要她睡梦中有那么一点情不自禁的反应，也用声声狼嚎回应对方，那么人际关系立刻就会出现翻盘，红毛妹子的生命安全也就堪忧了！

果不其然，床上的小毛人又开始骚动不安起来，踢着脚、摇着手、搓席子、抓床单，这明显就是听到了两只黑狼的呼唤，即便睡梦中也不甘沉默，看这节奏也是迫不及待地要参与进去，马上就要加入一个狼群大合唱了！

心肝儿、宝贝儿、红毛妹子、小毛人，我的个小祖宗哟，你可千万不能也嗷嚎一声，发出一道惊世骇俗的狼嚎啊！

女教师急得都快要流泪了，只是一筹莫展，真不知道她这会儿还能干点什么。

嗷的一声狂叫，是地上的大黑狗不干了，它挣脱了女教师的怀抱，目标却不是床上的女孩，而是后墙的窗口，那声声狼嚎正从窗外传来，大黑狗没有向女孩儿发难，只是在警告窗外的野狼，花青溪小学有黑莲花在此，大名鼎鼎的黑莲花，身手不凡的黑莲花，何方野狼休要放肆，惹得本狗发怒了，我会把你们当骨头给啃了！

险险地，床上的女孩儿还没有来得及发出狼嚎声，便被大黑狗的狂吠给惊醒了，只是莫名其妙地瞪着眼睛，好像这一切都和她全然无关，不知道这世界又发生了什么变故，是谁这么不识相，居然敢惊扰了自己的好梦？

女教师赶紧扑过去，把红毛妹子紧紧地抱在自己怀里。

这时候，小学校长从门外冲进来，冲着大黑狗的屁股踢了一脚，说你个混账的东西，有几只野狼在院墙外转悠，你钻进宿舍里叫嚷什么？还让不让大家睡觉了？走走，赶紧的，保家卫国，留神门窗，跟我巡逻去！

小学校长亮着电筒，领着大黑狗，走出了女教师的宿舍，到校园中巡逻去了。

直到这会儿，女教师的神经才陡的放松下来，却紧紧搂着红毛妹子，哇的一声大哭起来。

红毛妹子不哭，也不说话，只是困惑地瞪着眼睛，皱着眉头，直到现在还是不明白发生了什么事情。

14　黑狼兄妹

那天晚上在花青溪小学院墙外面折腾出很大动静的，正是那一对黑狼小兄妹，哥哥叫胖仔，妹妹叫瘦妮，小时候它们的确是一胖一瘦，反差很大，泾渭分明，只是如今长大了，个头高矮也都差不多，反而看不出来谁胖谁瘦了，只是哥哥胖仔显得敦厚宽容，而妹妹瘦妮反而事事较真，十分好斗，这就是个性的差异了。

狼儿们有一种第六感觉，也就是人们通常所说的心灵感应，它们知道自己的小姐姐就在校园里面，甚至大体上都能判断出是在哪个窗户的后面，所以绕着那校园足足跑了三圈，呜嗷呜嗷地叫了几声，但是它们十分谨慎，并不是一路狂奔，一路嚎叫，而只是在最大接近自己目标区的时候，才低低地叫上几声，好像也不敢制造太多的噪音，只是要呼唤自己的小姐姐，也是明知不可为而为之，必须要做的一件事情。

后来，校园里面响起了一阵激烈的狗吠声。

人们被惊扰了，接下来就不知道会发生什么事情了，两只黑狼也足够理智，立刻闭嘴，掉头就跑，很快就消失在夜色中。至于自己制造出来的纷扰会产生什么后续故事，那是以后的事情了，狼儿们的德性就是这样，只要保证不吃眼前亏，其他事情完全可以忽略不计，爱咋咋样，不操那份闲心了。

两只黑狼一溜烟地跑上了百花山。

百花山的准确位置，就在云雾崖村落的最西端。百花山中流出一条花青溪，那花青溪水特别诱人，竟是一种雪青色，或者也叫紫红色，就是红玫瑰花瓣泡出来的颜色，这不是一般的人杰地灵，那绝对是天造地设，人间罕见，所以云雾崖村落里的先人们就选址在这里建造一座小学，名字就叫花青溪小学，渴望这一方土地上的孩子们喝了这条溪中的水，个个都能抽开最娇的蓓蕾，绽放最美的花朵。

那百花山上起伏不大，山谷里的皱褶不深，土层很厚，十分肥沃，所以植物茂盛，一年四季百花盛开，倒是一个得天独厚的好地方，有很多的鸟类，很多的野果，很多的野菜，按理说也应该就是人们最喜欢的地方，偏偏山民们很少涉足，就连花青溪小学里的孩子们也绝对禁止上山游玩，因为有一群野猪在这里占山为王，偏偏野猪也受法律保护，是绝对禁止狩猎的，所以人们只能把这一片百花盛开的山野划为禁区，拱手让给那群凶恶的野猪们了。

那两只小黑狼，如今就在野猪们的领地上求生存。

站在花青溪小学的院门前，人们能遥遥看见那百花山矗立的山巅。越过那山巅，有一处高高的断崖，就是那赫赫有名的百花崖。百花崖的下边是月亮河，这里已经算得上是月亮河的上游了。从月亮河边爬上百花崖，那里根本就没有路，只有一条条纵横交错的石头缝隙，两只黑狼如今就在那些石头的缝隙中爬上爬下，把那百花崖头当成了自己的家。把宿营地选在这里也只有一个理由，那就是登上山顶就能看到那座花青溪小学，对于两只黑狼来说，这里也就算得上是最接近小姐姐的地方了。

两只黑狼白天蹲在高高的山巅上，久久注视着大山北面的那所花青溪小学，知道它们的小姐姐眼下就在那学校里，那里有一条个头很大的大黑狗，还有很多围绕在红毛妹子身边的人，从种种的迹象看得出来，红毛妹子眼下过得很好，黑狼们不用抵近侦察，只是留意在空中闻一闻气味，就知道人们洗澡用的是什么香水，每餐都有些什么美食了。小姐姐日子过得很好，这也就足以让它们安心了，可归根结底它们还是想要把小姐姐带走的，因为它们是大山的儿女，而小姐姐本来就是它们中的一员，只有自由地嬉戏在大山里，那才是合情合理又合法的事情。

除了关注那所花青溪小学，两只黑狼还会时不时地瞅一眼百花山的东边，那里是云雾崖村落的最西头了，一片高大的毛竹林里，隐藏着一个十分颓败的农家小院，猎人白面书生就住在那里，他已经没有家人了，只是身上充满了种种危险的气息，比如土制火药那种呛人的气息，土造猎枪的枪油混合着铁锈味的气息，尤其是那种拳头大小的爆头弹，那原理和人们一摔就响的炮仗道理是一样的，外面裹着一层猪油，那香味会飘得很远，大山里的野生动物们只要一口咬下去，感觉到那肉疙瘩的里边有些硌牙的时候，这时候后悔也就来不及了，那爆头弹立马就会爆炸开来，再凶狠的动物也没有用了，整个脑袋都被炸飞了！

红毛妹子和两只黑狼其实早就发现那猎人是山村里的头号危险分子，他身上充满种种奇怪的气味就不说了，每天还游荡在月亮河畔那座寻找野人的主题广场四周，明显就是不怀好意，后来还在光头小子的铜像附近设置炸弹，那枚土炸弹和青石小院院门外边的那一枚几乎是一模一样，红毛妹子和黑狼们自然不肯上他的当，只是认认真真地瞅上一眼，便远远地躲开了，不敢再挨近过去了。只是那野人广场的诱惑力实在是太大了，广场上有一座光头小子的铜像，那就是一个明明白白的主题，有种难舍难分割舍不去的情愫，一声声的呼唤，一缕缕的牵绊，所以，每每夜深人静的时刻，红毛妹子他们便会悄悄地靠近广场，哪怕只是在朦胧的夜色里远远地看上一眼，那也会得到一种莫大的满足，好像花毛哥哥还依然活跃在天地之间，只要能真真切切地感觉到他的存在，也就是一份莫大的安慰了。所以，后来发生的事情也就顺理成章了，它们就那样掉进了猎人的陷阱，两只黑狼在红毛妹子帮助下成功地逃走了，虽然被猎人从身后轰了一枪，可那枪里装的只是黄豆粒大小的铁砂子，就像雨点一样的喷射出来，只要不是击中要害，那其实也要不了命，伤口会自动地止血愈合，那铁砂子会一直留在肉里，当然不舒服，可是很无奈，黑狼们除了用舌头舔舐伤口，根本就不知道手术刀是个什么东西，更不用说动手术取出子弹了。

野生动物们的生存状况，有时就是这样无奈。

两只黑狼当时就躲在山林中舔舐着自己的伤口，眼睁睁地看着那猎人白面书生抓走了红毛妹子，只是恐惧对方手上的武器，不敢轻举妄动。

后来，红毛妹子被送进了花青溪小学。

它们追踪气味找过去，当天晚上也只是悄悄地围着花青溪小学转了一圈，感觉到那条大黑狗的存在，当时它们身上还带着伤，所以不敢贸然行事，只得又悄悄地离去了。红毛妹子好像很受优待，所以这件事情也并不着急，只能是走一步看一步，等待时机，静待其变了。

两只黑狼身上伤口稍稍痊愈一些，就在那百花崖上找到了一处安身之地，白天躲在大山上睡觉，饿了就在山坡上捕食一些草兔和蜜獾之类的小动物，晚上的百花山上却是一处凶险之地，野猪们成群结队地跑来跑去，把各类小蜜獾和猫獾狗獾们追得东奔西跑，这群野猪就是百花山上的山大王，它们的食性尤为广泛，不仅喜欢各种植物的根茎，而且更喜欢各种动物的血肉，不管死的还是活的，只要被它们遇上了，保准会被收拾得干干净净，从外表皮毛到里面的骨头，连一点残渣都不会剩下，就连这片大山里寻常可见的眼镜蛇，遇上它们也都要自认倒霉了，任何一种反抗都是徒劳的，三口两口就会把一条毒蛇咬成几段，嚼巴嚼巴就给生吞了，不管你有多长的毒牙，多浓的毒液，只要被野猪们吞下肚去，那通通都是营养大补。两只黑狼自知不是野猪们的对手，所以，只能远远地绕到一边去，就从百花崖那边直接下到月亮河边，然后几乎绕着百花山转了大半个圈，还要涉水渡过花青溪，这才来到那花青溪小学的院墙外边，为了它们的小姐姐，两只黑狼每天就是这样不辞劳苦地跑来跑去，也是功夫不负有心人，红毛妹子的身上每天都有新变化，两只黑狼似乎也完全能够感受得出来，心里轻松了，它们活得也愉快。

　　猎人白面书生的一举一动，两只黑狼也在密切关注，它们一直都在寻找机会，想要趁着猎人睡熟的时候，猝不及防地发起攻击，让猎人的猎枪无法发挥作用，可是经过周密的侦查，发现猎人的警惕性很高，几乎睡梦中都会大睁两眼，而且最最可怕的是由于他全家只剩下自己一个人了，不用担心别人的安全，居然把自己的房前屋后完全布置成了一个地雷阵，不要说是两只黑狼发起攻击了，就是村里别人家的野猫野狗跑到他家去，十有八九也会触发机关，变成他的一餐美食。这事情很难办，黑狼们还必须要耐心等待，只能等他离开自己的根据地，再想办法在山野里和他过招了。寻找野人的浪潮一浪高过一浪，人们的目光都紧盯着深山老林，猎人白面书生不屑于搞什么农家乐，其实他肚里还揣着野心，每天都惦记着要去捣鼓那些寻找野人的山外人，自告奋勇可以给他们当保镖，一个全副武装的保镖，进山不仅可以找野人，还可以猎杀野生动物，就在大山里吃烧烤，这不比什么农家乐都更有诱惑力吗？

　　那猎人可能做梦也不会想到，有两只黑狼一直在算计着他，只是在等待出击的时机。

　　山村云雾崖的日子看上去也是非常的安静祥和、和风细雨、微波不惊、合情合理、其乐融融，至少，在黑狼们的眼睛中，世界就是这样的。

15　天上真的会掉馅饼

有一天，一位省城报社的记者突然来到花青溪小学，要求采访报道春妮老师收养狼孩的奇闻轶事。

女教师春妮当然不欢迎，直接一口就给拒绝了。

为什么收养红毛妹子？这其中的缘由忌讳如深，自然不方便与外人说起，更不用说什么拍照，登报，宣扬什么奇闻轶事，不遗余力地诉诸大众传媒了。

却不料，这位记者竟是通天的。

遭到了女教师的拒绝之后，那位记者居然不恼不怒，只是微微一笑，转身就走，须臾工夫又回来了，身后却领着一个人，竟是花青溪小学的钱无奈校长。

毕竟这里只是一个乡村小学，小学校长就是最高长官，女教师春妮只是一个普通老师，这点面子终究还是要给的，还胆敢顽抗到底吗？

小学校长一脸苦笑地告诉女教师，说这位记者名叫钱无忧，和他这个小学校长钱无奈只有一字之差，所以你一听就应该明白了，这正是他的一个本家兄弟，如果没有这层关系，他会千里迢迢地跑到这里来吗？而且，不仅仅只是本家兄弟，是发小、是同窗，还是一块当兵的战友，一块参加了对越自卫反击战，只是钱无奈的运气不太好，投入战斗不久就负了伤，后来记了个二等功，却主动要求转业退伍，没有去军校继续深造，反而要求读了省立师范学院，后来就回到了自己的家乡，当上了一名小学校长。可钱无忧的运气那就好多了，虽然始终没有立功受奖，可就凭着他会写一手好文章，作为一场战争的亲历者，一连发表了 10 多篇新闻报道，居然也大红大紫起来，后来就直接调报社去了，当上了一名专职记者，要风有风、要雨有雨，那小日子过得可惬意了！

这就不需要多费唇舌了，女教师只能举手投降，乖乖认命了。

采访的过程一点也不复杂，也就是大家随意地聊一聊，记者随手拍了一些照片，倒是小学校长跑前跑后的忙个不停，果真是有客自远方来不亦乐乎，他要给自己的战友加兄弟摆酒接风，他们果真是不把对方当外人，互相攻击，毫不留情，唇枪舌剑，让女教师介绍情况其实也没说几句话，倒是两个人互揭老底让人大开眼界，那记者钱无忧不仅仅只是衣食无忧，简直就是风调雨顺、官运亨通，出道十年仅老婆就换过两个了，眼下正准备大大地挣上一笔钱，打算第三次结婚，被老同学揭了底，大记者却一脸无辜，说这就是职业不幸了，整天跟在歌星影星和体育明星们屁股后边跑来跑去，炒作的尽是那些哥哥妹妹上床的花边文章，近朱者赤，近墨者黑，久在河边转如何不湿脚？还有一个供需关系的问题，明星们需要炒作，老记者们需要女人，也算是近水楼台先得月，所以按能分配、多劳多得、一拍就合！钱无奈校长说对对对，山中方数日，世上逾千年，闻君一席话，胜读万卷书，难怪我这般无奈，四十多岁了还没找着个老婆，原来女人都被你们领跑了，你瞧我这个小学校长当的，实在落伍太远，该着淘汰出局了！

无奈校长为无忧记者摆酒接风，就邀请女教师春妮领着红毛妹子出席作陪，女教师一如既往的腼腆羞涩，不多言语，红毛妹子却是一个小小的人来疯，大喊大叫、胡抓乱挠，看上去绝对就是一个小土匪，却把几个大人逗得前仰后合，笑声不断，气氛是尤其的热烈。无奈校长的用意也十分深远，就是要帮助大家拉近关系、增进了解，方便开展下一步的工作。

果然，第二天，钱无忧记者又提出了新的要求，说小毛人就是小毛人，这红毛妹子总是穿着睡衣，看上去就不像是个狼孩了，要求女教师帮忙把衣服给她脱了，他想拍几张能够展示原生态的照片。

女教师春妮紧紧地咬着嘴唇，半天都没有吭一声。

这是什么意思？要拍裸照是吗？女教师感觉受到了极大的侮辱，眼睛里汪起了莹莹泪光，看情形马上就要发作了，抄起棍子就要把那个无忧记者打出门去了！

无忧记者见势不妙，赶紧又求助无奈校长。

无奈校长自然要赶紧过来救火，安慰女教师，说无忧记者并不是为了拍裸照，这里的确有一个展示原生态的问题，你说你是小毛人，别人看不到身上的毛，能相信你吗？

女教师摇摇头，叹口气，不声不响地帮助红毛妹子脱掉了宽松的睡衣，只是在毛妹子的头上扎起一对豪气冲天的鹿角辫，两只随风飘舞的黄蝴蝶，增加了一点邻家小妹的气韵，毛妹子却表现得兴高采烈，因为脱掉了衣服的缘故，那简直就是要发疯了，尤其对钱记者那装上超长镜头的相机毫不怯生，又蹦又跳、大喊大叫，那股子疯劲把整个场景都活泼起来，让大家都变得像孩子一样开心，钱记者趁机抓拍了许多充满灵气的好镜头。

拍完照片之后，女教师便领着红毛妹子躲开了。

倒是其他老师分外热情，轮番邀请钱记者回家做客，整酒治菜，待为上宾，而且酒酣耳热之余，谈兴大发，有问必答，补充了不少生动翔实的好材料。

可无忧记者最终还是有一个问题搞不明白，悄悄地询问无奈校长，说那春妮老师看上去就像是一位冰清玉洁的古典美人，为什么三十来岁还不肯嫁人？偏偏是她收养狼孩，这合乎逻辑吗？假如换上一位有过生育经验的妇女，那是不是更可信一些？还有，无奈兄贵为一校之长，身边守着这么一个大美人，还有什么理由一定要坚守阵地打光棍？学校里的其他老师都说了，女教师春妮收养毛妹子，无奈校长表现得比谁都积极，是不是也想有朝一日加入股份？钱无奈校长苦笑，摇头，冲对方屁股踢上一脚，算是回答。

就这样，那无忧记者圆满地完成了自己的采访任务，喜笑颜开地告辞了。

又过了一个月，钱无忧的文章就见报了。

那四开对折的省级晚报当期出刊三十二版，其中钱无忧采写的那篇题为《亲吻狼孩》的纪实文学雄居榜首，整整占了八个满版，文中还插排几十幅彩色图片，可谓内容翔实、图文并茂，春妮老师的美丽善良，狼孩妹子的野性机灵，无奈校长的良苦用心，老师和同学们的融融爱心，无不跃然而起，呼之欲出，感人至深！钱无奈校长放下手头的一切工作，一字不落地读完那篇文章，热泪盈眶，击节赞叹！

山村小学那台足足冷清了五十年的电话座机也空前繁忙起来，钱无奈校长一天到晚接电话，耗得眼珠子红了，嗓子哑了，腮帮子肿了，胳膊也麻木了，连呼上当了，受骗了，这事要不得了！无奈校长便打躬作揖，央求老师们轮流坐庄，说是有福同享，有难同当，让大家都来过一过电话聊天瘾。人们看了报上的文章，大凡能找到山村小学电话号码的，都理直气壮地找上门来，那份关爱之情溢于言表，你能置之不理？无奈校长嘱咐那些乐意代他受苦受难的志愿者，说人民教师、谦谦君子、知书达理、循循善诱，来的都是客，过后常思量，只要不打搅春妮老师和毛妹子的生活，陪他们聊点什么都可以，总之要保持通信线路的畅通无阻，耐住性子等一等，看天上会不会掉馅饼！山村小学的老师们在无奈校长的英明领导下，就这么一口气坚持三个月，等到热闹劲完全过去了，天上还果真掉下馅饼来了，接到有关方面的通知，不仅老师们的工资全额增长百分之四十，还收到两笔来自海外富商的巨额捐款，毛妹子成了世界名人，收养毛妹子的山村小学也理所当然该上规模，升台阶，要大兴土木建教学楼了！吃水不忘打井人，老师们又兴致勃勃地搞了一次聚餐，春妮老师和毛妹子双双作为一等功臣坐上首席。毛妹子这次一本正经地用上了筷子，而且始终没有爬上桌子，表现得十分乖巧，令人啧啧称奇。

16 喊一声妈妈

无忧记者却万万也没想到，作为一名有功之臣，他第二次造访这所花青溪小学，竟完全被调换了角色，成为一个不受欢迎的人。

要把这件事情说清楚，那就要稍稍地浪费一点笔墨，不是三言两语那么简单了。

发表《亲吻狼孩》，晚报人气大增，他本人也获益匪浅，工资直接提了两级，一跃而成为头牌大记，这也就是立功受奖了，手机从早到晚嘀嘀咕咕响个不停，饭局和茶会一天五场也安排不完，美人之约更是足足排出了有二里地，后备资源极大丰富，每天换一个也绰绰有余，感觉作为一个名人果真不错，吃喝不愁、应有尽有、灯红酒绿、飘飘欲仙，索性连第三次婚姻候选人也给推到一边了，这叫随行就市，水涨船高，要重新定位估价，不能太委屈自己了，就从目前的发展势头来看，再找一个肉身凡胎的女人做老婆，那实在也太腻味自己了，抢不到玉皇大帝的七闺女，那么至少也应该配一个人间帝王的小公主，至少也应该是一个封疆大吏的宝贝千金，只有这样才能彰显自己的成功，鼓舞一个男人攻城略地的斗志，永远立足于不败之地，这理由难道还不够充分吗？

由无忧记者带路，由有关方面组成的专家工作组也浩浩荡荡地直奔山村小学而来。

就这样，决定狼孩毛妹子命运的时刻来到了。

专家组堂而皇之地列举甲乙丙丁一大堆理由，实质内容只是一句话，他们要带走毛妹子。当然，花青溪小学和女教师春妮的所有花费，可以如实申报，一律国家赔偿。

春妮老师这时候还不知道这些，正十分卖力地给人家帮忙。专家工作组带来两位穿白大褂的医生，要为毛妹子和女教师检查身体，同时采集血样、毛发和指纹，可那毛妹子像是有了某种不祥的预感，见到听诊器和刺血针就吓得哇哇大叫，东躲西藏，春妮老师只好扔下手头的工作，哄着、抱着、强制着，好不容易才配合医生们完成任务。

等到春妮老师被钱无奈校长叫到办公室，告之专家组要带走毛妹子。

当然，从大道理上讲，女教师也知道她没有任何理由不把毛妹子交出去，事实上，她从贪婪的猎人白面书生手上救下狼孩，支付给对方十二万元，那差不多也就是她全部的积蓄了，打从一开始就没有想过奇货可居，只是为了一个羞与人言的秘密，那种种的苦楚，难言的悲情，只是为了给自己的生命找回一份补偿，认准那狼孩就是自己的女儿，才会摊开自己的怀抱，这个中的情由，忌讳如深，又能如何去向人诉说？一切都是发乎自然、柔情所动、命运使然，作为一个母亲她要去呵护，去哺乳，这一切的驱动全是人性的力量，里里外外都交织着人格的尊严，一切都是无私的、有爱的，可昭日月、纯净无瑕，事实上也感动了花青溪小学这样一个集体，大家一起都责无旁贷地投入其中，启动补奶工程，加强安全保卫，这已经不再是她一个人的事情。

春妮老师失魂落魄地为毛妹子收拾衣物。

无奈校长和无忧记者陪着那专家组一干人等在宿舍门前，大家谁也不说话，实际上是谁也不敢说话，不好随意说话，这就营造出了一种庄严肃穆的氛围，为小屋里的人们留下一点单独相处的时间。

让人奇怪的是宿舍里的毛妹子，这会儿居然也安静得不得了了。

这小狼孩是不是心里也清楚，自己正面临着一个生命的转折点？

毛妹子似乎什么都知道，外边的那些人就是要来把自己带走的，人生的别离即将来临，未来的道路云遮雾罩，曾经最最幸福的生活，马上就要变成过目烟云，小毛人似乎也心有不甘，只是不知道如何抗争，只是畏畏葸葸地蹭着女教师的腿，不时仰着小脸往上看，只是眼睛里渐渐地汪起了泪光，嘴里哼哼唧唧的，不知道在念叨些什么。

女教师叹了口气，伸手摸摸孩子的头。

毛妹子忽然抓住她的手，紧紧贴到自己脸上。

女教师急忙蹲下身去，十分动情地看着毛妹子，在女教师的记忆中，小狼孩这种明白无误的感情表达，也算是史无前例的。当女教师看到一双慢慢溢出泪水的眼睛，更是不胜惊讶，感到一种强烈的震撼，毛妹子，我的小毛妹子，你终于走出懵懂岁月，变成一个真正的人了？

一时间，女教师百感交集，心乱如麻。

毛妹子却一直泪眼婆娑地看着女教师，那鼻子抽搐着，小嘴翕动着，终于明白无误地说起话来，先是轻轻试探着，神情怯怯的，生怕吓着自己似的，小心翼翼地喊一声：

"妈妈——"

这事来得突然，令人猝不及防，女教师目瞪口呆，半晌没有回过神来。

毛妹子又喊一声妈妈，这一次像是鼓足勇气，嗓门高多了：

"妈妈！"

如雷贯耳，石破天惊。

真真切切的，宿舍外面的人们都听到了。

错愕不已、东张西望、互相探寻、欣喜若狂。

真的，一个创造奇迹的时刻，猝不及防地就来临了？

终于，女教师的泪水唰地流下来，紧紧把毛妹子抱在怀里，哽咽失声，说毛妹子，好孩子，你会说话了？你在喊妈妈？打从见到你的那一刻起，时时刻刻、日日夜夜，我一直都在等你喊妈妈，等得心焦呀，这孩子，你心好狠，直到最后才喊一声妈妈？你是我的女儿，没错，正是我的女儿呀！

宿舍门外的人们都挤了进来，这时候，泪流满面的女教师已经昏厥倒地，面色苍白，人事不省了。

毛妹子开口说话了，那一声妈妈喊得大家眼红心酸，就是铁石心肠也忍禁不住，珠泪滚滚。

小学校长哇的一声就大哭起来，把那小毛人紧紧地抱在怀里，说好孩子，你真懂事，这妈妈叫得可真好听啊！

小学校长顾不上擦去自己满脸的泪水，又咧开嘴巴，呵呵大笑。花青溪小学的老师和同学们都赶了过来，只是进不了门，挤不进去了，所以都站在院子里，听到了无奈校长那又哭又笑的动静，大家也似乎都倍感欣慰，每个人的脸上都泛起微笑，每个人的眼睛中都挂着泪水。

花青溪小学的人们永远不会忘记这一天，一个同时让人欢笑和流泪的日子。

考察组的人们手忙脚乱地把昏迷不醒的春妮老师抬到床上，一番紧急救护，最后给挂上一瓶吊水，什么话也没说，便悄悄撤走了。

他们不敢不走了，继续留下去，担心会挨揍。

钱无奈校长抱起毛妹子，使劲亲上一口，说乖乖龙的咚，没看出你这个小东西，果真命大福大造化大，比我这无奈校长中用多了！老师们也都笑逐颜开，纷纷学着校长的样，轮番和毛妹子亲吻。

无忧记者感触极深，回去之后又在晚报上发表一篇纪实文学，题为《喊一声妈妈》，也饶有风趣，十分动人，赢得大捧大捧的淑女泪，无忧记者当然不会坐失良机，又大张旗鼓地谈起恋爱来了。

17 小美眉是如何变成的？

毛妹子自从石破天惊地喊一声妈妈，从此便一发而不可收，变成一个喋喋不休的小姑娘了。

好像，也就是沉默得太久太久了，她执意要把损失的岁月给找补回来，所以就要争分夺秒地说话了，而积攒在心里的话语实在也是太多太多了，真的把她憋坏了，再不赶紧地说出去，那可真是亏大了！

当然了，小狼孩开口说话了，这也是一个刚刚出现的新生事物，大家都新鲜得不得了，自然要千方百计逗着她多多说话，兴致盎然，乐此不疲，把这当成了一个喜庆的节目。

自从红毛妹子走进花青溪小学，女教师春妮只要有机会就会把自己和那毛妹子关在房子里，好像母女之间始终有说不完的知心话，需要全力排斥外部世界的干扰，看上去也很像那回事的样子，其实只有女教师自己心里清楚，说话的始终只有她自己，毛妹子只是一个忠实的听众，可即便如此她还是兴致勃勃地说个没完，似乎要把全世界的故事通通灌输给小毛人，目的也十分的清晰明了，就是要给自己的女儿补上人生的第一课，想开发出红毛妹子的语言能力，只可惜收效甚微，让人干着急，可也没办法可想。

如今的情况就不一样了，小毛人在一个生离死别的危急关头，突然脱口喊了一声妈妈，这证明她根本就是会说话的，可以毫无愧色地向全世界宣布自己就是一个正常的人类，完全胜任情感的交流，当然也就不再是一个百分之百的野生动物，于是这剧情就发生了逆转，故事的发展也就要急转直下了。

女教师最为关切的，自然是小狼女昔日的生活。

于是，红毛妹子便给妈妈说起大山里的故事，那居住在狼山上的黑狼群落，为她哺乳的黑狼妈妈，伴她长大的黑狼姐姐，还有狼弟胖胖，狼妹瘦妮，论辈分那一对小黑狼应该算是她的子侄，可是却始终把她当姐姐，野生动物们的亲缘关系就是这样，和人类世界是截然不同的。后来，花毛哥哥出现了，成了她们的带头大哥，而且也得到了狼王姐姐的嘉许，成了狼群登堂入室的嘉宾。后来，就是那场突如其来的大地震，狼山喷水了，山野成湖了，在天坑中睡觉的黑狼一族从此下落不明了，花毛哥哥便领着一群大山的遗孤，组建了一个全新的家庭，开始了那段茶花洞的岁月。花毛哥哥的父亲是一个正常的人类，母亲却是大山里的野人，是红毛族野人留下的孤女，所以他既会说人话，也会说兽语，竟是大山里的语言通，不仅听得懂狼族的语言，还费尽心思地教化大家通晓人言，他把小狼女唤作红毛妹妹，这一对大山里的异族兄妹，其实始终都在使用人类的语言，只是后来发生了太多的变故，尤其是她本人成了猎人白面书生的俘虏之后，发现人心肮脏，邪恶无比，所以从此佯装自己不通人言，以免受到更大的伤害，就这样一直坚持了下来！

女教师直到这一刻才恍然大悟，事情的真相竟然是这样的，这世上的恶人真该千刀万剐，不仅拼命地祸害自己的同类，甚至连山野中的生命也自保无暇，真是可恶到了极点，你却对他毫无办法，就像那个猎人白面书生，谁又能拿他怎么样呢？

女教师如今能做的事情，也就是陪着女儿聊天，多多了解一些大山里的生活，多沟通、多交流，这样增强互相的了解，也就可以更好地辅导女儿了。

大山里的故事，红毛妹子说得最多，就是花毛哥哥了。在她那不染凡尘的人生中，最重要的就是花毛哥哥，可最后花毛哥哥居然不见了，却凭空多出了一个光头小子，让她和两只小黑狼苦苦搜索了很久很久，最后那光头小子也消失了，居然变成了一座铜像，虽然动作神态惟妙惟肖，充分展示出花毛小子的那份神勇，却始终让人无法理喻，破解不了那个匪夷所思的谜。这一切还不是最关键的，更可怕的是云雾崖山民们莫名其妙的仇恨，一次次要用土炸弹来伺候，还有毒药，还有猎枪，还有陷阱，还有钢铁兽夹，那手法出新，一次更比一次狠，必欲置之死地而后快，大山里的野生动物们，到底是招谁惹谁了？

每每说到这里，红毛妹子会失声痛哭。

女教师便把她抱在怀里，轻轻拍着她的后背。眼泪是情感的分泌物，流泪的本身就是一种人性的修复行为，甚至可以说是一种人类的专利，所以女教师并不去劝阻自己的女儿，只是默默地陪着她，垂落几滴清亮的泪珠。

一开始的时候，这母女俩的谈话是绝对私密的。

后来，花青溪小学的大黑狗也悄悄地加入进来。

这条大黑狗名叫黑莲花，就凭这名字叫的，也就有些不同寻常了。黑莲花的名字是无奈校长给取的，为什么要把一条狗的名字叫得如此高雅，其中又有什么深奥大义？大家都是一头雾水，个中情由，也只有那位小学校长知道了。红毛妹子走进校园，小学校长时刻担心她的安全问题，大黑狗也是临危受命，当上了花青溪小学的保安队长，当然没有什么工资待遇，只是每日三餐的伙食标准大大提高了，天天有肉有骨头，大黑狗自然十分快乐，倍添精神，它知道这一切都是因为那个小狼女，每每从女教师的宿舍旁经过，便会用鼻子拱开房门，把脑袋伸进去张望一下，十分友好地摇摇尾巴，对它的这一番表现，大家也都十分满意，并且习以为常了。所以，大黑狗每每主动跑过来加入母女俩的谈话，人们也受之坦然，就随它便了，听之任之，来去自由。

大黑狗十分器重小狼女，把那红毛妹子当成了自己的效忠对象，这自然是受到了小学校长的影响，红毛妹子也很喜欢黑莲花，什么理由都没有，就因为那是一条大黑狗，直接就能看得出来和黑狼部落的血缘关系，有一种与生俱来的亲切感、信任感，没有丝毫的犹豫，便签下了一份生命的契约，可以同甘共苦，生死相许了。后来，黑莲花守着小狼女，有时候也会皱着眉头，哼着鼻子，因为总是能够从小狼女的身上嗅到一种特殊的气味，好像是一种远山的气息，充满了那种野性的呼唤，就像是被自己久已忘却的梦境，只是隐隐约约、若有若无，说不清、道不明，不知道应该是喜是忧，还是提高警惕，总之就是一个生命的困惑，没有答案。可是红毛妹子的友谊却是无法拒绝的，每每，只要那大黑狗来到她的身边，手上有什么好吃的东西，立刻就会分给它一半，平等待人，亲密无间，就像人生亲姊妹，家常自己人，丝毫也没有种族的偏见，这又让大黑狗受宠若惊、举止失措、神情茫然。

所以，那大黑狗的表情，始终有那么一点忧心忡忡，可只要那小狼女轻轻地招呼一声，立刻就会应声而至，寸步不离地守在她身边。

那母女俩的谈话却是极具情绪化的，高兴的时候可以眉飞色舞，悲伤的时候立刻痛哭失声，每每这时候，那大黑狗也会像人一样的咳嗽起来，好像也是哽咽有声，那一双分外晶亮的眼睛似乎也蒙上了丝丝雾气，这情形很有些耐人寻味，好像是近山知鸟音，近村晓人意，它也能够听懂人类的语言了？好像有那么一点意思，只是不能够完全理解，至于说话的能力那就是另外一回事了，那是身体构造的缘故，它是连想都不用想了。

女教师春妮这会儿可完全顾不上大黑狗了，因为她早就被红毛妹子的故事给深深吸引了，也是爱屋及乌，那花毛小子，还有光头小子，加上那两只小黑狼，从此都变成了女教师的牵挂，萦绕于怀，割舍不下。其实不仅仅只是女教师，就在这所花青溪小学，包括小学校长，还有所有的教职员工，大家无一例外地都参与进来，时时关注着红毛妹子的山野故事，每天都在争论不休，中心议题只有一个，那花毛小子为什么会变成光头小子？这些坚守山村教书育人的老师们，其实一个比一个天真，相信大山里只有纯天然的故事，总以为那花毛小子是洗了什么硫磺泉，吃了什么奇异果，就把浑身的毛发给脱尽了，或者是天上下了一阵硫酸雨，刚刚巧巧就落到了花毛小子的身上，那毛发自然是一根也保不住了，总之大家都充分发挥自己的想象力，而唯独不肯相信这其中会有什么人为因素，只有那位久经磨难的小学校长，足足沉默了几天之后，突然就冒出了一句话，说那花毛小子会不会是误用了脱毛霜，巧打误撞的就把浑身毛发给脱光了？

人们集体失语了，真的，这问题本来就是这么简单，我们的社会都已经奔上现代化了，科学的手段就是简化人生，少走弯路，这问题明明很好解决，可大家为什么执意要钻牛角尖，偏偏就不肯往这方面去想呢？

再继续讨论下去，人们的方向性就比较明确了。

再和红毛妹子语言交流，女教师询问的重点便有所改变了，侧重了解有没有外人进入大山，花毛小子和什么外来的人员有过接触吗？

红毛妹子便说起了那只三条腿的老虎，说起了老虎如何变成了茶花洞的保安，说起来那猎人如何就在茶花洞附近枪杀了老虎，说起了花毛哥哥为了给老虎报仇，深夜出行拜访了野人考察队员们的篝火营地，后来又中了猎人的一枪，好像是受伤了，成了猎人的俘虏了，那猎人也好像正在被野人考察队员们追捕，便押着花毛哥哥一起在大山里逃亡，后来两个人就莫名其妙地变成了朋友，花毛哥哥就把那个猎人领进了茶花洞，后来就是红毛妹子和两个小黑狼无家可归了，而且花毛哥哥忽然就变成了光头小子，并且衣帽光鲜，不同以往，居然毫不迟疑地舍弃了茶花洞，只留下了一个赤身裸体的猎人，挥舞着那把被野人考察队员们奉为至宝的石头斧子，还征服了一只金钱豹，每天就光着屁股骑在金钱豹的背上，东征西杀地找饭吃。后来被野人考察队员们追进了茶花洞里，带走了那把石头的斧子，还有一具金钱豹的尸体。赤身裸体的猎人下落不详，估计是掉落地下暗河，心甘情愿地喂鱼去了。

老师们又开始激动不已了，感觉到这就是当今世界上最最令人着迷的悬疑小说了，可惜作者偏偏是个小狼女，那么多鬼呀、怪呀、神呀、圣呀的网络大牛们，为什么就写不出一篇干干净净的东西呢？还有那支历尽艰辛的野人考察队，不仅和真正的野人打得火热，还把一个现代人撑下了地下暗河，这些好像还都不够出奇，最后还要依赖那个野人来救命，大费周章地在月亮河畔雕塑了光头小子的铜像，这故事说起来十分可笑，现代人总是把自己当成了救世主，岂不知那份智商还赶不上一个真正的野人呀！

小学校长只是微微一笑，他再也不愿意耽搁下去了，抄起手机便开始联系城里的朋友，让他们帮忙购买时下最先进的脱毛霜，要丝毫也感觉不到痛苦的那一种，价钱再贵都没有关系。还有关于脱毛霜的种种资料，具体实施操作的老师们都需要从头培训。把这一切都安排妥当了，小学校长又特地召开了一次全体员工会议，告诉大家那位野人考察队长也是他的老朋友，曾经在这里吃过饭，大家也都和他见过面，是一位刚刚从大学里退休的老教授，他要为老朋友留点面子，尤其是不能让无忧记者他们那种人知道了这件事情，所以花毛小子如何变成光头小子的故事再也不许说了，毕竟那个石头的斧子是货真价实的，考察队员们的历史功绩彪炳千秋，而月亮河畔那座光头小子的铜像更是整个云雾崖的光荣，山村百姓们赖以致富的根本，如果大家在这里灌水，那就是要打从根本上降低人们寻找野人的热情，山民们的农家乐也就办不下去了，云雾崖的发展前景也会黯然失色，这可不是开玩笑，绝对是一件大事情，大家必须要认真对待！

接下来，小学校长还要求大家干实事、干大事，既然野人们的脑袋瓜子都能想出来的事情，花青溪小学就是这座山村里的最高学府，所以这一群教职员工也就是这一方穷乡僻壤的最高知识分子，不是要让大家去搞什么创造发明，也就是模仿野人走一回，难道还没有把握吗？

小学校长这是千方百计要给大家鼓劲，老师们一个个激动得嗷嗷叫，小学校长托人购买的脱毛霜送过来之后，大家就开始热火朝天地行动起来了。自从红毛妹子来到了花青溪小学，女教师春妮便每天坚持给她洗热水澡，目的就是想把那些毛根泡软些，让浑身长毛的女孩子更舒服一些，这会儿老师们打算干一件大事情了，炊事房的热水更是一天到晚随时供应，根据大家事先研究好的既定方案，这事情并没有给红毛妹子商量，只是换上一个大浴盆，浴盆里装满温度适宜的热水，倒进去一盒脱毛霜的药粉，然后进去两个年轻的女教师，和春妮一起伺候着毛妹子洗澡，先把红毛妹子的头发全都盘起来，带上塑料的防水帽子，再把眉毛和眼睛全都保护起来，戴上了防水镜，然后三个人把红毛妹子放在药水里，人手一张大毛巾，帮助她浑身上下仔仔细细地擦拭着身体，感觉到已经洗透了，赶紧又换了一盆水，添加了另外一种脱毛霜，后一种药物可能就是缓释剂，主要起到止痒止疼的效果，果然这么一番操作下来，红毛妹子的一身毛发迅速脱落下来，直接就被清洗在水盆里，头发和眉毛却丝毫无损，接着又换了第三盆热水，这一次什么药物都不用了，干干净净地给红毛妹子洗了个澡，哈，小狼女旧貌换新颜，一个浑身皮肤粉红干净的小女孩，就像一朵出水的莲荷，亭亭玉立地出现在大家面前了！

小毛人变成了小美眉，奇迹就这样诞生了。

创造了奇迹的人们，感觉却十分稀松，好像这也太过平常了，根本就没有惊心动魄，自然也说不上高潮迭起，就这样打破了人们的期待视野，感觉没有一点热闹劲，甚至让人若有所失，就是有点失望了。

人类其实是一种好奇的动物，如果没有什么新鲜刺激，大家都会索然寡味，提不起情绪来了。

只有女教师春妮不这么想，因为平平安安就是福，只是忍禁不住内心的激动，抱着自己那已经脱去了浑身毛发的女儿失声痛哭起来，当然可以理解这是高兴，更是在抗议命运的不公，让一个无辜的女孩饱受风霜严寒，浑身上下长满了红色的毛发，变成了一个让人闻风丧胆的小狼人！当然了，如今是峰回路转了，噩梦结束了，这一切终于过去了，真该庆幸这世上还有一个花青溪小学这样温馨的家园，有一个无奈校长那样充满睿智的好人，还有一大群兄弟姐妹般的教职员工，小狼女终于变成了一个小美眉，可以读书了，可以上学了，可以落落大方地行走在人世间了，女教师这是在感谢天、感谢地、感谢太阳和月亮每天升起，善良的人们倍感慰藉！

浑身毛发脱落干净了，红毛妹子也有那么一段时间难以适应，浑身虚脱乏力、慌慌张张、胆怯十分，幸亏小学校长事先就有准备，按照一个老中医的配方配料，熬制了一锅营养大补的汤水，让女教师哄着小美眉喝下两杯，身上开始出汗了，又用干毛巾给她擦拭干净，女孩儿便昏昏沉沉地睡着了。

小美眉一觉醒来，神清气爽，也就是一个全新的开始了。

身上干净了，不怕戗毛了，小学里的女教师们可高兴了，大家团团地围着那小美眉，为她一件一件地换试衣服。小学校长已经托人从城里采购了一大堆的衣服，不仅件件合体，而且款式新颖，把小美眉打扮得特别漂亮，大家也都格外开心，花青溪小学喜气洋洋，那简直就是一种节日的气氛，哈哈，我们过年了！

有时候，小美眉也会悄悄地打量着自己的身体，不胜娇羞，也分外欣喜，原来这个人类的世界，果真随时都会发生奇迹，一切竟是这样的不可思议，现在已经不用怀疑了，原来那花毛哥哥果真变成了光头小子，这算不得什么惊世骇俗，更不是什么妖魔化的蜕变，只是破茧成蝶，可以活得自在，为什么自己和那一对黑狼兄妹，偏偏就解不开这其中的曲折呢？害得大家日夜辛苦，寻寻觅觅、风雨兼程、声声呼唤，偏偏就解不开这一道生命的谜题？

如今明白了，可也太晚了，光头小子都已经不在了，变成一座铜像了。

还有那一对黑狼兄妹，它们好像被猎人轰了一枪，不知道伤势重不重，如今又流落到什么地方？

红毛妹子却明白了，自己是十分幸运的。

　　落进猎人的陷阱，也就等于踏进地狱之门。面对着猎人的枪口，等待着的也就只能是灰飞烟灭。后来就在云雾崖的集市上，她被绑在一根树干上，变成了一件待价而沽的商品，那个猎人白面书生在招揽顾客，大声叫卖，面对着一个挂满了白条猪肉的肉摊子，那个自称自己就是活畜生的猎人，满脸邪恶地大喊大叫，他是在卖自己的老婆！

　　她浑身瘫软，瑟瑟颤抖，那份羞辱永生难忘，果真就是生不如死呀！

　　后来，女教师出现了。

　　说来也奇怪，就是打从女教师刚刚出现的那一刻起，她的心境立马就变得宽松起来，好像是得到了某种宽慰，根本就用不着任何介绍，她立马就认准了，自己在这个人世间还有一个最亲最亲的人！事实也证明了这一点，她果真是自己的妈妈，最亲最亲的妈妈呀！

　　人生原来是这样的，车到山前必有路，柳暗花明又一村，惊恐和失望接踵而至，但是生命的抗争也愈加顽强，一切都不用刻意追求，该你的就是你的，好像谁也拿不走，上天自有自己的安排，那就叫幸运了！

　　幸福的滋味就是这样，有点让人眩晕。

18　百花山上的爆炸声

这是一个星期天，艳阳高照，风轻云淡。

花青溪小学的钱无奈校长换上一身旧军装，蹬上一双陆战靴，选了一根三米来长的木棍作为防身武器，还拎起一只竹编的背篓，招呼一声黑莲花，一人一狗便出门去了。

背篓里边有水壶，还有一些食物。

小学校长是一位转业退伍军人，参加过大名鼎鼎的中国对越自卫反击战，在战场上受过伤，被炮弹削去了一对睾丸，感觉也算不得什么重创，只是失去了生育能力，对一个男人的精神打击可就完全超出了人们的想象，战后评功授奖，给他记了一个二等功，按当时军委的部署，二等功以上一律推荐上军校，将来可以当军官了，可他本人却完全放弃了做将军的梦想，只要求转业退伍回故乡，当个农民就行了，显而易见这就是出现心理障碍了，部队领导当然不能撒手不管，便积极地和地方组织联系，也是根据他本人的志愿，安排他公费入读故乡省份的一座师范大学，毕业后果真回到自己的故乡，当上了花青溪小学的校长，这对他来说已经是心满意足了，既然自己以后不会有孩子了，那就把余生完全贡献出来，办好家乡的教育事业，把家乡父老们的孩子培养成才，这情操也足够高尚了。所以，钱无奈校长就把那花青溪小学当成自己铁打的营盘，从来就没有寻思过还应该挪挪位置，只是每当闲暇的时候，喜欢在周边山野中走一走，最时髦的说法叫远足，也是一种锻炼身体的最佳方案，只是从来不打搅别人，最佳伴侣就是那条大黑狗，还有一只大背篓，顺便采点蘑菇，摘点山菜，带回去交给炊事房，为大家改善生活。

一人一狗走出花青溪小学，直接就走到了花青溪边，却没有涉过溪水，走上山坡，只是沿着溪畔一路南行。花青溪是从大山的皱褶里流出来的，他们也没有随着山溪走进沟壑，到深深的山谷里去探幽揽胜，而是绕着山脚继续向南，那方向就是月亮河了。月亮河的对岸，这时候已经成了大名鼎鼎的中国野人保护区，小学校长自然也不会轻易地涉水过河，所以最终目标只能是月亮河畔的百花崖，那里山高崖陡，超出野猪们的活动范围，所以攀爬起来也是别有一番韵味。

说来说去，小学校长不敢直接攀越百花山，主要还是忌惮山上的野猪。百花山上野猪成群，野猪们的天性就是一群活土匪，什么打家劫舍都是寻常小菜，遇上看对眼的石头都会毫不含糊地咬上一口，老虎豹子和黑熊，它们统统不放在眼里，因为本身还受到了国法的保护，山民们自然也要退避三舍，当然百姓们之中也有不法之徒，反正是山高皇帝远，偷猎盗猎也是小菜一碟，可这百花山偏偏就紧挨着云雾崖，距离人类居住的村落又太近了一些，村里建有党支部，还有村委会，麻雀虽小，五脏俱全，大山里的猎人虽然有心偷猎，可也不好意思明目张胆，只能眼睁睁地看着百花山上的野猪称王称霸了。

所以，百花山上的野猪们，就这样武装割据了。

小学校长就是本地人，对这里的山山水水自然是知根知底的。

百花山上其实原来并没有野猪，只有花草树木，青青翠竹，那绝对是个山清水秀的好地方。因为隔着一条月亮河，深山老林里的凶禽猛兽一般不会越界侵犯，所以这里一直是一方平安的乐土，四季花开、野果遍地、鸟类众多、飞起飞落，唯一令人生厌的地方，就是山上的蛇太多了。蛇在这里以鸟类为食，因为食物极大地丰富，所以种族繁衍得很快。人类不敢招惹蛇类，可是小蜜獾就不同了，它们成群结队地在山上捕蛇，把蛇类当成了自己的美食，只要发现了一条大蛇，立马就高高兴兴地围了上去，它们天生对蛇毒免疫，逮着任何地方都敢咬上一口，也就是一眨眼的工夫，一条弯曲扭动的毒蛇就会变成一堆碎肉，被大家分而食之了。后来，除了小蜜獾之外，百花山上又来了许多的猪獾、猫獾、狗獾，这统统都是一些穴居动物，喜欢捕食蛇类、鼠类和蚯蚓之类，喜欢在泥土上打洞，在洞穴中生儿育女。很快地，百花山上的蛇类就变成了弱势群体，有些供不应求了。后来就进入野猪时代了，野猪们食性特杂，不论天上飞的，还是水里游的，只要能咬在嘴里，那就通通是可以吃的，周边老百姓的庄稼就不用说了，从根到梢嚼巴嚼巴就吞下去了，就是从泥土中拱出一具枯骨，不管是人骨头还是狗骨头，也会咔哧咔哧地咬个粉碎，就当点心给吃了。

所以，云雾崖山村里的山民们，虽然自古以来民风彪悍，天不怕地不怕，可眼下偏偏就是怕上了百花山上的那群野猪，就连村里的狗狗们似乎也都心有灵犀，知道远远地躲开百花山，不敢轻易地越过雷池半步。这样，百花山上也就自然而然地形成了一个小小的保护区，最最精准的说法那就是野猪保护区了。当然，野猪们是用不着别人保护的，它们其实正是这里的保护者，受到保护的应该是那些五颜六色的山花，还有各种奇形怪状的獾类动物了。

平心而论，小学校长也觉得这是一件好事情。大自然的规律就是这样，任何生命都需要珍惜生存的机会，这是一种十分高尚的存在，是需求，更是理所当然的。

早晨八九点钟的光景，小学校长领着黑莲花绕着山脚往前行。虽然绕了很多的冤枉路，但是心情的确不错，因为出门来就是要远足的，活动活动腿脚本来就是一件大好事。如果没有那群称王称霸的野猪，百花山立时三刻便会变成山民们的柴草山，百花盛开的景象也将不复存在，花青溪也要改名字，因为溪水中会失去花青素，也就要变成一条普通的溪流了，那样的话，连同花青溪小学都要改名字了，生态系统就会遭到极大的破坏，如此说来，百花山上的野猪群果真是应该受到保护的，就这样维持现状，一切都好。

突然，山谷中传出了一声沉闷的爆炸声。

那响声不是很大，却透着十分的凶险，小学校长立刻就明白这是怎么回事了，一定有猎人在这里下雷子，并且有猎物中招了！就是那种用层层猪油裹起来的香瓜雷子，爆炸原理十分简单，就像市场上出售的那种摔炮，往地上一摔就会爆响，不管野猪还是野狼，只要张嘴咬住那个香瓜雷子，牙齿就会硌响爆炸物，那鲜活的猎物就会变成一只无头的胴体，那就是猎人的美味了！

小学校长赶紧拍拍黑莲花的脑袋，从背篓里取出一根拴狗的绳子，把搭扣挂在黑莲花的项圈上，这地区已经响雷了，情况也就变得十分复杂了，必须要时刻留神脚下，不能到处乱窜了。黑莲花不是职业军犬，没有经过严格的训练，从这一刻起只能把它牵在手里，不可以放任自由了。

尤其危险的还是那个胆大妄为的猎人，本身是个偷猎者，手中肯定有猎枪，敢在百花山上下雷子，这胆子也太肥了，如果把别人看成是自己的障碍，那绝对心狠手辣，毫不留情。那个猎人一定不会走得太远，肯定还守在附近什么地方，小学校长不得不警惕起来了，这是必须要小心防范的。

小学校长牵着黑莲花，钻进附近的一片灌木丛中。

19　又是白面书生

果然，一人一狗刚刚隐蔽好，便有人急急忙忙地跑过，朝着响了雷子的方向冲去。小学校长透过枝叶的缝隙看得十分清楚，那个猎人他居然也认识，曾经打过交道的，就是那个从他手里拿走了十二万元人民币，把红毛妹子卖给女教师春妮的白面书生，知道这个人外表看上去很周正，其实是个地痞流氓，一个无恶不作的中年光棍，外号就叫活畜生，他却从来不会引以为耻，见人就会自报家名，因为那外号就是父母给取的，叫起来倍感亲切，说那就是自己的爱称。中国人有爱称，而且味道怪怪的，这可能也是头一份。盛产野人传说的月亮山区，当然也是见怪不怪，怎么说都不会太过分。小学校长还听说过，这个人的住家就在云雾崖村落的最西头，应该是十分接近百花山的地方了，因为离得太近了，便会时时惦记着山上的野物，这也是可以理解的。

小学校长牵着狗，悄悄地跟在那个猎人的身后。

这也还是那种当兵的习性，发现情况了，就一定要侦查清楚。一个勇于担当的战士，时时想着自己肩上的责任，不能忽略任何敌情。

大黑狗倒也十分乖巧，知道眼下是一个非常的时刻，必须要保持绝对的静默，便一声不吭地跟在小学校长身后。

走上一片林木茂盛的山坡，小学校长便有了一个全新的发现，那猎人走过的地方居然是一条依稀可辨的小径。明白了，白面书生找到了野生动物们自己开辟的路径，就在这上面布置雷区，那是绝对找准地方了，出手那叫稳准狠，百花山上的野猪们算是遇上对手了，心狠手辣的活畜生来了！

一人一狗走得很慢，不敢太过接近那个猎人。

白面书生手上提着一支猎枪，就是那种老式的土铳，里边装铁砂子的，山民们的叫法就是喷子，枪响的时候就像打炸雷，从枪管里喷出去的铁砂子雨点一样横扫过去，青青草兔之类的弱小动物那绝对是无处可逃的。幸好国家禁枪，偷猎者们手上只有一些原始的武器，就像那种自制的火铳，或者土炸弹之类的东西，如果他们也有现代化的武器，那山野中野生动物们的处境可就大大不妙了，很快就要被灭种了。当然了，小学校长并不担心猎人的火铳，如果那猎人足够聪明的话，也一定能掂量出来自己有几斤几两，不可以轻易开枪的。这里离村庄毕竟太近了，那火铳除了惊天动地一声爆响，实际上没有多大的杀伤力，只会给自己招惹麻烦，那又何苦来哉？

可是，小学校长显然高估那位白面书生的智商了。

因为就在这个时候，小学校长他们追踪的方向响起一道炸雷般的枪声，正是猎人的喷子，那个混蛋猎人，居然毫不含糊地开火了！

小学校长停下脚步，有些犹豫不前了。

那位白面书生这是怎么了？忘了自己只是一个偷猎者？这样明目张胆地打雷放炮，就不怕招惹来围观的人群？被村里干部们发现了，会有他的好果子吃吗？这明明白白的诸多因素，他难道丝毫也不会考虑？果真如此，那就是找死的节奏了，这个人丧心病狂了！

小学校长拉着大黑狗，这就打算回头走路了。

作为一个理智的人，他知道继续追踪下去没有丝毫的意义，因为对方不是一个正常人，不会按照人类社会的规矩出牌，而是一个极其危险的人物，不会尊重别人的生存权利，所以不能太过接近，那样会有麻烦的。毕竟，自己只是一个小学校长，既没有执法维稳的责任，也没有保护对方的担当，所以还是少管闲事为妙，免得惹祸上身。

小学校长拿定主意，这就要领着大黑狗继续远足去了。

可是，好像一阵狂风吹过，山野中忽然响起野兽的嚎叫声，那是一头野猪在发狂，就像是在吹响战斗的号角，要向敌人发起冲锋！果然，也有人类的声音，那是在喊爹叫娘，显然是已经陷入万劫不复的绝境，遭到极度的威胁，生命危在旦夕，呼天不应，叫地不灵了！

如果没有猜错的话，哭爹叫娘的一定就是那个白面书生，这会儿肯定神气不起来了，对不住那个活畜生的鼎鼎大名了，果真成了一个弱不禁风的白面书生，一下子就被打回原形了！

这就是一个性命攸关的时刻了。

小学校长自然不能撒手不管，顾不上那白面书生是个善人还是恶人，正在从事什么违法乱纪的勾当，眼下肯定是遇上危险了，无奈校长曾经是一名解放军战士，就为了昔日那一份光荣，他也责无旁贷，必须要挺身而出，救苦救难！

一人一狗都不再犹豫，径直奔向战场了。

20　两只憨皮厚脸的狼

就在小学校长领着那只大黑狗义不容辞地奔向战场时，那对黑狼兄妹却采取了一种截然不同的人生态度，不仅仅就是隔岸观火、处变不惊、事不关己、高高挂起，不，那干干脆脆就是幸灾乐祸，它们正在快快乐乐地吃一顿大餐！

它们吃的是一头被爆了脑袋的野猪，差不多有两百公斤大小，好大的一堆肉呀！平常的日子里，狼们是不敢招惹野猪的，除了十分幸运地碰上那种未成年的小野猪。成年野猪十分强悍，单打独斗狼儿们根本就不是对手，除非有成群的野狼，围攻一只野猪，那样想吃掉对方也是十分困难的，即便野猪乖乖地躺在那里，要撕开对方的皮壳，那也是要费上一番功夫的。今天这可是天上掉下来一堆肉，直接把脑袋给爆开了，鲜血哗哗啦啦地往外流，吃的喝的样样齐全，你让狼儿们如何还能保持淡定，不去大快朵颐，一醉方休？

本来，这黑狼兄妹只是在百花山上散散步，就像人们喜欢的晨练那样，看到那头大野猪走进一片林间空地，哼哼唧唧地走来走去，以为那也是一位晨练爱好者，这会儿正在走圆场，要打上一段太极拳什么的。狼儿们只是远远看上一眼，就打算转身离去了。狼儿们不怕野猪，因为自己跑得快，招惹不起可以转身就跑，野猪们其实追不上。但是狼儿们也不敢挑衅野猪，各自的战斗力摆在那里，孰强孰弱一眼就能看得出来，招惹那个麻烦有意思吗？

黑狼兄妹本来就不喜欢逞凶斗勇，惹是生非，如今又只是客居百花山上，知道这里原本就是野猪的地盘，一旦捅了马蜂窝，野猪们就会成群结队地冲出来，打仗亲兄弟，上阵父子兵，这一对黑狼肯定招架不住，所以打从一开始也没有胆敢冒犯的意思，看上一眼也就足够了，就算是行了一个注目礼吧，这就要转身拜拜了。

就在这样一个节骨眼上，那头大野猪却有了一个意外的惊喜，好像发现了什么好吃的东西，叼起了一个黑乎乎香喷喷的肉疙瘩，嗓子眼里还快活得直哼哼，扬起了脑袋，伸了伸脖子，这就用力地一口咬了下去，只听轰的一声闷响，野猪的脑袋那里迸发出一团血雾，等到血雾散尽，野猪的脑袋也就没有了，四仰八叉地躺在地上了。

黑狼们听到动静就想逃跑，可这会儿又停下不动了，这件事也太过诡异了，那头野猪在干什么？正在给自己大变戏法，一下子就变成个无头鬼了？不会吧，这世上会有这么愚蠢的野猪吗？野生动物们基本上都是肉类爱好者，那大野猪把自己变成了一堆肉，不会就是想请大家美美地吃一餐吧？果真是这样的话，那就是却之不恭，天下的事情就是这样，来得早不如赶得巧，两只野狼刚刚巧巧就是遇上了，幸运指数百分百，如果不吃不喝就走了，那就有点不食人间烟火的意思，就是不够朋友了，果真对不住主人的盛情相邀，标准的一对大傻帽了，不是吗？

一股浓烈的血肉气息，开始在山林之间弥漫开来了。

多么丰盛的美餐呀，两只黑狼都在咕噜咕噜的咽口水，果真是馋得不得了，可还没有下定最后的决心，狼儿们尤其多疑，或者也叫狡猾，它们东张西望，极力要判明当前的情势，这不会是给自己下套吧？

很快的，它们就有了一个全新的发现。

正在密切关注着现场态势的，的确还另有其人。

就在那一片林间空地不远的地方，有一面陡峭的山坡，上面长满茂密的灌木丛，而且清一色的全是杜鹃花，就在那杜鹃花丛的后边，隐藏着一个洞穴，里面居住着一个小小的野猪群落，一头长着两根獠牙的大野猪，正慢慢地从洞穴中探出头来，这里的地势得天独厚，高高在上，透过杜鹃花丛就看得见那一片林间空地，看得见那头被炸掉了脑袋的大野猪，后者的眼睛立刻就变得血红起来，怒不可遏地哼哼着，似乎马上就要爆发起来了，只是迟迟地不肯离开自己的藏身位置，这到底又是为什么呢？只是为了保护自己身后的洞口，那里边有一群小野猪？还是因为那死掉的同伴已经没有脑袋了，横竖也不需要救治了，自己也就不用再到现场上去看看了？好像还是不对，以野猪们的性格，它们只要吃了亏，那绝对就是零容忍，顷刻之间就会爆发起来，那头偷窥的大野猪好像只是在等待着什么，黑狼们顺着野猪的思路往下捋，很快就明白这是怎么回事了，能炸掉一只野猪脑袋的，只有猎人们的爆头弹，一定有猎人在这里活动！那头野猪苦苦等待的，正是杀害自己同伴的猎人，为的就是出其不意地发起反击，为丢了脑袋的同伴报仇雪恨！

终于想明白了这一层道理，两只黑狼互相碰碰鼻子，呜呜地低叫几声，那就是弹冠相庆了。那野猪是要报仇的，猎人更是该死的，可这一切和自己有关系吗？可以百分之百地肯定，一毛钱的关系都没有，自己只是走过路过的观光客，看热闹的不怕事情多，吃白食的喜欢多上菜，猎人也好，野猪也罢，十八般兵刃都使出来，有什么能耐一起上，那不更是一件天大的好事吗？最好能斗成个血流成河，尸横遍野，那可是食物极大丰富，可以一天到晚大吃大喝了！

两只黑狼再也忍耐不住了，双双冲进那片林间空地，当起饕餮之徒，开始大快朵颐，一边理所当然地快乐用餐，一边还不时地向山坡上的杜鹃花丛瞄上几眼，那不仅仅只是在关注着对方的动态，同时也是一种礼节，表示自己已经注意到对方的存在了，就不要多费什么心思了，请节哀顺变，保重身体，报仇雪恨还需要花上一番大力气，你们野猪家的事情我们野狼也就不多参与了，大山里的事情多得很，我们也是行色匆匆，不好耽搁太多的时间，该吃就吃了，该喝就喝了，吃饱喝足马上就走，不会妨碍你们打架的，哈哈，嘻嘻，我们各行方便，也就客言不套了！

这一对饕餮之徒，吃东西速度那可是极快的，因为野猪的脑袋已经没有了，胸腔的大门已经洞开了，而野狼们最爱享用的就是肚子里的细软，什么心肺五脏、猪板油、猪肥肠，咬住了什么都是囫囵吞枣，就像是喝了一盆面条汤，稀里哗啦就下肚了，所以自己的肚子也很快就鼓胀起来了，眼看就要吃饱了、喝足了，不需要再像贼撵一样拼命了，便也稍稍地缓口气，换成了一副比较斯文的模样，还哼哼唧唧地唱起小曲，就像人们在公款吃喝酒席上的德性一模一样，互相还要说个段子，聊以助兴，幸亏山坡上的那只野猪听不清楚它们在说些什么，否则那立刻就会暴走了！

两只黑狼的助餐小曲竟然是这样的——

> 吃他娘，
>
> 喝他娘，
>
> 打开城门迎闯王，
>
> 闯王来了不纳粮！
>
> 呜啦啦，
>
> 哇哈哈，
>
> 闯王来了不纳粮……

你瞧这对小祖宗，真不是一般缺德，那简直就要冒烟了！

不，恰如其分地说，这正是冒着烟的缺德！

21 仇人见仇人

接近那片林间空地，猎人也是倍加小心。

这时候，白面书生还不晓得有一头野猪正在那里等着自己，要向自己报仇雪恨。

最初，发现了那片林间空地，他就知道那是野生动物们的健身广场，那些强势的动物们时不时地就会过来走一走，所以就在那片空地中间的一个位置十分显眼的地方放置了一枚爆头弹，看上去就像是一枚香瓜，闻起来就是一坨猪油，肉食动物们抵制不住荤香的诱惑，十有八九就会咬上一口，这样的狩猎方式最为省劲，几乎是一点风险都没有，只需要远远地躲在一边，耳朵留神听着动静，果然，那爆头弹炸响了！白面书生自然也不会耽搁时间，赶紧跑过来收拾猎物，只是也不敢冒冒失失地闯进那片林间空地，毕竟动静太大了，不知道会招惹多大的麻烦，所以要先在远处看看情况，发现自己的那枚爆头弹果真威力不错，干净利落地就把一只大野猪的脑袋给炸飞了，看着那倒在地上的一堆猪肉，少说也有两百公斤，只是两只黑狼已经捷足先登了，正在那里快乐进餐，这和猎人的利益并没有矛盾，因为野狼们不论是吮吸了野猪的血浆，还是吃掉了野猪的肚肠，这些都是猎人不屑一顾的东西，最终还都是废弃物，直接就会被扔在大山里，根本就不会浪费气力搬回家去，可惜我们这位猎人有点小肚鸡肠，总觉得那两只野狼是吃了他的猎物，占了他的便宜，竟在那儿心疼得直吸气，痛苦得直摇头，因为那是自己的财富，可以任凭两只黑狼肆意冒犯吗？狠狠地盯着那两只黑狼，他很快又发现了一个问题，那两只黑狼看着眼熟，这又是怎么一回事呢？几乎毫不费力的，他就想明白了，那不就是自己的一对手下败将吗？和那个小狼女在一起的两只黑狼，被自己追着屁股轰了一枪，当时是吓得要死，落荒而逃，如今又混大胆了，竟跑到这里讨便宜来了？猎人如果稍稍有点涵养，就让它们吃饱喝足了，自己根本也没有少点什么，等这两只黑狼走了，再收拾猎物回家也不迟，可偏偏他根本就没有把那两只黑狼放在眼里，知道自己仅凭手中的猎枪想打死它们也是不可能的，但是打伤它们绝对没问题，把它们远远驱离更是小菜一碟，心里暗暗打定主意，猎人便开始付诸行动，把自己随身携带的一只小扁担和两捆麻绳扔在地上，还摘下自己背上那只猎袋，那里面有火药壶，有铁砂子，还有一些野外生存必不可少的生活物件，这就是要轻装上阵了，腰上只插着一柄猎刀，手中提着那支猎枪，便沿着灌木丛悄悄地向一边移动，打算尽量靠近目标一些，这一次要十分精准地轰它们一枪，打不死它们也不要紧，至少要吓它们半死，让它们牢牢记住这个教训，从猎人嘴里抢食吃，那是要付出代价的！

终于选到一个最佳射击位置，猎人冲着两只黑狼举起猎枪，深深呼吸，稳住肩胛，建功立业的时刻马上就要到来了！偏偏这时候，一个真正的敌手出现了，一头嘴上生着两只獠牙的大野猪，正不声不响地向他直冲过来，看这节奏，那野猪和被爆头的死鬼肯定就是一家人，如今认准自己这个仇家了，毫不含糊地要报仇雪恨了！

已经到了危急的时刻，猎人当然也别无选择，只得飞快调转枪口，对准那直冲过来的野猪轰了一枪！

这一枪，光听声响那就够吓人的，简直就是一道晴天霹雳，胆小的人们直接就会被吓死了。

可显然那野猪的胆子并不小，虽然已经受到重创，在地上翻了一个跟头，却又跳起身来，嗷嗷怪叫着，继续向猎人发起冲锋。

白面书生这才知道，大事真的不好了，要命的时刻马上就要来到了，这可不是一般的生死考验，没有丝毫的游戏成分，因为野猪不同于一般的动物，只要你把它打伤了，它就必须要和你玩命，不管你是老虎，是黑熊，还是人类，一定要和你死磕到底，反正就是要舍出这条老命，不死不休了！

就在这样一个要命的时刻，白面书生忽然觉得自己一点也豪迈不起来了，两腿打软、浑身哆嗦、斗志全无，这就是胆寒的滋味，原来自己真的是被吓破胆了！

猎人失手扔掉了打空的猎枪，拔腿就跑，就像一只奔命的兔子，只要能逃命那就赚了，再也顾不得什么形象工程了。

也是天无绝人之路，白面书生直蹿出去不到一百来米，就遇到一棵挺拔的香樟树，他知道野猪们是不会爬树的，便抱着树干赶紧往上爬，幸好是轻装上阵，身上多余的东西都被他扔完了，这会儿爬起树来也十分利索，很快就爬上了五米多高，坐在一棵树杈上，抱着树干在那里大喘气，一边喘气一边还揉着自己的胸口，好像是终于逃出生天了，心里又暗暗得意起来了。

两只黑狼却在一边看得目瞪口呆。

猎人那支火铳爆响的时候，却比爆头弹的响声大多了，雷鸣一般地在山野上震荡开来，两只黑狼出于本能的反应，自然立刻拔腿就跑，可跑没多远又折返回来了，因为看到了那只倒地翻滚的野猪，两个傻家伙竟然咧着嘴巴乐起来，猎人的火铳轰的是野猪啊，这和它们没什么关系，自己犯得着胆战心惊吗？平常的日子里，黑狼们一直把野猪当成劲敌，小心翼翼地绕着走，绝对是不敢招惹对方的，可如今它们不仅正在饱餐野猪肉，还亲眼目睹一只野猪被打翻在地，这种感觉绝对不是一般的爽，那简直就是爽歪歪，有什么理由不可以让自己快乐一回呢？就算是偷着乐，那也舒服得不得了啊！

接下来发生的故事，瞧着那就更让人开心了。

那头生着两根獠牙的野猪翻身打滚，嗷嗷怪叫，居然又爬起身来冲锋陷阵，那个猎人显然是认怂了，居然扔掉猎枪，哭爹叫娘一路狂奔，黑狼们这时候也就认出来了，那人正是自己的宿敌，就是他活捉了红毛小姐姐，害得伙伴们天各一方，要是今天他被野猪给生吞活剥了，那不正是一件天大的好事吗？

野狼们的兴致来了，这时候你撵也撵不走了。

可那猎人好像也还有两把刷子，扔掉猎枪之后，跑起路来比兔子还快，居然还找到了一棵大树，一溜烟地就爬到树上去了，这是什么情况？就让他逃出生天了？那野猪却不会爬树，只能在下面用脑袋撞树干，本来那野猪身上就有枪伤了，虽然没有很大的创口，但很多地方都在流血，这会儿拼命去撞树，树干上很快就被染上了斑斑血迹，两只黑狼瞧得更开心，看样子这头蠢猪是要撞死在这里了，世上还有比这更好的事情吗？野猪撞死了，黑狼们的食物更是极大地丰富了，有吃有喝地守在这里，还怕那树上的猎人展翅飞去吗？两只黑狼也是激动不已，恨不得引吭高歌一番，只是它们还没有完全失去冷静，知道自己这时候不应该转移野猪的目标，要冷静，要克制，要继续为自己补充能量，静等着天上掉馅饼就行了，不，这次不是馅饼，还是一只大肉包子，一个混蛋该死的猎人！

两只少肝没肺的黑狼，居然又心无旁骛地大快朵颐起来，知道自己只有吃饱了、喝足了，才能享有最好的运气，不是吗？

那两只黑狼还挺能装，如果这会儿还有野猪在旁边做观众的话，肯定会被它们给活活气死了。可惜了山坡上面的那个洞穴里，的的确确有一群小野猪，只是还不敢出洞来探险，生怕别人把它们给当点心吃了。敢在这片山林中横行霸道的，眼下只有那头长出了两只大獠牙的野猪，可那位獠牙武士眼下只是报仇心切，所有的心思都集中在猎人身上，连正眼都不肯瞧一瞧那两只憨皮厚脸的黑狼。

　　黑狼们的肚子其实早就吃饱了，这会儿继续吃下去，那也只是勉为其难，装模作样罢了。

　　还好，这情形并没有持续太久，要不然，把那两只黑狼给吃撑了，又该着它们自己叫苦不迭了。

　　这时候，逃命的猎人已经爬到树上，索命的野猪正在用脑袋撞树，这战场上的情势看上去有点半斤八两，还说不出来谁更强势一些，可那野猪像是突然就开窍了，不再用脑袋拼命撞树了，而且换了一种进攻方式，居然知道发挥自己的獠牙优势，大口大口地啃起树干来，那树干很快就被啃出了白生生的一片伤痕，照这样的速度发展下去，那棵大树并不是坚不可摧的，似乎也用不了多久就会被野猪给啃倒了，到那时候，躲在大树上的那颗肉包子也就用不着两只黑狼操心了，野猪会把他吃得干干净净，连一星点骨头渣滓都不会剩下来，野猪们的胃口好得不得了，黑狼们就是不服气也没用啊！

　　俗话说，关心则乱。

　　这会儿，那两只黑狼既要为树上的猎人操心，又要为树下的野猪操心，当然也就理直气壮的用不着装模作样了，守着身边的那一堆肉食，只是立正，稍息，不错眼神地看着前方。

　　看上去，它们像是在认认真真地观敌料阵，只是眼下还说不清楚，自己究竟属于何派何方。

　　其实，它们只是唯恐天下不乱，用不着支持任何一方，只希望战争的投入者双双毙命，留下遍地肉食就好。

　　这时候两只黑狼，真的像是看呆了。

22　三国四方，一场混战

　　小学校长牵着大黑狗走来，一路上收获颇丰，顺道捡了很多东西，全是那猎人留下来的，等到最后收拾起猎人的火铳，小学校长还长长地叹了口气，不知道是在惋惜那个不争气的猎人已经慌不择路地爬到树上去了，还是在讥讽那两只二愣子一样的黑狼竟然还有心作壁上观，一本正经地看起热闹来了。

　　战场上的态势一目了然，已经足够凶险了。

　　长着獠牙的野猪正在拼命啃树干，一边啃着一边还哼哼唧唧地发布着义正词严的战争宣言，这位老兄瞪着一双血红的眼睛，那是满腔的怒火在燃烧，斗志昂扬、杀意腾腾，看这架势，树上的猎人绝对是插翅难逃了！两只黑狼满嘴血浆，一看就知道刚刚吃过一场饕餮大宴，那吃相不佳也就算了，最让人生气的好像是已经被撑饱了，居然还在那里坐山观虎斗，不得不佩服野生动物们的大智慧，哪来这么好的心情啊？黑莲花低声叫嚷着，几次都把拴住自己的绳索挣到了极限长度，那是在抗议，在哀求，要求小学校长把自己放出去，如此热闹的场合，只让自己袖手旁观，岂不让天下的狗儿们笑掉大牙，有辱自己的名望啊！

　　小学校长却皱着眉头，认真分析着面前的形势。

　　这片林中空地很有意思，刚好提供一方小小的战场。已经变成食物的那头野猪就不算了，这里有两头黑狼，一头野猪，还有一个亡命的猎人。两头黑狼显然是已经吃饱喝足了，看上去没有丝毫的斗志，基本上构不成任何危险。那猎人爬到树上，上天无路、入地无门，只能是信天由命了。真正要命的还是那头野猪，果真把大树啃倒了，那猎人肯定就会没命的！这里最为强悍的力量，就是那头凶相毕露的野猪了，是不是自己也应该冲上去，和那头野猪舍命一搏？小学校长摇头，觉得那是一个极蠢的想法，树上那个白面书生自然是应该搭救的，可自己冲上去有用吗？那不叫肉包子打狗，只能算是肉包子喂猪了！看来，要挽救那猎人的一条命，也只有让黑莲花上去了，大黑狗当然可以去咬野猪，但这不是关键的优势，真正的优势是咬不过野猪也不要紧，黑莲花正值年壮，咱们咬不过野猪，总该跑得过野猪吧？那猎人趴在树上，至少暂时是安全的，只要把野猪引开了，不就可以趁机溜之乎也？

小学校长拍了拍大黑狗的脑袋，便解下系在它脖子上的那只卡扣，黑莲花自然知道自己应该干什么，立马就一路狂吠着向那野猪扑去，那野猪起先还没当一回事儿，结果屁股上被咬了一口，没有心思继续去啃树了，只得掉头应战，和那大黑狗撕咬成团，那情形果真如小学校长所料，大黑狗硬碰硬是咬不过野猪的，但是身形灵活，进退自如，跳来蹦去的和野猪缠斗，好像也吃不了什么亏。小学校长看着也颇觉安心，把手上的狗绳子团成一团塞进背篓里，又操起猎人扔下的火铳，慢条斯理地安装弹药。他原本就是一个地道的山民，对这种猎枪也是极为熟悉的，自然要把猎枪装填起来，因为现场还有两只黑狼，这应该算是第三方力量，也必须审慎对待，不得不防。

小学校长做这一切的时候，那两只黑狼其实也一直在远远地看着他，好像是极有默契地在那里等待着，看到小学校长不急不忙地为猎枪重新装好子弹，并且把枪口顺了过去，两只黑狼这才恍然一惊，互相碰了碰鼻子，好像还要最后沟通一下，小学校长也暗自点头，想来那两只黑狼也已经判明情势了，知道自己已经置身于枪口之下，接下来也就应该是落荒而逃了，能跑多远跑多远，尽可能地要让自己置身事外吧？

可是，事态的发展却又让小学校长大吃一惊！

两只黑狼并没有落荒而逃，而是双双跳起身来，向正在绞杀成团的大黑狗和野猪扑过去，这问题严重了，两只黑狼要是和野猪联手对付黑莲花，那大黑狗可就性命堪忧了。因为要比赛奔跑的速度，大黑狗肯定要比野猪快多了，可是要和黑狼们赛跑，那可就是另外一回事了。

可是，又一次大大的出乎意外，两只黑狼并没有攻击黑莲花，恰恰相反，竟和那大黑狗结成了统一战线，两狼一狗同心协力地撕咬那只野猪！那野猪这下子可就遇上麻烦了，顾得上脑袋就顾不上屁股，只得团团转身体，四面迎敌，疲于奔命，眼见着身上就增添了几处伤痕，已经落败下风了。两狼一狗配合默契，居然摆开一个三角形的阵势，把那头野猪围在正中，野猪的进攻利器全在头上，大家便专门盯着它屁股，只要它屁股转向自己，逮着机会就上去咬它一口，战场上的情形十分的惨烈，几乎到处都洒满了野猪的鲜血，终于，野猪的肛门被一只黑狼咬住了，用力地撕裂开来，竟把野猪的肠子给拖了出来，一下子就拉出来很长一截子，另一只黑狼也扑上去，叼着肠子往外拉，两头黑狼像是在和野猪拔河，那头野猪惨叫着，知道自己最弱的命门已经被人家给攻破了，拼命地往前挣，大黑狗黑莲花也看出了名堂，冲过去也咬住野猪的肠子，都说人多力量大，这两狼一狗合力一处，叼住肠子和野猪拔河，而且那野猪四蹄蹬地，十分配合，只见那肚肠顺顺溜溜的都被拽了出来，足足扯出去十好几米远，那野猪拼足最后的力气，呛天呼地一声惨嚎，便四蹄弯曲跪倒在地，闭上眼睛，却依然粗重地喘息着，还没有完全死去。

野猪的对手们却管不了这么多，那两狼一狗把扯出去的肠子分成三段，每人叼起一段肠子，就那么美滋滋地吃了起来。那肠子刚刚新鲜出炉，想来味道也一定是不错的。

小学校长这时候才端着猎枪走上前去，绝对不能麻痹大意，他必须要调查清楚了，那只凶悍的野猪到底死透没有，还会不会对人造成伤害？看到野猪已经闭上眼睛了，的的确确也只有最后一口气了，回头再去看那两狼一狗，几位壮士眼下正在吃点心，黑莲花吃东西细嚼慢咽，那两只黑狼却只会狼吞虎咽，这会儿已经把自己的那份给吃完了，正意犹未尽地互相舔着嘴唇，好像是互相帮助做着清理工作，黑狼们原来也还是知道讲卫生的。看到小学校长走过来了，两只黑狼走开一些，但也并没有马上离去，小学校长这会儿已经隐隐约约地猜出了一些情况，女教师春妮收养的那个红毛妹子，如今花青溪小学里的那位小公主，据说先前就一直和两只黑狼在一起的，不会就是这两位吧？红毛妹子走进花青溪小学，每每更深夜半的时候，花青溪小学四周总是隐隐约约听到狼嚎声，那是一种呼朋引类的呼唤，狼儿们在寻找自己的伙伴，也正是这两只黑狼吗？还有从大黑狗的表现也能看得出来，居然对这两只黑狼毫无敌意，是不是先前有过互通声气，已经打过交道了？还有一个人人皆知的丛林法则，那月亮河就是这一方大山里的楚河汉界，月亮河这边是人类的家园，月亮河那边才是野生动物们的领土，如果不是为了红毛妹子的缘故，这两只黑狼会一直待在月亮河的这一边吗？这样做是极端危险的，所以需要足够的勇气，还有足够的理由，综合考量下来，小学校长有理由相信自己的推断，大体上已经知道它们是谁了。

这时候，那猎人也从树上爬下来了。

白面书生爬下树来要做的第一件事，就是找小学校长讨要猎枪，要去打杀那两只黑狼。小学校长勃然大怒，义正词严地教训猎人，说你这人果真不知道好歹，那两只黑狼是你的救命恩人，你自己没看到吗？如果没有那两只黑狼加入，只有我这一条大黑狗，你以为够得上野猪的对手吗？谁言寸草心，报得三春晖，小学三年级的孩子都知道这个道理，你这人简直连草木都不如，自己刚刚脱离危险，马上就要卸磨杀驴，你还有一点人味吗？

小学校长抓住火铳不放手，那白面书生也无奈，只得抽出自己身上的猎刀，又去残害那只已经咽气的野猪去了。那两只黑狼静静地看着这边，感觉再接下去也就没什么故事了，互相又嗅了嗅鼻子，便不急不忙地离去了。

大黑狗看着那两只野狼离去的背影，鼻孔里呜呜的，倒是很有一些惜别的意思。

小学校长这才把猎枪放在地上，又重新把那条狗绳子的搭扣挂在黑莲花的项圈上，拎起自己的大背篓，牵着狗离去了。百花山上遭遇的这一切，权当是个小插曲，眼下已经结束了，这一人一狗还要去继续自己的远足。那白面书生倒也还知道客气一声，让小学校长捎一些猪肉回去，给老师们改善生活，小学校长没理他，就像没听见一样。

23　星期天的晚宴

　　小学校长领着大黑狗出门远足去了，中午没有回来吃饭，这种情形以前也多次出现过，师生员工们也都习以为常，大家会特意留点好菜，等着他晚上回来吃。

　　只是，直到下午四点来钟还是不见人归来，这情况就有些反常了，女教师春妮便领着红毛妹子到学校的大门口去张望，根本就看不到人影，母女俩便跑到炊事房去安排晚餐，因为是星期天的缘故，老师们在集市上买了很多新鲜菜肴，山里的风味，色香味俱全，还准备一桶陈年米酒，就等着小学校长他们回来开吃了，那阵势也极为隆重，好像是要吃团圆饭一样的。女教师春妮还是那样，天然妆，淡淡样，一件白底蓝花的连衣裙，看上去一如既往，淡雅迷人。红毛妹子那可就算得上是盛装出席了，红红的小短裙，黑黑的蕾丝袜，脑袋上甩着一条自由洒脱的马尾辫，扎着一对天蓝色的蝴蝶结，脚下一双坡型高跟鞋，却也是鲜红鲜红的，点缀着几颗洁白晶莹的滴水石，整个人儿就是一朵噙露绽苞的五月蓓蕾，看上去分外的令人疼惜。

　　小学校长和那条大黑狗终于满载而归，这时候已经是下午五点多钟，大山里的雾霭已经悄悄升起了。小学校长看了一眼红毛妹子，立刻便朗声大笑起来，说花青溪小学的小公主，简直就是一个小仙女，虽然自己在山野中跑了一天，算得上是人困马乏了，可只要瞅上一眼红毛妹子，那立马就是心清气爽，浑身是劲了，就像是沐浴在清馨袭人的花香中，果真消渴解乏，有神奇妙用哩！

　　红毛妹子自然喜欢有人夸她，也咯咯地笑了起来。

　　女教师春妮还是比较务实的，她什么话也不说，只是顾自地在满桌菜肴中挑出一块带肉的大骨头，扔给那个大黑狗，让它先吃起来再说，毕竟山高路远，风尘仆仆，估计它早就饿坏了。至于小学校长钱无奈，大家都等着他回来开饭，自然是应该请他首先入席，先喝上一杯老酒再说，好歹是大家的领导，自然要表示足够的尊敬，首先清了清嗓子，说话也礼貌多了：

　　"尊敬的校长大人，知道你今天辛苦了，大家也是略备薄酒，清淡菜肴，是不是可以入席了？吃了饭，洗洗澡，还是早点休息为好。"

却不料，小学校长大摇其头，竟激烈地反对起来。

"我给你们说呀，吃饭的事情不着急，你知道我和黑莲花在百花山上都遇到了什么吗？这一天下来呀，我这肚子里装满了故事，那是一个劲地只想往外冒呀，哪里还有一丝一毫的饥饿感呢？装得下去吗？要想让我吃饭也容易，那就必须首先把故事给掏空了，平均分配到你们每个人的耳朵里，我这才能吃得下饭，喝得下酒，否则的话，一切免谈！至于睡觉的事情，那就更不用提了，每个人都是这样的，只要心里有事，还有谁能睡得着觉吗？连这点道理都不懂，枉费了我平日的谆谆教诲呀！"

小学校长居然痛心疾首，声色俱厉。

扑哧的一声，女教师被他逗乐了。

"校长大人，我们的好领导，好老师，好兄长，花青溪小学永远也少不了的英雄模范人物，有什么故事你就赶紧说出来，我们保证洗耳恭听，这还不行吗？把你那肚子里的库存掏空了，赶紧再浇上两杯老酒，这也是一种老百姓的享受，与民同乐，岂不美哉？"

小学校长还是在摇头，看样子很难接受女教师的建议。

"不，这可不是一般的故事，差不多就是一段生死经历了，牵扯到一场三国四方的大混战，只是有好多事情连我自己都整不明白，直到现在还在犯糊涂，所以需要所有的教职员工都来听一听，而且还要展开讨论，不是说人多智慧多吗？你们大家可就是我的全部所有，是我的智囊团，我的后援会，我需要你们大家的支持呀！"

女教师听到这里，总算明白了，小学校长这是要立即召开一次全体教职员工会议啊！这事情好办呀，只要自己跑腿就行了，马上去通知大家，甭管是吃过饭了还是没吃饭，通通到餐厅来集合，听无奈校长讲一讲刚刚发生的故事，这不就得了？

可是，女教师刚刚转身要走，又被小学校长给叫住了。

"错了，不是要大家来开会，这个时候去通知开会，是不是也太过奇葩了？我是要请客，请客你懂不懂？当然也需要大家聚在一起，排排坐、吃果果，喝杯老酒，享用美味，所以你的工作程序就要重新修改了，要干好的第一件事，那就是整治菜肴，不把酒席摆好了，那像个请客的样子吗？快快快，让炊事房的大厨做你的帮手，发动群众一起干，菜我都带回来了，全堆在那里，你看着安排就行了。"

女教师终于大彻大悟了，小学校长这是要和大家一起共同分享自己这一天下来的劳动成果呀！

小学校长带回来满满一大背篓的蘑菇，还有一大捆青翠欲滴的天浆菜，他就是用防身的木棍做扁担，把它们给一担挑回来的。大黑狗黑莲花捎带回来的物品那可就更是不同凡俗，嘴上叼着一只大青兔子，足足有三公斤大小，那是它自己在山野中猎获的。它脊背上驮的东西更吓人，竟是一条又肥又大的菜花蛇，足足有七八公斤的样子，这是一种无毒蛇，浑身上下布满了那种油菜花一样的纹路，也是一种最为寻常可见的蛇类，脑袋上还有一个王字，就是山民们通常所说的大王蛇，只要你有足够的胆量，抓住就是一餐美味。这条蛇的脑袋都被小学校长用木棍给砸扁了，用山里的野藤给捆扎成团，就放在黑莲花的背上，大黑狗又被变成了小驮马，果真也是一专多能，物尽其用了。

所有能招呼到的人，都到厨房里帮忙去了。

这时候，天已经黑透了，花青溪小学的院门已经关上了，并且上锁了。大山里的生活就是这样，每天晚上要办好的第一件事，就是要把院门关好，这不仅仅只是为了防偷，主要还是怕野生动物们贸然拜访，会发生一些意想不到的麻烦。那院门的样式绝对不够新潮，就是钢筋栅栏的结构，很高很大也很宽，开门的时候需要用人工向两边拉，关门之后通过钢筋栅栏可以内外通视，视界倒也极为宽阔。

小学校长这会儿还待在餐厅里，守着那一桌女教师她们先前准备好的菜肴，根本就没动筷子，只是给自己倒了一杯米酒，慢慢地品呷着，像是执意地要润透喉咙，养足精神，接下来好给大家讲故事。

红毛妹子陪伴在小学校长的身边，只是注意力一直集中在那条大黑狗的身上，大黑狗这会儿已经啃完了那块骨头上的肉，正在全力以赴地要咬碎骨头，红毛妹子就笑眯眯地看着它，听着它把骨头咬得咔咔脆响，不点赞，也不评论，只是饶有兴致地守在那里，看大黑狗能不能把所有的骨头统统地吃光。

那根骨头果然是一点也没剩，真的被大黑狗给消灭了。

女孩儿咯咯地笑了一会儿，又爬到椅子上面，在那满桌菜肴中仔细搜寻，还想为大黑狗重新找一块肉骨头。

这时候，按照小学校长的要求，重新整治的大盆菜肴，也就一盆一盆地送上来了，大黑狗抓的那条大青兔，变成了一盆红烧麻辣兔子肉，那条菜花蛇更是不得了，直接就变成了三个菜，第一道菜是雪花里脊肉，且酸且甜，又白又嫩，正是从那条大蛇的身上削下来的两条长长的里脊肉，这也就是它最大的贡献了，剩下来的就是一副蛇骨头了，上面也还裹着白森森的嫩肉，用砍刀剁成了小段，就被直接给下火锅了，火锅的底料煎煮好了，放进去一堆新鲜的蘑菇，再打几个鸡蛋在汤水里，那股扑鼻子的香味便喷射出来了，第三道菜的主料就是那张蛇皮，放在开水里氽了一下，烫掉了外表的角质层，然后便被切成了丝，配上一盆竹笋丝，还有青椒丝、红椒丝，香酱麻油，热锅快炒，一盆大名鼎鼎的羽衣霓裳，就这样贡献出来了！至于小学校长带回来的那一捆青翠欲滴的天浆菜，加工起来那就更是方便了，直接用开水烫了一下，切碎装盘，浇上调料，那可是头等的下酒凉菜，可以清心明目，主要的功效就是保养大脑，读书人的不二选择呀！

用几只餐桌并在一起，大盆菜看都分成几份，分开摆放，花青溪小学的全体教职员工便都一个不落地围了上来唉，根本就不用盛情相邀，抢起筷子便是你争我抢，这简直就是一桌大山的馈赠，平日里的确难得一见，这会儿美食当前，又是校长请客，还用得着扭扭捏捏假作斯文吗？就连女教师春妮和红毛妹子，这会儿也都心无旁骛了，母女俩先是全力以赴地对付那些蛇汤蘑菇，感觉肚子已经吃饱了，这才转移了兴趣，又开始大吃特吃那些口味清淡的凉拌野菜，天浆菜也叫炸酱草，凉调出来的味道其实是有点苦的，只是清香宜人，特别好吃，尤其是吃完油腻的东西之后，突然改换了一种口感，简直就是美不胜收了！

女教师春妮忽然想起了一件事儿，无奈校长让她把大家召集起来，不是说要讲故事的吗？如今这是怎么回事呢？什么故事都没说，大家就是抢吃抢喝，这真的是比过年还快乐，只是有点偏离主题了，怎么可以这样呢？还有，无奈校长开始就说过了，他肚子里的故事如果不说出来，那是什么都吃不下去的，可直到现在他什么都没说，好像压根就忘记了，这是不是有点自食其言了？女教师扭头去寻找小学校长，发现他还坐在原来的地方，根本就没有动过筷子，手上只是拿着一只酒杯，还在那里分外受用地品尝着老酒，旁边就摆着老酒的坛子，但是喝酒的好像也就只有他一个人，这事情的确是足够离奇了，老师们一个个都高兴得不得了，把这次聚餐当成了一个盛大的节日，果真是吃好喝好，开心就好，可却都集体忽略了一个人，就是此次宴会的发起人，从山野中为大家带回野味的那个人，别说是心存感激了，就是偶尔能想到他也好呀，无奈校长啊！

女教师又扑哧地一下笑出声来，一个能随意让人忽略的领导，绝对和权力没有一丝一毫的关系，能让人打从根本上忘记官本位，那该是一种多么纯真的亲和力呀！

花青溪小学的无奈校长，果真是一位世间难得的忠厚长者。

好像注意到了女教师的眼神，无奈校长便冲她点了点头，举了举手上的酒杯，又少少地啜饮一口，然后便咧着嘴笑了，传达的意思倒也十分简单，那就是什么都不用说了，让大家吃好喝好比什么都好！

女教师想了想，觉得这样也好。

随着那几张大方桌上面的杯盘碗盏渐渐地现底，花青溪小学的聚餐活动也就接近尾声了，老师们打从一开始就被满桌的山肴野蔌给深深地吸引了，争先恐后，各显神勇，如今把菜肴给消灭了，大家也都吃饱了，这才扭着脑袋，左看右看，这才想起来好像还有什么事情，哦，对了，无奈校长邀请大家到饭堂来，不仅仅只是为了打打牙祭吧？作为一校之长，如今把大家都集中起来了，难道就不该说点什么吗？比如形势大好，越来越好，明天更比今天好之类的？

不约而同地，人们的目光都集中到了无奈校长的身上，当然重点关注的并不完全是那位小学校长的鼻子和眼睛，还有他手上转着的那只酒杯，还有他身边守着的那一坛老酒，那是女教师春妮的无私贡献，考虑到他这一天跑累了，喝点老酒可以解乏，却不料他这一顿晚餐只是喝了几杯老酒，其他菜肴居然一点没沾。

情不自禁地，女教师春妮的眼睛又湿润了。

红毛妹子却嘻嘻地笑出声来，她这是在为大黑狗高兴，因为一个重大的发现，那几盆蛇汤蘑菇被人们享用之后，汤被喝光了，蘑菇也被吃光了，剩下来的居然全是骨头，大黑狗超级喜欢的骨头啊！

无奈校长的脸上也荡漾起笑容，花青溪小学的小公主，怎么瞧着都让人喜欢。

无奈校长清了清嗓门，觉得自己真该说点什么了，毕竟该吃的都吃了，该喝的也都喝了，大家心里的小九九他是特别清楚，眼下肯定都是在盼望着他能赶快说上几句话，这一次聚餐就完满结束了，大家可以回去睡觉了，这时候他也只能顺应民心，不管算是开场白还是结束语，总而言之是应该说话了，万万不可故作高深，故意吊着大家的胃口，让人们等得太心焦，那肯定会适得其反，令人生厌，不是吗？

小学校长使劲地咳嗽了一声，环顾四周，频频点头，这就是要开讲了。

人们都静静地期待着，等着听那个小学校长和一只大黑狗在百花山上的奇遇记，好像还是一个武打的故事，因为事先就剧透出一个标题，叫做三国四方大混战！

可是，小学校长只是张了张嘴，却没有发出任何语言，却忽然又被打断了，是花青溪小学的小公主，本次宴会上最为耀眼的小明星，居然一声招呼也不打，慌慌张张地爬下椅子，急急忙忙地就跑出门去了！

女教师春妮自然也站起身来，要追随而去，却被小学校长打了个手势，毫不含糊地给制止了。

小学校长在自己的耳边竖起了一只手指，轻轻地往前点击着，示意大家不要说话，认真地听一听外边的动静。

校园大门口的方向，响起了一阵呜呜嗷嗷的狼嚎声。

大黑狗黑莲花立马从桌子下面钻了出来，一路吠叫着冲了出去。

聚餐的现场一阵大乱，老师们个个如临大敌，却慌慌张张，手足无措，不知道自己应该干什么，小学校长依旧安然如山地坐在那里，冲大家摆摆手，让他们稳定情绪，稍安毋躁，说他事先就已经检查过了，校园的栅栏院门已经落锁，外面的野狼进不来，红毛妹子和大黑狗也出不去，大家至多也就是隔着铁栅栏门吵吵嚷嚷，就是想打也打不起来，根本就不会有什么危险，值得大家大惊小怪，自乱方寸？今天的事情，本来和大家就没有什么关系，至多也就是听个故事，不够资格参与其中，所以谁都不要多管闲事，听明白了吗？

人们都安静下来，侧耳聆听，想象着院门那边发生的故事。

大黑狗也不再狂吠了，偶尔地哼唧几声，好像也只是为了表明自己的存在，似乎也接到了小学校长的指令，因为事不关己，可以高高挂起，退到一边，看看热闹就行了。

可狼嚎声却始终没有中断，只是声音却降低了不少，几乎都算不上是嗷嗷狼嚎了，听起来只是呜呜咽咽、婉转跌宕，就像是人们在促膝谈心，互诉衷肠，而且听得出来其中有两只野狼，还有一个女娃子的声音，特别的湿润，非常好听，那不就是花青溪小学的小公主吗？

小学校长轻轻地敲了敲桌子，也是心情不错，要击节赞叹了。

"大家都听到了吗？我们的小公主，连学狼嚎叫都这么好听，那标准的就是一个人才呀！当然了，她在狼群中生活了那么长的时间，练习狼嚎也是基本功，理所当然的事情。今天我把大家都叫过来，想说的就是这样一件事情，每个人的经历都是无法斩断的，所有的恩怨情仇都会一生一世记在心中，我们是一群文化人，本身是要讲伦理道德的，不能像那些见利忘义的山民们那样，不问青红、不分皂白、过河拆桥、恩将仇报，非要把一些有情有义有恩有德的山野故事，变成了血肉横飞谋财害命的巧取豪夺，惊散山野的魂魄，扭曲人类的灵魂，为子孙后代留下遗憾，永远愧对自己的心灵，我相信大家都能理解这一点，所以无论面对如何复杂的局面，都能够与人为善，妥善处置！我都说完了，今天的故事也就不用再说了，因为大家都听到那声声狼嚎了，也就或多或少地参与其中了，现在大家不要喧哗，可以悄悄地离开这里，回自己宿舍去好好睡觉，以后的故事究竟会是个啥样子，这好像也就用不着我多说了，我们大家要共同努力，尽量让事情往好的方向发展，好不好？"

有人提议把校园门口的大灯开亮，被小学校长给坚决制止了，他说眼下夜色朦胧，这可是一件好事情，毕竟红毛妹子的变化太大了，身上的毛发都已经脱光了，如今隔着栅栏和那两只黑狼相会，因为语言是相通的，所以很容易取得对方的信任，只是还需要一个渐渐适应的过程，要是忽然之间灯火通明了，那两只黑狼会不会被吓得落荒而逃啊？

小学校长与人为善，由此可见一斑。

只是大家都不走，一个个都拿眼睛看着无奈校长，那意思却是明白无误的，就在眼下这样一个节骨眼上，你让大家都回去睡觉，这公平合理吗？好奇之心，人皆有之，这才刚刚进入境界，还有谁能睡得着觉吗？小学校长只能点点头，叹口气，那意思就是说，我服了你们了，还不行吗？他抱起了那坛其实并没有喝掉多少的老酒，这就是要带头回去睡觉了。临走的时候还特地交代女教师春妮，让她也回去吧，不需要守在这里的，有那样一道栅栏门，安全是不会有问题的，还有大黑狗黑莲花守在红毛妹子的身边，还会有什么问题吗？不就是陪着两只黑狼聊聊天吗？等到夜深了，人倦了，聊天的兴致也就过去了，肯定各自都会打道回府，今天的故事不就完全结束了？不管是任何人，都不要贸然地前去打搅，那可帮不了什么忙，绝对是好心办了坏事情！

小学校长说得斩钉截铁，不容置疑，把这一切都安排好了，他便抱着酒坛子，率先走了。

干脆利落，处置果断，他还挺适合当领导。

24　红毛妹子上学了

第二天，红毛妹子便开始正式上学了。

小学校长郑重宣布，红毛妹子这个名字，就是打从今天起，要正式登记在花青溪小学在校学生的花名册上了，也就是说，这就是她的学名了，这样也好，咱们行不改名，坐不更姓，至于父母是谁，家庭籍贯，民族成分，这些统统可以忽略不计，只需要知道她是个女孩子，今年9岁了，还只是一个刚刚入学的一年级小学生，这些就足够了，也足以鞭策我们这些为人师者，要抓紧时间给她开小灶，我们任重而道远，要急起直追，迎头赶上！

对于红毛妹子本人来说，这也是一个意义重大的转折点，因为自从她走进花青溪小学的那一天起，她就成了全体教职员工的重点保护对象，呵护有加，小心翼翼，生怕她受到意外的伤害，基本上是没有任何行动自由的，就像陀螺一样转来转去，中心点却始终还在女教师春妮的宿舍里，当然了，那里就是她温馨的家，自然也是一个须臾难离的地方，只是交往的范围太过狭窄了一些，直到眼下这个时候，总共才发展一个好朋友，就是那条大黑狗黑莲花，细细寻思起来也难免有点寂寥难耐，这一天终于就要结束了，她马上就要跨进一个新时代，可以和全校现有的那550名同学自由交往了，这件事情想起来就让人兴奋不已，她是越来越像一个正常人了！

兴奋不已的，当然还有女教师春妮。

自从红毛妹子开口喊了第一声妈妈，女教师就忽然明白了一件事情，自己果真是任重而道远，虽然这件事情的真相要努力瞒过所有的人，但是却不能欺骗自己，毕竟是个生儿养女的人，要肩负起一个为人父母的全部责任，毛妹子9岁了，一般正常的孩子都应该读三年级了，上学读书学文化，而且要尽快地融入人群，毫无保留地进入社会，这已经是迫在眉睫的事情了。毛妹子的基本素质比起正常经历的儿童方方面面都有差距，但自从启动补奶工程，她得到一大群父母的关爱，果真水肥土沃，长势良好，春妮老师真的有信心，相信在花青溪小学这样一个得天独厚的环境下，她一定会早早驶上快车道，远远跑在同龄人的前头，将来也一样可以出人头地，成龙成凤，那是一个多么令人期待的未来呀！

小学校长钱无奈在这个问题上却极有主意，方法多多，他认为红毛妹子应该接受特殊教育，所以必须打破常规，把重点放在汉语语言文字的教学上，甚至还亲手为孩子编写了课本。第 1 课：人手足马牛羊。第 2 课：眼睛、鼻子和耳朵。第 3 课：女教师名字叫春妮，她是我的好妈妈。第 4 课：花青溪小学是我家。第 5 课：我的故乡云雾崖。第 6 课：我的邻居百花山。第 7 课：我的伙伴大黑狼。第 8 课：黑莲花是条大黑狗，也是我的好朋友。第 9 课：每天早晨升国旗，向五星红旗敬个礼。第 10 课：花青溪小学我的家，我会永远爱着她。诸如此类，十分用心，读起来尤其贴近生活，完全符合红毛妹子的奇异人生。

红毛妹子入学的第一课，就是向五星红旗敬个礼。

因为这是星期一，每星期一次的团体活动，花青溪小学一至六年级共 12 个班 550 名同学全体出席，在第一节课早自习的时间里，全体以班级为单位在操场上列队，广播喇叭里响起了庄严肃穆的国歌声，五星红旗在校园中冉冉升起，所有的人都站得笔直，向五星红旗注目行礼。

乐止，礼毕。上课的铃声响起。

红毛妹子也背着一个新书包，走进了一年级 2 班的教室里。

无奈校长破格批准让红毛妹子插班就读小学一年级。山村小学没有学前班，校长说关键就是要她进入人群，提前体验学生生活，学习肯定跟不上，大家一起来给她开小灶吧，怎么补法都不要紧，反正明年还可以从头来过。

一年级教室的后排增加一张新课桌，比别人高出一头的毛妹子就趴在那张课桌上，呶着嘴，瞪着眼，十分别扭地抓着一支铅笔，在一张白纸上哼哼哧哧地写下一个"一"字，那一根直来直去的扁担被她划成一道弯弯曲曲的小蚯蚓，自己还累得呼呼喘。守在一边观摩的无奈校长暗暗地喘口气，使劲地揉揉胸口，倒好像自己也累得不轻，嘴上却连连夸赞，说好好好，这就叫万里长征迈出第一步，勇敢地走下去吧！

毛妹子上学了，最大收获不是学会写多少字，而是结识一大批小朋友。山里孩子很合群，和生活在水泥丛林中的都市儿童迥然不同，不知道什么孤独，什么防范，什么新潮时尚，只是喜欢扎堆，喜欢喧闹，快快乐乐，大喊大叫。毛妹子是一颗大山的种子，那心性本来就是透明的，叫起来比谁都响，蹦起来比谁都高，很快就得到大家的拥戴，成了一位啸聚山林的领袖人物。毛妹子每天都能收到礼物，因为她本身就是这一方山林的"土特产"，吮吸过周围十里方圆八山九峁的女人乳汁，还上了报纸，成了名人，自然也应该是大众的宠儿，便时常有学生家长精心准备一些山肴野蔌，让孩子给捎到学校来。毛妹子特别喜欢收到礼物，每每高兴得又蹦又跳，而且从来不吃独食，人人见面一份，吃光用尽，大家开心。老师们都夸赞毛妹子有一种天下为公的情怀，将来从政一定是位清正廉洁的好官，就像无奈校长那样，抬手不打送礼人，收到礼物大家分，处处把群众摆在前头，还算是以权谋私搞腐败吗？广结善缘，大家欢喜，到时候再请无忧记者多多捧场，这官保准越做越大！春妮老师也开心得合不拢嘴，说这主意不错，当一个大官的娘老子，那滋味一定美极了，她现在就感到晕乎了！

毛妹子也有困惑的时候，山里孩子分外淘气，树上抓黄莺，崖下摸岩雀，还有小猫小狗小青蛙，逮着什么都要给毛妹子送过来，千方百计要凑上一份热闹，毛妹子每每收到这些活蹦乱跳的小动物，总是会变得呼吸粗重，眼神发呆，情不自禁地就要凑到鼻子跟前嗅嗅，十分费力地咽着唾沫，她还是没有忘记大山里的故事，这些原本就是她特别钟爱的美食呀！但毛妹子每每总能战胜诱惑，使劲别过面孔，把小动物们给放生了。毛妹子已经知道了，作为人类就应该善待小动物，不可残杀无辜，更不能生吞活剥，所有爱她的人们都在密切地关注着她的一举一动，她是不能够让大家失望的。

毛妹子每每放生小动物，春妮老师总是给予适当奖励。

25 大山里的召唤

白天的日子很正常，这是大家有目共睹的。

可晚上的事情就说不准了，同学们都放学回家去了，他们自然感觉不到什么异样，只是教职员工们心里都有数，因为大家都听到过嗷嗷的狼嚎声，知道山野里的故事其实还没完，保留着一个大大的悬念，偏偏小学校长又不肯痛痛快快地说下去，只是吊起了大家的胃口，允许侧耳聆听，不准冷眼旁观，事实上就是剥夺了大家的参与权，老师们的自我感觉还不如那条大黑狗黑莲花，可以零距离地接近红毛妹子，每天晚上寸步不离地守在女教师宿舍门前，害得大家连窥探一番的权利都给剥夺了，事情发展成了这个样子，谁都不知道那葫芦里装的是什么药，人们的心里又开始暗暗埋怨无奈校长，别看他表面上装得像个人畜无害的老好人，其实还是个独裁者，花青溪小学的官本位，专权专用，太霸道了！

女教师春妮可没有这么多稀奇古怪的想法，她对专权不感兴趣，只是太专心了，天下的母亲都是这样，只要你还是一个正常人，具有正常人的七情六欲，情感世界，那颗心总是会时时刻刻地牵挂着自己的小儿女，尤其是那种曾经被生活亏欠过的孩子，就像红毛妹子那般异样的人生，更是让一个母亲的心每时每刻都放不下，那果真是一种难以言喻的温柔，恨不得能把自己全部的生命都化为那种带血的母乳，让自己的孩子大口吞咽下去，完完全全地奉献自己，一丝一毫都不要保留。

虽然孩子已经长大了，不需要哺乳运动了。

可是女教师的乳房却时刻准备着，要堵住红毛妹子的嘴，堵住那种发自梦乡中的呜嗷狼嚎声，这可不是为了压制言论自由，实实在在整个校园都已经恬然入梦了，不应该再受到丝毫的打搅，红毛妹子自己白天也忙活了一天，兴奋了一天，更应该从睡眠中获得补充，为新的一天储备那种满满的正能量。

可那两只黑狼，红毛妹子的小伙伴，总是会在夜深人静的时候前来拜访。花青溪小学的院门上锁了。红毛妹子正忙着睡觉。于是那两只黑狼便会绕着花青溪小学院墙转上几圈，情不自禁地发出几声呜呜嗷嗷的狼嚎声。这当然是一种呼朋引类的呼唤，不懂狼语的人们只能大体上猜测一下，这是在向朋友问好吗？祝愿萌妹子梦中快乐？可以肯定地说，两只黑狼也是一番好意，出乎本能，发乎本心，白天它们只能躲在远远的地方，从高高的山巅引颈眺望，看一看那个神秘如歌的花青溪小学，只有到了夜深人静的时刻，它们才会一路狂奔而来，当然是迫不及待地盼望着，能见到自己时时惦记的红毛小姐姐，哪怕是隔着栅栏门，只能见到一个朦朦胧胧的人影，听到几声亲切的应答也好呀！这是秉承了月亮女神的旨意，也是遵循着大山里的丛林法则，两只黑狼真的没有做错什么，还应该受到指责吗？

当然，那两只黑狼并没有受到一丝一毫的责难，花青溪小学的无奈校长打从一开头就给这件事情定性了，说两只黑狼深夜拜访并没有违法乱纪，恰恰相反，这是在寻求和人类的亲近，是十分接近人性化的行为，也许就是因为和人类熟悉了，才会把友谊看得像生命一般的重要，即便它们只是异类，可念念不忘昔日的友情，知道见贤思齐，追求心地善良，你还忍心给它当头一棒，一定要把它们打回原形吗？

打从根本上说起，人类最忠诚的异类朋友就是狗，而狗的前世就是狼，也就是说，狼可以驯化成狗，狗也可以野化成狼，这中间有一层统战关系，如何把握住其中的尺寸，那就是善良与邪恶的区别了。

所以，无奈校长也曾悄悄嘱咐过女教师，说是半夜三更的时候，红毛妹子睡梦中会发出几道狼嚎声，那也不是什么大不了的事情，毕竟她是吃狼奶长大的孩子，忘不了狼的恩情也是理所当然的，发几声狼嚎有什么关系？如果能和狼互通声讯，也就是多掌握了一门外语，俗话说技多不压身，难道还是什么坏事情吗？

听他这么一说，女教师立马就轻松了一大截，感觉不到那么大的压力了，每天晚上也就不用提心吊胆，惴惴不安了。后来，说来也怪，每当夜半三更的时候，远处传来狼嚎声，红毛妹子也会随声应答，就像是睡意惺忪地在说梦话，并不影响自己的睡眠质量，而且那黑莲花再也不会如临大敌，居然也习以为常，甚至还摇摇尾巴，只有当那院墙外面的狼嚎声十分靠近的时候，大黑狗才会低声地吠叫几声，倒也听不出有多大的敌意，好像也只是一种善意的提醒，时候不早了，大家都在睡觉了，你们的嗓门是不是应该压低一些，不要影响别人休息哦！说来也怪，只要院墙里的大黑狗开口发言了，院墙外面的野狼便立刻噤声，悄无声息地离去了。

后来，这一切也都成惯例了。

花青溪小学的院墙外面传来狼嚎声，红毛妹子会在睡梦中低声回应，大黑狗便会隔着院墙和对方打招呼，这一夜的故事也就过去了。小学校长有时候也会在院墙里面走一走，看一看，但是什么都不说，一切顺其自然，大家相安无事。再后来，院墙外面的狼嚎声变得越来越稀少了。而学校的院门外边，却每天都会多一份大山的馈赠，有时是两只野猪腿，有时是一只青毛羊，或者是两只大草兔，每每，栅栏门外被摆上猎物，大黑狗便会守在栅栏门内，老老实实地坐在那里，一本正经地看守猎物，只是不乐意回答人们提出的任何问题，至多表示一个小小的礼貌，冲你摇了摇自己的尾巴。所以，这事足够新鲜，令人好奇。小学校长只是把大手一摆，说自己知道这是怎么回事儿，把猎物收拾进来，送食堂就行了。

这种事情瞒不了人，没过几天，附近的山山峁峁十里八乡的山民们都晓得了，而且想象力极为丰富，几乎不需要任何启发，人们全在第一时间就想到了香椿树下的青石小院，想到了青石小院院门前面那惊天动地的爆炸声，因为这故事如出一辙，都是深更半夜的睡梦中有人会发出狼嚎声，而山野中的野狼们应声而来，送上一份不菲的礼物！参与到故事中的人们自然乐此不疲，可守在一边的吃瓜群众却难免愤愤不平了，凭什么呀？你们吃肉了，喝汤了，有滋有味地演绎着一个传奇的故事，只让咱们守在一边每天夜晚竖着耳朵等着听狼嚎声，这公平吗？这合理吗？这让人情何以堪？有过必究，不平则鸣，山民们从来不说自己有文化，只是自打老祖宗那里就传下来一套争吃抢喝过日子的道理，花青溪小学的栅栏门外有狼送礼了，如此的离经叛道、违背人伦、不明不白、优惠独占，距离那惊天动地的爆炸声，还会很远吗？

看热闹的不怕事情多，好像这也就是一种人性的特点，只要自己一点好处都捞不着，那么最佳选择就是幸灾乐祸，唯恐天下不乱了。

好像，事情就是这样，让人轻松不得，马上就会发展到一个十分危急的时刻了，小学校长自然不敢掉以轻心，漠然视之，他首先想到的一个人，就是那位野人考察队长，如今已经退休的老教授，本来，为了维护教授的尊严，这位山村小学校长是决心要把一个真实的野人故事给一直隐瞒下去的，可如今事态紧急了，他又不得不求助于人了。

老教授有求必应，反应神速，这也大大出乎这位山村小学校长的意料之外。

那天一大清早，便有一队人马呼啸而来，那是两辆警车，还有一辆警用面包工程车，依次地驶下了野人大道，并排停放在那香椿树下的青石小院前。老教授走下打头的那辆警车，只是到青石小院中兜了一圈，匆匆地看上一眼，什么话也没说，便领着一群人穿过云雾崖村落，直奔那村落西头的花青溪小学。

这一群客人的到来，结结实实地让那位小学校长吓了一大跳，因为除了白发苍苍的老教授，基本上全是披挂整齐的大盖帽！夜半狼嚎的故事，从香椿树下的青石小院，转移到了百花山下的花青溪小学，这下子终于惊动政府了，大大升级了，也就由不得他钱无奈校长一个人说了算了！

26　老教授拜访小狼女

　　老教授赶到花青溪小学，和那位小学校长匆匆握了一下手，便去寻找女教师春妮，见到自己那位忘年之交，当然也用不着什么客套，立马就让她赶紧带自己去看看那小狼女，这会儿是上午九点来钟，红毛妹子正在上课，女教师自然不能把老教授直接领到孩子们的教室里去，所以便恭恭敬敬地请教授到自己宿舍里去喝杯水，稍等片刻，马上就要下课了，自己去把孩子给他叫回来。

　　等着和红毛妹子见面，老教授有点迫不及待，居然有一种度日如年的感觉。

　　女教师给老教授泡了一杯当地特产雨前云雾叶，转身就出去了，要把红毛妹子给他领过来。老教授却根本没有心思喝水，只是在屋子里走来走去，那种感觉的确怪怪的，绝对不像是一个老年人正在等待着要见一个女娃娃，恰恰相反，自己此时此刻似乎也变成了一个成绩不佳的小学生，这会儿正忐忑不安地等待着那位主考官！是的，那个红毛女娃娃，他曾经在望远镜里见过的，一身漂亮的红毛在山风中飞舞，领着两只黑狼在山脊上奔跑，考察队员们都信誓旦旦地认准了，她就是自己所要寻找的野人，一个年龄不大的小野人！

　　如今看来，这可能又是一个不折不扣的笑话。

　　当然，要说她是野人，那其实也算不得大错，因为她毕竟不是一个正常的人类，是一个吃狼奶长大的孩子，浑身长毛的小狼人，好像也勉勉强强算得上是个小野人了，只是血缘上有点问题，那种人类基因应该是正常的，只是一个被野化了的正常人罢了。

　　而自己率领的野人考察队，要寻找的是那种真正的野人，血缘上要有真正的关系，遗传基因应该有别于正常的人类，这是一门生命的科学，的的确确也造假不了，凑合不得。所以，老教授最为关心的问题并不在这里，对于那个小狼女自己是不是看走眼了并不重要，重要的是当时和小狼女他们唱对手戏的那个人是谁？老教授至今记忆犹新，那个人的装束绝对没问题，那简直就是一个超现代的嘻哈青年，一身火红的田径装，脚上是雪白的田径鞋，头顶是白色的太阳帽，眼前还扣着一副大大的没有镜片的太阳镜，行为表现十分顽皮，就像是在耍弄着孙悟空的金箍棒，手上一根木棍虎虎生风，指东打西，披荆斩棘，看上去那功夫也果真了得，最为出彩的还不在这里，他居然也会呜呜狼嚎，可以和领着两只黑狼的姑娘互通声气，老教授如今迫不及待地想见到当年的那个小狼女，就是想揭开一个困惑太久的谜题，那个小伙子他是谁？为什么会和小狼女他们互通声气？为什么执意要发出狼嚎声声？看上去很像是一种联络暗号，神神秘秘、心心相系，偏偏又互相防范，若即若离？

当年的野人考察队长，如今虽然已经退休了，可自我感觉还一直跋涉在大山里，那种种遗憾，种种期盼，种种欣慰，种种惊喜，种种绞尽脑汁的猜想，种种困惑难解的谜题，如梦似幻、难舍难离，就怕是穷尽这一生所有的生命，也解不开这一道方程式，走不出那个云遮雾障的悬疑大阵了！

红毛妹子终于出现在老教授的面前。

顷刻之间，老教授越发觉得自己犯起迷糊来了，两眼一眨不眨地盯着面前的女孩，只觉得自己这是呆了、傻了，浑身上下居然一点都不听指挥了，不会是忽然之间就中招了，犯起老年痴呆症了？面前这个美丽的少女，看上去就是一颗晶莹的露珠，正殷殷地闪耀着太阳的光辉，蓓蕾初绽、鲜花吐蕊，美得令人不敢直视，无论你的想象力是多么丰富，也无法展开沉重的翅膀，看不透这个穿着一身薰衣草花色春秋装校服的女孩，竟是一个在夜深人静的时刻会发出嗷嗷狼嚎声的狼孩？

老教授使劲地摇着脑袋，嘴里还打从牙缝中嘶嘶地吸着气，显出了一副痛苦不堪的样子。

女教师春妮大吃一惊，老人家这是怎么了？这位当年的野人考察队长，不会是在自己的宿舍里发现了什么令世人震惊的东西吧？是野人来了，还是野人他妈来了？女教师只觉得后脊梁发麻，赶紧东张西望，左顾右盼，生怕自己和红毛妹子的小家里，又陡生出什么变故来，毕竟花青溪小学里，今天又迎来一大群的客人，有惹是生非的记者，有如临大敌的警察，还有一些故作高深的专家学者，无奈校长正在外面忙着招呼他们，万一又有什么重大发现，那保准又是一条爆炸性的新闻呀！

"哎哟喂，你们这是怎么了？这位老爷爷，妈妈说你是从城里来的客人，是个非常非常有学问的人，还和我的花毛哥哥，不，是光头哥哥，你们彼此交往很深，光头哥哥最后是在月亮河中救了你的命，你为了报答光头哥哥的救命之恩，为光头哥哥申请祖国记功，还在月亮河大桥的那一边，亲手设计了光头哥哥的铜像，今天你来了，应该是我们家最尊敬的客人，只是为什么会如此的莫名其妙，把妈妈也吓得胆战心惊？别摇头了，这里不是摇头的地方，你把自己的脑袋摇晕了，我们到哪里去给你找医生？还有妈妈，你今天也是莫名其妙，不好好地花费心思招待客人，只顾自己在那里东瞅西瞅，要寻找什么呀？大黑狼白天是不会下山的，大黑狗这会儿也正跟着无奈校长，要应对那一大群外来的客人，你是不是担心家里没有什么好菜，无法招待我们的贵宾？这件事情好解决呀，只要给校长伯伯说一声就行了，炊事房里应该是有准备的，中午我们只要陪着这位城里的爷爷，好好吃上一顿就行了！"

"嗯，好极了，一本万利的好主意，横竖都没得亏吃，这果真是一个最佳方案，没问题，我赞成！我们就这么说定了，中午我哪儿都不去，就在这里陪着小美女吃饭了！"

老教授不再摇头了，实实在在也顾不上摇头了，立马表示举双手赞成，红毛妹子如此的冰雪聪明，那叫人佩服都来不及了，只能是频频点头了，还用得着摇头吗？至于一个狼妹子，具体应该是个什么样子，好像也没有什么一定之规，世上万物，无奇不有，只有这样才算得上是一种独特的性格，如果一定要千篇一律，那结局闭上眼睛都想得出来，还用得着自己进山去寻找野人吗？老教授又开始点头了，也许是人真的老了，对外部世界的反应稍稍有些迟钝了，所以那点头也点得十分滑稽，分外认真，节奏却是一种慢动作，就是认认真真地点了个头，想了想，再点头，再想想，再点头，把红毛妹子看得目瞪口呆，女教师春妮却终于忍禁不住，扑哧地笑出声来了！

老教授也终于恢复正常了，居然还长长地松了口气，抬手拍打着自己的前胸，说自己终于明白了，女教师为什么一定要收养狼孩做自己的女儿，实实在在那个被野狼精心培养过的女孩，绝对是一种超凡脱俗的存在，不是一般的精灵古怪，这是一枚开心果呀！

27 小学校长的待客之道

这一天，因为来了一大波客人，花青溪小学显得特别热闹，老师和同学们都在正常上课，小学校长钱无奈只能独当一面，出面应酬，首先就是要把老教授带来的那一大群人统统挡在女教师宿舍外边，理由也十分简单，那就是教育园地，谢绝参观，不许随意走动，禁止高声喧哗，尤其是毫不客气地推开那两个挤到最前面的摄影记者，并且把女教师的房门给拉上了，还把黑莲花招呼过来，就让那条大黑狗守着房门，对谁都不用客气。

这就叫一夫当关，万夫莫开，客人们也只得知难而退，主动后撤，留下一段安全距离。

小学校长也就那样不远不近地守在那里，不慌不忙地处理着公务。

一个警官主动和小学校长打招呼，说自己奉上级的命令，要在云雾崖村落建立一个公安派出所，同时代理森林派出所的职能，他就是第一任派出所所长，随行还带来了六名警员，派出所接到的第一个任务就是要在这花青溪小学建立一个民警值班室，二十四小时全员值班，并且要在小学外围安装远红外夜视监控摄像头，开通全天二十四小时的监控录像，要求小学校长配合工作，首先要落实的第一个问题就是这个民警值班室建设在哪里？

小学校长不假思索，说民警值班室就可以建在校园里边，紧挨着那铁栅栏大门就行了，因为花青溪小学没有保安室，他其实心里也一直在琢磨这件事儿，眼下要建民警值班室，这两件事也可以合在一起办，建设用地和工程资金一律由学校自己解决，因为学校目前正在建设两栋教学楼，是一位亿万富豪赞助的，说是要为红毛妹子献礼，一片盛情，却之不恭，为了不影响日常的教学秩序，那两栋教学楼选址在校园外边，眼下只有一墙之隔，等到完全建好投入使用，花青溪小学的院墙要大大地扩上一圈，把两幢教学楼包裹进来就行了。眼下要建民警值班室，这事情更简单，通知施工方就可以了。至于监控的安装，这倒是一件十分火急的事情，而且完全不能指望别人，就请民警同志们立即投入施工，花青溪小学有食堂，可以提供一日三餐的后勤保障。

处理这件事情，小学校长显得十分轻松。

却不料，那位警官竟大摇其头，发表了自己不同的看法，说建设资金不成问题，不需要社会赞助，派出所是公安部门的派出单位，建设民警值班室，那自然也只能是国家的事情，民警值班室不同于保安值班室，有警徽，有警示，还有全副武装的民警值班，只是应该把民警值班室建立在校园大门的外边，这样他们不仅要保卫校园的安全，还要彰显出自己的存在，增强一种社会意义。

小学校长认真地思考了两分钟，同意了那位警官的第一个看法，那就是钱的问题，既然派出所有钱，那就让他们自己出资建设好了，这个问题就这样解决了。第二个问题就要认真地讨论一番了，说这里是山区，和其他地方的情况不一样，比如白天和黑夜，这里就是两个不同的世界，白天要执行人间法度，可晚上就要照顾丛林法则，因为大山里的一切并不仅仅只是属于人类所有，同样也是各种形形色色野生动物们的家园，还有千姿百态的各类植物，还有各类的飞鸟，还有更为弱小的虫子，所以他要让民警值班室建立在校园里边，这样就可以为校园外面的世界留下一点自由活动的空间，反正是装上了远红外夜视监视仪，在办公室里就可以监视外面的世界，如果没有十分出格的违法乱纪，那就让大山里的生灵们也都轻轻松松地活下去，这难道没有道理吗？

刚刚上任的派出所所长认真想了想，也点头称是，说自己服了，那就这样吧。

接下来继续讨论的问题，基本上不需要小学校长拍板了，也就是情况通报的意思。这位刚刚走马上任的派出所所长说自己派出所的选址应该在云雾崖山村的最东头，那座月亮河大桥的下边，比较挨近香椿树下的青石小院，那里绝对是一天二十四小时的法治社会，至于花青溪小学设置的民警值班室，主要的任务就是为了给老师和同学们提供安全保障，是特事特办。作为云雾崖的派出所所长，他马上还有一件急事要办，那就是要给上级领导打报告，要求协调地方政府，修建一条五公里长短的村级公路，东西贯穿整个云雾崖山村，把花青溪小学和月亮河大桥联系起来，这样交通就方便了，派出所的警车随时可以调度过来，方便处理一些急发事件。

小学校长很高兴，说这样就对了，花青溪小学在迈向现代化的道路上，又可以大大地前进一步了，这样就太好了，现在他有了两栋教学楼了，只要增加师资力量，完全就可以开初中了，如果能得到教育部门主管领导的大力支持，将来花青溪小学完全可以变成一个十年制的连体学校，从小学到高中，这片山乡的孩子可以一站式地完成，这样方便人才的培养，那果真就是鸟枪换炮了！

这位小学校长，原来还是一位深藏不露的理想主义者。客人们哄然大笑，纷纷表示祝贺，祝他大愿早成，为这一方大山里的父老乡亲们创造一个大大的福祉，名垂千古，成就为一个乡坊间的布鞋圣人。

小学校长自然也是十分受用，兴高采烈地吆喝着，让炊事房中午多整几个菜，他要给客人们接风洗尘。

28 监控摄像发现的秘密

老教授自从拜访了红毛妹子，整个人精神状态都焕然一新，居然直言不讳地告诉小学校长和女教师春妮，说自己这一次才算真正地找到一个忘年之交，他现在就是舍不得离开花青溪小学了，让小学校长马上就给他安排房子，他要住下来不走了，担心自己万一有一天忽然见不到红毛妹子了，老年痴呆症那就不值得一提了，怕就怕是诱发老年癫狂症，一个发了疯的老头子到处乱跑，那情形是不是很吓人呀？只可惜，小学校长和女教师春妮根本就不买他的账，女教师说红毛妹子眼下最需要的是多交一些同龄的朋友，不需要什么忘年之交，那样会影响她的学业，即便你是教授也没用。小学校长说的就更直接了，说学校里现在就是缺房子，等那两栋教学楼盖好了再说吧，老教授眼下还是住那棵香樟树下的青石小院比较合适，因为云雾崖派出所就建在那附近，没事就和派出所所长待在一起，万一患上了老年癫狂症，有派出所所长就近治理，这样大家都放心了，岂不是好事一件吗？

就这样，老教授长吁短叹之后，还是住到了云雾崖最东头的那个青石小院里，只是每天都要穿过长长的村落，到花青溪小学走一遭，去和那位小学校长打个招呼，在小学校园里转上一圈，还要去看一看那两栋教学楼的施工进度，最后就是陪着女教师和那红毛妹子吃上一餐饭，天南海北地聊聊天，然后就可以心满意足地离开了。

就这样，日复一日，天天如此。

这段日子，大家都很忙。

在校园的大门里边建起了一栋民警值班室，校园周遭的院墙上安装了远红外夜视监控摄像头，那两只黑狼却再也没有拜访过花青溪小学，好像野生动物们都是这样，对那些会在黑暗中闪光的监测仪器有一种天生的警觉，发现了就会远远躲开，横竖不上洋鬼子的当，所以监控录像里什么也看不到，这反倒让小学校长有些怅然若失了。大黑狗黑莲花更是忙得不可开交，因为院墙的外面在建两栋教学楼，为了方便建筑工人们的进进出出，在校园一角院墙上开了一个小小的豁口，这样一来校园里就等于又多了一个门，大黑狗的责任又增加一倍，没事就会在豁口那里进进出出，这件事情吸引了红毛妹子的注意力，她自然也会时常跑到豁口那边陪着大黑狗，等到小学校长从监控里发现了情况，这事情已经不是那么简单了，红毛妹子已经发现了一个最新的游戏玩法，只要能抽出来闲暇时间，她就会领着那条大黑狗大模大样地走出那处豁口，在校园外面悠然自得地跑来跑去，在花青溪边抓小鱼，在朝阳坡上采野花，看上去更是快活得不得了。

刚刚发现情况的时候，小学校长也是结结实实地大吃一惊。只是愣愣神，发发呆，他便轻轻地叹了口气，暗自地点点头，这也就是做出决定了，要听之任之，随她自由了。毕竟，那是一个大活人，会一天一天地长大，能把她一辈子关在院墙里面吗？

只是小学校长每天都要看监控，也就形成了一个雷打不动的习惯了。

后来又有了一个重大发现，那两只黑狼出现了！

也许，黑狼们只是对新鲜的事物充满警惕，通过一段时间的观察之后，发现那些校园周边的摄像头只是会发光而已，并没有什么实质性的危险，所以便探头探脑地挨近过来，依然绕着校园的周边跑来跑去，只是不再发出嗷嗷的狼嚎声，好像也是在担心什么，害怕惊醒了沉睡的猛兽，或者触发了什么危险的机关，总之不会打破静谧的氛围，夜深人静的时刻，依然是夏虫唧唧，夜莺呖呖，丝毫不会影响人们的甜梦，所以这一切也就和红毛妹子没有什么关系了，因为听不到狼嚎声，也用不着在梦中回应，安安稳稳地陪着妈妈睡觉就是了。小学校长却不胜惊讶，黑狼们这是干什么来了？只是纯粹的进行一次礼节性的拜访吗？

很快的，小学校长又发现了一个更大的秘密，那就是自己的爱犬黑莲花，作为花青溪小学忠诚卫士的那只大黑狗，居然也从院墙的豁口处跑出去了，和那两只黑狼互相追逐着、舔舐着，亲密无间地快乐嬉戏着。校园外围一共装了二十四个摄像头，监控室的电脑屏幕上就有了二十四幅图像，小学校长推着鼠标在那二十四幅图像间游走，发现大黑狗它们出现在哪里，立马就点击小图扩展开来，所以那两狼一狗干的事情全都被他看在眼里，一举一动，分毫毕现，看得他咬牙切齿，摇头叹息，大黑狗以狼为亲，认敌为友，这是不是一种背叛行为？自己作为一校之长，是不是也要抓住这个违法乱纪的典型，毫不留情地惩戒一番，以儆效尤？可是，渐渐地，小学校长也就不再愤愤不平了。实实在在的，天下的事情都是这样，只要你见得太多了，也就会习以为常了。大黑狗黑莲花和山里的黑狼同祖同宗，在没有矛盾的情况下，很难确立敌对关系，这样在工作之余私下接触，无非也就是放松放松，自得其乐，难道不也是一种生命的本能？或者，就叫人之常情？毕竟，在百花山上，两只黑狼就和大黑狗并肩战斗过，它们齐心协力地咬死一头大野猪，解救了一个爬到树上去的猎人，这件事情自己当时也在场，不是还暗自庆幸过这个统一战线的形成吗？两只黑狼时常会在夜深人静的时候前来拜访，那本意也并不是一种敌对行为，它们是红毛妹子自小的玩伴，大黑狗自然比谁都更清楚这一层关系，所谓朋友的朋友也是朋友，它即便是把两只黑狼也当成了自己的朋友，这本身又有多大的错误吗？毕竟，它没有把两只黑狼放进校园里来，这是一个原则性的问题，大黑狗没有犯错，它还算得上是忠于职守的。

这是一个不同寻常的夜晚。

院墙外边的大黑狗和那两只黑狼疯够了、跑累了，就躺在一片草地上休息，大黑狗的脑袋就枕在一只黑狼的屁股上，还十分惬意地闭上了眼睛。

监控室里，面对着显示器的小学校长也闭上了一会眼睛，轻轻地叹了口气，还使劲地伸了个懒腰。

一只黑狼昂起头来，好像听到了什么动静，忽然就跳起身来，直蹿出去。

小学校长又大吃一惊，两眼紧盯着屏幕，一眨也不眨。

还好，那只黑狼很快就折返回来了，嘴上还叼着一只大青兔子，两狼一狗立刻就忙活起来了，扯头的扯头，拽腿的拽腿，倒也是配合默契，干净利落，三下五除二的就把那只大青兔子给肢解开来了，这也就是一道小小的点心，很快就被大家给吃光了，连皮毛都没有剩下一丁点，这几位原来都是过日子的好手，一点也没有浪费。

小学校长的肚子也咕噜咕噜地响了一阵，瞅来瞅去身边却没有什么能吃的东西，只好伸手揉揉肚子，端起茶杯，喝了口凉茶。

那两狼一狗吃完了宵夜之后，还知道清理一下个人卫生，跳进了花青溪水中，扑通扑通地戏起水来，感觉把自己冲凉了、洗净了，两只黑狼便爬上了花青溪的对岸，向百花山上跑去了。

这就叫没有不散的筵席，它们今天晚上的故事，大约也就到此为止了。

小学校长也伸了个懒腰，揉了揉眼睛，打了个哈欠，便也起身离去了，要回去睡觉了。

睡觉之前，他还是放心不下院墙上那一处被扒开的豁口，又跑去看了看，也就算是查岗了。

果然，大黑狗还在那里，就守着那一处豁口，脑袋朝外趴在地上，屁股倒是撅得老高，只是一动也不动，看模样竟是睡着了。

小学校长抬起脚来，准备冲着那狗屁股狠狠地踢上一脚，可归根结底还是没有踢出去，摇摇头，叹口气，走了。

29　这里的黎明静悄悄

自从发现了大黑狗的秘密，小学校长每天午夜之后都会到监控室去，果真忙得不亦乐乎了。

但是他什么都不说，所以花青溪小学的校园里显得特别的安详静谧，给人的感觉只有一个，那就是这里的黎明静悄悄。

这里的黎明静悄悄，老师们都以为这是建立了民警值班室的功劳，因为每天都有民警武装值守，好像山上的野狼也就不敢再来了，至少在夜深人静的时刻，野狼们不再胡乱地嚎叫了。

野狼们不再嚎叫了，这世界也就变得太平了。

只有小学校长心里明白，这事和大黑狗有点关系，一只黑狗和两条黑狼之间，好像已经是桃园三结义了，每天夜晚都会进行一次友谊聚会，实在也是玩嗨了、乐傻了，真的也就顾不上给这个世界添乱了。

小学校长守口如瓶，小心翼翼地保守着一个秘密。

小学校长也大睁两眼，时时关注着事态的进展。

小学校长是个退伍兵，在中越战场上负过伤、流过血，越发地明白了自己的责任，那就是要保卫整个世界，让太阳散发出火热的光辉，让月亮挥洒着静谧的思绪，让每个人的心里都充满安宁和快乐，这当中自然包括女教师春妮和她的女儿，包括大黑狗和那两只黑狼，包括花青溪小学的每一个老师和同学，包括云雾崖村落的每一个山民和他们的小鸡小鸭和小鹅，包括百花山上的芸芸众生，花青溪水中的小鱼小虾，还有在山风中舒展腰肢的每一棵小草，噙着露珠儿开放的每一朵小花，还有爱唱歌的小鸟，爱蹦跶的小虫，爱臭美的蝴蝶，还有绅士风度的大肚子的蝈蝈，貌似金刚的甲壳虫蟋蟀，天生的角斗士蛐蛐儿。

结论很简单，只要你热爱自己的生活，那也就足以事无巨细、包罗万象、点点滴滴，滋润心头了。

这就是真正的大爱无疆。

就在这段日子里，出人意料的，居然也还有人不开心，那就是红毛妹子。

这里出现了一个生活的悖论，因为在花青溪小学的校园里，她就是园圃中最最美丽的那一枝蓓蕾，王国里至为珍贵的大众公主，女教师春妮的心肝宝贝，也是大家小心呵护的校园明珠，真的，这事说起来也就难以理喻了，她没有道理不开心呀？这件事情，恐怕就连她自己也说不清楚了。好像，那是一种忧郁，一种惘然，总好像自己丢掉了什么异常珍贵的东西，具体丢失了什么，她自己委实也说不清，因为只有夜深人静的时候，她自己正陷入深度的睡眠中，正是在那样一种睡意惺懂的境界里，她才会发现自己其实一直都在期待着什么，一个打从远古洪荒中传来的呼唤，竟是一声声嗷嗷的狼嚎声，诉诸心灵、回味悠长、令人期许、久久等待，问题就出在这里了，因为在现实的生活中，那狼嚎声一直也听不到了，小姑娘的心情自然也就变得怅然若失了！

对于正常的人类来说，这是一个不可理喻的事情。

就是小姑娘自己也无可奈何，因为只要离开了梦境，这样一种思绪就会变成在风中飘舞的碎片，抓不住也逮不住，自己都不知道是怎么回事，只是明明白白的有一种感觉，她的心灵好像是受伤了，有点难过了。

那天早晨，她告诉春妮妈妈，说自己有点不舒服，晚上老是做噩梦。

女教师自然要追问清楚，红毛妹子都梦见了一些什么呢？

红毛妹子便告诉春妮老师，说梦见自己的狼妈妈了！

女教师春妮大吃一惊，愈发要刨根问底，打听得格外仔细了。

红毛妹子说，她的狼妈妈是一个黑狼氏族的首领，已经很老很老了，浑身的黑毛都已经变得花白了，老得几乎都走不动路了，每天却都坐在高高的大山上，眺望着走出大森林的毛妹子。红毛妹子说，狼妈妈总是眼泪汪汪地看着她，盼望着她能够有一天重返那片原始山林，和狼妈妈重聚首，回到那黑狼的部落里，每每月亮升起来了，狼群便会举办歌咏大赛，可以放开喉咙唱狼歌，那日子真的是很快乐呀！春妮老师拍着自己的胸脯，大口地喘息了一会儿，随即又笑了，说你在胡说些什么呀？不就是一个梦吗，值得自己胆战心惊？女教师点了点红毛妹子的额头，说你这小鬼头，越来越长能耐了，会编故事了？成心要吓唬妈妈不是？红毛妹子说那不是故事，是真的！春妮老师说你就别编了，那真的就是一个梦，因为以前你就说过了，你的狼妈妈早就死掉了，是被一只独眼龙老虎咬死的，真正陪伴你长大的是狼姐姐，你那狼姐姐才是后来的黑狼一族首领，可惜遇上了一场大地震，狼山上的天坑往外喷水了，住在天坑里的黑狼一族全军覆没了，后来就领着两只小黑狼和花毛哥哥住在一起了，这些我都记得清清楚楚，历史是不可以篡改的！至于梦中的事儿，也不能顶真当一回事，因为每个人都时常会做梦的，所谓如梦似幻，真假难辨，什么稀奇古怪的情形都会出现，信不信我也做个梦，说出来也会把你吓一跳？

毛妹子不吭声了。

这件事情过后，女教师的心里总有些惴惴不安。女教师想来想去，觉得一定是这段日子母女俩经常讨论那片原始山林的缘故，日有所思，夜有所梦，也实属正常。毛妹子说，狼妈妈的奶水像泉水一样多，她每每吃饱了，浑身就发热，恨不得在冰水里扑腾，在蒺藜上奔跑，在火焰中放歌，狼妈妈的乳房，那就是一方火热的山林啊！女教师想，这也许就是问题的根源了，狼妈妈的乳汁富有营养，足以让人时时回味，一生难忘，没准这也就成了问题的症结，红毛妹子如今是患上了狼乳综合征了！女教师暗暗地打定主意，以后再不和毛妹子提起大山里的故事，没事就让她多喝一些酸酸甜甜的饮料，让孩子的记忆渐渐淡出山林，也许就不会再做这一类的梦了。

女教师以为，这事也就到此结束了。

这又是一个星期天。平日里书声琅琅的校园安静极了，只有那几棵千年银杏在微风里轻声絮语、绿叶婆娑。夏天已经来临，很快就要放暑假了，天气也变得燥热起来了，春妮老师一上午忙着洗晒衣服，午饭后觉得特别困乏，给毛妹子找出一堆看图识字的小卡片，让她趴在小桌子上用功，自己便躺在床上睡着了。

睡着了，她立刻就做了一个梦。

春妮老师梦见自己走进一片阒无人迹的山林。山势奇峻、怪石嶙峋、荆棘遍地、藤葛横生。毛妹子不在身边，老师和同学们都不知道哪去了，她心慌意乱，茫然四顾，努力要寻找一条回家的路，却不料被一块兀立的山岩挡住了，那山岩书页似地展开，竟是一具造型奇特的纪念碑，那碑面洁白如玉，不著一字，只是在那高高的碑顶上，蹲坐着一只老态龙钟的母狼，正居高临下地打量着她。

女教师蓦然一惊，浑身冰冷，凝然不动。

不用介绍，女教师也知道那母狼是谁了。

女教师嗓音颤抖着，要和那狼理论一番：

"狼，你要干什么？一定要诱惑毛妹子，让她重返大森林？你收养了毛妹子，用自己的乳汁把她哺育成人，这份恩德我们整个人类都不会忘记，应该为你树碑，为你立传，可毛妹子已经长大了，要读书、要求学、要成家、要立业，物以类聚，人以群分，她只能和亲友们生活在一起，这不对吗？毛妹子是我的女儿，我们前世有约，今世有缘，母子情深，须臾难离，谁也别想把她从我身边夺走，你就别费心思了！"

女教师激动起来，竟忘了恐惧，冲那老狼威胁地挥挥拳头。

老狼猝然色变，呜嗷一声吼叫，凌空飞跃，向女教师扑来！

女教师大汗淋漓地逃出梦境。

显然，红毛妹子早就被她惊动了，这会儿正双手抱着一方大毛巾，在给女教师擦拭汗水。

"妈妈，你这是怎么了？又吼又叫的，好像是和谁打起来了？"

"打什么打？我够得上对手吗？我是梦见你那个狼妈妈了，它正在追我，要吃了我，我现在是逃命要紧呀，可把我吓死了！"

红毛妹子哈哈大笑，前仰后合。

女教师起先还很不以为然，愤愤不平地望着自己的女儿，怎么就连一点点同情心都没有啊？可是很快地，她的心情也就改观了，不就是做了一个梦吗？真的有那么可怕吗？

红毛妹子一顿疯笑之后，女教师的心情也就变得大好起来，横竖就这么回事，这也就算是过去了。

30　云雾崖上云和雾

　　最近这段日子里，云雾崖的村落里发生了一系列的变化，首先就是那香椿树下青石小院附近，建起了一座白墙蓝框警徽高悬的小楼房，楼房的前面停着两辆警车，还有两辆警用摩托，这就是新近设立的云雾崖派出所，属于乡镇一级派出所的建制，那位新官上任的派出所所长领着手下的十多位警员就住在这里，花青溪小学的民警值班室里并没有常住民警，只是每天会有人从这里被派出去，在民警值班室里轮流值班。云雾崖村落里修了一条大马路，这条大马路东头连上野人大道，连接点就在云雾崖派出所独幢小楼的前面，中间经过云雾崖自贸市场，最西头抵达花青溪小学的铁栅栏院门，为了完善配合这一富民工程，花清溪小学的院门外面还修起一方大大的广场，这时候的山民们还不晓得每天可以跳跳广场舞，所以这个广场眼下还是闲置的，成了花青溪小学的体育场所，每每孩子们上体育课的时候，就会排队走出花青溪小学，在这片广场上蹦蹦跳跳，学习各种田径课程，广场的四周也没有刻意地进行绿植栽培，只是纯天然地长满了各种山花野草，最为常见的就是那种薰衣草，开出的花色居然和花青溪水一模一样，是一种花青色，或者也叫雪青色，看上去也别有风味，独具一格。

　　就在这一系列工程大体完成之后，派出所所长还从城里请来一位专家，利用无人机航拍技术，俯瞰整个云雾崖村落，航拍了一段视频发到了网上，也算是对上级领导做了一个全面的汇报。

　　从视频上看，寻找中国野人的山门所在，那个大名鼎鼎的云雾崖，果真吞云吐雾，气象万千，看上去翠竹笼烟，芭蕉流火，绿丛中掩映着一幢幢透着新鲜水灵的红顶白墙小楼房，清新明丽，如诗如画，看得出来山民们已经富起来了，都从寻找野人的大战略中得到了好处，家家户户都是农家乐，可以收留客人们住宿吃饭，原先那些生长在荒山野岭之间的野菜野果，如今都有了不菲的价值，作为一种纯净绿色的食物，在山民们的手中变成了钞票，那其中的奇妙之处，细细寻思起来，好像有人在点石成金，世人们一梦醒来就发现自己原来就生在一片洞天福地中，果真遍地是宝藏，想不发财都不行了！

上级领导会同城建部门仔细研究了这段视频，又作出一系列最新指示，中心思想只有一个，那就是锦上添花，要把事情做得更好。其中最为关键的一点，就是依托那条中心大道，首先要把原先那个小小的农贸市场做大做强，以村办集体的性质投资建设一幢商贸大楼，同时在两边排列建设可供出租的小商铺，把中心大道直接变成一个中心街道，为云雾崖的社区建设打好硬件基础。

这里也包含着一种大战略，那就叫小城镇建设，先前的云雾崖只是一个自然村落，数百户人家，常住人口不足一万，这会儿已经升格为云雾崖社区，摇身一变，算是小城镇的规格了。

领导批示传达之后，派出所所长又把那段视频调了出来，自己从头到尾看了一遍又一遍，这样更能够全面领会领导意图，因为上面的领导仅仅只是看视频，而自己不仅看视频，更能看到那些视频漏掉的东西，或者是被剪掉的东西，比如云雾崖西头那片毛竹林中隐居的猎人，还有花青溪小学那两栋教学楼施工现场，总之影响观瞻的地方，都被视频制作者给刻意回避了，但是派出所所长自己回避不了，还必须直面这些情况，思索尽快地解决问题。

对于派出所所长来说，他眼下最为关注的，还是要摸清自己的对手，知道谁是朋友，谁是敌人，这是他的职责所在，要维护安定团结的大好局面，必须要稳准狠地打击那些不安定分子，所以他的目光始终盯着云雾崖村落的西头，那一片毛竹林中有一座孤零零的红砖青瓦房，看上去年龄已经足够久远了，瓦楞间长满紫红色岩松，屋脊上招摇着墨绿色山茅，房檐口垂挂着茎叶上长刺的爬山虎，四周围墙更是省心，干脆就是一圈半人来高的石头砬子，上面横三竖四爬满野藤和草蔓，和整个云雾崖欣欣向荣的景象尤其显得格格不入，似乎打从这里吹出来的风儿都带有一种荒冢狐膜的气息，让人脚步踉跄，唯恐避之不及。

那里居住着一个光棍汉子，人们都喊他白面书生。

因为接到过有关群众举报，那位白面书生涉嫌私藏枪支弹药，盗猎受保护的野生动物，可能还会加工制造爆炸物，是山民中一个不可小觑的危险分子，所以派出所所长要展开调查，可数次登门都遇上铁将军把门，别说见到人了，就连小狗小猫小老鼠之类的都没有见到一个，白面书生混到这一份上，那绝对不是一般的孤独了。

还好，这位白面书生在云雾崖村落里也算得上是一个大名鼎鼎的人物，所以几番走访下来，根据乡亲们绘声绘色的介绍，这个人物的立体感也就逐渐地凸显出来了。

简单扼要地说，这就是一个胆大妄为的亡命之徒，道德品质尤其败坏的活畜生。

白面书生的父亲是个猎人，这在山民们当中是一个最为常见的职业，只是技术能力参差不齐，猎获能耐五花八门，没有什么明文规定的技术等级，互相攀比的唯一标准就是看每天背篓里是不是全都装满了猎物，尤其是对大型动物的猎杀能力，那更是一种身份的标志，会让人们津津乐道，念念不忘，而且广泛传扬，历久弥新。白面书生的父亲就是这样一个人，很年轻的时候就单枪匹马打死一只金钱豹，一炮走红，威名远扬，顺顺当当地就娶上了一位特别漂亮的妻子，养了两个女儿，一个儿子，孩子们个个都生得唇红齿白，特别俊俏，让周边的乡亲们羡慕不已。父亲这个人特别聪明，虽然手上只有一只祖传的火铳，但是平日里很会动脑筋，比如下个狼套子，爆个野猪头，只要走出家门兜上一圈，结果总是收获满满，所以这一家人的小日子过得很不错，尤其是备受宠爱的儿子，每天喝的是野鸡汤，啃的是野猪腿，天天大鱼大肉，顿顿山肴野蔌，就是这样一种太富营养化的生活，让这个孩子不知不觉地产生了一种与众不同的变化，很小的年纪性特征就特别明显，可惜山民们一窍不通，尤其儿女的事情忌讳如深，所以不知不觉之间，事情也就发展到不可收拾的地步了。

一个十来岁的男孩子，提前当成了编外猎人，被猎人父亲走动带在身边，肩上扛着一支小木棍，背上背着一只小竹篓，跟着父亲上山撵肉去了，每日里喝的是清溪水，吃的是火烤肉，那份生活倒也十分自在，只是这一对猎人父子没有猎狗，因为猎狗归根结底也只能属于小动物一类，不可以和白面书生结伴而行的，所以猎人在很多时候就把自己的儿子当猎狗使用，比如被打伤的猎物在前面跑，他就让儿子在后面追，如果将来要想当个好猎手，没事就练练马拉松长跑，那也是大有好处的。

白面书生20岁那一年，姐姐妹妹这时候都已经被远嫁他乡了。25岁那一年，老妈也去世了。从那时候起，这个家也就显露出一派衰败的样子了，出门一把锁，回家两光棍，好在家里没有饲养任何小动物，所以也没有一丝一毫的牵挂，捕获的猎物可以用火烤，红薯、土豆和玉米棒子可以吃生的，身上的衣服实在太脏了可以脱下来在山溪里揉一揉，家里的耗子太多了，竹林里的野猫也会跑过来帮忙，总之那父子俩的生活过得纯天然，白天困了找一棵大树遮住阳光就可以睡觉，晚上不想回家点一堆篝火就可以露宿，很难说这日子过起来是不是真的很快乐，至少从表面上看起来，那果真自由得就像一阵山野上的风，和神仙几乎也就没什么区别了。

白面书生30岁的那一年，他的猎人老爸也就60岁了，翻山越岭感到吃力了，也就不再适合做个猎人了。兔子满山跑，老来归旧窝，老爸他忽然就留恋起自己的老房子了，觉得还是应该老老实实地回家过日子，自己这辈子好歹还有个儿子，可儿子三十来岁了，还没混上老婆，这不就是要绝后了吗？猎人老爸翻来覆去地想了很久，最终还是拿定主意，他手里还藏着一笔钱，光棍们的老婆一般都是花钱买来的，因为社会上别的东西都不多，侃空说谎的流氓骗子可不少，人贩子更是成群结队地到处乱窜，只要你肯出钱，别人就会玩命，什么样的女人都可以给你送货上门！

老猎人暗暗拿定了主意，还想着应该征求一下儿子的意见，这一次自己要出血本了，那目的也是十分明确，就是让自己的家庭里从此又多出一份女人味，让儿子自己也能养出一个儿子来，不，能多养两个三个，那就更好了！

但是这件事情非同儿戏，也必须要和自己那个儿子说好了才行，如果他是横竖不上套，做父亲的就是付出再多努力那也白搭，自己毕竟没有多少年活头了，有些事情是无法代替的呀！

"我说，儿子啊，我这里有件事情要交代给你，你给我听好了！"

白面书生吊儿郎当地晃晃脑袋，显然对父亲说的话并没有引起足够的重视。

"我知道，你的事情是交代不完的，一会让我撵兔子，一会还让我捡干柴，横竖是还不完的阎王债，这辈子下定决心就是要把我当狗使唤了，我不听又行吗？"

显然，那活畜生并没有把自己当牲口，没准自我感觉还十分良好，所以居然还满腹的牢骚。

"听着，我现在不是要把你当狗使唤了，而是要把你当儿子使用了，我要花钱给你买个女人，你马上就要有女人了，听明白了吗？可女人不是白送的，你要好好地领着人家过日子，多多地给我养儿子，就是你的儿子，也是我的孙子，听明白了吗？"

"女人好，女人好，有个女人那就特别的好，这是一件天大的好事啊，我可是时时刻刻都在想女人呀，怎么能听不明白你的意思呢？你有钱，那就赶快掏出来，赶紧把女人给我买回来，还用得着啰唆吗？至于养儿子嘛，那就没有必要了，知道养一个儿子有多费钱吗？我又上哪找那么多钱，将来也给他买老婆？"

"不乐意养孩子？那可不行，不孝有三，无后为大，我要给你买老婆，那目的可是十分明确，就是为了养孩子，为我们的家族传宗接代，如果你只想图快活，不乐意养孩子，那这件事情再说了，我干吗要为你花这份冤枉钱啊？买老婆的事情，那就不用讨论了！"

"别别别，别这样好不好？怎么说翻脸就翻脸了？我同意给你养孩子了，还不行吗？养儿子那是白费钱，我是不会上这个当的，可养女儿那就没问题了，养女儿那是赚钱的，一个女儿那就是一堆小金山，甭管谁家想娶媳妇，那彩礼钱可都得随我要，我想要多少就多少，眼下的行情就是这样，这事情我们可以说定了，我答应你，可以多多地养上几个女儿，我还要变成一个腰缠万贯的大财主，哎呀，你看，这是一个多么光辉灿烂的前程呀！老爸呀，别说了，赶快把钱拿出来，我们去买个老婆回来吧！这么好的生意你不做，还磨蹭什么呀？"

白面书生迫不及待地叫嚷着，他这会儿果真是急得不得了了，盼望着自己老爸立时三刻就能把女人给他买回来，他马上就可以像神仙一样地快活起来了，只是老爸一声也不吭，就那样直挺挺地站在那儿，脑袋却是高高扬起，两眼翻白瞅着上天，不知道是在全神贯注地看着什么，是不是也在等着天上掉馅饼，一分钱也不用花就可以白捡一个女人了？白面书生实在也是等不及了，就上前推了一把，却不料老爸的反应十分决绝，竟然一点缓冲的余地都没有，就那么仰面朝天地倒了下去，还依然翻着白眼珠子，好像整个世界都欠了他的，这一生一世都还不清了！

那位猎人老爸，就这样被畜生儿子给活活气死了。

白面书生终于明白是怎么回事了，嗷地一声怪叫，转身就跑了。

派出所所长打听得也十分清楚，白面书生的父亲被活活气死之后，先前攒下来的钞票也被儿子给找出来了，只是没有买成女人，为父亲办理丧事花掉了一些钱，后来又猎杀了一头华南虎，刚好在进城卖虎皮和虎骨的时候被森林公安给抓个正着，猎物没收，人被判刑五年，罚款十万元。

老猎人一生的积蓄，归根结底还是没有给儿子买成媳妇，就这么折腾光了。

31 物以类聚，人以群分

地球生物有高级和低级之分，生命高级与低级的分野之处，最大区别就是看你是否拥有第六感觉。这是一种尤为奇特的感觉，只要有危险向你接近的时候，你总会觉得浑身不舒服，说不清道不明到底是怎么回事，只是心慌意乱，惶惶不安，假如你稍稍的还比较聪明一些，有意无意地做出一些规避动作，没准就能侥幸地躲开危险，万幸地逃出生天，过后发现到底是怎么回事了，还会让你恍然大悟，原来如此，那结果也就是有惊无险了。

这种情形，如果出现在野生动物们身上，猎人们就会说它们警觉性很高，狩猎难度很大，需要斗智斗勇，使出更高的招数，否则你是望尘莫及，只能两手空空了。至于人们自己，这一类的感觉更是司空见惯，算是寻常事情，只是智商不够，不会认真总结，或者不屑于认真总结，沾沾自喜，说自己命大福大造化大，日子也就会一直这样过下去，生死有命，富贵在天，轻松又自在，混一天是一天。

白面书生眼下的状态就是这样，那种感觉也尤为奇特，好像四面八方全是眼睛，所有的眼睛全都盯着自己，至于为什么会这样，那他就懒得去动脑筋了。因为他虽然表面上长得像个白面书生，那只是造物主犯下一个粗枝大叶的错误，他的文化程度就是一个小学三年级，而且还是一个无恶不作的坏孩子，所以那思维方式也是极为简单的，那就是通常人们所说的，不做亏心事，不怕鬼敲门，当然对他来说这句话要反过来理解，因为他每天都要做点亏心事，如果没有鬼敲门，那反而是咄咄怪事了，就这么一寻思，那就什么都不用多想了，因为自己坏事做得太多了，天上的每一颗星星都会变成眼睛，在那儿使劲地盯着自己，就等着看看他下一步又会如何伤天害理，这还很难理解吗？但这一切并不影响他继续干坏事儿，因为不干坏事，还有好事要干吗？哪个女人会主动找上门来，让他干上一回好事呢？

只是今天情况有些不同寻常，白面书生居然老老实实地在家里待着，他是要接待一位客人。这对他本人来说，也是一件破天荒的新鲜事儿，因为他的脑袋里根本就没有什么接待客人的概念。当然，没有亲友上门这也怨不得他，只能说明这一家人名声太差，人缘不好，应该不是他一个人的责任。实话实说，偷偷摸摸到他家里来拜访的客人其实还是不少的，因为猎人的家里不缺肉食，比如弄死一头野猪，大大小小的肉块子就会挂得到处都是，为了防范肉类变质，这些肉块子都会在卤水中浸泡过，然后就是烟熏火燎太阳晒，走一遭山民们自制火腿的流程，所以乐意登门拜访的客人自然很多，比如流浪的狗，馋嘴的猫，还有山野中那些从来不把自己当外人的黄鼠狼、黑猫鼬，还有自作聪明的草狐狸，它们会从山野的风中捕捉到对自己有用的信息，一般都是不请自来，乐此不疲，也不在乎主人是不是铁将军把门，随便找个缝隙就可以钻进去，可接下来的事情那就悲催了，因为猎人的家园虽然破破烂烂其貌不扬，却处处充满了魔法的魅力，比如看上去十分寻常的一截小麻绳，可一不小心就会套到猫鼬的脖子上，还有那种小铁丝、小弹簧，真不知道是触发了什么机关，眨眼的工夫就会把一只家猫给拦腰斩断，这就是白面书生的待客之道，总之他还是十分欢迎客人的到来，而且有没有礼物都不要紧，只要把自己给留下来就行了！

当然，今天的客人和那些动物们大不相同，他前来拜访的目的绝对不是那些干咸肉类，不，那些东西他是不屑一顾的，他捎来了一件白面书生朝思暮想的宝贝，那是一支土耳其产的 12 响速射猎枪，200 发各型子弹，一盒子发令枪底火，还有一只大功率的对讲机，一块造型极为精美的指南针，就冲这一堆货物上看来，这就是一个军火类的捎客，要做的是一单大买卖，这是上门谈生意来了。

大家一定都知道，我们国家法律是禁枪的，连气枪都不允许私人拥有，孩子们玩的仿真枪如果太过仿真也都属于查禁之列，白面书生的朋友登门拜访，如今要谈的却是军火生意，这胆子是不是也太肥了一些？这一点其实也用不着太过担心，鱼有鱼路，虾有虾路，走私军火自然也有自己的秘密通道，不会明目张胆地在阳光下进行。来人名叫獐子头，名如其人，形象贴切，生就一副獐头鼠目，那獐子脑袋团团转得灵活，老鼠眼睛闪闪放着精光，颌下还蓄着一缕绍兴师爷的山羊胡子，明眼人一看就知道这是个四下嚼谷的耗子精，喊他獐子头，那绝对也是十分恭维了。只是人不可貌相，海水不可斗量，你别看獐子头没个人样，可肚子里的花花肠子绝对是一流的，他可是和白面书生一块蹲了 5 年大牢的同窗好友，也是白面书生这一生一世唯一的朋友，送来的物件更是白面书生梦寐以求的东西，可以说是有约在前、照单下货、无缝对接、配合默契，绝对不会有任何问题的。

獐子头的货物来自缅甸，具体更详细的走私路径，出于这一行当自己的丛林法则，自然不方便详细说明了。

白面书生爽爽地支付了十二万元人民币，实际上也就是他的全部所有了。从大山里抓了一只狼孩，卖给了花青溪小学的春妮老师，要价也就是十二万元，如今换成了一堆现代化装备，对于一个贼心不死的盗猎者来说，这是很值得的一件事情，更有那么一种牛气冲天的意思，打从心眼里就感觉到爽得不得了。

所以，当白面书生打开铁锁，把老友獐子头让进家门的时候，两个人其实双手空空，没有任何违禁的物品，也就是说交易其实已经完成了，所有的东西都被藏在大山里，外人是找不到的，自然也就不用多费心思了。

白面书生打开门窗透透气，把房子里的杂碎物件朝四下里踢踢，剥了一只褐毛麂子，连骨头带肉扔在一口大锅里，加上水，加上盐，加上一把花椒，一块老姜，便在灶膛里架上木材，点上火，今天的主菜也就齐备了。再扳倒一瓮陈年米酒，抓上一盘花生米，一盘香榧子，一捧山里红，几只青萝卜，便陪着远道而来的客人开怀畅饮起来。被森林公安抓去坐牢的时候，人家问他文化程度，他说自己小学毕业，其实那只是一个习惯的谎言，也就是平常说顺嘴了，改不过来了，他只读过小学三年级。直到走进号子里，和獐子头连铺睡到了一起，这才知道外面的世界多精彩，自己的人生多无奈，獐子头说起话来，那是漫天起云霞，遍地跑火车，枯树会发芽，咸鱼会说话，满世界能跑会跳的生命顷刻之间都会变成钞票，就等着他这位能打会拼的冒险家，装进口袋里往家背，可着劲地往外花。白面书生立刻就明白了，自己这一辈子总算是遇到一个知心人了，感谢这人间还有大牢可蹲，要不然上哪去找朋友呀？这就是千里有缘来相会，每每和獐子头待上一天，感觉自己就进步十年，增加见闻了，增添知识了，知道如何干坏事，还能让大盖帽们干瞪眼，人生走上了这条道，岂不是快活像神仙了？

就这样，他们臭味相投，相见恨晚，自然而然也就成了一对好朋友。

而且，不仅仅只是好朋友，白面书生还打从心眼里敬重獐子头，一个从大山里走出去的枣木棒槌，何曾见到过如此知识渊博的混世魔王？什么学校都没鸟用，读书再多也只能学会如何被别人玩弄，那一辈子能过得开心吗？如今这是天上掉下个獐子头，别看这人长得丑，那绝对是满腹经纶，一身本事，不仅仅只是游走在法律的边缘，而且活得开心，得心应手，这不就是自己迫切需要的一位好老师吗？

跟着獐子头，顿顿吃大肉！

蹲了五年大牢之后，白面书生的确有了很大的改变，那就是整个人儿的精神气质与以往大不相同了，有点心清气爽，甚至心明眼亮，更出奇的是那种身轻如燕的感觉，干任何坏事都不会犹豫片刻了，绝对的心狠手辣，毫不含糊，从世界观到方法论，这一切的一切都臻于成熟了，一切的一切也都是拜獐子头所赐，所以他也就心甘情愿地认贼作父，把对方看成是自己再造的父母，当下的爹娘，那也是理所当然，理直气壮了。

但是白面书生从来就不会讲究什么师道尊严。

恰恰相反，他和獐子头从来都是弟兄相称，用不着一丝一毫的客套，一切都依照号子里的规矩，抢着吃肉，争着喝酒，彼此骂娘不打折扣，吃饱喝足抹抹嘴，敲着筷子挥刀斩肉，生意无父子，买卖争分毫，互相也心狠手辣毫不含糊，这就叫江湖朋友，臭味相投，爱的就是这一口，乐的就是这一手。

三碗米酒灌下肚，獐子头又嚼了一块麂子肝，便瞪圆一双老鼠眼，说白面书生，我的好兄弟，你知不知道自己的处境十分险恶？云雾崖村落里增添了一个派出所，马上还要落实社区建设，过去那些混饭吃的村干部们这会儿也都抖擞精神东张西望了，地区升格了，每人都想捞个一官半职的，头上没辫子的他们抓不着，可你这种情况就得小心了，明白我的意思吗？你这里形势大大的不妙，大大的不妙呀！

白面书生叹了口气，说獐子头老哥，你是黑脸黑眼黑肚肠，里里外外一团黑！我这风里雨里跑来跑去，两条腿都瘦成了杵衣棒了，好不容易才活捉了那么一个小狼女，也是上天睁眼了，就在这云雾崖本乡本土的小市场上把她给卖了出去，那十二万元来之不易啊，我原本是打算要用来买女人的，这也是为了实现我老爸的夙愿，买个女人回来养孩子，养了女儿还能卖大钱，这就是一条发家致富的金光大道呀，可你倒好，不知从哪里给我找出了一堆洋玩意，说是要让我鸟枪换炮，你这种想法倒也还不错，就是要价太高了，一下子就拿走了我的十二万，十二万呀，媳妇也没了，女儿也没了，一个大好的前程又被你给搅和了，我就是嘴上不说，那也是心疼呀！

獐子头啐了一口，说你小子今天怎么了？我正要给你认认真真上大课，说一说目前的形势和我们的任务，怎么你忽然就长本事了？不想听是吧？不服管教了？你当走私贩毒倒卖军火偷越国境那是个容易事？知不知道脑袋掖在裤腰上，一不小心就会从裤裆里给掉下去了？我这赌的可是自己的脑袋，玩得不好就会把小命扔在半道上，我这一条命难道还不值你那十二万？再说了，我这么急着操心要给你换装备，那不就是为了你的安全吗？一旦公安派出所动手抓人了，你唯一的出路就是撒开两腿赶快跑，躲到深山老林里去过日子，没有一个趁手的家伙，就凭你那根祖传的火铳，放上一枪最多也就只能把老虎和豹子们给吓一大跳，杀伤力低下那就不说了，还要撅着屁股浪费半天的时间重新装火药，等到你重新把子弹也装填好了，估计连大腿上的肉都要被野兽们给啃光了！你这个不知道感恩戴德的东西呀，怎么就理会不了我老人家的一片苦心啊？

白面书生傻瓜兮兮地点了点头，老老实实地闭上嘴巴，这意思也就是认输了，什么都不说了，谨遵教诲了。

獐子头又嘿嘿地乐了，说我就喜欢你这个机灵劲，不会头撞南墙认死理，兰心蕙质，孺子可教，只可惜你那个死鬼老爸肉眼凡胎，居然白白浪费了一个天才的儿子，没有好好地把你培养出来，这也是苍天饿不死瞎眼的鹰，直接就让你遇上了我，而且还是铁窗情谊，地久天长，知我敬我，也就该长本事了！哦，对了，刚才我说到哪里了？目前的形势和我们的任务，你听到了没有？这绝对是个大人物的派头！OK！车轱辘话就不用多说了，目前的形势咱们已经明白了，接下来就是要谈一谈我们的任务了，花了十二万元换装备你心疼了不是？给你个二十四万元的大生意，你敢不敢接单？来来来，酒壮英雄胆，你这个白面书生还是太嫩了一些，咱们每人再喝上一碗老酒，等底气充足了再接着谈！

獐子头亲自动手，给两个人的酒碗都斟满老酒。

白面书生却迟迟地不端酒碗，只是两眼贼亮贼亮地盯着对方，二十四万元的大生意，那份诱惑实在是让人心旌摇荡，就云雾崖这一方偏僻的山乡，能找到这么值钱的东西吗？

獐子头用筷子敲了敲酒碗。

白面书生恍若一惊，赶忙伸手去摸酒碗，獐子头却轻轻地摇了摇脑袋，手上的筷子却还没有放下，只是冲着大铁锅的方向点了点。

白面书生恍然大悟，自己这真的是有些失态了，小庙里的和尚没见过大头鬼，随便一个画饼充饥就可以勾引自己的三魂六魄随风起舞，居然忘了煮在大铁锅里的那只麂子，那才是今天自己待客的主菜，这会儿已经喷发出浓郁的香味，闻着就让人口舌生津，恨不得立马大快朵颐，自己这会儿也是精神恍惚了，居然把这么重要的一件事情都给忘记了，赶紧起身去找了一面大铁盆，连骨头带肉满满地捞了一大铁盆，桌子上面放不下了，干脆就摆在那酒坛子旁边的凳子上。

宾主二人双双都扔下了筷子，动手享用那只肥美的麂子，这种烹调的方式本身就像极了草原上的手把肉，每块肉上都连着骨头，抓起骨头就可以大口吃肉，这时候筷子也就没用了。

等到每个人都一口气吃下了三大块麂子肉，面前都有了一堆麂子骨头，感觉自己都已经吃撑了，直打饱嗝了，这才想起来去端酒碗，那动作倒也是十分整齐，不约而同，配合默契，俩人各自都端起酒碗一饮而尽，这就是大肉吃腻了，来碗汤冲冲咽喉，清清肠胃，喝完了还互相点点头，这就叫爽呀！

獐子头又操起筷子，点了点白面书生，说兄弟你还够义气，虽然反应迟钝了一些，但毕竟还不是那么一个磨磨唧唧的人，所以我是一定要帮你的，我说过，目前的形势分析完了，我们的任务也就该出台了，这可不是一般的任务，那就是一单二十四万的大生意呀！你是不是已经听得发呆了？或者，感觉这就是一个天方夜谭的故事？其实这事情很简单，对你来说是小菜一碟，熟门熟路，那小狼女不是已经被你给抓过一次了吗？抓到手你就把她卖出去了，那价格要得还很有创意，毫不含糊的一口价，张嘴就要十二万，天下的幸运从来都只能属于那个胆大妄为的人，所以你就做对了，十二万也就到手了，不就是这么回事吗？现在的事情那就更简单了，我要你把这件事情再重做一遍，听明白了吗？这事情就是这么简单，你把那个小狼女再给我抓过来，带进深山老林里去，这次就不用你叫价了，咱们俩一手交人，一手交钱，我直接就给你二十四万，比你上次的价格翻上一番，怎么样？感兴趣吗？你给我支付了十二万，一转身我就要还给你二十四万，这还不够朋友吗？想一想，好好地想一想，想明白了立马就给我一个痛快话，我可是要把这个小狼人偷渡出国的，外国的科研机关那可是有大堆的钞票等着我搬运回来，这可不是开玩笑，一点都不能含糊的！那小东西的故事三番五次被刊登上报，浑身的毛发居然也都被脱掉了，如今那是一路走火，行情看好，所以就有人舍得花大价钱了，如今的天下不太平，几乎所有的国家都在琢磨着如何研制基因武器，那个小狼孩的基因到底出现了什么变故呢？这就是人家肯出大价钱的原因！

白面书生激灵地打了一个寒战，这獐子头原来还不仅仅只会倒卖军火，居然还牵涉到了外国科研机关的基因武器研究，这可不是什么小买小卖的小生意，真不知道涉水有多深，好像前进一步就是大江大河，不会冒冒失失地就把自己给裹进了深水，猝不及防的就要被淹死了？山民们的生活圈子小，对外部世界本来就是缺乏了解，所以疑心很重，胆子很小，却也不愿意被别人看出自己的畏惧，只是装模作样地摇摇头，伸手操起一根麂子腿，往佐料盘子里捣一捣，蘸上点香酱麻油醋，狠狠地咬上一口，似乎还没有吃过瘾，又接着吃起来了。

獐子头立马就看出了眉高眼低，说你这是啥意思？还没上套你就尿裤子了，怕被公安抓住了判你一个叛国罪？偷渡出境的是我，跟你没有一毛钱的关系，人家根本就没见过你眉毛鼻子长啥样的，就是想叛国，又有人会要你吗？行啦，别磨叽了，我再给你增加十二万，三十六万了，干不干？

白面书生没吭声，只是翻翻眼，又啃上一口麂子肉。三十六万的确算是不少了，对他来说那也就是一大堆钞票了，只是他这会儿的反应有些迟滞，不能够爽爽地表达自己的意思，甚至还不知道自己到底是个什么意思，所以只能在那里继续的大口吃肉。獐子头却突然光火了，说这是什么，你还拿上劲了？老哥哥这是给你送生意上门，你还真当我这就是求上你了？信不信死了张屠夫，不吃带毛猪？没有你白面书生，我还能调来一只猎豹突击队，信不信？看到对方真的上火了，白面书生再也不敢怠慢了，使劲咽下满嘴的麂子肉，吭吭哧哧地清清喉咙，说獐子头老兄，咱们这云雾崖的情况你是知道的，不仅在村落的东头建立了派出所，而且还在西头的花青溪小学增设了民警值班室，那个红毛妹子如今可是一个宝贝疙瘩，一大把的眼睛看守着，我有那个能耐再把她偷出来吗？

獐子头认真地想了想，也一本正经地点点头，说我明白了，你这里的确难度很大，不过办法总是人想出来的，我相信重赏之下必有勇夫，这样吧，再给你增加十二万，现在可是四十八万了，不管你采用什么办法，只要你能把那个小狼女给我抓出来，这四十八万就全是你的了！

白面书生呆呆地看着獐子头，迟迟疑疑地想摇头，但最终还是点了点头，那嗓子忽然就变得十分沙哑了，说自己只能是试一试，万一就是不成功，那也就算是为了朋友，尽心尽力地走一回了。

獐子头说可不能只是走一回，一次不成功，还有第二次，这叫咬住不放，锲而不舍，只要下苦功，铁棒磨成针，别说只是偷那么一个毫无抵抗能力的小毛丫头，就是把那个民警值班室给端了，也算不得什么大不了的事情，来来来，让我们双双再斟上一碗酒，生意谈不成，那就是酒劲还不够，让我们大碗喝酒，大块吃肉，只要酒壮英雄胆，咱们啥事都敢干！

白面书生十分听话地捧起酒碗，又咕咕噜噜地喝下去，喝完了，放下碗，竟噗噗嗒嗒地落下泪来。

獐子头说你看你看，怎么说哭就哭了？被我感动了是不是？你哥哥我绝对是个人才，随便地说上几句就可以惊天地、泣鬼神，还怕老天不给力吗？好了，别哭了，英雄流血不流泪，把那个毛妹子抓回来再卖一次，四十八万元人民币就可以装在你的衣兜里了，这算得上什么难过的坎？一咬牙，一跺脚，这事没准就被你干成了！

白面书生擦擦眼泪，又哼哼鼻子，想想还真是这么回事，使劲地啧啧嘴，好像也完全赞同獐子头的理论，长长地叹了一口气，又笑了。

32　放暑假了

这一年公历七月十五号，花青溪小学准时放暑假。

依照国家统一规定，暑假也就是上一个学年的结束，假期时间四十五天，等到本年度的九月一号重新开学，也就是下一个新学年的开始。红毛妹子也高兴得不得了，因为无奈校长说过了，等到九月一号那一天，她也要和大家一样进入新学年，就是一个二年级的小学生了！

所以，红毛妹子没有暑假，她必须要把所有的课程统统补上去。当然，所有的课程加在一起也只有两门，一门语文，一门算术，其他课程像体育、音乐和劳动之类的，那根本就是用不着补课的。

说来说去，重点还是中国语言文字的读与写。

这方面，恰好也是红毛妹子最感兴趣的。也许正是年龄的关系，她9岁才上一年级，比同班同学个头高出一大截，这也就不用别人催促了，她自己心里也有一种时不我待的迫切感，所以对语言文字的学习很当一回事儿，进步也是神速的，这让小学校长和春妮老师他们也高兴得不得了，一分耕耘，一分收获，一份希望，一份勉励，对于一群教书育人的老师们来说，这也就是最大的补偿了。

七月十六号，也就是小学暑假开始的第一天，派出所所长和老教授结伴前来，他们要实地考察一下花青溪小学的暑期保卫工作。

小学校长领着他们转了一大圈，这时候那两栋教学楼已经拔地而起，只是内部装修还没有搞，水卫电路还没有完善，门窗还没有安装，眼下就是两幢五层楼高的毛坯房，一共有四十间大教室，二十间老师办公及休息室，十个男女卫生间，没有电梯，但是楼梯间极为宽广，看上去也很是不错。派出所所长和老教授他们这时候已经知道了，上级有关部门的领导都两眼紧盯着这两幢教学楼，社会上的富豪们情钟云雾崖的教育事业，就是因为这所花青溪小学收养了一个小狼女，并且让她在这里上学读书了，这是人类社会的一个伟大创举，前无古人是肯定的，后无来者也说不准，所以慷慨解囊，要凑上一份热闹，也顺便沾点光，扬扬名，小学校长钱无奈自然是高兴得不得了，他心里有个小九九，做梦都想着把自己家乡的教育事业做大做强，如今硬件上去了，光辉的未来还会很遥远吗？事实上，从上到下都在考虑这个问题，毕竟教育资源浪费了可惜，山民们的教育条件也急需改善，所以在花青溪小学增加一个初中部，已经悄悄地被提上议事日程了。将来是不是要在这里办上一所十年制的学校，让山民们的孩子直接完成高中教育，直到上了大学再出山，这个藏在小学校长肚子里的小九九，其实也正在得到越来越多的赞同，有关部门已经正式作出了决定，云雾崖社区建设，就由钱无奈老师担任教育委员会主任，同时兼任花青溪学校的校长，至于这所学校的未来是七年制还是十年制，眼下也还说不准，需要创新思维，与时俱进，随着时代一块发展，和云雾崖社区建设共同进步。

因为教学楼的建设尚未完成，新校园的围墙尚未施工，所以老校园围墙上的豁口还依然存在，看上去甚至有些触目惊心，派出所所长他们在那里盘桓许久，总觉得那是一个隐患，篱笆扎不紧，野狗钻得进，不是很危险吗？以前他听小学校长说过，学校里的大黑狗黑莲花，自从院墙上出现这个豁口之后，就把自己的岗位主动转移到这里，也是兢兢业业、勤勤恳恳、夜以继日，十分负责。派出所所长在那里东张西望，却一直没有看到那大黑狗的身影，回头又看看小学校长，本打算是要问一下，你们那位黑莲花到哪去了？可是他想了想，又忍住了，毕竟只有一条大黑狗，没日没夜地工作值班，难道真的就不用吃饭睡觉了？将人心，比自心，就是一个铁打的汉子，也应该会有打瞌睡的时候，不是吗？小学校长自然也看出派出所所长心里在想什么，他也随着东张西望一会儿，眉头渐渐地皱了起来，似乎想说点什么，也极力忍住了。关于那条大黑狗的事情，他这几天心里正揣着烦恼，只是这事情有伤风化，绝对不可以轻言与人，尤其是派出所所长这位老兄，那就是一张阶级斗争脸，睁开眼睛就要在这个世界上寻找矛盾，看看有没有违法乱纪的事情，要是让他知道了大黑狗的秘密，那不立马就要上纲上线追查到底了？所以，小学校长决计不说，要为大黑狗保守秘密了。老教授倒是优哉游哉，脸上始终挂着笑容，这院墙上的一个豁口根本就没放在眼里，曾经沧海难为水，几番桑田长见识，想当年他可是一位野人考察队长，爬冰卧雪钻山沟，经历的风险太多了，所以也就不会把这些小事放在心上了。

因为假期的缘故，校园里面静悄悄。

只是在女教师春妮宿舍对面的那一片银杏树林中有点动静，在一棵古老的银杏树下，架起了一块小黑板，女教师春妮就在这里给红毛妹子上课，黑板的对面一本正经地摆着一张小课桌，红毛妹子就坐在那课桌后面，在认认真真地听课，虽然别人都放假了，可红毛妹子每天都要补课，时间安排那是一点空隙都没有的。

派出所所长终于看到那条大黑狗了，它眼下就老老实实地趴在红毛妹子的课桌旁边，看上去倒也真的兢兢业业，正在认认真真陪着红毛妹子听课。

小学校长当然也看见了大黑狗，只是故意装着没看见，把面孔抹向一边，生怕这时候和派出所所长的目光有所交集，那样就不好为大黑狗保密了。

大黑狗的秘密其实就在它自己身上，稍稍留意就能看得出来，它的肚子有些大了。当然了，大黑狗名叫黑莲花，一听就知道这是一条母狗，母狗的肚子大了，那还值得稀奇吗？不就是怀孕了，带小崽子了？可问题是校园里只有这么一条母狗，而且和周围农舍很有一段距离，好像狗儿们也有地域观念，知道拉帮结派，校园里的大黑狗和农舍里的狗儿们见面就咬架，互相瞧着就是不顺眼，基本上可以保证就是老死不相往来了，如今这大黑狗偏偏就怀孕了，这件事情可就古怪了，到底会是谁干的呢？

小学校长之所以要为大黑狗保密，就是怕派出所所长立案侦查，那结果可就不好说了，因为大黑狗虽然不和周边的狗儿们来往，本身却也有一对过从甚密的朋友，这和红毛妹子有点关系，就是她的那一对黑狼朋友，这情况要是透露出去，会不会又令人浮想联翩？

小学校长决心要保守秘密，这其中也自有一份深谋远虑，对于眼下的花青溪小学来说，只要牵涉到红毛妹子，那绝对就是头等大事，万万不可掉以轻心了！

还好，那派出所所长并没有从大黑狗的身上看出端倪，只是感觉它的神情有些疲惫，毛色有些干枯，显然也是过分操劳所致，不禁也暗自地点头叹息，狗狗们的最高境界那就是对人类的忠诚，这位名叫黑莲花的大黑狗，免费为花青溪小学担任保安，看上去也是鞠躬尽瘁，死而后已，这是任何花钱雇来的保安都无法比拟的，的确不应该受到任何怀疑。

在现场所有的人们当中，最有闲情逸致的还是老教授，他先是凑近看了看红毛妹子，又后退几步看了一会，认认真真地听了一会女教师春妮的课，当然小学一年级的课程用不着一个大学教授品评一番，只是微微颔首、面含微笑、左右盼顾，而又不事夸张，尽量不要影响到别人的情绪，这是一个观光客必须要遵守的行为准则，但是后来他忽然就发现了一个非常有趣的事情，就是春妮老师架设黑板的后边，那棵古老的银杏树杆上，也就在寻常一人多高的位置上，有人用毛笔写下了两个遒劲有力的红漆大字，听琴。这字面上的意思倒也很好理解，有人曾经在这里听琴，这事也就有点意思了，既然有人听琴了，那必然有人弹琴了，可这里是个校园环境，正常的情况下老师和同学们是要进行教学活动的，绝对是不可以弹琴吟诗的，除非是等到了放学之后，尤其是夜深人静的时候，有人在房中操琴，有人在门外倾听，实在也无以表达心底的情绪，只得欣然命笔，诗以言志，虽然只有这两个字，可那诗情画意扑面而来，清歌一曲随风飘荡，可以毫不夸张地说，后来的人们本身能有多大的才情，这两个字就会为你表达出多大的内涵精神，老头子再也顾不得道貌岸然了，居然频频点头，两眼毫不掩饰地望向那女教师春妮，因为知道就在女教师春妮的宿舍里，就放着一架古色古香的古筝，如果没有猜错的话，弹琴的人肯定就是她了！

女教师春妮那清秀的面庞上，立刻泛起了一团绯红，这就是紧张了，在意了，有些害羞了，那一双美丽的大眼睛，立马就左顾右盼地寻找起来，看向了一边的小学校长，老教授把这一切都看在眼里，尤其那小学校长的神情十分可笑，竟然微微地扬起面孔，似乎还在若无其事地研究着天空中的那一丝流云，这人明显的是在装，岂不知把自己装成了一颗大头蒜，用上了九牛二虎之力，浪费了足足一大把的表情，只能证明一件事情，他就是写下了听琴的那个人，或者说，他就是专心致志在听琴的人！

老教授终于忍禁不住，开始捧腹大笑、前仰后合。

但是有一点必须说明，捧腹大笑、前仰后合，这都是带有形容词性的动词词组，本身并没有一丝一毫的声音，让女教师春妮看得目瞪口呆，而面对黑板的红毛妹子却没有听到任何声响，尽管老教授就躲在她的身后，直线距离不过两三米的样子。

老教授居然会用这种方式疯笑一通，那表情足够夸张，手势也足够幽默，这也十分符合他的身份，一个曾经满山遍野找野人的教授，你让他循规蹈矩地在那里笑上一回，那恐怕也是一个天大的奢望，因为有那个必要吗？之所以要藏匿起来他的笑声，因为自己毕竟是个老人了，不能拿孩子们的事情开玩笑，虽然自己也开心了，也逗乐了，但是绝对不会影响到外部的世界，不仅是那红毛妹子一无所知，就连那个探索劲头十足的派出所所长也毫无觉察，终于小学校长也表示理解了，充满感激地点点头，也就是缴械投降了，不打算继续装下去了，自然也要赔上一个微笑，而且那微笑的特点也极具个性化，充满了一种山野苦苦菜的味道，看上去也就是一种苦笑，无奈校长的招牌笑容。

这天中午小学校长请派出所所长和老教授吃饭，所有留守的教职员工全部出席作陪，当然少不了红毛妹子。女教师春妮打开了一坛花雕老酒，那也就是这一方山民的最爱。大家都用茶杯斟酒，要喝就是一茶杯，表现得都十分豪爽，很是开心。

老教授再也没有提起过"听琴"的事情，老人就是老人，不能让年轻的人们太过尴尬，这事就这样过去了。

33　黑莲花怀孕了，谁干的？

小学校长的办公室里，增加了一台24寸的平板电脑，现在他不用再去民警值班室，在自己办公室里就可以调看监控了。

调看监控有密码，除了小学校长本人，别人是看不到的。

这一天，送走了派出所所长和老教授他们，小学校长又开始调看监控，黑莲花怀孕了，这到底是谁干的？要解开这个谜团，唯一的途径就是反反复复地调看监控，因为同时进行的监控录像有24帧，看起来终究还会挂一漏万，所以最稳妥的方式，那就是需要不辞劳苦，反反复复地调查研究。受计算机硬盘容量的限制，花青溪小学的监控录像保存时间为三个月，有用的资料如果没有在三个月当中被复制出来，那么就会被三个月之后的最新资料自动覆盖，所以表面上虽然没有显山显水，可小学校长每天都忙个不亦乐乎，要关注每天最新的监控录像，还要研究即将消失的老资料，更要处理好每天的日常工作，除了吃饭和睡觉，其他时间那基本上就是每时每刻都闲不下来了。

人生好像就是这样，总是有等待着需要破解的谜。

好像这就是追求，就是希望，于是便有了焦虑，有了忧伤，所以要忘我投入，孜孜不倦，每一点小小的发现都会让人恍然大悟，每一次小小的成功都会令人欣喜若狂，不需要每时每刻都要经历那种令人惊心动魄的战场厮杀，但总是有那种点点滴滴的寻常小事萦绕心头，让人躲闪不及，只能挺身面对，而且不以成败论英雄，只求充实人生无遗憾，虽然表面上没有五光十色，但每时每刻都在认真地付出，每日每夜都在坦然地活着，一生一世敢于面对风浪，风险不惧、荣辱不惊、丝丝入扣、指挥若定，这也就足够了。

小学校长钱无奈，其实知道自己不是一个成功者，做人做得很失败，只是永远也不会放弃，不是为了自己活得精彩，只是为了肩负的责任，要让自己主持的那个世界，更为合理，实实在在。

暑假之后的第5天，小学校长的工作，好像是初见成效了。

也就是说，通过反复调看那些监控画面，小学校长大体上把握住了事情的脉络。

自从花清溪小学的院墙上被扒了一个大豁口，老师和同学们好像也都是为了图个新鲜，进进出出有意无意地舍弃了校园大门，偏偏就要从豁口那儿走一遭，感觉这样挺好玩，尽管绕了很多路，一个个还是乐此不疲，就好像是增添了一个旅游项目似的。

大黑狗有一种神奇超强的记忆力，它能记得所有与花青溪小学有正常联系的人们，自然也允许他们进出自由，只是漫不经意地瞟上一眼，尾巴轻轻地摇了一下，这就是一份许可证，你可以自由通行了。

只是当春妮和红毛妹子出现的时候，那情形可就大不相同了，不是说大黑狗对这一对母女表现得多么热情，无非是大家熟络了一些，面对的表情也就更加自然一些，大黑狗自然会起身相迎，使劲地咧开嘴巴，作出一副开怀大笑的表情，还会用力地摇摇尾巴，这一切都无可挑剔，完全出于一条狗的本能，小学校长每每看到这些的时候，也会情不自禁地露出满脸欣慰的笑容，这里面透出了一种和谐的气氛，的确是亲情流露，如沐春风，这当然是不应该受到指责的，只是这个故事继续往下发展，就有一些不太符合常规了，因为接下来那大黑狗就会擅离职守，毫不犹豫地离开那个豁口，陪着那母女二人悠哉悠哉地散步去了！

这种情形，一般都出现在孩子们放学之后，天上的太阳还老高，留在校园里的人们都喜欢到处走一走，在山野中散散步，吹吹风，这本身也是一件十分正常的事情，不应该受到一丝一毫的指责，所以那小学校长也只是瞪瞪眼睛，很快便又摇头，又轻轻地叹息，事情都是已经过去了，不管他现在的观感如何，那也只能是听之任之了，如果他现在还要表示不满的情绪，那绝对就是一种愚蠢的行为了。

因为这一切都发生在白天，所以小学校长虽然喜欢看监控，却一直没有注意到这些，直到最后才发现，这一切都已经是常态化了。当然这也不是什么问题，因为他一直也在鼓励女教师，有时间的时候就应该领着红毛妹子到处走一走，比如星期天的时候母女俩一块去菜市场，学习一些普通人过日子的常备技能，买买菜，购购物，也和周遭的山民们打声招呼，聊聊天，红毛妹子要走进人群，融入人生，这也是一件回避不了的事情。每每星期天的时候，小学校长甚至亲自出马，陪同她们母女俩去拜访那座香椿树下的青石小院，让红毛妹子从自己的角度去重复昨天的故事，关于花毛哥哥，关于光头小子，关于那两只一直和她寸步不离的小黑狼，那所有的一切都充满了山野的气息，令人匪夷所思，却又符合逻辑，让人叹为观止，却也不想重复，就那样如梦似幻、亦假亦真，果真是一种不一样的体验，让人越发珍惜当下的生活，冷也好热也好活着就好，梦也罢幻也罢照单全收。当然去了青石小院，缅怀了故人的遗迹，抒发了思古的幽叹，他们还会顺带去拜访一下云雾崖派出所，那幢小楼不大，但是特别的气派，派出所所长和老教授都在那里，这两位也是小学校长他们最重要的朋友，亦师亦友、同道中人、亦亲亦朋、相处融洽，不仅是个聊天的好去处，而且还是一个蹭饭的好地方，公安派出所的伙食那也是一流的，最低标准就是四菜一汤，有鱼有肉，荤素搭配，营养合理，所以老教授都不愿意继续在青石小院里落脚了，直接就住进了派出所的客房，小学校长他们乐意主动上门做客，那自然会受到热烈的欢迎，肯定要为他们添菜加汤，老酒伺候！

当然了，派出所所长和他的下属们是不会喝酒的，因为这是有明文规定的，属于工作纪律，他们吃的是工作餐，绝对保证滴酒不沾，当然能陪着红毛妹子吃饭，那也是一份莫大的荣幸，女孩儿绝对是冰雪聪明，尤其是那一份传奇的经历，说出话来自然也是超凡脱俗，与众不同，听着会令人感慨不已，回味无穷，感觉她就是一个神奇的存在，稍稍地挨近一些，都能感受到灼人的光辉了！

老教授最为欣赏的也就是这一切，每每到这种时候，那老酒喝得也是越发爽快了。

派出所所长虽然滴酒不沾，但是那份兴致也是有增无减，每每进餐过后，他会领着几个部下一起出门，和老教授一起陪同小学校长那一行人，簇拥着春妮和红毛妹子，信步登上了月亮河大桥，走上大桥看风景，千山万水如梦境，慨叹千年随风去，飞进百姓眼眸中，于是便有了一个诗意的阐释，你上大桥看风景，一步步走进别人的梦，山风吹得花絮飞，化为相思慰故人。

实话实说，就他们这一行人，绝对是云雾崖最美的风景，而且不仅仅只是当下，历史属于过去，未来还在路上，但是人们永远也不会忘记，这就是月亮山的光环，历久弥新、清亮迷人。

走下月亮河大桥，走上那座寻找野人的主题广场，这一行人会去集体拜访光头小子的铜像，每每走到那座铜像的跟前，红毛妹子总会情不自禁地失声痛哭，春妮也会陪着两眼垂泪，老教授的眼睛也会红了起来，如果广场上还有游客的话，大家也只会默默地走过来，不多询问，不事喧哗，只是以自己的目光致以敬礼，各种滋味，难以言说，无法表述，足以让昨天的故事在这里重新润色，化为各种最新的版本，悄无声息地重新起航。

这故事好像越扯越远了，和大黑狗已经不搭界了。

大黑狗始终守在校园里，最多也就是在校园四周走一走，那是为了陪伴春妮母女二人，履行一个忠诚卫士应有的职责，而且时间段一直都是白天，这里好像没有什么问题，可事实上大黑狗却怀孕了，这问题到底又出在哪里呢？

34　爆头弹，你想爆掉谁的脑袋？

小学校长继续调阅历史监控。

又过了两天，他突然在监控画面中发现了一个人，立马又紧张起来了。因为这个人他曾经不止一次打过交道，自然留下了很深的印象，知道那绝对不是个好人，而且坏得十分出格，他就是那个臭名昭著的盗猎者，表面上看着是仪表堂堂，暗地里尽干一些违法的勾当，就是那个在青石小院门前制造爆炸案的头号嫌疑人，红毛妹子的捕获者，人人都喊他白面书生，只有他自己不以为然，说老爸早就给自己命名了，就喊自己活畜生，那活畜生听着倍感亲切，委实就是一种爱称，喜欢自己那就别见外，请称呼自己活畜生！

就这样一个出类拔萃的玩意儿，难道还不够过目难忘吗？

小学校长看了一下监控画面上的时间显示，这时候已经是晚上九点来钟了，山里的百姓喜欢早睡早起，如果没有什么大事要办，这时候一般也都上床睡觉了。小学校长立刻警觉起来了，这绝对是一件不同寻常的事情，白面书生这时候蹲到校园的院墙外边，手上还小心翼翼地拎着一只帆布包，好像里面还藏着什么十分珍贵的东西，他这是要干什么来了？

小学校长盯着那个白面书生，两眼一眨不眨，看得十分认真。

白面书生出现的地方，离学校院墙上的那个豁口相距已经不是太远了，看样子他也知道豁口的存在，不会也就是想利用那个豁口提供的方便，趁人不注意的时候，悄悄地钻进校园来？院墙上被扒出一个豁口，很少有人会对这个感兴趣，因为正常的登门拜访是应该走大门的。如果有客人来访了，偏偏主人不让走大门，只是走侧门，这会被认为是极不尊重，十分失礼，那就是把人小瞧了。所以，对院墙上的豁口感兴趣的，除了院墙里面那些调皮的孩子，外面来的只能是一种人，那就是具有特殊需要的人，这种人一般都是不请自来，极不乐意引起别人注意，比如小偷小摸之类，想干点顺手牵羊的勾当。

白面书生，他是不是也出息了，这是要摸进校园里去偷东西吗？难道不知道校园里还有一条大黑狗就在那豁口附近等着吗？小学校长暗自摇摇头，自己也感到好笑，觉得这是不太可能的，当然了，白面书生绝对是一个鸡鸣狗盗之徒，什么违法乱纪的事情都干得出来，但好歹也还是个猎人，本身从事的工作多少还有点技术含量的，在山民们当中不能说是混得有多好，但至少是个肉食者，还用得着到别人家里去偷点东西吗？

小学校长认真地瞪大眼睛，这就叫拭目以待。

这件事情一定要搞清楚，甭管他是白面书生还是活畜生，到底是要干什么来了？

白面书生却没有径直走到那个豁口跟前，距离还有五六十米的样子就停住脚步，伸头缩脑地看了一会，好像也在细细掂量着，那大黑狗是不是回家吃饭了？自己是不是应该继续前进？万一大黑狗就等在那里，执意要打自己埋伏，自己是不是人家的对手？白面书生东张西望，还煞有介事地点起头来，好像是终于拿定主意了，从帆布包里抽出一张碧绿的荷叶铺在地上，选择的位置却十分显眼，显然并没有隐藏的意思，然后又从包里拿出一样东西，小心翼翼地摆在荷叶中间，小学校长也伸直脑袋，迫不及待地想看清楚那是什么东西，看模样那却像是一只甜瓜，绿油油的，黏糊糊的，那不就是一只爆头弹吗？小学校长又结结实实地大吃一惊，差点就失声惊叫起来，你这个混账王八羔子，跑到这里谋财害命来了？

那白面书生，竟把自己的狩猎场摆到花青溪小学的院墙外面来了！

小学校长见识过这种爆头弹，知道这东西特别厉害，里边就像摔炮一样用炸药和玻璃裹在一起，外面糊着一层喷香的猪油，甭管你是如何凶悍的肉食动物，只要你把那爆头弹叼在嘴里，一口咬下去，那爆头弹立马就会爆炸开来，顷刻之间便要炸掉你的脑袋，让你变成一只无头之鬼。就在百花山上，那只大野猪就是被爆掉了脑袋，变成了一堆肥腴的猪肉，吸引了两只黑狼前来参加饕餮大宴，小学校长也牵着大黑狗赶到现场，加入了一场难忘的战斗。那头长着两根獠牙的大野猪，好像正是那个被爆头野猪的未亡人，立志要为那个无头之鬼报仇雪恨，死死地盯上了那个猎人杀手，为了逃命，当时的白面书生慌不择路地爬到了一棵大树上，那野猪就在下面啃树干，决心要把树干啃透了，把那棵大树给放倒了，把那个白面书生或者是活畜生嚼巴嚼巴就给生吞了！小学校长当然不能见死不救，大黑狗黑莲花更是奋勇当先，最令人意想不到的是那两只黑狼也会积极参战，和一条大黑狗结成了同盟，居然掏出了野猪的肠子，咬死了那只猖狂不可一世的大野猪，解救了那个白面书生。

白面书生没有丝毫的感恩之心，看到危险解除了，便从那高树上爬了下来，立马就要抢夺小学校长手上的猎枪，要去伤害那两只黑狼。小学校长不肯把猎枪交给他，坚决地阻止了一场忘恩负义的杀戮。

可是那个白面书生却越来越奇葩了，小学校长在百花山上指挥了一场三国四方的猎人营救战，成功地把他从野猪的嘴中挽救下来，他从来就没有一丝一毫感恩的表示，事实上后来也就一直都没有照过面，如今终于出现了，却是在花青溪小学的监控画面中，竟是送来了一枚爆头弹，看那意思也是十分清楚的，就是要在小学校长的眼皮底下再放上一炮，制造一次流血惨案？

小学校长觉得自己后脊梁上一阵阵发凉，这个白面书生，或者活畜生，果真是一个毫无人性的不法之徒，他这是打算要谋害谁呀？

白面书生放好那枚爆头弹，又悄悄地溜走了。

小学校长注意到他溜走的方式也十分奇特，不是顺着院墙往一边走，而是直接就走到了花青溪边，从那里涉过溪水，这走的可不是一条正常的路，而是要大大地绕上一个圈，就是为了避开花青溪小学的校园大门？还是为了躲避日后有可能出现的刑事侦查？小学校长感到十分诧异。

这会儿也顾不得想得太多，只是把画面定格在那枚爆头弹上，这是一个大大的悬疑，不知道目标到底是奔着谁来的，只是十分危险，一身邪恶，小学校长似乎也就是出于一种善良的本能，觉得自己就应该看住这枚爆头弹，不能听之任之，让它轻松自如地伤天害理，又制造出一个流血惨案来！

小学校长是一位上过战场的军人，他知道遇到这种情况更要冷静，最佳的处理方式就是马上派人下现场，或者就是自己亲自上阵，把那枚爆头弹重新用荷叶包裹起来，找一块空地，挖一个深坑，把它深深地埋下去，这件事情也就完结了。

但现在的情况却不是那么回事儿，因为他正在调阅以前的监控资料，眼下这画面至少是八十多天之前的事情了，在这么长的时间里都没有听到爆炸的声音，更没有听说什么动物脑袋被炸飞了，这只能说明那颗爆头弹并没有真正地发挥作用，不知道后来又发生了什么情况，只是有一点可以肯定，那就是没有必要再去现场，那地方肯定是空空如也，什么东西都找不到了。

所以，小学校长眼下要做的事情，就是要死死地盯着那颗爆头弹，看看它后来到底去了什么地方，尤其重要的是要搞清楚它想祸害的目标到底是谁。

小学校长认认真真地研究着那枚爆头弹，在大脑里细细地寻思着这件事情的来龙去脉，爆头弹是白面书生送来的，原本就包在一方翠绿的荷叶中，装在一个帆布袋里，白面书生放下这枚爆头弹，自己就远远地躲开了，这会儿没准是已经回家睡觉去了。已经发生过的事情就是这样简单明了，让人头疼的是他到底想干什么？想搞一次恐怖袭击，就像伊拉克常见的路边炸弹，轰隆一声，血肉飞扬，把老师和同学们吓一大跳？那个白面书生，看上去也没有什么精神不正常的样子，真的会无聊到这步田地吗？可以肯定地说，再搞一头野猪的可能性是不大的，因为百花山上的野猪具有极强的领土意识，和云雾崖的山民们已经形成了默契，信守人不犯我，我不犯人的原则，从来都不会跑到花青溪小学这边来。那么，白面书生顶真想祸害的目标，就是那两头黑狼了？因为红毛妹子的缘故，那两头黑狼几乎每天晚上都会到花青溪小学走一遭，这也是人所共知的，早就不是什么秘密了，就是为了这件事情，云雾崖的派出所还在花青溪小学专门设立了民警值班室，就是为了表明一种介入的态度，调节各个方面的矛盾，防患各种意外的发生，尤其是那种青石小院门前爆炸案的再次发生，那个白面书生难道就是个猪脑袋，果真看不出哪头风高吗？校园大门附近设有民警值班室，值班的民警也是荷枪实弹，白面书生想必也不敢以身试法，就找到这么一处院墙豁口的附近，无论如何也要放上一炮？小学校长已经看出来了，那位白面书生和两头黑狼之间的矛盾极深，不是你死，就是我活，反正是不会和平共处了，只是那位猎人还是不够专业，好像并不了解野狼们到底有多么聪明，这种爆头弹的设置固然是十分阴险，可对于那些喋血山林的猛兽们来说其实起不了多大作用，比如在最早的时候，也许有黑狼们曾经中过招，上过当，流血了，牺牲了，这件事情便会留下一个深刻的记忆，保准黑狼们世世代代都不会忘记，会小心翼翼地对付那种爆头弹，比如隔岸观火地看着野猪们会如何被爆掉脑袋，然后自己上去收拾残局，吃上一餐饕餮大宴，至于你想让它们也空前大方地爆掉自己的脑袋，方便别人美餐一顿，那纯粹就是痴人说梦，要不然，野狼们的家族早就绝迹了，还会有今天的繁荣昌盛吗？

小学校长又摇了摇头，觉得自己可能也把那个白面书生给看低了，能在自己家里制造出各种炸弹的人，那绝对不应该是个智障者，还会犯下一些常识性的错误吗？他觉得一定是自己想偏了，就像自然界的万事万物都会逐步进化一样，云雾崖的山民们这几年也是大开眼界了，家家户户都通电了，用上卫星电视了，手机也已经普及了，无线通信已经成了常态，大家都在如饥似渴地吸收着外部世界的新鲜知识，即便原本大字不识三箩筐的人，如今也知道大事小事都可以到百度上去搜一搜，寻找一个最为接近真实的答案，可以肯定地说，那个白面书生一定比自己想得更复杂，并不是一个不知天高地厚的偷猎者，只知道杀了动物好吃肉，剥了毛皮能卖钱，不，没准他还会想到更多更多，比如早先的事情就是证明，他居然知道把一只狼孩抓活的，还知道狮子大开口地启动营销策略，就利用云雾崖当时那个破破烂烂的农贸市场，居然成功地把红毛妹子给卖出去了，而且把十二万元收入囊中，一举就创下了一个奇迹，成就了一条云雾崖下的新传奇，就是这样一个人物，你还敢否认他不是人才？

这个白面书生，看上去又要向社会亮剑了，只是他剑走偏锋，总是让人捉摸不定，真实的目的到底是什么呢？

小学校长死死盯着那片青翠的荷叶，盯着荷叶上的那枚爆头弹，生怕自己一眨眼的工夫，对方就会神秘消失了，那样一切的努力都会付诸东流，白面书生的狼子野心又将深深地隐藏在云雾当中，从此以后就再也分辨不清了！

那枚该死的爆头弹，你到底想爆掉谁的脑袋？

35　大黑狼如何英雄救美

　　画面中，一条狗的身影跃然而出，让小学校长猝不及防，大吃一惊，那正是花青溪小学的忠诚卫士，自己的亲信跟班黑莲花，那条任劳任怨的大黑狗，它这会儿怎么也突然就跑出来了？一定要蹚这趟浑水吗？不晓得那爆头弹万万碰不得，一不小心就会爆掉自己的脑袋吗？黑莲花，我的小祖宗，这会儿你可万万贪嘴不得，那可是一个盗猎者的杀人利器，只要你敢擅越雷霆半步，接下来就是万劫不复，你的脑袋会被爆掉，你的血肉会漫天横飞，你的灵魂会随风飘散，从此你的世界中就再也没有太阳月亮和星星了，再也见不到你的好领导无奈校长了，见不到你的好朋友红毛妹子了，还有人见人爱的春妮，把你当成家人一样对待的炊事员阿姨，那样一来你就亏大了，无法弥补的损失啊！

　　小学校长热泪盈眶，差点就要哭出声来了。

　　他这是心里着急，可也干急无奈，只能在心里拼命地呼唤着，想让那大黑狗能感觉到自己的存在，接受他的这一番劝导，千万不要想不开呀！

　　还好，那条大黑狗好像就真的听到了他的声音，果真没有贸然地一口咬下去，只是认认真真地端详了一会儿，使劲地抽动着鼻子，想必那猪油的味道果真是十分诱人的，但是它却弓起腰身，后退了几步，就绕着那片青荷叶，绕着那青荷叶上的爆头弹，满腹狐疑地兜起圈子来了。

　　小学校长还是满腹的焦虑，暗暗地骂自己是个混蛋，简直就是天字第一号的大笨蛋，白面书生把那枚要命的爆头弹都送到院墙外边了，而且距离院墙上的那个豁口并不是多远，这明显就是奔着大黑狗去的，自己还在这里自作多情，浮想联翩，是不是也太可笑了？

　　忽然，小学校长浑身一紧，感到自己的脑袋变得僵硬起来了，似乎一点也灵光不起来了，根本就无法再进行正常的思维活动了，因为画面中的那个大黑狗已经不再兜圈子了，只是把鼻子慢慢地凑近那枚爆头弹，那猪油的香味一定是诱惑太大了，足以令人利令智昏了，大黑狗这就要摆脱所有的俗务干扰，要为自己当一次家，做上一回主，痛痛快快地吃一口了！

狗就是狗，横竖就是那副德性，谁又能改变这份现实呢？

小学校长这会儿也不想流泪了，也不用骂人了，横竖自己是回天无力，就是撞破了自己的脑袋，那也是于事无补呀！

就在这样一个千钧一发的时刻，居然有人风驰电掣一般地冲上去了，一下子就把那大黑狗给撞到了一边，显得十分霸道，十分蛮横，根本就不担心会挑起一场世界大战，因为它们就是那样一个物种，只要行动，不谈理论，悠悠万事，唯此为大，有力量你就横行天下，称王称霸，没力量你就躲进山沟，保住小命，一句废话都不用说，干起来就行了……，可它们却是大黑狗的朋友，正是那一对黑狼兄妹！

小学校长舒了一口气，好像柳暗花明又一村，这事情出现转机了。

大黑狗倒也处变不惊，显然是认出了自己的朋友，所以表现得十分宽容，并没有为了保护美食而露出牙齿，和好朋友们反目成仇。

小学校长又轻轻地叹了口气，感觉这不仅仅只是一种缘分，甚至可以说这就是命运了。

一只大黑狼和大黑狗蹭蹭鼻子，十分私密地嘀咕了一些什么，一狼一狗便稍稍地走开了一些，小学校长注意到那是一头母狼，大黑狗本身是一只母狗，那情形就像是一对小姊妹，说起了悄悄话，外人也就没有必要关注太多了。其实，小学校长的耳朵也情不自禁地支楞起来，可惜监控就是监控，本身不带录音，所以画面上的一切只能凭动作来推理，根本就听不到任何声音，甭管你工作有多么需要，心情有多么迫切，探奇的欲望有多么的强烈，听不到就是听不到，横竖就是勉强不得，你也只好收拾起自己的好奇心，认真关注一些其他的事情了。

由于一狼一狗后退了一些，画面中心显得也就不是那么拥挤了，那枚青翠荷叶上的爆头弹便又十分醒目地显露了出来，因为场地被腾空了，没人碍手碍脚了，留下来的那只大黑狼便也毫不含糊地摆开了架势，看样子很像是在排除一颗地雷，那是一只大公狼，脑袋很大，肩胛很宽，四肢粗壮，孔武有力，干起活来更是干脆利落，三下五除二地就把那荷叶周边杂物给清理干净了，然后把那只爆头弹用爪子翻过来看看，又推过去瞅瞅，最后还是把它稳稳地放在那片荷叶的中心位置，然后两只爪子互相配合，一左一右地把那片荷叶从两边掀起来，盖上去，一上一下，一前一后，如是三番，小心操作，竟把那枚甜瓜似的爆头弹用荷叶给严严实实地包裹起来，然后便毫不含糊地张开大嘴，把那个荷叶包裹给小心翼翼地叼起来，左右环视了一下，先是稳稳妥妥地退后几步，接着便转过脑袋，车转身体，一路小跑地离开了现场。

　　监控摄像头的目力所及，能看到那只大黑狼一直跑到花青溪边，径直涉入溪水中，接着就走出画面了。小学校长暗自点头，觉得这种处理方式也是比较稳妥的，把那枚爆头弹扔在溪水里，溪流中的鱼儿们立刻就会十分积极地参与进来，它们会撕碎那方荷叶，争相啃食那一坨香喷喷的猪油，等把外层那所有的猪油都给剥食干净了，爆头弹的核心阴谋便会暴露在流水当中，用不了多久便会化为一堆散沙，再也无法祸害人间了。

　　小学校长暗自赞叹，倒是打从心眼里欣赏那头大黑狼，这就是帮了一个大忙了，差不多也算是一个英雄救美的故事了，在最最要命的时刻挺身而出，义不容辞地救助了花青溪小学的大黑狗，把危险留给自己，把安全让给朋友，就这份德行，称得上是毫不利己，专门利人，远远超过当今社会那些唯利是图的宵小人类了！

　　那一帧监控画面的中心位置，还有一狼一狗在引颈眺望，它们关心着那个带走了爆头炸弹的大黑狼，生怕出现那种不幸的意外，也是坐卧不安，分秒难挨。

　　小学校长忽然感到有几分惭愧，自己是不是太自私了一点？大黑狗黑莲花如今是安全了，自己也就不会再去关心别人的安危了？这难道不正是当今社会比比皆是的利己主义者吗？典型的利己主义！还好意思说自己是个文化人，敢担当、有底蕴，勇于天下为己任？

　　他有点自嘲地摇了摇头，十分感慨地叹口气。

　　忽然，大黑狗像是听到了什么召唤，离弦之箭一样的直蹿起来，飞快地跑出了画面，跑向了大黑狼离去的方向，要去给排雷英雄帮忙助力吗？

　　小学校长的心情又紧张起来了，这就是关心则乱，很难淡定下来的。

　　画面中留下来的那只黑狼倒显得十分淡定，那是一只母狼，小学校长听红毛妹子说起过，它的名字叫瘦妮，小时候长得十分的羸弱，经常会被自己哥哥欺负的。它的哥哥叫胖胖，就是那只奋不顾身叼走了爆头弹的大黑狼，那就是它一奶同胞的亲哥哥。如今胖胖和瘦妮都已经长大了，个头高矮也都差不多，也看不出来谁胖谁瘦了，只是脾性有些区别，胖胖好像更勇敢，有担当，而瘦妮还有点女儿态，更文静，很小心。小学校长认真地观察了一会，发现那瘦妮的神态十分安详，好像一切了然于胸，知道那个危险的故事其实已经结束了，用不着再提心吊胆地等待着什么了，索性便十分舒坦地伏下身去，就趴在先前那一块曾经是危机四伏的土地上，甚至还微微地合上了眼睛，这是要好好休息一番了？

　　小学校长忽然也觉得自己很累很累了，也想学着那头母狼的样子，闭上眼晴小小地休息片刻，只是那心里横竖还是放不下，大黑狗这会儿跑哪去了？和那头大公狼在一起吗？爆头弹应该是已经被排除了，它们继续待在一起，还有什么事情好干吗？大黑狗应该回到自己的岗位上去，毕竟它是一个肩负重任的狗，应该对自己的老板负责，不是吗？大黑狼更不是一个有闲之人，听红毛妹子说起过，它们那个黑狼氏族已经全军覆灭了，眼下它正肩负着一个民族复兴的希望，更应该照顾好自己的妹妹，还要经常在大山里巡视，以期发现更多的同类，实在没有什么事情好干了，还可以去找一找野猪们的麻烦，不是吗？

终于，小学校长再也忍耐不住了，开始频频地转换画面，在二十四个监控画面中找来找去，却始终没有发现那头大公狼和大黑狗的踪迹，花青溪小学安装了二十四个摄像头，那监控范围也只在校园周遭，一旦那两个畜生跑得太远了，监视画面里当然是什么也看不见了，这就是无可奈何了！

小学校长对监控画面改用了快进模式，他是越来越迫不及待地想知道一件事情，今天晚上的故事，到底什么时候才会结束呢？

结果终于出来了，大约又过了三个小时，天都已经快亮了，那两只黑狼和一只黑狗才又重新聚到了一块，还是那个离校园院墙豁口不远的老地方，白面书生置放爆头弹的犯罪现场，这会儿画风却陡地一转，两只黑狼走了，大黑狗在为它们送别，那情景居然也十分的感人，让小学校长情不自禁地就想起了两句小诗，举手长劳劳，两情相依依！

故事已经发生到这里，即便是一个天生的傻瓜，也应该能够明白这其中的猫腻了。那枚爆头弹，本身是个危险品，相信不会有人对它产生更多的兴趣，都是避之不及，直接丢在水里也就完结了，还用得着颇有兴趣地研究一番？一只母狗和一头公狼，如果没有把时间用在研究那颗爆头弹上，那就一直是在山野中踏着月光散步，呼吸着大山里的新鲜空气，谈谈昨天今天和明天？假如你不是神经病，绝对不会相信这一番鬼话，三岁的孩子都不会相信你！比较接近真相的推理那只有一个，就是这一对男女互相看上了，开始拍拖了，感觉也是合乎情理，水到渠成，先是大公狼英雄救美，接着小母狗芳心暗许，这样一段情感的经历倒也是可圈可点的，当然比不上罗密欧和朱丽叶，也攀不上梁山伯和祝英台，可毕竟也是一份真诚的爱恋，不用山盟海誓，直接以身相许，这就是一种大山的模式，远方的爱情，还需要那么多啰里啰唆的牵强意会，互猜心思吗？

干干脆脆的，它们就那个啥了？

毕竟，对它们来说，不太适合人类的法律，更谈不上什么道德规范。即便，有好事者制定出一套完整的规章制度，那其实也是没用的，因为人家已经超出了人类的范围之外，跳出五行外，不在樊篱中，用不着假模假样假道学了，那就是一种真正的自由，想干什么就干什么，即便你自命为真龙天子，也不至于就为了这么一点小事发动一场侵略战争，推动一次颜色革命？

小学校长除了轻轻地叹口气，好像也就用不着多说什么了。

36　九月一号那一天

九月一号，也就是新学期开学的日子。

分别了整整一个假期的同学们这一天都到学校来了，大家都高兴得不得了，兴高采烈、喜气洋洋，高声亮嗓地互相招呼，迫不及待地倾诉衷肠，不要小瞧了这一方僻远的山野，因为有五颜六色的山花在开放，有成群结队的蝴蝶在飞翔，所以每一条偏僻的山路上都会发生一些令人欣喜的情景，每一处隐藏在绿丛中的农舍里都会有一些隐秘的故事在生长，每一只辛勤的小蜜蜂都会为自己的收获满满而歌唱，只要你足够热爱这一方土地，你就会发现每一颗露珠都储满阳光，每一缕山风都充满馨香，每一个眼神都充满遐想，只要你认认真真地活着，那就会永远和快乐结伴，一直走向美丽的远方。

九月一号那一天，红毛妹子也特别兴奋，老教授爷爷到学校来了，派出所所长叔叔也来了，他们和春妮妈妈一起，一直把红毛妹子送进了那幢崭新的教学楼，那二年级一班的新教室，也就是从那一刻起，她就是一个正儿八经的二年级小学生了！

九月一号那一天，花青溪小学张灯结彩，就像是迎来了一个盛大的节日，这也不仅仅只是为了新学年的开学庆典，更主要的还是为了那两幢教学楼的正式启用，为了花青溪小学拉起了新院墙，使整个校园的面积整整扩大了一倍，这还不包括学校大门外面的那个可以无偿使用的花青溪广场，虽然这还是一个乡村小学，那规模和气派却已经爆棚了，而且还有一件重要的事情，就是那两幢教学楼的赞助人也亲自赶来了，那是一位年过半百的老人，头发都已经白透了，面孔却是红扑扑的，而且基本上就没带什么随行人员，自己驾车顺着野人大道就一路风尘仆仆地赶来了，为了接待这位老人，小学校长可是煞费了心思，不仅重点装扮了校园的大门，而且在校园内外张灯结彩，就连一直不修边幅的自己，也特地换上了一身新衣服，却不料这一切准备都显得多余了，那老人要求一切从简，不事张扬，参加了花青溪小学的升旗仪式之后，立马就向小学校长道别了，说自己还要开着车子到处走一走，此番前来看到自己的心愿达成了，已经是特别地满足了，只是很想见一见那个被学校收养的狼孩，听说她眼下是一个二年级的小学生了，就这么一个小小的愿望，能够让他得到满足吗？

小学校长赶紧冲春妮招招手，让她把红毛妹子领过来，红毛妹子算得上是一个经多识广的女孩了，当然一点也不怯场，客人见了也特别高兴，就把自己随身携带的一只单反相机交给了小学校长，请他为自己和红毛妹子拍几张合影，接着便大大方方地把红毛妹子拥入怀中，心满意足地吻上了小姑娘的红脸蛋。

被老人亲吻的时候，红毛妹子一直咯咯笑。

后来这张照片被登上了中国画报，先后有几十家报纸杂志争相转载，照片的题目就叫亲吻狼孩，照片的摄影者署名钱无奈，小学校长这是一不小心就大大地出名了，照片中的那两位主人公就更不用说了，红毛妹子仪态万方、美丽迷人，另外那个白头发的老头更是一举抢占了新闻的制高点，他为一个乡村小学赞助了两幢教学楼，就为了能够亲吻狼孩，这一份投资果真很值，原本一个灰头土脸默默无闻的地产商，就这样名扬天下，不，还要名垂千古了！

看过这张照片的人，自然都会记得那个老人的名字，因为他的名字也颇具特色，就叫薰衣草。

当着那个老人的面，派出所所长提出了一个建议，花青溪小学大门外面的那个广场，打从今天起就正式改名为薰衣草广场，师生们会永远记住薰衣草老人，每天在这个广场上欢声笑语，永志不忘。

老教授接受大家的嘱托，欣然命笔，当场挥毫，写下了薰衣草广场五个大字。小学校长找来当地的两位老石匠，安排雕琢石碑，为广场正名。

薰衣草老人激动不已，当场又捐赠人民币二十万元，为花青溪小学的师生们添置一年四季四套校服，春妮代表学校接受了老人的支票，并且当场表示，花青溪小学的校服最基本的颜色就是薰衣草的花色，那是世上最美丽的色泽！

看到校服的颜色，人们就会想起这位善良的老人。

薰衣草老人高兴得不得了，依依不舍地和大家告别了。

九月一号那一天，唯一没有公开露面的就是那条大黑狗，这是小学校长的安排，他事先就悄悄地做了一件事情，就是在炊事房的后面安排了一个特别幽静的小院落，让大黑狗独自住在那里，严禁受到任何打扰，因为那大黑狗的肚子已经显山显水了，眼看着就要进入临产期了，自然也就不适合在外面跑来跑去了。

37　十只小黑狗

想不到，大黑狗居然是一位高产的母亲，大约也就是一个星期之后，它一窝就生产了十只狗崽子，这也是一件大大的喜事，听到消息的人们都啧啧称奇，说那大黑狗果真了不起，称得上是英雄母亲了！

只有小学校长一言不赞，从来不对大黑狗养崽子的事情发表任何评论。

十只小崽子，那可是一大堆的娃娃呀，这么多的娃娃挤在一起，是不是个头很小很小的呀？如果个头很大的话，那狗妈妈还生得下来吗？还有啊，那大黑狗生下来的娃娃，是不是一律都是黑色的？其中有没有另类，那各种各样的花狗？老师和同学们，个个都感到十分的好奇，恨不得立时三刻就去瞅上一眼，要不然心里总是惦记着一件事，吃也吃不香，睡也睡不着，那日子顶真就难过了！可是，谁也想不到，平日里总是那么好说话的无奈校长，如今忽然变得像一个生铁金刚，居然给炊事房的师傅们下达了一个严防死守的命令，禁止任何人进入炊事房的后院，这简直就是给所有的人都兜头泼了一盆冷水，是不是也太不近情理了？

小学校长给出的理由倒也十分简单，不管是什么样的狗狗，只要生了崽子，都会变得十分小气了，性情大变，也就是俗话说的护窝子，这时候绝对不可以随便靠近，一不小心就会被咬上一口！

只有一个人可以无视小学校长的命令，那就是红毛妹子。

只要不是上课的时间，她总是会千方百计地跑过去，和那一窝狗崽子们腻在一起。因为老师和同学们为她启动过一次补奶工程，所以家里收藏了好多奶瓶，还有剩下来的一堆牛奶粉，她便一遍又一遍地送过去，统统都送给了大黑狗和它的崽子们，这批礼物来得还特别及时，因为小崽子们太多了，大黑狗根本就没有那么多乳头，而且奶水也严重不足，虽然炊事房的大妈们每餐都想方设法给大黑狗增强营养，煮泥鳅、熬鱼汤，所有下奶的方式几乎都被用上一遍了，应该说还是卓有成效的，只是家庭太大了，人口太多了，终究还会有小家伙会被饿肚子，吃饱了的会睡觉，饿肚子的就哭泣，叽叽哽哽地叫嚷个没完，那可顶真就是一件令人烦心的事情了!

所以,红毛妹子就是这样临危受命,当上了大黑狗儿女们的保育员,也是肩负着所有老师和同学们的盈盈期盼,只要有时间马上就要跑过去给狗仔们喂奶,而且那喂奶的方式也特别爽快,就是把每一个奶瓶里都冲上奶粉,然后把所有的奶瓶都抱在自己怀里,那些被饿了肚子的狗崽子们立刻就会争先恐后跑过去进食,每人抢上一个乳胶奶头,也顾不得放平自己的身体,就保持着各种千奇百怪的姿势,以最快的速度开始进餐,吃得高兴了会哼哼唧唧地唱歌,呛着噎着了还会奶声奶气地骂娘,在一边看热闹的也会嘀嘀咕咕发表评论,这时候只有那条大黑狗最为开心,索性便放平了自己的身体,就那样静静地躺在那里,看着红毛妹子给崽子们补餐,两眼闪现出晶莹的泪光。

此情此景,的确很感人。

小学校长看到了这一番情景,居然也伸手揉了揉自己的眼睛,频频点头,慨叹十分,说我的小公主啊,这还真的就劳烦你了,也幸亏有了一个你呀,要不然谁还能想到这么多呢?这十个来路不明的小家伙,没准个个都是纯种的黑狼,这事情好像也就该是这样了,是一头黑狼救了你的命,你吃过人家狼祖母的奶,也算是被打上了生命的烙印,如今不辞劳苦地照顾这些黑狼的子孙,有恩报恩、良性互动、善莫大焉!

这一番慷慨陈词,居然没有得到丝毫的反应。

这也没什么好奇怪的,因为现场人们文化程度普遍都不高,红毛妹子只是一个二年级的小学生,那大黑狗根本就没有上过学,还有那十只黑头黑脑的小崽子,这会儿也都是刚刚睁开眼睛,懵懵懂懂看世界,糊里糊涂混日子,还想让它们欢呼鼓掌,击节点赞,感觉也就是痴人说梦了。

小学校长又等了一会儿,终于没有等到自己应得的那一份掌声,兀自摇头,轻轻叹息,也只得转身离去了,走出了那个小院子之后,还没忘了把炊事班长给招呼过来,给了五张红色的钞票,吩咐他去给狗狗们买奶粉,红毛妹子抱过来喂狗的奶粉都是洋品牌,挺贵的,因为老师们好面子,搞攀比,感觉着不是洋品牌那就拿不出手,这次买国产的就行了,国产的很便宜,可以多买点,毕竟有一堆狗崽子,至少满月之前都要一直补充奶粉,过家常小日子,那也是要精打细算的。

小学校长语重心长地告诫自己手下的员工,却不料,有心栽花花不活,无心插柳柳成荫,不仅那个炊事班长为之动容,拼命点头,就连周边的炊事员们也听得认真,互相传递着钦佩的眼神,于是,一个令人意想不到的新局面就这样被开拓出来了,炊事员们爱心满满的过日子,群策群力地想办法,大黑狗和它的宝宝们立刻就惊讶地发现，吃饭问题原来并不是千篇一律的，居然也可以变幻出许多新花样哩！

炊事员们想到的第一个妙招，就是给狗宝宝们喂米汤。这里虽然只是一个乡村小学，但为了全面落实国家的教育政策，每天中午都要给所有在校的学生补充营养餐，有五六百人同时开饭，所以后勤保障也必须要跟上，食堂自然也就小不了，也应该算得上初具规模了。中国人是吃米饭的，学校食堂大锅烧饭，为了控制米饭的软硬程度，每一次都会撇出来大盆的米汤，炊事员们便在米汤里少许地加上一些白糖，然后给狗宝宝分发吃饭碗，每人一只，舀上米汤，各吃各的，互不干涉，那情形看上去倒也十分有趣，居然也是井然有序，很有次序，而且大家都吃得十分卖力，一个个小肚子很快就变得滚圆滚圆了，竟然还会把碗舔得干干净净，这就是对炊事员们的褒奖了！

这一次，轮到小学校长为别人点赞了，人多办法多，人多力量大，这就是发动群众的好处了，人心齐、泰山移，看来也用不着花多少钞票，狗宝宝们也完全能够吃得饱了！

红毛妹子继续用那些奶瓶给小崽子们喂奶，小学校长也听之任之，只要你高兴，随意就好了。

只是，小学校长悄悄地叮嘱春妮，一定要抓紧红毛妹子的学习进度，这事丝毫也马虎不得，是头等大事。接到了小学校长的秘密指令，春妮自然也不敢怠慢，便有意无意地追着红毛妹子的屁股跑，也经常出现在狗舍中了。

就这样，一天又一天，狗宝宝们也就满月了。

38　狗拿耗子是多管闲事吗？

大黑狗的宝宝们很有些与众不同，第一个特点就是脑袋很大，眼睛很亮，第二个特点就是毛色漆黑，绝对纯种，第三个特点就是个头不小，不论公的母的，个个都是大块头，和同龄们的狗狗们相比，它们眼下刚刚满月，牙口差不多就已经扎齐了，开始争抢大黑狗食盆里的肉骨头了，而且那个头看上去，绝对比两个月的狗狗还要猛势，已经具有相当的战斗力了。

这件事情说起来也很奇怪，好像事先商量好似的，忽然有一天大家都不吃奶了，这种事情居然也做得那样整齐划一，给人的感觉这就像是一支小小的军队，令行禁止，配合默契。

不吃奶了，那就是要开始吃饭了。

食堂里的剩菜剩饭很多，这是不可避免的事情，所以狗狗们的伙食不成问题，无非是多放上几个食盆，让大家的距离拉开一些，不要挤在一起，那样容易上火，一不小心就打起来了。一般情况下，只要肉骨头分配绝对合理，保证人人都有份，它们就不会打起来了，所以给狗狗们安排伙食也要小心仔细，不能太过马虎了。

尽管是这样，麻烦的事情还是发生了。

忽然有一天，大黑狗家族的那个小小院落里，忽然就炸了营盘了，所有的狗狗都在狂呼乱叫，安安静静的校园里立马就受到了不小的冲击，让人侧耳聆听，满腹狐疑，好像是有什么大事要发生了，怎么回事啊？不会是要地震了吧？

小学校长自然不敢掉以轻心，立马就一马当先地冲了过去，紧跟其后的居然是春妮，因为这会儿红毛妹子正在教室里上课，有纪律约束，分身不得，女教师这是为女儿代劳，也必须亲临一线，调研一番，事后才好有个交代。

由此可见，春妮老师是个好妈妈。

只有小学校长那是一心为公，就事论事，不带丝毫的情感色彩，所以研究问题也特别的透彻，一眼就能看穿事物的本质，走进了那个小小的院落之后，发现那只大黑狗并没有大喊大叫，只是安安静静地坐在一边，看着那一群娃娃们在那里义愤填膺，或者煞有介事，唯恐天下不乱地大叫大嚷。这群小崽子们为什么如此的激动不安？果真是一群好事之徒，吃饱喝足了还要发泄一番？这好像也不太可能，本来都是一群乖宝宝，一直以来很守规矩的，知道校园环境不容大声喧哗，违反纪律会被扫地出门，今天的事情有些不太对劲，难道还有什么不速之客，平白无故地冒犯了它们？这个思路比较靠谱，小学校长越想越觉得有这种可能，于是就蹲下身去，挨近狗狗，几乎立刻就看出了端倪，的确是有入侵者，那是一群小老鼠，就在狗崽子们的群落中跑出跑进，好像一点也不用担心害怕，在抢食那些洒落在地面上的饭粒儿！

小学校长站起身来，使劲地拍了拍巴掌，老鼠们便都一溜烟地逃走了。

狗崽子们也不再狂呼乱叫了，大家都安安静静地坐下身去，仰着脑袋瞻仰那位小学校长，那每一双眼睛里都闪耀着敬畏的光芒，狗狗们一定都把他当成了一种神一样的存在，原来大神就是这个样子，居然连老鼠都不怕，拍拍巴掌就可以粉碎敌人的集团进攻，可敬可叹，高山仰止啊！

当然，小学校长也并没有因此而沾沾自喜起来。

实实在在，他需要思考的问题太多了。

第一条，大黑狗的表现有些差强人意，居然对老鼠们的进犯听之任之，不管不顾，这难道不是一种失职吗？让小崽子们被吓得惊慌失措，大喊大叫，大黑狗应该说是难辞其咎，应该记大过一次！可是，再仔细地想了一会儿，小学校长又觉得没那个必要了。因为大黑狗就是大黑狗，归根结底就是一条狗，和猫咪们不是同科物种，千百年来一直是各司其职的，如果积极努力地投入捕捉老鼠的战斗，没准还会受到人们的指责，所谓狗拿耗子，多管闲事，不就是这个意思吗？

大黑狗是没有责任的，第一个结论就出来了。

可是老鼠们已经成群结队地跑出来了，知道这里有东西吃，而且狗狗们根本就不会对它们构成威胁，以后的日子那肯定是要常来常往了，这事情可着实令人头疼，又该如何解决呢？

当然了，老鼠们是公害，不受任何法律保护，应该采取强硬措施，干净彻底地消灭它们！

这就是第二个结论，应该马上想办法，消灭老鼠。

一般来说，老鼠们最喜欢光顾的地方，就是集体食堂，或者粮食仓库。消灭老鼠的办法，最干脆利索的就是用毒鼠强，当然还有老鼠笼子，老鼠夹子，或者干脆多养几只猫，让猫儿们每天和老鼠打游击。在所有这些办法当中，最省事的就是用老鼠药了，可是在这里好像不太合适，因为那会造成大面积的环境污染，老鼠吃药之后会到处乱窜，总是要死在一些令人意想不到的地方，其他动物只要吃了死老鼠，就会诱发连锁反应，一个接一个地死下去，这是一件很麻烦的事情，后果很严重，想想都害怕，小学校长连连摇头，决计不能这么做。那么就采用老鼠笼子，或者捕鼠夹子？只是这里的老鼠太多了，已经是成群结队了，感觉使用那些器具也就是杯水车薪，解决不了很大的问题，而且狗崽子们的好奇心很重，一不留神也会造成伤害。养猫吗？眼下又上哪去找猫呢？即便是能找到一只猫来，它又会乐意和狗狗们待在一块吗？一般情况下，猫和狗总是天生的冤家，见面就会打成一团，不死不休，你还会指望它们结成统一战线，这可能吗？

小学校长远远地退到一边，在那儿使劲地挠着自己的脑袋。

春妮这时候早就走了，她有具体的授课任务，只能和学生们待在一起。

再后来，上午第四节课下课铃声也响了，接下来就是午餐时间了。

小学校长还在那里忧心忡忡，一筹莫展。

这时候红毛妹子也跑来了，她背上还背着自己的小书包，显然并没有回宿舍，直接就跑到狗狗们这边来了。

说来也巧，就在红毛妹子走进狗狗们那个小小院落的时候，又有一大群的老鼠开始发起骚扰了，因为小学校长退到一边去了，而老鼠们的视力通常都是不太好的，鼠目寸光并不仅仅只是一个形容词，它们实实在在就是看不了多远，只是鼻子特别的灵，只要有好吃的东西，它们老远就能嗅得到，这会儿又赶上开饭的时间了，校园的空气中充满了食物的香味，老鼠们觉得有成堆的食物在等着它们，所以立马就变得利令智昏起来，这就要上蹿下跳的开始行动了！

小崽子们又开始大喊大叫，向全世界发布危险的警告：小怪兽出来了，大事不好了，有谁能伸出援助的手，救救我们狗狗的小命？

小学校长又抬起双手，准备再拍巴掌，把那群老鼠吓跑，可是看到红毛妹子这会儿已经走到了狗崽子们群落中，好像正要采取什么行动，便也不打算拍巴掌了，想看看那个小鬼头，有什么新鲜的招式没有？

小崽子们忽然不再狂呼乱叫了，大家都齐齐地转过头来，认认真真地看着红毛妹子，红毛妹子其实什么都没说，只是用舌头在嘴里弹跳着，发出了一种嗒嗒的声音，那声音委实是很小很小，人的耳朵几乎就听不出来，可狗狗的耳朵却对这个特别的敏感，小学校长立刻就明白这是怎么回事了，他曾经看过一部日本电影，说的就是这种低频的声音，电影中有一只狗笛，也就是竹哨，吹出来的声音人们耳朵根本就听不到，可狗狗们无论跑得多远，立马就会晓得这是一道什么样的命令。

狗的耳朵等同于狼的耳朵，有一种异曲同工的妙用，红毛妹子一定是在狼群中学会了这种本事，也算是一种最为基本的通讯功能吧？小学校长饶有兴致地往下看，这位毫不掺假的小狼女，居然向一群小崽子们成功地发布了一道命令，当然不会是只让大家注意到自己的口型，肯定还有更为实际的内容，接下来，她又要干点什么呢？

红毛妹子好像正在为大家做一个示范动作，朝着那些狗狗们慢慢地蹲下身去，只蹲下一半便停住了，然后双手直直地推向前方，看架势好像是要打上一套长拳，却半蹲着身子开始起跳，一跳一跳地往前走，两手却在起跳的同时做着下压的动作，小学校长连连摇头，嘴里还嘶嘶地吸气，他这次无论如何也想不明白，那小姑娘是在干什么呀？可是，令人意想不到的事情出现了，那一群小崽子们居然根本就不需要多加解释，好像全都明白红毛妹子在干什么，一个接一个地学着她的样子跳了起来，它们是四肢着地，同时起跳，起跳之后，那前肢自然就会往下压，这样无意中就完成了一个饿虎扑食的动作，红毛妹子这是在训练那群小崽子，教会它们如何去扑击，去觅食，去撕咬！

作为一群忠实的观察员，不仅仅只有小学校长看明白了红毛妹子的真实意图，就连那群贸然进犯的老鼠们也感到大祸即将临头了，开始战战兢兢地向后撤退，这就打算要和狗狗们脱离接触了，偏偏有一个小崽子动作的幅度稍大了一些，在结束起跳的时候两只前爪无意中就按住了一只小老鼠，那老鼠吱吱唧唧地一声惨叫，小狗崽子便出自本能地张开大嘴，一口就把它咬住了，大约感觉味道还是不错的，无师自通地便咀嚼起来，这一下子可就算是正式开头了，所有的小狗崽子们立刻便有了行动的目标，大家都冲向那群老鼠们，开始一场毫不留情的大屠杀，就用红毛妹子刚刚教会它们的方式去扑击，每每按住一个就咬死一个，连骨头带肉地咀嚼起来，而且这事情很容易上瘾的，只要尝到了鲜血的味道，立马就会变得更加疯狂，小崽子们直到此时此刻才明白了一个道理，它们根本就用不着惊慌失措哭爹喊娘的，因为自己就是毫不掺假的肉食者，只要对方是肉做的，抓住了就是一餐美食，这世界原本就这么简单，干吗还要多费周折呢？

小学校长在一边高兴地呵呵大笑，想不到红毛妹子还是一个天才，那个让自己焦头烂额的问题，人家分分钟就解决了，果真是人不可貌相，海水不可斗量，就这么一个清新靓丽的小毛妮儿，几分钟就能教会一群狗狗们如何去上阵杀敌，培养造就出一个战斗民族，创造了一个匪夷所思的奇迹！

这事情就这样，感觉爽爽的，简直帅呆了！

问题就这样解决了，小学校长浑身轻松了，便招呼红毛妹子回家了，应该吃午饭了。

可是紧接着，新的问题又出现了，小崽子们尝到了新鲜的血和肉，对现宰现吃立刻产生了浓厚的兴趣，发现真正的美食原来就是这样诞生的，必须要自己身体力行，冲锋陷阵，去进攻，去击杀，去咬噬，原汁原味地吃下去，一点佐料都不添加，那才是有滋有味，享受生命！从食品安全的角度上来说，这种想法没什么问题，只是大家都想着去捕捉新鲜的食物，如痴如醉，不由分说，从此就要嫌弃人类提供的残羹剩饭了，那么新的问题也就产生了，大家都爱上新鲜肉食了，好像就是要极大地提高人类的饲养成本了，不是吗？

发现问题那就要解决问题，小学校长是个脚踏实地的务实派，从来就不尚空谈，瞧不上那些行动无力的理想主义者，花青溪小学的现实就是这样，能给孩子们开营养餐那都是依靠国家补贴，所以不可能给狗狗们每餐提供生猛海鲜，能有一些剩饭剩菜填饱肚子，已经算得上是天时地利，机缘巧合了，巧媳妇难为无米之炊，现有的就是剩菜剩饭，一切都要从实际出发，所以，小学校长立马动员手下的那一批炊事员，让大家继续群策群力，献计献策，想方设法要把剩饭整治得更好吃一些，比如加一点肉汤，甚至放一点咖喱粉什么的，这种种努力多少也还是有点效果的，但是很难从根本上解决问题，狗狗们每吃一会饭就会离开食盆，瞪大两眼守在一边，就等着老鼠们前来挑衅了，可老鼠们却是越来越少了，那些小东西其实也聪明得要命，知道狗狗们这会儿都变成猫了，那个小小的院落也就成了危险之地，而且让它们付出了惨重的代价，丢失了很多兄弟姐妹的小命，这样的历史经验自然是尤其应该值得总结的，谁还愿意伸着脖子往狗嘴里跳呢？

狗狗们伸长了脖子，就在那里固执地等待着。

事情发展成了这个样子，小学校长也是始料不及，可实实在在也没有什么办法好想了，只能转身离去，该干什么就干什么去了。小崽子们都已经满月了，而且都断奶了，离开了狗妈妈也都可以独立成活了，按照这一方山民们的通常做法，这时候就应该各奔前程，左邻右舍的人们都可以过来讨要一只小狗崽子，用来看家护院，或者上山狩猎，只要你张嘴讨要了，主人家也就会欣然从命，任挑任捡，就连那狗妈妈也完全懂得这种道理，天下没有不散的筵席，小崽子们不能永远窝在一起，所以不会横加阻拦，最多在往后的日子里它会循着气味到处跑一跑，看看自己的孩子们过得好不好，也就心满意足了。

小学校长心里的这份小九九，自然也用不着大张旗鼓地公布于众。

只有红毛妹子没有放弃努力，只要有空就会跑过去和狗狗们待在一起，用自己的方式给它们发号施令，让大家列队操练，有条不紊，信心十足，而且那大黑狗也配合默契，一直围着她转来转去，心甘情愿地做助手，帮助她整饬纪律，号令全军。

小学校长和春妮当然时时关注着红毛妹子在干什么，只是看在眼里，什么都不说，感觉她毕竟也还就是一个小娃娃，率性而为，想啥是啥，无非就是游戏一场，不会制造出什么很大的动静，也就权当玩得高兴，开心就好，随她去吧。

只是万万也没有想到，他们很快就要大吃一惊了！

红毛妹子操练那一群黑精灵，总共也就用了两天的时间，而且这两天当中自己还一直要上课，要写作业，还要吃饭，要睡觉，几乎是一点事情都没少干，所以对那一群小崽子们的培训纯粹就是业余为之，并没有什么心理压力，甚至根本就没有很当一回事情，所以到了第二天，同学们放学之后，她忽然跑过去打开了那个小院的房门，而且根本就不肯理会炊事员们的严正警告，直接把大黑狗和它那一堆小崽子们给解放出来，领着它们穿堂出室，离开了学校后勤的一番天地，直接就在校园中撒起泼来，和先前那个狗窝小院相比，花青溪小学的校园简直就是大得没边了，感觉就是天高任鸟飞，海阔凭鱼跃，如果不疯跑一通，狂呼乱叫，那简直就是对不住这一方园林，对不住红毛妹子的一番苦心了！

春妮要上前阻止，却被小学校长给拦住了。

小学校长说，这个时间点选得很好，反正孩子们都放学了，不需要刻意地保持校园的安静，就让大黑狗和它的孩子们放松一回，又有何不可？至于红毛妹子，她好像正在操练一支军队，的确也需要一个宽敞的地方，你就让她也痛痛快快地过把瘾吧！

小学校长这一次又说错了，红毛妹子并不需要痛痛快快地过把瘾，只是领着大黑狗和它的孩子们在校园中浩浩荡荡地游行了一番，并把这一群狗狗们给放羊了，随便它们往哪跑，谁想干啥就干啥，她自己更是一声招呼也不打，跑回家去陪着春妮吃饭去了。

小学校长暗自称奇，还特地悄悄地跑过去看看狗狗们都在干什么，发现大家其实都忙得很，有单打独斗的，有三五成群的，大家都在忙着抓老鼠，抓住了晚餐就有了，抓不住那就要加倍努力，最为辛苦的还是那只大黑狗，它不能像红毛妹子那样当甩手掌柜，可以一走了之，而是始终陪伴着自己的宝宝们，当上了现场的最高司令员。

有大黑狗坐镇，小学校长也就放心了。

第二天，天亮之后，人们发现大黑狗和它的宝宝们已经收兵回营了，每一个小崽子的肚皮都撑得圆鼓鼓的，可见这一晚上还是大有收获的。炊事员们给狗狗们送去了大盆的清水，知道血腥的食物吃多了，一般都会上火，会口渴，需要多喝水。

白天的时候，小学校长还是一如既往地关心着那群狗宝宝，又到那个院落中跑了几趟，只是每次都发现人家在睡觉，根本没人理会他。

后来的日子就是这样，大黑狗和它的宝宝们每天都是白天睡觉，而且不用炊事员们提供任何食品，最多也就是喝上一点清水，最大限度地保持着校园的安静，每到晚上可就忙活开了，就在校园里跑来跑去地抓老鼠，而且它们不仅仅只是抓老鼠，还有小刺猬，还有猫獾子，还有青蛙，还有蟑螂，甚至还有夏蝉，还有翅膀受伤掉落在地上的鸟儿，总之是抓到什么就吃什么，可小学校长也知道，校园里的生物终究还是有限的，时间长了它们还会饿肚子，就让红毛妹子把大黑狗一家领出了校园大门，自己还亲自陪同，绕着校园周边走了一圈，校园外面的食物那是极大丰富，狗狗们高兴地大喊大叫，就是从这一刻起，它们的世界又被大大地拓展了。

那段日子里，小学校长会时常想到一个问题，人们都说狗拿耗子多管闲事，这会不会就是一句屁话？

39 狗狗们如何冲出校园

这是一个天高云淡的星期天，时间已经到了十一月中旬了，云雾崖社区地处中国南方，当然不会出现什么秋风起百草黄的景象，没有大树会落叶，没有小花会凄惶，村落和山野中那一丛挨着一丛的芭蕉树，虽然个头都长到了四米开外，可是那一棒一棒的芭蕉果，这会儿看上去还是十分的青涩稚嫩，绕着圈儿排列在上面的青香蕉们，一个个还只有人们的小拇指头粗细，要完完全全长大长成，可以整车整船地运出去销售，那至少也还要两个月之后，要过了明年的元月份才行。南方的秋天就是这样，百花依然在盛开，好多的果子都很青涩，市面上正在热销的全是一些北方的水果，苹果呀，石榴呀，大枣呀，柿子呀，这就是地大物博的好处了，一年四季的新鲜美味可以替换交流，总有一些是让人惦记的，春妮这会儿就操起了一个购物袋，打算到云雾崖农贸市场上刚刚开业的购物商城去看一看，给红毛妹子买一些陕西的大红苹果，新疆的大红枣，还有安徽砀山的酥梨，怀远的石榴，这些都是中国名产，让孩子们多吃一点，那不仅仅只是心清气爽，而且绝对会增添智慧，要培养当今世界的新新人类，多吃水果那是至关重要的。

可是，红毛妹子却不知道跑到哪去了，春妮在校园里转了一圈，根本就找不着她的人影，这下子可不得了，她的心里立马就发慌了。

小学校长呵呵一笑，说这能有多大的事情？今天是个星期天，大家都不用上课了，红毛妹子有空了，她还会去找谁玩呢？肯定是大黑狗黑莲花，还有它那一窝黑崽子们，这事情简单得很呀，看看狗狗们在哪里，保准你立马就能找到红毛妹子了！

小学校长打开监控，十分嘚瑟地邀请女教师和自己一起挨个搜索那二十四幅监控画面，可是把所有的画面都仔仔细细看了一遍，根本就没有发现大黑狗和它的宝宝们，更没有红毛妹子的影子，小学校长也就不淡定了，从牙缝里咝咝地吸了一口气，说大事不好了，还真有麻烦了，大黑狗领着它的小崽子们跑远了，根本就不在校园的院墙附近，完全跑出监控范围了，如果不是红毛妹子指挥它们跑向远方，那肯定就是它们把红毛妹子给拐跑了！

小学校长拉开自己办公桌的抽屉，从里面取出一只二十四倍的军用望远镜，一本正经地挂在自己脖子上，平常的日子，只要稍有闲暇，他总是喜欢出去走一走，所以这只军用望远镜也是他的标准配置，还有那只大黑狗，也会寸步不离地跟着他，今天的情况却不同往常，他这是要追着大黑狗的屁股跑出去，不仅仅要看看大黑狗和它的宝宝们都跑到哪去了，还有红毛妹子，春妮的心肝宝贝，花青溪小学的小公主，是不是也跟着狗狗们一块周游列国去了？

春妮也跟在小学校长的身后，手上还拿着那个白底蓝花的购物袋。

花青溪小学院门大开，有一位值班民警守在那里，当然也不需要一本正经地立正稍息，校园环境相对宽松，闲杂人等不会挨近，值班民警也不肯老老实实地坐在椅子上，只是背负双手，走来走去，冲着走出校园的小学校长和春妮点点头，大家也都彼此习惯了，十分轻松的样子。

小学校长走出校园大门，便一本正经地打开望远镜，开始东张西望。

春妮没有望远镜，所以也就不用像他那样煞有介事，只是心情焦急地跟在他身后，睁大眼睛向四处眺望，而且忽然就大叫一声，说我的无奈校长啊，你就不用太费事了，我这里已经发现目标了，唉，你看就在那边，花青溪对岸，就在那片山坡上，大黑狗和它的崽子们，还有红毛妹子，大家都在那里！

小学校长不好意思地咳嗽一声，把望远镜给收起来了。

春妮已经跑到前面去了，他只好老老实实地在后边跟着。

找一段水浅的地方，踩着几块露出水面的大石头，他们越过了花青溪，这里的地势便开始越走越高了，再继续往前走不了多远，红毛妹子那清脆的笑声便传了过来，能看到那大黑狗就蹲坐在一面高坡上，红毛妹子就围着那大黑狗蹦来蹦去，那十来只黑炭一样的半大黑狗却散布在微微凹下去的坡地上，那坡地上零零星星地长满了山里红之类的小灌木丛，挂着一些红黄相间的野果子，春妮知道那些小果子很好吃，味道酸酸甜甜的，其实也就是一种野生的山楂品种，春妮知道红毛妹子一直都喜欢这一口，同学们都喜欢给她捎带一些野果子过来，可眼下她却守在大黑狗身边，根本就没有下去采摘野果，而那些在灌木丛中间跑来跑去的狗崽子们，它们根本就不会理睬这些东西，这到底是在搞什么名堂呀？

红毛妹子看到他们了，却没有跑过来表示欢迎，只是连声招呼着让他们赶快过去，那声音中透露出一种压抑不住的兴奋，而且十分得意的样子，小学校长和春妮这会儿也没有架子可摆了，老师们通常都是这样，只要离开了三尺讲坛，那就没有什么师道尊严了，在孩子们面前永远只能是忠厚长者，还要任凭他们呼来喝去，这也是没有办法的事情，谁让自己不辞劳苦地到处跑，就是为了寻找这个红毛丫头呢？

再走近一些，他们便晓得事情的原委了，原来在大黑狗和红毛妹子面前，还有一堆白花花的东西，小学校长老远就认出来了，居然也得意忘形地大喊大叫起来，说红毛丫头，你这个小狼孩，今天要成心露一手不是？这么多的白花鼠兔，今天中午就不用买菜了，大家都可以美餐一顿了！

春妮也认出来了，那些全是白花鼠兔，被狗狗们咬死的白花鼠兔！这时候，还有黑崽子们叼着白花鼠兔跑过来，十分炫耀地把自己的猎获物放在那堆白花鼠兔的上面，看来狗狗们的组织纪律性也还是不错的，这竟是一次有组织的大型狩猎活动，看样子大家的肚子也都填饱了，这会儿只是余兴节目，好像执意要扩大战果，白花鼠兔们的个头不大，至多也就是一公斤的模样，它们长得既像老鼠又像兔子，个头也介乎于二者之间，这东西就像老鼠一样很会打洞，钻出洞穴就喜欢集群行动，平日里人们难得一见，见到了往往就是一大群，大黑狗和它的娃娃们今天一定是撞上大运了，碰上大群的白花鼠兔了！

白花鼠兔是一道美食，吃起来很像是野兔的肉味，而且皮薄肉嫩，加工烹饪也十分方便。

小学校长满脸嘚瑟，频频点头，又开始用上了自己的望远镜，认认真真地观察着坡地下面的黑崽子们如何捕捉那些白花鼠兔，兴奋起来了，还要登高望远，努力东张西望，感觉自己也收获颇丰，可以发表一番演说了！

"你们大家都看到了吗？大黑狗和它的宝宝们今天这一仗打得很漂亮，因为坡地的下面长满了山里红，如今是红果子刚刚成熟的季节，这种又酸又甜的野山楂，历来都是啮齿动物们的最爱，白花鼠兔们就是因为贪嘴，才把自己的洞穴修建在那里，这也是民以食为天，它们钻进了灌木丛中就不愿意出来了，黑崽子们发现了这个秘密，就把它们包围起来打歼灭战，这下子可就热闹了，斩获大大的有啊！"

春妮也点头，认为小学校长经验老到，这一番分析也很有道理。

只是，那大黑狗忽然仰起头来瞭了他一眼，居然十分响亮地打了个喷嚏，小学校长不由得有些困惑起来，这是什么意思呀？难道自己又说错了不成？果然，他稍稍地留神观察，又发现了一个秘密，红毛妹子正在偷笑，她笑什么呢？笑自己明明就是个书呆子，偏偏还要冒充动植物专家，一定要外行领导内行？这可是个大是大非的问题，那是绝对含糊不得，小学校长立马警觉起来了，十分吓人地瞪大了眼睛，使劲地瞪着那红毛妹子，什么意思就不用解释了，就是要你给一个说法！

红毛妹子不笑了，仿佛还真的就是胆怯了，不敢放肆了，只是抬起手，指着远处那一道渐渐升高的山梁，顺着那山脊往上走，可以抵达百花山的主峰。

小学校长抬头张望了一会儿，并没有什么新发现，于是又抬起了望远镜，开始细细搜寻。

因为目标是明确的，所以很快就有了发现。

山梁上面长满了各种各样的乔木，是一片混生林带，有什么动物想潜伏其中那也是十分容易的，可那两只大黑狼根本就没有隐形的意思，就那样落落大方地坐在那片树林子的外边，正面对着小学校长他们这个方向，看那个意思倒也没把自己当外人，好像还要打一声招呼的样子。

小学校长暗自地大吃一惊，看来还真是自己不懂装懂了，那两只大黑狼居然也参与了这一次行动，这就不是大黑狗领着一群狗宝宝狩猎那么简单了，竟是一次跨种族的行动，多方面的合作，颇具规模的联合军演！

回头看看红毛妹子，那毛丫头还在偷笑。

小学校长轻轻地叹了口气，看来是人到屋檐下，不得不低头，必须要谦虚一回了。

"说吧，毛妹子，你的校长大伯这一回又犯了什么错误？谦虚使人进步，骄傲使人落后，这一次我可是虚心要向你求教了，还请你知无不言，言无不尽，我是闻者足戒，洗耳恭听！"

春妮也笑了，觉得花青溪小学的这位当家人，果真也变得越来越风趣了。

红毛妹子想了想，也认真地点点头。

"校长大伯，今天你犯的第一个错误，就是缺乏调查研究，全凭自己的想象，狗狗们围着那大片的灌木丛在抓白花鼠兔，这的确不错，但白花鼠兔的洞洞并不在那里，要不然它们一个个都钻进了洞穴里，狗狗们那就一只也抓不到了！那一片山里红疯长的地方，其实地势很低，只是一片山坡下面的洼地，只要下了一场暴雨，那里就会短时间地积水，所以不适应小动物在那里建造洞穴，而白花鼠兔们更为聪明，它们只乐意在山坡上打洞，就是对面的那座山梁，那里才是它们的家园！所以你也看到了，两只大黑狼出现在那里，它们可不是要蹲在城头上看风景，不，这件事情尤其重要，它们刚好出现在那里，就是为了截断白花鼠兔们的退路，只能留在这一片盛产红果果的灌木丛中，被狗狗们追得跑来跑去，一只接一只地都被咬死了！"

小学校长暗自点头，什么话也不说了。

接过春妮手上的那只白底蓝花的购物袋，小学校长便开始收拾地上的白花鼠兔，把那只购物袋完全装满了，也足有30多公斤的分量，地上还剩了几只装不进去，春妮便打算把它们拎在手中，却被小学校长给制止了，说那就留给大黑狗它们自己处理吧，这一天的日子还长得很，大家伙眼下还在努力扩大战果，等到最后疯够了，跑累了，没准也要小小地聚会一次，大家都要吃饱了，喝足了，然后再各自回家，各找各妈，横竖也浪费不了，不是吗？

　　小学校长便扛起那一袋子白花鼠兔，春妮牵起了红毛妹子的小手，他们便原道返回了，因为要安排炊事员们收拾猎物，时间太晚了，就会影响午餐的饭点了。

　　大黑狗黑莲花也站起身来，微微地摇了摇尾巴，就算是给大家送行了，它自己依然还坐在那里，守着那几只白花属兔，看着坡下洼地上的那群狗宝宝们如何大显神通，不遗余力地扩大战果，偶尔也会竖起耳朵，听一听打从山梁那边传过来的信息。

40　远眺百花山

接下来的日子，那简直就像童话一样的扑朔迷离，让人目不暇接了。

老师和同学们都感到十分诧异，因为他们的无奈校长就好像忽然变了一个人一样，眼睛里总是闪耀着一种梦幻般的色彩，嘴唇上还时不时地就会绽露出一抹欣喜的笑容，尤为奇特的是，他这么一个40多岁的大男人，忽然就变得像是一个痴迷玩具的小娃娃了，胸前总是挂着一副二十四倍的双筒望远镜，而且还特别喜欢爬楼梯，只要有空就会在教学大楼上爬上爬下，大家都不知道他在干什么，只有春妮和红毛妹子晓得这其中的奥秘，知道他这是要爬到楼顶上去，用他自己的话说，这就叫欲穷千里目，更上一层楼，他就是要在楼顶上显摆望远镜的能耐，看一看花青溪小学周边的好风景，尤其是对面的百花山上，那层层密林，道道山壑，到底又发生了什么新奇的故事？当然，兜了这么一圈子，小学校长带着望远镜，爬到了高高的楼顶上，就是为了看一看大黑狗黑莲花，还有它的那一群孩子们，这会儿正在干什么。

小崽子们已经两个月了，那个头却比一般的狗狗明显大多了，身高差不多都已经超过大黑狗黑莲花的三分之一，看上去战斗力也着实越来越强大了，奔跑、扑击、冲撞、撕咬，个个争强斗勇，人人毫无畏惧，吼起来如雷鸣，冲上去一大群，看上去就让人精神振奋、喜不自禁，绝对是一支像模像样的队伍，一支闪电突击队，黑色闪电突击队！

小学校长发现自己的一个秘密，那就是越来越喜欢这群狗狗们了。

这群小崽子们刚刚满月的时候，他曾经打算要广撒英雄帖，知会四面八方的狗狗爱好者们，只要有收养意图，那就尽管前来领取，估计要不了三天，花青溪小学也就可以立马恢复昔日的宁静，只剩下一条大黑狗了。那大黑狗平常的日子一声不吭，绝对会保持校园的安静。可后来，又发生了诸多变故，让他有些应接不暇了，实实在在也是招架不住，也就顾不上太多了。大黑狗家族人口众多，尤其是狗宝宝们满月之后，居然个个都爱上了肉食，而且要吃鲜肉，吃活肉，这的确令人措手不及，让他无计可施了。好在还有一个在狼群中长大的红毛妹子，那本身就是一个精灵古怪，知道小动物们都在想什么，于是便大力培养狗狗们的狩猎技能，让它们个个都成了捕鼠能手，原本看着根本就无法解决的问题，在一个小女孩的手里那简直就是易如反掌了，大黑狗和它的宝宝们，居然可以利用自己的力量，自给自足地解决吃饭问题了！小学校长震惊之余，不由得也要反思一番，这大千世界，芸芸众生，每人头上一片天，苍天饿不死瞎眼的鹰啊！

就这样，原本打算要把狗宝宝们送人的事情，也就被他打从根本上给忘记了。

后来的故事，那是越来越稀奇了。

校园里的老鼠们被收拾完了，为了让狗狗们能够填饱肚子，小学校长主动把它们放出了校园大门，把院墙外面监控覆盖的地区统统划成了它们的根据地，扩大了它们的食邑，增加了它们的自由，却不料狗狗们想得更多，野心更大，它们根本就是一声招呼都不打，直接就越过了花青溪，开始入侵百花山，这时候小老鼠之类的已经不入法眼了，它们开始猎食白花鼠兔，后来连白花鼠兔都嫌小了，吃起来不过瘾了，索性便开始追捕大青兔、猪獾子、小刺猬、穿山甲，那食谱是越来越广泛，看着都让人啧啧称奇，这小日子过得，顿顿生猛海鲜，天天野炊料理，渴了就喝那种美容养颜的花青溪水，倦了就长天野地，自由露宿，开头的日子还愿意每天晚上回家睡觉，后来也就不厌其烦了，索性便换成了一种更为自由的生活方式，除了下雨的日子回家躲雨，其他时间哪黑哪住，用不着来回跑路了。

从某种意义上来说，这也就是一种半野生化放养的状态了。

事情发展到这个地步，那群狗崽子们就没有办法再送给别人了。即便是小学校长还乐意把它们送人，也没人有胆量敢收留，第一那就是领不走了，第二就是能领得走，横竖也是喂不亲了，狗狗只要不肯认主，那绝对不会服从领导，你让向东它偏向西，你让咬猪它偏咬鸡，除非你给它套上铁链子，否则它转身就开溜，而且还特别有主见，一门心思就是要气死你！

实话实说，这样的狗狗，也就没人敢要了。

为什么会变成了这个样子？别人只能看出一些表面现象，不知道其中的根本原因，只有小学校长心里明白，这就是一只大黑狗和一条大黑狼干的好事，一窝二分之一血统的狼崽子，还会像狗狗们那样老老实实听招呼吗？

小学校长却一直严守着这个秘密，因为这里是一处僻远的山乡，虽然已经升格为云雾崖社区，可山民们的思想依然极为守旧，有一种根深蒂固的道德规范，知道大黑狗出轨了大黑狼，不会赞许那一份爱情的自由，恰恰相反，一定会认为这就是伤风败俗，是不守妇道，人心难测，人言可畏，直接就会影响花青溪小学的好名声，那可真的就是要了钱无奈校长的小命了，这一生奋斗，苦苦追求，果真就这样毁于一旦，那叫生不如死呀！

当然，只要守住这个秘密，也就什么麻烦都没有了。

所以，小学校长脖子上挂上望远镜，美其名曰那就是登上高楼看风景，实际上是在偷偷地关注着大黑狗和它的宝宝们，方便自己可以随时了解狗狗们都在做什么，而且狗狗们的狩猎活动的确也是很有看头的，看它们如何布阵，如何排兵，如何迂回，如何进攻，还有追逐、扑击、撕咬、进食，每个细节都是那样的栩栩如生，每一步进程也都是那样地振奋人心，小学校长这才发现，自己原来也就是一位狩猎爱好者，细细寻思也符合常理，毕竟是个当过兵的，打过仗的，流过血的，负过伤的，对战争的场面总是特感兴趣，尤其是大黑狗面前的那一堆猎物，更是他的关注重点，因为那些小崽子们只有自己吃饱了、喝足了，才会把猎物送到大黑狗的面前去邀功，等到那些猎获聚集足够多了，小学校长还有事要做，要吩咐炊事班派人上去，把那些猎物搬运回来，花青溪小学的师生们又要改善生活了，哈哈，民以食为天，这难道还会有错吗？

有时候，小学校长也会悄悄地自鸣得意，感觉自己也是足够聪明了。聪明的人们就是这样，会远远躲开烦恼，为自己的人生寻找一份快乐。

41　百花山畅想曲

就是在这段日子里，小学校长忽然又有了一个大胆的想法，那就是重新改造百花山，把它变成人间乐园。

因为地理位置的缘故，百花山距离人类居住的村落实在是太近了，就坐落在云雾崖村落的最西头，花青溪小学差不多也就算是山脚下了，隔着一条花青溪水，如今这百花山上却是人类的禁区，说不清楚到底有多少野猪在那里占山为王，山民们不敢到山上去，因为野猪们是受国家法律保护的，而山民们的猎枪也都被收缴了，所以根本就没有能力和野猪对抗，偶尔上山的也只能是白面书生那样的偷猎者，那是一伙不法之徒，目的就是抓一把就走，根本不是为了大家的利益，反而越发增加了环境的危险性。百花山的范围不是很大，方圆也不过就十来公里的样子，可如果能把它改造成一方人间净土的话，对花青溪小学的老师和同学们来说，那就等于是在自己的家门口开辟出一方国家公园，极大地拓展了活动空间，也给周围山民们收复了一块失地，这事情想一想就让人心里发热，浑身舒坦，绝对是一件大好的事情，功在当代，利在千秋，能不让人心心相念吗？

小学校长之所以会想到这些，那是因为他忽然发现了一个千载难逢的大好机会，花青溪小学的大黑狗黑莲花一窝生下了十只小崽子，因为它们是狼崽子的缘故，所以小学校长一直迟迟疑疑地没有把它们送给山民们饲养，结果就变成了一群掠食者，虽然现在还没有完全长成，可那战斗力却已经显露出来了，如果等到它们长大了，百花山上还藏得住野猪吗？甭管它是大野猪还是小野猪，只要是野猪那就通通的捕杀了，山民们不敢明目张胆地捕杀野猪，因为那是知法犯法，和国法对抗是没有好处的，狗狗们就不同了，它们好像与生俱来就带有一张上天颁发的狩猎证，为了活命，为了生存，天经地义，不用解释，任何法律都奈何不得，狗狗们一不怕坐牢，二不怕罚款，三不怕收回宅基地，四不怕影响上大学，至多也就是云雾崖这里待不下去了，再换个地方去狩猎，还是饿了吃肉，渴了喝水，困了就找个地方睡觉，生活质量不会受到一丝一毫的影响，这条件简直就是得天独厚，如果不能趁机做上一篇好文章，那简直就是亏大了，对不住苍天厚爱、大地期许、生命诉求啊！

花青溪小学里正在发生的故事，越发变得扑朔迷离起来了，小学校长脖子上挂着望远镜，这并不是一个多么难以破解的谜，因为人人都有好奇心，而且特别会打听、会分析、会猜测，在地球生物这个圈圈里，人类大脑那是特别好使的，所以用不了很久，小学校长的望远镜是为了大黑狗黑莲花和它的崽子们准备的，爱屋及乌，人之常情，这也是很容易被理解的，可是当小学校长真的举起望远镜，在那里久久观察着百花山的时候，人们的猜测和分析那可就一点也不中用，所谓差之毫厘、失之千里、南辕北辙、风马牛不相及，因为小学校长真的不是在那里津津有味地观察着狗狗们如何狩猎，大黑狗如何望子成龙，还有那两只黑狼如何观敌料阵，不，小学校长真的是没有时间看热闹，他这会儿的心态完全就是一个战略家，正在规划着一个令人激动的远景蓝图，人畜无害的百花山，人间净土的百花山，那里应该是山民们的花果山，花青溪小学师生们的后花园！

还有谁能猜透小学校长的心思，正在规划着一个宏伟的蓝图？因为彼此走得很近的缘故，春妮是比较了解她们的小学校长，知道这是一个绝对可靠的热心肠，会认认真真地为别人办事情，就是连一只大黑狗的冷暖也时时刻刻挂在心上，百分之百算得上是一个大公无私的人，只是怎么也想不到他这会儿的关心范围已经超出了花青溪小学，居然惦记上一座整个的百花山，足足十多平方公里的国土范围，有心改造旧山河，敢教日月换新天！相形之下，最为了解这位小学校长的，还是那个红毛妹子，这个十来岁的小狼孩，因为一连串的机缘巧合，成功地回归了人类的世界，而且得到了众多的关爱，知道小学校长是最最关心她的那个人，自然也懂得投之桃李，报之琼瑶，只是接触不多，对话更少，好在只需要瞟上那么一眼，就能知道他到底想要干什么，比如眼下小学校长端起了望远镜，春妮认准他是在关心大黑狗和它的崽子们，红毛妹子却觉得事情不是那么简单，小学校长重点的关注对象肯定是那两只大黑狼，因为大黑狼们只能属于山野世界，谁又能相信它们的诚意，和一群狗狗们和睦相处呢？

其实，大家都错了。

小学校长眼下正在苦苦研究的，其实只是一个人，一个看上去相貌堂堂的人，一个做起事来就显得有些鬼鬼祟祟的人，他就是那个大名鼎鼎的白面书生，这会儿正出现在百花山的半山腰上，从望远镜里看上去，那几乎就是正在和小学校长对面相望，其实和大黑狗和它的娃娃们还有一段相当的距离，看他那个意思好像也正在偷窥狗狗们如何狩猎，这又是在搞什么名堂呢？相对于其他的山民们来说，小学校长算是比较熟悉这个人了，知道在云雾崖的村民们当中，他没准就是那个唯一敢上百花山的人，敢用爆头弹去对付大野猪，也被野猪追得满山乱跑，为了逃命爬上了一棵大树，最后还是两只大黑狼和一条大黑狗联起手来去对付那头大野猪，才侥幸地救下了他那一条小命，如今又偷偷摸摸地上了百花山，而且还伸头缩脑地隐藏在一片密林中，又准备要施展什么害人的诡计吗？还好，作为一个偷猎者，白面书生手上的装备那是极端落后的，如果像小学校长一样手上也有一架望远镜的话，那事情可就大大的麻烦了，因为当别人远距离地观察着他的时候，他也可以发现对手，这样可就大大的不便了。眼下的情况就是这样，从侦查手段上来说，小学校长占绝对的优势，可以从容不迫地观察和分析对方，而用不着躲躲闪闪，这可就舒服得多了。

小学校长认真地观察着，白面书生的手上没有猎枪，就是那傻大黑粗的火铳，小学校长曾经摸过那支火铳，还亲自为它装填过弹药，当时的事情很紧急，他要搭救那个爬到树上的猎人，不说什么救人一命胜造七级浮屠，当野猪和人类拼命的时候，他也只能是责无旁贷地援助后者。白面书生的肩上扛着一只灰蒙蒙的编织袋，里面还装了很多物品，其中肯定没有那支火铳，因为从长度上推断，编织袋里是容不下火铳的，这件事情就越发奇怪了，因为那火铳虽然远远地落后于时代，可好歹也还算得上是一件防身的武器，白面书生如今居然将它弃之不顾了，是不是这胆子也太肥了？已经练就了九阴白骨爪，还是学会了降龙十八掌？或者还有一个可能，那就是他已经掌握了葵花宝典，学会了金钟罩，或者铁布衫，练就了一副刀枪不入的金刚不坏之身？小学校长煞有介事地摇摇头，他当然不会相信那些金庸家传绝学，知道那都是不可能的，糊弄小孩子玩的。当然猎人的手段也是千奇百怪的，虽然不能撒豆成兵，至少可以削竹为矛，还可以投毒，可以下药，可以设雷子，可以挖陷阱，真正可以得心应手的看家本事，那绝对不仅仅只是一只火铳，所以猎人的手上没有猎枪这并不重要，重要的是他还隐藏着什么杀招？

小学校长忽然激凌凌地打了个寒战，他是终于有了一个重大的发现，那手上没有端着猎枪的猎人其实才是最最可怕的，因为除了猎枪之外，其他的可全都是阴招了！所谓明枪好躲，暗箭难防，月亮山里的盗猎者每每能够最终奏效的招数，那可全是阴招啊！小学校长想起了上次发生的那件事，就是这个白面书生，深更半夜的给花青溪小学送来了一枚爆头弹，当时的目标就是校园里看家护院的大黑狗，这件事情可着实地把人急出一身冷汗，幸亏那两只大黑狼出手相救，才让大黑狗险地躲过了一次劫难，如今那十只狗崽子个个都是能扑会咬了，这理所当然就成了一个盗猎者的眼中钉、肉中刺，那白面书生会不会又要痛下杀手，使用什么阴辣狠毒的招数来对付大黑狗和它的孩子们？果真是这样，那可是防不胜防啊！

小学校长放下了望远镜，擦一把额头上渗出的冷汗，摇摇头，叹口气，可还是觉得无计可施，要不然，干脆报警得了？让派出所所长他们全面介入，把白面书生给控制起来？可是，这样一来，大黑狗和它的娃娃们还可以长天野地地自由活动吗？尤其重要的是百花山的未来，那想起来就令人无限憧憬的宏伟蓝图，不也就要随之消失了，变成泡影了？小学校长又摇头，又叹息，又操起了望远镜，总觉得这事也非同小可，绝对不可以草率行事，还需要慎重地想一想，也许，还能想出更好的办法来。

小学校长捧着望远镜，在百花山上细细地搜索着。

潜意识里，他总觉得自己是有所期盼，正在执意地要寻找着什么，只是心里慌慌的，好像也没有多大的把握，只是一种执念，横竖不肯放弃，无论如何还要坚持一下，尽到最后的一份努力，终于，镜头里捕捉到了一对矫健的身影，正从百花山的主峰上一路狂奔而来，冲出密林，冲过山脊，拉断藤葛，穿云破雾，显然那动静也一定不小，小学校长长长地舒了一口气，忽然就感到了十分的欣慰，他是终于明白了，自己要寻找的正是它们，那一对黑狼兄妹，正是白面书生的克星啊！

再去看一看那位白面书生在干什么，却再也找不到那位盗猎者的身影了，如果没有猜错的话，他一定也是发现了那一对正在风驰电掣般赶来的黑狼，知道有一场恶斗就要发生了，而掂量自己根本就不够对手，所以三十六计走为上策，这会儿一定是在慌不择路地逃命去了。

小学校长又笑了，觉得这样也就挺好了，卤水点豆腐，一物降一物，两只大黑狼发现了那个鬼鬼祟祟的偷猎者，难道又不会引起警觉吗？毕竟，它们眼下的身份与众不同，不仅仅只是大黑狗一家人亲密的朋友，是那一群狗崽子们的教官，而且那些狗崽子原本也就是狼崽子，正是它们的直系亲属啊，有它们在那里掌控大局，观敌料阵，还怕那白面书生出什么幺蛾子吗？

小学校长觉得，自己也大可不必为此忧心忡忡，更不用去找派出所所长帮忙了。

最终作出这样一个决定，小学校长的心里很舒坦。

　　他忽然觉得自己好想唱上那么一嗓子，就是中国京剧《空城计》里的那么一段，也是诸葛亮的经典唱腔，情不自禁地，也就摇头摆尾，铿锵有声：我正在城头观山景！

　　这是一段老生唱腔，一般人那是架不住的。

　　只是钱无奈校长那是天生的老腔老调，也就特别适合这种唱法，听上去果真是别有一番韵味，也真难为他了，一个天造地设的人才呀！

42　又是一年飞雪时

咱们月亮山这疙瘩，典型的亚热带季风气候，四季分明、风调雨顺、山川钟秀、人杰地灵，这不，就在花青溪小学师生们欢庆元旦的第二天，这里就毫无征兆地突然普降了一场大雪。风雨送春归，飞雪迎春到。瑞雪兆丰年，收成格外好。南方的人们喜欢雪，因为在这里冰天雪地的日子其实很难得，也就是物以稀为贵的意思了，所以每个人的心情都是跃跃欲试地想在雪地上折腾一番，没来由地撒上一回泼，大吵大闹，大喊大叫，总之就是开心没底线，能让自己快活就好。

这一天，貌似不开心的好像只有一个人，那就是小学校长钱无奈了。因为雪下得很大，山野中的景色美不胜收，这会儿银装素裹，所有的污秽都被遮掩了，可是小动物们也都躲起来了，最让小学校长牵肠挂肚的自然是大黑狗和它的娃娃们，它们根本就没有回到学校来，就这冰天雪地的，又都跑到哪去了？

人们常说，关心则乱。

中国人的语言尤其精准，言简意赅，说的就是这个意思，如果你对某种事物的关心太过专注了，那么就会引起自己的身心不适，感觉着那就是方寸大乱了。天刚见亮的那一会儿，小学校长就已经起床了，就在校园内外转了一圈，确定大黑狗和它的娃娃们的确没有返回校园，便又抓起自己的望远镜，登上那栋教学楼。

只可惜，他看到的雪景都是棒棒的，其他的内容一丁点也没有，正所谓白茫茫一片天地真干净，其他的事情根本就没得商量，一切都要免谈了。

早餐之后，老师和同学们都陆续到校了。这一天的教学工作自然要正常进行，团结、紧张、严肃、活泼，井然有序、按部就班，等到一切都进入正题了，各个班级都上课了，小学校长还是按捺不住心中的焦虑，又悄悄地走出校园大门，走上了花青溪对面的那一片山坡。

洁白洁白的雪地上，留下了一串清晰的足迹，他在山脚下绕了一个圈，又原路折返了。

小学校长徒劳无功，心情自然十分沮丧。

午餐的时候，几个炊事员围住了小学校长，在那里七嘴八舌，议论纷纷，讨论的居然也全是大黑狗和它那一窝黑崽子们的事情，都说这一群狗狗们是再也不会回来了，明摆着这就是离家出走，义尽恩绝了，这样也好，也就是从此解脱了！炊事员们早就看着这一窝狗狗们不顺眼了，居然还敢嫌弃主人家的饭食，每顿都要吃生猛海鲜，天下的狗狗有这份待遇吗？忘记了自己做狗狗的本分，这样的狗狗也果真养不得，大家的意思那就是要主动请缨，回家去给学校重新找一条狗狗回来，不管是黄的也好，花的也好，能把食堂里的剩饭剩菜给吃光了就好，横竖是不要黑色的了，都说那黑狗前生就是杨二郎的哮天犬，而且黑狼部落也自成体系，和其他的杂毛狼种不相往来，那玩意高冷，不是一般的狗眼看人低，是根本就没法处朋友，所以不能再养黑狗了，所有黑色皮毛的动物一律都不能再养了！

小学校长恨得直咬牙，这他奶奶的都是什么逻辑呀？他什么也没说，只是脸上泛起了一抹苦笑，那就是他的招牌笑容了，人们也早就习惯了，看见了也就是等于没看见，起不到任何效果的，所以也就等于是没笑了。

春妮自然看得出眉高眼低，午餐之后陪他走几步，劝解他用不着忧心忡忡，自然界的动物和人类不同，那是要不拘小节的，不用循规蹈矩，不会一成不变，尤其是对待自然界的风风雨雨，各自的承受能力是不尽相同的，所以道不同，也不相为谋，很难了解真实的情况，也许就是枉自操心，还不如多做一些调查研究，比如和红毛妹子聊一聊，放下架子，不耻下问，没准就会让自己的思路大开，发现原来是什么事情都没有，天下本无事，庸人自扰之，只是自己在吓唬自己，标准的自寻烦恼而已！

春妮这是提了一个合理化建议。

小学校长想了想，觉得还真像是那么回事儿，便郑重其事地点点头，跟着春妮去寻找红毛妹子，这就要去不耻下问了。

红毛妹子学习很认真，午饭之后也没有休息，就趴在春妮的办公桌上，在那里写上午算术课留下来的作业。

小学校长就站在那个办公桌的旁边，背着双手，挺直腰板，深深地喘息着，看样子正在为自己鼓足勇气，原来，这学生也不是那么好做的，起码要进入角色，那也是颇费一番功夫的。

春妮站在不远的地方，丝毫也没有要走上前来的意思，看情形是要保持一个安全的距离，完全彻底的置身事外，要在一边看热闹了。

红毛妹子抬头看了他一眼，扑哧地一声就笑了。

红毛妹子这么一笑，倒是给了小学校长莫大的启发，立马又变得神气活现起来，感觉自己这就找到话题了，可以开始不耻下问了。

"红毛妹子同学，现在我要向你讨教一些问题，昨天晚上下了一场大雪，到处都被大雪覆盖了，怎么看上去你还是那样的悠闲自得，一点感觉都没有吗？"

听小学校长那说话的口气，倒像是要兴师问罪了。

这一次，红毛妹子咯咯地笑出声来了。

"下雪了，下雨了，这些事情很寻常，谁说都要归我管了？校长伯伯，你大小也是一个官，知道什么叫责任和权利，不在其位，不谋其政，所以除了悠闲自得，我还能做点什么呢？我其实很乐意管点闲事儿的，可又有谁愿意听我的呢？"

红毛妹子放下手中的铅笔，看样子算术题暂时是写不下去了，只是依旧老老实实地坐在那里，圆睁着一双大眼睛，乌亮的眸子闪闪发光，一眨也不眨地看着小学校长。

小学校长有些语塞，使劲地挺了挺腰板，立马又变得理直气壮了。

"大黑狗的事情你知道吗？那十个狗崽子，是你教会了它们如何捉老鼠，它们个个都是你的好朋友，难道不是这样吗？这一场大雪过后，所有的狗狗们都失踪了，根本就没有返回校园，不知道都跑到哪里去了，这可不是一件小事，你为什么就一点也不着急呢？"

红毛妹子又笑了，同时还轻轻地摇头，好像这是一个十分可笑的问题，太幼稚了！

"我明白了，你一定是着急了，是不是？你自己着急了，别人也就应该跟着你一起去上火，去着急，吃不下饭，睡不好觉，是这个意思吗？可是你想过没有，你着急有用吗？天晴了，天阴了，下雨了，下雪了，野生动物们一年到头就是这么过来的，这些都是寻常小事啊，用得着你着急吗？"

小学校长大张着嘴巴，却有些瞠目结舌，说不出话来了。

"下雪了，天冷了，人们都穿上棉衣了，野生动物们没有衣服好穿的，它们只能躲进洞穴里，避开寒冷的风，挤在一起取暖，闭上眼睛睡觉，无所谓是不是冬眠状态，反正肚子里的油水已经够足了，这一觉想睡多久睡多久，等到肚子里饥饿了，需要出去觅食了，那时候冰雪也就消融了，这也是一种生命的规律，还有什么值得怀疑吗？"

"可是，大黑狗黑莲花和它那一窝小崽子们，它们是学校里喂养的狗狗，也算得上是野生动物吗？"

说这话的时候，小学校长的嗓门压得很低，那神情也甚为奇特，很不自信的样子。

红毛妹子却嗤之以鼻，那话说的更是毫不留情。

"狗狗们都已经离家出走了，你还非要把它们当成宠物？"

"可是，这冰天雪地的，它们到底会待在哪里呢？"

这可是一个实质性的问题，不可胡说八道的，红毛妹子也认真地思索起来了。

"这事，我还真的就不知道，不过有人肯定是知道的，还记得那两头大黑狼吗？我可以给你提个建议，去找它们问一下什么都清楚，大黑狗那一家人眼下就和它们在一起，那是一对狼兄妹，十分认真负责的！"

小学校长点点头，默默地离去了。

春妮好像还有点过意不去，也追着他走了。

红毛妹子又开始写她的算术作业，却愈发地严肃认真起来了。

43　收拾书包过新年

也就是从这一天起，小学校长再也不带他的望远镜了，再也不喜欢攀登教学楼了，甚至连监控录像也不时常去查看了，只是每每在烦闷的时候会倒背着双手在校园里走一走，或快或慢，或走或停，看上去也是眉头紧锁，心事重重，好像是在寻找什么东西，又好像要刻意地逃避什么，只是每一次都会和红毛妹子打个照面，甭管她是在吃饭，在玩耍，在上课，或者也在那里沉思着什么党国大事，横竖小学校长也不会上前打招呼，只是远远地看上一眼，保持一段安全的距离，只要看得清楚女孩脸上的微笑，或者嘴唇上的自信，眼神中的专注，甚至嘴角的不屑，他都像是得到了一份莫大的安慰，会长长地舒了一口气，心领神会地满面含笑，这就要转身离去，可以打道回府了。

春妮把这一切都看在眼里，她当然知道小学校长的所思所想，自然还是在内心深处惦记着大黑狗和它的那些娃娃们，只是正人君子不谈猫猫狗狗，再说也没人搭得上话茬，所以只能装模作样地走来走去，远远地瞅上一眼红毛妹子的脸色，知道只要红毛妹子高高兴兴，大山里的野生动物们也笃定平平安安，这是一种割舍不掉的渊源，居然被一个退伍老兵当成了探幽访秘的窗口，而且装模作样，以为人鬼不惊，真难为了这么一条热血汉子，有情未必不丈夫，他居然还是一个多情人啊！

春妮自然不会说破迷津，只是觉得这样也好，青梅煮酒论英雄，大盅小碗皆醉人，看破红尘云烟起，牵挂千里鹤唳声，这可不是凡尘俗子所为，正是秀才不出门，全知天下事，丝丝入扣，了然于胸，这里边暗合天机，故事多多，东方的神秘主义啊！

小学校长却不知道，他在那个美丽的让人心疼的春妮心中，已经变成了一种神的存在，没有什么无可奈何的事了，随便走上几步那都是风流倜傥，几乎就是运筹帷幄，决胜千里，当代的孔明诸葛亮！这也难怪，自从网络来到人间，牛人蜂拥，奇谈惊天，不是大牛，就是大神，这是一个头脑发热的时代，最适合人类的经营活动，原来就是造神呀！

就是在这样一种微妙而又精致的情绪中，花青溪小学放寒假了。

放寒假意味着一个学期的终了。

用师生们的说法，那就是要收拾书包过新年了。

因为春节临近了，这也就是放寒假的重大主题，中国人一年当中最为重要的节日就是春节，百姓们称之为过大年，四面八方的游子们都要赶回家去，老师和学生们自然也不能例外，过完了大年还要过小年，小年就是正月十五闹元宵，闹完了元宵寒假也就可以结束了，孩子们都要背着空书包去上学，因为课本都要换新的了，一个新的学期就要开始了。

小学校长就站在学校的大门外面，目送着一拨又一拨离开学校的老师和同学们，还有炊事班的工友们，因为要回去过大年，几乎所有的人都走光了，大家都是兴高采烈的要回家去了，从这一刻起，寒假就算是正式开始了，也就进入了过大年的倒计时了。只有小学校长的表情有一些落寞，有时候还会浮现出一丝无奈的苦笑，尤其是为人们送别的目光，总是有那么一点依依不舍的意思。

人们都已经走光了，小学校长还站在那里，只是这会儿的目光投放得更遥远一些，已经越过了对面的花青溪，遥望着那座百花山，虽然后来又下过几场雪，但是落雪的规模都不是很大，这会儿百花山上已经算不得银装素裹了，积雪已经融化了大半，露出了山上的树木，山下的流泉，还有一块块裸露的山岩。只是没有任何生命的迹象，所有的小动物都还躲得严严实实的，不肯轻易地出来露个脸。

轻轻地，小学校长叹了口气。

春妮走过来，也站在小学校长的身边。

红毛妹子跟在春妮的身后，这会儿也看着对面的百花山，那眉头微蹙，竟也有些忧心忡忡的样子了。

红毛妹子的朋友们，这会儿都躲到哪去了？

看样子，女孩子好像也沉不住气了。

小学校长加上春妮，还有红毛妹子，这三个人就是花青溪小学寒假值班的全班人马了。小学校长年年值班，除了上级领导通知开会，一般的情况下，他从来都不会离开校园。春妮的情况特殊，她根本就是无家可归，所以也是别无选择，只能和小学校长一样留下来值班。红毛妹子那就更不用说了，她是花青溪小学收养的狼孩，如今是个二年级的小学生，而且已经戴上了红领巾，肩上还扛着两道杠，也就是一名中队长，所以理当也应该承担护校的责任，也就是留守人员中的儿童团了。当然啦，除了这老少三口人，留守值班的人员当中还有两名人民警察，他们是奉派出所所长的命令，花青溪小学的民警值班室春节不放假，民警们每天正常上岗，轮流值班。人民警察爱人民，逢年过节不放假，那也是家常便饭了。

只是小学校长的心里总是有些空落落的，觉得自己身边少了点什么，这已经不是什么秘密了，那就是大黑狗黑莲花，还有它的那一窝崽子们，如果大家都在这里，那校园里还会冷清得下来吗？不，那才是热热闹闹一家人，快快乐乐过大年呀！

每逢佳节倍思亲，小学校长这会儿特别思念大黑狗和它的娃娃们，只是不好轻易地说出口，怕影响了别人的情绪。

还好，就在放假的第二天，小学校长的老妈妈就来了，而且带来了小儿子，小儿媳，还有一个三岁的小孙子，一大家人开来了一辆小皮卡，前面是双排座，后面是小车厢，还拉来了满满一车的新年礼物，两条肥牛腿，半爿白条猪，还有两只杀好的青羊，一桶新鲜的活鱼，基本上就是鸡鱼肉蛋应有尽有，差不多所有的年货都备齐了！老妈妈今年62岁了，钱无奈校长是她的长子，自从在对越自卫反击战的战场上被一块弹片削掉了一对睾丸之后，他就再也没有回去和家人过大年了，老妈妈知道自己儿子心里的苦，所以每年春节都特别上心，总是追着赶着要和儿子一起过大年，想让孩子的心里能够宽松些，这就是一位中国母亲啊！

老妈妈的到来，最高兴的就是红毛妹子，因为奶奶最疼她，不仅烧的菜好吃，而且肚子里的故事还特别多，月亮山的上下五千年，纵横数千里，不管是大山里的野生动物，还是村村寨寨的山民祖宗，说起来那是如数家珍、绘声绘色，感觉就是醍醐灌顶，让人大彻大悟，真长见识呀！

知道大黑狗和它那一窝狗娃子的事情，老妈妈丝毫也不感到惊奇，说大黑狗就是这种德性，它们原本就是来自黑狼一族，特立独行、与众不同，当然对山野生活情有独钟，这一切都用不着大惊小怪的，不管走到哪一步，它们都还会对自己的主人保持一份应有的尊敬，开枝散叶，繁衍生命，这也是一项极大的好事，就随它们去好了。

自从老妈妈来到了花青溪小学，立马便收编了小学寒假的值班队伍，包括在岗值班的民警，大家毫不含糊地就变成了一个伙食单位，把后勤食堂的盆盆罐罐也都全盘接受了下来，老妈妈系上围裙，也就成了头号大主厨，春妮成了她最忠实的帮手，小学校长和红毛妹子也闲不住，负责跑跑腿、喊喊人，出门逛街，摆桌子吃饭，当然也有一个硬性的任务，那就是要负责打扫卫生。

这样，也就和全国人民一模一样，花青溪小学也开始张灯结彩、喜气洋洋，也就算是已经收拾好书包了，马上就可以过新年了！

小学校长的老妈妈，她好像就是一个快乐的源头。

小学校长的弟弟那一家三口人，把老妈妈送到了花青溪小学，为小学的留守队伍办齐了年货，让哥哥和家人们小聚了一次，这就算是完成任务了，便开着空车离去了，故乡还有一大堆的亲人，也需要团团圆圆过大年。小学校长其实也就是当地人，只是居家不在云雾崖，也仅仅只有 20 多公里的路程，而且还能开着汽车来回跑，基本上也就算是家门口了。小学校长的弟弟新年之前又来了一次，送来了很多新鲜的蔬菜，葱蒜辣椒，一应俱全，而且最最重要的，是送来一只活泼好动的大黑狗。真的，就是大黑狗，和先前的那只大黑狗看上去几乎就是一模一样，只是个头稍稍的小了一些，而且也是一只母狗，还没有完全长大的样子。

小学校长呵呵大笑起来，仿佛满腹的忧愁从此一扫而光，花青溪小学又有了一条大黑狗了，相信它会成为最新一代的忠诚卫士！欣慰之情，溢于言表，而且片刻也不肯耽搁，立马就要为之命名，这只大黑狗，就叫黑牡丹！

春妮却连连摇头，感觉似乎有些不妥，先前的大黑狗叫黑莲花，这只大黑狗又叫黑牡丹，这些可都是难得一见的绝世花魁呀，就这样都成了狗狗们的爱称，是不是也太过浪费了一些？于是，春妮便发表了自己的不同意见，说尊敬的领导，你是不是还可以重新考虑一下？这狗狗的名字真的是太过雍容华贵了，日后如果再来几条大黑狗，你还想得出来什么绝妙的好词吗？小学校长说，那是当然了，只要是黑色系列的狗狗，我这里的名字那都是现成的，比如黑玫瑰、黑月季、黑杜鹃、黑桃子、黑杏子、黑李子、黑葡萄，只要是黑色系列就行，看着就舒服，很踏实。

春妮彻底无语了，这就是大名鼎鼎的钱无奈，春风得意的小学校长，根本就是没得商量呀！

新来的大黑狗就这样被命名了，它叫黑牡丹，甭管是龇牙，还是咧嘴，咻咻的喘息，猖狷的狂吠，横竖它就叫黑牡丹，还有谁不服气吗？哈哈，这就叫名花有主了！不，正确的说法，是花名有主了！

44 红毛妹子跳级了

这一年春节，就这样快快乐乐地过去了。

过了春节，红毛妹子也就十一岁了。

十一岁的红毛妹子，要跳过一个学年的课程，直接就读小学三年级下半学年的课程。这是小学校长根据实际情况作出的决定，女孩子悟性极好，补课的效果极佳，如果花青溪小学的孩子能够直接升初中的话，红毛妹子再跳上一级，等到初中毕业的时候，她就可以和自己同龄的孩子们待在一起了。要让红毛妹子不显山不显水地躲在人群中，这是春妮的一个小小心愿，也是小学校长钱无奈给自己预定的一个工作目标。从眼下的情况来看，进展顺利，一切良好。

开学了，小学校长的老妈妈被小儿子开车过来接走了。

后勤食堂里的员工们也都上班了，可以正式开火了。

根据国家的有关规定，小学食堂每天中午要给同学们补充营养餐，一切花费开销由国家补贴，所以后勤食堂的规模不能太小，差不多也就是一个将近600人的伙食单位，员工使用，食材采购，这一切都像模像样，很成气候了。

小学校长还一本正经地向大家介绍新来的大黑狗，告诉大家它的名字叫黑牡丹，黑莲花的接班人，花青溪小学看家护院的忠诚卫士，大家如果想念黑莲花的话，那就可以给黑牡丹多找一点好吃的东西，这样表达我们的心意，彼此也就可以拉近距离了！

大家都笑出声来了，知道这位当家人又找到了一个十分忠诚的小跟班，东方人很在意亲情交集，所以逢年过节都喜欢互相送点礼物，如今学校里又有了一条大黑狗，而且显而易见那就是小学校长的宠物，这倒也是一个拍马屁的机会，一群从当地山民们中挑选出来的炊事员，那份天性都是十分淳朴的，自然不会有悖于小学校长的一番好意。

所以，大家相聚的第一餐，最为开心的就是那条名叫黑牡丹的大黑狗了，因为春节刚过，人们都带来自家的拿手好菜，多少有点互相炫耀的意思，这礼物既然是现成的，那多少都应该给大黑狗分享一点，众人添柴火焰高，大黑狗面前的美食立马就堆得像一座小山了，那大黑狗何曾见识过这番情景？果真是想不高兴都不行了，自己的新主人，那真是了不起，不仅给自己取了一个出类拔萃的好名字，还处处给自己找面子，你瞧这小日子过得，那真叫拔尖了、盖帽了！

大黑狗黑牡丹也暗暗下定决心，自己也一定要好好地表现，尽职尽责、忠孝两全，要不然，如何对得住主人的知遇之恩呢？

小学校长和春妮的关系，好像也大大地前进了一步。

这件事情说起来，感觉也就是小学校长那位神通广大的老妈妈，有意无意地布下了一个局。老太婆说红毛妹子是自己的小孙女，这是普天之下，人所共知，不会有人表示怀疑吧？老太婆两眼瞅着春妮，春妮自然连连点头，红毛妹子能有这么好的一个奶奶，那是理所当然的，她自然也要举双手赞成了！可是，老太婆接着继续往下说，春妮可就不好轻易表态了。老太婆说，红毛妹子是自己的孙女，钱无奈校长是自己的儿子，所以红毛妹子也就应该是钱无奈校长的女儿了，不对吗？这样条理清楚，合情合理，是不是？那是大年三十，大家围在一起吃团圆饭，老太婆手上端着酒杯，那模样就像是在开玩笑，春妮虽然闹了个脸红，可也不好说什么，只好硬是装着没听见，横竖不搭理这个茬，反正老太婆也就像自己的妈妈一样，真正是一个知根知底的人了，足足有十多年的交情了，根本也就无所忌惮了。这事情就这么过去了，因为当时小学校长好像也是在装着没听见，老太婆发现没人响应，接下来也就不说什么了。可是寒假结束之后，老太婆回家去了，小学校长的态度却让人不得不提高警惕了，好像居然变得有些放肆起来了，身边没人的时候，他会偷偷地跟红毛妹子喊女儿，红毛妹子可以不理睬，春妮可就不乐意了，这种事情可以开玩笑吗？春妮便一本正经地提出抗议，说红毛妹子是自己的女儿，每天跟自己喊妈妈的，你现在跳出来抢女儿，问过她妈妈是什么感受吗？小学校长抓了抓自己的头皮，好像还就没有认真地想过这些问题，只是满脸堆笑，那笑得十分尴尬，什么也不说了。

小学校长一旦使出了自己那招牌微笑，春妮也忍不住摇头叹息，感觉自己的心里也丝丝缕缕地泛起了那种苦涩的滋味，什么也不用说了，还能说什么呢？

红毛妹子因为跳了一级，每天的学习愈发紧张起来了。

小学校长和春妮工作和生活也跟着紧张起来了，因为红毛妹子就是他们如今生活的主旋律，或者叫中心点，一切都围着女孩转，时时关注着她的成长与进步，自然分心无暇，也就顾不上其他了。

这样也好，人们都变得十分单纯了。

只是有一天，更深夜畔的时候，红毛妹子却忽然又发出了一种呜呜嗷嗷的狼嗥声，春妮被从睡梦中惊醒了，赶紧起身去看看红毛妹子是怎么了，那狼嗥声却消失了，女孩子好像又重新睡着了，竟然扬起了一阵细微的鼾声。

春妮坐起身来，静静地守在红毛妹子身边，两只耳朵却留神聆听着外面的动静，因为以前有过这样的经历，那两只黑狼夜半来访的时候，会在院墙外面发出狼嗥的声音，这时候红毛妹子即便是在梦中，也会下意识地发出回应，操练狼族的语言和对方打招呼，那自然也就是一种呜呜嗷嗷的狼嗥声。当然通常的情况下那只是一种梦中的呓语喃喃，声音很小很小的，和今天的情形不太一样，这又是怎么了？

春妮凝神聆听了很久很久，可夜半的校园静悄悄，连活泼的晚风好像都睡着了，居然没有一丝一毫的动静。

春妮轻轻地叹了口气，想来红毛妹子一定是学习太紧张了，压力太大了，晚上睡觉就会做梦，没准就是梦到自己又重新回到狼群中，长天野地的奔跑一通，正在捕食麋鹿和黄羊，这样也会情不自禁地就吹响了战斗的号角，和伙伴们一起发出呜呜的狼嗥声，也就不足为奇了。

想到了这里，春妮觉得心情轻松了许多，好像找到了一个很好的解释，用不着再绞尽脑汁苦苦思索了，自己也就打算放平身体，重新睡觉了。

可是，就在这时候，她忽然听到了一种隐隐约约的啜泣声。

不好了，是红毛妹子，她居然在偷偷地哭泣！

"毛妹子，毛妹子，你怎么了？"春妮抓住了红毛妹子的肩膀，使劲地摇了摇，"是不是做噩梦了？梦见自己回到狼群中去了？或者，又梦见了你的狼妈妈，还是狼姐姐？我一直在认认真真地谛听着，花青溪小学四周一点声音都没有，是不是那两头大黑狼把你给忘记了，你心里反而难过起来了？"

红毛妹子默默地摇摇头。

"那么到底是为什么？你怎么忽然就哭起来了？是不是做人太累了，学习太紧张，这会儿你又后悔了，想回去做狼了？"

红毛妹子还是默默摇头。

春妮有些着急了。

"女儿呀，有什么事情你应该告诉我，要不然那就要急死为娘了！你莫名其妙地就哭起来了，搞得我都不知道云雾崖的街市哪头卖菜了，让我怎么帮你呀？在这个世界上，我可是你最亲最亲的人哦，不要急我了，好吗？"

春妮拉亮了电灯，看到了一张郁郁寡欢的面容。

一个十一岁的女孩子，到底能有什么事情，居然让她变得愁眉苦脸起来了？

红毛妹子轻轻地叹了口气。

"妈妈，不好意思，我是梦到了花毛哥哥了，花毛哥哥还活着，他在大山里等着我呢！"

春妮摇摇头，又笑了。这都是谁跟谁的事情呀？一个女孩子家家的，深更半夜里梦到一个男孩子，居然抹起眼泪来了，这是不是也太矫情了一些？野生动物们会不会都是这样，比正常的人类要成熟得早一些，早早地就开始恋爱了？当然，眼下这个时候，春妮还不能跟她谈早恋的危害性，时间和地点都不对头，应该尽快地帮她走出哀伤的情绪，好好地睡一觉，明天还要上课呢！

"我明白了，你这是又做了一个不好的梦，就像上次你梦到过自己的狼妈妈一样，明明知道对方早就不在人世了，只是日有所思，夜有所梦，你想念谁就会梦到谁，这是平平常常的一件小事儿，权当你又祭奠了他一次，过去就过去了。"春妮故意把话说得轻描淡写，这样有利于缓解女孩子的情绪。"对了，有件事情你是知道的，你的花毛哥哥后来已经变成光头小子了，你梦见他的时候，他是一身花毛，还是浑身光光？"

红毛妹子使劲地摇头，居然无法回答这个问题。

"我的确做了一个梦，梦里只是一座座大山，一朵朵白云，只是山峦间布满了一层层的云雾，把所有的山花和树木都遮住了，只能听到嗷嗷的狼嗥声，可那不是真正的狼嗥，我听得出来，那是花毛哥哥在呼唤我，呼唤两只小黑狼，花毛哥哥他一定没死，又重新回到了大山中！"

春妮愣愣神，忽然感到自己很无语，不知道应该说点什么了。事情就有点诡异了，红毛妹子做了个梦，梦中根本就没有见到什么人，只是听到了一阵狼嗥声，她就能判断出那是花毛哥哥，马上就被牵了情了，摄了魂了，哭得梨花带雨，痛不欲生了！可春妮能够肯定的是，今天夜里这学校周边环境十分安静，她是认真地听了又听，根本就没有什么狼嗥声。也就是说，这至少可以排除一种情况，就是那光头小子真的回来了，而且跑过来寻找红毛妹子了。也许，狼族的语言果真神通广大，也不管相距是多么遥远，哪怕是千里万里之外，只要亮开嗓子嗷嗥那么一声，自己的亲人立马就会有反应，哪怕正在睡梦中，有这个可能吗？如果真的有这个可能，那花毛小子，或者是光头小子，这会儿一定还活得好好的？

思来想去，春妮横竖不知道自己应该怎么办了，只得摊开双臂，把红毛妹子搂在怀中，就像是抱着一个小婴儿似的，轻轻地拍着她的后背，那份关爱之情，果真溢于言表，渐渐地，红毛妹子又睡着了。

后来，不知道又过了多久，春妮自己也睡着了。

45　红毛妹子失踪了

春暖花开的日子里，百花山上以杜鹃花为主，五颜六色的山花布满了山岗，蜜蜂来了，蝴蝶来了，成千上万只形形色色的鸟儿们也都飞来了，连山风都显得分外拥挤了，因为风中充满了五花八门的歌声，如果你想听得更仔细一些，那内容就显得过于庞杂了，脑袋肯定会发晕了！

为什么说春天不是读书天？到这里来瞅一瞅，你立马就完全明白了。

这时候你如果不出去春游一番，那简直就是亏大了！

只是花青溪小学并没有安排春游，因为这是一个农村环境，同学们都是山里的孩子，每天上学和放学都要走很多的路，至于野花野草，蜜蜂蝴蝶，这些东西到处都是，他们自家的房前屋后也全都是，还用得着专门安排时间集体出去观赏吗？那样装模作样的形式主义，小学校长钱无奈本身就是一个大山里走出来的孩子，自然是不屑一顾的。团结紧张，严肃活泼，学校里的课程安排也是环环相扣，有条不紊，必须要抓住有效的授课时间，只是这季节风和日丽，百花盛开，各班级每每体育课的时候就可以走出校园大门，就在那薰衣草广场上活动活动，绕着校园跑上一圈，春游的意思也就全有了。

只有红毛妹子一个人例外，有空的时候就会在校园外面跑一跑，那神色微微有些忧郁，好像要寻找什么东西。这时候一般都是在放学之后，或者是周末闲暇的日子里，一般都不会遇见什么人，只有春妮不放心，陪着她走一走，后来就是常态化了，春妮手上还有许多的工作，也就只好听之任之了。

小学校长自然也注意到红毛妹子的异常表现，问春妮这是怎么回事儿？春妮便跟他说起了红毛妹子半夜哭泣的故事，说是女孩做了一个梦，梦中听到了花毛哥哥的狼嚎声，花毛哥哥好像还活着，一直在大山里寻找红毛妹妹，还有那两只小黑狼。这其中，春妮自己其实也有很多猜想，只是那小小女儿的情态是属于私密的，自然不能对一个大男人说得太多，可小学校长的领悟能力却是不容怀疑的，自然也能联想到许许多多，也暗自叹息，这大山里的故事果真奇妙，好像还越来越复杂了。可小学校长打从自己的内心深处，已经把那红毛妹子看成是自己的女儿了，尽管这手续上有点问题，缺乏必要的合法性，因为春妮根本就是不认账，可小学校长却是一个当过兵的人，只要自己认准的事儿，别人认不认账那也都无所谓，他只知道自己应该锲而不舍，尽心尽责就行了。

于是，小学校长便领着那条新来的大黑狗黑牡丹，远远地跟着那个怅然若失的女孩，默默地在一边陪伴着她。有时候，小学校长还故意让黑牡丹追上去，让一条大黑狗陪在女孩身边，那不也就是相当有了一个保镖了？只是红毛妹子不领情，她还是没有忘记自己和黑莲花的友谊，不愿意接受一个新朋友，直接就把那黑牡丹给撵走了。

花青溪侧畔发生的故事，就这样薄雾轻扬，霞光流转，忽而线条简单像水墨写意，忽而莫测高深如龙潜深渊，让人捉摸不定，眼花缭乱。

就在这段日子里，本省的头牌记者钱无忧带着他最新的女朋友来了，这位最新的女友特别温婉、靓丽，而且年轻，竟是一位刚刚走出校园的大学生，还没来得及找一份工作，就被大记者钱无忧给收编了，女孩子自然是十分听话，年龄比大记者小了整整20岁，那副仰慕的神情几乎就像是在瞻仰自己的爸爸，自然你说是啥就是啥，你让干啥就干啥，大记者让她陪伴自己一起到花青溪小学来支教，表面上是双双挂职当老师，实际上是体验生活写小说，请注意，大记者钱无忧这次不写新闻报道了，他是准备要写一部长篇小说了，之所以要到花青溪小学来，就是要完全彻底地沉浸在这一片氛围当中，熟悉和了解这里的每一个人，最终目的就是为了揭开毛妹子的身世之谜，因为省生命科学院的学者们通过血液检测已经发现一个惊人的秘密，那狼孩，极有可能正是春妮老师的亲生女儿！

当然，眼下这一切都还是秘密，只要大记者不说破这一切，连他的小女友都一无所知，只知道是跟着老公来度蜜月了，一个特别浪漫的爱情之旅，而且具有特别崇高的人生意义，到一个穷山恶水的山区小学支教来了！

这一次，小学校长钱无奈自然也是鼓掌欢迎，这位大记者钱无忧是他本家兄弟那就不用说了，毕竟眼下也是鸟枪换炮了，和前两次大驾光临根本就不是一回事了，根本用不着把他钱无奈的关系顶在头上当通行证，这一次是有尚方宝剑的，还没见天上落雨点，头上雷声就响成片了，这就是上面打招呼了，小学校长自然也明白什么叫做组织纪律性，除了为人家大开绿灯，还有什么第二选择吗？首先为他们安排了两间紧挨在一起的单身宿舍，让后勤派专人为他们配齐生活用品，照顾他们的生活起居，安排一日三餐的伙食，至于这两位是不是已经领了结婚证，能不能一天到晚腻在一起，小学校长也不去多问，毕竟大家都不是小孩子了，用不着别人立规矩，一切悉听尊便就是了。

　　大记者钱无忧和他的小女友把生活安排好之后，便算是空降成功了，既然是到人家的学校来支教，那当然也就应该承担教学任务，小女友的工作好安排，因为那就是一个刚出校门的大学生，一切都要从头做起，要转为正式教师，还要考取教师资格证书，所以在目前的情况下干什么都行，她本人自然也没有什么好挑剔的，就像一个新生入学一样，应该从最基础的东西学起，这样理所当然，自然顺理成章。小学校长三言两语，便把她给打发出去了，老老实实地上班去了，先和同学们一起认真地听一听其他老师的课，然后自己就登上讲台，开始教学实践活动。可是大记者的工作就不好安排了，毕竟人家的身份和地位摆在那里，自己的这个庙实在是太小了一些，供得下一尊大菩萨吗？再说了，自己这也就是一座普普通通的乡村小学，能寻找出一个什么非同寻常的职位，让对方这么一位天才人物发挥自己的聪明才智？所以，小学校长也足够聪明，根本就不提安排工作的事儿，只是轻描淡写地问上一句，兄台这一次到这里来，又准备搞点什么名堂？大记者嘿嘿一笑，说老兄你当一个小学校长果真是屈才了，不过我已经听说了，上面已经动议要把花青溪小学改为义务教育九年制的寄宿学校，你现在已经是云雾崖社区的教委主任，还要兼任这个九年制学校的校长，县教育局副局长的待遇，可喜可贺呀！小学校长的脸上又浮现出自己的招牌微笑，轻轻地摇摇头，郑重其事地提醒大记者，说我们应该讨论的是什么问题，你真的是一点都不知道吗？大记者显得有些尴尬起来，说当然了，我现在是有求于你，想让你给我安排一份合适的工作！小学校长说那就对了，你想要一份什么样的工作呢？只要不是代替我当这个小学校长，你想做什么都行，麻烦你先跟我说一声，好不好？大记者两眼放光，说这就对了，我正是要对你说一说，取得你的全力支持，我就是想和春妮待在一起，那关系就是越贴近越好，还有小狼女红毛妹子，我想把她当成自己的女儿，让她像爸爸一样的亲近我，什么话都愿意对我说，你看，这要求不是很高，你乐意帮忙吗？

　　小学校长没有回答那大记者，只是呼呼地喘着粗气，那双眼睛还破天荒地圆瞪了起来，这好像就是要发火的兆头了，大记者何等的机灵，见势不妙，立刻闪身躲到了一边，而且满脸讪笑，嘻嘻哈哈地给自己打起圆场来了。

　　"对不起！对不起！我忘记了一个根本的原则，这是伸手触动了别人的奶酪，不是故意的，只是事情太急了，完全是工作所需，这是可以解释清楚的！"

　　"我就等着你的解释了。"小学校长徐徐地吐了一口气，只是眉头依然紧锁着，目光犀利地盯着对方，"不管是春妮，还是红毛妹子，我都不能允许任何人拿她们开玩笑，这是我的底线，也是花青溪小学神圣不可侵犯的尊严！明白这个道理吗？现在你可以解释了。"

大记者就像是一只斗败的公鸡，把脑袋深深地耷拉下来，事情发展到了这一步，对调侃成性的他来说也是始料不及，如今也是没办法了，只能实话实说了，于是他便老老实实地对小学校长说起了省生命科学院专家们的鉴定成果，当然也含有自己的推测成分，说花青溪小学的春妮收养了一位狼孩，那其实就是她自己的女儿！可档案上写得明明白白，这位春妮并没有结婚生子，如何会多出来一位女儿呢？这其中有戏，或者说，就是有猫腻，所以他也是闻风而动，想抢在所有人的前面搞清楚这件事情的真相，而且不发新闻报道，也不用上图片，直接就写上一部长篇小说，没准还可以拍上一部电影，这样自己也就可以转型了，上台阶了，当作家了，再也不用跑跑颠颠地当记者了，所以他要迫不及待地接近那娘俩，千方百计地拉近关系，实实在在也没有什么不好的心思，无非是多多了解一些情况，早点把自己的大作写出来，就是这些，他全都交代完了，无奈老兄这次还愿意帮忙吗？

大记者可怜兮兮地望着那位小学校长，这就是等待人家宣判了，可事情却出现了一个戏剧性的转折，因为先前那位怒发冲冠的小学校长，这会儿却又完全改变了先前的模样，还是那一副招牌微笑，说不出其中包含了多少苦涩，包含了多少难与人言的故事，那模样完全不像是一位威风凛凛的审判官，倒像是一个正在等待命运判决的囚徒了。

大记者立刻就明白了，这花青溪小学里的故事，可能已经远远地超出了他的预期，比他凭空猜测的还要丰满十倍，不，也许是一百倍，他这一次选择是正确的，一定会取得巨大的成功！

可是，大记者这会儿也学得狡狯起来了，只是装着什么都没有看出来的样子，还在老老实实地等待着小学校长的判决。

当然，不会有任何判决了，小学校长只是叹口气，摆摆手，这事也就算过去了。

只是，小学校长也暗暗地拿定了主意，自己是决计不会向这位大记者多说什么了，尽管对方想知道的那一切，统统都装在他的肚子里，因为这十多年的时间里，这件事情的前前后后，他一直都没有置身事外，差不多全都参与其中了，但他不是其中的主要人物，主要人物还是春妮，这算得上是一对母女的核心机密，至于愿不愿意让别人窥探清楚，那是人家的权力，全凭人家高兴，小学校长无权干涉，更不能抢先泄密。

一番深思熟虑之后，小学校长居然同意了大记者最早的请求，那就是让他去接近春妮和红毛妹子，最大限度地为他创造条件，对外就理直气壮地宣称他要和春妮交接工作，要代替春妮老师去给同学们上课，不仅如此，还要把春妮老师的班主任也担当起来，这样也就是要在生活中扎下根来了，对于一个即将要转型当作家的钱无忧来说，这就是真正深入地体验生活了，还有什么拒绝的理由吗？至于春妮老师本人，钱无奈校长打算提拔她担任教务主任，这也是上级有关领导的意思，自从收养了狼女红毛妹子，春妮老师的事迹和照片多次见诸报端，已经是一个大大的名人了，所以也应该提拔使用，让她为社会作出更大的贡献。花青溪小学即将升格为一个九年制的寄宿学校，毫不含糊的也就成了这一方月亮山区的最高学府，教务主任的位置仅次于校长，当然也丝毫马虎不得，上级领导也有具体安排，打算要给她一个培训深造的机会，至少要完成一个硕士研究生的学业，如今大记者主动上门了，而且还挂着下来生活支教的名义，钱无奈校长自然不会让他白跑一趟，这就是要让他实实在在地发挥作用了！

事情就这样决定了。

事情谈妥之后，大记者钱无忧也暗自地松了一口气，对他的惩罚肯定是没有了，而且不管怎么说，就算是曲线救国也罢，他所预期的目标也算是达到了，只是付出的代价也十分沉重，自己就像是一条被人拴上缰绳的牛，从此以后就要老老实实地耕田耙地了，一点也潇洒不起来了，真不知道自己这是怎么了，不就是想换一换口味当一回作家吗？怎么感觉到如牛负重，从此以后就要过上那种终日劳碌的苦日子了？

也是无可奈何，暂且只能这样了。

大记者钱无忧这就要按照小学校长为他规划的既定方针，去努力地完成自己的既定目标了，只是告别的时候，那神情居然有几分苍凉，而且还带着一丝苦笑，小学校长暗自地感到惊讶，这又是怎么了？那个大记者笑出来的模样，怎么很像自己啊？小学校长认真地寻思了一会儿，终于给他找到答案了，那一定就是水土的关系了，花青溪水的养分那是独特的，丑丫头吃了都会变成俊女人，糙汉子和愣头青吃了自然也会有所改变，就像大记者钱无忧这样，变得有些多愁善感起来了，不是吗？

日子就这样一天天地过去了。

当然每一天都不是白过的，因为每个人都在努力，在奋斗，所以每一天都会有收获，同时也会有新发现，这就是一种充实的人生了。

就是为了这份充实的人生，大记者钱无忧变成了一个空前绝后的大忙人。要说他忙到什么程度，那只有他的小女友体会最深，因为这个大记者原本一直都是色眯眯的，可是自从走进了花青溪小学，两个人居然连一次都没有亲热过了！大记者重点关注的对象，变成了春妮和她的女儿红毛妹子，只是极尽了阿谀奉承之能事，还是看不出有多大效果，只有工作交接得十分利索，他每天要给孩子们上课，还当上了一个班主任，虽然春妮并没有真正的脱手，但是大记者还是忙得够呛，那叫新手上路，心意惶惶，不敢马虎，不得不忙呀！

大约也就十多天之后，大记者也就变成熟手了，可以挺直腰杆理直气壮地在校园里走来走去，他已经变成一个当之无愧的教书匠了。

只是可惜，他想要刺探的那一份军情，也就是春妮和红毛妹子的人生故事，还是一丁点的进展都没有，根本就没有机会提起这事儿，他又能奈之若何呢？幸好，一天到晚有忙不完的事儿，这样对他的心情也是一份安慰，毕竟自己没闲着，正在为祖国的教育事业做贡献，不是吗？俗话说，心诚所至，金石为开，只要自己这样埋头苦干下去，相信一定会感天动地，到那时候自己的收获也一定是大大的，没准此一举就能载入中国文学史，让后世的儿孙们牢牢地记住曾经有过一个大记者钱无忧，为了发掘别人的人生故事，为自己圆一个作家梦，不惜降尊屈贵地当上了一名山村小学教师，每天忙得团团转，没有功劳有苦劳，这还不足以载入光辉的史册吗？

只是令人始料不及的事，花青溪小学忽然又发生了一件大事，红毛妹子失踪了！

46 黑牡丹临危受命

　　红毛妹子失踪了，第一个受到打击的就是春妮，那可是她的女儿呀，一个揣在怀里刚刚焐热的小棉袄，怎么说丢就丢了呢？

　　这是一个星期天的下午，吃过午饭之后，春妮老师觉得有些疲倦，便躺到床上睡了个午觉。睡觉之前，红毛妹子还老老实实地待在家里，而且表现得十分积极，正在认认真真地写作业。临入睡之前，春妮老师还在想，红毛妹子真的是越来越乖了，等自己睡醒一觉，一定要陪着孩子出去散散步，呼吸呼吸新鲜空气，孩子最近的心情不好，学习还是这样努力，想着就让人心疼呀！

　　春妮老师睡醒一觉，红毛妹子就不见了。

　　春妮喊了两声没人答应，出门在校园里也没瞅着人影，估计她是自己出去溜达了，以前有过这种情形，所以春妮这时候也没发慌，依然是那般地气定神闲，只是稍稍地加快了脚步，走出校门去寻找红毛妹子，校园门前的视野尤其开阔，薰衣草广场上空空如也，花青溪对面也没有人影，这孩子会到哪去了？难不成她也会绕着校园的围墙，在外面兜上一圈子？

　　春妮这会儿再也沉不住气了，脚步匆匆地绕着校园围墙跑了一圈，气喘吁吁地又回到了自己的出发点，这时候小学校长已经被惊动了，居然又挎上了自己的望远镜，正在校园门前东张西望。

　　看到了小学校长，春妮自己也说不清楚到底是为什么，那眼泪唰的一下就流下来了，小学校长赶紧劝慰她，说不哭不哭，月亮山的天空特别脆弱，你这边一流眼泪，说不准马上就要下雨了！不就是红毛妹子走丢了吗？这没关系，咱们马上就能把她找回来，你看我的！

　　说着，小学校长把大黑狗黑牡丹叫过来了，拍了拍它的脑袋，信心十足地告诉春妮，说看见了没有？这就是我们的秘密武器，一条大黑狗，我们的黑牡丹！现在，我们最多花上五分钟，就可以把它变成一只警犬，这就叫临危受命，一切手续从简！快，马上到你家去，找红毛妹子的衣服，让它看看仔细了，然后再找红毛妹子的鞋子袜子，让它嗅个透彻，然后我们就可以出发了，去把红毛妹子给找回来!

　　果然,十来分钟之后,大黑狗黑牡丹便神气活现地领着大伙出发了,踏上了一条寻人之旅。

　　这是一只小小的搜索队,大黑狗当仁不让地跑在最前面,后面紧紧跟上的是小学校长和春妮,在后面稍稍地拉开了一点距离,是大记者钱无忧和他的小女友,他们也被惊动了,觉得自己也是责无旁贷,便毫不犹豫地跟上来了。

　　临危受命的大黑狗,两只眼睛熠熠闪光,就像是两团燃烧的火,显得是有些兴奋异常了,实实在在地说,它对红毛妹子的印象那也是深刻得不得了,因为小学校长屡屡命令它跟上红毛妹子,陪着红毛妹子一起去散步,可对方每次都是毫不留情地拒绝了,命令它不许跟在后面,不听话就要用脚踢,可以说那每次都是大伤自尊,只是为了表示对主人的尊重,它从来都是默默忍受了,表现出一个狗狗的莫大胸怀!如今那红毛妹子跑丢了,小学校长命令自己去把她找回来,这当然是一份莫大的荣光,足以让一只狗狗忘记过去的一切委屈,点燃全部的豪情壮志,恨不得立时三刻就能干出一番成就,向全世界证明自己的刚正不阿,忠贞不移!

　　大黑狗果真不愧是哮天犬的子孙,根本就无视警犬们谨小慎微的行事风格,不用在地面上亦步亦趋的辨别气味,只是高高地昂起头来,在山风中细细地品味,鼻子在半空中画了一个圈,立马就锁定了目标的方向,便毫不犹豫地前进了。

　　只是,大黑狗领着人们行走的路线,却让小学校长暗自生疑,这事情好像不太对劲,红毛妹子这是出门散步吗?怎么倒像是躲躲闪闪,执意要和人们捉迷藏了?

　　这一片大山里的人们都知道,大黑狗的灵性也是不容怀疑的,尤其是那种浑身上下不带一根杂毛的大黑狗,看上去就像是一团黑精灵,不说是上知天文,下通地理,那智商至少要比一般愚蠢的人类强多了。

　　大黑狗,那是上天遗落在人间的瑰宝,这事情和二郎神还有点关系,和孙悟空却是冤家对头。

　　小学校长一边留意观察着周边的地形地物,一边快步地跟上大黑狗,春妮自然是跟不上趟了,气喘吁吁,步履蹒跚,小学校长便毫不犹豫地抓起她的手,架起她的胳膊,为她帮上一把力。

　　大记者钱无忧和他的小女友倒还好,保持着一段不远不近的距离,一直锲而不舍地跟在后面。

　　穿过竹林,绕过山岩,大黑狗领着人们追踪的路线,大体的方向是一直向南，这样也就来到了百花崖下，月亮河边。

就在那弯弯的月亮河边，大黑狗停住了。

小学校长立刻也就明白了，他们要追踪的目标就是从这里涉水过河了，月亮河的对岸，那就是野生动物们的家园，一座又一座耸入云霄的大山。

"红毛妹子，她真的走进大山了？这就抛弃了我们，寻找她的花毛哥哥去了？"

春妮一边流着泪，一边喃喃自语。

小学校长只是摇头，使劲地摇头，他不相信这样一个结果，红毛妹子那是花青溪小学的小公主，不说是万千宠爱集于一身，至少是每个人都把她当成了心肝宝贝，人心都是肉做的，自然不会有什么铁石心肠，何况乎还有那么一句话，只要心诚，石头都能开出花来，尤其重要的是春妮还是她的亲妈妈，母女连心肉，她真的就能割舍得下？

"不会的，春妮老师你放心，红毛妹子一定不会抛弃你的，凭我这几十年走南闯北的人生经验，可以肯定事情不会这么简单，不，一定是有什么地方出错了，让我想一想，认真地想一想！"

大记者钱无忧和他的小女友也追上来了，他那个小女友是一个涉世未深的年轻姑娘，见到大黑狗已经在河沿上坐下来不走了，只是转着脑袋在空气中嗅着什么，立刻风风火火地叫嚷起来：

"怎么不走了？怎么不走了？不就是遇到了一条小河吗？这小河的水很清，不像是很深的样子，我们大家涉水过河，继续往前追不就得了？这天时已经不早了，等到太阳落山了，我们还有办法去找人吗？"

大记者抬起手来，在小女友的脑袋上轻轻拍了一巴掌。

"不懂不要装懂，不要乱说话好不好？"大记者的声音不高，只是那语调十分坚决，"我和无奈哥哥都是当过兵的，打过仗的，多少还是有点经验的，执行搜索任务时，只要遇到了流水的河流，就是正儿八经的军犬也会停止行动，因为流水不是孤立的，上面还伴随着流动的风，被搜索目标只要涉水过河，再顺着流水走上几步，所有的气味都会完全消失，你追过小河也没用，已经失去追踪的线索了，狗狗们也就无能为力了！"

小女友听得目瞪口呆。

那大黑狗也回过头来，冲着她喷了一个响鼻，好像也是讥笑的意思，只是很快地又转过头去，继续自己的工作，居然还是一副心无旁骛的样子。

小学校长也点了点头，觉得那大记者的兵也没有白当，时光给我们经验，读书给我们知识，丰富的人生全凭积累，这绝对是一句至理名言啊！小学校长的眼睛只是盯着大黑狗，这也是出于一种直觉，好像大黑狗的工作还没有做完，或者说还没有完全地放弃搜索，所以要耐着性子等一等。

果然，那大黑狗好像有了一个最新的发现，突然站起身来了。

小学校长也赶紧走过去，微微地弓下腰身，留神着大黑狗关注的方向。

大黑狗猛猛地吼叫了一声，竟然毅然决然地离开了面前的水涯线，转身跑向河岸这边的百花崖，那是百花山濒临月亮河的一处断崖，崖高千仞，怪石嶙峋，缝隙密布，状如皱纹，看上去果真是满目沧桑，充满了一种莫测高深的岁月感，那绝对是人类所无法企及的陡崖峭壁，红毛妹子难道还会尝试一番攀岩不成？

人们自然也都不用招呼，一个个不约而同地追了上去。

还好，大黑狗并不是要领着大家一鼓作气地攀上百花崖，只是在崖根下的灌木丛中找到了一样东西，兴高采烈地吼叫几声，就把那东西拖了出来，一本正经地放到小学校长面前，然后自己退后一步，伏在地上，不错眼神地盯着自己的主人，使劲地摇着尾巴，那意思倒也是明白无误，这就是邀功请赏了！

小学校长不去理会大黑狗，只是专心致志地研究着面前的东西，那是一只用帆布缝制的猎袋，大体上的形状就像是一只马桶包，看上去的感觉有些眼熟，仔细地研究一番，果真是自己曾经见到过的东西，那一次自己是领着黑莲花去远足，遇上了那个胆大妄为的偷猎者白面书生，当时那白面书生被一只野猪追得屁滚尿流，一路上扔下自己所有的装备，爬上了一棵大树去逃命，小学校长当时就是捡起他扔下的猎袋和猎枪，并且就用猎袋里找出来的火药和铁砂子重新装填了那只打空了的老铳，领着一只大黑狗和两只黑狼上去围攻那头正在啃树干的野猪，弄死了那头大野猪，救下了爬在树上的白面书生，这就是发生在百花山上的故事，如今那个白面书生依然不肯接受教训，又出来偷偷摸摸干坏事了？这一次猎袋装得圆鼓鼓的，看样子倒不像是火药和子弹，小学校长小心仔细地打开猎袋，里面竟然塞满了生活杂物，这是在干什么？是准备搬家了，还是要进行一次长途旅行？小学校长四下里瞅瞅，自然找不着现成的答案，又低头去看看大黑狗黑牡丹，人和狗的眼睛对视了那么片刻，忽然就激灵灵地打了个寒战，说大事不好了，红毛妹子不是一个人出走，白面书生和她在一起！

"白面书生？就是那个用陷阱捕获了红毛妹子的猎人？他不是已经把红毛妹子卖了十二万元人民币吗？这会儿又来找红毛妹子干什么？"

大记者钱无忧先前也就大体上知道一些事情的来龙去脉，听说红毛妹子如今可能和那白面书生在一起，很是大惑不解，心急火燎地追问。

小学校长摇摇头，这事可真的就不好回答了。

"这个白面书生肯定是个怪物，就是他把红毛妹子从大山里抓出来的，这会肯定又后悔了，又要把红毛妹子送回大山里去了？"

春妮这会儿脑袋已经开始犯晕了，只是忧心忡忡地胡思乱想，试图去猜测事情的本来面目。

小学校长还是摇头，觉得这一份推理很难成立，红毛妹子和那位盗猎者之间已经没有任何联系了，他有什么必要干这种事情呢？

大黑狗黑牡丹汪汪地叫了一声，倒不是要发表什么意见，只是有些等得不耐烦了。

小学校长点点头，觉得大黑狗的提醒倒是很及时，太阳已经西斜了，时候真的不早了，这时候做任何猜测都是白白浪费时间，既然那白面书生已经参与进来了，那就应该把他当作下一步的搜索目标，只要找到这个人，那没准也就能找到红毛妹子了！

小学校长拍了拍那只装满杂物的帆布口袋，又冲着大黑狗挥挥手，那大黑狗立刻心领神会，又领着大伙出发了。

这一次，大黑狗锁定的搜索方向，居然是返回云雾崖。

那白面书生的家，就在云雾崖村落的最西头，隐藏在一大片茂密的竹林里，那一棵棵大毛竹水桶般粗细，齐刷刷地蹿出了数十米的高度，头上遮云蔽日，下面清风流淌，一片满眼翠绿的风景，绝对是居家养生的好地方，只可惜白面书生的房子是一栋老屋，看上去有些斑斑霉迹，显得垂垂老态，藏头缩脑地躲在高大的竹林之下，显得有些不合时宜，已经远远落后于时代了，好像是已经横遭遗弃，有一种遮掩不住的苍凉感。

铁将军把门，这里空无一人。只有反贴在外墙上的那几张兽皮，可以证明这里住着一个猎人，从兽皮的新鲜程度也能看得出来，他是刚刚出门，走了没多久。

这时候，暮霭已经渐渐升起了。

小学校长率领的这一支搜索队伍，看样子也只能无功而返了。

47　银龙潭横空出世

半山崖壁上有一个石洞在向外面喷水，那石洞的内径也不过只有一米见方，喷出来的水流却煞是凶猛，足足喷射出十多米远的距离，然后落入一片深不可测的深潭当中，水花四溅，巨浪翻腾，那深潭的面积并不是很大，周边也不过数百米的方圆，潭水却片刻也不得安静，就像有驴儿在推磨，一个劲地绕着中心点转个不停，只是比老驴推磨的光景更富于观赏性，因为有数不胜数的红色龙鱼参与其中，全是一些生长在地下暗河中的红龙鱼，那模样长得有些像锦鲤，只是两只眼睛都退化得几乎看不出来了，也许就是一生一世从来没有见过阳光的缘故，突然被从一个黑暗的世界中给喷射出来，置身于明亮的天光下，一个个都变得呆了、傻了，不知道应该干点啥了，所以只能懵懵懂懂地随波逐流，稀里糊涂地转着圈子，表面上看来它们也正在旅游观光，事实上什么也看不清，只是在一团光怪陆离的世界中装模作样地随便游走，而且一丁点的反抗能力都没有，如果你想抓一条出来尝尝鲜，那么尽管出手就行了，说手到擒来那都是太夸张了，人家没有反抗，还用得着生擒吗？拿走就是了！

也许，就因为这儿吃鱼太方便了，光头小子就懒洋洋地躺在水潭边的沙滩上，白天晒晒太阳，晚上看看月亮，困了就睡觉，饿了就吃鱼，只是要记住一定要遵守吃鱼的规则，把鱼拿出水来，张嘴就咬，不要等着把水晾干了再细嚼慢咽，那样鱼就变腥了。原则上吃的就是清水活鱼，鱼头和鱼尾就不要吃了，肋骨以内的东西也不要碰它，感觉就像是在吃那种半生不熟的大香瓜，中间的瓤子没准是苦的，周边啃完了，随手就可以丢掉了，当然最好还是丢回水里，因为水族的种类繁多，比如泥鳅和鲶鱼之类的，它们更喜欢打扫垃圾。鱼吃完了，除了要洗净自己的手和脸，还要喝上几口清水，这不仅仅只是为了清洗自己的口腔，最主要的目的还是要给自己加点汤水，就是喝鱼汤的意思了。

当然了，光头小子留在这里也并不是没事可干，只要感觉自己精神尚可，或者说注意力还能够集中起来，他就会两眼一眨不眨地盯着那个喷出来的水流，就好像是在欣赏一个喷水的龙头，好像那本身就是一个魔幻世界，不知道下一刻又会喷射出一个什么怪物来。因为，他知道，这所有的红龙鱼都是从那里吐出来的。而光头小子本人，也就是打从那里给喷出来的。而且，最最重要的是，他知道那背后是一个什么样的世界，感觉那就是一个无边无际的水世界，当然也还有足够的溶洞空间，水面上有绿荧荧的磷火随着微风飘摇，还有星星点点的萤火虫，像躲进了洞穴中的小星星，如果只是单纯地看风景，那里无非是有些神神秘秘，让胆小的人们疑神疑鬼，但这些都还不是要命的地方，要命的是那种种鬼哭狼嚎的喧嚣。岩洞里的风声倒不是很大，地下暗河的浪涛却轰然作响，人们都知道月亮山区的山洞多，却不知道那一座座大山的下面还藏着水库，而且不是那种沉寂万年的一潭死水，不，那竟是一个鲜活的世界，处处都充满了生命的喧闹，有成群的黑狼在水中捕食红龙鱼，还有水獭和巨蟒在那里切磋武功绝学，有豹子在捕食落水的猴子，还有成群的扬子鳄，演兵布阵、游弋巡逻。自从被吸进地下暗河，光头小子也就不当自己是一个活人了，在流水中冲撞，在浪涛间沉浮，忽而昏厥，忽而清醒，反正也没打算还能活着出去，至于要充当谁的点心那也都无所谓了，这是完全彻底地想开了，也就真正能做到遇变不惊了，可以追在鳄鱼们的身后去捡鱼吃，还可以挤在狼群中去睡大觉，因为地下暗河中高出水面的地方实在是太少了，你不想一直泡在水里，那只有大家聚在一起抱团取暖了！

因为他胆子足够的大，所以又被那地下暗河给吐出来了，事先一点征兆都没有，他只是在那个汹涌的暗河中游来游去，忽然觉得水下有什么东西在拉自己的腿，接着整个人便沉了下去，被一股潜流裹挟而去，不可避免地呛了几口水，短时间内又失去了知觉，接着便听到了轰轰隆隆的水声，他居然就像是一发炮弹，被从那山洞里面给射出去了，落进了那深深的潭水中，很快又被后边的水流给冲了起来，和那些昏头昏脑的红龙鱼一样，也顺着水流沿着潭边转了一圈又一圈，终于苏醒过来了，便挣扎着爬上沙滩，这才发现自己是命大福大造化大，又来到一片洞天福地了！

大约连续晒了三天的太阳之后，花毛小子的大脑才变得真正清醒过来，开始认认真真地回忆自己到底都经历了一些什么，眼下自己又应该做些什么，还有将来，自己到底又能到哪里去呢？

但是，实事求是地说，一切都是混混沌沌的，看不清楚，想不明白，更不知道自己应该干什么。

晒着太阳的时候，光头小子能感觉到，自己浑身骨头都在慢慢变得坚硬起来，也就是说，浑身上下又渐渐变得有力气了。

看着月亮的时候，光头小子能感觉到，自己的大脑也变得清爽起来了，自然而然地也就能想得起来许许多多的往事了，想起了父母的仙人洞，那仙人洞里神仙一样快活的日子，后来是茶花洞，自己有了一群快乐的小伙伴，那美丽的红毛妹子，为人宽厚的黑狼胖胖，还有小心眼的黑狼瘦妮，后来是那三条腿的老虎，它的名字叫金猫，职务是茶花洞的保安，再后来就是那个猎人出现了，他的名字叫香椿儿，竟是自己同父异母的亲哥哥，再后来是一支寻找野人的考察队，队长是一位老教授，领着一群考察队员，光头小子越想越激动，情不自禁地就扬起脑袋，呜呜嗷嗷地嚎上一嗓子，这也是习惯成自然了，每每激情难耐的时候，他便会发出阵阵狼嚎声，把最为高兴的情绪宣泄出来，让自己亲近的人们一块分享！

那一天，没准也就是十五的月亮，那月亮很大、很圆，特别的清亮。这时候晚风也不吹了，难得有如此妙曼的一段好时光，正是睡觉的好时候，风儿们没准也都钻进竹林里，脊背靠在青竹上，固执地扬起了细细的鼾声，就那么分外快乐地睡着了。只是那个高崖上的山洞还在锲而不舍地向外喷着水，那水声轰隆，如春雷激荡，忽而清晰，忽而模糊，却不是水声忽大忽小，变幻无常，却和人类的耳朵有关，当你凝神倾听的时候，那水声如雷，震耳欲聋，当你忽略了它的存在，注意力转移了，那水声立马也就变得模糊了，恍若梦境一样，变幻不定，若有若无。

光头小子发出声声狼嚎时，耳朵只在留意远山的回响，因为他的本意就是在呼朋引类，迫不及待地期盼着自己的亲朋好友能够应声而来，达到一个花好月圆的效果，所以那份专注也非同寻常，直接就屏蔽了身边的景物，自然也包括那条摇曳的水龙了。

可惜远山倦怠，毫无反应，偶尔有一点动静，却也似曾相识，那是山石构成的回音壁，正在反射他的声音，就像鹦鹉学舌，没有任何作用。

嚎叫那么一阵子，光头小子也就累极了，毕竟这不仅仅只是一件力气活，要丝丝缕缕地控制住自己的音调，无限丰满地传达出自己的精神，耳朵全神贯注地谛听，心灵体察入微地感应，还要放飞灵魂的翅膀，在高高的大山上自由翱翔，就像天女散花一样，把默默柔情泼洒四方，若一直一直得不到回应，那精神也会崩溃，心情倍感沮丧，这时候就感到自己快要累死了，说不上痛不欲生，只是倍感失望啊！

这时候的最佳选择，那就是倒头大睡了。

偏偏，那从山崖中喷射出的水流，又开始轰然作响，要宣示自己的存在了！

光头小子也是无可奈何，只能闭上眼睛抵抗着声音的轰炸，深深地呼吸着，极力平复着自己的心情，就这样过了一会，横竖还是睡不着，只能又努力地睁开眼睛，这就是要面对现实了。

月光下，横空出世的那条水流，看上去倒也极具观赏性，就像一条银盔银甲的银龙，光头小子又叹息一声，觉得身边的这一潭清水也师出有名了，没错，就叫银龙潭吧！这银龙潭水可不是白给的，它直接就来自大山的深处，连接着一条地下暗河，能源源不断地吐出红龙鱼，甚至还有自己这样一个举世奇葩，可以说是物质极大地丰富了，自己要是果真无处可去了，就守着这银龙潭颐养天年，岂不美哉？

光头小子咧咧嘴，居然笑了起来，这是个好兆头！

真的，连他自己都记不清楚了，最近这一两年的光阴中，他曾经笑过一次吗？想不起来了，因为实在寻觅不到值得开心的理由，他只得摇摇头，但愿今后的日子不再是这样，自己如今是大难不死，而且还有了银龙潭，也就应该是时来运转，笑口常开了！

光头小子睁大两眼，转着脑袋，这是要好好欣赏一番月光下的银龙潭，毕竟自己刚刚为之命名，总还要好好寻找一些感人的措辞是吧。

可是，接下来的光头小子，立马就变得目瞪口呆了。

月光下的银龙潭水，依然在缓缓的旋转不停，不辞辛劳地兜着圈儿。排成队前进的红龙鱼，都紧紧地贴在潭水边缘，好像执意就要紧贴着岸边，还要抒发出一份对陆地和土壤的礼赞？可接下来发生的事情，就有些十分怪异，令人毛骨悚然了。就在那银龙潭水的居中位置，忽然整整齐齐地浮现出一排黑乎乎的东西，就像是结束潜航浮上水面的潜水艇一样，光头小子认认真真地看了一会，终于看清楚了，那是清一色的扬子鳄，原来就把那深潭当成了自己的家，这会儿倾巢而出，也要举行什么军事演习了？光头小子两眼一眨不眨地盯着它们，并且做好了拔腿跑路的准备，如果鳄鱼们要上岸，那么自己就必须礼让三分，根据大山里的丛林法则，自己不是鳄鱼们的对手，除了溜之乎也，根本别无选择！可是，看鳄鱼们的意思，却根本就无意侵犯光头小子的领土，它们一条接一条地出发了，居然也学着红龙鱼们的样子，懒洋洋地浮在水面上，也随着流水的速度开始旅游观光，只是行进的路线排在红龙鱼们的内圈，倒像是诚心诚意地要和鱼儿们结伴而行，而且除了旅游观光之外，鳄鱼们还另有活计要干，那就是时不时地张开大嘴，从身边叼起一只红龙鱼，而且每次都还要摇摇头，似乎也感慨多多，人在江湖，身不由己，不得不凑合着吃条小鱼了，接下来就是连汤带水地把那条红龙鱼给吞了下去，并且若无其事，继续前进，精挑细选地物色着下一个吞噬目标，就这样一条一条地吃下去，原先那些成群结队的红龙鱼，眼见着就越来越少了！

光头小子终于恍然大悟了，怪不得红龙鱼们只乐意绕着潭边团团转，实实在在是那深深的潭水中潜伏着凶险，竟是一片鳄鱼的国度，可以安居乐业过小日子吗？

光头小子赶紧摇头，这就要抽身后退了。

可是万万也没想到，身后的退路已经被堵死了。

四个毛色斑驳的怪物，就像是四条个头超大的狗，一字并排地坐在那里，伸着脖子，瞪着眼睛，张着嘴巴，吐着舌头，眼睛却是红红的，闪烁着一种妖冶的光芒，一眨不眨地看着光头小子，那情形倒也像是困惑不解的样子，正等着要和光头小子聊天呢！

光头小子大吃一惊，这不就是走上绝路了吗？

48　黑狼们的眼睛

　　光头小子前进一步，那几只怪物居然还老老实实地坐在那里，一动也不动。认真地说起来，它们还是有所动作的，自己在它们面前走来走去，它们的脑袋也会随着慢慢转动，而且两眼大睁盯着他的方向，只是那眼神怪怪的，好像很空洞，很迷惘，视力尤其不佳，差不多都看不清什么东西了，光头小子立刻就做出了自己的判断，这几位的眼睛一定是出问题了，它们遇上了视觉障碍，根本就是看不清楚面前的世界了，也许还有一点模模糊糊的影像，但是要想就凭这一双眼睛去找饭吃，那肯定是痴心妄想了！

　　事情既然是这个样子，那么面前这几位也就只能算是一种奇怪的摆设了，对自己构不成任何威胁了。

　　又回头看看身后的银龙潭，那一群鳄鱼也消失了，沿着潭边巡游的红龙鱼已经所剩无几了，毫无疑问，大都被鳄鱼们装进肚子里了，不过鳄鱼们的表现倒也差强人意，这会儿一个个都吃饱了，就像潜水艇一样又潜入深潭，找个舒适的地方睡觉去了。

　　既然如此，光头小子也就用不着慌不择路地夺路而逃了，就留下来陪陪这几个怪物，搞清楚它们的来龙去脉，省得让人在心里犯嘀咕，这也是好事一桩，很有必要。

　　借着头上明亮的月光，光头小子分外仔细地打量着它们，感觉着它们其实也算不得什么怪物，从身架上看来很像是几只大黑狼，只是身上的狼毛一片一片地脱落了，看上去是满目疮痍，惨不忍睹，也就狼不像狼鬼不像鬼了，这到底又会是怎么回事？光头小子情不自禁地就想起了数年前的那一场月亮山区的大地震，自己的父母就是在那一场大地震中消失了，而救助了红毛妹子的黑狼一族，它们作为巢穴的那一座布满天坑的窟窿山，那一孔孔天坑向外喷水，黑狼们是全军覆灭了，最后的下场肯定也和自己一样，被送进了暗无天日的地下暗河，这几只会不会也就是那狼群中的成员，就像自己一样的侥幸，又被那地下暗河给吐出来了？如果这样说起来，这竟是自己的一群难兄难弟，身上的狼毛被水浸泡得太久，会一片一片地脱落了，这其实也算不得什么大事，时间久了大约自己还会长出来的，只是眼睛要是瞎了，那可就摊上大麻烦了，黑狼是一个狩猎的民族，眼睛不中用了，那也就无法奔跑和跳跃了，抓不住鲜活的猎物，不就要被活活饿死了？这事情偏偏又给自己遇上了，又是一道生活的难题呀！

花毛小子轻轻地叹了口气，觉得自己的推测很有道理，只是还需要证实一下，便又轻轻地发出了一阵阵的狼嚎声，红毛妹子的黑狼群落应该熟悉自己的声音，因为自己当时就是迫不及待地要加入它们，和自己的几个小伙伴天长地久地待在一起，而且参加过它们在月光下举行的黑狼歌会，和每一头黑狼都有过交集，是经过朋友认证的，这对野生动物们尤其重要，因为彼此都要信守承诺，一生一世，忠贞不阿！

果然，听到了他的狼嚎声，那几个怪物立马激动起来了，咽喉里呛呛的，似乎也想回应他的歌声，只是嗓音暗哑了，不能正常地发声了，那每一双浑浊的眼睛里，都在喇喇地流着泪，看得光头小子也十分伤感，恨不得哇哇地大哭一场！

同是天涯沦落人，都是我的好兄弟呀！

这事情的脉络，基本上已经能够看得很清楚了，这四个怪物，正是那个黑狼部落中的四只大黑狼，因为天坑吐水了，它们也都被冲走了，冲进了洪荒泽国，吸进了地下暗河，在那个磷火飞舞的世界里，萤火虫星星点点的岸矶上，它们不惧生死斗水蟒，群策群力撵鳄鱼，捕捉红龙鱼充饥，浸泡在流水中求生，果真一息尚存，拼搏不已，只是那个生存环境太过恶劣了，流水侵蚀了它们的毛皮，阴寒暗哑了它们的嗓门，这些倒也不是多么可怕的事情，只是长久置身在阴暗的环境中，一天到晚都是潮湿的，最为可怕的是它们的眼睛已经出现变化，显得多余了，开始病变了，归根结底就是要走向退化，就像暗河里的红龙鱼一样，果然还能够一代一代地生存下去，那么最后也就没有眼睛了，只是在先前生长眼睛的地方，还保留一点浅浅的痕迹而已！

最终被从地下暗河中给吐了出来，这也是一次生命的奇迹，是幸运。可是在光明的世界中生存，如果没有眼睛的话，那可能也就等同于死亡，有谁来给它们找东西吃呢？光头小子如果没有遇上的话，那也可以眼不见心不烦，用不着操心太多的。可如今偏偏就给遇上了，相逢就是缘，他还能装着没看见？不，这同样也是一份生命的感召，作为一个忠诚的朋友，他不能装孬，不能要赖，必须要勇敢地面对现实，承担起一个朋友的职责，想办法治好它们的眼睛，让这几只黑狼恢复光明，重新去奔跑、去跳跃、去狩猎、去嗷嗷狼嚎，去享受生命！

天下的事情都是这样，世界观如果确定了，那么接下来要研究的就是方法论了。

遇上了难题的时候，光头小子最早会想起来的一个人，那就是自己的父亲黑毛男，那个在大山里狩猎被野人俘获，最后和野人相亲相爱的男人，他不仅仅只是一位天性淳朴的父亲，而且还是一个技艺纯熟的老猎人，自己人生的引路人。黑毛男说过，人在深山幽谷中，必须要小心爱护自己的眼睛，眼睛是灵魂的一面窗口，可以时时刻刻为自己的心灵寻找光明，所以要防风防雨防毒虫，还要防止养分不足也会造成的失明，滋养眼睛的东西其实也是很多的，所有动物的热血都是大补，所有绿色的蔬菜都能清热，当然效果最佳的就是蛇胆，还有蛇血，当然蛇毒更是好东西，只要它们进入了动物的消化系统，那通通都是灵丹妙药！

明白了，为了找回这几只黑狼的眼睛，让它们早日恢复光明，光头小子的当务之急，那就是捕蛇了！

只是眼下是夜晚，虽然天上有月亮，只是那月光朦朦胧胧的，好像有薄薄的雾气在流淌，能见度不是很高，当然也就无法明察秋毫了，而捕蛇活动多少还是有点危险的，如果捕蛇的目的主要就是为了蛇胆的话，那么大蛇小蛇都一样，有毒无毒都无妨，无所谓什么品种与花色，所以操作起来还是比较容易的，只是稳妥起见，心急不得，还是要等到天亮之后吧。

光头小子眼下也还有事要忙活，那四个怪物一看就像是饿死鬼，毛发脱落浑身斑驳自然是一个原因，但是瘦骨嶙峋的样子也还看得出来，也许自从被地下暗河给吐了出来，在银龙潭里嗅到了鳄鱼的气息，自然也不敢久留了，慌不择路地就逃上岸来，可是病态的眼睛遇到了光亮很快就发作了，红肿了，视力变得模模糊糊，根本就没有办法去捕猎活物，大约一直一直都在饿着，如此饥寒交迫，越发羸弱不堪了。光头小子认清了这个事实，知道自己的当务之急还是应该找点东西给它们吃，俗话说一饱解千愁，先让它们吃饱了，心情愉快了，再从容不迫地帮它们治疗眼疾，这种做法不是更为合理吗？

银龙潭里的鳄鱼们已经吃饱了，这会儿全都撤下去了。

沿着潭水边缘兜圈圈的红龙鱼们好像也在不断地得到补充，这会儿明显地又增多了。

光头小子便在月光之下操练起空手拿红鱼，那些红龙鱼们个个都是呆呆傻傻的，伸手去抓，一抓一个，直接往岸上一扔，也还知道活蹦乱跳地运动一番，那几只黑狼虽然眼睛不好，可是耳朵的听觉还是十分灵敏，就在那里张开大嘴，尽情吃喝，咀嚼得咔咔作响，吞咽得呼呼有声，所谓狼吞虎咽，大体上就是这番光景。

等到太阳从东方的山壑之间透出一束光明的时候，忙活了一夜的光头小子，这会儿已经累得筋疲力尽了，而那份成果更是显而易见，四只大黑狼的肚子全都鼓胀起来了，虽然算不得膘肥体胖，至少也是肚子圆圆了。

四只大黑狼吃饱喝足了，全都躺到了地上，十分快活地打起呼噜来了。

光头小子却没有时间休息，他跑到了附近一处竹林里面，折断了一根手臂粗细的青竹，留下了一截两米来长的竹棍，便开始在银龙潭四周跑来跑去，用竹竿打草惊蛇，四下搜寻，开始为黑狼们收集治疗眼疾的良药，因为比较靠近水源的缘故，这里的蛇类也很多，而且个头都不是很大，捕捉起来也十分容易，直接一棒子打下去，把蛇头敲扁了，那条蛇立马也就死翘翘了，光头小子腾出一只手去拎死蛇，另一只手继续挥舞着竹竿扩大战果，前后也不过一个时辰的功夫，便打死了十多条蛇，把它们的尾巴都集中到一起，也就是结结实实的一大把了，再多也就拿不下了，只好一路拖曳着，把它们送到了那四个怪物的面前，这就可以吃药了！

黑狼是野生动物们中的糙汉子，日常饮食也是用不着太过精细的，只是眼下它们的眼睛不太中用了，所以脾气也会显得十分急躁，光头小子要伺候它们吃药，那也是要下上一番功夫的，因为它们的嘴巴太大，牙缝太宽，让它们吃面条那是绝对吸不进嘴的，所以每一条蛇都要认真加工一番，要改变一下它们的形状，把软塌塌的绳子一样的肉体给团成一团，而且还要自我捆绑得十分结实，具体的工作原理就是要把软面条变成肉团子，再把一个个的肉团子塞进黑狼的嘴巴中，就那么开始乖乖地咀嚼，甭管是细嚼慢咽还是囫囵吞枣，只要吃进肚子里，那就可以发挥药效了！

这过程说起来容易，具体操作可就颇费功夫了，光头小子也算是使出了浑身解数，终于哄着那四个怪物，每人生吞下三个蛇肉团子，终于感觉着是功德圆满了，这才长长地舒了口气，抬手抹一把额上的汗水，发现那天上的太阳已经到了头顶正上方了，也就是日上中天的时刻了，又应该吃中饭了，只是自己实在也是累极了，困极了，一丁点的食欲也没有，随便找了一片平坦的沙滩，就晒着太阳，放平了身体，旋即便呼呼地睡着了。

等到他一觉醒来，太阳又快落山了。

那四个怪物正团团地围着他，而且都在拼命地舔舐着他，舌头伸得长长的，逮着哪里就舔哪里，好歹就是那个意思，能拍上马屁就行了，光头小子也一眼就把它们给看穿了，这会儿它们肚子里的食物已经消化干净，又急切地盼望着想大吃一顿，这其实也就是变相地催促着他赶紧起来干活，给大家抓鱼去！

看情形大家都恢复得很不错，眼睛上的红肿明显都消退了，视力是不是有所恢复还不好说，但是那一个个的体力是明显见长了，知道摇头摆尾了，也就不再是那样的呆头呆脑了，总之那模样是稍稍地好看了一些，不再是那样奇形怪状，反倒能够看出一点黑狼的模样了。

光头小子深受鼓舞，立马便跳起身来，奔到了银龙潭边，开始为大家空手拿红鱼。经过了这一天时间的积累，潭水中的红龙鱼又增添了不少，光头小子把一条一条的红鱼扔上岸去，四只黑狼便摇头晃脑吃起了饕餮大餐，所以进餐的时间并不是太久，不仅黑狼们的肚子又变得滚瓜溜圆起来，就连光头小子本人也忙里偷闲地吃了一条红龙鱼，也就算是吃饱了，喝足了。

接下来几天的日子，每天也都是这样过下去了。

每天晚上，因为银龙潭水深处的鳄鱼们会浮上水面来捕食红龙鱼，所以光头小子和那几条大黑狼便远远地退到一边去，这样可以安心睡觉，光头小子高兴起来了还会发出一阵阵的狼嚎声，他总觉得这四条大黑狼就是自己的狼嚎声给呼唤来的，万一这周边的山林中还有大黑狼群落的游兵散勇，不把它们招呼到一起，那不就是亏大了？坚守着这样一个信念，那光头小子时不时地就会来上一嗓子，使劲地嗷嚎一阵子，心里也感到特别的通透，舒适得很。那四条焦头烂额的大黑狼，受到了光头小子的感召，有事没事也想跟着嗷嚎一阵，只是嗓子不行了，胸腔也使不上力，只是吭吭呛呛的，始终发不出完整的音调，可是那声腔也明显变得越来越有力了，加长了，显而易见也就是有所进步了。这形势大好，不是小好，大家的心情自然也变得越来越好了。每天早晨开始，光头小子就会为大家去捕蛇，主要的目标也就是那种喜欢在水边生活的小蛇，体长一般都在一米以内，有中华泥蛇，还有红曲链，这些都是微毒蛇类，就是被咬上一口也不会要命，只是会肿起一个大红包，而且疼痛得不得了。所以对这些蛇类，光头小子一律不留活口，直接就用竹竿把蛇头给打扁了，头砸扁了它们也就没法咬人了，这样大家也就安全了。

大约也就是三天之后，四只黑狼的眼睛也就能够看清东西了。

黑狼们眼神变好了，立马就开始撒起欢来，不肯老老实实地待在银龙潭边了。

只是光头小子还不肯离去，他总觉得自己还有事要做，而且任重而道远，只要坚持不懈地守在银龙潭水边，终究还能等到新的朋友，毕竟整个的黑狼群落都陷进了地下暗河了，如果还有黑狼逃出生天，而且也像那四个怪物一样双目失明，毛皮溃烂，偏偏又没人施以援手，那么后果岂不是太惨了？而且银龙潭里还有成群的鳄鱼，盔歪甲斜伤痕累累的黑狼们万一又招惹上鳄鱼们，那还有活命的可能吗？

光头小子分外的固执，那四只黑狼也只能随他了。

四只黑狼开始狩猎了，每天便不断把抓到的猎物捎回银龙潭边，给光头小子换换口味，开始是大青兔，后来是野黄羊，后来还抓了一头花豹子，光头小子更是高兴得不得了，捡起了贝壳做刀子，三下五除二地便把豹子皮给剥下来，边边角角的切割整齐，还在银龙潭水中漂洗干净，铺在山崖上晒干了，直接就围在自己的肚子上，哈，光头小子又混上衣服了，竟是一方花色美丽的豹皮战裙，这档次不低，平添精神了！

光头小子的上身还是赤裸的，只有脖子上还套着一根红绳子，挂的那件和田仔玉的阿弥陀佛，玉光闪烁，分外耀眼。

49 银龙潭的传奇故事

那四只大黑狼，身体康复了，眼睛复明了，便开始了长天野地地去狩猎，当然活动范围还是以那个银龙潭为中心，只是逐渐逐渐地向外扩展，也就是说每天跑出去的路程是越来越远了，狩猎的收获也是越来越多了，大家的伙食自然也得到了极大的改善，小日子越过越红火了。最让光头小子高兴的事，是它们每天奔跑在阳光下，吞噬那些鲜活的猎物，不仅很快就变得又肥又壮了，而且那浑身的皮肤都在往外冒油，几乎也就没过多久，那原先脱落的毛发居然也都齐刷刷地又重新长出来了，这样一来看上去也就顺眼多了，可以理直气壮地对外宣布，它们就是大黑狼，真正的大黑狼，勇敢的大黑狼，如假包换的大黑狼！

光头小子每天守着那银龙潭，也越发觉得自己的工作很有必要，有那么一点小小的成就感了。

后来，黑狼们身上的黑毛长齐了，能够感受到太阳的威力了，立马就恢复了自己老祖宗定下来的规矩，每天天黑之后再出去狩猎，尽量避免在大太阳之下跑来跑去，白天的时候就陪着光头小子，守着那面银龙潭，就在那附近的树丛中睡觉，渴了就喝一口银龙潭水，偶尔也抓两条红龙鱼换换口味，晚上的时候可就倍添精神了，在月光下边跑来跑去，而且黑狼们崇敬月亮，每每看到月亮忍不住就想亮开嗓门，迫不及待地吼上一嗓子，只是它们的嗓子还没有完全恢复，所以那狼嚎的声音不够标准，准确地说也就是只能吼出半嗓子，尽管如此它们也毫不气馁，坚信曲不离口、技不离手，锲而不舍地坚持下去，终究还能恢复一个声震云天的大嗓门，唱出自己心底念念不忘的那首歌，壮怀激越而又荡气回肠的黑狼之歌！

光头小子只是不声不吭地关注着事态的进展，心里也暗暗地为之高兴，黑狼们的嗓音的确是每天都有进步，当然变化不是很大，但是细细体味便感受得出来，这里需要真正地关心，真正的爱，你才能体察入微、明察秋毫，知道大家的努力都不会白费，前途是光明的，道路是曲折的，未来是美好的，生命的意义就在这里，只要你认认真真地活着，那就一定能够活出个滋味来了！

如今，那根两米来长的青竹竿也就成了光头小子的标准配置，有时他扛在肩上，有时拎在手上，就那样绕着银龙潭水转来转去，当然这会儿已经不用捕蛇了，只是见到和自己拳头大小相仿的鹅卵石，那就一定会捡起来，装在自己腰间那只用兽皮折叠而成的兜兜里，这是在储备战斗的武器，他又开始苦练飞石神功了，因为银龙潭水里有一群鳄鱼，虽然眼下并没有和自己的团队发生冲突，但是将来的事情说不准，也许有一天就会采取军事行动，需要干净彻底地清除它们，到时候让每一颗石头都能准确无误地打在它们的脑门上，让它们也少点痛苦，死得痛快，那也就是功德一件了。当然，在鳄鱼们没有构成威胁之前，只要它们不妨碍大家的正常生活，那么光头小子也绝对不会主动发起进攻的，随着年岁的增长，他也越来越变得成熟起来了，觉得任何一种存在都是值得尊重的，不要轻易地发动战争，如果没有十分的必要，那不妨也让别人活下去，这叫尊重生命，热爱和平，与人宽松，自己开心，也就足够了。

每天晚上，只要天空中有月亮，那就是一个特别令人兴奋的时刻了。

光头小子会守着自己的银龙潭水，激情满怀地发出阵阵的狼嚎声，那是在呼唤自己心中挂念的亲人，更是抒发自己对顽强生命的感恩，当然也是感慨颇多，往事如梦，那一桩一件的蒙太奇画面，首尾衔接，自由升腾，生命的传奇之处不仅仅只有光怪陆离，还有父母之爱、兄妹之情、朋友之谊、道义之深，林林总总、不绝如缕、盘旋交错、无穷无尽，当然不会去惊天地，本意也没想泣鬼神，只是细细寻思、默默凝神、自观其心、意味无穷，这本身也是一种享受，让人自得其乐，滋润精神。

就是这样，光头小子每天都是很忙、很累，而且很快乐。

但是光头小子也时时关注着银龙潭水中的鳄鱼，每天晚上都会从头到尾地观摩一遍它们的集体狩猎活动。红龙鱼们虽然还活着，只是漫不经心，喋波不惊，整整齐齐地排起了队伍，沿着潭边鱼贯而行，看上去就像是被人施过魔法一样，不温不火、闲庭信步、但凭开心、任君选用。做鱼做到了这份田地，也是生命世界的一大奇观，如果食客们还不满意，那真的就是不够忠厚，让人怀疑天地良心了。还好，这里的鳄鱼也不同凡俗，不是那种猴急猴急的宵小之辈，凶残暴戾的屠夫之流，每次都是悄悄地入场，不声不响地随着红龙鱼们一起郊游，捎带地就解决了就餐的问题，吃饱喝足了便又悄悄地退场，招惹得观众也情不自禁诗兴大发，无师自通地就为鳄鱼们写下一首好诗：悄悄地，我走了，就像我悄悄地来，张张嘴，打个饱嗝，哈哈，你瞧我两手空空，没带走一条红龙鱼，尽管它们的肉很香，而且长得很可爱！

可是光头小子却没有想到，就他的这么一首小诗，迟早也会在人世间流传开来，而且还得以和一位著名诗人相提并论。这是后话，暂且不提。

当鳄鱼们悉数退场之后，光头小子也会稍稍地放松一下自己的紧张情绪，把手中的那一枚鹅卵石放在身边的沙滩上，久而久之，他的观礼台上便出现了一堆鹅卵石，那是他每日里精挑细选的备战武器，装在兜兜里也是很累人的，所以每次巡视归来，他便会清空自己的腰兜，把鹅卵石都堆在这个地方，这就是有备无患了，只要鳄鱼们胆敢发起进攻，那光头小子的飞石神功可不是白给的，就像歌里唱的那样，石头向鳄鱼们的头上砸去！

还好，这种惨烈的战争情景一直就没有出现，因为这里的鳄鱼也足够聪明，懂得和平可以有温饱，战争只会掉脑袋，所以每时每刻都表现得那样温文尔雅，道貌岸然，从来就不曾爬上岸来，不敢擅越雷池半步，让你找不到发动战争的理由，还好意思滥杀无辜吗？

只是银龙潭里有鳄鱼，这始终就让人心里不舒服，光头小子念念不忘，时刻准备着要打仗，这也是情有可原的事情。

可是光头小子心里也明白，银龙潭里的这群鳄鱼，估计是永远也不会向人类发起进攻的，因为自己的老爸交代过，月亮山区的喀斯特地貌，造成了一种独特的现象，那就是山上的洞洞多，山坡上的天坑多，山脚下的流水多，山肚子里边的暗河多，水资源那是极大地丰富，有会学人哭的娃娃鱼，呆头呆脑的红龙鱼，还有凶神恶煞般的鳄鱼，其实遇上了鳄鱼也不要大惊小怪，它们的学名就叫中华扬子鳄，老百姓嘴上的猪婆龙，经常用火铳对付它们，一枪把它们轰翻了，剥掉了外面的那层铠甲，里面的肉味那是极鲜的，不可多得的人间美味呀！这里要强调的只有一件事，那就是不要太把这种鳄鱼当回事儿，因为它们从来都不会向人类发起进攻，只是捕捉一些小鱼小虾，其他的动物除非已经流血了，受伤了，才会刺激到它们的野性，张开大嘴上去咬一口。

黑毛男自然是不会说假话的，可光头小子还是不肯放松警惕，那叫嗜血好战不可取，防范之心不可无，人类的天性就是这样，时刻都要保持警惕。

大约又过了两个来月，一个月明星稀的夜色中，光头小子的一番狼嚎之后，忽然就发现自己又取得了一个重大成果，又出现了四个狼不像狼的怪物，被他那迷人的狼嚎声感召而来，金龙潭边的黑狼团队，又要添丁进口了！

新来的这四个怪物当中，有两位的身形特别高大，虽然那模样也是狼狈不堪，只是脑袋很大，也堪堪算得上天庭饱满，地格方圆，虽然毛皮斑驳、双目失明、丧魂落魄、暗哑无声，可总是还能让人感觉到一种不怒自威，有王者之气，所以光头小子的心里就暗暗地敲起了小鼓，这不会就是那个黑狼氏族中的狼王夫妻？小黑狼胖胖和瘦妮的亲生父母？红毛妹子的狼姐和姐夫？

所以，光头小子提供的服务，也是越发的周全了。

有四只大黑狼在外面狩猎，光头小子身边的食物储备自然也是极大地丰富，他可不是一个小气的人，立马便把所有的肉食悉数的全都摆出来，让那四个新来的怪物放开肚皮大吃一场，感觉还不是十分足够，又从银龙潭水中捞了几条红龙鱼，保证让客人们吃饱喝足。

第二天早晨，外出狩猎的四条大黑狼回来了，光头小子的猜想立刻便得到了证实，大家都拼命地上前卖乖示好，努力要表现出自己对王者的尊敬，狼嚎声声，叫成一团，说起来也是奇了怪了，四只大黑狼的嗓子也就是从这一刻起全都变好了，可以自由表达自己的情感了，自然要把这些天的际遇告诉狼王夫妻，这当中肯定不乏溢美之辞，光头小子，他就是大家救苦救难的观世音，甚至还是一位药师佛，独创的那种蛇肉疗法，那简直就是神奇无比，普天之下，唯此为大，救死扶伤，再造爹娘啊！

光头小子当然不会一直守在旁边，傻傻地从头听到尾，这是没有什么意思的，他的当务之急就是要马上出去抓蛇了，毕竟先前已经取得成功的经验，要救治这四个新来的怪物，他是信心满满，越发地勇于实践了。

大约也就三天之后，新来的四个怪物视力便得到恢复了，眼睛变好了，自然闲不住，它们便大白天地出去在太阳下面东奔西走，吮吸新鲜的血液，吞噬鲜活的猎物，所以那份效果也十分显著，十多天之后便开始长出了新毛，个把月之后也就焕然一新了，和先前的那四只黑狼合成一队人马，也放弃了白天的狩猎活动，改成夜晚踏着月光出去巡游了。

这时候，狼王夫妻的嗓子还是不行，嗷嚎不出野狼的腔调，自然也就不能发号施令，所以也只能身先士卒，随着大伙一块进进出出，跑来跑去。

后来，一年当中的秋天也就过完了。

天气转凉了，而且忽然就下了一场大雪。

就在那个银装素裹的早晨，光头小子正守着那银龙潭水发呆，半崖上的喷流好像没有往常的日子那般汹涌澎湃了，只是丝丝缕缕地冒着热气，山肚子里的水，居然还是热的？照这样的情形看起来，地下暗河里的生物们，倒不用太过担心过冬的问题了，只是自己的这个团队好像有点麻烦，就守在这银龙潭边的沙滩上，这日子还过得下去吗？银龙潭水还在一如既往地自我旋转着，只是那旋转的速度，好像也比往常慢了一些，鱼贯而行的红龙鱼们，越发显得有些呆头呆脑了。流水不腐，好像说的也就是这个道理，只要一直一直地旋转下去，银龙潭水是不会结冰的，这样也可以保证红龙鱼们的生存空间，只要一时半刻还没有被鳄鱼们吃掉，它们还可以悠哉悠哉地旅游观光，为漫天飞雪装点一份鲜红的色泽，不管它们的本意如何，这一份坚持还是很有价值的，努力营造一种美丽的生活，不是吗？让人犯愁的倒是光头小子他们自己，太过痴迷这一湾银龙潭水，大家理所当然地就在这里坚守下来了，野生动物们不怕什么爬冰卧雪，可是如今已经下雪了，雪水会把一切都弄湿了，如果继续待在这里，那是不是也太犯傻了？

光头小子这会儿没有犯傻，只是有些犯愁了。

八只大黑狼，加上自己，这个团队也算得上颇具规模了，可直到眼下还没有找到一处合适的宿营地，能不犯愁吗？

远方传来阵阵的狼嚎声，光头小子知道那是他的狼群，这会儿已经结束了一夜的狩猎活动，正一路上唱着动听的歌谣，飞快地赶回银龙潭，赶回他的身边来了！

光头小子的脸上泛起了笑容，这是一种抑制不住的兴奋，从这里也看得出来，他对自己的团队十分满意，有这么一群同甘共苦的好兄弟，英勇顽强，永不言败，还有什么困难克服不了吗？

光头小子赶紧掬起一捧银龙潭水，十分认真地漱漱口，这也是一道必不可少的功课，就算是刷牙洗脸了，然后还要大口地喝一通清潭水，这是他每天的早茶，自然也马虎不得。早点就不用了，虽然银龙潭里的红龙鱼表现得尤其温文尔雅，时刻准备着无私奉献，只是黑狼们每次狩猎回来总是要带回大批的猎物，食物极大丰富，滋味尤其鲜美，必须腾空肚子，准备饕餮大宴。至于银龙潭里的红龙鱼，还是留给那一群知道恪守规矩的中华扬子鳄吧，正所谓来而不往非礼也，你知道敬重人类，我赏你一潭美味，这是一个山民的善意，也就足以表达月亮山的柔情了！

黑狼们的狩猎队伍回来了，银龙潭边充满一片喧闹声，大家开始吃早餐。早餐的食材倒也不是很复杂，也就是几只大青兔，一只野黄羊，还有一只肉乎乎的小野猪，黑狼们为了表示对他的敬重，一个个争先恐后地把那些猎物开膛破肚，把猎物的心肝给摘下来，毕恭毕敬地奉献到了光头小子的面前。光头小子对这些软绵绵的东西倒不是很感兴趣，让它们自己吃了，他只是用贝壳豁开了黄羊皮，顺着纹理卸下了一条黄羊腿，抱起羊腿就啃了上去，新鲜的羊肉香喷喷的，吃起来还特别有嚼头，那口感特别好，让人喜爱。大黑狼们也都在吃东西，只是那速度要慢多了，因为在狩猎的过程中它们早就吃饱喝足了，正所谓皇帝不差饥饿的兵，吃饱喝足才有劲，这会儿纯粹就是为了陪着光头小子，对自己的救命恩人表示一份应有的崇敬。

　　早餐结束了，大家还都纷纷地跑到银龙潭边，拍打着银龙潭水，认认真真地清理个人卫生。也许，就是因为特别讲卫生的缘故，如今的黑狼们个个都是旧貌换新颜了，毛色鲜亮，特别精神。

　　这时候，一个身材特别高大的黑狼跳上了一块岩石，面朝大家昂起了头颅，呜呜嗷嗷地嚎叫起来，光头小子立刻就认出来了，它正是那只黑狼氏族的女狼王，已经沉默许久许久了，今天怎么兴致来了，忽然就要发表一场演说了？它的嗓门已经好了，可以重新履行一个狼王的职责？

　　女狼王不是在发表演说，只是在讲述一个故事。

　　女狼王说，它刚刚有了一个新发现，就在外出狩猎的路上，离这儿也只有一段疯跑的距离，一面陡峭的山石坡上，在一块大石头的后面有一个小山洞，里边住着一窝小狐狼，有两只老狼，六只小狼，它们的个头不是很大，杀了也只够勉强一餐，只是它们的家园不错，抢过来足以遮风避雨，可以安安稳稳地过冬天，它这就是要征求大家的意见，要不要立即出发，这就把家搬过去？

　　另一只个头特别高大的黑狼立马就站到了那块岩石的下面，也扬起脑袋嚎了一嗓子，它正是女狼王的丈夫，本身也负有辅佐执政的责任，所以率先表态，表示支持，而且十分坚决，不容置疑。

　　光头小子正在为这事发愁，当然也表示全力支持，只是提出了一个小小的建议，对于那一窝狐狼，赶走也就算了，现在食物并不匮乏，就不要滥杀无辜了。

　　狼群呜呜嗷嗷，胡乱地嚎成一团，光头小子的提议居然得到了大家的拥护，只要狐狼们的山洞，不要狐狼们的小命！

　　女狼王命令大家，立即出发，刻不容缓，抢了山洞大家就可以痛痛快快地睡大觉了！

　　光头小子又补充了一条建议，那就是要把吃剩下来的食物统统带走，毕竟浪费了很可惜，留在这里是不理智的，会把鳄鱼们引到岸上来！

　　大家都听从了他的建议，每人都叼起一块食物，兴高采烈地出发了，这是要去争城掠地，发动一场小小的侵略战争。这也是没有办法的事情，毕竟天凉了，风寒了，雨雪扑门了，没有一个温暖的洞穴，那日子可就难过了。至于那一窝小狐狼，只能说声对不起了，毕竟它们的个头不大，随便找一只猫獾的洞洞，一家老小都可以挤得进去。等到明年春暖花开的时候，光头小子和他的团队肯定还要返回这银龙潭边，为了救助新朋友不得不这样做，至于那孔石洞，实在割舍不下的话，狐狼们还可以拿回去的。

　　就这样，光头小子他们高高兴兴地开始搬家了。

50 等待着春暖花开

女狼王领着大伙找到那个山洞，居然还十分宽敞，光头小子的团队住进去，感觉也很舒适，至于原来的住户小狐狼一家，根本就没费什么口舌，看到闯进来一群大黑狼，自然吓得屁滚尿流，什么家当都不要了，一溜烟地就逃走了，谁也不晓得它们跑到哪去了，反正是跑得干净彻底，从此就再也没有出现过。至于它们留下的家当那也不值得一提，就是一点食物储备，几只大青兔，还有一群山老鼠，黑狼们自然是不屑一顾，狐狼们胆子如果再稍稍大一点，带上这些东西一起去流浪，黑狼们绝对也是不会阻止的。

那里是一处石头山，除了到处可见裸露的山岩，因为地上缺少泥土的缘故，所以差不多就没有什么植被，只有在岩石的缝隙中，还有保留少量泥土的山脚下，生长着一丛丛的冷箭竹，那种竹子只有手指头粗细，至多也不过就是一人来高，基本上也就没有什么用处了，光头小子小时候玩的那种竹箭，就是用这种竹竿削成的，除了制造竹箭，还可以给小动物提供一点遮掩，还有就是它们的竹笋长得又多又快，可以给野生动物们提供一份素食。光头小子看到了有这么多的冷箭竹，那可真是高兴得不得了，当然不需要继续制造竹箭了，眼下就可以给它们派上更大的用场了，折断了一捆冷箭竹，绑在一起就成了一把扫帚，然后把那个石洞的里里外外都打扫一遍，把旧日的垃圾都清扫出去，新家要有新气象，干干净净做新房，这是必需的。打扫卫生之后，光头小子继续去折下大堆的冷箭竹，那上面的积雪抖一抖就掉光了，而且很快就会变得十分干燥，铺在山洞里就可以当床了，这样可比睡在石头上舒服多了，等到天晴了，雪融了，能够收集到干草了，在竹床上铺上一层柔软的干草，那简直就是席梦思的效果了！把这一切都收拾妥当了，光头小子也觉得自己累坏了，这时候那八头大黑狼都各自抢到合适的位置，大合唱一般地扬起了鼾声，光头小子就找了个地方挤在它们中间，感觉倒是十分的暖和，很快也就睡熟了。

大黑狼们喜欢白天睡觉，所以大伙都结结实实地睡了一天。

光头小子却还保留着人类的基本特性，喜欢日出而作，日落而眠，所以白天睡觉只是小憩一会，过不上两个时辰便睡得十分满足了，爬起来伸伸懒腰，打个哈欠，便起身钻出了石洞，在夹杂着小雪花的山风中散散步，兜兜圈，顺便也看看周边的地形，有什么可供开发利用的资源，这也是一种侦查行为，或者叫调查研究，属于野生动物们的生活习惯，要保证自己能够活下去，那就不能做个懒汉，要睁大两眼，看清地形，进退自如，万一遇上了什么情况，处置起来才能得心应手，让自己立于不败之地。

野生动物们要想活下去，靠的就是那一份聪明。

当然仅仅只有聪明还不够，还要勤劳，要勇敢。

光头小子的团队找到了一个山洞作为容身之处，这立马就有了一种家的感觉了，他自然高兴得不得了，情不自禁地就想到了自己的出生之地仙人洞，后来和几个小朋友相依为命的茶花洞，还有他最为依恋的祖宅，那棵香椿树下的青石小院，那小院里的主母香椿婶，那里还处处充满自己老爸的气息，虽然他已经离开青石小院很久很久了，而且当初的名字不叫黑毛男，人们都喊他王大头，手上拿着一只火铳，是个普普通通的山里猎人。

光头小子做梦都在怀念着，那一份家的感觉，那样的温馨，那样的甜蜜，让人打从心眼里就感到宽松，感到欣慰，吃得也香甜，睡得也安心，睁开眼睛就能看到满眼的光明，还有那不绝如缕的香椿气息，那是老爸的最爱，也是老爸的骄傲，可以泡香茶，可以烧大肉，让人念念不忘，萦绕于心。

所以，光头小子不会满足于现状，总是觉得生活中还有很大的缺陷，缺少了那么一些至关重要的人和事儿，比如像真正的母亲一样毫无间隙地疼爱自己的香椿婶，还有自己最亲最爱的红毛妹子和那两只小黑狼，还有一堆熊熊燃烧的火，那也是老爸黑毛男念念不忘的东西，如今在一个寒冷的冬天里，守在一个石头的洞窟中，光头小子忽然就觉得自己比以往任何时候都更加理解自己的老爸黑毛男了，尤其是老爸的理想，老爸的梦，那一堆熊熊燃烧的火，果真是生命最好的伴侣，可以加工食物，抵御风寒，让人忘却身边的冷清，随时点燃明天的希望啊！

每每当黑狼们在山洞里睡觉的时候，光头小子会一个人走出山洞，长天野地地到处转悠，山谷里的积雪太厚了，他就沿着山脊去巡游，系在腰间的兽皮小兜里，始终保持着一定数量的鹅卵石，那种和自己的拳头大小相仿的石头，看样子也是在巡山狩猎，找机会施展自己的飞石神功，但实际上山洞里的食物极大丰富，八头大黑狼个个都是狩猎的高手，在女狼王夫妻的带领下，它们每天晚上都会出去狩猎，甭管外面的风有多大，雪有多深，黑狼们的斗志总是那样丝毫不减，而且兴致勃勃，足以保证整个团队的衣食无忧，让光头小子深感欣慰，根本也就用不着他出手了。只是光头小子也不肯闲着，白天在大山里溜达的时候，感觉到离自己家的山洞有足够距离了，他就会扯开喉咙嚎上一嗓子，这是他念念不忘的功课，自我感觉也就是边走边唱，要呼唤云雾崖的妈妈香椿婶，还有红毛妹子和那两只小黑狼，还有那些黑狼族群中逃出生天的残兵败将，尤其是那些眼睛失去光明的伤病员，迫切地需要救助，所以他心里总是放不下，虽然离开了银龙潭，他还是不肯一丝一毫地懈怠下来。只是在山洞附近不能放开嗓门声声呼唤，怕打扰了正在睡觉的狼群，要保证大家的睡眠质量，让它们解除疲劳，恢复精力，好继续在山野中叱咤风云。

每当夜幕降临了，狼群出发了，光头小子在家中留守，只要不是累极了，困极了，需要躺在地铺上睡一会儿了，他总是不肯一个人待在黑暗的山洞里。因为山洞外面的天空总是有光亮的，尤其是月亮升起来的时候，心里总有一种抑制不住的冲动，那就是到了应该高歌一曲的时候了，当然每一只黑狼的歌唱内容都是不一样的，同一棵树上没有一模一样的树叶，所有的生命都在努力营造与众不同的特色，每一只黑狼也都是这样，有自己的关心，自己的向往，自己那难与人言的故事，也就完成了自己的情绪构造，独特的诉求，唯一的呼唤，投送到听众的耳朵里，自然也就是千姿百态，良莠不齐，而且一百个读者受众就会有一百个哈姆雷特，每个人的理解能力不一样，接收的信息更是五花八门了。

在这所有的狼嚎声声中，只有光头小子的诉求最为简单，通俗易懂，因为他知道自己不够专业，尽管也足够的胆大心细，勇于实践，但毕竟自己只是一个人，狼嚎声声那只是模仿，所以不敢太过繁复，只求别人能够听懂，他在表达一份善意，呼朋引类，对酒当歌，走过路过不要错过，放弃了这一次交友的机会，归根结底你会后悔的！

而且，还有一个最大的特点，那就是每每嗷嗷嗥叫几声，总是会留下一个间歇，好像要让对方听得更仔细，想得更清楚，避免耳朵工作太久会产生一种审美疲劳，这自然是一个十分亲民的举措，当然你要这样理解他更是求之不得，其实根本就不是这么回事儿，当他停止嗷嗥的时候，自己的耳轮却在悄悄转动，那是在搜索捕捉周围的声响，有没有自己期待已久的回应？

这样的工作方式其实很科学，有发送、有回收，一张一弛、劳逸结合，这样就不会累着自己，足以保留最初的兴奋，看上去是一份乏味的工作，其实充满了求索的追求，乐在其中，享受生活。

就这样，光头小子精神矍铄，兴奋，而且快乐。

这样一种精神状态，那是很容易出成果的。

人的生命就是这样奇特，有一种强烈的预兆感，虽然事先根本就说不出来那是怎么回事，只是会莫名其妙地兴奋，总觉得会有好事来临，直到最后才恍然大悟，原来是这么回事啊！

那一天夜晚，月上中天的时候，月光皎洁，雪光明亮，光头小子就守在自家的石洞前面，锲而不舍地操练着自己的狼嚎声声，声情并茂、乐此不疲、错落有致、时续时停，就是在那样一片空明澄澈的心境中，突然就收获了一个大大的惊喜，有人回应了他的呼唤，真的，有回应了！

只是，那声音很微弱，隐隐约约、模模糊糊、似有似无，听不太清楚。

可是光头小子认准了，那就是回应，一定就是给自己的回应！

稍稍等了一会儿，他又发出了狼嚎声声。

旋即，他又听到了对方的回应，而且听得出来那是一个女人的声音，好像距离也拉近了不少，这事也顶真就奇怪了，他在这里狼嚎声声，应声而来的居然不是野兽，而是人？大山里的故事果真千奇百怪，居然还有人爱这一口，就喜欢听这声声狼嚎，其中自有玄妙之处，就凭他光头小子这么聪明的脑袋，也是想不出个所以然，有点难解难分了！

当然，光头小子不会轻言放弃，只是一步步走向声音的方向，一边继续操练自己的看家本事，呜呜嗷嗷的狼嚎不停，心里还兀自地诧异十分，对方如果是一个正常人的话，下一刻就该拔腿就跑，落荒而逃了！

可是，平心而论，他最最不愿意看到的，也就是出现这种情形。

还好，对方并没有落荒而逃。

不但没有落荒而逃，反而也向这边挨近过来了。

那回应也听得更清楚了，只是万万也想不到，竟是自己最最熟悉的那个嗓音！

"香椿儿，我的小儿子，是你吗？"

片刻之间，光头小子目瞪口呆，就像是被人施了定身法一样，再也无法从容不迫地施展他的狼嚎声声了。

就在那一片梦幻一般的月光下，残留着斑斑积雪的山野中，一个老妇人的身影从一片茂密的冷箭竹丛中闪现了出来，背上是一个蓝花床单捆扎起来的大包裹，手上还有一根青竹当拐杖，披散着满头花白的头发，那脚步踉跄，显得分外急切，一步一步地向光头小子走过来了！

光头小子的眼泪唰的一下就流出来了。

"妈妈，是你吗？你不在家里好好待着，怎么跑到这里来了？"

"我的儿！我的儿！我的儿！咳咳，我就知道你死不了，我那个神通广大的儿呀，你本来就是这片大山的儿子，苍天和大地都会保佑你的，我的香椿儿，小香椿儿，我的小儿子呀！"

老妇人语无伦次地说着话，毫不迟疑地就扔掉了背上的包裹和手中的竹杖，一头就扑到了光头小子的怀抱中。

是云雾崖村落里的香椿婶，香椿树下青石小院的女主人，老爸黑毛男的前妻，自己苦苦寻觅找着的根，是那个猎人香椿儿真正的亲娘，也是自己心甘情愿认下的娘亲，她居然也孤身一人跑进大山里来了，这是要玩命吗？

"我找你找了一年多了，我的儿呀，你是光着屁股跳进了那一片汹涌的波涛中，那情形总是挥之不去，让我片刻也不得安宁，我就给你找了一大包的衣服，开始了我自己的万里长征了！"

老妇人哽咽着诉说。

光头小子却在苦笑，摇头，使劲地抖了抖身上的兽皮，让老妇人看得更清楚一些，自己并不是赤身裸体，屁股没有露在外边，一切都包裹得严严实实。

"我的娘哩，你这肯定是在做傻事呀，大山的儿子会没有衣服穿？那就找金钱豹，找跳山羚羊，甚至找一只大老虎，把它们的衣服给扒下来，我不就有衣服穿了吗？"

光头小子说得得意，居然还呵呵大笑，也是有意想逗老妇人开心。

果然，老妇人不再哽咽了，只是频频点头，恍然大悟的样子。

"可是还有一样东西，你根本就是无处可寻，记得你跟我说起过，王大头变成了黑毛男，整日里念念不忘的只有一样东西，那就是一堆熊熊燃烧的火，不是吗？所以我还是必须要找到你，我给你带来了真正的火种，一整盒子的打火机！对了，还有盐，几袋小包装的精盐，可以蘸肉吃的！"

光头小子笑不下去了，眼泪又唰唰地流出来。

"我的个亲娘哩，你可真是个好妈妈，我现在可就是和当年的黑毛男一样了，日思夜想那一堆熊熊燃烧的火，烤肉的滋味太香了，想着就让人流口水呀！"

这下子，又该着老妇人露出笑容了。

51 燃起一堆熊熊的火

第二天早晨，女狼王领着狼群归来，香椿婶还在睡觉，脑袋就枕在那只大包裹上，实实在在也是积攒下来的疲劳太多太多了，就这样居然也睡得昏天黑地，还扯着细细的鼾声。光头小子也在睡觉，就偎偎在老妇人的身边，脑袋枕在她的一只手上，只是狼群归来之后，光头小子就睁开了眼睛，伸伸懒腰，却也没有立即起床。所有的大黑狼，从狼王夫妻开始，大家依次走到了老妇人的跟前，嗅了嗅垫在她脑袋下的那个包裹，又伸舌头舔了舔她的手，然后便躺在老妇人的身边，老老实实地开始睡觉了。等到所有的黑狼都把自己安顿好了，光头小子咧嘴一笑，自己也就不睡了，爬起身来走出山洞，要去寻找一些能烧火的柴。既然有火种了，那就应该点起一堆熊熊的火，每每想起烤肉的香味，他就馋得要流口水了！

不用担心黑狼们饿肚子，它们在狩猎的时候早已经吃饱喝足了，在月光下唱歌，晚风中奔跑，如果没有吃饱了，那情绪也就不高了。收工回营的时候更简单，零零碎碎的全吃了，只有实在无法装进肚子里的猎物，勇士们才会辛辛苦苦地搬回营地，这也是黑狼一族的规矩，千古不变的章程，当然自有其存在的道理，所以也无须修正的。

至于香椿婶她老人家，那是他光头小子的妈妈，自然也就是整个狼群的妈妈，等到她一觉醒来了，神清气爽了，便会发现自己已经创造奇迹了，不用再担心自己是个孤寡老人了，这下子就有大堆的儿女了！

翻过了附近的一道山脊梁，光头小子使劲地吸着鼻子，打从过路的山风那里得到了一个十分有用的信息，就在对面的山坳里，应该有一片松树林，松树算得上是一种含油的乔木，而且是芳香型的植物，那种香味闻着特别醒脑，点起火来更是方便简洁，算得上是一种最为易燃的物品，不说是落到地上干枯的松针，即便是新鲜的松树枝，烧起火来那也特别的旺盛。

有了一个既定的目标，光头小子便迈开两腿，兴致勃勃地去寻找那片松树林。

走进那片松树林，光头小子越发地兴奋起来，感觉到自己就像是走进了一片百宝山，也许是山坳里特别聚拢阳光的缘故，那里的温度比周边高出了许多，积雪已经消融了，地面上自然是潮湿的，陈腐的松针上居然长满了酱黄色的大松菇，这个东西吃起来口感极佳，直接把根子掐了就可以下锅，而且鱼出一滩，鳖出一湾，这里简直就是一个松菇的王国，整个松树林里遍地都是，只要你的胃口放得开，就待在这里吃松菇，那是一辈子也享受不完呀！不要以为只有人类才知道松菇好吃，野兔们也特别的精于此道，用野兔肉炖松菇，那味道也是很美的。光头小子想到了这里，情不自禁地就流口水了。可是更让人高兴的事情还在后边，只听得咯咯地一串叫嚷，好像有一群美女在树林里嬉闹，光头小子留神一看，我的个乖乖哩，那苍翠碧绿的松树林间，居然还活动着不计其数的大松鸡，它们的面孔都是红红的，母松鸡的毛色不太鲜亮，和松菇的颜色差不多，是一种黄褐色的，而公松鸡可就花俏多了，五颜六色，十分靓丽，还拖着一根长长的尾巴，就像是人世间的小鲜肉，并且还多了几分阳刚之气，彼此之间争奇斗艳，就凭着外表的又脆又嫩去竞争异性了！哈哈，光头小子当然用不着在这些问题上寻思太多，因为他更关心的是另一个问题，都说小鸡炖香菇那是一道美味，咱们如今要就地取材，就用松鸡炖松菇，那味道是不是也很美呀？至少，比起野兔炖松菇，应该是更胜一筹吧？光头小子对这个问题想得十分认真，因为他不想滥杀无辜，相对于松菇们来说，如果松鸡比起野兔是更好的搭配，那么就没有野兔什么事了。当然答案也是现成的，因为百姓们都知道，宁吃天上飞的四两，不吃地下跑的半斤，这就是结论了！

结论已经有了，那还等待什么？

光头小子伸手从腰兜里摸出了一枚石头，昂首挺胸，奋力一掷，接着便有一只松鸡从树冠上落了下来。人迹罕至的地方，野生动物们的胆子都是特别的大，尤其是天上的飞禽，仗着比别人多生了一对翅膀，那简直就是目中无人，一只松鸡中招了，掉落下去了，伙伴们居然没有一哄而散，反而大家都伸长了脖子，你瞅瞅我，我瞅瞅你，然后便在树枝上蹦蹦跳跳的，要去研究一番那掉落在地面上的松鸡，看看它到底出了什么样的毛病。光头小子可没有耐心等待着它们研究出一个结果来，腰兜里的石头还算充裕，一颗接一颗地飞了上去，很快的石头便被用光了，地面上多了十来只松鸡，光头小子拉断了一根常春藤，就用藤条代替绳索，把那十来只松鸡捆成了一团，这才拍拍巴掌，算是结束了一个阶段性的任务，接下来便是要折松枝，捡干柴了。

直到这一刻，松树林中的松鸡们这才乐意正眼看一看那个人，知道应该保持一个安全的距离了，只是飞起飞落，闹闹嚷嚷，每只鸟儿都是一百二十个不服气，看上去也是意犹未尽，很有再继续比试一番的意思。

光头小子可不搭这个茬，因为腰兜里的石头已经没有了，附近也没有地方补充弹药，所以鸟儿们的叫嚣只能是隔空喊话、自我架势、自吹自擂，只要大家玩得开心，那就随意好了！

光头小子如今可是一个大忙人，有一大家人等着吃烤肉呢。

光头小子就把那根青竹竿当成了扁担，挑着两捆松枝和干柴，还有一长串松鸡，一大包松菇，就那样满载而归了。

距离山洞不是太远的地方，大约也就五十来米的样子，山石间溢出了一汪流泉，那泉眼不大，也就只有茶杯口粗细，但是那水流量却也不容小瞧，居然也在石头上切割出了一个小小的水潭，溢满了水潭再继续往下流，在山石之间七拐八弯，也就是标准的一缝流泉了。

山洞里的居民们，都要到这里来喝水，那泉水清澈透明，也算得上是一份清洁水源。

光头小子就在那个小水潭的旁边，燃起了一堆篝火。距离水源比较近，这样清洗食物比较方便，因为香椿婶加入到光头小子的团队中来了，所以必须要注意饮食卫生，这件事情可是万万马虎不得。

用几根新鲜的树棍，在熊熊燃烧的篝火上搭起了烘烤架，把几只剥了皮的大青兔挂在上面，光头小子的野火烧烤，这就正式开始了。

大青兔的体量不大，一般最大的也只有六七公斤的样子，剥掉外皮，摘除内脏，操作起来也十分简单，料理好了，薄薄的敷上一层细盐，中间插上一根木棍，就像大街上人们烤肉串那样，放在篝火上就行了。

把所有库存的几只大青兔全都折腾上架了，光头小子这才腾出手来，认真仔细地对付那十来只松鸡，第一件事自然也是褪毛，把毛褪光了，然后开膛破肚，放在清水里洗洗干净，肚子里也少少地撒上一点盐，然后把那一堆松菇也洗干净了，挨个地塞满松鸡们的肚子，把它们一只一只地并排挂在篝火上，剩下来就是慢慢烘烤的功夫了。

这时候，那几只大青兔已经烤出香味了，需要时常翻动了。

还好，山洞里正和一群大黑狼们躺在一起睡觉的香椿婶好像也嗅到了烧烤的香味，这会儿揉着眼睛就走出了山洞，正好给光头小子打下手，负责翻动篝火上的食物，免得它们被烧焦了，烤煳了。

光头小子腾出手来，又开始去收拾那几只野黄羊。

这是昨天晚上黑狼们的重点猎获，一共有四只，大的有四十公斤，小的也有三十公斤，因为体量比较大，收拾起来比较困难，离开银龙潭的时候光头小子带走了几枚大贝壳，这会儿就是用一枚贝壳当刀子，在那里剥羊皮，剔骨头，工具不是很趁手，居然累得气喘吁吁，有些个招架不赢了。

香椿婶见状直摇头，呵呵一笑，转身又跑回山洞中，打开自己背来的那只花布包裹，居然从中找出一柄猎刀，送到了光头小子的手上。

光头小子真的是大喜过望，这可是一柄利器，真正的武器呀！

有了这柄猎刀，光头小子如虎添翼，收拾起猎物来那更是得心应手了，把每一只黄羊都给剥掉了外皮，摘除了内脏，然后大卸八块，这样上架烘烤也就方便多了！

山野中的烧烤香味是越来越浓了，山洞里的那八只大黑狼再也不能若无其事地睡大觉了，人以食为天，狼以食为命，只要是遇上了好吃的东西，那就是悠悠万事，唯此为大，饕餮大餐，大快朵颐呀！

可大黑狼们还是害怕明火的，知道那个东西烧到身上疼得要命，所以只能远远坐在一边，而且整整齐齐坐成一排，大家都在努力地表现自己很守规矩，可给人的感觉总还是有点装模作样，有点像是小孩子的把戏，幼稚得要命了。

香椿婶却也一点不挑礼，知道这一群大黑狼都是光头小子的好朋友，所以看着也都像自己孩子一个样，光头小子的头牌大菜火烤松鸡可以出炉了，她就给每只大黑狼的面前摆上一只，平均分配，公平合理，当然没有碟子也没有碗，直接就扔在还有点积雪的地面上，吃起来也是一样的有滋有味，甚至还有汤有水了。

每只松鸡的肚子里的确都烤出汤水来了，塞满肚子的松菇也全都滋润在汤水里，那个味道可叫鲜美啊，敢包那些人世间的吃货们望尘莫及，无缘得见，甚至连听都没有听说过，地球上还有这么一道美味小吃，外焦里嫩的火烤松鸡呀！

大黑狼们吃出了兴致，一个个仰头望天，嗷嗷狼嚎，也不管这会儿天上根本就没有月亮，是不是十分合适狼歌一曲，只是兴高采烈，激动不已，情急难耐地就要高歌一曲，就差没有翩翩起舞了！

还有一个好消息，光头小子当众宣布，他发现了一片松树林，里面有成千上万只松鸡，还有采撷不完的松菇，就像这样的火烤松鸡，将会成为一个保留节目，只要想吃，天天都有！

那八只黑狼都听呆了，天下居然还有这等好事？

幸好，本次宴会刚刚开始，好吃的东西还在后边，所以大家不会呆若木鸡，毕竟要继续吃东西，那也是一个力气活呀。大青兔总共只有那么几只，一人一只不够分配，香椿婶便把每只大青兔分为两半，每人发了半只，也是公平合理。最后一道大餐那是火烤黄羊，因为每一只黄羊都被大卸八块了，所以数量很多，分量更足，可以自由取用，吃饱吃好！

这一次烧烤宴会，感觉特别成功，大家都十分高兴。

52 阿妈和大山在一起

　　烧烤宴会之后，光头小子问过香椿婶，要不要自己送她返回云雾崖？年近六十的香椿婶，差不多也就算得上是一个老太太了，在这风寒露冷的大山里，还要和一群野狼住在一起，这生活能够过得习惯吗？终究还是不太合适吧？只是始料未及，老太婆居然一口就给拒绝了，她说自己出来就是找儿子的，在月亮山区风餐露宿也有将近两年的时间了，好不容易找着儿子了，却马上又要送她回家，那可不行，她就要守在儿子身边，别说还有火烤松鸡这么好吃的东西，就是每天吃生肉，她也乐意待下去，打死也不愿意返回云雾崖那个鬼地方了！

　　情况就是这个样子，还有商量的余地吗？

　　当然，光头小子还是要努力争取，想让香椿婶过上正常人的生活，有住房，有温饱，有一些正常的人类朋友，安享晚年，快乐度日，这是一个晚辈的心愿。只是老太婆也铁了心了，说自己是一个老猎户的女儿，和大山里的野生动物们本来就相处得像自家人一样，只要能守在儿子的身边，就是待在狼群里也无妨，难道你还看不出来，狼群也是十分乐意接受自己的？自己的老公就消失在这片大山里，大儿子也跟着消失了，无影无踪了，如今只剩下一个小儿子了，自己一定要追随在小儿子身边，这是老公的意思，也是老天的安排，无论会过上什么样的日子，她横竖就是无怨无悔了！

　　好吧，既然老太婆认准了一定要这样，那么光头小子也就无话可说了，只是狼群里出现狼孩那是十分正常的，可一个老太婆也死活要待在狼群里，这事情就有点怪怪的，正常的人们一定会感到不可思议了，可是光头小子也没有办法，只好随老人的心愿了。

　　就这样达成了一个协议，香椿婶从此就留在狼群里了。

　　为了抵御大山里的风寒，光头小子也帮助老人裹上了黄羊皮的衣裙，还披上了麂子皮的上衣，进哪山砍哪柴，这样也就越发显得入乡随俗了。

　　香椿婶更是了不起，抄起了一把小剪刀，居然就给自己和光头小子做起了兽皮马靴，原料是应有尽有的，加工过程也不是十分复杂，也就是说，从今往后，光头小子也就不用打赤脚了，穿上马靴了！

这位大山里的老太婆却不知道，自己的老公王大头，也就是光头小子的老爸黑毛男，想当年在大山里和一个红毛野人相依相恋时，也曾经饱受过打赤脚的苦楚，却没有能耐利用生硬的兽皮做靴子，而只是折下藤条编织草鞋，此一时彼一时，世事如棋局局新，人生如梦难料想，只要你眼下还活着，那肯定就有活着的理由，一定比昨天活得好呀！

如果有一位真正敬业的电视台记者，不辞辛劳地走进这千里大山，有幸见到了这一对裹着兽皮的母子，偏偏也还要厚着脸皮问上一声你幸福吗？回答肯定会令人十分满意，因为这一对母子顶真就是这人世间最最幸福的人了，你瞧这吃的，你瞧这穿的，你瞧这住的，那绝对都是无毒的，无害的，绿色的，环保的，尤其难能可贵的是身边还有好朋友，那居然是一群大黑狼，没有一丝一毫贪婪之心的大黑狼，只知道辛勤工作无私奉献的大黑狼，永远不会惦记你衣兜里是不是有钱的大黑狼，人生到了这个境界，远离了罪恶，远离了小人，远离了伤害，还敢说你不是最最幸福的人，那就是天理难容了！

春暖花开的日子，很快就到来了。

为了银龙潭水那异乎寻常的风景，光头小子领着香椿婶，带着那只黑狼团队，又重新返回了银龙潭边，不是为了那些取食不尽的红龙鱼，更不是为了要和潭水中的鳄鱼们争地盘，只是惦记着半崖上那一道喷射而出的水流，惦记着那水流中还会吐出自己的朋友，因为这已经不是什么奇迹了，自己就曾经亲身经历过地下暗河，从那里侥幸逃生的生命是需要救助的，自己作为它们最为亲近的朋友，自然也是责无旁贷的。

在临近银龙潭的一面山坡上，选择在一片茂密的丛林中，香椿婶指导着光头小子，利用青竹做棚架，搭起了一面偌大的茅草棚，上面铺着厚厚的山茅草，就这样又建起了一个临时的家，能够遮蔽风雨了。大棚里铺满了细细的冷箭竹竿，白天的时候，狼群就把那些冷箭竹竿当床垫，躺在上面睡觉，既通风又透气，而且十分的凉爽。香椿婶这会儿已经掌握了野火烧烤的基本要领，经常烧火的地方隐藏在一面石壁的下面，只要光头小子帮她剥掉了野兽们的皮毛，剩下的工作就可以完全托付给她了，等着开饭就行了，只是饮食习惯有了很大的改变，因为烧烤得火气很大，必须要搭配一些新鲜的蔬菜，譬如蒲公英、苦苦菜、香椿树叶、芦蒿芽子，还有野葱、野蒜、野韭菜，还有木耳、蘑菇、黑地衣，大山里可供食用的青蔬之类很多，只要你认识它们，那就可以随手采集，洗洗干净，裹着香喷喷的烤肉一块食用，味道那是极好的。香椿婶还教会了光头小子挖葛根，那葛根其实就是一种葛藤的根茎，攀爬的能力也是极强的，葛藤的叶子本身就是能够食用的，地下的根茎却长得有点像红薯，只是比红薯的肉质要硬多了，是一种高淀粉的块茎，挖出来放在篝火上烘烤，吃起来很有嚼头，也算是别有风味了。

光头小子这才发现，香椿婶居然也是一座知识的宝库，跟着她去挖野菜，这大山里几乎没有什么东西是不能吃的。

当然了，光头小子每天最多的时间，还是陪伴在那个银龙潭边，偶尔也会捕捉几条红龙鱼，直接用青竹从鱼嘴里插进去，排列在篝火上做叉烧。人的口味就是这样，需要不断地改变花样，再好的美味也不能顿顿吃，否则就会吃腻了。光头小子陪伴着银龙潭，除了每天在潭水边上走一走，散散步，消消食，绝大部分时间还是要对着那潭水操练自己的狼嚎声声，就像唱戏的每天要吊嗓子，打拳的每天要热身子，所谓曲不离口、拳不离手，光头小子那一口嗷嗷狼嚎，要想达到炉火纯青的地步，那也是要时时上心、日日精进，才能张口就到，分外动听。

只是可惜，光头小子的团队里，一直没有新的成员出现，尽管他是求贤若渴，坚持不懈地狼嚎声声，朝朝暮暮地望眼欲穿，披星戴月地苦苦守候，陪着晚风、浸着夜露、守着月亮、等着太阳，把自己的人生变成了一个童话，让希望融汇入大山的脉息，用欢乐去点燃初升的太阳，宇宙是旋转的，世界是变幻的，可他只有一个笃定的追求，那就是能够重新聚会昔日的朋友，用自己不懈的努力，去渲染天上的彩云，让大山里的每一缕清风都变成快乐的呓语，期待不会白费，大家应该活着！

这一年，就这样过去了。

接下来，又是一年苦苦的坚守。

终于有一天，奇迹出现了。

那是一个月光特别明亮的夜晚，就像往常一样，狼王夫妻领着黑狼团队狩猎去了。山风捎来了野果子的香甜，这是一个成熟的季节，也就是说，秋天已经来到了。秋天的夜晚是凉爽的，香椿婶已经上了年纪了，自然不能在山野中露宿了，便早早地在棚屋里铺上了干草，日出而作，日落而息，依然遵循着老祖宗的规矩，这会儿已经睡熟了。只有光头小子还是那样神采奕奕，不知疲倦地守候在银龙潭边，守着天上的那一轮明月，守着崖壁上的那一道水龙，时断时续地唱着自己的黑狼咏叹调，心情却是有点怪怪的，就像一群远飞的大雁，飞出林莽，飞向远山，往事历历，依次浮现，忽而是笑靥如花的红毛妹子，采来了大捧的红杜鹃，忽而是娘亲红毛女，在教导自己开弓放箭，忽而是老爸黑毛男，把一支青竹标枪射上云端！说来也顶真就是奇怪了，光头小子从来就没有看过电影，可如今就是无师自通了，大脑里居然出现了依次而来的蒙太奇画面，只是有些惶恐，不太习惯，所以便扯起嗓子，拼命地嚎叫，要让那狼嚎声声传得更远，催动山风强劲，牵起月光飞旋，让星空万里融会贯通一个分外执拗的主题，那就是要让远方的亲友有所触动，听得到光头小子的声声呼唤！

精诚所至，金石为开。

光头小子忽然又得到回应了！

只是那声音很奇怪，不像人言，也不似狼语，倒像是一只狗狗，在那里撒娇卖萌，哼哼唧唧。这又是怎么回事呢？是谁家的狗狗没有看管好，也跑进大山里凑热闹来了？而且，那声音离得很近，好像就在自己的身边，甚至能听到对方的喘息声，光头小子错愕不已，慢慢地回过头去。

"汪汪！"

立刻，响起了一道明白无误的狗吠声。

对方竟是一只大黑狗，浑身上下漆黑一团，一丝杂毛也没有，正站在那里望着他，尾巴不停地摇动着。哈哈，确认过眼神了，这的确就是一只狗狗，虽然那长相和黑狼们毫无二致，体量也极其的高大，只是会摇尾巴，会撒娇卖萌，这就和野狼们绝对不是一回事了。

"我知道你是谁，老爸黑毛男说起过，真正一根杂毛都没有的大黑狗，那就是杨二郎的哮天犬，是不是？"

"唔——呜呜？"

"这事，你居然没有听说过？这就不好勉强了，你既然不是哮天犬，那就只能是个柴火犬了，或者稍稍有点能耐的，那就是狩猎犬了，对了，你一定是个黑猎犬，我老爸原先就有过一只，好像名叫黑豹子，你这会儿又到大山里干什么来了？跟着你主人一起来的？那你的主人又到哪去了？会不会是被老虎给吃了？"

"唔——呜呜？"

"怎么？我又说错了？老虎没有吃掉你的主人，反而是你的主人把老虎给吃了？要是这样的话，那你可就是遇上麻烦了，因为我就是个野生动物，和老虎是站在一头的，以前为了保护老虎，还生擒活捉了一个猎人，就不怕我把你的主人也给活捉了，明天早晨喂老虎？"

"唔——汪汪！汪汪！"

"什么？你还要抗议？知道我会怎么回答你吗？抗议无效！抗议无效！"

"汪汪！汪汪！"

"哈，还长本事了不成？都说过抗议无效了，你还叫什么叫？乖乖的，让你的主人出来，投案自首！"

"汪汪！汪汪！汪汪！"

大黑狗的抗议越发激烈了。

光头小子也束手无策了，这一人一狗，各说各算，显然并没有达到真正的交流，牛头马嘴，越扯越远，根本就是瞎吵吵，不知道自己在干什么了。

幸好，就在这个坎子上，香椿婶一路小跑地赶来了。

"我那个傻儿子，你在干什么？不是一直在学狼嚎吗？狼嚎听的习惯了，睡起觉来也分外踏实，怎么突然又学起狗叫来了？好久的日子没听过狗叫了，这乍一听还真有点瘆得慌，好像又要天塌了、地陷了，不会又摊上大事了？哎哟喂，我看看，这还真有一条大黑狗呀？过来过来，我看看，这是谁家的狗啊？怎么也跑到大山里来了？就不怕狼群把你给撕吧撕吧吞吃了？没事了，没事了，碰到我这老婆子，也就算是进派出所了，可以重新登记了，什么狼呀狗呀的从此都是一家人，可以相安无事了！"

香椿婶落落大方地走上前去，毫无芥蒂地拍了拍狗头，那大黑狗立马又摇起尾巴，不再嚷嚷不停了。

"瞧见了没有？你瞧见了没有？我就说自己是这片大山里的活神仙，什么山猫野狗的都会听招呼，你还一直都不肯相信，这不是，天上掉下一条大黑狗，我分分钟就给搞定了，信不信明天就会变成我的小跟班，帮我干点家务活，没准还是一把好手哩！行了，就这么说定了，马上就跟我回狼窝去吧，晚上的烧烤我还留了一块肥羊腿，马上就给你发奖励！"

那大黑狗，居然顺顺溜溜地跟着香椿婶走了。

光头小子用手摸着自己的脑袋，好半晌没有缓过神来，这算是怎么一回事呢？自己的狼嚎声声，居然召唤来一条狗，偏偏那狗和自己又无法沟通，鸡同鸭讲地折腾了半天，最后还是香椿婶出面解决了难题，这还算得上是自己的成就吗？

这一夜晚剩下来的时间，光头小子始终一声不吭，只是坐在那儿发呆。

后来，他就坐在那睡着了。

53　早晨，银龙潭上红霞漫天

　　第二天早晨，太阳升起来之后，光头小子是被一阵狗叫声给惊醒的。昨天晚上刚刚入伙的那条大黑狗，这会儿俨然已经变成了银龙潭的主人，撒了欢儿跑来跑去，高声亮嗓地大叫大嚷，感觉着就一点也没有把自己当外人，倒是光头小子看着稀奇，狗狗们这是什么德性？人来疯？还是热粘皮？不管怎么说，那大黑狗已经成了香椿婶的宠物，也的确算得上这银龙潭边的半个主人了。

　　香椿婶正在潭水边抓红龙鱼，那些红龙鱼特别乖巧，完全接受人类的空手拿红鱼，香椿婶每每抄起一条红龙鱼，就扔到了潭边的沙滩上，那条大黑狗便叼起来就跑，直接给送到了那个半崖下面，那里的篝火已经点燃了，看情形这一大清早就要火烤红龙鱼，难道今天是一个什么重大的节日吗？

　　光头小子摇了摇头，又使劲地揉揉眼睛，他真的是想不起来，今天会和什么节日扯上瓜葛，人在深山幽谷中，本来就是不需要为什么节日烦心费神的，有必要操那个心吗？光头小子想来想去，终于想出了一个门道，今天就是多了一条大黑狗，也许这老太婆就是为了一个新朋友，要举行一个盛大的庆典了！

　　光头小子也笑了，喜欢你就折腾吧，反正这里是天高皇帝远，老太婆的地位崇高无上，差不多也就算得上是地域范围内的王母娘娘了，只要她老人家高兴，重新让这条大黑狗官复原职，继续当它的哮天犬，那也绝对不会有人反对，因为反对无效，这里只有她说了算。

　　老太婆今天真的很高兴，一边在那里抓鱼，一边还哼起了小戏曲，光头小子以前就听她唱过，那叫湖南花鼓戏，十分喜庆的那一种。

　　光头小子也很想跟着唱上一曲，可惜自己亮出嗓子就只会狼嚎声声，这就有点大煞风景了，还是忍着不唱了，就让老太婆自己唱个够吧。

　　光头小子知道，如今自己就是她唯一的儿子了，处处都要表现出一种十分的孝顺，大山里的条件就是这样，当然也用不着太过讲究，只要老人家高兴就行。

　　幸好多了一条不甘寂寞的大黑狗，不知道是要给老太婆伴奏，还是单纯就是为了助兴，反正一直在汪汪叫，跑来跑去，不亦乐乎。

这时候，一朵一朵的彩云从天边飞来，似乎也看上了银龙潭这块风水宝地，居然伫立云天，流连忘返了。

银龙潭水包裹在一团红光当中，愈发地绮丽迷人了。

光头小子又想高歌一曲了。

只是他还是担心，只怕自己蓦地发出了一声狼嚎，会破坏了这一团祥和的气氛，直接把别人给吓了一大跳。所以，他咽了口吐沫，使劲地忍住了。

可是，隐隐约约的，他还是听到了狼嚎声。

是狼王夫妻，领着它们的狼群回来了吗？

回过头去，又往山坡上走了几步，光头小子向远方眺望，果真看到了一头年轻的大黑狼，正一路上嗷嗷地呼唤着，撒了欢地向这边跑来了！光头小子立马就发现了不对劲的地方，这头大黑狼太年轻了，太强壮了，根本就不是狼王夫妻那个团队中的一员，因为那八头大黑狼实实在在都已经显出老态龙钟了，属于黑狼团队中的元老辈分，不可能跑得这么快，叫得这么响，活力四射、英姿飒爽！

今天可真是个好日子，光头小子的团队里，又要有新的成员参加进来了！

那强健的黑狼越跑越近了。

呜呜嗷嗷的狼嚎也越发清晰可闻了。

光头小子越看那身影越觉得眼熟，越听那声音越觉得耳熟，这怎么越来越像是一个熟人了？直到黑狼跑到近前，直接就扑到了他的怀抱中，而且毫不含糊地就在他脸上吻了一口，这才让他明白过来，果真是自己的好朋友，少小无猜的好朋友，就是当年的那个小黑狼胖胖，亲兄弟一样的好朋友啊！

当年的胖胖小黑狼，如今变成了一只体态健硕的大公狼。

更让人意想不到的是先前入伙的那只大黑狗，这会儿也不再应和着老太婆的节奏汪汪叫唤了，毫不迟疑地就跑了过来，亲亲热热地舔着大公狼胖胖的嘴巴，大公狼的反应更是热烈，丝毫也不担心让老朋友看了笑话，抛下了光头小子，就和那大黑狗兜着圈子诉说衷肠，当然使用的方式还是最为原始的，就是你舔我舔，你侬我侬，倒像是久别重逢的一对老情人，就连光头小子在一边使劲咳嗽都没用，野生动物的爱情就是这样，两情若有长久时，必须丑态百出，朝朝暮暮！

光头小子生气了，索性不再去看它们了。

这时候，就在大黑狼胖胖跑来的方向，大部队出现了。

应该说，这是一只颇具规模的黑狼团队了，有一只健壮的黑狼带队跑在最前面，因为有了黑狼胖胖的缘故，光头小子这一次毫不费力地就认出了那是谁，那当然应该是两只小黑狼中的一员，是黑狼胖胖那个性情古怪的妹妹，想当年被唤作瘦妮的，只是眼下已经不瘦了，个头也不小了，看样子还成了一只狼群的领队了，果真士别三日当刮目相看，想当年的小瘦妮，将来会不会像她的母亲一样，也会成就为一个叱咤风云的狼王？跟在它身后的，是十只年轻健壮的小黑狼，跑得欢快，分外活泼，看得出来也只是初具战斗力的那一种，应该是最为年轻的一代了。只是光头小子此刻还想象不出来，那十只最为年轻的小黑狼，其实正是那只大黑狗和公狼胖胖的儿女，这一大家子正来自红毛妹子的身边。狼王夫妻率领着的那八只大黑狼也出现了，只是和前面的狼群稍稍拉开了一段距离，看样子大家在山野中狩猎的时候就已经照过面了，如今是分系列行军，也算得上是井然有序了。

大黑狗汪汪叫唤着，高高兴兴地跑上前去。

香椿婶也走上前来，和光头小子站在一起，陪着那只大公狼胖胖，等待着那支大部队的到来。

这时候，漫天红霞也越发灿烂，天上人间，朵朵奇葩，分外娇艳。

54　有一种苦楚叫思念

现在，光头小子的黑狼团队，就是不算上那头大黑狗，也有足足 20 头黑狼了。20 头黑狼，大家一起跑到银龙潭边去饮水，一字排开了很长的队伍，看上去也是蔚为壮观，让人打从心眼里感到高兴，曾经被一场大地震整体吞没的黑狼氏族，这不又生龙活虎地重新出现，生机勃勃了？看着它们的背影，光头小子真是打从心眼里忍禁不住地暗自高兴，因为自己一直苦苦守候在银龙潭水边，等待着的就是这一天呀！

光头小子的大脑十分简单，看得懂具体的图像，理不明概念化的抽象，所以不会想得太多，尤其不会怨天尤人，哪怕被山民们逼迫着跳下了洪流，哪怕被吸入了地下暗河，在磷光闪闪萤虫飞舞的水溶洞中苦苦求生，觉得这一切也都是寻常小事，只要自己还活着，那就要努力活得更好一些，抓住了什么都可以吃，吃饱了就可以干事情，尤其是被半崖的水流给吐出暗河之后，发现了银龙潭这样一个奇妙无比的人间仙境，尤其是成功地救助了八头大黑狼之后，感觉自己原来还是很有用处的，比如守着银龙潭水狼嚎声声，把濒临绝境的朋友们呼唤到自己的身边来，为它们治愈失明的眼睛，让它们重新焕发青春，这活计干得很有意思，让人乐此不疲，而且越干越有劲，只是后来的情形不是那么令人乐观了，因为好长时间都看不出一丁点工作的成就，而劫后余生的狼王夫妻它们显然都已经进入了老龄化的状态，失去了青春的激情，没心思生儿育女，眼见着黑狼的群落还是后继无人，却不料银龙潭边来了一条大黑狗，居然给花毛小子的黑狼团队带来了天大的好运气，领来了一大群的小黑狼，而且狼王夫妻还见到了失散已久的一对小儿女，如今都已经长成了体格彪悍的大黑狼，还有那十来只已经初具战斗力的小黑狼，居然全是它们的孙子一代，这真是一个天大的幸运，快活得让人眩晕啊！

幸好，黑狼们不喜欢喋喋不休，要不然银龙潭里的鳄鱼们可就有的烦恼了。

银龙潭边很快就恢复了平静，因为还是狼王夫妻在指挥黑狼们的行动，一切都遵守祖宗们留下来的法典，夜晚狩猎，白天睡觉，除了到银龙潭边喝个水，基本上也就很少到这边来。

所以，经常在银龙潭水边走动的，除了光头小子，还有香椿婶，如今又多了一条大黑狗，但是平常的日子里大家都不多说话，尤其是白日里黑狼们睡觉的时候，光头小子不会发出嗷嗷的狼嚎声，大黑狗也十分懂事地保持安静，香椿婶只顾着忙活自己的事情，除了半崖上喷射出的轰隆水声，基本上也就没有其他的杂音了，说是银龙潭水静悄悄，可能是有点太过牵强，但是你如果把那轰隆的水声听得习惯了，可以直接忽略不计，那也就说得过去了。

晚上，狼王夫妻领着狼群狩猎去了，光头小子还会守在银龙潭边，继续着自己的功课。那大黑狗有时候会跑过来，静静地俯卧在他身边，不错眼神地看着他，做一个十分忠实的听众。光头小子倒是十分奇怪，他知道狗狗们一般都是喜欢热闹的，不是一般的人来疯，有人没人都会疯，一大群黑狼出去狩猎了，那动静着实不小，应该十分热闹，怎么这只大黑狗居然会自甘寂寞，留在营地上看守篝火？

香椿婶却悄悄地告诉他，事情不是这样的，大黑狗自然也想去凑热闹，只是眼下它的身体条件不允许，更为准确的说法是，大黑狗眼下是怀孕了，内行人一眼就看得出来，它已经显出腰身来了！

光头小子伸了一下舌头，再也不说什么。

可是香椿婶还有话说，老太婆说自己发现了一个秘密，就是知道了大黑狗的情郎是哪一个，就是光头小子喊它胖胖的那头大公狼，大黑狗一定就是被它给拐带出来的，你瞧这事整得有多么新鲜，大公狼跑到村里去骗媳妇，居然把一条大黑狗给哄进大山里来了！

光头小子只是笑了笑，接下来什么都不说了。

如果告诉了香椿婶，说这一次加入团队的那十头小黑狼，其实也就是一窝狗崽子，它们的父亲就是那头大公狼，所以直接也就被改了户口，入了狼籍，那么老太婆会不会吓个半死？其实大黑狗和大黑狼本来就是一回事，不说五百年前是一家，那血缘本来就是相通的，所以偶尔交换一下生活的环境，实实在在也是一件平常小事，用不着大惊小怪的。而且，从光头小子的角度看来，这条大黑狗实在是勇气可嘉，值得钦佩，为黑狼一族的传宗接代建立了盖世的功勋呀！

只是，自打这件事情之后，光头小子会时常陷入沉思。

少小无猜的儿时朋友，如今都已经儿女成群了，自己每天只顾着在这里自得其乐的狼嚎声声，生活中是不是也少了点什么？小黑狼胖胖和瘦妮如今都长大了，那变化之大，简直出乎意料，倒显得自己好像没有多大出息，一直还是这个老样子，是不是也太令人沮丧了？最最关键的还有一个问题，胖胖和瘦妮都已经找到了，大家团聚在这银龙潭边，可是红毛妹妹呢？怎么见不到她的影踪呢？在那懵懵懂懂的岁月里，为了去寻找红毛妹妹，自己也是大不怕地不怕，让老爸老妈急得抓狂，直到最后那一场突如其来的大地震，老爸黑毛男和老妈红毛女他们究竟去了哪里，直到今天还是一个谜呀！野生动物们的第六感觉是分外敏感的，光头小子总是能感觉到，无论是胖胖还是瘦妮，甚至还有那条大黑狗，它们身上都或多或少地带来了红毛妹子的信息，这是能够理解的，因为大家都是熟朋友，可以明白无误地传达出一个基本信息，那就是红毛妹子还活着，而且本人很健康，可嗷嗷狼嚎只能保证一种情感的传达，很难像人类的语言那样诉说周详，所以光头小子也只能是干着急，一丁点的办法也没有啊！

置身于这一片大山中，除了嗷嗷狼嚎，他还有更好的通信手段吗？

于是，无可奈何的时候，继续嗷嗷狼嚎！

只是心情不同了，嗷嗷狼嚎的内容也有所改变了，不仅仅只是为了呼朋引类了，因为苦苦思念的情绪增加了很多，他在心里呼唤着红毛妹子的名字，大脑里回映着红毛妹子的倩影，这样就增加了呼唤的意向性，几乎就是在情真意切地发表了一篇宣言书：红毛妹妹，你在哪里？听不见光头小子在呼唤你？别说什么只在此山中，云深不知处，哥哥我这会儿就是想你了，好妹妹，我想得心都痛了！

红毛妹妹忽然在半夜里流泪，说是在睡梦中听到了花毛哥哥的呼唤声，想来也正是这段日子。

55　整理好心情就出发

又过了两个月，大黑狗生宝宝了，这一次又生了十只黑崽子，浑身上下黑得发亮，一星星杂色都没有，这也就毫不含糊地向全世界宣布，这一窝小崽子根本就不用转户口，它们生下来就是小黑狼，光头小子的黑狼团队，又一次添丁进口了！

为了庆贺光头小子的团队人丁兴旺，也是为了给那个功勋母亲下奶催乳，香椿婶又哼起了湖南花鼓戏，脚步踩着鼓点跑到了银龙潭水边，操练空手拿红鱼，又开始篝火烤鱼了。

光头小子看在眼里，喜在心上，只是什么也不说，面含微笑坐在高坡上，居高临下地看着那喜气洋洋的银龙潭，体味着那其中蕴生的无限生机。

这一天，表现特别高兴的，还是那对狼王夫妻，它们忘记了黑狼部落白天是应该睡觉的，夫妻双双坐在那银龙潭水边，仰头望着山坡上的光头小子，一副促膝谈心的样子，实实在在的，它们的确有许多知心的话儿要说一说，因为黑狼们的寿命并不是很长，很少能活过 20 个年头，狼王夫妻双双已经活过 12 年了，这在狼群中已经算得上是高龄了，早就该考虑退休养老的事情，只是家国不幸，多灾多难，也幸亏得到了贵人相助，遇上了光头小子这样一位豪侠之士，不仅在绝境中挽救了它们的生命，帮助它们的眼睛恢复了光明，还早早就收留了它们的儿女，埋下一道最为重要的伏笔，在它们以为自己已经是垂垂老矣，回天无力，黑狼一族最终还是要日薄西山的时候，突然就像是天降奇兵，一大群儿女呼啸而来，黑狼一族果真是天之萌宠，从此又要兴旺发达了！

月亮山，我的父母之邦，谢谢了！

狼王夫妻这是抚今追昔，饮水思源，感慨颇多，忍不住就要抒发一番感恩之情，给那位光头小子点赞一番，于是便低声地吟诵，缓缓地诉说，声腔苍凉而又古朴，节奏轻缓而又悠长，虽然同样也是狼腔狼调，却透露出一种遮掩不住的王者气息，思接千古，俯仰八级，却不急不忙，徐徐道来，归根结底还是一首老人之歌，或者，是老狼之歌。

光头小子摆摆手，表示自己心领了，客言不套，也就不用多说了。

可是狼王夫妻很固执，执意要唱完一首赞美之歌。

这大约也是一种王者风范，光头小子姑且随之了。

狼王夫妻的身边，还伴随着它们的一双儿女，公狼胖胖，还有母狼瘦妮。

那大黑狗没有过来，它此刻正在坐月子，享受着一个产妇应有的待遇。为了爱情它走进大山，为一头大公狼开枝散叶，传宗接代，它认准这就是自己的使命，感觉很不错，心里很乐意，只是还有一点小小的遗憾，就是这里的人们直到现在还没有真正地把它认出来，不知道它其实来自一个很有学问的地方，那个地方叫花青溪小学，有一位特别有本事的校长叫钱无奈，还有一位特别美丽的小姑娘，人们都喊她红毛妹子，而且这些都还算不得最最关键，最最关键的是它还有一个高端大气上档次的名字，它的名字叫黑莲花。

这一生一世，还会有人轻轻呼唤它黑莲花吗？

光头小子也轻轻地叹口气，就像人们通常所说的那样，每逢佳节倍思亲，在这样一个欢天喜地的时刻，他是情不自禁地又想起了红毛妹妹，那是他生命中最最重要的一个人儿，这一生一世还有缘相见吗？

所以，在这样一种心情之下，光头小子是没有心思听歌的，他不需要任何的感恩，因为，他的心里正在暗自着急。

光头小子又轻轻地叹了口气。

坐在狼王夫妻身后的胖胖和瘦妮，好像觉察出了光头小子的异样表情，这一对正值壮年的大黑狼互相看了一眼，彼此点了点头，好像是已经猜出了光头小子的心思，其实这件事情也是十分简单，亲如兄妹的一群小伙伴，如今只差它们的红毛小狼姐了，那光头大哥哥如果不是在思念自己的红毛妹妹，还有什么道理会分心走神呢？

于是，在接下来的时间里，那一对黑狼兄妹上演了一曲男女声二重唱。它们的演唱内容，竟是一部波澜壮阔的史诗。如果你比较欣赏意大利咏叹调的话，也许就能从头到尾听懂那个完整的故事，如果你比较熟悉狼嚎声声，也许大体上你还能连估带猜的晓得一个大致的剧情，因为狼的语言只是侧重于一种情绪的表达，很难像人类的语言那样清晰明白地描摹事物，所以在这种情境之中，无论歌者还是听者，都不能拘泥于一种僵死的教条，只能努力地去表达出自己想要表达的，至于对方究竟听懂了多少，那就不要太过认真了。

就是这样，那对黑狼兄妹，正在兴致勃勃地用歌声给大家说故事。

如果用电影蒙太奇的手法，就在它们的歌声当中，会不断地出现一些生动的画面，在那里幻出幻入、首尾相接、来龙去脉、衔接自如——

想当年那个懵懂少年花毛小子，在大山里邂逅了红毛小狼女，第一眼之后便念念不忘，恬不知耻地苦苦追踪，让胖胖和瘦妮倍感惊奇，这是一个人类的小娃娃呀，为什么一门心思要和野生动物们待在一起呢？

黑狼部落那曾经的家园，布满天坑的窟窿山上，花毛小子嗷嗷怪叫着走来，那时候他刚刚发现嗷嗷狼嚎的重要性，只是专业水平不敢恭维，扯开嗓子那就是鬼哭狼嚎，而且初生牛犊不怕虎，还要挨个天坑去自报家门，呼唤小狼女快快出来，陪着哥哥去逛山了！

树上长满红蟠桃，花毛小子爬到了大树上，把一枚枚的红蟠桃扔下来，红毛小狼女用一只芭蕉叶子在下面接，小黑狼胖胖的肚子已经滚滚圆了，还在使劲地吃，一边吃，一边撒尿。

狂风来了，暴雨来了，天上蓝光闪闪，群山摇摇晃晃，这就是那场突如其来的大地震，花毛小子搂着自己的小伙伴，大家紧紧地抱成一团，躲在低矮的灌木丛中。

天坑喷水了，群山淹没了，狼山变成了一座湖中的小岛，知道黑狼部落这就是全军覆没了，红毛小狼女和两只小黑狼抱在一起痛哭，花毛小子就守在他们的身边，陪着一起落泪。

后来就是茶花洞的岁月了，花毛小子领着红毛小狼女和两只半大的小黑狼从茶花丛中走出来，两只小黑狼在草地上撒泼，追逐着一头黄羊，花毛小子和红毛小狼女留神倾听着山风中传来的狼嚎声声，借以判明两只小黑狼的方位，跟在后边，苦苦追踪。

后来，那三条腿的老虎就出现了，在那里苦苦地守候着一丛黄杜鹃。

后来，花毛小子和红毛小狼女就用一根青竹做扁担，抬起了大家吃剩的猎物，领着两只小黑狼，去给那三条腿的老虎送饭。

后来，花毛小子夜闯考察队员们的篝火营地，被那跳跃燃烧的篝火深深吸引，惊动了睡梦中的值班警卫，一声枪响，花毛小子落荒而逃。

后来，花毛小子嗷嗷怪叫着在大山里逃窜，猝不及防地被猎人轰了一枪，又在枪口的胁迫之下，领着猎人在大山里逃亡。

后来，红毛小狼女和两只小黑狼在大山里呼唤花毛小子，隐隐约约地，也听得到花毛哥哥的狼嚎声声，一直都在远方呼应，顺着声音的方向一路追踪，终于看到对方的身影了，花毛哥哥却变成了另外一个人，竟是一个光头小子，白跑鞋，红球衫，头顶太阳帽，脸上还扣着一副大墨镜，红毛小狼女真的是吓坏了，领着两只小黑狼，转身就跑了！

后来，那光头小子的太阳帽丢了，墨镜也掉了，却一直朝着太阳升起的方向走，红毛小狼女领着两只小黑狼，也一直远远地尾随着。

后来，那光头小子遇上了香椿婶，帮香椿婶捎起了一捆柴草，被领进了香椿树下的那一栋青石小院，红毛小狼女也领着两只小黑狼跟了过来，一直把他们送到村头上。

苍茫的夜色里，红毛小狼女领着两只小黑狼在村外徘徊，发出了一阵阵的狼嚎声，这是在呼唤他们的花毛哥哥。隐隐约约地，那青石小院中也发出了狼嚎声声，可以明白无误地判断出来，那就是回应！

红毛小狼女把一只身体尚且柔软的黄羊放在那青石小院门前的台阶上，嘴里还喃喃地念叨着：花毛哥哥，我知道，你现在已经变成了光头小子，所有的毛毛都没有了，只是这样太可怕了，多吃点肉吧，让毛毛重新长出来，我们会把你接走的！

又是一个夜晚，月光特别明亮，红毛小狼女又把一只麂子放在青石小院门前的台阶上，嘴上依然在喃喃自语：花毛哥哥，你的毛毛长出来没有啊？多吃点肉肉吧，麂子的瘦肉特别新鲜，愿你的毛发长得更长，比以前的更漂亮！

后来的那个夜晚，天空中阴沉沉的，还飘着小雪花。红毛小狼女扛着一只沉重的猎物，走得很吃力。一只黑狼绕着她转来转去，很想给她搭把手，帮帮忙，可惜有劲也使不上。另一只小黑狼却蹦蹦跳跳地跑在前头，直接就冲向了青石小院门前的台阶，忽然就被磕绊了一下，接着是轰隆的一声巨响，一团火光爆起！

红毛小狼女领着两只小黑狼逃向山野，其中一只小黑狼受伤了，一瘸一拐地跑在后边，雪地上撒下了斑斑血迹……

春暖了，花开了，红毛小狼女和那两只小黑狼又来到了村头上，只是狼嚎声声，再也无人回应了。

月亮河上架起大桥了，桥头下的广场上竖起精铜铸造的雕像了，正是光头小子施展飞石神功的样子，倒也惟妙惟肖、栩栩如生，红毛小狼女领着那两只小黑狼又秉承夜色而来，把新鲜的猎获放在塑像下面，盘桓许久，不忍离去。

猎人白面书生鬼魅一样的出现了，手上举着一只火铳，蹑手蹑脚地向红毛小狼女他们凑近过去，两只小黑狼蓦然惊觉，发出急促的嚎叫声，小伙伴们只得匆匆离去。

深深的陷阱下边，红毛小狼女拉扯着一只小黑狼，把它扶到那根树干上，推着它使劲地往上爬，一只小黑狼爬上去了，她又来救助第二只，第二只小黑狼也爬出陷阱了，她自己也爬上树干，准备逃离，就在这个时候，陷阱上面火光一闪，响起了一道惊雷般的枪声，她被结结实实地吓了一大跳，又重新跌落进陷阱里！

白面书生在陷阱上狂笑，那火铳的枪口上还冒着青烟……

············

"汪汪汪！汪汪汪！"

不知道什么时候，那条大黑狗也跑了过来，这会儿忽然狂吠起来了，那情绪也显得特别激动，这足以说明一个问题，那就是它也听懂了黑狼兄妹叙述的故事，近山识鸟音，亲水知鱼情，生命就是这样一种奇特的东西，会学习，能进步，具有无限的可能性。也难怪那条大黑狗会如此的激动，因为那红毛小狼女原本它也认识，不就是花青溪小学的红毛妹子吗？如今她是春妮的女儿，小学校长的心肝宝贝，也是黑莲花的好朋友，只可惜自己不会表达，要不然早就说出来了！

香椿婶也跟着跑了过来，嗷嗷狼嚎她也是早就听得习惯了，可以熟视无睹了，保证吃饭睡觉两不误，只是你要让她听出其中的玄妙，尤其是一个跨度很长的故事，那可就勉为其难了，只能满脸懵懂，东张西望了。

只是那一对狼王夫妻听得特别投入，两只老狼的眼睛里都沁出了大颗的泪水，它们彼此的鼻尖互相触碰，就那样泪眼相向，哽咽呜咽，倒成了一对最为动情的听众，实实在在是最为在乎那位红毛小狼女，因为它们正是那红毛小狼女的狼哥哥，狼姐姐，尤其是那位女狼王，每天和小狼女一起叼着狼妈妈的乳头，一起哭，一起笑，你撕我咬，打打闹闹，彼此是真正的亲姐妹，就那样一天天长大的呀！

胖胖和瘦妮是一对狼兄狼妹，它们的故事讲完了，却也没有急于退场，只是意犹未尽地看着光头小子，大约还是想看一看自己表演的效果如何吧？只是很奇怪，光头小子居然面无表情，好像是呆了，傻了，沉浸在一个美丽动人的故事里，一时半会也就不打算出来了！

终于，光头小子轻轻地叹口气，兀自地点点头，好像是终于下定决心了，可以做出一个重大决定了。

"我明白了，红毛妹妹她还活着，只是眼下不知道在哪里，我不能每天守着这银龙潭水了，我要去找她，马上就出发！"

光头小子毅然决然地宣布了一个重大消息。

56　派出所所长焦头烂额

　　小学校长钱无奈，领着他的侦缉队伍返回校园，这时候已经确信是猎人白面书生裹挟了红毛妹子，这就已经涉及刑事犯罪了，便给派出所所长打电话，也就是正式报案了。接到小学校长的报案，派出所所长自然也片刻不敢耽搁，立马就领了两个民警，陪着老教授，开着一辆警车，风风火火地赶过来了。

　　这时候天已经黑了，大家在一起开了一个碰头会议，进一步交流了一些方方面面的情况，派出所所长便领着小学校长，带着两个民警，还有那条大黑狗黑牡丹又连夜出发了，基本上就是沿着小学校长他们先前走过的路，跟着大黑狗又重新走了一遍，最后也去了猎人白面书生的家，打着电筒又仔细地搜索一遍，基本上没有丝毫的进展，只能大体上证实小学校长的推断是正确的，红毛妹子应该是和猎人白面书生在一起，那猎人有裹挟少女出走的嫌疑，只是眼下已经进山了，不是伸手就能抓得着，数千里方圆的月亮大山，要在这里搜索找人，那的确也就是大海捞针，事情又回到了原先的起点，还是一筹莫展呀！

　　老教授提出一个建议，他曾经是一位野人考察队长，在月亮大山里折腾了一辈子，虽然没有什么具体的成绩，可毕竟对山川地貌比较熟悉一些，所以自告奋勇要领着派出所所长和那两个民警，加上小学校长，还有那条大黑狗黑牡丹，这就是一支精明强干的搜索队，马上就可以进山去找人了。

　　派出所所长毫不迟疑地拒绝了老教授，说你老人家的心情可嘉，老骥伏枥，志在千里，可惜你一辈子都没有见到过一个真正的野人，可见你的运气并不是真的很好，如今又要去抓一个猎人，大家都凭着两条腿在大山里跑，你跑得过人家吗？即便给你配备几个真正的武警，全副武装地杀上战场，可你连个人影都见不着，这样有用吗？老爷子，不怕你老人家伤心难过，眼下你只能出谋划策，跋山涉水的事儿，还是免谈吧！

　　老教授黯然神伤，低头不语了。

　　春妮给他递上一杯热茶，也陪着叹了口气，十分无奈地摇摇头，用手绢擦了擦自己的眼睛。

大家差不多整整折腾了一夜，这时候天也就快亮了。

派出所所长就把花青溪小学的民警值班室当成了自己的临时指挥部，就在那里打开视频通话，向上级公安部门领导作出了一份详细的汇报，关于红毛小狼女，关于猎人白面书生，人们之间过往的纠集和现实的可能，总而言之就是一句话，要求进山搜索，请求上级支援！

上级的回答也极为简单，这不是一件小事情，他们是集体领导，需要开会研究一下。

上午十点来钟，回复下来了。

上级的回复也十分诚恳，当然对红毛妹子的走失十分重视，恨不得立时三刻就能抓住那个白面书生，毫不留情地绳之以法，只是他们的权力还是太小了，一个山区小具的公安局，只有一个武警中队，统统派出去，总共也不过就三十来人，能在月亮山区展开搜捕行动吗？根本连水都搅不浑，还抓得住水底的泥鳅？所以，本着一个负责任的态度，他们也只得把问题上交，也就是说，向上求助了。人民公安爱人民，相信上级领导会重视这个问题的。对于云雾崖派出所的要求那就更简单了，要耐心等待上级的指示，万万不可轻举妄动！

派出所所长叹了口气，没法子，只能耐心等待了。

派出所所长带着他的原班人马，原路返回了。

第二天上午的十点多钟，派出所所长接到了更上一级的通知，这次不是简单的电话通知，而是通过传真机打印的一份文件，竟是市公安局的一份办公会议纪要，通过这份文件完全看得出来，上级有关领导对这件事情尤其重视，当然同意进山搜捕，只是在方圆千里的大山里展开行动，至少要调动千军万马，还有运输工具的调配，后勤补给的保障，周边地区的配合，这方方面面都要动作起来，他们的权力还是显得太小了，只能把问题继续上交，向省里寻求支持了！

最后还是那句话，云雾崖派出所只能耐心等待，不得轻举妄动！

派出所所长这次没叹气，只是摇摇头。

第三天上午，还是十点钟之后，派出所所长一下子收到了一大堆的通知，电子传真机足足忙活了二十分钟，一下子打印出十多份文件，其中有省政府、省军区、省武警总队、省公安厅方方面面挑头的文件，还有教育、卫生、新闻、科研诸多方面的通知，总而言之就是红毛妹子走失的事件已经惊天动地了，千军万马搜索月亮山的阵势已经摆开了，只是这件事情太大了，不是哪一个人可以随便担得起责任，所以有关方面的领导都要到云雾崖派出所去聚齐，召开一个现场办公会议，听取有关人等的情况汇报，并且现场拍板作出决定，就地成立一个前线指挥部，调动全省的人力物力，直接指挥搜索行动！

最后一个要求，也十分地简洁明了，那就是要求派出所所长马上通知熟悉情况的有关涉事人员，让大家都到派出所集中，参加各位领导的现场办公会议。

派出所所长当然不敢耽搁片刻，立马就给小学校长钱无奈打电话，让他通知春妮，还有参与过搜寻活动的大记者和他的小女友，让他们马上到派出所来，等着和有关方面的领导见面。

可对方的声音听起来却不太对劲，吭吭哧哧的，好像是在哽咽，却迟迟没有回话。

派出所所长好生奇怪，听说过小学校长时常挂在脸上的招牌微笑，也就是一种无奈的苦笑，可从来也没有听说过这位老兄还会哭鼻子呀？太平盛世，朗朗乾坤，到底会有什么大不了的事情，竟让一个大老爷们哭起鼻子来了？

小学校长咳嗽了一声，算是清了清喉咙，终于开始说话了。

小学校长说，他是钱无奈，可不仅仅只是钱无奈，好像方方面面都很无奈，真的无奈呀！也是今天刚刚才发现的，花青溪小学又有人口走失了，这次不是一个孩子，而是一个大人，是春妮走失了！听明白了吗？春妮已经走失了，估计是自己进山找女儿去了，肯定是没有机会参加领导们的办公会议了。至于那位大记者和他的小女友，如今也是分身无暇，他们不仅要一本正经地给孩子们上课，还要替代自己当一回校长，因为自己也正在准备要进山，领着一条大黑狗，要去把春妮给追回来！所以，真的对不起各位领导了，花青溪小学根本就没人能抽出空来参加会议，很抱歉！

派出所所长就一直抓着电话听筒，在那里发呆。

这也是一个始料不及，他是忽然发现，自己已经焦头烂额了！

57　春妮面对诡异的山林

　　当太阳从两山之间探出一轮金光灿烂的笑脸，山坳里的浓雾火烫似的融出斑斑光点，飘起圈圈光环，春妮老师也看清四周奇峻的山势，呆呆地站住了。

　　脚下，已经没路了。

　　春妮知道，有人类活动的地方，总能找到依稀可辨的路径，那是串联人际关系的网络，一旦这个网络消失了，说明你已经走出文明的领地，闯进远古洪荒了。春妮深深地吸了一口气，开始认真检讨自己，这一番举动是不是太莽撞了？果真有能耐从这莽莽苍苍的大山里找回红毛妹子？自己就这样不辞而别，钱无奈校长会不会急疯了？可这只是刹那间的犹豫，想到红毛妹子，她的心立刻紧缩起来，大脑皮层感受到阵阵针刺般的灸痛，爆起一团团炫目的火花，一位柔肠寸断的母亲，要去拯救落入魔掌的女儿，还需要什么理由吗？这是没有道理可讲的，只有血脉的呼唤，加上亲情的驱动，还有母爱的疯狂，有这些也就足够了，就是粉身碎骨也在所不惜了！

　　春妮毫不犹豫地走进一片遮天蔽日的大森林。

　　这里生长着大片的珙桐树，成群的红腹角雉在林间飞来飞去，这些都是异常宝贵的自然资源，外部世界是难得一见的。足有半米来高的枝状地衣，厚厚地覆满林间土地，这更是一种山肴野味，作为一名山村老师，春妮知道这是一种可供食用的美味食品，微微有些迟疑，不忍肆意践踏，便停下脚步，美美地吃了起来。肚子还真的有点饿了，应该抓住机会，饱饱地吃上一顿，小学校长经常给老师们传授在大山里远足的经验，只要肚子饿了，那就不要忍着，可以就地取材找东西吃，吃饱了你就走，也不要贪恋太多，那样会累死人的。春妮吃饱了，拍拍手，表示对这一餐十分满意，这就准备要转身后退了。却不料，那一棵棵珙桐却喧哗起来，发出惊天动地的呼唤声，它们这又是怎么了？珙桐深藏在大山里，也被称为中国鸽子树，绿色王国的俏佳人，那每一个叶片都会翩翩起舞，每一个枝条都能挥洒琴声，是十分罕见的珍稀树种，春妮终于看出了端倪，这里竟忽然出现一支浩浩荡荡的鸽子树大军，巍然屹立在蓝天下，仪仪队似的站立在绿茵茵蓬松松一尘不染的绒毛地毯上，这是要热烈欢迎春妮的光临？春妮终于咬起嘴唇，涉足其中，只是尽量避免踩坏那些枝状地衣，脚下的感觉竟像是裹进温馨的湖水中，松软的滋润从足底一直弥漫全身，让人情不自禁地想大哭一场，清理干净自己的每一个毛孔，再无牵无挂地躺下身去，恬然入眠，长睡不醒。

后来，春妮实在走累了，果真躺在厚厚的地衣上小憩。这时候，成千上万只鸟儿鸣啭起来，唱起种种稀奇古怪的歌，提醒她万万不可以真的睡着了。春妮满心感激，大睁两眼搜寻唱歌的鸟儿，可惜树高百米，绿冠如云，鸟儿们谁也不肯现身，只有那一束束悬挂在树枝上的长松萝丝丝缕缕轻歌曼舞，像绿色林莽披上轻柔的婚纱，野蛮大山撩起迷人的蝉裙，踏着多姿多彩的百鸟之歌，走上别有情趣的婚礼圣坛。

春妮长长叹口气，眼睛湿润了。

这里的空气是绿色的，像水泡绿茶，浸盈着绿色大森林的原汁原味。石头也是绿色的，表面铺满鹿蕊类苔藓，生长着绒珊瑚之类的地衣，蓝瓦瓦、青幽幽，弥扬着楚楚迷人的生命气息。春妮忽然大彻大悟，这片神奇的土地，果真和自己有着一种与生俱来的情缘，那是哺乳过红毛妹子的故乡啊！泡在这片绿色的世界中，春妮觉得自己浑身上下每一个细胞都在吱吱作响，在汲取、在充电，长途跋涉的困倦劳顿正在悄悄地消退，大自然的亲和之力，无微不至，丝丝如缕。春妮有一种奇特的感觉，自己其实还没有离开襁褓，时时接受大地的温存，随意吮吸母亲的乳汁，闲极无聊就哭一场，打个饱嗝就睡着了。

人，永远也长不大，这感觉真好。

满心喜悦地钻出那片高大的鸽子树林，春妮仿佛又回到童年，一身轻松、信心十足、无私无畏、懵懵懂懂，说不出那股子惬意。

大山脚下绕着弯弯的涧溪，那是一次次山洪暴发留下的痕迹。春妮选择与山溪同行，那水涯线上的沙滩平平展展，看上去很像一条宽宽的路。经历了亿万年水流的冲刷，涧溪两边的山体被切割成仞高数丈的陡崖，就像高高的城墙把流水沙滩和藤萝林莽分隔开来，给人一种有险可倚的安全感。崖上林莽世界滚动着雷鸣般的涛声，大树招摇、藤萝飞舞、白云疾走、麋鹿狂奔，间或有猛兽嗥叫，裂石穿云。这一切几近模糊的背景音乐，对行走在深深涧谷中的人来说并不足以构成震慑，只是平添几分神秘气氛。山崖上长满五颜六色的杜鹃花丛。涧溪中摇曳着洁白洁白的植物根茎。偶尔，杜鹃花瓣落下溪涧，随着水流漂浮而去，成群的鱼儿便急起直追，直到一条青花水蟒游弋而来，在静静的涧溪中溅起冲天浪花，几只身手矫健的黑叶猴也从山崖上扯着藤葛凌空飞渡，扔下几枚半青不熟的猕猴桃儿，鱼儿们这才四散开来，重新躲进摇曳不停的根须丛中。

春妮小心翼翼地走自己的路。

深深的涧溪，突然出现三岔口。

春妮有点犯愁了，自己该往哪里去呢？终于想到那个左手法则，说是一位探险家为了走出迷津，便高高地举起左手，摸着左边的石壁前进，这样就不会重复自己走过的路。春妮也认真地举起左手，使劲挥了挥，便选定自己左边的石壁作为参照物，锲而不舍地往前走。渐渐地，涧溪两厢的石壁变窄了，变高了，金色沙滩也没有了，春妮只能在荆棘中跋涉，在礁林中穿行。路越来越难走了。后来，涧谷愈发狭窄，根本就没有可供落脚的岸，春妮只好涉着流水前进。再后来，流水越来越急，越来越深，春妮也几曾犹豫，裹足不前，终于还是咬紧牙关，豁出去了！走出那段阴森可怖的山壑石槽，春妮眼前一亮，豁然开朗，面前出现一面小小的高山湖泊，湖泊上水声轰隆，浪花四溅，竟是一架凌空飞跃的大瀑布！

春妮惊喜万分，睁大眼睛，旋即又黯然神伤，摇头叹息，山溪到此为止了，天涯路断，进退两难，自己又该怎么办？依照左手法则，她应该转过身去，依次拜访第二道涧溪，第三道涧溪，她忽然发现自己蠢得可爱，把整个月亮山区的水系流程步量一遍，至少需要十年光阴！

红毛妹子！红毛妹子！红毛妹子！

春妮心慌意乱，神情迷狂，竟冲着四面青山狂呼起来。风静了，云凝了，满山林涛沉默了。只有一座座大山忙活起来，分外殷勤，互相招呼，折射、碰撞、传递，把女人的呼唤轰轰隆隆地推向远方，刹那间，八方呼应，天地充盈，到处都是女人的声音：红毛妹子！红毛妹子！红毛妹子！

春妮惊呆了。

大山的回声渐渐远去，她长舒了一口气，慢慢缓过神来，敢情，这原始洪荒，还有一副古道心肠？春妮兴奋起来，又努力地爬上山坡，准备再好好吼上一嗓子，不想竟在这里发现一条依稀可辨的山路，正从这儿延向远山！春妮大喜过望，又毫不犹豫地踏上那条路，一边走一边呼唤红毛妹子。那山路的情形却有些怪异，时常穿过一些粗大的倒木和低矮的灌木，春妮每每遇上这种情形，总是小心翼翼地绕过去，心里好生奇怪，这些人干吗图懒省事，一定要从灌木丛下面钻来钻去？就在春妮暗自讥笑当地土著不会走路的时候，那窄窄的山路两旁，稠密的丛林深处，其实正有许许多多神态诡异的眼睛在偷偷打量她，其中有多愁多病的长尾猴，胆小如鼠的花斑羚，鬼头鬼脑的小灵猫，目光阴冷的绿皮林蟒，还有成群结队的白花鼠兔，大家也正暗自纳闷，觉得她的喊声不比老虎雄壮，不似老猿悲怆，更不如老狼悠长，构不上威胁，树不起军威，也敢在这条绿色王国的通衢大道上大摇大摆地走？阳光下的绿色驿道是和平与友谊的纽带，斑羚们踏歌而来，麋鹿们迤逦而去，天性温和的食草动物们在这里情场漫步、红粉交流、拈花微笑、谈婚论嫁，果真是一条孕育未来的生命之路，可每每只要暮色升起，黑夜降临，大山的面目霍然一变，可就该着凶禽猛兽们登场亮相了，一场鸿门大宴热热闹闹地铺排开来，风高放火、月黑杀人、尔虞我诈、声东击西，一个比拼邪恶的竞技场，这细皮嫩肉的小女子，干吗一定要搅乎其中？

春妮不知道自己正牵动多少目光，搅乱多少思绪，只是埋怨这山越来越高，树越来越大，藤葛越来越粗，蒺藜越来越密，枯叶越来越厚，抬头不见天，低头不见地，整个人儿像是穿行在晃晃悠悠的云彩里。春妮分外固执地呼唤毛妹子，周而复始地向周围的大山发布自己的寻人信息，其实也知道这是大海捞针，希望渺茫，所以果真有人搭腔了，她反而大吃一惊，又觉得不可思议了！

试探着，她又喊一声红毛妹子。

果真有了回音，模模糊糊的，像是有人喊救命。

循着呼救的声音，春妮一路搜寻，很快就看到一个男人表演杂技似的脚掌朝天吊在半空中，四仰八叉地前后翻滚，大大的脑袋猪头一样乌紫充血，两眼圆睁得就像一对煮熟褪壳的白鸡蛋，手上还穷凶极恶地挥舞着一把砍刀。春妮最终认出他是谁，这不就是那个头号犯罪嫌疑人吗？一个职业的盗猎者，大名鼎鼎的白面书生，他怎么会被吊到一棵摇曳不停的毛竹上？红毛妹子，她又到哪去了？

春妮的两眼闪闪发光了。

好像，竟是一个始料不及的结局！

放我下来，快放我下来！白面书生挥着砍刀，张牙舞爪，在半空中荡着秋千。春妮咬着嘴唇，迟迟没有任何举动。猎人白面书生脸上挂起长长的涎水，狼狈不堪地挤眼，喘气，说我认得你……你是春妮老师，花青溪小学的头号大美人，观音菩萨一样的春妮老师，快救救我呀！春妮下意识地摇摇头，极力使自己情绪平稳下来，问白面书生，为什么要掳走毛妹子？春妮审问白面书生，其实心里也没多大把握，只是一种试探性进攻，没想到对方立刻耷下头颅，闭上眼睛，装出一副死猪不怕开水烫的架势，反而使案情昭然若揭了，红毛妹子不是自己离家出走，正是受到了这个白面书生的裹挟，无奈校长的推理完全正确！春妮抬高声音，说你不是认识我吗？没人看到你带走红毛妹子，我会找到这里来？红毛妹子已经上学读书了，眼下是一个三年级的小学生，你到底想干什么？把红毛妹子还给我，把她还给我，你听到吗？你睡着了？没时间和我讨论问题？那好吧，不打搅你休息，我要找警察去了，派出所所长他们都在等着我的消息，好好待着吧，拜拜！

春妮转身就走。

白面书生拼命嚎叫起来，说姑奶奶，你可千万不能走呀！红毛妹子的事全是我不好，一时鬼迷心窍了，就是想把她转手再卖一次，多多挣上几个钱呀，人家给我四十八万呀！我也觉得这事办得有点缺德，獐子头前后找了我三趟，我才动手呀！毛妹子被我关在山洞里，我不出面谁也找不着，你信不？你把我放下来，我马上就领你去，好不好？我现在就对天发誓，要是再做什么对不住人的事，天打五雷轰！把我悬在这半空中，你当我还能活多久吗？不等你把警察领来，我就死透了，那红毛妹子也活不成了！

春妮老师慢慢踅回去，仰脸看着那只酱猪头，觉得他说的倒像是实情，白面书生死不足惜，可自己还能找得着红毛妹子吗？在这莽莽苍苍的山野中，要想去寻觅一个人，那难度也不亚于大海捞针呀！春妮想到这里，不由得也迟疑起来，犹犹豫豫地站在那儿，两腿好像也就拽不动了。白面书生何等的精明，立马便扔下手中的砍刀，说只要把造反的毛竹给砍倒了，他就可以落下云端了，马上就可以领着春妮去寻找红毛妹子了！春妮情不自禁地捡起砍刀，就按照那位盗猎者的指令干起活来了。那毛竹就躲在这条依稀可见的山路近旁，是一根弹性极佳的当年生竹，白面书生千方百计地压弯那棵青青幼竹，就是为了利用它的反弹力，设下一个拦路打劫的圈套，一旦有人触动它的终端神经——眼下正牢牢扣死在他本人脚上的铁丝环扣，竹子便会摆脱羁绊，把倒霉的猎物扯翻在地，吊上半空，而且越弹越高，越拽越紧。春妮气喘吁吁地挥着砍刀，把毛竹砍倒了，白面书生嘴歪眼斜地抱着那伤脚揉搓半晌，这才东倒西歪地爬起身来，一瘸一瘸地领着春妮往前走。白面书生说，春妮老师是他的救命恩人，再生爹娘，他是个有恩必报的红脸汉子，壶里有酒，山上有肉，保准让春妮老师过几天神仙一样快活的日子！白面书生瘸了一条腿，在山林中东绕西转上蹿下跳还走得飞快，春妮气喘吁吁跟在后面，实在也没心和他多说什么，说你用不着感谢我，只要把红毛妹子还给我就行了！白面书生说这还用担心吗？我可是对天盟过誓的，敢说话不算？白面书生说着说着兴致来了，竟手舞足蹈地唱起来——

山里人说话说了算，

一片真心可对天，

擒龙跟你下大海，

打虎随你上高山，

踏平那威虎山，

我一马当先！

春妮噗的一声，竟被他逗乐了。

上点年岁的人都知道，这是京剧《智取威虎山》的一个唱段，演唱者也正是一位老猎人，好像手上还提着一支猎枪，只不过人家是一位苦大仇深的老猎户，而不是像白面书生这样无恶不作的盗猎者。这位白面书生看上去油嘴滑舌的，似乎也还没有完全黑透心肝，倒让人稍感放心了。

春妮跟着猎人回到他那深藏在大山壑隙中的宿营地，太阳已经快要落山了。这是一片林间空地，四周近百米范围内竹木和葛藤都被连根铲除了，成了猎人烧火的柴，唯独在那片空地正中保留一棵树冠入云的红豆杉，猎人把它当成中心立柱，绕着树干撑起一圈碗口粗的毛竹，苫上厚厚的山茅草，一个香菇形状的小茅屋就这样造出来了。春妮十分好奇地东张西望，觉得这环境就像童话一样优美，可惜毛妹子并没有从小屋里蹦蹦跳跳跑出来，她把那圆圆的香菇小屋里里外外找一遍，根本就没有孩子的踪影，心里袭过一阵恐慌，觉得这事有些不妙了！

"白面书生，你不是说，要领我寻找毛妹子？她人在哪里？"

春妮嘴唇哆嗦着，指着对方质问。

白面书生突然狂笑起来，在春妮的脸上摸了一把，回答得也十分干脆：

"我说女人呀，你真是蠢得可爱呀！我不答应带你去寻找红毛妹子，你肯把我解救下来？乐意乖乖地跟我走？其实，我吊在竹梢上也没多大关系，那样可以练就一身轻功，可让你在大山里乱闯就不行了，我心疼得发慌呀！"

春妮恨得直咬牙：

"你这人好无耻，好卑鄙，好下流！"

白面书生愈发得意了：

"没错，你说得没错，就是这口味，不想尝尝鲜？你还想走？你走得了吗？既来之则安之，幸亏你还是个文化人，连这点个道理都不懂？你给我站住！"

白面书生饿虎扑食一样地冲上来。

58 山林中的蘑菇小屋

春妮老师被捆绑在小屋正中的树干上。

绑好春妮，猎人白面书生气喘吁吁地一阵狂笑，差点乐得背过气去。

"女人呀女人，我的好女人，知道我每天做梦都想什么，你就迫不及待地进山来了？告诉你，这山里红是猴吃的，原始老林是狼钻的，你进来容易出去难，这是老天爷特意安排给我送女人来了！我心里藏着个小秘密，一直想告诉你，一口气想了十多年，都快把我憋死了！"

春妮使劲闭上眼睛，努力不听那邪恶的白面书生在说什么，只是眼泪遏止不住，一个劲地往下流。白面书生在小屋里燃起了一堆篝火，先前那颗倒挂在毛竹上的酱猪头，这会儿在火光的映照下，又变得神采奕奕，风度翩翩了。白面书生果真名不虚传，如果单看他迷人的外表，绝对够得上一个人间罕见的美男子，谁也想不到他竟是一个该杀千刀的大恶魔。

"哭什么哭？你哭什么哭？这大喜的日子里，你把老子哭烦了，信不信我马上就把你放平了，来个霸王硬开弓！那样我们最快活，是不是啊？好酒要慢慢地喝，美味要细细地品，我多少也还是懂点兵法的，晓得攻心为上，攻城为下，知道你一门心思想着那个红毛妹子，我这不正在准备要去给你找那个小狼女吗？你当我不想早点抓住那小野种？那可是獐子头明码开价的，四十八万元人民币，一手交人一手交钱呢！怎么样？你听明白了吗？毛妹子算是卖上天价了，知道她为什么那么值钱吗？外国人在研究转基因，可不仅仅只是给玉米和木瓜转基因，还要给人类转基因，这也是一种生化武器，而且是当今世界上最为厉害的生化武器，所以红毛妹子特别重要，根本就是一个不可多得的科研对象，缅甸的野人山里就有一个秘密研究基地，红毛妹子的最终归宿就在那里，要为新新人类的基因武器做出自己不可替代的贡献，给了我这么一个叫花子四十八万，那还只能算是毛毛雨，獐子头才是真正的大拿，他负责领人偷渡国境，至少有四千八百万赚头！听明白了吗？咱们这可是一个绝对靠谱的阳光产业，那前程可不仅仅只是充满光明，干干脆脆就是阳光灿烂呀！"

春妮听得胆战心惊，不知不觉就忘记哭泣了。

这一切都是真的吗？这还算阳光灿烂吗？不，这绝对是一点阳光都没有了，那就是一个月黑风高的杀人夜，伸手不见五指啊！

春妮轻轻地叹了口气，知道自己这是遇上大麻烦了，对面这个人不是一个普通的盗猎者，他们居然和国外的反华势力勾结在一块，要研究开发什么生化武器，红毛妹子这下子可惨了，成了人家的试验品了，居心叵测的帝国主义分子腰包里有的是钱，见利忘义的民族败类们立刻就屁颠屁颠地冲了上来，不惜做一个卖国贼，也要把红毛妹子给偷越出境，作为一个中国公民，还是红毛妹子唯一的亲人，痛哭流涕是没有用处的，她应该动动脑子，想想办法，和对面的人渣斗心斗智才行呀！

看到春妮的表情有所改变，白面书生居然喜不自禁。

"对头，这样就对了，我就知道你迟早会想开的，即便我的人格魅力还不足以吸引你投怀送抱，可是这四十八万元人民币的分量也是足够的，不要以为给一个盗猎者当压寨夫人会小了你的身份，那是你还没有尝到其中的甜头，吃香的、喝辣的，天王老大我老二，别说是一个穷乡僻壤的教书匠，就是给个县长我都不换，他有我这么自由快活吗？哈哈，只要你是个聪明人，迟早总会想开的！"

"压寨夫人？听说过，过去的土匪才有压寨夫人，你这辈子就打算躲在山里当土匪了？就把我绑在这个蘑菇小屋里，每天当你的压寨夫人？"

春妮摇摇头，不无讥讽地说。

白面书生疯狂地大笑起来，那得意忘形的样子，居然有了几分鬼魅的意味，反而更为接近他那个真实的本人了。

白面书生笑够了，居然又露出了一种一百二十个不服气的神态，变戏法似的从一个柴草堆里翻出了一个崭新的帆布包，直接就放在篝火旁边，不无显摆的打开来，竟是一堆枪械零件，手法稔熟地组装起来，不大工夫便组装成功一只怪模怪样的新式猎枪，看上去就像是一只大肚子蝈蝈，枪管很粗，但是并不长，肚子很大，那是腹式弹仓，前面是推拉式退壳手柄，后面是折叠式的金属枪托，猎枪装好了，调试完毕了，他还从帆布包里取出了一只弹药盒，一口气往弹仓里填压了十二枚猎枪散弹，这才把那猎枪挂上肩头，用手炫耀地拍个不停——

"瞧见了没有？不要小瞧这蘑菇小屋，随手一翻就能找到宝贝，这可是我花了十二万元人民币购置的装备，我把红毛妹子卖给你，总共也就得了十二万元，如今可全在这里了，爷们我是干大事了，自然舍得下本钱，这支猎枪可是全世界最最先进的玩意儿，一次装填就是十二响，有什么豺狼虎豹对付不了？就是獐子头老哥心太黑了，他从外国老板手里拿货，本来就是给人家当走狗的，武器装备还用花钱吗？可是他竟跟我要了十二万，一分钱都没给我留下呀，谁让咱们全国禁枪呢？人家是指天要价，想要多少就是多少呀！"

说到最后，白面书生又变得痛心疾首起来了。

春妮也暗自惊心，这位盗猎者已经鸟枪换炮了，武器装备居然如此先进，看来为了实施犯罪，也下足本钱了。

"实话实说吧，眼下我还嘚瑟不起来，你也是见到了，我把自己吊到了半空中，那是大意失荆州，关公走麦城，还幸亏遇上了你这么一个大美人，不辞辛劳地来救命，就是为了报答这一份恩情，你这个压寨夫人，我也是要定了！"

白面书生一边整理着那帆布包里的东西，一边还在东扯西拉地卖弄着自己的丰功伟绩。

"白面书生，你不是一个牛皮哄哄的猎人吗？怎么会把自己挂到了竹梢上？不会是红毛妹子略施小计，就把你整成了一只酱猪头吧？"

春妮的问话看似调侃，其实也真的困惑不解，想多多了解一些情况。

却不知，那白面书生也是满腹感慨，正想找机会吐一吐苦水，不指望能得到多大的安慰，至少肚子里可以松快一些。

"我不是说了吗？那就是大意失荆州啊！你也看到了，我的武器装备一直就藏在这个蘑菇小屋里，先前根本就没有拿出来，毕竟只想着对付一个红毛妹子，用得着如临大敌吗？"白面书生感慨颇多，长吁短叹，"自从涉水渡过了月亮河，那红毛妹子一直在学狼嚎，实话实说，那声音不是很高，而且有一搭没一搭的，感觉也不是很难听，就是一个小毛丫头的玩意仗儿，我一直也就没当一回事，扛在肩上她就在肩上叫，放在地上她就在地上嗥，惹烦了我就吼上一嗓子，她消停不过三分钟，养足精神又来了！这片大山里好像就见不到狼的影子了，所以她嚎叫也没用，我就全当没听见。后来我们来到了这里，要在宿营地四周布置一些狩猎机关，我就用绳子绑住她的双手，牵着她到处走，需要干活的时候就把她拴在附近的树上，倒也没有多大的妨碍，所以她爱怎么叫就怎么叫，就这样，我是吃了大亏了！"

白面书生停住了，好像有些难为情了，迟疑着是不是应该继续说下去。

春妮听得正入神，发现他想卖关子，自然感觉很不爽。

"两只黑狼从天而降，杀了你一个猝不及防！就这么一个简单的故事，还值得你如此大费周章？你这人一看就没有多大能耐，还敢攀比关公走麦城，冒充一个末路英雄？"

春妮忽然发现自己的伶牙俐齿，关键时候居然也能得到超强发挥，说起来也很解恨的。

"两只黑狼？你说红毛妹子的那两只黑狼？我呸，它们是我的手下败将，再借十个胆子，也鼓足不了勇气，还敢在我面前出现？"白面书生像是受到了奇耻大辱，居然吱吱哇哇地大喊大叫起来，"不是两只小黑狼，是八只老黑狼，本人被吊到了半空中，还十分认真地数了一遍，足足八只老黑狼，老成精怪的那一种，个个都凶神恶煞呀！"

春妮听着也颇感意外，出现了八只老黑狼，个个都老成了精灵古怪，窟窿山上的天坑冒水了，黑狼部落里居然还有人逃出生天了？这倒是一个天大的喜讯，收养了红毛妹子的那个黑狼部落，还有一支颇具规模的狼群，它们就好比是红毛妹子的老娘舅，对白面书生这样的败类当然不会客气，没把他碎尸万段，那已经太便宜他了！

忍禁不住心里的高兴，春妮笑出声来。

"你还笑？你还笑？幸灾乐祸不是？别着急，慢慢来，等我去把它们全都收拾了，回过头来再慢慢消遣你！"白面书生恨得咬牙切齿，顷刻之间又恢复了一种魔鬼的本相，"八只老狼有什么了不起？当我真的害怕了不成？我说自己大意了，那是身边根本就没带武器，还好本人足够机灵，赶紧松开了那棵毛竹，打算要开溜了，却不料在毛竹上做好的钢丝搭扣刚好套在自己的脚脖子上，一下子就把我给悬挂起来了，就那样在半空中打起了秋千，也幸亏对方全是老狼，弹跳能力已经退化太多了，根本够不着半空中腾云驾雾的我，这才让我侥幸地留下了一条性命，等待着和你千里有缘来相会！"

春妮又十分懊恼地叹了口气，事到如今，她已经什么都不想说了。

白面书生身边的帆布袋子里，忽然响起了滴滴嘟嘟的电流声，好像有什么通信设备正在启动，难道是手机吗？可是大山里一直没有信号呀？春妮十分困惑地瞅着那边，看到白面书生似乎也有些手忙脚乱，正从帆布袋子里取出一只砖头大小的仪器，按下了几个开关键，又看着上面的屏幕做了一番调试，那机器里立刻传出一个男人油腔滑调的声音：

"白面书生！白面书生！你小子到达了位置没有？红毛小狼女带在身边吗？我已经进山三天了，对讲机上的雷达一直搜索不到你的消息，为什么一直不开机？十二万元的武器装备，你不会是太过珍惜了，一样都舍不得拿出来使用吧？"

"喂喂，我是白面书生！我是白面书生！"白面书生赶紧回话，看那点头哈腰的样子，倒像是果真见到了自己的老板。"我这里出现了一些意外的状况，遭遇了一群大黑狼，红毛小狼女逃走了，她跟不上狼群奔跑的速度，估计也不会在狼群里，我马上就要出发，去把她给抓回来！"

"好吧，你小心一点，我这里也遇上麻烦了，碰上了一个野人，而且毫不通融，死缠烂打，麻烦也着实不小啊！"

"獐子头老哥，你说什么？你们真的碰上野人了？能确定对方是野人？"

"是野人，肯定是野人，我亲眼所见的，浑身上下都是兽皮，而且没有任何武器，只会扔石头！那石头还扔得很准，两军相逢，猝不及防，就把我一个手下给打伤了！眼下我们是在撤退，一门心思想摆脱和野人纠缠，只是那野人穷追不舍，要不是害怕我们的先进武器，不敢靠得太近，否则麻烦就更大了！"

"慢点，獐子头老哥，你真的看到那个野人了？看清楚他的模样了？"

"当然了，跟你小子我还用谎报军情吗？不是野人的话，谁会裹着一身兽皮呢？只是那脑袋有些奇怪，好像一根头发都没有，竟是一个光头！"

"对了，我就是要跟你说这个，还记得我们月亮河畔主题广场上的那个铜像吗？那不就是一个光头小子，正在扔石头吗？你不会是正巧遇上了那个光头小子，我们的老对手了吧？"

"没错，白面书生，你这么一说还真就把我给提醒了，就是光头小子，肯定就是他！我的乖乖，不是冤家不聚头，这下子可就热闹了，准备玩命吧！"

"獐子头老兄，我这马上就出发了，一定把那红毛小狼女给抓回来，抓住那小狼女之后，我们就尽快向一起靠拢，这叫抱团取暖，既要发大财，又要能保命，那才算得上是万全之策呀！"

白面书生背起那支大肚子猎枪，又把对讲机挂在自己的脖子上，便匆匆忙忙地冲出去了。

59　梦幻山林

　　白面书生匆匆离去，连头都没回，好像打从根本上就把那春妮给忘记了。

　　春妮还被绑在树干上，也曾试图想挣脱开来，只是挣扎了一会儿，一点效果都没有，也就老老实实地放弃了。

　　篝火还在燃烧，只是没人添柴，正在渐渐地暗淡下去，很快就要熄灭了。

　　春妮疲惫不堪地闭上眼睛，深深地耷下头颅，就那样靠在树干上睡着了。

　　春妮睡得艰难，那梦境也东倒西歪，摇摇晃晃，似乎依然在大山里跋涉，还在苦苦地寻觅着红毛妹子。春妮记得很清楚，红毛妹子的双眉之间有一颗红痣，也就是俗话所说的美人痣，襁褓时代可以看得很清楚，后来长大了，也就淡化了，好像是为了刻意要保守一个秘密一样，丝毫也不会引起别人的注意了，只是那痕迹还依稀可见，足以提醒自己的母亲，以此证明自己的身份。春妮在寻找自己的女儿，那是她在人世间唯一的亲人，不管别人怎么想，也不在乎自己最终会落得个什么下场，就是癫狂了，发疯了，完全失去理智了，被大山里的野兽们给吞噬了，那也在所不惜，她是心甘情愿呀！

　　因为寻觅亲情，对于春妮来说，就是这一生最大的奢望了。

　　可睡梦中的一切，感觉总是恍恍惚惚的。

　　好像起风了，那风儿唏嘘的，是有人在窃窃私语吗？好像打雷了，那雷声沉闷的，也在暗自叹息吗？下雨了，那雨水也黏黏的，咸咸的，那是自己的泪水吗？真的，她是心里一酸，发现自己好孤苦，好无助，情不自禁地流泪了。于是，便有一阵若有若无的琴声筛下云端、浮上水面、转出山壑、流过心田，是妈妈来了。记忆中，春妮从来没有见过妈妈，只有那一曲琴声时时相伴，散着淡淡的乳香，带着襁褓的记忆，一股发自肌肤的温暖，一声不绝如缕的呼唤，清风拂面，爱意融融，为苦命的女儿消弭伤痛，咬牙面对人生的灾难。

　　母亲的琴声，那是一种和上了生命节拍的摇篮曲，春妮渐渐地安下心来了，再这样继续下去，就可以十分安逸地享受那种甜美的睡梦了。

　　月上中天，虫豸低鸣。

晚风轻轻，林涛不惊。

天上下着流星雨。

地下飞着萤火虫。

连捆绑在春妮身上的绳索都好像自动解脱了，不知去向了，手脚摆脱了束缚，感觉舒服多了。

这一切，会是真的吗？

不，好像只是大脑中幻影。

想象中的画面行云流水、诗情画意、欢乐如歌。

现实中的春妮愁肠百结、满腹狐疑、忧心忡忡。

虽然，她也满心期盼着，面前的一切都是真实的、美好的。

就是太过完美了，让人不敢相信了。

真实的生活和艺术的想象之间，有一个临界点。一旦突破了那个临界点，也就是摆脱了事物的必然属性，进入了一个自由发挥的空间，这时候的一切都理想化了，所有的不快活都振翅飞去了，一切随心所欲，可以自由取用，这就是进入艺术创造了。果然，不仅是环境发生改变，就连原先那充满林莽气息的山风，这会儿都变成了桂花的香味，清馨入梦，沁人肺腑，几乎就让人快活得要得意忘形了！

事出反常必为妖，不是吗？

所以春妮不敢深信，只是瞪大两眼，小心防范。

果然，春妮很快就看穿了这个十分宜人的童话意境，发现那背后果真还藏着猫腻，就在距离她不到二十步的地方，竟蹲坐着一匹骨骼粗大四肢修长的狼，那是一匹大黑狼，只是毛发的根部已经变白了，而且看着眼熟，似曾相识，正是她曾经梦见过的那头毛色斑驳的老母狼，红毛妹子的狼乳母，就是它用自己的乳汁养育了一个人类的女孩，红毛妹子的狼妈妈呀！

月色融融，洁净似水。

老狼浑身筋骨都被水样的月光给浸软了，一动不动地垂下头去，像是睡着了。

春妮暗暗地吸了口凉气，这就对了，今天这一切古怪的症结可能就在这里，自己要赴一个老狼之约，那是红毛妹子的狼妈妈，对自己的女儿有救命之恩，只是它苦苦守候在这里，又要和自己分享什么莫测高深的理论吗？自己是红毛妹子的生母，老母狼算是养母，两人之间是有矛盾的，那就是要争夺一个女儿，春妮为了寻找女儿深入山林，老狼就在这里专程迎候，看样子也还颇有耐心，是要继续那场有关红毛妹子归属的争论？

春妮的眼睛渐渐适应幽暗的夜色。

旋即又有重大发现，那老狼并不是一个孤独的思想者，不，在它身后的密林中，那一棵棵大树的阴影下，还闪烁着一双双绿荧荧的眼睛，最容易被当成萤火虫的眼睛！

数不清有多少野狼团团地围在四周，就像一群极有耐心的小朋友，守候着一位扬起鼾声的老祖母，等她醒来，等她说话，等她讲述一个让人着迷的故事。春妮轻轻叹息，她终于明白了，自己是身不由己地闯进一个神奇而又怪诞的故事，没有事先准备好的剧本，只是分配了特定的角色，自己和老狼都是主角，允许天马行空，可以随遇而安，唱着自己的歌谣，抒发自己的感情，可以理论，可以抗争，可以独出心裁，冲破羁绊，批判不合理的丛林法则，迎接一轮全新的太阳，照亮一个崭新的黎明！

春妮深深地吸了口气，暗自清理喉咙，她要开口说话了。好歹咱是个孩子王，一个职业的说话人，甭管你是老狼还是老虎，两军相逢勇者胜，至少我要把话说清楚，不是吗？

偏偏就在这时候，狼群骚动起来了。

沉寂已久的山林，蓦地又响起嗷嗷狼嗥，那嗥声怪怪的，有些稚嫩，嗓音柔和，却分外悲怆，分外凄凉，春妮老师大吃一惊，她听出来了，是红毛妹子！

春妮激动得不可名状，眼睛里噙起了大颗的泪珠，她是抱着必死的决心闯进山林，为了自己宝贝的女儿，真的是把一切都豁出去了，其实自己也不敢相信，真的还能见到女儿吗？

那老狼却起身走进丛林，好像不打算干涉这件事情。

狼群也跟着消失了。

一切都像是过眼云烟，转瞬即逝，无影无踪，平添几分梦幻色彩，更让人深信不疑，这就是梦。

红毛妹子真的出现了。

短短的几天工夫，女孩儿已经面目全非，那衣裙破碎不堪，浑身累累伤痕，长发披散凌乱，目光忧戚如梦，整个人儿就像一个在月光下梦游的精灵，手臂摇曳，飘飘摆摆，嘴里还发出呜呜嗷嗷的狼嗥声。

春妮看到红毛妹子，眼泪便唰地流下来了。

红毛妹子！红毛妹子！

春妮哽咽着，叫喊着。

红毛妹子愣怔一下，随即旋风般扑过来，一头扎到春妮怀里，放声大哭起来。红毛妹子哭出一个女孩的声音，春妮长长地松了口气，说傻孩子，别哭了，我把你的书包带来了，里面除了课本，还有几件你的衣服，先换上一身干净的衣服，再哭也不迟呀！红毛妹子不哭了，认认真真地换衣服。红毛妹子喘息着，说猎人这个大坏蛋，抓住了我要咬死他！春妮摇头，说不对，人怎么可以咬人呢？抓住坏人，应该交给警察叔叔，让他接受法律的制裁！红毛妹子说妈妈你不晓得，他一直把我捆绑着，就像是牵着一条小狗狗，要不是狼姐姐它们赶来了，我就没命了！春妮问哪个狼姐姐？就是陪伴你一起长大的那个狼姐姐？红毛妹子说没错，那狼姐姐就是后来黑狼部落的王，自幼和红毛妹子一起狩猎，一起玩耍，是情同手足的小伙伴。春妮揉搓着自己酸疼的手臂，说怎么没见着狼姐姐，你们不是在一起吗？红毛妹子说狼姐姐它们袭击了白面书生，慌得那猎人自己坐上了土飞机，后来她和狼群一直在大山里觅食，好好地活动活动自己的筋骨，想不到那猎人忽然又冒出来了，发了疯似的端着猎枪漫山遍野搜寻红毛妹子，狼群主动迎战，引着他在大山窝窝里捉迷藏，这会儿正玩得开心呢！春妮说红毛妹子，你玩够了吗？毛妹子说，那当然了，我开心极了！春妮说，玩够了，就乖乖地跟妈妈回家吧，好不好？红毛妹子说，不，我不要回家！我要寻找狼群，我要消灭天下所有的猎人，不许他们肆无忌惮地残杀我的兄弟姐妹父老乡亲！春妮说，女儿啦，你是人呀，怎么可以和野兽们待在一起呢？瞧你一个女孩家，在这荒无人烟的大山里，能活得下去吗？红毛妹子说，妈妈你一定忘记了，我原本就是一头狼！我和狼群刚刚猎杀了一头高山羚，吃了好多好多的肉，喝了好多好多的血，这会儿皮肤好热好热，根本就不想穿衣服了，还会长出一身漂亮的狼毛来！做狼的感觉真是好极了，想撕就撕，想咬就咬，想哭就哭，想笑就笑，你瞧这多自由，多舒服！春妮生气了，说你小娃娃胡说什么？人就是人，为什么偏偏要做狼呢？人是万物之灵，是世界的主人，怎么可以和狼相提并论？

春妮用力地抓住红毛妹子，生怕她又跑了。

却不料蓦地一阵狼嚎，就像平地里刮起一阵狂风，飞沙走石、枯叶飞旋，四面八方一霎时充满烁烁闪光的绿眼睛，她们又重新被野兽们包围了！

春妮老师生平第一次见到如此怪异的山林气氛，一时间呆若木鸡、噤若寒蝉，一动也不敢动了。

毛妹子却欣喜若狂，欢呼跳跃，说妈妈别害怕，这是狼群，我的狼群！

红毛妹子高高地扬起双臂，发出一阵尖啸裂云的嗷嗥，听得春妮头皮发紧，直打寒战。毛妹子嗥声乍起，狼群便停止骚动，山林奇迹般地归于寂静，微风轻轻、林涛不惊，月亮也钻出云层，大放光明。

春妮说这下子可好了，风平浪静了，咱们赶快走吧！红毛妹子说，妈妈你搞错了，这风平浪静只是一种表面现象，旋涡和暗礁全在下面，部落里的狼群全来了，可大家都躲在暗处不肯见我，这一次不是狼姐姐，是狼妈妈！狼妈妈至今不肯原谅我擅自离群，更埋怨我把人类带进了山林，狼妈妈就在附近，它其实一直在想念我，只是左右为难，犹豫不决，我必须抓紧时机和它对话，告诉它我还是过去的狼娃子，一直在苦苦地思念它！春妮摇头，说女儿呀，哄妈妈什么都不懂吗？狼们根本就没有语言，如何对话？彼此间嗥来嗥去，瞎叫唤一气？红毛妹子说，妈妈你又错了，不是狼们没有语言，而是人们根本听不懂狼的语言，狼们个个都是天生的歌手，唱着那一支生生不息幻幻无穷的无字之歌，所有的信息统统包裹在歌声携带的情绪里！春妮说这也太玄乎了，你当初又是怎么听懂的呢？红毛妹子说，她从来就没有认真思索过狼们在说什么，只是把它们的呜呜嗷嗷当成歌来听，是那种至清至纯空灵幽深的纯声乐，听着催眠，听着醒神，听着壮胆，听着开心，听着听着就咂摸出那其中流动自如的喜怒哀乐，咂摸出山林世界丝丝缕缕，万千生灵沉重叹息，于是也就无师自通地学会狼语了！

红毛妹子挣脱春妮的手臂，大大地跨前一步，又发出一阵悲切切的狼嗥声，她是迫不及待地呼唤自己的狼妈妈，那份思念之情溢于言表，观之动容，闻之惊心。

春妮心里酸酸的，摇摇头，叹口气，无奈地向后退去，一直退到那棵红豆杉跟前，脊背又靠上树干。春妮慢慢调整自己的心态，用心倾听毛妹子的歌。春妮的观念更新了，知道那狼嗥不叫狼嗥，叫唱歌。而且不是一般的唱歌，委实是一个包罗万象的信息发布平台，充满林莽特色的大众传播媒体。春妮微微咬着嘴唇，恍惚间竟找到一种奇特的感觉，要瞅瞅毛妹子到底能变出什么魔法来。

月色溶溶的夜空，流淌着扑朔迷离的光影。

露珠闪闪的山林，行走着如梦似幻的山风。

红毛妹子那呜呜嗷嗷的歌声，乍听就像一条钻出岩缝，滴下高崖，水花四溅，叮叮咚咚的山溪，顶着枯叶、漂着浮萍、飞出藤葛、流过竹丛，忽而千回百转极尽缠绵，忽而跳跃跌宕铮铮有声，忽而充满感悟唏嘘叹息，忽而殷殷期盼婉转低鸣，春妮老师暗自点头，觉得自己果真听懂了红毛妹子的信息语汇，那是种子呼唤萌动，小草呼唤春风，流水呼唤山花，小鸟呼唤山林，一种原始生命的本色展示，花开有声、蝶飞有痕、亲缘有翅、激情有形！

只可惜，大山保持缄默，无动于衷。

山风无意多嘴，顾自绕路而行。

夜色中的万千生灵，似乎也都悄悄闭上眼睛，固执地一言不发，充耳不闻，潜心编撰着自己的梦。

红毛妹子失望了。

红毛妹子悲伤了。

红毛妹子直直地跪下身，高高地举起手，仰望着那轮皎皎明月，披荆斩棘地在山林间膝行！春妮几经冲动，要跳起身，冲上前，把毛妹子拉回来，可冥冥中却像是有一股无形的力量牢牢地捆绑住她的手脚，竟一动也不能动。毛妹子终于停住膝行，又深深垂下头颅，像是在热烈亲吻那片土地，一刹那间，笙歌四起、洞箫盈空、长笛裂云，春妮的眼泪也唰地流下来了，这就叫长歌当哭啊！

呜呜嗷嗷，毛妹子哭出无奈的婴啼。

一个横遭遗弃的女婴，躺在一条乡村土路的旁边，那片白雪皑皑的山野中。人来了，人去了，谁也不肯为她耽搁行程，乡下人固执地坚守着一个传统的理念，认准了男伢子能够传宗接代，女娃子养大有啥用？太阳出山又落山，那女婴的哭声也渐渐喑哑，气息奄奄了。月亮终于出来了。月亮看到那一具正在慢慢僵硬的女婴，忍不住摇头叹息，抛下一掬辛酸泪，于是，大地上便吹过呜咽的晚风，洒下漫天的小雪花。晚风拂弄着女婴的鼻息，雪水润透女婴的肌肤，女婴又悠悠地透过气来，又开始啼哭了。这时候，月亮女神的使者也恰如其时地赶来了，那是一只美丽健壮的母狼，挺着一排鼓胀坚硬的乳房，当那垂死的女婴用自己的小嘴吮吸着母狼的乳头时，那母狼便仰头看着月亮，长长地嗷嗥一声。向月亮发誓，这就是它的女儿了，它的贴身小棉袄，最最亲爱的女儿呀！

嗷嗷呜呜，红毛妹子哭出生命的困惑。

被母狼从大路边捡回的女婴，就那样叼住狼的乳头，一天天长大了。一天天长大的女孩子，浑身上下长满粉红色的毛发，自我感觉却是一头十分笨拙的狼，蹦不高、蹿不远、爬不快、牙不锋、爪不利、心不辣，和兄弟姐妹们相比尤其自惭形秽，无地自容，每日里只能老老实实地追着狼妈妈，做一条小尾巴。狼妈妈悄悄告诉她，千万不要离开自己的狼群部落，因为她不是一头真正的狼，而是一个误入狼群的人，山林里几乎所有的动物群落，都是把人类当成公敌的！她不胜惊骇，问人是什么东西？狼妈妈回答，说人是一种喜怒无常不守诚信的动物，极度贪婪又貌似公正，忽而聪明又忽而愚蠢，总之怪怪的，说不出啥味道。她愈发惊恐了，问狼妈妈，说人类既然是动物们的天敌，你又为什么要收养我呢？狼妈妈说，傻孩子，这么简单的问题都不明白？因为我是妈妈呀！

呜嗷呜嗷，毛妹子哭出千种离愁。

掉进猎人的陷阱，被绳捆索绑地拽出山林，狼妈妈的部落倾巢而出为她送行，只是不敢和猎人照面，只能在密林中潜行，把她送出一程又一程。她呼喊着，要狼妈妈快快下令发起攻击，咬死猎人，救她一命！狼妈妈却断然拒绝了，说那万万不行，猎人是闯进大山的恶魔，猎枪是他的头号帮凶，狼群胆敢轻举妄动，那枪声一响，一阵雷鸣，就要断送一批无辜的生命！狼妈妈说，狼群的行动要在夜幕下进行，需要月亮女神的指引。狼妈妈说，猎人不会把她剥皮抽筋，因为她本身也是人。狼妈妈就这样一路叮嘱着，那声息却越来越弱，终于完全消失了。后来再听到狼妈妈的声音，那就只能是在梦中了。

嗷呜嗷呜，毛妹子哭出万般委屈。

遇上春妮老师，她真正明白了自己原本就是一个人，一个直立行走的人，穿衣戴帽的人，读书写字的人，知情达理的人。可那白面书生又出现了，蛮不讲理地把她塞进麻袋里，送回山林中。猎人说，狼孩就是狼孩，为什么一定变成人？转了半天，她又回到原来的起点，自己到底是狼，还是人？她是舍不得春妮老师，可又害怕走出山林，那猎人太歹毒了，还要把红毛妹妹卖个高价呢！她在呼唤狼妈妈，可狼妈妈也一直不肯搭理她，似乎她也变得十恶不赦了，连见上一面的缘分都没有了！她是狼妈妈养大的红毛妹子，每天晚上都在梦中眺望天上的月亮，谛听狼妈妈的歌声呀！

月色黯然，月光又明。

林涛轰然，山风又静。

春妮暗自叹息，几番抬手拭泪，且愤愤不平，那老狼和它的子民们也忒无情，红毛妹子已经把话说到这份上，木石之人也会为之落泪，狼们居然可以处之泰然，无动于衷？

毛妹子的歌声忽然犹如琴弦挣断，戛然而止。

春妮又大吃一惊，急忙揉揉眼睛。

那老狼出现了。老狼直直地竖起嘴巴，仰望天上的月亮，凝然不动，就像一尊神秘的狼神。毛妹子四肢贴地，一点一点地向老狼爬去，她是依照林莽王国的绿色礼仪，朝觐自己的狼妈妈。狼群潮水般地涌出密林，悄无声息地走进林间空地，团团围坐在老狼四周。春妮事实上已经置身狼群之中，却并不感到怎么害怕，狼们也不正眼看她，那感觉怪怪的，好像是两个平行空间里发生的故事，中间隔着一层透明的薄冰。毛妹子已经爬到老狼跟前，仰脸看着老狼的面孔，老狼耳轮颤动，鼻息深长，显然正在细细研究女孩子的气息，只是依旧高高地仰着头，作出一副莫测高深的模样，专心致志地膜拜月亮。红毛妹子终于哇地一声大哭起来，一头扎进老狼的怀抱，拼命吮吸着老狼的乳头！老狼也噗的一声大叫，飞快地垂下头去，使劲舔舐着孩子的头颅！春妮目瞪口呆地看着这一幕，红毛妹子又吮上狼奶了？她要重新变成一个披毛纷纷的狼孩了？那老狼舔遍毛妹子的全身，就是要诱导她重新长出狼毛来？春妮越想越窝火，觉得自己上当了，受骗了，怎么竟眼睁睁地看着红毛妹子投进野狼的怀抱？红毛妹子，她应该做人呀！情急之中，春妮也毫不含糊地跳起身来，大喝一声红毛妹子，你给我回来！

狼们立刻炸窝了，一个个咻咻低吼，愤怒声讨，像是忽然发现部落里多出一个不速之客，张牙舞爪地围拢上来，要把春妮撕成齑粉了！

千钧一发的危急关头，毛妹子跳起身来，奔回春妮的身旁，说不许动，你们都不许动！知道她是谁吗？她是我妈妈，来找我的！狼群被毛妹子的举动给镇住了，纷纷后退。这时候老狼低低地吼了一声，听上去就像一道长长地叹息，狼群却得到了一个斩钉截铁的命令，全体起立，立正稍息，向后转，齐步走，眨眼之间便齐刷刷地隐入山林中。

狼妈妈，谢谢你！

红毛妹子欢呼着，要扑过去亲热狼妈妈，却被那老狼冷冷地拒绝了。

老狼站起身，又高高地仰着头，看着天上的月亮。老狼像是在对着月亮唱歌，那嘴巴一动一动，浑身骨骼也随之运动，显得极专注，极深沉，可令人费解的是根本就听不到声音。

不仅仅只是一首无字之歌，而且还根本就没有声音。

春妮怔怔地看着老狼，困惑不解地拉住红毛妹子，说你看你看，你那狼妈妈在说什么？红毛妹子神情专注地看着老狼，看着看着，眼泪便涔涔地流下来。红毛妹子告诉春妮，说狼妈妈已经做出最后决定，不允许她回归狼群了！狼妈妈说，是人，只能生活在人群中。狼妈妈还说，它有一个秘密要告诉毛妹子，那个不顾自身安危冒险追进山林的女人是值得信赖的，她正是毛妹子最亲最亲的人！

红毛妹子神情专注地盯着春妮，狼妈妈这是在说你吗？

春妮猛地抱住红毛妹子，连连点头，失声痛哭。

60　拆掉那一栋蘑菇小屋

春妮从梦中醒来，使劲眨了眨眼睛，发现自己依然被牢牢地捆绑在树干上，四肢麻木，浑身酸痛，有一种说不出来的难受劲，只是一点办法也没有，只能依旧恋恋不舍地紧闭双眼，轻轻吮吸着自己的嘴唇，细细体味狼妈妈那无字之歌的玄妙之处，回忆着那梦境中栩栩如生的感人细节。

这时候，蘑菇小屋里的篝火已经完全熄灭了。

春妮就静静地守候在黑暗里，像是在等待着一个约定的奇迹。

这会儿，她心里已经完全明白了，那毛色斑驳的狼妈妈，很久很久之前就已经死去了，为了给自己的孩子复仇，和一只独眼老虎火拼了一场，不赊不欠，双双毙命了。这个故事，红毛妹子很久之前就跟她说起过，所以她不可能在现实中真正的见到狼妈妈，即便是情深义重，大爱垂天，也只能在梦中有缘相见，慰藉生平了。至于红毛妹子，已经和她见上一面，并且换上了妈妈带来的衣服，那更是一种美好的梦想，不能当真的。

春妮知道，目前的形势其实很严峻，自己单枪匹马闯进大山，那份勇气可嘉，只是做法失当，果真帮得上红毛妹子吗？不能埋怨天道不公，老天爷其实已经帮过自己了，那个白面书生已经被吊在半空中，变成了一只酱猪头，偏偏自己免费送上门去，还会上当，还要受骗，居然把他救出危局，让自己做了人家的俘虏，被束缚在这蘑菇小屋中！

细细地寻思起来，自己果真是成事不足，败事有余，一个不可救药的蠢女人啊！

事情到了这样一个地步，还有翻盘的可能吗？

春妮闭着眼睛，使劲摇着头。

她有幸见识过白面书生卖弄他的猎枪，那是一种奇形怪状的东西，就像是一只大肚子蝈蝈，一次就可以填压十二发猎枪子弹，像这样高度自动化的狩猎武器，以前真的是从来就没有听说过，这一伙勾结了国外反华势力的盗猎者，眼下可不仅仅只是鸟枪换炮了，那简直就是一种魔鬼的存在了！有多少野生动物，能够抵抗得住这种猛烈的打击，最终逃出被斩草除根的命运？春妮不敢奢望还会出现奇迹，因为白面书生不仅仅只有一个人，他还有成群的同伙，一群武装到牙齿的强盗，还不足以把这片月亮大山搅个天翻地覆吗？他们的联络工具也是最为先进的，功率强大到可以在几百公里之内自由使用的对讲机，以前也从来没有听说过，如今武装了一群盗猎者，那还不就是如虎添翼吗？对讲机上还有雷达扫描，盗猎者们还可以彼此判明方位，有呼必应，互相支援，即便有光头小子那样的野人主动参战，保家卫国，可势单力孤，孤掌难鸣，就凭手上的几枚石头，够得上人家的对手吗？春妮自己就不用说了，如今被捆绑在这一栋蘑菇小屋里，行动完全失去了自由，除了做梦，还会流泪，派得上其他用场吗？那个民族败类白面书生说得已经很清楚了，留着她就是为了当一个压寨夫人，一个山村春妮，果真混出息了？白面书生和他的同伙们，眼下正在肆无忌惮地在大山里追捕红毛妹子，猎杀那些庇护红毛妹子的野生动物们，现实是残酷的，未来是血腥的，做梦是没用的，流泪是可笑的，就这样老老实实等在这里，等着一个厚颜无耻的现代土匪，给他做上一个压寨夫人，就那样不知羞耻地活下去，真的还不如一只小蚂蚁呀！

春妮使劲地咬住自己的舌头，生无可恋，死不足惜，实在看不出来自己的人生还有什么价值，她这是做出了最终的选择，就是准备咬舌自尽了！

"妈妈，我来啦！"

脆生生的，春妮听到了一个女孩的声音，是红毛妹子？就在这样一个要命的时刻，红毛妹子救苦救难来了？大山里的气氛很诡异，这不会又是做梦吧？黑暗中，春妮睁大两眼，张大嘴巴，使劲地摇头，感觉得好像很真实，这一次就不是做梦了？春妮还是不敢相信，只是努力地屏住呼吸，留神聆听着蘑菇小屋外边的动静。

"妈妈，你在里面吗？狼群的鼻子是很中用的，它们一路嗅过来，就把我领到这里来了，这蘑菇小屋是那个猎人的老巢，先前我也来过的，你也被猎人抓到这里来了？"

没错，正是红毛妹子，说起话来也是很有条理，一个三年级的小学生，看来还是蛮合格的！

春妮情不自禁地又流泪了，嗓门哽咽着，一句话也说不出来了。

"妈妈，你在哭吗？别哭了好不好，我要唱首歌给你听，你看好不好？狼群要拆掉这栋蘑菇小屋，这是黑狼一族的家规，它们从来不进入人类的建筑，担心里面暗藏杀机，设有埋伏，所以只能干净彻底地把它拆除了！我要开始唱歌了，妈妈你别着急，耐心听，等听完了我的歌，蘑菇小屋拆完了，你也就可以重见天日了!"

红毛妹子开始唱歌了,不急不忙、娓娓道来、音调不高、清纯悦耳,却是一曲山野王国的咏叹调,充满了少女意蕴的黑狼之歌。

从红毛妹子的歌声开始,盗猎者的蘑菇小屋便开始地震了,围成了一个大圆圈的篱笆墙忽然就被人扯动起来,片刻的工夫便被掏出了几个大窟窿,是一群大黑狼在用嘴巴拆墙,动作很麻利,配合很默契,原先看上去是那样神气活现的一栋蘑菇小屋,很快便被拆光了周边的围墙,接着又被抽光了屋顶的青青翠竹,而且打扫得干干净净,剩下的只有那一棵红豆杉,还有绑在树干上的春妮了。

迎面吹来清凉的风,裹着浓浓的青草味,淡淡的山花香。

春妮精神一振,大口地呼吸着,这才激灵灵地睁开眼睛,猎人那幢蘑菇小屋不见了,她依旧被捆绑在那棵大树上,独自面对一片林间空地。

红毛妹子的黑狼之歌,她好像一句也没有听懂,只是十分投入,听得认真,实实在在也是有些胆战心惊,不知道狼群会变出一个什么样的戏法来,只是紧紧地闭着眼睛,不去关注身边发生的事情,而是一本正经地在听红毛妹子唱歌,当然不知道自己听懂了什么,只是要表明一种人生态度,她就是那个闯进了山林的春妮,怎么说也是个厉害的角色,你们爱咋折腾咋折腾,她根本就是不闻不问,瞧见了没有?正在一门心思欣赏着自己女儿的歌声呢!

就是这样,一群大山的子民毫不含糊地拆除了猎人的蘑菇状小屋,打扫出一方干干净净的山林舞台,然后便踮着脚尖退下侧幕,井然有序地守候在一边。春妮认认真真地数了一遍,一共有八只大黑狼,这数目和白面书生说的一样,看来正是那支救走了红毛妹子的狼群。为首的两只大黑狼坐在狼群的最前面,看样子果真是一对夫妻,它们就是红毛妹子的狼哥哥和狼姐姐吧?天上有一轮明亮的月亮,在林间空地上洒满了皎洁的月光,春妮对狼群看得特别仔细,八只大黑狼都已经显得很老了,毛色斑驳,神情疲惫,看上去都已经度过了青春年头,正在步入垂暮之年。

狼们的寿命果真不长,十几岁的年龄就老成了这样,红毛妹子却还是一个稚气未退的孩子,这其中的反差真是太大了,还能找到什么共同的语言吗?

想来,这也是一道生命的密码,没人能解释清楚了。

红毛妹子跑上前来,给春妮解开捆绑的绳索。

春妮抱着自己的女儿,似乎已经不敢相信自己的眼睛了,居然用手从头到脚地摸了一遍,感觉什么都没有缺少,这才放下心来了。红毛妹子只是消瘦了许多,浑身的衣物也褴褛不堪,几乎就是赤身裸体了。这一点,倒和梦中见到的情形一模一样。春妮赶紧找出自己背进大山来的那只双肩包，其实就是红毛妹子的书包，里面除了课本和文具，还有几套女孩的衣服，春妮就找了一套薰衣草颜色的校服出来，亲自动手给孩子换上了。

换上一身新校服的红毛妹子，又变成了一个十分神气的小学生了。

"红毛妹子，咱们回家吧！我把你的书包都给带来了，有空还想给你补课，缺课太多也是麻烦，妈妈也是很担心，就想早一点带你返回校园，继续做个好学生，好不好？校长大伯在等你回去，老师和同学们都在等你，还有一只大黑狗，它的名字叫黑牡丹，大家都在到处找你，盼着你早点回去呀！"

红毛妹子却摇摇头，不说话。

"为什么？为什么不肯跟妈妈回去？你还惦记着要找人打架吗？要领着一群大黑狼，消灭那个盗猎者？可你知道吗？盗猎者不是孤单单的一个人，他们根本就是一个犯罪集团，直接受到境外一些邪恶国家的指派，要把你抓出去研究基因重组，为了对付黄皮肤黑眼睛的中国人，要研究出一种种族灭绝的生化武器，这是一件天大的事情，我们唯一正确的选择就是赶快逃走，不要让坏人们的阴谋得逞！"

红毛妹子只是摇头，还是不说话。

"为什么？是不是返回大山了，性情变野了，连妈妈的话都不要听了？妈妈见过那个白面书生了，知道这伙坏人的武器已经不是先前的火铳了，外国主子给他们装备了最为先进的狩猎武器，十二响的速射猎枪，还有具备雷达定位功能的对讲设备，你拿什么和人家拼搏？你的狼群我也看到了，总共就这么八只老狼，先前的黑狼群落，如今都在这里了？够得上人家用速射猎枪轰上一阵吗？别犯傻了，跟妈回去吧，盗猎者们的主要目标就是你，只要没有把你抓住，狼群跑起来像一阵风，反倒没有什么危险，他们也是无可奈何的！"

"我还有花毛哥哥，他是不会放过这伙坏人的！"

"你的花毛哥哥？你是说，那个光头小子？他居然还活着？"

红毛妹子连连点头，使劲点头。

"花毛哥哥还活着，就是你们知道的那个光头小子，他如今正在和那些人纠缠不休，不会让他们的阴谋得逞的！"

春妮不胜惊讶，尽管白面书生和他的同伙对讲通话的时候，提到过光头小子，只是未经证实，她不敢相信，如今红毛妹子也这么说，她的信息来自狼群，这比较靠谱，应该是真的！

"这个信息太重要了，老教授会高兴得发疯了，这是真的吗？你是怎么知道的？"

"是狼姐姐它们告诉我的，想当年窟窿山上的天坑喷水了，黑狼的群落全军覆没，大家都被冲进了地下暗河，就在暗河里生活了很长时间，后来狼姐姐它们被吸进了旋涡中，又被重新给喷出了地面，落到了那个银龙潭水里，因为长时间的洞穴生活，大家的眼睛都失明了，是花毛哥哥为它们捕蛇疗伤，让大家重新恢复了光明，就在那个银龙潭边，又重新建立起自己的狼群！后来，花毛哥哥在人世间的妈妈找去了，花青溪小学的大黑狗黑莲花找去了，我的那两只小黑狼伙伴胖胖和瘦妮也都过去了，还领着黑莲花的十只小儿女，如今全都长成大黑狼了，而且黑莲花在那里又生了十只小黑狼，如今是好大的一支狼群，有老人，有孩子，充满温馨，朝气蓬勃，能成长，会壮大，不用怕任何盗猎者，毕竟这月亮大山是我们的，最后的胜利也一定属于我们的！"

红毛妹子两眼发光，神采奕奕，居然发表了一篇胜利宣言。

春妮听了也很高兴，只是觉得这一切和红毛妹子没有多大关系，毕竟她牙不锋，爪不利，既不能撕也不会咬，而且奔跑速度也不快，跟着狼群去作战，那肯定只会拖后腿，还不如跟自己回到学校去，好好读书学习，将来做一个对社会有用的人。总而言之就是一句话，红毛妹子要听妈妈的话，她们应该离开大山，赶紧回家！

可是，红毛妹子忽然就流泪了，竟然哭成了梨花带雨，一副伤心欲绝的样子。

"怎么了？怎么了？怎么说哭就哭了？回去读书不是正事吗？留在这大山里能过日子吗？妈妈是个老师，要回学校给同学们上课。你是一个学生，要回教室和大家一起听课。我们每个人都有自己的位置，自己的职责，要做好自己本分工作，不是吗？"

红毛妹子摇头，拼命摇头。

"不是的！不是的！不是的！"红毛妹子叫嚷起来，看样子是义无反顾了。"花毛哥哥还活着，我做梦都在想念他，好不容易走进大山了，居然连见上一面的机会都没有，我不甘心呐！"

红毛妹子的态度很坚决，她就是不肯跟春妮返回校园，无论如何要见到自己的花毛哥哥。

春妮黯然神伤，只觉得自己浑身无力，好像根本也就没话可说了。

突然，狼群那边出现变故，好像是狼姐姐，正在发出一阵短促的嚎叫声，在通报什么紧急情况吗？

红毛妹子也跳起身来，紧紧地抓住了春妮的手，能感觉得出来，女孩子很紧张，正在微微颤抖。

　　八只大黑狼全都站了起来，冲着春妮这边看了一眼，便一只接一只地跑开了，好像还排开了一字横队，消失在月光朦胧的山野中。

　　春妮犹豫片刻，也捡起了红毛妹子的书包，考虑着要不要也跟着狼群一起前进，却被红毛妹子扯住了手臂，拉向一个完全相反的方向。

　　"妈妈你别慌，我们应该走得越远越好，有盗猎者正在向这里赶来，狼姐姐它们是前去迎敌了，但也不会真的接近盗猎者，不会进入他们猎枪有效的打击范围，只是要引诱着他们在大山里兜圈圈，这里没有我们什么事，只是要走远一些，不被那些猎人们发现就行了！"

　　春妮恍然大悟，看来狼群也还懂一点战略战术，这是要和盗猎者们玩游击战呀！

61 光头小子手下留情

光头小子的飞石神功，保证可以出手就到，百发百中，其中有一个最为关键的秘密，却是局外之人永远无法窥探的，那是黑毛男苦心研究的一门绝学，只是在父子之间亲缘相传，大功练成的地方又在一片绝壁高台上，所以直到如今也只有光头小子知晓这个核心机密，而且牢记在心、时时回味、身体力行、勇于实践，才把老爸传授的飞石神功不打折扣地继承下来，毫不含糊地发扬光大，让自己充满杀伐的勇气，可以毫不胆怯地行走江湖！

说来说去，那个秘密到底是什么呢？

如果你的求知欲望太过强烈的话，这里也可以小小的满足一下，黑毛男给自己儿子传授的秘诀其实只有十六个字，加上标点符号总共也只有二十个字，结算稿费大约也就是一块口香糖，看好了，原文是这样的——

> 动念在心，
> 挥洒随意，
> 引导如神，
> 辅助用力！

这就是一粒小石子在天空中的飞行图，看明白了吗？想要那一粒小石子如得神助，指哪打哪，头三句说的是很清楚了，那就是心意神的高度凝和，融为一体，最最关键的还是最后一句，那就是万万不可以使用蛮力，当然还是要用力的，但关键用力只是辅助，你那里奋力一击，小石子没准就会脱控，偏离目标了，还有用处吗？所以，这里就有了一个辩证法的问题，你要想打得准，就必须全神贯注地用心用意用神，心意所致，用兵如神，可一定要控制住自己的力度，这里的用力只是辅助，明白了吗？你要想打得狠，一石头过去就可以把对方打爆头，那就势必要用上十二分的气力，这时候问题就来了，你的心有别求、意有旁骛、神情亢奋，没准目标就被你打飞了，脱靶了，白忙活一场了。

所以，要练成飞石神功，你还必须要有一个大气度，胸有成竹，遇事不慌，千万不可小肚鸡肠，跌跌撞撞、慌慌张张。

光头小子就是这样一个人，在大山里遇上了獐子头他们那一群武装到牙齿的盗猎者，开始也不清楚对方是些什么人，进山来是要干什么，所以便悄悄地跟在他们身后，耐心细致地做了一番侦查工作，认认真真地观摩了他们是如何用手中的现代化武器肆无忌惮地在大山里滥杀野生动物，还有他们彼此之间如何用对讲机在那里大呼小叫，十分有效地规范自己的行进路线，尤其是彼此之间的组织结构，认准了那个獐头鼠脑一脸奸相的中年男人，正是这一伙人当中的指挥官，而另外七个抱着那种大肚子猎枪的年轻人，却只是他手下的马仔，是雇佣兵，也就是跑腿的。

大体上的情况判明之后，光头小子便决定要动手了。

当然不能正面交锋，毕竟人家的武器太厉害了，尽管发射的是猎枪散弹，有效射程也不过就是百十来米，可比自己扔出去的石头要厉害多了，光头小子只能潜伏在暗处，远远地瞅着对方的行踪，终于等到了一个合适的机会，对方一共八个人，排成了一个小小的队形，彼此之间拉开一定的距离，钻进一片茂密的丛林，摆开一个行军的架势，光头小子便赶紧跟上去，不远不近地坠在后面，慢慢接近到四十来步的光景，小心翼翼地掷出了一枚圆润闪光的鹅卵石，苍天不负有心人，那枚鹅卵石的飞行轨迹十分完美，一路上居然没有碰到任何枝叶，十分精准地就打到了对方的脑袋上，哈哈，这就是首战成功，可喜可贺！

可惜，也有美中不足的地方，那个被袭击的盗猎者是应声倒下了，只是心不甘，情不愿，倒下去的同时还发出了一声惨叫，这一声惨叫可就惹出大麻烦了，走在前面的同伙们立刻就被惊动了，发现遭到袭击了，立马便奋起反击，爆响了一阵雷鸣般的枪声。

光头小子躲在自己藏身的地方，一动也不敢动。

光头小子这里看得见那个倒下去的盗猎者，所以他还舍不得挪窝，想等着对方有人回来救助伤员，一旦发现新的目标，他立马又可以扩大战果。

可结果令人很失望，那伙盗猎者居然扔下自己的同伴，继续前进，走自己的路去了。

又等了一会儿，一直没动静，光头小子只好放弃自己的藏身之处，继续追上去寻找战机。

路过那个被自己砸了一石头的倒霉鬼身旁，光头小子自然也要稍作停留，顺便打扫一下战场。

那位有幸品尝过飞石神功的盗猎者，太阳帽已经被打飞了，后脑勺上鼓起了一个小土豆一样的青包，摊开四肢扑倒在地上，面孔扎进了枯树叶中，整个人儿一动也不动，看样子也老实得不得了，已经死翘翘了。那只奇形怪状的大肚子猎枪，还老老实实地背在背上，这个人走在队伍的最后面，大约做梦也没有想到自己会遭遇袭击，所以根本就没有做好战斗的准备，光头小子起先对那只大肚子猎枪也不太感兴趣，因为自己不会用，带在身边也是麻烦，可想来想去总觉得扔了也很可惜，毕竟是个新鲜的玩意儿，留着做玩具不也很有意思吗？所以，光头小子便把那只猎枪解下来，小心翼翼地背到了自己的背上。还有一只马桶包，里边有两只装着猎枪子弹的铁盒子，一只砖头大小的仪器，看模样像是一只收音机，还有一些零零碎碎的生活物件，打火机和香烟之类的东西，光头小子觉得扔了也可惜，便把那马桶包也背到了自己的肩上。对方的腰上还扎着牛皮带，皮带上面还有刀鞘，刀鞘里面插着一只小匕首，光头小子觉得很有意思，便把那皮带也解了下来，束到了自己的腰上。

一切都收拾好了，光头小子便准备挥手说拜拜了。

却不料，那位输了个精光的倒霉鬼嘴里嘟噜了一句什么，又把他给留住了。

这家伙原来没死呀？是不是有话还没说完，一时半会还死不了？这可就是个难题了，光头小子是不是也应该有点耐心，留下来陪他聊上一会儿？

认认真真地研究了一番，对方却好像什么都没说，只是发出了一阵阵痛苦的呻吟，明白了，他这就是被石头打晕了，不肯老老实实地去找阎王爷报到，看情形还要苏醒过来，和光头小子有一番纠缠呢！

光头小子又摸出了一颗鹅卵石，高高地扬起手背，准备在他的脑袋上再添加一点什么，让他不要胡思乱想，安心上路就行了。

可是，光头小子比画了一会儿，又把那颗鹅卵石给放下了。

光头小子从来就没有杀过人，所以很难找到杀人的理由，如果对方并没有妨碍自己的生存，为什么一定要夺走他的生命？对于那些弱小的动物，只要自己不是饥肠辘辘，一般都是不会乱开杀戒的，这好像也是一个原则，是与生俱来的一种品德，黑毛男和红毛女都是这样，光头小子自然也不会越界了。

既然心思改变了，不打算要取对方的性命了，光头小子便从一边的灌木丛中摘下一把植物的叶子，塞在嘴里嚼一嚼，嚼成了一种绿色发黑的糊状物，吐在自己的掌心里，便往对方的伤口上抹了一些，嘴巴里塞了一些，发现还有一些剩余，便一股脑地都抹到了对方的脖颈上，对方立刻便有反应了，好像是被什么东西给辣着了，呛着了，居然咳嗽起来了，只是那眼睛还紧紧闭着，好像舍不得睁开似的，光头小子又不耐烦了，扳过他的面孔便噼里啪啦地打起了耳光，这一招倒显得十分灵验，对方不仅睁大了眼睛，而且还忙不迭声地开口说话了！

"谢谢！谢谢！救命之恩，永志不忘，在下武状元，愿意跟随大哥，鞍前马后，任凭差遣！"

这是什么玩意？自己几个耳光扇过去，他还要感激救命之恩，要跟着自己混饭吃？他叫个什么武状元？这名字听着有点耳熟，好像还有什么典故不是？

光头小子颇费踌躇，不知道自己应该如何应对这种突发情况了。

可那位武状元却是一个话痨，一旦开口就停不下来了。

"你给我用的是风油精不是？我那包里也有几瓶，这绝对是一种出门必备的良药，除了可以治疗头晕目眩，还可以防治蚊虫叮咬，只是你给我的用量太大了，把我的眼泪都熏出来，当然效果也是出奇得好，谢谢！真得好好谢谢你呀！"

风油精？风油精又是个什么东西？光头小子刚才只是随手采了一把野薄荷的叶子，当然知道这东西的味道很是辛辣，是醒脑提神的最佳良药，只是剂量如何控制，那就不在他应该操心的范围了，因为老爸黑毛男曾经教导过他一句成语，那叫韩信点兵，多多益善！

这个人叫武状元，初步考察的结果，和自己似乎没有什么共同的语言，既然如此，光头小子就打算要走了，毕竟自己是个大忙人，前面不知道还有多少场战斗在等着，不能耽搁太多的时间。

当然，即便是挥手说拜拜，有些话也还是应该说清楚的。

"你叫武状元是吧？就是武功最为高强的意思？不好意思了，我冲你的脑袋上敲了一石头，一不小心就把你给打晕了，所以你也不用谢谢我，给你上药也算不得救死扶伤，就是功过相抵了，扯平了！你的武器我带走了，这也是大山里的规矩，留在你的手里十分危险，会不断地伤害野生动物，明白了吗？至于你这个人嘛，现在我就放了你，想去哪里去哪里，你自由了！"

光头小子说完了，背起人家的马桶包，手上拎着那只大肚子猎枪，转身就走了，打算就沿着刚才那伙人离去的方向追上去，尽快咬住对方的尾巴，有机会就砸上一石头。

始料不及的是，那已经恢复自由的俘虏，竟然会一咕噜地从地上爬起来，屁颠屁颠地跟在后边，那意思也明白得很，横竖就是不要什么自由，还要死乞白赖地追着他，跟他一道走。

"我都说过了，放你自由了，干吗还要跟着我？"

光头小子大惑不解，厉声喝问。

"大哥，就让我跟着你吧，跟着你好歹能逃一条命，把我自己留下来，过不了今天一晚上，野兽就把我给啃了！"

"咳，我说你这是什么眼神，还看不出来我和野兽是一伙的？信不信不用等到天黑，我就把你给生吞活剥了？"

光头小子这话说得很吓人，估计对方招架不住，立时三刻就会屁滚尿流地逃走了。

却不料，人家根本不吃这一套，居然咧开大嘴嘿嘿地笑起来。

"你就是那个大名鼎鼎的光头小子，月亮大山里头号活雷锋，被你救了一命的那个老教授，如今已经退休了，还在寻找野人的主题广场上为你铸造了一尊铜像，你还别说，那铜像和你本人真是一模一样，要不是你如今裹着一身兽皮，那是一眼就能认出来了！"

接下来听到的这一席话，反倒让光头小子犯傻了，这是什么情况呀？山中方数日，世上愈千年？自己这样一个在大山里撒泼的野小子，居然也成了人世间一位道德模范人物了？这些问题想着就让人头疼，所以光头小子只能选择逃避，如今需要面对的现实就是那个粘上自己的盗猎者，如何才能把他甩到一边，自己脱身而去？

光头小子觉得，自己还是有必要和对方严肃认真的谈一谈，正确的厘清彼此间的关系。

"武状元，你需要搞清楚一件事情，我们不是那种彼此可以信任的朋友，恰恰相反，我们是敌人，一照面就会拼个你死我活，要不然我也不会往你的脑袋上面扔石头，这道理你懂吗？如今我想放过你，并不是要和你交朋友，只是认为你不是我的对手，已经失去了战斗力，但我还要继续去努力、去战斗、去偷袭你的那些同伙们，带着你，那就是一件大麻烦，明白了吗？"

武状元连连点头，还伸手摸了摸自己脑袋上的青包，表示自己完全理解，只是不能照单全收，因为自己还有话要说，那就是另外一番道理了。

"大哥你应该知道的，救人一命，胜造七级浮屠！你已经决定饶我一命了，这和救人一命是一个意思，如果不愿意罩着我，就把我扔在这大山里，那就不是放生了，直接就是留下来喂狼了，你就是把武器留给我也没用，见到那些野兽我两腿就打软了，直接就会变成一个肉包子了！我就是个小混混，因为爹娘没文化，给我取了个不知天高地厚的名字，其实一点能耐都没有，大凡有本事能混上饭吃的，有谁乐意跟着獐子头出来趟黑道？走私贩毒、偷越国境、坑蒙拐骗、欺男霸女，什么邪恶干什么，抓住了就要砍脑袋，能遇上大哥那是我的福分，千万不要把我给扔下了！"

"你是说，要改邪归正了，从此脱离犯罪团伙，不和那个獐子头搅和在一起了?"听了武状元这一番话，光头小子倒是微微有些动心了，毕竟他是一个心地善良的孩子，"只是我自己的事情都忙不过来了，哪里还有时间照顾你呀？身边多了一个拖累，就怕什么事情都干不了了！"

"怎么可能？除了胆子小一些，我什么事情都会干，可以成为一个好帮手的！"武状元激烈地反驳着，"我跟着獐子头当跑腿，已经混了一段时间了，他眼下正在干什么，我一五一十全清楚，这些信息难道也没用吗？还有，我可以教会你如何使用猎枪，这种武器很先进，对我这样的胆小鬼来说，其实没有什么大用，可在你手里那就不一样了，你在对抗一个武装集团，就凭几颗小石头，那能行吗？还有，我包里还有对讲机，本身具有雷达搜索功能的，能够侦查对方的方位，你会用吗？只要让我跟着你，除了解决这些问题，我还可以承包一应杂务，比如当个搬运工，还可以为你跑跑腿，身边多一个小奴才，又听话，又好使，何乐而不为呢？"

武状元口吐莲花，居然说得头头是道，看来他爹娘果真取错了名字，应该叫文状元才对。

"可我才十五岁，从来没有给别人当过大哥呀？"

光头小子还是犹犹豫豫。

"你是有口皆碑的大英雄，不当大哥当什么？我虽然已经三十多岁了，可一直都没有混上老婆，是一个天生的窝囊废，能够跟你做小弟，将来一定会有出息，我是心甘情愿的呀！"

武状元声情并茂，越来越投入了。

光头小子点了点头，这事也就算是说定了。

62 大山的真性情

答应收下武状元做小弟，光头小子立马把那支大肚子猎枪和马桶包物归原主，倒也不是还给他的意思，只是有约在先了，做小弟的就是要负责搬搬运运，跑腿打杂，所以就应该扛着猎枪，背着马桶包，这才符合常理。

光头小子觉得是这个理，自然也毫不含糊地就这么做了。

那位武状元却想得不是这么简单，因为这几乎就是一份天大的信任，情不自禁地热泪盈眶，那叫感激涕零啊！

更加令人意想不到的事，光头小子居然改变了行进方向，不再继续去追赶獐子头那伙人，反而背道而行，折向一边，选择了一条流水潺潺的山溪，在溪边的卵石滩上又挑选了一兜和拳头大小相仿的鹅卵石，老大不客气地塞到了武状元的马桶包里，让他老老实实地背在背上，又走上了一面青山坡，在那山坡草地上施展飞石神功，打了两只青草兔，就地剥皮，燃起篝火，不大一会儿那两只草兔便被烘烤得外焦里嫩，香气扑鼻，分了一只给武状元，自己也抱起一只，就这么美美地吃了起来。

光头小子说，这就是午餐了，一天中的正餐，一定要吃饱吃好了，然后还要到山溪边上去喝水，把浑身的污秽都洗干净，这样在大山里行走，才会足够的安全。既然要接纳武状元作为一个山里人，光头小子也就拿出了当大哥的派头，认认真真地对他进行一番生存教育。

光头小子用餐很快，一只野兔打圈啃，那果真就是大块吃肉，一圈肉吃光了，剩下一个完整的骨架往地上一扔，进餐就算结束了。武状元用餐那可就仔细多了，每一节骨头都要品咂一番，吮吸半天，看样子还十分稀罕这种野外烧烤，光头小子十分有耐心地在一边等待着，实在闲极无聊了，就在山坡上搜寻那些矮小的灌木丛，找那种入秋之后就开始变酸变甜的红果子，一粒一粒地咀嚼着，就当成了一道开胃小菜。武状元终于吃饱了，表示可以结束午餐了，只是那一只野兔还剩下一半，看样子也是太过珍惜了，有意想留下一半日后当点心，十分宝贝地要塞进马桶包里，却被光头小子给制止了，说这样万万使不得，野火烧烤真的很香，你背着这东西满山跑，是要给野兽们当钓饵吗？是不是小命也不要了？武状元这时候很尴尬，双手捧着那半截烧烤野兔，就不知道应该往哪放了，光头小子倒也宽宏大量，让他放开肚皮继续吃，能吃多少吃多少，完了就扔在这原地，所有的餐余垃圾，自然会有一些野生动物们前来打扫，保证会收拾得干干净净，一点痕迹都不会留下的。

武状元最终还是把那半截野兔差不多都吃光了，只扔下了很少一点骨头，这才跟着光头小子去山溪边上清理个人卫生，喝几口清凉的山溪水，全当是今天的下午茶。

已经是正儿八经的秋天了，天高气爽，风轻云淡，给人的感觉是不冷也不热，气候十分宜人，适合游山玩水，也适合采集野果，当然，更适合晒着日光浴，美美地睡上一觉，这样不用烧火，保证不会感冒。

光头小子就找到了一处阳光灿烂的山坳里，选择一面迎着阳光的草地，吩咐武状元说下午没什么事情要操心了，这里有一块风水宝地，我们应该好好睡上一觉，消除昔日的烦恼与疲劳，养足精神，把今后的日子过得更好！

光头小子说完了，就仰面八叉地躺到草地上，眯着眼睛晒太阳，不一会儿便扬起了细微的鼾声，又香又甜地睡着了。

瞅着光头小子的睡态，武状元情不自禁地摇头叹息，这一生还是第一次遇到这种憨态可掬的人，没有一丝的阴霾，就像秋天的流云，那样的晶莹剔透，干干净净，是不是天下的好人就应该是这样的？不懂算计，不会防人，过最最简单的日子，干清清爽爽的事情，如此活得轻松愉快，这难道还不算幸福吗？自己却是个标准的街井小人，一出世就大睁两眼东张西望，削尖脑袋东奔西走，要给自己寻找一个升官发财的机会，也是心事太重了，脑袋就发晕，勉强读了个初中毕业，书也就读不下去了，接着就开始混社会，可惜连个痞子流氓都当不好，最后混成了獐子头手下的一个小马仔，跟着走私贩毒，偷越国境，每天提着脑袋过日子，却根本混不到几个钱，实在想钱想迷了，就偷偷摸摸地瞅一眼獐子头手上的密码箱，那就是望梅止渴，这日子过得悲催，就因为自己还不是真正的心狠手辣，而且胆小如鼠，獐子头自然不待见，同伴们也都欺负他，把他当成了一个天生的挑山工，别人吃肉他喝汤，别人睡觉他站岗，更别指望还能混到什么钱了，那简直就是生不如死啊！

如今遇上光头小子，倒像是上天又给自己重新指了一条路，这就是遇上贵人了？自己的贵人，原来就是一个野人？是不是奸诈无比的现代人，只有回到淳朴天成的野人身边，才能得到生命的宽容，找回那一份失落已久的幸福感？

武状元感慨万千，辗转反侧，横竖就是睡不着。

后来，光头小子睡醒一觉了，发现武状元还在那里大睁两眼，便又循循善诱，苦口婆心，给他传授一种山野人生的基本规律，那就是最舒服的时候要睡觉，最饥饿的时候要狩猎，最难过的时候要唱歌，最烦闷的时候要爬山，因为在太阳底下睡觉最舒服，关键是不会被冻僵了，在最饥饿的时候吃东西最香，这时候要吃最新鲜的食物，才能保证自己身体的健康，最难过的时候要唱歌，那样不仅仅是为了呼朋引类，还可以发散自己的郁闷，让大伙帮助一起排遣，最烦闷的时候要去爬山，因为登高可以望远，只要眼界大开了，就会有一种全新的发现，小日子也就越过越开心了。

武状元又情不自禁地叹了口气，自己果真选对了大哥，听君一席话，胜读十年书啊！

武状元想给自己找点事干，便把那只大肚子猎枪拿起来，招呼着让光头小子看仔细了，把枪机零件一件一件地拆下来，又一件一件地装上去，一边解释着，一边操作着，如何装子弹，如何退弹壳，如何打开保险，如何瞄准射击，看到光头小子的兴趣渐渐提起来了，就把大肚子猎枪递过去，让他自己亲手实施操作，自己在一边做场外指导，光头小子果真聪明，不多一会儿便掌握了全部的技术要领，武状元便建议他对着山野放上两枪，找一找那种真实的感觉，可光头小子却断然拒绝了，说大山里面是不可以随便放枪的，那样不仅会惊扰野生动物，关键还会暴露自己的位置，有百害而无一利，这事以后再说吧。

武状元又取出了那只对讲机，给光头小子大略讲述一番工作原理，然后才重点演示如何操作，这东西学习起来更为简单，无非就是每一个按键所能起到的作用，如何开机，如何关机，如何接收，如何发送，还有就是雷达扫描的图像识别，如何判定对方的方位及距离，武状元讲得很投入，光头小子也学得很认真，显而易见，他对这玩意比猎枪更感兴趣，直接把那对讲机给接管了，挂在自己的脖子上，那简直就是爱不释手了。

武状元完成了这一番大事，似乎也如释重负了。

光头小子便又建议大家好好睡一觉，享受这得天独厚的午后阳光，养足了精神，攒足了力气，晚上好去找獐子头他们逗乐子，能抓一把就抓一把，能挠一下就挠一下，不敢说能把对方吓半死，至少也要让他们睡不成安稳觉，不错，对方的大肚子猎枪很厉害，可黑更半夜的，即便有月光也看不多远，还够得成威胁吗？顺便的，光头小子也给武状元补了一课，那就是游击战争的十六字诀，如果敌人比自己强大，那这就是百试不爽的灵丹妙药了，你记好了，敌进我退、敌驻我扰、敌退我追、敌疲我打！这可是老爸黑毛男扯着耳朵传授下来的，至于老爸是从哪学来的，光头小子可就说不清楚了。

武状元好像也听说过有这档事，也就是有这个印象，具体也说不太清楚，搞不明白到底出自哪一部兵书战策，当然说不清楚也不要紧，他这个状元郎，从来都是不读书的，如今有了光头小子做老大，谨记大哥教诲也就行了！

光头小子交代完了，打个哈欠，转身又睡着了，那鼾声不是很响，但是十分的均匀，足以说明他的心态平稳，生活的方式有利于健康，说睡就睡，说吃就吃，可以保证精力旺盛，指哪打哪，十分果断，更不会拖泥带水了。

武状元啧啧称奇，难怪这光头小子是个野人，寻常的菜瓜百姓，整日里忧心忡忡，欲壑深重，低头就想捡到钱，看天就等掉馅饼，见人就想讨红包，做梦都在侃空说谎，不是寻思着使诈放毒，就是打算去盗人祖坟，一天到晚没有一丁点好心思，所以忧也忧不完，愁也愁不尽，不是累死的，就是吓死了，瞧那小日子过得，根本就不用下地狱了，随便找一个锅框子，伸头就会往里钻，立马就变成烤红芋了！

可你瞧瞧人家光头小子，那心性，那气质，那德行，不就是一个活神仙吗？

武状元佩服自己的光头大哥，那简直就是五体投地了。

可惜也不能想得太多了，晚上还有夜袭行动，兵贵神速，不可儿戏，他也必须要养精蓄锐，好好地睡上一觉才行。

后来，武状元也乖乖地睡着了。这就是近朱者赤，近墨者黑，跟着好人做好人，跟着巫婆跳大神，武状元也觉得自己果真改变了不少，那就是接近了光头小子的缘故，见贤思齐，心神通泰，连睡态都变得十分安详了。

63　来自云雾崖的最新消息

云雾崖那边，花青溪小学校长钱无奈最终还是领着大记者钱无忧，还有大记者的小女友一行三人去了派出所，出席了派出所所长负责召集的那一次会议，登上了云雾崖派出所那栋白底蓝字，造型不俗的公安小楼，派出所所长领着他们走进了二楼的会议室，悄悄地找个地方坐了下来，在这里派出所所长也不敢大声喧哗，主持会议的是省政府的秘书长，各方面的省级领导就有一大堆，派出所所长和那些出席会议的乡镇头头们，如果没有领导的提问，基本上是连说话的权利都没有的，老老实实待着就行了。

就这样，省委有关领导的现场办公会议整整开了两天，的确算得上集思广益、调查研究、权衡利弊、反复斟酌，最后作出一个出人意料的重大决定，那就是取消搜山行动！

实事求是地说，这个决定是正确的。

因为，月亮山区实在是太大了，即便你调动了千军万马，也很难走遍每一个角落，在大海里捞针说说可以，果真付诸行动，那就是在发神经，在瞎折腾，一丁点实际效果都没有，很好玩吗？我们的权力来自人民，自然要对人民负责，感情用事是没有用的，每一步都要留下清晰可辨的脚印，不能无端耗费人民的资源，不做无用功，这是一个必须要坚守的原则，不对吗？还有一个最最重要的原因，这时候红毛妹子走失已经一个星期了，春妮进山找人也已经三天了，她们还会有多少生还的机会？实际情况就是这样，人心都是肉做的，恻隐之心在所难免，可现实总是残酷无情的，不存在一丝一毫的侥幸，这时候调动千军万马，搞一次水底捞月，也算得上是政绩工程吗？认认真真地说起来，这是没有任何实际意义的，所以，只能打住了。

小学校长的脸上又浮现出他那副招牌微笑，可巧那位主持会议的省政府办公厅秘书长刚好走到他的面前，凝视着他那满脸愁容，足足端详了两分钟，好像原本是要说点什么，最终什么话也没说，就那样转身离去了。

头发花白的退休老教授走了过来，抓起小学校长的手，轻轻地摇一摇，晃一晃，就把他拉起身来，往门外走。大记者钱无忧也领着自己的小女友跟在后面，虽然这时候还没有宣布散会，但是总结报告都已经发布了，也就是可以离席了。

派出所所长两眼发红，也迟迟疑疑地站起身来，看着几个正在出门的朋友，摆明架势是想追上去，感觉还有好多话想给他们说一说，却发现那位省政府秘书长正在冲自己招手，还用手指点了点自己，看样子接下来还有事，便又老老实实地坐下身去。

会议其实并没有结束，只是与会者的范围缩小了一些。

坐在秘书长旁边的一位武警少将冲派出所所长勾勾手，派出所所长知道他是本省武警总队的副司令员，赶紧站起身来，立正敬礼，副司令员只是摆摆手，示意他安心落座，不拘常礼，说自己已经把这里的情况向司令员汇报过了，因为普天之下都知道月亮山里有野人，五湖四海的人们都趋之若鹜，想亲眼目睹野人的风姿，云雾崖作为月亮大山的山门，地理位置尤其重要，上级有关部门也都已经达成共识，要给云雾崖一个中心大镇的建制，领导班子正在搭建当中，省武警总队也决定要添上一把柴，马上调配一个武警中队，归属派出所所长统一指挥，一句话，就是援兵来了！调动千军万马去搜山，那差不多就是高射炮打蚊子，看起来轰轰烈烈，实际上难有成效，所以只能叫停，冷静处理。这样的事情，只能加强防范，从源头抓起，手里有兵了，就可以加强巡逻了，震慑黑恶犯罪，保卫一方平安，你这个云雾崖的派出所所长，今后可有的忙了！

这就等于是宣布一道命令了，派出所所长深感意外，也越发惊喜，使劲地眨着眼睛，感觉自己很没出息，怎么一个劲地想流泪呢？

令人激动的事情还在后边，接下来，那几乎就是喜事连连了！

省公安厅副厅长当场宣布，调拨两架直升机到云雾崖来，直接归属派出所所长指挥，一个飞行中队加上一个地勤中队，统统都成了云雾崖派出所的下属单位，有了直升机，在月亮大山里执行巡逻和搜索的任务，应该是方便多了！

省军区副司令员更豪爽，调配八架无人机到云雾崖来，也直接听命于派出所所长，主要任务就是执行对月亮山区的遥控侦查，飞机器械和有关技术人员算是军队支援地方，进入公安编制！

省政府秘书长最后宣布的命令那就更为激动人心了，说云雾崖派出所这一次真的是鸟枪换炮了，家大业大了，小秤砣压不住大秤钩，所以干部级别要做一个相应的调整，这件事情也是特事特办，派出所所长由原来的副营级直接调整为副团级，因为担子加重了，他是真正的前线总指挥，要把千斤的重担一肩挑，任重而道远啊！

听到了这里，派出所所长再也忍不住了，两行热泪夺眶而出，擦也擦不尽，止也止不住，别提有多么尴尬了。

秘书长摆摆手，这次有关领导的现场办公会议，到这里就算是正式结束了，只是想了一想，又补充了一句：

"我说，我的同志哥，你现在可没时间流眼泪，直升机马上就要飞过来了，你要赶快安排地方做机场，还有那么多的人员和设备，需要兵营，需要宿舍，需要仓库，你从今以后就要变成一个天字第一号的大忙人了，赶快干活去吧！"

64　银龙潭的第二梯队

银龙潭边，黑狼部落的营地上，香椿婶记得特别清楚，到了今儿个这一天，大黑狗生下来的那十只小崽子，应该就是满月了！

满月了，按照人类的生活习惯，那是要摆酒庆贺的，还可以接受客人们的红包，好酒好菜，喜气洋洋，绝对是个好日子呀！

为了这个好日子，老太婆一大清早就忙活开了，首先就是在那半崖下面的烧烤营地上把篝火点燃，用青树枝搭起了烧烤架，还准备了一大把的青竹串串，然后便一趟一趟地跑到银龙潭水去抓红龙鱼。银龙潭水来自地下暗河，大群的红龙鱼随着那道银龙喷涌而出，也是经历了黑白世界两重天，适应不了这种翻天覆地的大变化，所以大家都变得呆呆傻傻的，只晓得随着潭水边的回流在那里打转转，把银龙潭里的鳄鱼们都给撑愣了，养呆了，到开饭的点就到潭水边上陪着红龙鱼们转一圈，吃饱了，喝足了，就沉到潭水深处去休息，也是物质极大丰富了，对银龙潭水边活动的人们根本就是熟视无睹，不管不问，如果人们需要抓鱼，尽管拿去好了，来自地下暗河的红龙鱼们好像眼睛也都不中用，对人们的捕捞行为根本不做任何反抗，伸手就可以拿一条，拿了你就可以走，就这样爽爽的，别提有多省心了。

在银龙潭边捕鱼，那绝对是一种享受。

贴近大自然的人生就是这样，没有什么竞争的对手，自然可以活得惬意，和红着眼睛咬牙切齿打斗成团的人类社会比较起来，那果真就是天壤之别了。

所以，不要担心这位来自云雾崖的老太婆会过分劳累了，因为这里就是一个和谐社会，基本上等同于那种原始共产主义，老太婆实际上就是这里的女王，虽然治下的百姓并不多，眼下只有一条名叫黑莲花的大黑狗跑来跑去地帮她叼鱼，一条又一条地送到那堆篝火的旁边，看上去人手是有些不足，但是还有一窝刚刚满月的小黑炭，感觉也是凶巴巴的，个个能撕会咬，人人吼声如雷，虽然实际上帮不了什么忙，可跑来跑去也都忙活得不得了，至少感觉它们都在干活，人多力量大，还有多少活计干不完吗？

这就是一种精神的力量,足以让老太婆两眼放光,浑身有劲,可以笑口常开了。

就这样,篝火的旁边很快就有了一堆红龙鱼,烧烤架上也摆起了成排的红龙鱼,油珠儿噼里啪啦地落在火堆上,火花四溅,越发旺盛,空气中充满了烤鱼的香味,今天大餐的第一道菜,已经初见端倪了。

秉夜出游在大山中狩猎的黑狼们回来了,又带回来一大堆的新鲜猎物,守在营地上的那一堆小黑炭这会儿才真正地兴奋起来,三三两两地扑到了猎物上,有的拖走了大青兔,有的撕咬着小黄羊,撕开了猎物的皮毛,舔舐着新鲜的血浆,吞食着猎物的内脏,好像这一切都是它们的保留节目,是成长过程中一份必不可少的野性锻炼,那些成年的黑狼们通通都走到一边,任其自由发挥,恍若视而不见,一切听凭自然,小崽子们只要肚皮足够大,吃得越多,长得越快,这都是它们现阶段的任务,好好努力吧!

一直陪伴着老太婆的那只大黑狗,这会儿也走上前去,迎住了为首的那只大黑狼,舔了舔它的嘴,这就是行礼如仪了。对方是一只大公狼,也就是当年的小黑狼胖胖,如今是黑莲花亲爱的丈夫,周围那些跑来跑去的黑狼们几乎全是它们的儿女,第一窝黑狼一共十只,是在花青溪小学校园里出生的,如今都已经成年了,正是目前这个狼群的主力,而第二窝小崽子今天刚好满月,眼下正在集体扮演着一群活土匪的角色,你撕我咬,狂呼乱叫,这就是它们的健康成长,那样子也用不了多久,这群小黑炭们自己也就可以驰骋山野了!

另外一只大黑狼在一边嗷嗷嗥叫起来,那是一只成年母狼,也就是当年的瘦妮,大公狼胖胖的妹子,自然就是黑莲花的小姑子,有了这么一番亲缘关系,大黑狗自然晓得它为什么嗥叫,当然也不肯多加理会,无非就是羡慕嫉妒恨,找不到品貌相当的大黑狼与之匹配,这是老天爷不肯眷顾它,能怨得了别人吗?母狼瘦妮没有家室拖累,理所当然地成了第二代狼群的教官,领着一群年轻的黑狼们摸爬滚打,奔跑跳跃,一天到晚也的确辛苦,大公狼胖胖不无歉意地点点头,大黑狗黑莲花却不管不顾,居然咧开了嘴巴,乐不可支地笑了起来。

自从离开了校园环境,黑莲花也就不再刻意地要装出一副温文尔雅的样子了。

大黑狼瘦妮差点没被它给气死了,可也拿它没办法,自己的嫂子就这种德性,活该倒霉就是了,也只得忍气吞声的不叫了,只是把头抹向一边,摆出了一副愤愤不平的姿势。

香椿姊烤出了一大堆外焦里嫩的红龙鱼,便大声招呼着黑色王国的孩子们,开饭了,开饭了!

大家便依次地走上前来，每人叼起一只焦黄的红龙鱼，然后便找一个十分宽敞的地方俯下身去，开始不慌不忙地品尝起美味佳肴来，这里和传统的狼群就有很大的区别了，不会一拥而上地胡争乱抢，更不用垂涎欲滴地守在一旁，倒更像是人类社会的食堂开饭了，井然有序地排队打饭，只是不用交饭票，而且数量没限制，一条红龙鱼吃完了，你可以再去拿下一条，只要你有好胃口，能吃多少吃多少。

那一群刚刚满月的小黑炭们，已经饱餐了新鲜猎物们的内脏，这会儿全都吃饱了，红龙鱼再香也顾不上了，大家都挤挤抗抗聚集在一片草地上，一个个不无卖弄地袒露着自己那滚瓜溜圆的小肚皮，互相嘀嘀咕咕地交流着一些只有它们自己才会感到有兴趣的话题，当然不在乎自己究竟是狼还是狗，必须要强调的只有一个中心点，那就是世界是它们的，明天是它们的，未来是它们的，月亮更是它们的，它们是一群大山里的精灵，更是一种希望的寄托，未来的畅想！

香椿婶可管不了这么多，她还在继续折腾烧烤，红龙鱼烤完了，接下来要烤青兔，烤黄羊，她还牢记着今天是一个盛大的节日，一群小黑炭满月了，接下来成长的速度也就要加快了，要不多久就是一只只小黑狼了，这是一个可喜可贺的日子，美食自然是多多益善了。

香椿婶忙活着，而且很快乐。

一个大山里的老妇人，能把日子过成了今天这个样子，她真的是十分知足了。

一个猎人的女儿，嫁给猎人为妻，又生下一个可以继承祖传大火铳的儿子，她其实是很容易满足的，几乎是一点野心都没有，无非就是能守着丈夫，守着儿子，守着热热闹闹的一家人，那就是她的人生理想，这还算得上是过分吗？可是丈夫王大头进山了，居然和一个红毛野人又生了儿子，最后变成了黑毛男！可是儿子香椿儿离家出走了，开始说是出门打工去了，不知道什么缘故居然欠下一条人命债，最后又回家扛起了大火铳，也要踩着他老子的脚印走，一头扎进大山里，最后也就无影无踪了！尽管走到了这步田地，老太婆依然无怨无悔，因为每人头上一片天，老天爷没有亏待她，居然把王大头的儿子又送到她身边来，从此之后她又重新有了儿子，而且不仅仅只是儿子，好像大山里的野生动物们统统变成了她的家人，这样一个五光十色的人生，完全超出了她的预期，还不足够幸福、足够快乐、足够理想吗？

老太婆的脸上挂着笑容，那是因为她喜欢这身边的一切，上天的博大，大地的厚重，生命的多姿多彩，食物的极大丰富，人生的信手拈来，明天的多种多样，活着，就是这样，有滋有味有悬念，太好了！

呜呜嗷嗷的，响起了一阵雄壮有力的狼嚎声。

老太婆这时候已经能听得懂黑狼们的语言了，知道这是大公狼胖胖，在吹响自己的集结号，意思就是要求全体集合，作为目前营地上的最高指挥官，它有话要说！

过去的狼群不是这样的，狼王夫妻不管有什么事儿，随时随地都可以发布一下，然后自己带头跑在前面，整个狼群跟上去，就可以展开一次行动了。可现在的狼群成分完全改变了，以年轻化的一代为主了，小黑狼胖胖和瘦妮自小就跟着红毛小狼女和花毛小子闯天下，那就相当于一个军事单位，过上了一种集体的生活，后来为了接近光头小子，两只黑狼又跟着狼女姐姐勇闯云雾崖，对人类的作为见得太多，天长日久也就潜移默化，完全换上了一种新的做派，只要有事就要召集开会，和人类的基层干部那简直就是一模一样了。

老太婆极力地忍着笑，手下却片刻也不得闲空，烧烤架上正在烤肉，这会儿正在出油，油珠儿雨点一般地往下落，需要不停地翻动才行，自然不用理会那只大公狼，干好自己的事情就行了。

大黑狗黑莲花也屁颠屁颠地跑过去了，自己的夫君正在发号施令，它自然也要表现出十二分的虔诚，小心翼翼，毕恭毕敬，东方人的夫唱妇随，大约也就是这个德性。

所有的大黑狼都过去集合了，那十来个刚刚满月的黑炭头也很把自己当回事儿，不甘示弱地跟着行动起来，也闹闹哄哄地跑过去。

黑狼的群落原来也就是这样的，它们打从骨髓里就认准了一件事，自己生下来就是一个兵，用不着有人去强调全民皆兵，它们就是生成的骨头，长成的肉，不会倚强凌弱，那还有的饭吃吗？

这是一种生命的哲理，连大山里的石头都晓得。

所以，老太婆也在侧耳聆听，那位大公狼要发表什么高论。

大公狼的演讲内容并不十分复杂，总共只说了三件事情：

第一，光头小子是狼群的大哥哥，他去寻找红毛狼姐姐，已经出发一个月了。他是一个独行侠，总共只有他一个人，喜欢天马行空，独往独来。

第二，狼王夫妻领着一群老狼追随其后，是八匹老狼组成的狼群，它们是感恩光头小子的侠肝义胆，是黑狼群落最忠诚的朋友，毫不利己，专门利人！

第三，大黑狼胖胖和瘦妮，是光头大哥和红毛狼姐姐一手领大的孩子，如今都长成了狼群的统领，它们自然也不甘示弱，眼下第三代小黑狼都已经满月了，已经可以在这银龙潭附近学习实践狩猎活动了，所以成年的黑狼们也都要出发了，继续留守在营地上，这心里总是放不下，不是吗？

所以，总而言之，简而言之，我们这支第二梯队就要出发了，要去闯荡江湖了！

那头大黑狼还果真有点水平，你瞧这演讲得多么干脆，简明扼要，掷地有声，这样一种领导风范，不是也很值得赞许吗？

哈哈，大黑狼的风格，我赞！

老太婆抓起了一块烤羊肉，美美地咬上一口，那个香味扑鼻呀！

大母狼瘦妮也不甘示弱，一马当先地就冲出去了。

后边紧跟着十只成年黑狼，也就是大公狼胖胖和大黑狗黑莲花的第一窝儿女，如今个个野性十足，人人漆黑闪光，也是兴致盎然，斗志昂扬，充满了青春的活力，那就是敢打仗、打硬仗，毫不含糊地上战场了！

大公狼胖胖跟在最后边，居然头也不回，就那么走了。

老太婆又情不自禁地暗自赞叹，说这样就对了，这就叫义无反顾，是上战场的节奏，只能是这样，也就应该是这样！

老太婆摸着那个大黑狗的脑袋，一人一狗默默地看着远去的狼群。

狼群钻进了丛林中，消失不见了。

大黑狗黑莲花却如梦方醒，嗷嗷地叫了一声，便跳起身来，抖擞精神，开始发号施令了。因为就从这一刻起，营地上只有一个刚刚满月的狼群了，而自己正是这个狼群的母亲，是一位理所当然的统帅人物，自然不能领着狼崽子们睡大觉，要把这些黑炭头们领出去操练，去狩猎，去摸爬滚打，只有这样才能培养出一个个真正的战士，把黑狼家族发扬光大。

老太婆这一次也不甘示弱了，亦步亦趋地追赶在这个小小狼群的后面，也执意要为这个明天的黑狼群落做出一份宝贵的奉献。

这一窝小黑炭头，就是大黑狼氏族的第三梯队，正好像早晨八九点钟的太阳，朝气勃勃，充满希望。

人能活成这样，那叫有滋有味呀！

65　远山在呼唤

　　逃离那片林间空地，春妮和红毛妹子钻进一片稀疏的丛林，虽然天上还有一轮明月，但是丛林之中光影斑驳，基本上还是一片朦胧，加上地面荆棘遍布，半空中藤蔓结网，人类眼睛的能见度微乎其微，想在那种地方乘风破浪，勇往直前，那简直就是痴心妄想，只能硬着头皮往前闯，咬紧牙关往前蹚，能走多远走多远，只要你还在努力地往前走，用一种求生的欲望支撑着自己，坚持不懈，锲而不舍，那至少能得到一种精神上的慰藉，说明你还活着，还在坚持，还在努力，还有希望能闯出一条活路来！

　　这时候，形势十分严峻，的确不容乐观。

　　能听得出来，老狼们的吼声此起彼伏，它们好像也和猎人摆开了阵势，今天就要展开一场大决战了！偶尔的，有枪声如雷震耳，在山林中轰轰隆隆，跌宕开来。在强悍的猎人面前，狼群其实是无力正面较量的，只能兜着圈子和猎人捉迷藏，利用夜色的掩护，在山林中打一场游击战，拖着对手东奔西走，那场面不见得有多么血腥，可听着声响也足够热闹了。

　　渐渐地，大山里复归平静了。

　　春妮母女俩也在丛林中找到了一条山溪，就沿着山溪边上的沙滩往下游走，行走的速度也就快多了，至于这会儿她们的目的地是什么地方，恐怕就连自己也说不清楚，好像也并不重要了。

　　天，渐渐亮了。

　　母女俩走上一座小山的脊梁。

　　东方的太阳刚刚露面，一座座耸入云端的大山便戴上七彩王冠，光轮飞旋，着意变幻，那情景美丽而壮观。这时候的山谷里还一片幽暗，笼罩在旋转飘浮的乳雾中。大体上推算得出来，春妮和红毛妹子已经远远地离开了狼群和猎人斗智斗勇的战场，山脊梁上的分水线正是一条天然的小路，走在上面也十分舒服，周边的视野也十分开阔，这条件是极大地改善了，心情是自然地放松了，可人的感觉很奇怪，忽然就觉得没劲了，失去了前进的动力了。

准确地说，春妮就是觉得自己饿极了，一步也走不动了。

红毛妹子便请妈妈坐在一块兀立的山岩上，自己蹦蹦跳跳地去准备早餐。红毛妹子的头发重新结成两根长长的辫子，穿着花青溪小学薰衣草颜色的女生裙装，还用一根开满蓝色花朵的紫藤系在自己腰胯之间，再戴上一顶插满鲜花的紫荆冠，看上去就是一个野味十足的学生妹，神气活现的小山妖。看着红毛妹子的那个顽皮相，春妮不由自主地就笑出声来，摇摇头，感觉也舒服多了，不那么疲惫不堪了。

红毛妹子不多一会就满载而归，她活捉了一只咕咕直叫的大野兔，把它高高举过头顶，献到春妮面前。春妮不胜惊诧，说红毛妹子，你抓它干什么？毛妹子嘻嘻哈哈地笑着，说不抓它抓谁呀？这可是大山里最方便的快餐面了！春妮说这怎么吃呀？一没锅二没灶，三没有地方烧火，生吃呀？毛妹子说那当然了，煮熟了还有啥味道？野兔子的血味可鲜美了！春妮叹口气，说毛妹子呀毛妹子，你怎么老是忘记自己是一个人呢？我们什么肉类都敢吃，但必须要加工成熟，讲究饮食卫生！人类是万物之灵，要自觉地保护弱小动物，你抓住它们生啃乱咬，那不就成野兽了？红毛妹子看看春妮，又看看自己手上的野兔，不自觉地咽了口唾沫，十分惋惜地咂咂嘴，终于还是松开手，恋恋不舍地把它放了。放走野兔，红毛妹子又愣愣神，说妈妈我们吃什么？我再去抓一条蟒蛇好不好？太大的蟒蛇我也应付不了，三五公斤重的菜花蛇，我保证可以手到擒来！春妮又连连摇头，说不好，那蛇类腥气太重，看着就犯呕，更不能生吃！红毛妹子真的开始犯愁了，说妈妈你瞧，我原本就是一只狼，在这大山里是饿不着的，可你不许吃生肉，我真的就没辙了！要不，我们也去吃草，吃树叶？那样我们不就变成野羊，变成鼠兔，变成猴子了？春妮说猴子的品位也不低，它们吃榛子，吃香榧子，吃猕猴桃，吃麦黄杏，这些都是好东西，附近有猴子活动吗？毛妹子摇头，耸肩，扮个鬼脸，说就是有猴子也没用，猴子在树上寻食，狼们在地下狩猎，两个国度的子民，老死不相往来的。春妮也笑了，说算了，不为难你了，还是让我来准备早餐吧！春妮便领着红毛妹子走下了山脊，一直往幽深的山谷里走，她知道水源充足的地方植物也茂盛，果然走不多久就采到一大捧野葱和野蒜，后来又发现几丛野草莓，采到一兜白蘑菇，几株野生菜。守着一条清清的山溪，母女俩面对面地坐下来共进早餐。春妮委实饿一天一夜了，眼下吃什么都觉得很香很甜，可红毛妹子实实在在咽不下这些东西，皱着眉头在那里使劲咀嚼，一脸苦瓜相。后来，红毛妹子在草丛里发现一个雉鸡窝，里面有几枚野鸡蛋，便偷偷地把它们给吃了。春妮佯做不知，装没看见。

后来，天空中便出现一架小型直升机，雷鸣般地轰响着，从人们头顶上掠过去，在山顶上盘旋，像是在寻找什么东西。红毛妹子害怕极了，她从来没有见到过这样的怪物，一头便扎到春妮的怀抱里。春妮拍着红毛妹子，说不怕不怕，那只是人类使用的一种工具，它的名字叫直升机，可以在大山里降落下来，搞不好正是前来寻找咱们的！红毛妹子说，那飞机，它不咬人吗？春妮说当然了，怎么会咬人呢？那就像一间会飞的大房子，你那位小学校长钱伯伯可能就坐在里边呢，他们这些天也正在着急上火呢，要把你抓回去上课，好学生是不可以到处乱跑的！

红毛妹子扮了个鬼脸，十分地不以为然。

春妮便领着红毛妹子离开山谷，要去寻找一块地形较高的空旷之地，那样才能十分醒目地显示自己，引起飞机的注意，争取获救的机会。

红毛妹子一边往山上爬，一边兴高采烈地呼唤飞机。

可是直到正中午时了，飞机还是没有飞来。

春妮这时候已经感到失望了，开始怀疑自己的一厢情愿，把人生想象得太过美好了，根本就没有什么直升机会来寻找她们，心念这么一转，立马又觉得浑身没劲了，渴了，也饿了，没有心思再继续登高望远了。

春妮随便找了个地方，就随地坐了下来，大口地喘息着，要给自己放松放松了。

红毛妹子这会儿的表现却特别奇怪，眼看着春妮坐下来不走了，她居然丝毫也不感到奇怪，只是绕着老妈转来转去，好像是在耐心地等待，只是眼睛烁烁闪光，扭头东张西望，尤其是两边耳朵都异常兴奋地支棱起来，好像正在捕捉着远方的信息，那神情表现得尤其怪异，让春妮看得不胜惊讶，这小丫头，又在捣鼓什么名堂呀？

春妮也极目远眺，青山重叠，莽莽苍苍，好像也看不出什么名堂。

春妮也侧耳聆听，林涛阵阵，山风喧啸，根本就听不出什么异常。

这就有点奇怪了，吃狼奶长大的孩子，那基因果真会产生变异吗？能看到普通人看不见的东西？能听到普通人听不到的声响？春妮心里犯着嘀咕，怨不得那白面书生敢冒天下之大不韪，一定要把小狼女再盗猎一次，果真可以重新卖上一个大价钱？还有那个獐子头，听名字就不是什么好东西，一定是个獐头鼠目的丑鬼，居然为白面书生装备了那么好的猎枪，看来背后果真有居心叵测的境外势力，精心设计了一个偷渡方案，一定要把红毛妹子偷渡出境，用以研究他们专门对付中国人的生化武器？

春妮半信半疑地瞪着眼睛，也是觉得好生奇怪，自己这是怎么了？忽然就脑洞大开了？不会是遭遇的厄运太多了，大脑也受到了严重的刺激，忽然就增生了海量的文艺细胞，可以写一部天方夜谭加海市蜃楼的故事了？回去就不用再当那个教书匠，买一张红纸糊在门上，让小学校长再奉献一次墨宝，给自己的老师宿舍改个名字，叫花青溪小筑就行了，从今以后就可以当作家了？

春妮忽然激凌凌地打了个寒战，觉得自己此时此刻的想法才果真有问题，没有谁和自己开玩笑，现实就是这样的，自己和女儿这都已经浪迹天涯了，盗猎者白面书生的武器和装备自己也都亲眼见到了，尤其是他和那个獐子头使用对讲机通话，自己在一旁也都清清楚楚地听到了，这一切都是真真切切的，果真是危机四伏，凶险十分，大意不得呀！

"红毛妹子，告诉妈妈，你在干什么？"

"我在听大山里的声音！"

"听到什么了？"

"有人在呼唤！"

"谁在呼唤？呼唤谁？"

"有一个狼群在呼唤，一个十分年轻的狼群，也是我们十分熟悉的狼群，从花青溪小学校园里出走的狼群，就是我的那两只小黑狼，率领着大黑狗黑莲花的那十个儿女，它们如今是一个强大的战斗集团，正在呼唤我的花毛哥哥，也就是那个光头小子！"

"光头小子？你是说，光头小子也出现了？我们现在要不要马上赶过去，会合那个光头小子，也就是你的花毛哥哥？如果能找到你的花毛哥哥，身边还有一支强大的狼群，那我们就安全得多了！"

春妮也兴奋起来了，不知为什么，她对那个光头小子充满了信任。

可红毛妹子却十分沮丧地摇摇头。

"我也是这么想的，可一直没有听到花毛哥哥的回音，无法判定他的具体方位啊！狼群的呼唤穿透力十足，那十几条喉咙合在一起发声，如果再借助群山的反射，再搭上一路顺道的山风，所以被我听到了，这事一点都不稀奇。可花毛哥哥只有一个人，虽然也能发出声声狼嚎，可毕竟只能算是慢声细气，距离稍远就听不清楚了，所以我也只能干着急，没有办法呀！"

红毛妹子摊手，耸肩，竟做出了一副无可奈何的样子。

春妮瞧着，心里想笑，都说近朱者赤，近墨者黑，只要做了小学校长钱无奈的学生，最后都会被传染上这种德性吧？

春妮站起身来，这就是打定了主意，要付诸行动了。

"既然没办法去找到你的花毛哥哥，那我们还是赶快回家吧，回家好好学习，天天向上！"

红毛妹子扑哧就笑出声来了。

"老妈主题坚定，旗帜鲜明，当然归根结底我们是要回家的，只是眼下还着急不得，你能告诉我，我们应该往哪个方向走吗？"

红毛妹子一脸顽皮地瞅着春妮，春妮老师呆住了，果真是无言以对了，她真的不知道应该往哪走，如果一定要往前走，那也就是瞎撞一气了。

"那么，你说，我们眼下应该干什么？"

春妮反问一句，多少是有点赌气的意思了。

红毛妹子呵呵一笑，全然没当一回事的样子。

"这还用问吗？"红毛妹子抬头看了看天上的太阳，"这天都中午了，还不该吃午饭吗？大山里横竖没食堂，我们还是要去采集一些自己喜欢的食材，按照你的口味，再清清淡淡地吃一餐，好不好？"

"吃完了午餐，还要干什么？"

"当然是睡午觉了，找一片柔和的草地，沐浴着温暖的阳光，你瞧这午觉睡的，该有多么舒服呀！你说过的，睡午觉很重要，尤其是对于女孩子们来说，那是可以起到美容养颜的作用，忘了吗？"

"睡完了午觉，还要干什么？"

春妮还要往下问，这就有点穷追不舍的意思了。

红毛妹子还是那一种漫不经心的样子，有问必答，毫不含糊。

"睡完午觉了，天也就不早了，大山里的太阳落山快，我们必须要提前安排好宿营地，要找避风的地方，要有厚厚的树叶，还要避免猛兽的袭击，大山里的夜生活其实比白天更重要，关键就是一个安全的问题，不得不小心哦！"

春妮久久地看着红毛妹子，再也不说话了。

春妮的心里却在啧啧称奇，感觉不可思议，怎么才短短几天工夫，这丫头好像忽然就长大了？

66　獐子头的烦恼

　　獐子头愁眉苦脸地看着面前那堆篝火，好像正在凝视一个魔幻世界，那神情很投入，又似乎很厌倦，就那样魔魔怔怔，如梦似幻，手下的喽啰们谁也猜不透他的心思，所以一个个只能拉开距离，主动离篝火远一点，毫不含糊地要敬而远之了。

　　只是，在朦胧的夜色下，漆黑的山林中，那篝火就是一个光明的召唤，一个温暖的中心，让人惦念，让人向往，情不自禁地就想转过面孔去瞅一瞅，守在篝火的光影中，那是人类的天性，尤其是那篝火上还烘烤着长条的野猪肉，正在制作猪肉叉烧，还用水壶烧着野外生活中尤其珍惜的开水，那理所当然就是一个营地的心脏，是生活的中心，所以，那獐子头似乎也意识到了这一点，赶紧冲大家摆摆手，表示大家不要乱跑，还是守在篝火边上吧！

　　这个獐头鼠目的中年人，虽然长得丑陋不堪，却实实在在最有才干，正是大家的金主，也就是给大家发工资的老板，自然需要手下绝对的忠诚，当然自己也要摆出一副神圣不可侵犯的样子，小心翼翼地维护住自己那份可怜的威信。他身边有一只乳白色的密码箱，却和主人贼眉鼠眼的尊容截然不同，时髦靓丽，光鲜无比，不仅外貌抢夺眼球，而且内涵更为迷人，里面装满了封条整齐的百元大钞，那是为白面书生准备的款项，当然手下马仔也人人有份，只要表现得让老板满意，马上就有现金奖励。所以，对于这个小小的群落来说，光鲜靓丽的密码箱绝对是一个神奇的法器，老板走动提在手里，大伙视线随之转移，用不着强调什么团队纪律，令行禁止，整体驱动，全在这里！

　　这就叫黑箱管理模式，绝对是一剂灵丹妙药，什么文凭学历，道德人品，通通免谈，只要你愿意舍命跟着混，一切都有了！

　　只是，拎着一兜钞票就能带着小弟们闯黑道，这方式既简洁又方便，但是也带来很大的风险，万一有人图谋不轨，只想着独吞钞票，不乐意无私奉献，那麻烦不就跟着来了？当然，有钱能使鬼推磨，狗腿子招手就来了，问题是自己干的不是什么好营生，虽然不用亲自动手去杀人越货，和拦路抢劫的土匪还有一点小小的区别，只是偷越国境、走私贩毒、倒卖人口，果真还有一点人味的，能跟他东奔西走吗？他只能在市井混混们中间招兵买马，选择那种既有贼心又有贼胆，而且穷途末路没地方混饭的主，就这么一堆货色，还奢望什么忠诚吗？

獐子头忧心忡忡，也就是这个原因了。

所以，他手边还常备一只怪模怪样的大肚子猎枪，和那只密码箱一样，也是寸步不离带在身旁，而且心里念念不忘，防偷防盗防小弟，防奸防诈防黑枪，小日子过成这般模样了，当一个黑帮老大那又容易吗？

这会儿，他时时在心里挂念的，就是那个云雾崖的猎人白面书生，还有那个小狼人红毛妹子，盼望着能够尽早和对方会合，一手交钱，一手交人，用一堆钞票打发白面书生，然后领着那个红毛妹子走出国门，只要外国主子心里高兴，黄金美钞那是大大的有哇！

每每想到这里，他就会抑制不住的兴奋，就像喝了一壶老酒，那个快活，让人高兴啊！

只是，天不遂人愿，那白面书生折腾差不多有一年了，好不容易才得手，把那个红毛妹子掳进深山，自己也领着马仔如约前来，原以为神不知鬼不觉地就可以完成这一笔交易，却不料那白面书生遇上狼群了，红毛妹子逃走了，只剩下猎人每天和狼群纠缠不休了！自己这边的情况更糟糕，带了七个马仔进山，个个都装备了大肚子猎枪，还有那种大功率的无线对讲机，可谓是兵强马又壮，理应主动地向白面书生那边靠拢，一举消灭那个狼群，然后去搜捕那个红毛妹子，却不料自己这边又碰上一个光头小子，双方第一次交手，自己就损兵折将，损失了一个名叫武状元的马仔，那可是这群马仔中最老实最听话的一个呀！后来的日子可就难过了，自己的队伍虽然武器能赢人，可是在茂密的丛林中根本发挥不了多大的作用，大家都成了惊弓之鸟，害怕哪一个树丛的后面忽然就冒出一个光头来，猝不及防地就有一粒石头飞过来，那样死得就太难看了！白天的山野变得寸步难行了，可自己的马仔根本就不敢走夜路，城里混混比不得大山里的猎人，既没有狩猎本事，更不敢上阵杀敌，除了整天偷偷惦记着老板的钱财，还有丁点的作用吗？现在还有六个马仔，加上自己七支猎枪，明知道对方只有一个人，一个只会扔石头的野人，偏偏举步维艰，寸步难行，这他娘的还让人活命吗？

真的，别说是眼高手低的獐子头了，换作是谁都会一样的怨天尤人！

獐子头吃了一块猪肉叉烧，啃了一包方便面，又喝了一杯热水，然后便吩咐大家该吃吃，该喝喝，吃饱喝足了好睡觉，只是别忘了站岗放哨，一共还有六个马仔，分成三班上岗，每次上岗三个小时，大家都轮上一次，这个夜晚就算过去了，大家都有手表，时间掐准了，到点就喊人，不能马虎哟！还有，篝火一定要记住添柴，篝火熄灭了，大山里的野兽也会过来伤人，那麻烦就更大了！还要切记一件事，值班站岗的人不要偎着篝火，那样暴露了自己，也就成了别人的打击目标，最好躲在丛林的阴影中，握紧自己手中的猎枪，瞪大眼睛提防着！

安排布置好了，他就一手提着密码箱，一手提着猎枪，上床睡觉去了。篝火周边的密林里，横七竖八地扯着几张吊网，那就是他们的床。他要躺在吊床上，怀抱着猎枪，头枕着密码箱，那样也就舒服多了，也好用对讲机和白面书生联系一下，看他那里的情况如何，是不是抓住红毛妹子？和白面书生联系，他当然不乐意手下马仔旁听，当然他心里明白，不会有什么好消息的，如果那红毛妹子已经被抓到了，肯定会第一时间就向自己报告，屁颠屁颠地要讨赏呀！

獐子头和白面书生通话，那情况果真如自己所料，没有一丝一毫利好的消息，红毛妹子不知道跑到哪去了，春妮也不见了，可能这母女俩已经见上面了，一快逃走了！狼群还在纠缠不休，白天远远地围着他转，只能让他看见身影，要开枪射击又够不上距离，晚上可就大胆多了，忽左忽右，忽隐忽现，抓不住也逮不着，只是要让他心惊胆战，片刻也不得安宁！

獐子头叹口气，摇摇头，把对讲机关闭了。

接着，迷迷糊糊的，他就睡着了。

不知道睡了多长时间，他就开始做梦了，那绝对是个好梦，好得让人流口水，他把那红毛妹子送进了外国人的转基因工程研究所，外国老板一高兴，赏了他一辆超级豪华的大轿车，而且还有成堆的钞票，让他可着劲地往车上装，能装多少装多少！

人生，能活出这种境界来，那该有多么得意呀？

这不就是熬出头了吗？

獐子头在那里使劲地笑，笑得两边腮帮都发酸了，这是一件天大的好事呀，还不该趁机让自己笑个够吗？可是，莫名其妙的，天上忽然就打雷了！也许，这不是打雷，是特地为他安排的庆功焰火吧？可为什么看不到五彩缤纷呢？这问题又出在哪里呢？

可是，雷声忽然就响成了一片，轰轰隆隆，震耳欲聋。

獐子头终于结束自我陶醉，从睡梦中惊醒了，手下的马仔们正在胡乱放枪，狂呼乱叫，篝火营地上乱成了一团，原来，他们又遭到袭击了！

一个站岗值班的马仔这会儿正倒在篝火旁边，双手抱着脑袋，在那里哭爹喊娘，看样子对方手下留情，居然留下他一条小命了。其他的马仔也都吓坏了，黑暗的丛林中什么都看不见，风声鹤唳，四面出击，反正那猎枪子弹极大的充裕，一个个打得兴高采烈，总算可以大显身手了！

　　獐子头仰天长叹，那叫欲哭无泪啊！

67　白面书生灵机一动

上午八九点钟的样子，山林中的一切都沐浴着阳光，晨雾在山涧中慢慢消散，白云在远山上惬意地飘荡，白面书生在一条山溪旁边饱饱地喝了一肚子水，又狠狠地撒了一大泡尿，然后把自己的装备全都背到身上，挑选一棵树干不是太粗的高树，四脚并用爬了上去，大约爬了有十来米的高度，找一个特别粗壮的树杈子，稳稳当当地坐下身去，还用绳索把自己和树杈绑在一起，稳稳妥妥的加上了保险，感觉这一切也都妥当了，脑袋一歪，眼睛一闭，便有声有色地扬起了鼾声，他真的是累极了，困极了，这就要昏天黑地地睡上一场了！

不远处的丛林中，有几只黑狼向这边偷窥着，看到白面书生的那副德性，不禁也暗自称奇，都说人类是一种天神般的存在，喜欢称霸，到处逞强，倚仗着自己手上有武器，喋血山林，无恶不作，从来都不肯甘拜下风，可如今看来也不过如此，一连三天三夜地纠缠下来，对面那个猎人居然躲树上去了，知道狼群不会爬树，就准备在半空中休养生息了？还把自己绑在树上，害怕睡熟了翻身会掉下来，白白让狼群给捡个便宜？如此看来，人类原来还很会耍无赖，可以称英雄，也可以装孬种，到哪山砍哪柴，横竖就是这一堆，你还能拿他怎么着？

说来说去，大黑狼们还是看走眼了，白面书生根本就不同于普通的人类，自己老子都喊他活畜生，那还是个人吗？至于跑到树上去避难，那原本就是他的看家本领，而且屡试不爽，这可绝对不是头一回了。

狼王夫妻互相碰了碰鼻子，立马便想到了一个好主意，狼群爬树那是弱项，可唱歌不是长项吗？不能爬到树上去咬他，那干脆就守在树下吵他，大家数好一二三，嗷嚎的就是一嗓子，这可不是哄人入梦的催眠曲，保证吓你一哆嗦，如果没有事先加上保险绳，那可就是肉包子打狼了！

说干就干，大黑狼们干事情，也是容不得优柔寡断的。

八只大黑狼悄悄向白面书生的方向运动过去，而且选择了一片茂密的丛林，结结实实藏好了身体，大家都憋住一把劲，就等着女狼王为大家领唱，一切都像预期的那样，狼王的调门本来就高，大家的帮衬又特别给力，寂静的山林中像是突然腾起了一阵狂涛，而且那狂涛中还夹杂着一根飞箭，一下子就射中了大树上的那个猎人，白面书生的鼾声正在高潮当中，忽然就被深深地噎住了，好像卡在气管中出不来了，于是又开始拼命地咳嗽，好不容易吐出一口气来，立马便口不择言地骂起娘来——

白面书生的语言不够丰富，诅咒骂人的最高境界也不过如此，可惜没人帮他评头论足，帮助他多少提高一点，以利于下次能够发挥出高水平。扰人清梦的那一群大黑狼，这会儿已经悄悄地撤退了，连点踪影都看不到了。

白面书生愤恨不已地取下那只大肚子猎枪，打开保险，子弹上膛，冲着天上的白云就轰了一枪。

雷鸣般的枪声，在山林中跌宕，在岩壁上反射，余音袅袅，经久不息。

这枪放的，好像也就是为了听声响。

白面书生却长长地喘了一口粗气，感觉到这样也很过瘾，很解恨，看看是你们的狼嚎厉害，还是我的猎枪带劲！

白面书生居然无师自通地学会了精神胜利法，感觉到自己心里也舒服极了。

白面书生瞪大眼睛，东张西望。

如果能够确定狼群走远了，那也是一件好事情，自己又可以扯开肠子，酣畅淋漓地睡上一觉了。这几天几夜的连轴转，和一支狼群纠缠不休，他真的是想起来就反胃，吃不好喝不好，那还都是小事，关键是你要时时刻刻瞪大眼睛，根本就不得片刻安宁，那种无法言喻地极度疲劳，就像是生吞了一块猪油一样，打从心眼里腻得慌，看什么都是摇摇晃晃的，实实在在撑不住劲呀！

狼群的确是没有动静了，大约真的是走远了，它们其实也需要狩猎，需要进食，需要找个隐蔽的地方睡上一觉，等着养足精神了，还要来寻找自己，纠缠不休。

所以白面书生想睡觉，迫不及待地想睡觉，这是至关重要的一件事情，是头等大事了。

可是恍惚之间，他忽然又有了一个重大发现，相距不是太远的一棵高树上，居然出现了两只金钱豹，正在那里目光烁烁地看着自己。这不会是真的吧？他看到了两只金钱豹？而且，最要命的是，那两只金钱豹已经发现自己了？金钱豹可是会爬树的呀，如果对方执意要向自己发起进攻的话，还有什么藏身之处吗？白面书生忽然又感到后悔了，怪只怪自己太莽撞了，为什么要对天放上一枪？大山里的猎人们都知道，金钱豹在白天一般都不会出来觅食的，它们也要找个合适的地方，安安稳稳睡上一觉，是自己的枪声惊扰了对方，如果人家执意不肯原谅，自己手上有枪当然也不用害怕，只是美梦肯定做不成了，这不就是亏大发了？白面书生转过枪口，开始瞄准金钱豹的方向，事情如果无法挽回的话，那就不如先下手为强了！那两只金钱豹也一直在关注着猎人的一举一动，发现枪口已经指向自己了，赶紧也动作起来，顺着树干溜了下去，消失不见了。

白面书生又端着猎枪等待了一会儿，金钱豹始终不见踪影，估计是没有胆量向猎人发起进攻，悄悄地溜走了。月亮山里的猎人们都知道，这片大山里的金钱豹足够聪明，一直都没有主动伤人的记录，而且和狼群也能和睦相处，这对它们自己很有好处，月亮山里的野人们已经消失殆尽了，成群的华南虎如今也难得一见了，狮子和大象根本就很难觅见踪影了，可是金钱豹偶尔还能照照面，说明它们具有相当的生存技能，明白大理，知道退让，这就是能够生存下来的先决条件了。

终于，白面书生收好猎枪，又渐渐地扬起鼾声。

这一觉，一直睡到傍晚时分。

睡醒了，吃了一块桶包里储备的火烤黄羊肉，抱起水壶又喝了几口水，感觉自己神清气爽，浑身的力气都得到了恢复，那种积重难返的疲劳感完全消失了，心里也不再有喝了油的感觉了，而且大脑还出奇的灵光，好像忽然就开窍了，可以高速运转了！

看来睡觉很重要，可以使人变得聪明起来。

这会儿，他有一种强烈的感觉，好像自己这几天一直都在上当，受骗，被人牵着鼻子在大山里转，虽然对方只是一群老狼，却牢牢地掌握了主动权，而自己只是看上去表面上光鲜，事实上却成了一只牵线木偶，始终在人家的圈套里钻来钻去，狼群忽东忽西，忽隐忽现，总是能够让自己看得见，偏偏猎枪就打不着，明明知道自己肩负着重任，还有一大堆的钞票等在那里，可两条腿就是不听使唤，好像是被人施了魔法一样，一听到狼嚎声就身不由己地往前追，等到自己追累了，玩够了，想消停一会休息休息了，这时候狼群却又回过头找上门来了，鬼哭狼嚎地要和他比试高低，上蹿下跳，撩拨不停，搞得他这个白面书生完全变成了一个山野莽汉，越是精力超支了，疲劳过度了，越是无法控制自己，就像是心里装满了油，鼻子眼睛都会向外喷火，发疯了，癫狂了，明知这是对方布的局，也一定要硬着头皮往里钻了！

聪明一世，糊涂一时，你这个大名鼎鼎的活畜生，也算得上是个大牲口了，怎么连狼儿们的智商都比不上呢？

白面书生喘息着，这是痛定思痛，反省自己。

他瞪着眼睛东张西望，又竖着耳朵留神倾听，周边果真毫无动静，狼群不知道躲到哪去了。好像，这倒是一个难得的机遇，狼儿们大意失荆州，居然放松了对自己的监视，是不是也玩得腻烦了？自己当然不能放过这个机会，此时不走，等待何时？

白面书生赶紧解开自己的保险绳，就骑在树杈上收拾好自己的行装，然后以最快的速度出溜下去，这也就叫兵贵神速，他要和狼群不辞而别了。

只是万万想不到，他的两脚刚刚踏上地面，丛林中便响起了一阵狼嚎声，狼群也是有备无患，一直就等在这里吗？

白面书生毫不迟疑，冲着狼嚎的方向就放了一枪。

毫无悬念，狼群立刻就撤退了，只是一边撤退，一边嗷嗥，好像生怕别人不知道它们在干什么，尤其是又走向哪个方向。

白面书生龇牙一笑，这一次绝对不会再上当了，还想玩钓鱼的小把戏，让猎人大叔跟你们走？对不起各位，本大叔一觉睡醒就变得聪明了，算不得大彻大悟，至少是明白事理，跟着你们跑那就叫瞎胡闹，会耽误我的赚钱营生，能理会这一番道理吗？所以最佳的方案就是这样，你嗥你的，我走我的，即便你们追过来我也不怕，老子的猎枪可是十二响，大肚子叫蝈蝈，这是个洋玩意儿，没听说过吧？拜拜了各位，我的确是没兴趣跟你们玩下去了，我要抓住春妮，那就是我的压寨夫人，有知识，有文化，还是一个绝世大美人，这样一件快活的大好事，耽误了那不是太可惜，你们赔得起我的损失吗？我还要抓住那个红毛妹子，那就是一堆百元大钞，獐子头提着他那只装满钞票的密码箱，就等着和我换人呢！

白面书生一脸奸笑，和撤退的狼群背道而驰。

68 獐子头组建刺猬兵团

那天晚上，獐子头的篝火营地遭到袭击，手下的一名马仔又被石头敲了脑壳，表面上看着好像伤势并不是很重，至少没有生命危险，只是那精神状态好像不太对劲，出现了一种脑震荡的症状，能吃能喝能走动，只是说话有些颠三倒四，好像大脑不太当家了，所以也就不能顶真派上用场了，只能让他跟着大家背背东西，捡干柴，烧篝火，围着篝火烧烤食材，烧烧开水，其他的事情也就不放心让他去做了，值班站岗就不用说了，上阵对敌更是痴人说梦，这就成了一个需要大家分心照顾的伤员了！

那天晚上的下半夜，獐子头一直没有睡觉，亲自操练起大肚子猎枪，躲在篝火营地附近的一处灌木丛中，就那样大睁两眼等着光头小子发动新的袭击，想亲自动手建功立业，毫不含糊地要轰他一个当门炮，让手下马仔也长长见识，出门混世界，那是要能打会冲的！可老天爷根本不帮忙，光头小子不赏脸，下半夜安安静静的，根本就没人前来拜访，让他白忙活了。

獐子头就是不服这口气，自己人多家伙硬，算得上是个走南闯北的老江湖，国境线上的界碑都拦不住自己，偏偏斗不过一个扔石头的野人？要是一枪把他轰倒了，直接拖出国门去领赏，会不会又是奇功一件黄金万两呀？

大约也就是从那一刻起，他开始苦苦思索，要调动起自己全部的聪明才智，和那个光头小子斗智斗勇，横竖就是那么一句话，这月亮大山到底是谁的天下，眼下还无法判明分毫，出水才见两腿泥，是骡子是马咱们拉出来遛遛！

也就是第二天，獐子头的队伍军容大变，每个马仔都严格执行老板的命令，采集山野中唾手可得的葛藤，大家互相交流，切磋学习，给自己编织一个藤条帽，工作原理就是仿照安全帽，只要戴上安全帽，天上下流星雨都不用害怕了，还怕你扔来的小石头？这种构想十分切合实际，因为光头小子的看家本事就是扔石头，大名鼎鼎的飞石神功，一打一个准，而人类最怕石头敲的就是脑袋，只要把脑袋护住了，那不就足以保命了？当然也有实际困难，因为大家都是市井混混，地痞流氓，损人利己的事情可以无师自通，不过要编织一个像模像样的安全帽，那绝对算得上是一个小小的手艺，即便是请个师傅口口相传，没有十天半个月那也是难得入门的，可在獐子头的队伍里，这就是一个天才的创意，也仅仅只有一个创意，又能到哪里去拜师学艺呢？于是，就在聪明绝顶獐子头的大创意之下，小马仔们又增加了自己的小创意，那叫八仙过海，各显神通，老百姓们寻常可见的那种安全帽肯定是编不出来的，小马仔们有的编得像篮子，有的编得像虾篓，还有的图懒省事就用树枝搅成了一个圈圈，上面插满了青枝绿叶，往头上一扣也就成了帽子，过去老电影中时常能够见到的，那是游击队员们的专利，好像打伏击的时候每人都要戴一顶，老人们的叫法那叫伪装帽！最最出格的是那个脑袋上挨过一石头的伤员，他的帽子体量最大，四面八方披挂纷纷，看上去就像是穿了一件青藤的铠甲，上面还插满了大团的野菊花，那风格特别的与众不同，不就是一只大花篮吗？

为了检验马仔们一番努力的成果，獐子头还特地把大家召集起来，让每个人都披挂整齐了，他要检阅自己的部队，这本来是一件十分严肃的事情，他板着的面孔，挨个检查，本来还想认真地点评一番，指出各自的不足之处，让大家改正错误，以便把事情干得更好，却不料看着看着他就忍不住了，笑出了鼻涕眼泪一大把，这都是些什么东西啊？不是一般的奇形怪状，那简直就是一群妖魔鬼怪，一支刺猬兵团，用不着真枪实弹地上阵杀敌了，只要让对方看一看自己的阅兵式，那还不吓得屁滚尿流，还用得着过招吗？

獐子头笑累了，摇摇头，阅兵式也就算结束了。

平心而论，自从走进了月亮山，这是他最为开心的一天了。

至于什么改进意见，那就不用麻烦了，横竖就是这么一堆玩意儿，让光头小子也开开眼，又何乐而不为呢？别把我们城里来的地痞流氓们看扁了，要论出起洋相来，个顶个的都是喜剧大师！

你还别说，獐子头还顶真是个天才人物，他这一番强军建设，还果真行之有效，当天晚上就接受了实战考验，光头小子也是迫不及待地比往常来得稍微早了一些，毫不含糊地施展飞石神功，獐子头手下的马仔不幸有三个人被飞石命中，可是居然毫发无损，那绿色的铠甲虽然看着搞笑，可的确承担起防护的重任，这简直就是一次意想不到的胜利呀！

为了庆祝这一次胜利，獐子头就在篝火边上打开自己那只乳白色的密码箱，给每个马仔拿了一叠封条整齐的钞票，那是一万元人民币。

这次夜袭的效果不尽如人意，光头小子自然也看在眼里，可是想来想去也没什么办法，自己擅长的就是飞石神功，对方一旦有了防护那就麻烦了，即便是葛藤的铠甲也很有效，足以把石头反弹开来，让你伤害不到对方的身体，这还有辙吗？

光头小子愤愤不平，自然也想到了要动用那只大肚子猎枪，就用猎枪轰过去，那些奇形怪状的安全防护还有作用吗？

可想来想去，光头小子还是摇摇头。

实话实说，不到万不得已的那一步，他是真的不想要这些人的命。因为老爸黑毛男说过，在这个世界上，只有那种对别人实施种族灭绝的褐毛人是不可饶恕的，因为他们连自己病死的族人都可以食用，绝对是一种丧心病狂，对整个世界都是一种祸害。当然还有一个重要的原因，褐毛人把老妈的红毛族人赶尽杀绝，是自己家族的世代仇人。至于其他的人类，不管黑人白人还是黄种人，现代人还是原始人，聪明人还是愚蠢人，大家都是同类的人，当然也有亲近和疏离，恩惠或者矛盾，但是解决问题的方法绝对不可以采取极端的手段，因为大家都在向往文明，争取让社会不断地进步，这是一个完善的法治社会，所以无论你是谁，拥有多么超世的强悍，绝对不要轻言杀戮，没有真正的血海深仇，千万不可取人性命！

所以，光头小子向人类投出的石头，至多只用到了六成的力气，因为他对自己的同类总是有一种天生的亲近感，不由自主地就会手下留情了。

想来想去，光头小子还是决定轻易不要动用那只大肚子猎枪，不到万不得已，不用终极杀招，看情况的发展再说吧。只是他会时常地琢磨那支大肚子猎枪，担心迟早有一天，没准就肯定用得上，所以也时常向武状元请教，有空就端在手上比画比画，看这节奏，也真的把猎枪使用当成了自己的一项技能了。

因为自己的队伍成功地变身为一只刺猬兵团，獐子头十分得意，又开始率领着手下的马仔们蠢蠢欲动了，他们不是真正的山里人，不敢在夜幕下的山林中采取任何行动，最多只能守着篝火过夜，最大的奢望也就是能够安全过夜，保全自己的性命，可这样下去终究还是不行的，因为獐子头肩负着一个重大的使命，带领的不是一支驴友团，而是一伙时刻准备杀人夺命的亡命之徒，当然不能一天到晚睡大觉，时刻等着别人来袭营，那样的玩笑就开大了！獐子头时刻不忘干正事，干大事，毕竟自己的钱也不是白花的，他要尽快地向白面书生靠拢，和一个真正的大山里的猎人合兵一处，然后设法抓住那个红毛妹子，还有那个山村春妮，抓紧时间带着她们偷越国境，毕竟还是挣钱要紧呀！

獐子头的队伍开始白天行动了，一群奇形怪状的藤甲战士，鬼鬼祟祟地在丛林中潜行。

69　人类为什么会进步?

獐子头的队伍忽然变得神出鬼没了，不肯老老实实在大山里爬窝不动，守着篝火营地等着光头小子前去挑衅了，居然白日里也敢东奔西走了，这让光头小子感到很是头疼，毕竟山深林密，云深雾重，要在大山里捉迷藏，那果真是费心劳神，极不容易，这是一队全副武装的敌人，即便是你一天到晚盯着不放，可也不敢挨得太近，稍不留神就会失去了影踪，再想找到对方可就困难重重了。

就为这个，光头小子很是郁闷。

幸好，他如今身边有了一个武状元，当然这小子武功并不是十分高强，而且胆子很小，基本上也派不出多大用场，只是心甘情愿做小弟，跟着光头小子跑跑颠颠，倒也寸步不离，有呼必应，也算得上是个忠心耿耿的好帮手了，最后看到光头小子心情不爽，立马便出了一个好主意，那就是打开对讲机的雷达定位系统，同时按下接收话键，这时候只要对方正在向外发送语音，这边就能听到对方的说话声，而且对讲机的显示屏上就会出现对方的方位信息以及大致距离，这样就不用担心把目标给跟丢了，完全不用关心对方正在干什么，该吃就吃，该喝就喝，可以狩猎，可以烤肉，也可以找个舒服的地方睡大觉，反正知道獐子头他们在哪里了，直接就可以取近道，追上去不就行了?

武状元却不知道，他这一次是轻轻松松地就立下大功了。

光头小子本来就对那台对讲机很感兴趣，一开始也听武状元说起过操作要领，只是自己不太熟悉，一直没有动手试试，这次可是怠慢不得了，马上就变得十分谦虚起来了，有机会偷听到对方的谈话，还能侦察到对方的行走路线，这可不是一般的能耐了，知己知彼，百战百胜，说的不就是这一番道理吗? 光头小子也是急用先学，立竿见影，那对讲机的功能果真十分优秀，可顶真把他高兴坏了，情不自禁地笑出声来!

武状元赶紧又忙着提醒他的光头大哥，要特别当心不要触碰对讲机上的发送话键，一旦你摁下那个发送话键，这边的任何声音都会被传播出去，这时候就不是你在侦查对方了，因为人家手上的对讲机也同样能够听到你的声音，屏幕上也会显示你的位置信息，那可就是要把自己给曝光了！

光头小子被吓了一跳，立马又变得小心翼翼起来了。

有了这样一番变故，光头小子和武状元的日子可就好过多了，不用一天到晚担心自己跟丢了目标，那心境可就大不一样了，感到轻松了，愉快了，遇上合适的猎物就扔上一石头，找到柴草方便的地方就点燃一堆篝火，美美地吃上一餐烧烤，然后在清清的溪流里洗涮干净，温暖的阳光下睡上一觉，只是在睡觉的时候两个人要轮流值班，始终有一个人在监听那只对讲机，及时了解那支奇形怪状的铠甲大军正在干什么，这会儿又跑到了什么地方。

就是这样一种矢志不懈地监听，让光头小子他们得到了一个意想不到的收获，通过梳理和分析獐子头和白面书生的通话内容，光头小子得到了红毛妹子的一些消息，红毛妹子是被那个白面书生给绑架了，把她带到深山老林中准备交给獐子头，獐子头要为这事支付白面书生人民币四十八万元，钞票都已经准备好了，就在他随身携带的那只白色密码箱里，就等着一手交人一手交钱了，只是那白面书生的运气不太好，红毛妹子一路上呜呜嗷嗷地学狼嗥，他也一直没有放在心上，心想一个吃狼奶长大的孩子，喜欢和狼群一起狂呼乱叫也是正常的，却不料红毛妹子的狼嗥居然唤来了真正的狼群，白面书生猝不及防地遭到了袭击，手忙脚乱中居然被自己设置的吊索给吊到了半空中，红毛妹子就这样被狼群给救走了！后来是春妮出现了，她自个跑到了大山里，就是为了寻找红毛妹子，白面书生就欺骗她说红毛妹子被自己藏在一个山洞里，只有自己才能找到她的藏身之处，春妮只要把他从半空中解救下来，他保证领着春妮去找人，就这样春妮也上当了，解救了那个十恶不赦的盗猎者，被他带回自己的营地，绑在自己那个蘑菇形状的圆形小屋里，后来还是那个狼群不依不饶地和白面书生缠斗在一起，如今春妮和红毛妹子双双下落不明，估计她们是一块逃走了，白面书生正在努力要摆脱狼群的纠缠，要去搜捕她们！

得到了这个信息，光头小子是又惊又喜，又气又急，恨不得立刻就飞奔而去，去解救红毛妹子和那个春妮，她们根本就不熟悉这一方大山里的路径，估计就是有心想逃走，也很难走出迷津密布的山林。至于那个帮助她们的狼群，光头小子知道一定是狼王夫妻它们那八只老狼，它们是真正的山里通，和月亮大山脉息相连，和一个猎人斗智斗勇应该是不成问题的，只是这个猎人手里有一只大肚子猎枪，这和往常的火铳不是一个数量级的武器，而那八只大黑狼实际上都已经是垂垂老矣，剧烈的活动会气喘吁吁，长途的奔跑腿脚也跟不上了，这一切都让人牵肠挂肚，忧心忡忡啊！

这样一来，光头小子心里不爽，那日子又不是很好过了。

　　心情郁闷的时候，人们都有这样一种特点，总是不由自主地想找人聊聊天，那是一种倾诉的欲望，把自己的烦恼诉诸言语，也是为了寻求别人的帮助，可光头小子是一种特殊的存在，他真正的朋友只有狼群，除了狼群，还有一个红毛妹子，所以没有任何悬念，在这段日子里，只要找到了闲暇的时候，他就会情不自禁地发出了狼嚎声声，那声音不是很高，就好像是在自言自语，的的确确是在表达自己的心情，当然也是一种呼唤，一种期盼，渴望能得到朋友们的帮助，为自己答疑解惑，排除困扰，调动一切可以联合的力量，把那些邪恶的势力驱除出山林，让自己的朋友们一生平安，无忧无虑。

　　不同于银龙潭边的呼朋引类，光头小子这一次并不奢求得到别人的回答，因为此一时，彼一时，两下里的诉求不是一回事，花费的气力也不是一样多，感觉到自己也就是喃喃自语，因为知道朋友们都不在身边，只是为了排遣郁闷的心情罢了，却万万也没有想到一件事情，就是那个美丽的红毛妹子，也一直努力地在山风中谛听着、解析着、寻思着，总觉得花毛哥哥正在呼唤自己，可实实在在自己什么都没听见呀！

　　人的心灵感应尤为奇特，说也说不清，道也道不明，根本就超出了语言表达的范畴，就像灵魂的存在一样不可思议，情感的升华一样无可言状，让人莫名其妙的去流泪、去欢笑、去激动、去感伤，生命是什么并不重要，重要的是你还活着，还会思考，虽然有些莫名其妙。

　　所以，光头小子也不知道为什么，自己有时候会傻傻地发笑，让武状元在一边看得目瞪口呆，总以为是自己这个小弟没有做好，让这位光头大哥看出了他的愚昧不可及，反正是朽木不可雕也，只能哈哈一笑了！

　　也许，就在他那傻傻发笑的一瞬间，一股强大的信息就像九天落瀑一样地飘然而至，明明白白地注入了他的大脑，他立刻就知道是怎么回事了，是一个狼群在集体地发声，一个正在呼唤他的狼群，正在飞快地向这边奔跑！

　　天下的事情就是这样，有心栽花花不活，无心插柳柳成荫，说法也许还不够精准，还有另外一个形容，那叫千呼万唤寻不见，得之全不费功夫，光头小子的文化程度也只能这样了，他是黑毛男和红毛女的衣钵传人，关门弟子，甚至得意门生，掌握的词汇委实不多，勉为其难，也只能描摹到这个程度了。

　　他听出来了，那是胖胖和瘦妮，他的一对铁杆粉丝，用武状元的说法那也是手下的小弟，一对年轻力壮的大黑狼兄妹，带着自己手下的十员大将，正在向这里飞驰而来。

　　光头小子，他的援兵来了！

70　丰饶的山野

那片地势缓平的山坡上，长满了一些低矮的灌木丛，别看个头不高，其貌不扬，却密密麻麻地挂满了红果子，全是酸甜适口的山里红，眼下正是它们成熟的季节，就像一团红灿灿的彩霞飘落山巅，空气中充满了酸酸甜甜的气息，远远嗅到这股气味就会让人两眼放光，口舌生津，大山里的山里红，那可是百姓们的宝贝儿，甭管你是聪明绝顶的金丝猴猴，还是一脸蠢相的白花兔鼠，只要想吃就可以随意采摘，山里红没有任何阶级属性，对任何客人都一律平等，不要一分钱，可以随便吃，只是需要自助服务，也就是自己动手，丰衣足食。

红毛妹子满脸笑容地走进了那一片灌木丛中，母女俩这一次居然没有讨论食材是不是合适的问题，几乎心有灵犀，完全不约而同，跟谁都不用打招呼，挑选那种个大味美色泽鲜艳的红果子就开始品尝美味，而且越吃越有劲，越吃越开心，直到满嘴的味蕾开始审美疲劳了，牙齿的根部感到发酸了，感觉自己的肚子也已经吃饱了，这才想到了一个至关重要的问题，这东西只能算是开胃小菜，一次性吃得太多了，是不是也不够科学，会坏了自己的胃口？

于是，不约而同地，她们又停止进食了。

只是，看着那漫山遍野的红果子，春妮意犹未尽，割舍不得，便拉开了红毛妹子书包上的拉链，采摘了大把的红果子，毫不含糊地往里装，这书包也就是她携带的唯一行李，里面有课本，有文具，还有红毛妹子的几件衣服，红毛妹子却不以为然，大声抗议起来了——

"春妮老师，你在干什么？不怕把课本搞脏了？这大山里好吃的东西多了，那小小的书包能装得下？野生动物们都躲在丛林里，人家会讥笑我们的！你这是刘姥姥进了大观园，见到什么都稀罕呀？"

"臭丫头，怎么和老妈说话呢？眼下咱们是吃足了，一顿饭不能饱三天，待会儿饿了，不就变成稀罕宝贝了？"春妮不甘示弱，自然也要奋起反击，"做人的道理就是这样，晴天要防着天下雨，吃饱了也要防饥荒，这叫有备无患！"

"可过会儿要是遇上了更美味的东西怎么办？是不是你又要把书包给清空

了，再换上全新的储备内容？这样一路的折腾下来，你烦不烦？"

"还有更美味的东西？有这个可能吗？你当我是三岁的孩子呀，不晓得这就是荒山野岭？得了吧，我的宝贝女儿，你不会是又想抓一只活蹦乱跳的大青兔，告诉我那就是人间美味，让我把它塞进书包里吧？"

春妮有心幽默一回，倒先把自己给逗乐了。

红毛妹子抿起嘴唇，就站在那里看着她，等她笑够了，这才做了一个邀请的手势，请春妮继续往前走。

红毛妹子一边走，一边吸着鼻子，东张西望。

春妮不由得警惕起来了，这毛妮子，不会是又想出了什么鬼主意，或者说，真的要去寻找什么美味佳肴了？

春妮暗自摇头，不笑了，应该拭目以待了。

红毛妹子蹦蹦跳跳地走在前面，越走越快了。

女老师拎着那只鼓鼓囊囊的书包，脚步有些踉跄，很想招呼一声毛妹子，让她走慢一些，可春妮咬了咬嘴唇，什么都没说，只是急起直追，这也就是倔强起来了。

母女之间要是争强斗狠，那也是很有看点的。

可这事情很快就有了结果，红毛妹子并没有走出多远，便找到了几株奇特的植物，看上去明显是草本植物，可植株却长出有大半人高，上面密密麻麻地挂满了小灯笼，那些小灯笼最初是碧绿碧绿的，越长越大就会泛出淡淡的鹅黄色，最后变成了橘黄色，变成了琥珀色，那就是完全成熟了，可以自动脱落了，可掉在地上的那些灯笼果子就更为奇葩了，灯笼果的外壳已经贴到了里面成熟的果肉上，变成了透明的蕾丝网状，完全显露出里边那颗雍容华贵的果子，却是一种从柠檬绿中透出了琥珀黄色的果实，宝石一样的闪闪发光！

"天哪，这是灯笼果，果真就是奇珍异果呀！"

春妮失声惊呼，再也顾不得保持矜持了。

灯笼果，一般的超级大商场里都会有售，只是价格太贵了，寻常百姓别说是买上一点回家尝尝鲜，就是留住脚步仔细打量一番的勇气都没有，这是担心有监控，害怕别人怀疑自己图谋不轨，百姓们总是那样善良，小心翼翼地掩饰自己的窘迫之相，换一个不太厚道的说法，那就是会装了。

事到如今，春妮也开始犯愁了，自己是不是也要装上一回，在女儿的面前保持一副师道尊严，不仅是神圣而不可侵犯，而且从来都不会犯错误的那一种？

可事实证明，根本就没有这个必要，她实在是想多了。

红毛妹子彬彬有礼地冲老妈弯下腰来，扬起手臂，盛情相邀，用不着太多的讲究了，请品尝美食吧！

春妮却在发愣怔，这大约也是有生第一次，她感到自己的大脑不够用，硬生生地就是转不过弯来了。

红毛妹子倒也不勉强，反正是礼数已经尽到了，自己便赶紧蹲下身去，拣食那些掉落在地上的灯笼果，尤其是那种蕾丝果儿，散发着浓郁的酒香味，闻着就让人咽口水，那是一种不可抗拒的诱惑呀！

红毛妹子吃得是又香又甜，春妮终于想明白这是怎么回事了，赶紧扔下手中的书包，也跑过去蹲下身来，品尝起那不可多得的奇珍异果，那每一粒果子放在嘴里都是一种莫大的享受，首先是那香味熏进了眼睛，眼前的一切都变得楚楚动人，接着一口咬下去，那醉人的气韵扑通一声便冲上了脑门，接着周身流转，通透全身，一个小小的宇宙在这一瞬之间便被无限放大了，终于明白自己为什么活着了，因为这就是天地的中心！

这一口气吐出胸臆之间，整个山野都开始大彻大悟了。

灯笼果儿，你真牛呀！

准确地来说，红毛妹子也很牛，二话不说就开吃，还绝对吃出了高水平，这其中的滋味自不必多说了，最让人感激不尽的是给春妮帮了一个大忙，化解了一个尴尬，因为天下的珍品都是这样，物以稀为贵，产量不会太多，就那么几颗灯笼果儿，成熟的果儿看着掉落一地，其实也不算太多，母女二人鼓足干劲，一口气就把它们拣干净，吃光光，还用得着抛弃书包里的红果果吗？

春妮心里偷着乐，她发现这才是最大的收获。

红毛妹子什么都不说，只是从地上捡起小石子，一粒一粒地往远处扔，看样子倒也真的有模有样，好像是在着意地模仿光头小子，也要操练一番飞石神功？春妮想，这一定是吃多了，吃撑了，需要运动运动了，这样也不错，符合养生学，自己这个女儿还真是天才，干什么都是有模有样，很有道理！

春妮便又背起那只书包，漫不经心地跟在红毛妹子身后，反正这片领土没人宣示主权，你爱上哪就上哪，为娘不认识回家的路，丫头你就可着劲儿地疯吧，老娘我就跟在后边，保证不把自己给走丢就行了。

红毛妹子扔石头，好像并不完全是为了运动健身，因为很快就派上用场，进入实战的状态了。

循着那一片鸟叫声，红毛妹子领着春妮走进了一片山坳，那里长满了混生林，就是各种各样的树木混乱地长在一起，形态各异，色彩不同，看上去十分吸引眼球，春妮很快就看出端倪，这里不仅仅只是出产了一片美丽的风景，鸟儿们之所以吵吵嚷嚷叫个不停，它们是在争夺树上的野果，混生林中居然长满了各种各样的果树，毛栗子、野核桃、蟠桃儿、秋杏子、红柿子、黄凤梨、猕猴桃、车厘子，还有各种各样、形形色色、不可名状的坚果，大家都在参与一场山野的盛宴，好好进餐就是了，干嘛还要大吵大闹呢？原来进餐的客人们成分太复杂了，除了形形色色的鸟儿们，还有能跑会跳善于攀爬的兽类，比如短尾猴、金丝猴、小狐猴，还有大松鼠、果子狸、变色龙，野生动物们严格遵循一个原则，那就是非我族类其心必异，平常的日子总是要避免纠缠，每每遇上了一定要斗个你死我活，如今红毛妹子也参加进来了，每每遇上了那种挂满坚果的大树，只要有鸟儿们在上面啼叫不休，立马就把手中的石头给扔出去，当然百分之百的没有可能打中猎物，鸟儿们会被惊飞了，其他的动物会躲起来，可是猴子们就不干了，立马就会把手中的坚果给扔下来，而且飞快地摘着果子，一颗接一颗地往下扔，表现得绝对不遗余力，要全力以赴地打上一场自卫反击战！

春妮哑然失笑，她直到这会儿才判明状况，红毛妹子扔石头，不是为了强身健体，更不是为了充任山林警察，只是为了逗弄大树上的猴子，让它们帮忙采野果。

人在深山幽谷中，这活法看来也饶有情致，有声、有色、有香味，也很能逗人开心呢！

可是问题又来了，地上的野果多了，食客们也就多起来了，天知道从哪里跑出来那么多的大青兔，也许它们的洞穴就在这附近，平日里也就在这儿捡食落下来的果子，这会儿是近水楼台先得月，发现有猴子能主动帮忙提供免费的服务了，大家便蜂拥而至，你争我抢，尤其是那些白花鼠兔，它们是成群结队冲上来的，每一群至少都有百十来只，大家一起往上挤，这就叫喧宾夺主了，根本就没有春妮她们下脚的空了！

这种现象尤为奇特，原来在荒无人烟的大山里，没有和人类打过交道的野生动物，其实根本就没有把人类当回事，该吃就吃，该喝就喝，根本就是不尿你！

春妮摇头，叹息，束手无策地站在那里，还老老实实地背着红毛妹子的那只书包。

红毛妹子却不甘示弱，蓦地就凶相毕露了，双手握拳伸向半空，居然发出了一阵呜呜嗷嗷的狼嚎声！

女老师感到好气又好笑，这丫头又在干什么？以为你真是一头狼呀？你学狼嚎声，就会把人家吓走了？可你毕竟是个女孩子，人见人爱的小甜心，那嘴巴像个小樱桃，嗓音甜甜的像蜂蜜，果真有人会怕你，说出来鬼都不相信！

　　果真如此，野兔们只顾争争抢抢，谁也不去留意那个正在学狼嚎的女孩子。

　　可红毛妹子不服气，嗷嗷狼嚎得越发起劲了。

　　春妮觉得这样不好，母女俩肚子都饱饱的，这会儿根本就不需要吃东西，犯得着和野兔们怄气吗？拼着命地学狼嚎，要是把自己累坏了，那不就亏大发了？春妮冲着红毛妹子直摆手，那意思也再明白不过了，就是要让她别叫了，我们换个地方去玩玩，好不好？

　　可红毛妹子视若无睹，好像根本就没看见。

　　春妮气得直跺脚，马上就要发火了，就在这个关节眼上，狼群突然出现了，是那一对狼王夫妻的狼群，一共八只大黑狼，直接冲进野兔群，上来就是大开杀戒，该着野兔们哭爹叫娘了！

　　春妮终于明白了，这个鬼丫头，她原来一直是在呼唤狼群呀？

　　红毛妹子不再学狼嚎，开始咯咯笑了起来。

　　那一片秋色斑斓的山坳里，这下子可热闹了。

71　在大山里排兵布阵

　　一条黑蟒蛇旁若无人地游到了山溪边上来喝水，那脑袋就像一只大海碗，肚子粗得像大脸盆，身体大约有四米来长，在这一片山林里也就算得上是一个无敌的存在了，却没留意正在沙滩上躺着歇脚的光头小子和武状元，武状元抬头发现了那条大蟒蛇，直接就被吓蒙了，嘴唇哆嗦得说不出话，手脚瘫软爬不起身，光头小子这才注意到有人不声不响地侵入到自己的卧榻旁边了，这可是一种不可原谅的挑衅行为，不由得怒从心头起，恶向胆边生，抓起一块拳头大小的鹅卵石就扔了出去，那条大蟒蛇被打中，受伤了，可显然并没有伤到要害之处，立马把身体盘成一团，只把脑袋放在中间，高高地昂起在半空中，扑哧扑哧地吐着火花一样的蛇信子，两只眼睛转向了光头小子他们所在的方向，这就是已经判明了攻击的来源，马上就要展开反攻了，光头小子当然不会听之任之，手中的石头又飞了过去，这一次十分精准地命中对方脑袋，那大黑蟒被击中要害，脑袋立马就低垂下去，庞大的身躯也瘫软开来，在溪水边的碎石滩上扭曲一会儿，就老老实实地停下来不动了。

　　那大黑蟒，就这样死翘翘了。

　　光头小子让武状元去收拾柴草，就在这溪水边上架起篝火，要把这只黑蟒给就地烧烤了。黑狼兄妹正领着自己的狼群向这边赶来，远道行军十分辛苦，自然需要补充营养，所以食物应该多多准备一些，人口众多了，不会浪费的。

　　武状元去准备篝火的时候，光头小子便用匕首豁开了黑蟒的肚皮，翻出了一颗鸭蛋大小的蛇胆，那颗蛇胆是碧绿色的，看上去成色不错，十分健康。光头小子便把那胆管含在嘴里，两手用力地一挤，便把所有的胆汁都给挤了出来，有滋有味地咂巴着嘴，把胆汁给喝了。蛇胆的滋味与众不同，一点苦味都没有，居然是甜甜的，还有些清凉，有点清香。喝了那颗胆汁，光头小子只觉得神清气爽，眼前的世界倍加明亮。最近这些日子伤心劳神，适当地进补一点，也不算奢侈，这是大山里的特供，一点小小的享受，更不算过分了。

　　烧烤一条大蟒蛇，由于体量过大，算得上是一个大工程。光头小子剥了那条大蟒的皮，就铺在地上做砧板，先摘除了大蟒蛇的全部内脏，再把那雪白的胴体竖斩为条，横斩成段，大体上整理出上烤架的形状，细细地撒上一点盐，这前期工作就算准备好了。武状元点燃篝火，支起鲜嫩的树干做烤架，还搞了一捆手指粗的冷箭竹做插签，工具也就算是完备了，可以把鲜肉架上去烘烤了。

你还别说，有了武状元，光头小子可省劲多了。

这武状元，除了名不符实，胆小如鼠，其他各方面的表现都还是令人满意的。因为胆小，所以温顺。因为没有能耐，所以很听招呼。具有这么一些基本特征，光头小子也就十分满意了，毕竟他只是一个十五岁的少年，让一个三十多岁的男人给自己做小弟，是不是很听招呼那就是一个关键的问题了，至于胆子小了一点，那也不见得就是一件坏事儿，因为光头小子本身就是一个野生动物，和月亮大山里的野生动物们统统都算得上是自己人，不是那种剑拔弩张的敌对关系，用不着杀伐四野，喋血山林，更多的是需要和睦相处，甚至是要建设一个和谐社会，不是这个道理吗？当然了，像武状元这种人肯定不可能当上英雄，如果让獐子头把他抓回去了，没准还会跪地求饶，光头小子觉得这样也不错，毕竟一个人的生命是最为宝贵的，自己没有任何权利让别人尽孝尽忠，那种封建主义的陈腐观念和月亮大山没有一丝的瓜葛，光头小子觉得只要他还能好好活着，自己这个十五岁的大哥也就可以安心了。

武状元守着篝火烧烤大蟒蛇，那劳动量的确不小，也忙得团团转，算得上是不亦乐乎了。

光头小子看着很满意，自己跑到山溪边上去洗洗脸，洗洗手，洗掉了大蟒蛇溅到自己身上的血污，然后从那一堆蟒蛇的内脏中找出了一颗鹅蛋大小的蛇心，在溪水中清洗干净了，少少地沾上一点盐，用蛇油一层一层地包裹起来，然后挑在匕首的尖上，凑近篝火小心翼翼地烘烤起来，外层的蛇油被烧化了，里面的蛇心也就被烫熟了，再分外仔细地烘烤一会儿，把那匕首连同蛇心一块交给了武状元，嘱咐他趁热吃下去，蛇心的味道很好，那是一条大蟒的心头肉，可不是一般的大补，简直就是灵丹妙药，吃心长心，没听说过吗？只要你的心大了，自然胆也就大了，那份豪气冲天了，不就是有胆有识了？武状元接过了那柄匕首，捧着匕首就把那颗蛇心给吃了，吃得满嘴流油，那小脸立马就变得红润起来了，感觉到这就是一份意外之喜，吃完了，咂咂嘴，居然说自己还想要！光头小子呵呵大笑，说这样就对了，能看得出效果了，那就这样吧，以后我们不论是吃老虎，吃豹子，还是吃野猪，那扑通乱跳的心脏通通归你，保准吃得你心比天大，藐视群雄，张嘴就是龙吟虎啸，抬脚就是地动山摇，别说自己是个胆小鬼了，没准你就要成为一个大英雄了！

武状元也高兴，那真是乐坏了。

看来，人往高处走，这还是一种主流精神，此言不虚。

后来，黑狼兄妹率领的狼群就赶来了，当然用不着一句话的寒暄，既然美食都准备好了，那直接就可以开吃了，这里没有什么主人和客人的区别，自然不用客套，讲究的就是下手要快，咬肉要狠，这支狼群讲究绝对的公平，极端的民主，不分什么王者先行，只要你觉得口味不错，那就尽管吃个够，如果来晚了，没吃饱，那只能说你的运气不好了！

光头小子就坐在那里看大伙吃东西，也是满脸的喜气洋洋，打从心眼里高兴，大黑狼的群落就这样重新兴旺发达起来了，作为狼群最为忠实的朋友，他自然也是感慨颇多，难以言喻，也就不用多说了。用兵之道，在于养兵，对于狼群来说，这尤为重要，大家吃饱了，吃好了，再好好地休息一下，养精蓄锐，然后出去攻城略地，那才能算得上打有把握之仗，可以保证无往而不胜。

武状元这是第一次和狼群打交道，近距离地接触狼群，心里总还是有些七上八下，忐忑不安，所以忙完了自己的事情，便拿起了那只对讲机，远远地躲到一边去。这是光头小子给他规定的功课，用对讲机监听獐子头的动静，也要时时留神，万万大意不得。

光头小子待在狼群里，能感受到一种特别家常的温馨，所以十分陶醉，或者熏熏欲醉，马上就要睡着了。

可是，武状元那边，好像有了什么突发情况，开始急急忙忙地呼唤他了。

光头小子赶紧走过去，武状元指了指对讲机，原来，是獐子头正在和白面书生通话，这部分内容最值得关注，所以光头小子也赶紧蹲下身去，认认真真地倾听着。

对讲机里，獐子头和白面书生正聊得热火朝天。

白面书生这会儿正兴奋得不得了，在向獐子头报告一个天大的喜讯，他发现那个小狼女了，红毛妹子眼下和那个春妮在一起，这两个让人魂牵梦萦的宝贝儿，这会儿正结伴在大山里穷游，喝的是清泉，吃的是野果，和鼠兔们争争抢抢，和猴子们打打闹闹，果真不知天有多高，地有多厚，就等着被他生擒活捉，到獐子头老兄的面前邀功请赏了！

獐子头说这样就对了！这就叫形势大好，不是小好，越来越好，我们不仅要做月亮山的主人，还要让自己率先富起来，率先乐起来，抓住她们，那就是钞票，就是快乐，快，光说不练那是假把式，说到做到才是真英雄，赶快动手，抓住她们，我可是望眼欲穿地等在这里呀！

白面书生说，你当我不想立时三刻就把她们攥在自己的手掌心里呀？可惜人算不及天算，不是我们太无能，而是狼群太狡猾，我偷偷地数过了，一共是八只大黑狼，它们如今就和那两个小女子守在一起，吃在一起，住在一起，一起游山玩水，一起休闲狩猎，那玩得不知道有多开心啊，瞧得我都眼红了，可就是没地方下手呀！

獐子头说你这个笨蛋，这是在向我报喜吗？不是成心要气死我吧？你手上不是有猎枪吗？十二响的大肚子猎枪，大名鼎鼎的现代化狩猎武器，你只会当拨火棍使用吗？枉我为你费尽心机，把一个大山里的土包子装扮成了可以呼风唤雨的大侠，却不料你这般的无能，只会给我画饼充饥，可惜了我这盖世英雄，如今领着几个虾兵蟹将，也是一筹莫展了！

白面书生赶紧说，獐子头老哥请息怒，小弟我本身就是个无恶不作的猎人，当然不惜大开杀戒，不怕这大山里血流成河，只是红毛妹子就躲在它们中间，这猎枪打出去就是一片火海，不好掌握分寸啊！

獐子头稍稍地沉吟片刻，说你这份顾忌也有道理，的确是不能把那个小狼女也给打死了，可是猎枪不能用，你的脑袋是石头吗？先前不是也曾经灵光一次，成功地甩掉了狼群的纠缠吗？如今为什么不可以再动动脑筋，再把狼群给吸引过来，让它们重新和你再纠缠在一起，领着它们在大山里兜圈子？一个圈子兜回来，把狼群甩在你的身后，把那两个小女子抓在你的手中，这不就万事大吉了？你这个笨蛋，调虎离山只是雕虫小技，引狼兜圈那叫活学活用，师傅领进门，升级凭个人，还用我扯着耳朵教你吗？

白面书生连连称是，果真佩服得五体投地了。

獐子头也呵呵大笑，得意忘形了。

白面书生说獐子头老哥，小弟我果真是三生有幸，居然遇上了你这么一个师傅，那叫天才呀！

獐子头说没错，就是天才，那是肯定的！知道我为什么会变成天才吗？那是老子蹲过三次大狱，也就是进过三次牢房，你听明白了吗？别人进牢房，那是怨天尤人，眼泪鼻涕一大把，可我只是安安静静地待在那里，当然不是面壁思过，尽在那里琢磨坏主意了！那是天造地设的成长环境，如果我不能变成天才，天地不容啊！哈哈，钢铁是怎样炼成的，我到今天也没琢磨透彻，可天才是怎么成长的，三言两语也就说完了，就是这些，你听明白了吗？

白面书生说明白了，明白了，他一定要为自己创造条件，争取也多蹲几次大狱！

獐子头厉声呵斥，说你个狗娘养的，就学会这么一点点呀？你以为我是心甘情愿蹲大狱？你怎么就不学一点有用的？我告诉你，老子眼下正在钻研军事科学，在琢磨一种三角阵法，马上就要排兵布阵，大杀四方了，你听说过吗？

白面书生连忙回答，说没听说、没听说，就等着老师耳提面命，弟子我也好早日开悟呀！

光头小子这边也倒吸了一口凉气，这就是恍若一惊了，心想我的乖乖隆滴咚，你他妈的是哪一路妖怪呀？正在钻研军事科学？马上就要排兵布阵？老子正儿八经地跟你过招了吗？总共扔过去几块石头了？说大话也不怕闪了舌头，就不担心有人在暗地里偷听吗？以为你组装了一支奇形怪状的铠甲大军，能有效地防范了我的石头，从此就可以天下无敌了？还有什么三角大阵，还要什么大杀四方，你还能把牛皮吹多大呀？要有真能耐，那就说出门道来，做人就要实在点，还要我光头小子去教你吗？

还好，那个獐子头本来就是一个狂妄之徒，绝不会放过任何一个显摆的机会，根本就没有什么保密意识，所以接下来也就用不着任何启发了，那叫竹筒倒豆子，一粒都不留，干净彻底地全部交代出来了。

獐子头说，他的三角阵法，就是专门设计出来应付这山地作战的。敌我双方的态势是这样的，他人多势众，武器精良，堪称是一支现代化的武装集团，而对方的手里只有石头，还有狼群，除了来去自由，腿脚利索，也就没有其他的优点了。可现在的情况却不容乐观，人家那是主动进攻，而他只能够被动防守，对大山里的情形根本就不熟悉，而唯一熟悉情况的白面书生又被分隔在另一边，感觉就是寸步难行，想不悲观都不行呀！所以，思来想去，他只能在山地布阵，布置一个三角大阵，要和对手斗智斗法了！具体地说起来其实也简单，就是要把自己的人马分成三个部分，各自所占的位置就是三角形的三个顶点，每一波人马都要打开对讲机，利用对讲机上的雷达测距功能，和其他两组人马保持300米的距离，这是大肚子猎枪的最远射程，保持在这个射程之外，就可以保证不会被子弹误伤，就这样在大山里左右移动，上下行走，不管对方是人还是兽，只要进入了视线范围，那就可以果断地开枪，不用担心会伤到自己人，尤其是对方进入了三角矩阵的内部，那么三个方向都可以开枪射击，保证就是死路一条了，这样就可以充分发挥自己的武器优势，一举扭转眼下的颓势，是不是这个道理？三角大阵，神机妙算，所向无敌！

光头小子叹了口气，示意武状元关闭对讲机。

光头小子已经感觉到了危险的临近，自己和狼群，红毛妹子和春妮，包括大山里所有的野生动物，遇上了这么一个三角大阵，那绝对都是死路一条啊！

72 光头小子大练兵

獐子头的三角大阵，成了光头小子的心头之患，也是生平第一次，让他紧紧地锁起眉头。

光头小子和武状元自然也会讨论破阵之法，只是大肚子猎枪火力太猛，一旦让对方发挥出火力的优势，那就是性命堪忧了，基本就没有任何胜算，所以千万不能暴露在敌人的射程之内，更不能贸然进入三角阵内，那里就是一块死地，当然可以从后面进攻，只要悄悄地接近敌人背后，出其不意发起进攻，而且不要恋战，打了就跑，这倒也算得上是一种游击战术，有机会倒也可以尝试一下。

最最关键的地方，就是要让狼群明白这个道理，不要在敌人的射程之内暴露自己，更不要贸然进入那个三角大阵，不管你有多么威风，横竖咱就是不上当，还有什么好法子使得出来吗？

有必要对狼群进行一些行之有效的训练，避免那种种无谓的牺牲，用最为通俗的说法，那就叫练兵。

对，磨刀不误砍柴工，光头小子决心要练好兵！

光头小子大练兵的第一项内容，就是要让狼群认识到什么是危险，什么是敌人，能够尽早地发现敌人，尽快地采取防范措施，这是最佳的保命之策，能咬就咬，咬不着就跑，毕竟论起跑路的本事，狼群那是天下第一的。光头小子把武状元的那支大肚子猎枪，还有子弹，还有对讲机，还有马桶包，整整齐齐地摆在那里，让黑狼兄妹的狼群排成队，一个接一个地走上前去，认认真真地嗅一嗅，让它们知道这些就是人类的武器，这种种特殊的气息，那就意味着危险，是会要命的东西！光头小子练兵的第二项内容，就是要让狼群知进退，听招呼，守纪律。要向狼群发布命令，只能使用狼的语言，那就是嗷嗷狼嚎了。光头小子发布的第一道命令，就是全体都有，前进！狼群很迷茫，大家对光头小子的发音方式还不是很熟悉，听不懂。还好，黑狼兄妹听得懂，光头小子便让黑狼兄妹重复自己的命令，一遍又一遍，直到大家都能领会到其中的含义。

第二道命令，全体都有，撤退！第三道命令，向左！第四道命令，向右！第五道命令，隐藏起来，不许出声！

光头小子的军训内容并不复杂，总共就只有这么五道命令，对狼群的要求更简单，第一就是要能够听得懂号令，第二就是要严格执行，如此反复，令行禁止，看到大家都明白了，军训也就到此结束了。

当天晚上，光头小子便率领狼群出发了。

獐子头的篝火营地上，点燃着一堆明亮的篝火，而且有专人值班守夜，给篝火添加柴薪，所以那目标十分明显，大老远就能看到隐约的光亮，等于给夜袭者指引着方向，所以光头小子的狼群扑了过去，基本上一点弯路都不用走，只是没有真的发起冲锋，那样会让狼群暴露在大肚子猎枪的弹雨之下，那就是蛮干，会造成不必要的牺牲，光头小子当然不会那么愚蠢，他只是率领狼群悄悄地接近篝火营地，绕着敌人的篝火营地兜了一圈又一圈，足足兜了三圈之后，两位值班守夜的马仔居然还是毫无觉察，光头小子十分满意，感到自己的大练兵还是卓有成效的，黑狼兄妹的狼群已经知道服从命令听指挥了，在这个基础上，他也就可以让大家感受一番实战的氛围了，于是便呜呜嗷嗷地狼嚎一声，让大家悄悄地后退一些，把自己稳稳当当地隐藏起来，然后便摸出了一块拳头大的石头，照着一个浑身插满了树枝的马仔扔了过去，那马仔被打中了，失魂落魄地嚎叫了起来：有人袭击营地了，光头小子又来了，赶紧开火吧！

篝火营地上，雷鸣般的枪声响成了一片，这下子也就足够热闹了，没有人还敢躲在吊床上睡大觉了，每人都抱着大肚子猎枪，枪口指向光头小子扔出石头的那个方向，自然也不敢主动出击，只是在那里咋咋呼呼，胡乱开枪，这时候光头小子已经转身后退了，和自己的狼群会合在一起，又悄悄地绕着篝火营地兜圈子，转到了那些枪手们的背后，又慢慢地向前接近了一些，出手又是一块石头飞了出去，一个马仔又开始哭爹叫娘了，大家把枪口齐刷刷地调转过来，又是一阵雷鸣般的枪声！

这时候，光头小子已经领着狼群走远了。

营地上的枪声不响了，看样子也是闹够了，又可以钻进吊床里睡大觉了。

光头小子摇了摇头，觉得这样可不行，让这帮强盗安安稳稳睡大觉，那可就对不起自己遭受侵犯的父母之邦，那纵横千里的月亮大山了！

光头小子又把狼群给领回来了，可这一次却换了一种玩法，自己也端起来大肚子猎枪，而且尽量接近那篝火营地，万一情况危急了，他就要用这些铠甲勇士们练练手，光头小子的石头已经伤害不到他们了，可猎枪子弹打穿那些绿色铠甲应该是没有问题的吧？当然他眼下还不想开枪，不想让敌人知道，他的手上也有一支大肚子猎枪，那样就会让对方加强防范，整个战争的规则又会改变，对彼此都是一件十分麻烦的事情。光头小子却把狼群平均分成了两组，黑狼兄妹各自带领一组，依然绕着篝火营地团团转，只是距离不要太近，走得也不要太快，而且一边走，一边叫唤，彼此之间保持联络，也就是谈谈心，聊聊天，甚至有兴趣的话，还可以来上一曲黑狼咏叹调，毕竟要把自己的语言发扬光大，那也是需要勤学苦练的，不是这个道理吗？

接下来，这一片山林里可就被闹翻天了。

两波狼群绕着獐子头的篝火营地转，一边转悠，一边还没忘了谈谈心，聊聊天，知道底细的当然不会大惊小怪，可獐子头的队伍只是一些街井小混混，做梦也不敢想象自己终究有一天会有这番造化，一下子就掉进了狼窝里，只觉得满世界到处都是狼，你呼我应，此起彼伏，黑狼们最引以为豪的咏叹调，獐子头的马仔们听着那就是鬼哭狼嚎，如果这不是世界的末日，那就是他们自己活得腻烦了，马上就要像炸弹一样地爆炸开来了！

獐子头的队伍几乎就是要炸营了，所有的人都跑到了篝火旁边，大概都听说过野狼是怕火的，所以都想借着篝火壮胆，就在那里瑟瑟发抖，挤成一团。

武状元看出了一个破绽，赶紧向光头小子提出了建议，让他抓住机会，开枪射击！这时候，对方都暴露在篝火的火光之内，而且猎枪的射程也刚好够得上，只要光头小子开枪射击，一连打上几个速射，獐子头的队伍差不多也就全都可以报销了！

可是光头小子只是摇头，竟然拒绝了。

那种感觉也是怪怪的，好像是一幕大戏刚刚开始，就把对方的演员给一窝端了，那么这戏还演得下去吗？光头小子当然渴求一帆风顺地获得胜利，那目标只是为了红毛小狼女能够顺利地摆脱危险的境地，当然不想收割别人的生命，这好像是一种悖论，是一个矛盾，所以光头小子的心里也有些彷徨，下意识地伸手去摸石头，可是又停下手来，在这里扔石头距离太远了一些，而且违反了游戏规则，破坏了狼群营造出来的效果，感觉有点得不偿失了。

说来说去，光有小子就是要让狼群利用夜色接近敌人、认识敌人、了解敌人、骚扰敌人，从中积累实战经验，这也是军训的一项内容。

光头小子还是在练兵。

只有让狼群变得特别能战斗了，方能立于不败之地，这是一种长远的打算。

直到东方都已经显露曙光了，光头小子这才传令收兵，他感觉到自己实在也是困极了，需要好好睡一觉了。

73　破阵

獐子头做梦也没有想到，自己这一支披挂纷纷的盔甲大军，已经有效地挡住了光头小子的石头，基本上算是稳操胜券了，可忽然又被狼群给盯上了！

这一夜的经历，简直就像是鬼门关里走一遭，马仔们一个个丧魂落魄、疲惫不堪、胆战心惊、坐立不安，等到大天四亮了，狼群撤退了，大家却谁都不敢钻进吊床里睡上一觉，好好地安慰一下自己，就像是一窝惊弓之鸟，再也不敢在营地上久留了，迫不及待地要落荒而逃了。

獐子头的表现倒果真有点大将风度，知道这个时候最大的关键就是稳定军心，要重新提振马仔们的勇气，让他们知道自己还是占有绝对优势的，便把大家召集起来，认认真真地分析了一番目前的形势和我们的任务，尤其是重点强调自己在武器上的优势，大肚子猎枪一次装填可以连续发射十二次，这是任何豺狼虎豹都无法抵抗的，还用得着害怕狼群吗？事实已经证明了这一点，狼群始终在外围骚扰，并不敢贸然地接近篝火营地，这不就足以说明问题了？所以，我们的任务就是要设法诱骗狼群走进大肚子猎枪的有效射程之内，只要逮着机会，大家就一起开枪，剩下来的事情就是架起篝火烧烤狼肉，敞开肚皮使劲地吃，能吃多少吃多少，再也不用担心它们会来扰人清梦了！

獐子头说得头头是道，马仔们听得频频点头，自己的老板果真名不虚传，那不是一般的狡猾奸诈，简直就是一个天才，魔鬼一样的大能人啊！

看到大家的情绪都安定下来了，獐子头又开始给大家卖弄起自己的军事思想，具体地说也就是那个三角大阵法，马仔们好歹也都是跑江湖的，至少也经历过三冬四夏了，所以对獐子头的阵法也都听得明白，知道那个三角形是个什么形状，自己大体上应该在什么位置，还有如何用对讲机上的雷达测距保持彼此间的距离，防止被队友们的猎枪误伤，就这样，注意事项交代完毕，大家也都心领神会，獐子头便开始排兵布阵，他的队伍这就要开拔了，用三角阵法在山野中行进，既能有效地保护自己，又能无情地消灭敌人，而且行动目标尤为明确，那就是要向白面书生靠拢，白面书生比较熟悉大山里的路径，是一个生存能力很强的猎人，最关键的还是能率领大家找到红毛妹子，只要能把那个红毛妹子给卖到国外去，那就是不辱使命，大功告成了！

那种感觉很奇特，好像獐子头正在领着大家宣誓出征，不仅仅只是煞有介事，几乎也就是有模有样，信心十足了。

獐子头在大山里操练三角大阵，前方要经过的那一片山坳，刚好是一片稀树草原，倒像是上天特地为他提供了一方演兵场，让他仅凭目力就能看到手下马仔们在干什么，果真是得天独厚，看得他意气风发，豪情满怀，感觉到自己果真就像是一位指挥千军万马的大将军一样，你还别说，这天才就是天才，运筹帷幄，决胜千里，怎么看着都像是真的一样！

獐子头站在一面高坡上，十分豪迈地挥挥手，他的马仔勇士们就出发了。

行进方向的正前方，一左一右各有两个马仔，他们就是三角大阵的左右前锋，左右两组马仔之间的距离两百米开外，三百米之内，各自都在大肚子猎枪的射程之外，这样可以保障足够的安全，但是只要有猎物闯进他们两者之间，那绝对就是必死无疑了。还有两个马仔，就跟在前面两组人马的后面，中间也保持三百米的距离，这就是兜底的了。獐子头就和最后这一组人马走在一起，在这里总揽全局，观敌料阵，指挥三角大阵的左摇右摆，或者前进后退，也是三角大阵的核心位置，命门所在。

阵势摆开了，开始前进了，最多也就过了半个小时，三角大阵里面便响起了枪声，原来是几只大青兔闯了进来，够着距离开枪的马仔们自然不讲客套，獐子头赶紧取出对讲机，向全体马仔下达命令，小动物们就不用开枪了，大家还要争取行军的速度，不能在它们身上浪费时间！

可惜，他的命令下达得晚了一些，那几只大青兔都已经倒在了血泊之中。

大约又过了一个小时，三角大阵里的枪声又响起来了，这一次不是大青兔，居然是一群大黄羊，獐子头赶紧又下达命令，黄羊也不许打，所有的食草动物通通地不许打！只有对人们会构成威胁的食肉类动物，才可以开枪射击！只可惜，这一道命令又下达得太晚了，那一群七八只黄羊，也已经统统毙命了。为了防止自己手下的马仔继续犯这一类的错误，獐子头还禁止人们收拾猎物，说是为了轻装前进，保持大家的战斗力，一律不许打扫战场，他们是要干大事的，不会在月亮山里变成猎人！

三角大阵果真厉害，如果用来狩猎的话，那简直就是天降神兵，果真所向披靡，十分神勇，就像是一个气吞山河的大口袋，而且不是一般意义上的大口袋，看上去也就是一个貌似普通的三角形，可是你无论从哪一个方向走进去，那都绝对是死路一条，一个永远也无法填满的大口袋呀！这也就难免会让人骄傲自满，目中无人，听獐子头的口气也就是这样，想当初他是那样佩服月亮山里的猎人，可如今已经不把猎人放在眼里了，一个知道研究兵法的獐子头，那可不是一般的獐头鼠目，绝对是一个大神级的存在，可以独步天下，无敌人间了！

光头小子领着自己的狼群，一直远远地尾随其后。

武状元捧着那只对讲机，背着那支大肚子猎枪，一直紧追在光头小子的身旁，他们也是任重而道远，必须要研究透彻对方的三角大阵。

狼群老老实实地跟在后边，在黑狼兄妹的节制之下，每一头黑狼都不会大声嚎叫，保持着一种静寂的状态，这样一种观摩的方式，倒是很有一些神秘的意味了。

光头小子忽然觉得，那个獐子头，虽然人长得丑陋不堪，很难摆在场面上，但的确是有点才干的，就领着这么几个狗腿子，也能在大山里弄出这么大的气势，能说他不是个人才吗？是人才，就应该得到尊重，不是吗？所以，光头小子也是情不自禁地，要多看他几眼了。獐子头今天带了一顶白帽子，看上去十分的醒目，那应该是一顶太阳帽，硬塑料质地的太阳帽，眼下的太阳已经不是很热了，他这是当安全帽使用的吧？没错，这一定是他的安全帽，比手下马仔们用枝条编织的套头小筐高雅得多了，作为一个领导人，理所当然就应该有点与众不同。光头小子甚至还点点头，对那个太阳帽表示赞同。獐子头的位置，始终在三角大阵的最后边，那里就是他的指挥中心吗？有一点可以肯定，那个位置比较安全，而且可以掌控全局，的确是一个命门所在，如果那里受到了攻击，三角大阵是不是也就会陷入瘫痪了？光头小子忽然就兴奋起来了，好像这就是一个死穴，他发现了三角大阵的死穴了！

既然发现了对方的死穴，那自己是不是也应该小小地显示一下身手？

獐子头的三角大阵，忽然又响起了一阵枪声。

而且不仅仅只有枪声，还有阵阵的呐喊声。

这是出现了什么状况，怎么忽然就热闹起来了？

原来是几只野猪闯进了三角大阵，野猪算得上是猛兽，如果单打独斗的话，野狼根本就够不上对手，连老虎和豹子都要礼让三分，只有黑熊会以死相拼，双双每每只要遇上了，那肯定就是不死不休，一定要血战到底了。发现野猪群闯进来了，三角大阵三个方向的枪手们都兴奋得嗷嗷直叫，因为他们杀过野兔了，杀过野羊了，那种屠夫的热情刚刚被点燃起来，偏偏獐子头下达了禁杀令，食草类的动物一律可以免死了，这让大家很扫兴，可野猪们是杂食类的动物，是一种凶猛的悍兽，自然不在免死的行列，马仔们又逮着机会可以轰上几枪了，这就像是过年放炮仗，寻着了开心之处，能不欢呼跳跃吗？

一阵激烈的枪声过后，那几只野猪也都被放倒了。

光头小子也暗自惊讶，这位獐子头果真牛气冲天，三角大阵不是儿戏，就照这个玩法，驰骋江湖，大杀四方，不说是天下无敌手，至少在月亮大山里可以建立自己的霸业了！

光头小子觉得这样不行，不能由着他的性子来，那样有悖于月亮大山的丛林法则，好像是被他肆无忌惮地侮辱了，是可忍，孰不可忍！

这时候，出现了很多一人多高的灌木丛。

光头小子便利用灌木丛的掩护，飞快地追了上去。

武状元背着那支大肚子猎枪，手上捧着对讲机，也一步不落地紧追其后。

狼群保持一段相应的距离，也都默默地跟在后面。

獐子头也是得意忘形了，那一支强悍的野猪群，转眼之间就被放倒在他的三角大阵中，那份成绩实在是令人欢欣鼓舞，自我膨胀也是在所难免的，感觉自己就是天下第一了，还有谁能和他作对吗？只是他做梦也想不到，光头小子正带着自己的狼群追上来，一直就悄悄地潜行在他的身后，而且离他越来越近了。

终于，一个圆润光滑的鹅卵石从树丛的后边飞了过去，十分精准地打在他的脑袋上，只听啪的一声脆响，那只白色的太阳帽被打飞了，獐子头嗷的一声惨叫，一头栽倒在地，翻了个跟头，却又爬了起来，他用太阳帽替代安全帽，还果真是救命了！

"不好了，光头小子上来了，狼群一定和他在一起，快开枪，快开枪呀！"

獐子头丧魂落魄，方寸大乱，狂呼乱叫。

身边的两个马仔也被这突然的变故吓坏了，急忙调转枪口，冲着来路的方向胡乱射击起来。

"叫增援！叫增援！让前面的弟兄通通撤回来，不要什么三角大阵了，回来保护你们的老板呀！"

獐子头还在狂呼乱叫，看样子他已经被吓破胆了，无法保持应有的镇定了。事实证明，他不是什么军事家，缺乏那份胆略和气魄，被人家敲了一石头，立马就慌了爪子了。

光头小子呵呵一笑，不慌不忙地领着大家向后撤退。

74 绕着大山兜兜转转

那一片大山脚下的洼地里，也许是经常有山风在这里兜圈子的缘故，地面上落下了一层厚厚的枯叶，看样子就像是铺好了厚厚的被褥，这里的树不很高，周围的地形也比较开阔，春妮和红毛妹子走到这里的时候，已经是下午五点来钟，也就是日暮西山的时刻了，大山里天黑得早，感觉这地方特别适合宿营，母女俩便把地上干枯的树叶堆得更厚一些，便躺在那堆枯叶的上面，就在这里过夜了。

这一块宿营地，也许真的是风水宝地，母女俩实际上已经在这里住过好几个夜晚了。也不是她们每天都刻意地要寻找到这个地方，只是山野中的生活就是这样，每每总是山坳里的食物极大丰富，有草地，有溪流，有低矮的灌木丛，还有各种果木繁多的混生林，这是一个生命的秘密，不仅仅只有人类喜欢在这里流连忘返，大山里形形色色的野生动物们也会时常在这里出没，毕竟民以食为天，能找到东西果腹的地方，当然也就是最让人喜欢的地方了。只是大山里的地形也奇特，如果你一直绕着山沟转，那沟沟岔岔走来走去，其实都是连接在一起的，绿水绕着青山转，绕着大山兜一圈，没准你就会回到原来的老地方，那就是兜了一大圈了。

所以，母女俩一连几天都在同一个地方过夜，那是不足为奇的，她们自己也就没当一回事儿，不会为这个寻思太多。因为眼下已经是深秋了，白天的日子还算好过，最难熬的就是夜晚，白天的太阳很温暖，可一到晚上那就不一样了，因为太阳下山了。即便是晴朗的日子里，夜空中还有一轮明月，而且还能看到满天星斗，那景色应该是着实的不错，可谓充满了诗情画意，只是人的感觉不舒服，秋风瑟瑟送寒凉，人都快被冻僵了，你还舒服得起来吗？这时候人们最为怀念的，那就是能够躲在房子里，躺在自己的卧榻上，裹着厚厚的被褥安然入眠，那就是幸福啊！如今露宿在山野里，说起来可以豪情满怀，天当房，地当床，掠一捧枯叶当被褥，找一处灌木遮风凉，可实实在在那就是一种煎熬，尽管母女二人可以拥抱在一起互相取暖，只是用处不大，效果不佳，那牙齿都冷得打寒战，咔咔响，尤其是黎明前最为黑暗的时刻，感觉就是下寒窑，入地狱，苦不堪言哪！

只是这天晚上，奇迹出现了。

就在母女二人在晚风中瑟瑟颤抖的时候，好像有人在她们身边架起火盆，温度突然就升高了，寒风好像也被挡住了，这一切突如其来，匪夷所思，却来不及认真地思考一番，陡地放松身体，感觉分外舒适，便疲惫不堪地陷入深度睡眠，就那样美美地睡熟了，有点个乐不思蜀的意思了，除了酣然大睡，什么都顾不上了。

这一天，日上三竿之后，春妮才感觉到自己终于是睡醒了，睡足了，只是阳光有点刺眼，她使劲地眨巴着眼睛，终于看清楚周边的状况，吓得大叫一声，从地上跳了起来，原来自己竟一直睡在狼群中，怪不得下半夜忽然变得暖和了，是狼群悄悄地跑过来，大家挤在一起睡觉，这就叫抱团取暖吗？

春妮东张西望，感慨颇多。

这个狼群已经算得上是熟人了，它们的首领也就是红毛妹子的狼姐姐，一共还有八只大黑狼，看上去毛色都有些干枯，已经不再年轻力壮了，步入老龄化的社会了，也许就是因为这个缘故，它们才会如此善解人意，竟会在深秋的寒夜里用自己的身体围在四周，为母女俩搭建一个温暖的窝。

生活中真实发生的一切，果真更为感人至深！

红毛妹子坐在狼窝里，一直在咯咯地笑。

这对她来说，那自然是习以为常了。

远方的山脚下，忽然响起了枪声。

八只大黑狼像是听到了战斗的警报，齐刷刷地跳起身来，大家聚集在一起，互相碰了碰鼻子，便伸长脖子，扬起脑袋，全神贯注地凝视着远方。

是那个不知道天高地厚的白面书生，大黑狼族群的老冤家，仗着手上有一支大肚子猎枪，又肆无忌惮地杀上门来了！

八只大黑狼齐声呐喊，那也是一道雷霆震怒，庄重宣战，左右两翼自动拉开，布成了一字长蛇阵，并肩出发，主动迎敌。

这时候，那猎人其实还没有显露出自己的身形。

只是远方有动静，猎人好像是躲在树丛中，居心叵测地窥探军情。

能看得出来，狼群这是摆开了阵势，把那母女俩保护在自己的身后，决心要御敌于国门之外了，只是前进的速度并不快，远远还算不得发起冲锋，只是做出了一种姿态，似乎也是一种试探，要判明对方的真实用意，再决定自己的下一步行动。

八只老狼足够聪明，知道对方的猎枪不是吃素的，所以用兵之道，真假难分，绝不会愚蠢到一定要冒着敌人的炮火前进。

春妮看到狼群拉开阵势了，也赶忙招呼红毛妹子快走，不要继续留在这里，那样就成了狼群的软肋，或者干脆就叫累赘，让那八只老狼瞻前顾后，无法利利索索地和猎人周旋，义无反顾地斗智斗勇。

母女俩走上了另一个方向，这样反向而行，越走越远，尽快地脱离战场，从目前的情况来看，这应该是一个正确的选择。

枪声又响了，那猎人却似乎并没有向前发起进攻，反而是向后撤退了。

狼群隐入了丛林，这样可以躲避猎人的枪弹，可以进攻，可以撤退，更方便左右迂回，前后夹击，对于狼群来说，这是一种自由的存在，可以随意发挥，进退自如。

那猎人，好像也看明白了这一点，所以知难而退了。

上门挑衅的猎人都已经退走了，春妮母女俩还用得着仓皇出逃吗？当然用不着逃走了，春妮放缓了脚步，便领着红毛妹子走上一面缓平的山坡，东张西望地在那些低矮的灌木丛中搜索着，她在挑选早餐的食材，最希望的还是能够遇上那种灯笼果，人是一种贪婪的动物，长得再漂亮的女人也难以免俗，虽然大山里好吃的东西遍地都是，但春妮还是一心记挂着灯笼果，自从红毛妹子领着她美餐一次，她就念念不忘这一份大山里的奇珍异果了。红毛妹子的书包还提在她的手上，那里面除了书本文具，基本上也就是清空状态了，就等着填满香甜的果品了，春妮这会儿一直在期待着奇迹的发生，盼望着能够忽然遇上大片的灯笼果，不仅美美地吃上一顿早餐，还有一大包的收获，那该有多么开心啊！

红毛妹子又从地上捡起了小石子，开始指东打西，好像又想起了自己的光头哥哥，情不自禁地又开始操练起飞石神功了。春妮也不去过问她要干什么，因为她对女儿的心思也早就摸透了，知道她心里盘算的小九九，十有八九又想去寻找猴子们的麻烦，想把早餐安排成一堆各式各样的坚果，春妮极不乐意这样做，总觉得还是多吃水果比较好。

自从进了大山之后，在饮食口味上，这母女俩一直不太协调，好在物质极大丰富，基本上都能满足各自的要求，只是大家心里都有数，有事没事拌个嘴，那也是家常便饭了。

天下的母女大体都是这样，能够求大同，存小异，也就是天下太平了。

还好，今天母女俩并没有因为早餐的事情产生分歧，因为红毛妹子的眼睛好使，就在那里向远方胡乱扔石子的时候，居然又发现了一种人间美味，也是鱼出一滩，鳖出一湾，好东西全凑到一起来了，那一片山脚下面居然有一大片野生的香瓜，眼下已经是深秋了，瓜秧都已经泛黄了，自然瓜秧上的香瓜基本上也都成熟了，而且还是百姓们人人都喜欢的那个品种，名字就叫羊角蜜，瓜果的形状就像弯弯的羊角，表皮是乳白色的，里面的果肉是碧绿色的，中间的瓜瓤是火红色的，大老远的就能闻到那种瓜果的香味，红毛妹子一路欢呼着跑了上去，今天的早餐就是这个了，这是月亮大山的盛情款待，开吃就行了！

女老师自然也不会提出反对意见，因为她认识这种羊角蜜，的确是香瓜中的上品，市场上也时常看得到，价格不菲的。

什么话都不说了，因为天时也不早了，这时候吃早饭已经算是很晚了，肚子是饿了，所以她们一边搜索羊角蜜，一边就地把它们吃下去，那动作很快，效率很高，大家都忙个不亦乐乎，真的是没有时间再拌嘴了，分身无暇呀！

狼群追赶猎人的方向，这会儿也听不到什么动静了。

母女俩吃饱喝足之后，又把书包给装满了，这才恋恋不舍地告别这片长满了羊角蜜的土地，毕竟瓜果虽好，非久留之地，她们还要在大山里巡游，好像还肩负着重大的使命，只是自己也不清楚，命运会做出怎样的安排。

人生就是这样，不管在哪里，都不可以随意地停下来，往前走就对了。

可是，继续往哪个方向走，母女俩的意见相左，又开始争论不休了。红毛妹子的目标很明确，那就是要上山去打猴子，让猴子们帮忙摘坚果，猴子们如果不肯帮忙，就拿它们当靶子，操练自己的飞石神功。如果野兔们继续成群结队地来捣乱，要抢夺红毛妹子的胜利果实，那就让狼群回来收拾它们。毕竟，狼群也是要吃饭的，饱餐了那种肉嘟嘟的野兔子，也好继续和扛着猎枪的猎人做游戏，那可是一种高强度的体力活，需要耗费营养的。可春妮却极不情愿陪着女儿去胡闹，因为书包里已经装满了，她对收集坚果毫无兴趣，那个书包已经变得很沉重了，要背着它赶路也是一个力气活，春妮心里暗暗埋怨自己的女儿，果真是一个喝狼奶长大的野生动物，一点都不知道孝敬父母，就不怕把老妈给累死了？这样的小狼崽子，归根结底还是不懂人类的规矩，不能一味地迁就她，否则会无法无天的！春妮心里也振振有词，就把那个书包放在地上，迟迟地不肯随着红毛妹子上路，红毛妹子也没有办法，只能在春妮身边跳来跳去，干着急，也没办法。

这一场母女之间的斗智斗勇，软缠硬磨，也足足折腾了一个时辰，渐渐地，太阳也差不多升到正头顶上，接近正中午时了。直到这一刻，春妮才提出自己的解决方案，让红毛妹子领着自己去寻找灯笼果儿，只有那种灯笼果才足以诱惑自己，只要红毛妹子答应了，她背起包包就出发，什么条件都不讲了！可是红毛妹子迟疑着，还在惦记那些大树上的猴子和鸟儿们，看来这母女俩要想通过谈判解决问题，那还是困难重重的。

"哈哈，一大一小两位美女，就是在这里等我吗？"忽然有人大吼一声，从灌木丛的后面跳了出来，听语气倒是十分的诙谐，只是那模样活像是一个灰头土脸的强盗，手上还端着一支怪模怪样的大肚子猎枪，枪口直直地对准了春妮和红毛妹子，正是那个白面书生。"不许动，老老实实地站在那儿，要是胆敢不听话，那我可就要开枪了！"

"你——你怎么从这边出来了？不是被狼群追赶着，朝那边逃走了吗？"春妮嘴唇哆嗦着，手指颤抖着，指着那个白面书生。

白面书生呵呵大笑，笑得前仰后合，还噎得自己直咳嗽，一口气把眼泪和鼻涕都笑出来了，果真是丑态百出，得意忘形了。

"美女啊美女，果真人长得太俊俏了，那小脑袋就不会算计了，成了一个小傻瓜了！知道我为什么会突然出现在你们的背后吗？你在黑板上画个圆，然后绕着外围转一圈，不是又可以回到原点了？这就是一个小小的游戏，领着狼群去追我，绕着大山转一圈，如今我就站在你们的面前，那狼群如果还在追我的话，也会和我一样从这个方向走过来，用不着大惊小怪的，它们都会出现在你的身后边，只是它们不敢过来，我会用猎枪伺候，现在你们就不用想得太多了，统统都是我的啦！"

白面书生又开始狂笑起来。

75　妈妈快跑，飞机来了！

"白面书生，你少猖狂，赶快放了我和妈妈，要不然，我让狼群吃了你，每人一口，连撕带咬，连骨头都给你嚼碎了，吃光了！"

红毛妹子毫无惧色地指着那位猎人，声色俱厉地威胁着。

"是吗？有这么可怕吗？哎哟，我的小祖宗，你差点就吓死老子了！"白面书生居然做了个鬼脸，顺便还擦了擦眼泪和鼻涕，然后用力地拍打着手中那支大肚子猎枪，"看到没有？这可是正宗的外国货，全自动，十二响，人是英雄枪是胆，有枪就是草头王，你的狼群敢露面吗？不怕我一枪就把它打得浑身都是血窟窿？好了，别废话了，现在乖乖地跟我走吧，小妮子如果违抗我的命令，我首先就杀了你的妈妈，信不信？还有这位春妮，你也给我听好了，如果你敢不听招呼，我首先就杀了这个小妮子，听明白了吗？现在就要听我的指挥，背上你的包，老老实实地往山上走，快一点！"

在猎人枪口的威胁下，母女俩如今成了俘虏，只得服从命令听指挥了。

白面书生押着那母女俩往前走，一边走，一边还得意洋洋地哼起了小曲，却不料红毛妹子听得很不耐烦，居然回头冲他大吼一声——

"别唱了，你烦不烦呀？！有什么值得嘚瑟的？不就是绕着大山转了一圈，把狼群远远地丢在后边，又从背后袭击了我们吗？就这点卑鄙的伎俩，值得炫耀吗？"

白面书生果真听话，还真的就不唱了，只是想了一想，又觉得不太对劲，自己如今不是一个胜利者吗？那一大一小两个美女都落到自己手里了，只能乖乖地听凭自己发落，自己难道不该开心吗？

白面书生又打开挂在脖子上的对讲机，向獐子头通报自己大获全胜的消息。

"喂喂，獐子头老兄，报告你一个特大的好消息，那个小狼崽子，还有一名春妮，统统被我抓住了，就是采用你的调虎离山计，加上我的创造性发挥，绕着大山转一圈，把狼群甩在身后边，就这样大功告成了！"白面书生大声嚷嚷着。

"好好好，可喜可贺，可喜可贺呀！"

对讲机里，对方也连声道贺。

"咱们可是事先说好的，一手交钱，一手交人，如今人已经在我手里了，你是不是赶快向我靠拢过来，把那四十八万人民币交到我的手上，再把这小狼崽子给领走呀？"

对讲机里，却迟迟没有回答。

"喂喂，獐子头老兄，请回答，赶快回答呀！"白面书生有些着急了，"我这里带着两个人，行动是不太方便的，周围还有狼群出没，一不小心就会前功尽弃了！"

"白面书生，你听我说，钞票是不成问题的，只是我本人受了点伤，周围也有狼群在活动，"对方终于回答了，只是情绪显得十分低落，"还是你向我靠拢吧，把那两个美人都带过来，只要你过来了，我马上就把钞票点给你，然后合兵一处冲出这月亮大山，快快地，你也要抓紧时间！"

白面书生好生奇怪，这位獐子头老兄怎么了？先前不是信心十足吗？怎么忽然又变成这个样子了？

"我说獐子头老兄，你这是怎么了？怎么忽然就负伤了？是光头小子把你打伤了？不是研究出一个三角大阵吗？为什么不亮出来让他见识见识？你是才高八斗，而且兵强马壮，如果不能前来接应一下，我可是单枪匹马，孤掌难鸣啊！"

"唉，别说了，我眼下心里正堵着呢！"对方还是不肯让步，居然倒起苦水来了，"不是愚兄我无能，而是那光头小子太狡猾了，他居然指挥着一群年轻力壮的大黑狼，飞快地在山林里跑来跑去，只是围着我的三角大阵兜圈子，横竖就不肯往里钻，你让我还有什么法子呢？这就是三角大阵的不足之处了，只要人家不肯上当，其实我也没有办法，最最要命的地方就是身后无法提防，那个光头小子就是从我的背后发起了突袭，一枚石头飞过来，不偏不斜地打在我的脑袋上，要不是那安全帽救了我的命，我的脑袋也就开花了，没法子再继续领着弟兄们闯天下了！"

明白了，獐子头是挨了光头小子的石头，伤势倒也不是很重，只是胆子被吓破了，既然如此，那就需要打打气，提提神了。

"獐子头大哥，这可不像是你的一贯风格呀，你是运筹帷幄、用兵如神、眼观六路、大智大勇，受了这么一点小小的挫折，难道就要怀疑人生了？不对呀，我们的老大，三军的主帅，别忘了轻伤不下火线，提着脑袋也要上阵，那才是大英雄啊！"

白面书生也不知道，自己这是在拍马屁，还是在吹牛皮。

果然，对方情绪开始好转，居然笑出声来了。

"哈哈，白面书生，把心计用到我这来了？好了，别说了，我领着一群小马仔，前去接应你就是了！只是我要告诉你，目前的形势是非常地不好，每天晚上狼群就围着我的篝火营地转，嗷嗷叫，根本就不敢扯开肠子睡觉，白天那更是如影随形，除了不肯钻进我的三角大阵，始终还在周围跑来跑去，我们猎枪的射程还是太近了，追也追不上，打也打不着，这路真的是很难走，蜀道难，难于上青天哪！"

后来就是结束通话，关掉了对讲机。

獐子头最后答应前来接应，也算是差强人意，事情只能是这样了。

突然，那红毛妹子欢天喜地地大叫起来：

"飞机！快看飞机！飞机接我们来了，白面书生，你神气不起来了，马上就要死到临头了！"

白面书生大吃一惊，赶紧扭头去看天空，果真有一架直升机，不，是两架直升机，正在天空中盘旋，好像在大山里搜索着什么，只是距离还很远，只能隐约听到轰鸣的机声。白面书生心想大事不好了，不能再明目张胆地到处乱跑了，应该躲进树林子才行，这时候却又发现一个最新的情况，那红毛妹子已经跑掉了，钻进前面的灌木丛中了！

"小狼崽子，不许乱跑，你给我站住！站住！再不站住，我可就要开枪了！"

"不对，你又错了，枪是不能乱开的！"春妮还背着红毛妹子的书包，老老实实地站在那里，感觉好像是在看热闹，还不甘寂寞地要给猎人提个醒："千万不要开枪哦！你这个枪声太响了，就这样打雷一样的，天上的飞机一定会听到，马上就要下来抓你了！"

红毛妹子跑得已经不见人影了，白面书生当然没有心思去听清楚春妮到底是在说什么，也端着猎枪往灌木丛中钻，春妮发现已经没人理会自己了，竟然还摇摇头，叹口气，不慌不忙地转过身，向来路走去了。春妮并不担心那白面书生还会抓住红毛妹子，在大山里兜兜转转，那猎人肯定比不上一个狼崽子。只是自己还是尽快走开比较好，因为根本帮不上忙，相反还会成为一个拖累。

春妮又返回先前的那条山沟，那里是一方风水宝地，没准还能找到灯笼果儿。

76　巡视巍巍群山

　　两架白底蓝杠涂着警徽的直升机结伴飞行，一前一后掠过巍巍群山。

　　飞在前面的是云雾崖 1 号，跟在后面的是云雾崖 2 号。1 号自然是长机，负有行动的指挥责任，云雾崖派出所所长就坐镇在上面。

　　这几天，派出所所长每天都会坐上直升机，亲自去巡视月亮大山，当然不是为了游山玩水，这就是他的职责所在，要去寻找红毛妹子，还有那位追寻着红毛妹子一起走进大山的春妮。只是月亮山区纵横千里，挺拔的山尖刺破云天，低洼的山谷云雾弥漫，飞机在天上飞来飞去，还要尽可能地把每一个方位都临幸一遍，那情形很多时候都像是一朵云儿飘在天上，本身就成了一道异样的风景，扮靓了分外神秘的月亮大山。至于想在那些茂密的植被下面发现什么活动的身影，只能说是愿望很美好，现实很无奈，只是尽心了，尽力了，在安慰自己的同时，也安慰了云雾崖的父老乡亲们了。

　　也许，就是出于这样一种微妙的心态，他总是要把那些有关当事人带在身边，其中自然包括退休老教授，那位在大山里找了一辈子野人的老人家，如今成了他的首席高参。还有花青溪小学校长钱无奈，大记者钱无忧，还有大记者的小女友，再加上几名武警系统的干部战士，云雾崖 1 号也就满员了。每次出动，云雾崖 2 号也都跟在后面，里面搭载着一个全副武装的武警分队，随时做好战斗的准备，以备应对突发事件。自从云雾崖派出所的两架直升机配备到位之后，几乎每天都要出勤，无论从哪个方向看过去，派出所所长和他的朋友们都在努力工作，一丝不苟，任劳任怨。

　　天高云淡，风和日丽。

　　群山起伏，莽莽苍苍。

　　这一天下午两点来钟的时候，阳光特别明亮，山野中的能见度很高。副驾驶座上的一名武警战士忽然报告情况，他正在调试着地面监视仪，说发现了一个危险的情况，在那片地势较为缓平的山洼里，一定有人正在开枪，侦测到一团又一团正在飘散的硝烟！

"有人开枪？能听到枪声吗？"派出所所长大声询问。

"听不到枪声，只能看到硝烟。"

对方回答，并且把一个定格的画面转换到后边座舱的大屏幕上，果真是一团团喷出枪口的硝烟。

"锁定目标，抵近侦察！"

派出所所长果断地下达命令，直升机飞快地降低高度，抵近那片目标区域，开始低空盘旋。

"好像，这是一个盗猎团伙，正在进行一次大范围的围猎活动啊！"一个正在通过舷窗向外张望的武警干部说，"大约有七八个人，拉开了一个三角形的阵势，而且武器十分精良，射速很快，应该是一种自动猎枪，发射的是散弹，硝烟很大，射程不会太远，至多不超过两百五十米！"

那位武警干部不断地向大家通报情况。

"打开自动拍照，全程收集证据，我们要全民禁枪，打击偷猎活动！"

派出所所长又下达一个命令。

"狼群！清一色的大黑狼，足足有十多只，这群盗猎者，他们遇上的对手居然是一支狼群！"那位武警干部还在透过舷窗向外张望，继续向大家通报情况。"盗猎者们布下了一个三角阵型，而且一直在向前推进，这就是一个巨大的陷阱，可是那些大黑狼们好像也成精了，偏偏就不上洋鬼子的当，始终绕着那个三角阵型的外围跑来跑去，把其他的猎物都给搅散了，自己也根本就不肯往里面钻，一直活动在猎枪的射程之外，这个情况很诡异，倒像是两军对阵，斗智斗勇，具有相当的军事水平啊！"

后舱的大屏幕上，也在不停地变换着相应的场景，老教授和小学校长他们也都看得有滋有味，那些盗猎者的装束十分奇特，每人都手捧着一支大肚子猎枪，胸前还挂着对讲机，脑袋上顶着用树枝编成的伪装帽，这样人们根本就看不清他们的嘴脸，只是行动极为迅速，看样子倒不像是在进行一次狩猎活动，更像是在强行军了。那些大黑狼的表现更为出彩，一个个体形高大，十分健壮，疾风一样地在山野之间自由驰骋，当然不可能向狩猎者发起主动地进攻，始终活动在猎枪的射程之外，看上去也足够聪明，这好像只是一种骚扰敌人的策略，有意要和盗猎者们对着干？

"呵呵，天下之大，无奇不有，咱们是看上一场好戏了！"一个派出所的民警也兴高采烈地嚷嚷起来。

"可我这就是不明白了，一边是狼群，一边是猎人，我们应该是帮着猎人打狼群呢，还是帮着狼群打猎人？我怎么觉得横竖都是不合适呀？"另一个民警却提出自己的疑问。

"这个用得着你操心吗?"先前说话的那个民警立即反唇相讥,"服从命令听指挥,咱们的所长老大就在这里,当然是他让打谁就打谁了!"

"对对对,所长老大,赶快下命令吧,我们不能老是站在一边看热闹,也应该下去掺和掺和,痛痛快快地打一架吧?"另一个民警也嚷嚷起来,这纯粹就是瞎起哄了。

派出所所长摆摆手,十分严肃地瞪了他们一眼,大家立刻就消停了,安静下来了。

"教授,你有什么看法?你在这月亮山里找了一辈子的野人了,这样的情况以前遇到过没有?我们应该下去帮助猎人,还是帮助狼群?"派出所所长首先征求老教授的意见。

却不料,老教授只是摇头。

"不帮,我们谁都不能帮,眼下他们正斗得起劲,我们正好坐山观虎斗,就让他们一决雌雄,等他们分出个高低胜负之后,咱们再下去连锅端!"老教授的态度倒是十分坚决。"反正那是一群盗猎者,目无法纪的山野汉子,就冲他们手上掌握的武器,也绝对不能装着没看见,这还用多说吗?我就曾经带着考察队员们在大山里追赶过盗猎者,追得他们屁滚尿流!"

派出所所长连连点头,觉得这是一个绝妙的好计策,打算继续在天上兜圈子。大山里的地形极为复杂,很难找到适合降落的地方,为了向地面投送兵力,一般情况下,直升机都会采用在空中悬停的方式,让士兵们顺着绳梯爬下去,这是一种高风险的动作,不到万不得已,指挥员不会下达这种命令。

"不对不对,我们应该立即在空中开火,支援狼群,消灭那群盗猎者!"小学校长却突然高喊起来。

"为什么?你可是个教书育人的谦谦君子,怎么忽然变得血腥味十足了?"老教授笑着,用手指着小学校长,"明目张胆地帮助狼群,直接开火去消灭猎人,你就不怕被别人扣上一顶反人类的帽子?这样一群猖狂到极点的盗猎者,当然应该绳之以法,只是要走法律程序,等他们和狼群一决高低之后,我们再出手,那也不迟呀!"

"不对,等到他们伤害了狼群,那时候就晚了!"小学校长居然不依不饶,毫不退让。"那两个为首的大黑狼我已经认出来了,以前在学校监控里时常能看到的,正是红毛妹子的狼弟狼妹,后来我们学校的大黑狗黑莲花就是被这条大公狼给勾搭上了,别管怎么说那也是自由恋爱,应该受到国法的保护,黑莲花一窝生了十只小黑狗,那可是我们辛辛苦苦养大的,后来就和它们的妈妈一道,跟着两只大黑狼进山了，你们如今看到了这个狼群，根本就不是什么真正的狼群，它们是花青溪小学的集体财产，全部都是大黑狗呀！"

这一席话，听得大家目瞪口呆。

派出所所长也点点头，这件事情，他以前好像也听说过，这样对一群盗猎者实施武装干涉也就说得过去了，因为他们不是在打狼，打的竟然是云雾崖的一群大黑狗！

"机枪准备，打开射击舱门，机枪手各就各位！"派出所所长下达了命令，这就要动真格的了，只是想了想，又补充一句，"不要直接打爆他们，主要目的还是吓唬吓唬，威胁他们赶快投降！云雾崖2号听清楚了，全力跟进！"

这时候，1号驾驶员忽然报告，说目标消失了，甭管是盗猎者还是狼群，这会儿都钻进密林里，踪影全无了。

这样也好，省得麻烦了。

派出所所长撤销了先前的命令，又让飞机在周边绕了几圈，的确发现不了任何目标，最后只得返航了。

但是他记住了一件事情，那就是月亮山里的黑狼群落，已经被云雾崖的大黑狗们给置换了。直升机返航的途中，机舱中最为兴奋的就是那位大记者钱无忧，他说自己发现了一个重大的素材，大黑狗们集体变成了大黑狼，而且还知道和盗猎者们做斗争，这绝对可以写上一部好小说了，既新鲜，又有趣，还怕吸引不了大众的眼球吗？

小学校长只是一声不吭，脸上挂着他那副招牌式的苦笑。

77 快乐逍遥游

红毛妹子在丛林中钻来钻去，那身形灵活、步态轻盈、盼顾有神、神情自若，好像正在和别人玩着一场捉迷藏的游戏，嘴角挂着调皮的微笑，一双大眼睛闪闪发光，不时地扯起藤蔓，钻过缝隙，一不小心就会踢飞了那些先前就躲在枯叶和灌木丛下的鼠兔之类，自然也会收获一串强烈的抗议，吱吱哇哇叫声一片，可发现那个肇事者根本就没有赔礼道歉的表示，只是像山风一样自由自在地飘来飘去，这一群大山里最为弱势的群体也愤愤不平起来，居然呼朋引类，啸聚成群，追得那个顽皮的女孩一起跑路，好像还一定要比试一番，分出个高低胜负才行！这在那些孤陋寡闻的人类看来，一定算得上咄咄怪事了，只是红毛妹子视而不见，显然根本就无心理会这些好奇心太盛的肉包子，因为不在她的游戏范围之内，直接就选择忽视了，只是偶尔回头张望一下，看看那个名叫白面书生的猎人这会儿在哪里，那个手捧着大肚子猎枪的盗猎者才是她真正关注的目标，希望那个猎人一直在追赶自己，远远地离开春妮。

在低矮的丛林中钻来钻去，那个白面书生可比不上红毛妹子，有些力不从心，显得笨拙无比了，毕竟他是一个身高超过一米八的大男人，身上披披挂挂地带着很多东西，磕磕绊绊，拉拉扯扯，行走起来极不方便，虽然心里着急，火气很大，可是上天不青睐，山野不帮忙，也只能是让人干着急呀！

"小狼女，狼崽子，你给我站住！没有狼群的保护，你是逃不出我手心的！"

白面书生气急败坏地叫喊着，好像以为自己果真能够吓得住那个红毛妹子，只是秋色浓郁，五彩斑斓，茂密的植被遮住了一切，他根本什么都看不见，也只能虚张声势，大叫大喊了。

"我在这儿呢，快来追我吧！你怎么那么笨呢？还要我停下来等着你呀？"那小狼女的智商果真不高，居然还十分配合白面书生，生怕别人找不到自己似的，还时不时地会冒出一头，露上一面。

每逢这种时候，白面书生总是又惊又喜，满脸的傻相，呵呵，小狼女就在那里呢，那就是自己的一堆钞票，整整四十八万元人民币，还在呼唤自己，冲着自己招手呢!

当然,猎人千辛万苦地往前追赶了一段距离,还是什么都没见着,那小狼女自己也有腿,跑得还是贼麻利呢。

白面书生大口喘息着,站在那里东张西望,有些拿不定主意了,这时候,又迫切需要红毛妹子招呼一声,提供一个免费的卫星定位系统了。

红毛妹子乐此不疲,诲人不倦。

白面书生锲而不舍,无悔无怨。

这个游戏的规则有些奇葩,让人看不懂,就会犯迷糊,首先就是那些追着女孩满山跑得粉丝们有些接受不了,这都是谁跟谁呀?不就是马拉松赛跑吗?一口气跑上大山之巅,咱们不就赢了吗?干吗还要呼唤后边那个笨蛋呢?那好像是个猎人,是月亮大山里最最不招人待见的人,一个吃相难看的丧门星,可以和我们玩到一块吗?所以,每每红毛妹子停下脚步,为后面的猎人提供声音定位的时候,追着她一起疯跑的白花鼠兔们便会吱吱哇哇大喊大叫,那是在发表自己的施政纲领,意思倒也浅显易懂,明白无误,食草动物和食肉动物必须要保持距离的,善良和邪恶根本就没有共同语言,可以在一起聊天吗?

红毛妹子却只是嘻嘻哈哈,根本就不当一回事情,说不清是艺高人胆大,还是根本就不知道死活,月亮大山里的野生动物们似乎都是这个样子,云淡风轻,流水自然,来了不打招呼,去了不用遗憾,生命的意义就是自由舒展,如果你一定要想得太多,那就一定会讨人厌了。

"白面书生,你还算得上是一个猎人吗?怎么看着这样窝窝囊囊,只会每天做梦点钞票,根本就是百无一用!你不是吹嘘自己的猎枪很厉害吗?为什么不放一枪让我们听听响呢?来呀,开枪打我呀,我这里有成群的野兔子哪,保证你一枪就能轰倒一大片!"

乖乖,这是什么意思呀?公开挑衅不是?进入找死的节奏了?这是不是也太不珍惜我们鼠兔宝宝的生命了?虽然说是野火烧不尽,春风吹又生,生命和韭菜别无二致,割了一茬还会长出新的一茬,可好死不如赖活着,不知道我们眼下玩得正开心吗?红毛妹子的粉丝们开始愤愤不平了,互相递着眼色,嗅着鼻子,看样子马上就要一哄而散了,不准备再陪着那个小疯丫头了,可大家迟疑了一会儿,居然一直没有人带头跑开,这就叫万事开头难,如果没人带头的话,那就只能维持现状了,继续跟着疯丫头,一路癫癫狂狂地折腾下去吧!

大山里的鼠兔们,食物链的最低端,当然也就是一些最最穷苦的老百姓,只能是这副德性了,人云亦云可以,上蹿下跳也行,只是要想真正地思考一些重大问题,那还要等上十万八千年,光阴给我们经验,读书给我们知识,毕竟生命的进化也是奇妙无比的，迟早会变得聪明起来的。

也就是说，要继续跟着别人跑下去了。

"小狼崽子，别以为我舍不得开枪打死你，只是一枪把你打死了，那可就不值钱了！"白面书生倒也实话实说，而且有呼必应，回答得干干脆脆，利利索索，"你也别想骗我浪费子弹去打兔子，那一群小小的肉包子，我他妈的早就吃腻了，如今连麂子和黄羊都看不上眼了，要打我就打狼群，把你的狼群给消灭光！有种你就别跑了，看看我如何去收拾狼群，吃上一餐野火烤狼肉，那滋味可是特别地香啊！"

白面书生一边咋咋呼呼地说着话，一片急急忙忙地在丛林中蹚行，毕竟抓住小狼女才是头等大事，只有那大堆的钞票到手了，他才能真正地过上好日子，要风得风，要雨得雨，真正到了那一天，也就用不着过问什么狼群了。狼肉其实并不好吃，和狗肉的味道大差不离，而且吃多了容易上火，牙龈会发炎，一不小心腮帮子都会肿起来，牙疼得要命。

这位贪婪无比的盗猎者，一门心思想要哄骗那位小狼女，岂不知道自己正被别人牵着鼻子走，在大山里来一番快乐逍遥游。

78　深藏不露的呆霸王

　　红毛妹子的面前，出现了一片五彩缤纷的深山坳，那里的色彩之所以鲜艳，是因为长满了混生林，高高矮矮、长短不一、五颜六色、奇形怪状，看上去好像不太起眼，没有荆棘遍地、藤萝横生、大树参天的林莽气象，其实却是一方洞天福地，因为其中的果树众多，大山里的生灵们自然也时时关注着自己的吃饭问题，民以食为天，所以在正常的情况下，这里简直就是一个天堂的存在了。红毛妹子停住脚步，居高临下地朝着那个方向看了一会儿，听着那里发出来的各种各样鸟叫声，知道鸟儿们在争抢树上的野果，正在和各种各样的猴子们缠斗不休，还有果子狸，还有大松鼠，总之是一个十分热闹的所在，本来就是她最喜欢光顾的好地方，只是今天的情况不同往常，身后还坠着一个尾巴，那是一个人见人烦的盗猎者，十恶不赦的白面书生，如果把他也带进了那一方洞天福地，是不是大煞风景了？

　　就在红毛妹子稍稍犹豫的那么片刻工夫，紧追不舍的粉丝们却不干了，鼠兔们吱吱哇哇地又是一阵大叫，大伙都嗅到了从山坳中飘上来的那种山野百果的气息，香香甜甜、清馨馥郁、诱人神往、情急难抑呀！红毛妹子倒也很接地气，见到大伙都迫不及待地想要走下那片山坳，拥抱一个硕果累累的秋天，旋即便也作出决定，那就是顺应民心了。只是，在走下山坳之前，红毛妹子还要招呼一下那位白面书生，免得他判不明地面坐标，找不准正确的前进方向。

　　隐隐约约的，能听到白面书生追上来的动静了，红毛妹子这才胡乱地哼起一支小曲，蹦蹦跳跳地走下山坡，走进那片色泽斑斓的山坳中。

　　忽然，红毛妹子发现了一个十分奇特的现象，就是那一群一直紧追不舍的粉丝们这会儿一个都没有了，这可就顶真奇怪了，因为所有的生命都有一个喜欢犯贱的特征，那就是哭着喊着要追星，要在一把豌豆里选王子，一群矮子里挑将军，一堆癞蛤蟆里面选美女，一旦找准了崇拜的对象，那就要奋不顾身地冲上去，也不管会不会活活气死自己的老爸，或者伤害了那个喜欢自己的人！

　　大山里的鼠兔们，这会儿都跑到哪去了？红毛妹子当然不是刻意要为自己圈粉，因为她此刻还真的不晓得，自己终究会成为一个大红大紫的电影明星，地球人类的终极偶像，那些事情还太过遥远，用不着眼下操心烦神，只是眼下她还是一个很负责任的小女孩，乐意善待自己的朋友，当然也关心别人的命运。

也许，山坳里好吃的东西太多了，鼠兔们已经抛弃了自己，哄抢美食去了？红毛妹子认真地观察了一会儿，觉得不像是这么回事，因为这会儿她已经走下山坡，而洼地上的树木是比较高大的，树木的根部通视良好，基本上能看出很远的地方，如果白花鼠兔们成群结队地在那里活动，大老远就是能够看得见的。

那么，鼠兔们到底到哪去了？

结论只有一个，那就是不辞而别了，原路返回了，不知道出于什么原因，横竖就是不跟她玩了！

可是，到底又出于什么原因，让鼠兔们会一点礼貌都不讲，说跑就跑开了？

红毛妹子心里咯噔了一下，因为她本身也曾经是一个野生动物，野生动物们从来都是把保命哲学放在第一位的，前面这块五彩斑斓的世界一定只是表面上光鲜，实际上凶险莫测，可能存在着什么不可抗拒的嗜血猛兽，而弱小的动物们却特别机灵，自然要闻风而逃了！

这样，红毛妹子也不得不提高警惕了。

她小心翼翼地向前面走了一段距离，在那里四下打量一会儿，感觉那一片混生林下也是空空如也，看不到有什么嗜血猛兽，便继续前进，一边行走，一边观察，还担心看得不够仔细，找到了一片比较开阔的地方，大约也就是那一片山坳的中心地带了，她还特地蹲下身去，贴着地面向四下观察，终于，她发现在一片丛林的边缘地带，有一只贼头贼脑的狒狒，就好像是一个潜伏的岗哨，也在偷偷摸摸地向周围打量着。

大事不好了，有狒狒们在打埋伏呀！

狒狒们的个头和大黑狼差不多，外形看上去却有点像雄狮，只是毛短、体胖，面目之间能看出猴子和猩猩的神态意味，事实上也正是灵长类的动物，和黑猩猩及短尾猴们是表兄表妹的关系，只是生性暴戾，为人阴险，虽然也是杂食动物，但是特别喜爱血腥的口味，不管是天上的鸟儿，树上的猴子，还是地上的鼠兔之类，只要能抓在手中的，那下场一律是生吞活剥，吃干舔净，连一只小爪子都舍不得留下，嚼吧嚼吧就给吞下去了，那份凶残的程度，绝对让食草动物们闻风丧胆，触目惊心！在山野中长大的红毛妹子，自然知道狒狒们那种暴戾的天性，知道大山里所有的野生动物都不敢公开地向狒狒们发起挑战，因为单个的狒狒们也许并不是十分可怕的，可是狒狒们要么不出动，出动就是一大群，撕咬起来更是人人争先，个个奋勇，不管是狮子老虎，还是豹子豺狼，一律都很难讨得便宜，占得上风，所以狼群也十分明智，虽然自己也是集团作战，具有极强的杀伤力，但总是不肯和狒狒们对阵，一般情况下都是退避三舍，绕路而行。

狒狒，那就是大山里的呆霸王。

野生动物们的智慧，总是千方百计地要保全自己，不做无谓的流血牺牲。

只有野猪和黑熊是一种例外，它们傻大黑粗，智力低下，和谁都要死磕到底，不死不休，所以是一种公认的蠢货。狒狒们回过头来也只好对它们礼让三分了，因为狒狒们明白，自己多少还是有点智商的。

红毛妹子站起身来，也准备转身后退了。

人类的智商自然比狒狒们又要高出许多了，大群的狒狒一定就埋伏在那一片丛林的后边，狩猎的目标区也就是山坳混生林区，形形色色、芳香四溢的秋果这会儿全都成了诱惑，争争吵吵闹腾不休的猴子和鸟儿们也在不知不觉之间成了它们的帮凶，这会儿不管是谁贸然地走上前去，那都会掉进狒狒们的伏击圈，除了白白地搭上性命，为狒狒们献上一餐美食，其他的事情就不用多说了，根本就没有第二个可能性呀！

偏偏，就这个时候，身后的山野里传来了动静，是那个白面书生，居然也不依不饶地追过来了，这样就堵住了红毛妹子的退路，只能向左右两个方向开溜了。

红毛妹子开始有些愤愤不平，这个白面书生，果真碍手碍脚的，让人恨不得一脚就把他踢到一边去，真的好烦人呀！可是，妹子那双美丽的大眼睛扑闪了几下，旋即却又转忧为喜，竟然高兴得喜笑颜开来了。她是想到了一件事情，狒狒们要在山坳里打埋伏，如今是被自己识破了，当然不会心甘情愿地送上门去了，可是让白面书生走一遭，那会不会是一件更为有趣的事情呢？对了，自己应该拉开一段安全距离，就从一边绕过去，然后在山坳对面呼唤那个白面书生，不是说你的大肚子猎枪天下无敌吗？那好吧，那就不用藏着掖着等着去打狼群了，就在这里和狒狒们比试一番吧！

红毛妹子咯咯地笑出声来了，那笑容娇美得就像是一只初绽的蓓蕾，眼波闪闪，嘴唇含露，花蝴蝶一样地展翅飞去，就像一阵清爽的风儿，十分轻盈地飘向远方。

白面书生果真出现了。

这位盗猎者走下山坳，在那片混生林的边缘地带站立片刻，瞪大眼睛前后看，竖着耳朵左听右听，居然没有一丁点小狼女的信息，感觉这事儿不太对劲，那个少肝没肺的小狼崽子，没准也继承了狼儿们的基因，没事就喜欢嗷嗷不停，生怕别人不知道她在干什么，这会儿怎么可能就突然安静下来了？安安静静地干什么？也想做一个温柔的淑女吗？这样就大错特错了，一个伟大的猎人正在等待着你指引方向，他要把你换成一堆钞票，还有一个名叫獐子头的黑帮头目正等着要把你偷渡出国，送到他那外国老板的手里，参与研究伟大的人类转基因工程，听说就是为了培养成批的狼人战士，打赢那场未来争霸地球的战争，这是一项多么伟大的事业呀，所以你不能保持沉默，应该继续呼唤猎人！还在等待什么呢？这会儿跑到哪去了？没听见鸟儿们都在唱歌吗？还有猴子们，它们也生怕被别人当哑巴给卖了，没事就在那里互相骂娘，你听骂得有多开心！小狼女，乖乖的，赶快放开喉咙大喊一声吧，告诉猎人大叔你如今躲在哪儿，好让我端着猎枪去找你呀！

白面书生果真人如其名，骨子里还有那么一点文人的酸味，还有大段的意识流，虽然充满了功利欲望，够不上天马行空那般超脱，可好歹也是挥洒自如，爽爽的，很洒脱，那是想得美呀！

可你别说，老天爷还特别宠爱这种傻货，就在刚刚结束那份祷告意识流，红毛妹子就有回应了，就在那片混生树林的另一边，也就是山坳小盆地的对面，响起了一道清清亮亮的女孩儿的声音，白面书生立刻就听出来，正是那个小狼女，没错，肯定是她！

"我在这儿呢，快来抓我呀！"

白面书生嘿嘿地偷着乐，那嘴巴张得很大，却没有发出声音，只是分外卖力地点着头，两眼挤成了一对小蜜蜂，这叫天遂人愿，想不得意都不行啊！小宝贝，你就等着吧，我这就要过去抓你了，天欲降富贵与世人也，必将顺风顺水，喜事连连，这就是我的命，吃香喝辣的命，大富大贵的命！

两点间最短的距离，那只能是一条直线。

白面书生出发了，这叫机不可失，时不我待，他直接奔向红毛妹子发出声音的方位，也就是走上一条直线，直接穿越山坳盆地，穿过那片五彩斑斓的混生林。

79　白面书生敲响了地狱的大门

白面书生大踏步前进。

因为头上的阳光被遮住了，混生林中那些高树下面荆棘不多，杂草也很少，走起路来少了很多牵绊，所以他很快就来到了山坳的中央，心里也越发兴奋起来，感觉自己距离胜利那是越来越近了，很快就可以抓住小狼女了！

突然，就在这个时候，他听到了一种非常奇怪的声音，情不自禁地就放慢了脚步，歪着脑袋四下张望，不知道这又是什么鬼东西，作为一个职业猎人，他几乎是常年钻在山窝里，怎么从来就没有听到过这种声音呢？旋即，他就明白了，这应该是一种野兽的嚎叫声，只是不同于老虎，不同于狮子，不同于豹子，也不同于狼群，没有人家那般的威武雄壮，悠扬动听，但是音量很足，节奏很短，就像赤道上的黑人们敲起了战鼓，对，就是那种战鼓的节奏，轰轰隆隆、咄咄逼人、气势磅礴、杀气腾腾！终于，他看到了那些怪怪的声音是从哪里来了，天哪，竟然是狒狒，丛林中钻出来一大群的狒狒，竟然拉开了一个散兵队形，就冲着自己包抄上来了！

"我的妈呀，这是什么意思？今天就要我的老命了？不对呀，我可是个猎人呀，手里还掂着大肚子猎枪，每天只想着要别人的命呀！"

白面书生冲着那群狒狒轰了一枪，拔腿就跑。

狒狒们自然不依不饶，急起直追。

白面书生这会儿已经不再关心那些狒狒们的嚎叫声是不是悦耳动听了，只是担心自己跑得不够快，被那些狒狒们给抓住了，那可就小命不保了，狒狒们实在也是太多了，还会给自己留下一小块骨头吗？就怕连一个脚趾头都剩不下来了！听到狒狒们嗷嗷怪叫的声音离自己越来越近了，他便回过头去胡乱地轰上两枪，当然也不敢浪费时间去查看自己打中了没有，眼下的关键就是逃命要紧，一路奔跑，一路惨叫，这会儿他实实在在是绝望到极点了，让自己一个人去对付这么一大群的狒狒，那简直还不如去下地狱，去跳油锅，阎王爷的折磨虽然也很难受，好歹人家还是法治社会，干什么事情都还要理论理论，可这群狒狒那实实在在比自己还要坏上三倍呀，抓住了就会撕个粉碎，你争我抢，最后连盘子都要舔个干净，那叫光盘政策，吃干抹净呀！

回过头去，白面书生又轰上两枪。

放两枪之后再接着跑路，一边跑路一边还扯着喉咙哇哇乱叫，实实在在也是方寸大乱，顾不得一个男子汉的尊严了，好像世界的末日就要来临，自己横竖难逃此劫，当然顾不得声音是否好听了，不管是一只被宰杀的猪，还是一只就要被勒死的羊，拼命叫上一嗓子心里也舒服些，好歹不是默默无闻地死去了，也算拼上老命哭嚎过一场了！

也怨不得白面书生精神崩溃了，实在是那些狒狒们太多了，阵势太大了，活活就把他的胆子给吓破了。但猎人就是猎人，有一种职业本能，那就是信奉自己生来就是要喋血山林的，当然也有马失前蹄的时候，最后沦为猛兽们的食物也是理所当然的，只是有枪就得放，有爪子就得挠，有牙就得咬，有喉咙就得嗷嗷叫，反正不能束手就擒，要抵抗到最后一秒钟！

狒狒们的吼声也越发响亮，势若奔雷、排山倒海、惊天动地、锐不可当，听着就让人惊心动魄，四肢发麻，显而易见，它们是越来越逼近了。

狒狒们的人肉大宴，马上就要开始了！

白面书生几乎是鼓足了最后的勇气，回过头去又开了几枪，完全打空了枪膛里的子弹，却没有时间继续往大肚子猎枪里面装填子弹了，只是连滚带爬地往前跑，一头扎进了茂密的灌木丛，削尖脑袋使劲地往里钻，最后实实在在也钻不动了，就闭上眼睛，趴在地上，老老实实地等死了。

这会儿，已经走上山岗的红毛妹子也停住脚步，凝神倾听着山坳里的声音。那片五彩斑斓的混生林里到底发生了什么故事，她自然是没有机会看到了，可是那猛兽们的嚎叫声依然像寒冷的北风一样吹上山岗，听着就让人后脊梁发凉，还有白面书生那绝望的哭喊，间杂着一声声震耳的枪响，直到一切归于寂静。渐渐地，鸟儿们又开始鸣叫了，猴子们又开始骂娘了，甚至连那些天生好奇的白花鼠兔们也都重新出现了，毫不见外地簇拥在红毛妹子的身旁。红毛妹子用力地眨了眨那双特别明亮的大眼睛，好像还不相信这一切都已经结束了。不是吧？一群老谋深算的红毛狒狒们，处心积虑地设置了一场伏击战，果真消灭了一个全副武装的猎人？那个屡屡为自己制造麻烦的白面书生，终于离开这个世界，再也不能招摇撞骗了？

如果是这样的话，是不是万事大吉，皆大欢喜，所有的故事都可以结束了？

红毛妹子认认真真地想了一会儿，又使劲地摇摇头，好像事情不会这么简单，至少是自己的事情还没有干完，狒狒们设置了一个伏击圈，自己是悄悄地从一边绕过去了，却把那白面书生给圈了进去，如今看来好像是果真达到了预期的效果，那个盗猎者如果被狒狒们分而食之了，至少，那支大肚子猎枪还应该被扔在那里吧？自己难道不应该把那支猎枪给捡回去，作为一个战利品，证明自己真的消灭了一个猎人？还有，如果春妮手上也有了一支大肚子猎枪，是不是从此也就变得强大起来了？还用得着害怕什么混账猎人吗？话不投机，咱们也可以开枪了，一枪轰他个稀巴烂，还有谁敢不服气吗？呵呵，这片大山里，咱们也横着肩膀走道儿，就是这疙瘩的女王了！

想到这里，红毛妹子便打定主意，毫不犹豫地转过身来往回走，她的目标倒也十分明确，要回到白面书生被狒狒们撕碎的现场瞅一瞅，看看还留下一堆什么样的破烂，顺道带走那支大肚子猎枪。

那群白花鼠兔也亦步亦趋地跟着她，看热闹的不怕事情多，大家都争先恐后地要对那个小狼女点赞一番，闹闹嚷嚷，欢呼雀跃，倒也装点出一片和平的景象。是的，战乱已经结束了，胜负没有悬念了，该吃肉的已经吃肉了，被吃肉的恐怕连小手指头都不剩了，这样去吊唁一番，好像很有一点文化的品位，相信所有的生命都会乐此不疲，可以拔高自己的格调，又何乐而不为呢？

山坳中，那片五颜六色的混生林，鸟儿们的叫声也越发响亮了，红毛妹子觉得它们大家就是在唱歌，人逢喜事精神爽，鸟儿们要是开心了，谁又能禁止它们不歌唱呢？这一定是屠杀的阴云弥散了，狒狒们的兵团撤走了，洞天福地的小山坳里又恢复了一片和平的生机，所以鸟儿们便也不约而同地唱起歌来，欢迎红毛妹子的到来！

猴子们自然也不甘示弱，这会儿也发出了各种千奇百怪的声音，只是和先前不太一样，绝对不会是在骂娘了，好像有新人加入其中，红毛妹子立刻就听出了端倪，是一群长臂猿，它们的歌声古色古香，每一个音符都透露出岁月的苍凉，绝对是一种大美无垠的存在，其他的猴子们自然也会见贤思齐，集体操练起美声唱法了！

不同于意大利咏叹调，长臂猿们操练的是民族唱法，少了那份洋腔怪调，却平添了无限的亲和力，感觉着真的是好听极了。

红毛妹子心里一高兴，两条腿跑得更快了。

这是一段走下山坡的路程，植被稀疏而且低矮，只有几簇零零碎碎的山毛草。

那群爱凑热闹的鼠兔们自然跟不上红毛妹子的速度远远地就被落在后面了，所以，当那一群忠实的粉丝忽然吱吱哇哇大叫起来，并且一哄而散的时候，红毛妹子并没有留意到这些，因此也没有引起足够的警惕，她的注意力，这会儿完全集中在那片混生林中，绝对是心无旁骛，专心致志了。

"站住，你给我站住！小狼崽子，这回我终于抓住你了，看你还能往哪里跑！"

就在那片混生林地的边缘地带，一处茂密的灌木丛后边，灰头土脸的白面书生忽然钻了出来，手中的大肚子猎枪直直地指向红毛妹子，这就叫乐极生悲了，红毛妹子又被人家给生擒活捉了！

"你，你怎么没死呀？"红毛妹子还大感不解地问着对方。

"我当然没死了，这你不都看到了吗？"白面书生大口喘息着，"本来我也以为自己必死无疑了，打空了枪膛里的子弹，就钻进灌木丛中去等死，已经敲响地狱的门了，可是那群狒狒们忽然就改变主意了，好像忽然发现我原来还是一个了不起的大人物，手上还有一支顶呱呱的大肚子猎枪，居然就这么放过我，一声不吭地就撤走了，这就是我命中注定要享受一番大富大贵，明白了吗？"

红毛妹子眨巴眨巴眼睛，也认认真真地点头。

"我明白了，这就是上天在保佑你了，这样当然太好了，既然你还好好地活着，那我们就可以继续做游戏，我在前面跑，你在后面追，感觉这样有趣极了，怎么样？我喊一二三，大家开始跑，你看好不好？"

白面书生恨得咬牙切齿，怒得七窍生烟，终于噗的一声喷笑起来，这叫万般无奈，怒极而乐，不得不笑，那种种复杂的情感，顶真是难以言表。

"小狼女呀小狼女，你果真可爱得让人发疯，怪不得有人愿意为你出高价，喝狼奶长大的孩子，真的是与众不同呀，正常人类的大脑，好像十个也顶不上你一个，瞧这小账算得多么清爽，当我只有三岁孩子的智商吗？老老实实地给我站在那，一步也不许动，要不然我马上就开枪，不相信你就试一试，看我敢不敢杀了你！"

红毛妹子当然不想试一试，只得老老实实地站着不动。

80　不是冤家不聚头

白面书生从自己的马桶包里找出来一根绳子，把红毛妹子的双手绑扎在一起，牵着往前走了几步，觉得也很方便，十分满意，就把绳子的另一头拴在自己的裤腰带上，总共也就留下不到三米来长的距离，这样自己走到哪里，就把那个小狼女也牵到哪里，再也不用担心她会在大山里到处乱跑了。

"这下子你总该满意了吧？"白面书生又端起大肚子猎枪，拽扯着红毛妹子往前走，一边走一边还得意扬扬地卖弄着，"听说过没有？这就叫一根绳上拴了两个蚂蚱，蹦不了我，也飞不了你，咱们往后只能是同甘苦共命运，有福同享有难同当了！"

"是吗？想当初你就是这样把我绑进大山的，可结果又怎么样呢？最后还不是把自己挂到了半空中？你别忘了，月亮山里的大黑狼群可是我最最忠诚的朋友，它们会千方百计地解救我，你最好是赶快放了我，要不又要吃苦头了！"

红毛妹子反唇相讥，也毫无惧色。

"没错，我还真的就想起来，你是吃狼奶长大的，本身就是一个小狼崽子，还会学狼嚎，呼唤狼群来解救你！这倒也是一个好主意，我仔细数过了，你那个狼群总共只有八只老狼，现在我的大肚子猎枪里面已经装满子弹，可以连续放上十二枪，怎么样，要不要让你的狼群放马过来，我每人轰上一枪？刚才那群狒狒，可比你的狼群大多了，我也总共就放了十二枪，也就让它们遭到了致命的重创，根本就不敢继续找我的麻烦，不声不响地就溜走了，这还不足以证明本人天下无敌吗？"

红毛妹子不吭声了，猎人手上的大肚子猎枪，那的确是个夺命的利器，如果不知轻重地撞上来，那就是拿生命开玩笑了！

"怎么，不说话了？不打算学狼嚎了？不准备让你的狼群和猎人来上一场大决战，让我们双双拼个鱼死网破了？哈哈，聪明，你这个小狼崽子足够聪明，上次我是大意失荆州，猝不及防地遭到了袭击，同样的错误当然不会再犯第二回，眼下我可是子弹上膛，枪不离手，就等着和你的狼群有声有色地玩上一回了！没话说了是吧？那就老老实实地跟我走吧，接下来我还要给你联系买主，让那个獐子头老板尽快地过来接应我们，只要能把你转手了，这一天的云彩也就全散了，我拎着那一堆钞票就可以回家了，你这个小狼崽子更是前程无量，直接就会被送出国门，进了一个外国大鼻子的人体转基因研究中心，从此以后也是鸟枪换炮，成了一个参与试验的科研人员了！"

白面书生说着，便打开了自己挂在脖子上的对讲机，开始呼叫獐子头。

獐子头一直在翘首期盼着他的信息。

"白面书生，白面书生，你眼下的情况怎么样了？这大半天都跑到哪去了？"对讲机里，立刻传来了獐子头的声音，"公安有两架直升机在巡山，好像已经把咱们给盯上了！赶快报告你的情况，小狼崽子还在手上吗？"

白面书生赶紧向主子邀功，头点得就像鸡啄米。

"直升机见着了，幸亏我反应得足够快，闪身躲进了丛林中，并没有被他们发现影踪。小狼崽子和那个春妮却趁机逃走了，我苦苦地追赶着那个狼崽子，半道上遇着了一群狒狒，好一场血战呀！好不容易打退了狒狒们的进攻，那感觉就是鬼门关里走一遭，九死一生啊！獐子头老兄，为了从你手里挣几个小钱，我可是把脑袋拴到了裤腰带上，如今想一想都害怕呀！"白面书生惨兮兮地撇着哭腔，脸上却溢满了得意的笑容，"如今我又把那个小狼崽子给抓回来了，眼下就拴在我的裤腰带上，可面临的困难更大了，春妮逃走了，估计她会和狼群在一起，我这里随时会遭到狼群的进攻，无论如何獐子头老兄要帮帮我，你那里兵强马壮的，赶快向我靠拢啊！"

獐子头那边，居然也长长地叹了口气。

"我这边人手是多一些，可麻烦也大，天上的直升机围着我们绕来绕去，舱门都打开了，机枪都亮出来了，差一点就向我们开火射击了，我还有什么胆子操练自己的三角大阵？只能是丧魂落魄地躲在密林中，恨不得就钻进岩缝里了！"獐子头说这话的时候，似乎还心有余悸，那嗓音微微的有些颤抖，"你打开对讲机上的雷达扫描，认准我们的方向，尽快地靠拢上来吧！距离已经不是很远了，至多还有二十公里，我这边人马也会尽快地靠拢过去，只要能避开天上的直升机，尽管有狼群追着死缠烂打，但事情到了这一步了，我们也不得不玩命了，只要能带着那小狼女远走高飞，也就算是大功告成了！"

最后，是互相勉励，惺惺相惜，分外温馨地结束了通话。

白面书生认准了方向，牵着红毛妹子一路蹀行，穿丛林，越溪涧，翻山越岭，蹚过荆棘，行进的速度果真不慢，只有二十公里的路程了，他心里也就有把握了。毕竟靠人不如靠自己，再指望獐子头的大队人马，如今好像也不靠谱了，听对方介绍的那个情况，好像也是泥菩萨过江，自身难保了，所以他如今也只能孤注一掷，尽快地赶上去和对方会合，只要把小狼女换成钞票，那就万事大吉了。

路过一面缓平的山坡，这里没有很高的树木，也没有茂密的灌木丛，布满砂石的地面上极度缺乏营养，只长了一些低矮的小灌木，还有一些叶色干枯的山毛草。一旦天空中出现直升机，这里的一切都会暴露无遗，根本就是没地方躲藏的，白面书生的心里暗自着急，两腿越发地要加快速度了。

却不料，腰上的绳索忽然绷紧了，小狼女居然不配合，竟开始向后打坠了！

"小狼崽子你要干什么？这就要找死不成！"

白面书生厉声地呵斥着。

红毛妹子却毫不理会那白面书生，只是两眼紧盯着左边的那个山头，山头不是很高，植被也不算茂密，只是那上面出现了一个身影，却显出了特别优美的曲线，带着圣洁的光辉，格外的光鲜靓丽，那竟是春妮，自己的春妮妈妈呀！

"春妮妈妈，不要管我，你快走开呀！"

红毛妹子冲着山顶上的春妮高声叫嚷着。

春妮好像根本就听不清楚红毛妹子在喊什么，只是使劲地摆了摆手，而且看那个情形，好像正在向这边走过来。

"妈妈你快走开，不要过来呀！"

红毛妹子可真的急坏了，春妮好像听不到她在喊什么，就这么一直地走过来，那不就是自投罗网吗？红毛妹子的双手都被捆住了，也没法扬起双臂给对方打手势，牵着自己的绳子还被白面书生拴在裤腰带上，自己是挣也挣不脱，跑也跑不掉，这不就是要活活得急死人吗？

可是那春妮还在继续往前走，一直一直地往前走。

"哈哈哈哈，这样就对头了，我一眼就把你给看中了，就等着娶你做压寨夫人呢，快快快，你就这样乖乖地走过来吧，一家人当然就应该走动在一块，要不然，那也不方便亲热呀！"

红毛妹子却突然安静下来了，这会儿她用牙齿咬住嘴唇，好像是已经被气糊涂了，不知道自己应该说点什么了，那白面书生越发得意，笑的那是前仰后合，而且呛得直咳嗽，差点就被噎住了。

那位盗猎者却没有留意到，被自己用绳子捆住的小俘虏，嘴唇上正偷偷地泛起一抹笑意，是的，红毛妹子是发现了一个惊天的秘密，她的耳廓正在悄悄地颤动着，捕捉着身后传来的信息，狼群正在后边运动着，利用那些低矮的灌木丛做掩护，正在准备发起攻击，而春妮之所以会恰逢其时地出现在山顶上，就是为了吸引住猎人的注意力，说来说去大家都是在专心致志地做游戏，如果说得更正规一些，那就是一个诱敌之计呀！

忍隐不住心底的窃喜，红毛妹子终于咯咯地笑出声来了。

白面书生恍若一惊，猝然色变，茫然四顾，忙不迭地转过身体，枪口指向身后的方向，一共八只大黑狼，整整齐齐地一字排开，正在向这里发起冲锋，相距已经不足一百米了！

白面书生深深地吸了一口气，四平八稳地端起了猎枪，瞄准着离自己最近的那只大黑狼，心里还在算着一笔得意的小账，一共八只大黑狼，自己有十二发子弹可供消费，每人结结实实地轰上一枪，还有四枪用来找补，关键就是要沉住气，每枪都要打出一个猎人的最佳水平，那就是一个稳准狠！

掐准了时机，白面书生果断地开枪了。

可是第一枪就打空了，因为出现了一个意想不到的情况，那个小狼女忽然就发疯了，居然从他的背后一头撞上来！

81 这一方山野很热闹

顷刻之间，白面书生脑袋轰的一下，觉得自己这一次肯定要完蛋了！把小狼女拴在自己的裤腰上，这样走到哪里牵到哪里，再不用担心她漫山遍野到处乱跑了，可是智者千虑，终有一失，如今自己正要向狼群开枪的时候，猝不及防地她就从自己背后撞上来了，总共也只有这么几步远的距离，叫人防不胜防啊！

当然，猎人就是猎人，困兽犹斗是必需的，亡羊补牢是长远规划，知错就改是当务之急，白面书生立即解开了裤腰上的那根绳子，然后跳开身去，把枪口直直地指向红毛妹子，声色俱厉地叫喊起来——

"你们都给我听好了，马上给我退下去，谁再胆敢前进一步，我就杀了这个小狼崽子，一枪把她轰成肉泥！"

大约也只有二十来步的样子，狼群齐刷刷地站住了，它们看明白了白面书生是要干什么，当然也只好停止进攻，不能为了逞一时之勇，让红毛妹子送掉了性命。

"后退，我让你们后退，至少要退出百步开外！"

看到狼群做出第一次让步，白面书生越发猖狂了，感觉到狼群好像也能听懂自己的话，他叫喊的音调也就越来越高了。

狼群，果真还又稍稍地后退一些。

这时候，春妮却一直走上前来。

"你也给我站住，不许再往前凑了！"白面书生对春妮也大吼一声，这会儿也不想什么压寨夫人了，性命攸关的时刻，还是先保命要紧。"你就乖乖地跟在后面，要是胆敢违抗命令，我就立即杀了这个小狼崽子！"

这时候的白面书生，两只眼睛都变得血红了。

春妮怯怯地点头，也真的不敢讨价还价。

"你，小狼崽，走到我的前面去！按照我指的方向走，大踏步地往前走，"白面书生又大声吼叫着，比画着手中的大肚子猎枪，命令红毛妹子，"不许东张西望，不许磨磨蹭蹭，不听话的话，我就一枪轰了你！"

红毛妹子无可奈何，也只好乖乖地走到前面去了。

白面书生双手平端着猎枪，押着女孩往前走，稍稍地拉开了七八步距离，这样方便转身体，时刻准备着两面作战，还要应付身后的狼群。

"后边不要跟得太近了，太近了我就要开枪了，别怪我没有提醒你们，我这枪可是一轰一大片，活腻烦了你们就往前凑！"

后面的狼群当然知道那大肚子猎枪得厉害，也只得远远地跟在后面。

春妮也和狼群走在一起，这会儿她一点也不怕狼了，感觉就像是伴随着一群大黑狗，正在大山里撵兔子。只是她时时担心着走在猎人枪口前面的红毛妹子，不时地向前张望着。

发表了自己的战争宣言，白面书生又长长地吸了一口气，好像是在努力地扩充自己的肺活量，目前的形势就是这样，他已经被狼群死死咬住了，除了一个劲地向前走，真的也别无退路了，唯一的希望就是和獐子头的人马合兵一处，把小狼崽子交出去，把成堆的钞票拿到手，到那时候就再也不用担心什么狼群，可以放心大胆地去捕捉那个春妮，毫不含糊地把她变成自己的压寨夫人，从此过上快活的日子，那也就算是美梦成真了！

好像，人生就是这样，只能为希望而活着。

当然，白面书生还保持着足够的冷静，一边押着红毛妹子往前走，一边还给大肚子猎枪又填压一颗子弹，因为刚才放了一枪，他必须把弹仓填满，保证可以连续射击十二次，随时准备着一场恶战。

就这样，这支奇形怪状的队伍，又足足向前行进了两个小时。

突然，红毛妹子又兴高采烈地欢呼起来。

"来飞机了！来飞机了！白面书生，这一次你可跑不掉了，大肚子猎枪也没用，天上的飞机一巴掌就把你给拍死了！"

那小狼女高兴地咯咯笑，白面书生却激凌凌地打了个寒战，这里的地形比较开阔，根本就没有地方藏身，要是被天上的直升机发现了自己这一行人，不管那飞机会不会真的伸出巴掌来拍打自己，可保准只有死路一条，还有什么道理会让自己继续活下去？

的的确确，天空中能听到隐隐约约的轰鸣声。

只是飞机其实还离得很远，眯着眼睛能看到两架直升机的身影在一朵朵白云中穿行，好像正在远处的山林中搜索着什么，一时半会儿根本就顾不上这边的事情，原来只是虚惊一场。

"小狼崽子，你再敢咋咋呼呼的，信不信我一枪崩了你？飞机有什么了不起？以为我会害怕吗？我这个大肚子猎枪可是特制的，专门用来打飞机，一打一个准，想跑都跑不了！"

感觉着没有危险了，白面书生又开始吹起牛来了。

红毛妹子撇了撇嘴，她当然不会相信白面书生的话，一个有效射程只有两百多步的散弹猎枪，还能打得着天上的飞机？说大话不怕闪了舌头，这一定是个吹牛专业户吧？女孩子认认真真地寻思着，自己应该用什么样的语言去回复他，才能把他气得半死，最好是一蹦八丈高，把手上的猎枪都给扔到远处的山头上去，那样就可以不战而屈人之兵，绝对是形势大好了！

只可惜，红毛妹子的语言组织能力还不是那样强盛，一时半时就找不到什么犀利的言辞，而且就在这个时候，前方传来了一阵枪声，真的，就是枪声！

"呵呵呵，听到了没有？听到了没有？我的伙伴们冲上来了，他们每人手上都有一支大肚子猎枪，还用得着害怕什么狼群吗？"白面书生愈发地得意忘形了，还生怕别人不知道似的，冲着四面山野大喊大叫："我的伙伴们都过来了，我的大部队到了，后边的狼群给我听好了，现在逃跑还来得及，再磨蹭一会儿就没机会了，我的獐子头老兄可是个军事专家，他操练的那个三角大阵，专门就是用来打狼的，马上就要送你们上西天了！"

果然，就在前方的视野中，一伙人群正在转过山脚，朝着白面书生他们这边冲过来了。白面书生看得清清楚楚，那果真就是一个三角大阵，七个人分成了三个小组，每个小组就是一个锐角，撑起了一个三角形的框架，而且每人一支大肚子猎枪，一路奔跑，一路呐喊，一路射击，只要进入他们的射程之内，或者被装进了三角阵中，那是必死无疑，这在月亮大山的狩猎史上还是一件新生事物，绝对是人挡杀人、佛挡杀佛，什么样的凶禽猛兽都不在话下，果真是一路狂飙、八面威风、所向披靡呀！

"獐子头老兄，看见你的三角大阵了，果真厉害得不得了，可喜可贺呀！"

白面书生挂在脖子上的对讲机，始终保持着开机的状态，确保和獐子头他们联络畅通。

对讲机里也时常能听到獐子头的声音，问答自如，有呼必应。

"白面书生，白面书生，你不要只看到我的表面光鲜，其实我这里的形势也特别严峻，有一支狼群一直紧追不放，可他娘的都像是接受过军事训练一样，只是在猎枪的射程外面转来转去，打着圈儿地骚扰我们，就是不肯钻进我的三角大阵，对了，那个光头小子也出现了，如今也是鸟枪换炮了，手上多了一支大肚子猎枪，而且如今有两个人，一直就紧追在我的身后，那是我的一个马仔当了叛徒，如今为他誓死效忠了！还有一件事，你要特别小心，光头小子那里也有我们的对讲机，我们说什么，他都听得到，你瞧人家这个情报工作做的，我们那简直就是没有丝毫的秘密可言了！"

白面书生咧咧嘴，吓得不敢吭声了。

白面书生这边的地势较高，看得清獐子头那边的一举一动，果然也看见狼群了，那狼群也分成了两个小组，一左一右绕着獐子头的三角大阵跑来跑去，挑逗那些马仔们不断地开枪，硝烟腾空，枪声阵阵，看上去果真是有声有色，十分热闹，其实连一根狼毛都碰不着，只是活动量不小，算得上是一项高强度的体育项目了，称之为联合军演，倒也恰如其分。

总而言之，这一方山野很热闹。

只是白面书生的心里一阵阵发凉，感觉到这不像是什么胜利的会师，倒像是走上了穷途末路，从力量的对比上就看得出来，自己这一方根本就没有什么必胜的把握，只是被人家团团地围困在中间，随时都可以大开杀戒呀！

红毛妹子又开始兴高采烈地嚷嚷起来了。

"看出来了，我看出来了！你们大家都瞧好了，就是对面的一群生龙活虎的大黑狼，全都是我的狗崽子，花青溪小学里面的一群小黑炭，如今个个都长得膘肥体壮，全都变成大黑狼了！哈哈哈哈，这也太让人兴奋了，能把一群小黑狗，个顶个的全都培养成大黑狼，这大约也就是我的专利，还有我的狼弟狼妹，劳苦功高呀！白面书生你听好了，别再吹你的大牛皮了，赶快把小姑奶奶的绳子给解开吧，要不然我就让所有的大黑狼都来咬你，现在可不是只有一个狼群了，三个狼群一起来对付你，每人一口就把你的骨头给啃光了！"

白面书生热血上涌，只觉得脑袋一阵阵地眩晕，感觉自己马上就要疯掉了，分不清东南西北了。

对讲机里，獐子头忽然也惊呼起来！

"白面书生，大事不好了，我们今天可能就要通通完蛋了，光头小子开始发动进攻了！我的位置在三角形的最后部分，就在整个队伍的最后边，也是最佳指挥位置，是三角大阵的死穴呀！光头小子的手上有一支大肚子猎枪，那是从我马仔手上缴获的，我以为他根本就不会用，因为昨天还敲了我一石头，打飞了我的安全帽，却不料刚才连开两枪，把我身边的两个马仔全都给撂倒了，今天我能不能够逃出这一劫，看来也是说不准了，眼下他就追在我的后边，白面书生，我的兄弟，愚兄这就告辞了！"

对讲机里，似乎也传出了一道惊雷般的枪声。

獐子头倒也不愧是个重情重义的江湖老大，即将丧命的那一刻，还知道和自己最重要的兄弟道一声珍重。

白面书生的眼睛里噙起泪水，使劲地摇头，叹息了一声。

对讲机的任务也完成了，通话戛然而止，归于寂静。白面书生便把它从自己的脖子上摘下来，扔在地上。

天空中，却响起了一阵轰鸣声，两架白底蓝标带有公安徽章的武装直升机，正在这一方战场的上面兜着圈子，好像也饶有兴致地观看着下面生死搏斗的场景。

这一次，红毛妹子却没有欢呼雀跃飞机来了，因为她的注意力完全投注在山坡下面的战场上，一个身穿兽皮的青年男子跃然而出，光头上闪耀着明亮的阳光，红毛妹子几乎一眼就把他认出来了，那正是自己的花毛哥哥，不，还是改称光头哥哥吧！

光头哥哥正跃马扬鞭地在战场上驰骋，手上捧着一支大肚子猎枪，身边还领着一个身量不高的男人，那男人也从地上捡起一支大肚子猎枪，跟着光头小子一起向前冲锋，看上去倒也是形影不离，配合默契，已经很有一点跟着大哥闯江湖，做一个忠诚小弟的感觉了。这个三角大阵的主人獐子头，连同他身边的那两个马仔，已经被光头小子一枪一个给干掉了，这会儿全都死翘翘了，只是还剩下四个在前面冲锋陷阵的马仔，也已经顾不得保持什么阵型了，两组人马合到了一起，背靠背地旋转着，转成了一个小旋涡，四支枪口一律对外，不断地发射的猎枪散弹，让四下里团团打转的狼群合拢不到一处，根本就攻不上来，倒形成一个十分顽强的战斗堡垒了！

忽然，光头小子仰面朝天，发出了一阵中气十足的狼嚎声。

身边的武状元也有样学样，十分认真地跟着学狼嚎。

白面书生这边的红毛妹子，也情不自禁地发出了呜呜嗷嗷的狼嚎声，这是心潮起伏，壮怀激越了！

山野中所有的黑狼们都愣怔了片刻，好像还没有明白到底发生了什么事情，但是很快就心领神会了，这才是它们真正的女王呀，正在毫不含糊地发出战争总动员，大决战的时刻来到了！于是，所有的大黑狼都振奋起来了，大家纷纷地昂起头颅，张开大嘴，亮起嗓门，齐心协力地唱起了那支黑狼咏叹调，顷刻之间，画风一变，感觉那就是风在吼，马在叫，林涛在呐喊，黄河在咆哮，盗猎者就应该被消灭，大反攻的时刻来到了！

人们的精神状况，受到了一次强烈的震撼，手足无措了，呆若木鸡了。

光头小子这时候却不再嚎叫了，领着身边的武状元开始发起了冲锋，獐子头留下的那四个马仔大大地张着嘴巴，目瞪口呆地看着这一切，几乎还没有反应过来，就让对方冲到了身边，光头小子当然也不会客气，举起大肚子猎枪就是一阵狂轰，一口气打光了枪膛里的子弹，那四个马仔也就变成了一摊肉泥了。

黑狼兄妹的狼群这下子可开心了，大家一拥而上，直接就吃上了人肉大餐，这就是战争的酬劳。

就在这一刻里，白面书生也咬牙切齿地举起了大肚子猎枪，枪口直直地对准红毛妹子，这是看出来大势已定，自己根本就是回天乏力，眨眼工夫种种奢望，团团野心，无一幸免烟消云散，狐朋狗友统统变成了野狼的点心，自己还能捞到什么更好的下场吗？横竖是万念俱灰了，什么也都捞不着了，留下这个小狼崽子还有何用？不如就这样一枪给崩了，他白面书生得不到的好处，其他人自然也休想染指，这就要拼个鱼死网破，玉石俱焚，就算自己最后难逃葬身狼腹，那也要让这群野狼们知道，这个猎人非同寻常，那骨头硬得硌牙呢！

决意要枪杀红毛妹子了，白面书生的脸上挂满了邪恶的狞笑，还得意扬扬地环顾四周，看一看自己的恶行是不是足够出彩，有没有成为全场关注的焦点，这会儿光头小子正领着狼群向这边冲来，那八只老狼也在春妮的率领下蜂拥而来，头上还有两架直升机，居然在半空中悬停了下来，还冲着白面书生打开了黑洞洞的舱门，这一次真的是让他出尽风头了，所有的眼球都被他一个人吸引住了，哈哈，那叫过瘾啊！这一片秋天的山野，大约永远也不会忘记今天这个日子了，天上、地下、野人、狼群，这么多的观众都围着他白面书生一个人团团转，不就是想搭救这个小狼崽子吗？我偏偏一枪就把她给崩了，你们还来得及救人吗？给你们来一个悲剧式的结尾，让你们好好地难过一回，那才是最高的艺术境界，也刚好圆满了我的快意人生！

白面书生得意忘形，哈哈大笑。

就在他哈哈大笑的时候，浑身上下忽然一阵剧烈的颤动，好像正在被什么东西给推来推去，在原地团团地转身体，身上爆出了一个个的血洞！

画面，在这里短暂地定格了一下。旋即，听到来自空中爆豆般的枪声。

正是那两架悬停在半空中的直升机，同时向白面书生开火了。白面书生的躯体，像狂风中的陀螺一样旋转着，终于扑倒在地，老老实实地一动也不动了。

春妮领着狼群从后面赶上来，为红毛妹子解开捆绑的绳索。

光头小子也冲上来了，把手中的大肚子猎枪远远地扔到一边，和红毛妹子紧紧地抱到一起。

红毛妹子在光头小子的怀抱中哭泣，把大颗大颗的泪水都洒落在光头小子的兽皮上，那是千言万语也无法诉说的一种情感，只能化作滂沱的泪雨，喜极而泣。

那两架直升机，终于缓缓地降落下来。

82　把诗留在远方

　　直升机降落之后，狼群便主动合兵一处，一声招呼也不打，便缓缓地跑向远山了。

　　跟着狼群一起退走的，还有学着光头小子把手中猎枪也远远扔到一边的武状元。派出所所长盯着那个男人的身影看了很久，好像对他的举动大为错愕，但也知道他是光头小子的兄弟，也就随他去了。

　　派出所所长命令武警战士们打扫战场，重点就是收缴那些胡乱扔在地上的大肚子猎枪，还让人把白面书生的尸体给包裹起来，装在一种特制的口袋里，搬到直升机上。把这一切都收拾好了，派出所所长便命令云雾崖2号直升机先行起飞，让那一小队武警战士押解着所有的缴获物，连同这几天在大山里巡视的影像资料，全部上交省公安厅，一切善后由上级处理，也省了他自己的工夫，用不着专门汇报了。

　　红毛妹子也不再哭泣，因为飞机上下来的人太多了，小姑娘有点不好意思了，这会儿退到春妮的身旁，又该着她们母女俩互相倾诉衷肠了。

　　走下飞机的老教授，把光头小子抱在怀里，居然也呜咽失声，哭得老泪纵横，还没忘了指挥大记者钱无忧，让他抓住机会给自己和光头小子多拍几张合影，说自己找了一辈子的野人，最后认了一个野人做儿子，谁说咱们中国已经没野人了？把照片发表出去，给他们看看，咱们中国的野人，道德品质那是一流的，居然也知道学雷锋，干好事，奋不顾身地抢救人民群众的生命财产，还会主动地指挥山上的狼群，和进山盗猎的不法分子舍生忘死做斗争，这是不是也算得上与时俱进，创新思维，揭开了生命进化的新篇章？

　　大记者钱无忧自然是啧啧称奇，赞不绝口，甚至是喜不自禁，合不拢嘴，月亮山里发生的故事完全超越了人们的审美视野，进入了一个新颖迷人的全新境界，这可就不是一般的传奇故事了，新闻报道已经涵盖不下其中的深奥大义了，这简直就是天上掉下了一座黄金塔，那金光灿烂耀人眼，就这样写上一部长篇小说，再拍摄一部电影，制作一部长篇电视连续剧，哈哈，面包有了，牛奶也有了，果真是想不成功都不行了，每一个人物都是那么可爱，每一个细节都是那样动人，这一切对他来说，简直是幸运到极点了！

小学校长钱无奈可就没有那么多的幸运了，当然花青溪小学的春妮和红毛妹子双双毫发无损地被找回来了，这一天当中最应该感到幸福的就应该是他了，可他走到了那母女俩的身边，总觉得自己手足无措，好像应该做很多事情，可实际上什么都不能做，比如抱抱她们，亲亲她们，可自己毕竟是一个小学校长，也只能当一名正人君子，任何一点稍稍出格的行为，都会破坏一个人民教师的光辉形象，所以他内心里的滋味特别复杂，感觉自己就是一个不尴不尬的存在，讪讪地凑到那母女俩中间，脸上依然还是那副招牌式的苦笑，当然也拍下了一张照片，以此为证，纪念这一次伟大的重逢。

现场这大悲大喜的一切，包括细微末枝的细节，派出所所长都分外冷静地看在眼里，他是这里的最高领导，责无旁贷的现场总指挥，也是感到最为棘手的那个人，因为有一个大大的难题就摆在他的面前，那光头小子应该如何处理？当然，最为理智的做法就是把他带回云雾崖，重新住进那一座香椿树下的青石小院，和红毛妹子一起进学校读书，将来可以上班，可以打工，可以过正常人应该过的日子，可是，派出所所长能办到这一步吗？随着光头小子冲锋陷阵的那个矮个子男人，一声招呼都不打就跟着狼群走远了，这就摆明了一种姿态，他们认准自己就是一个野生动物，不愿意回归人类的家园哪！可派出所所长还抱着一份莫大的希望，那就是红毛妹子不可忽视的存在，他也真的看出来了，这一对男孩和女孩，他们之间的那份情愫，绝对不是普普通通的小兄妹，不，他们本身包含着强烈的生命诉求，根本就不是普通人类能够用言语概括和形容的，就像是一道长长的呼唤，打从远古洪荒中飘来，飞向空灵而又神秘的宇宙，这是一个密码，是一串基因，是充满了真情和真爱的未来，值得小心呵护，不可掉以轻心啊！

派出所所长这一刻，感觉到自己也出现了一种质的变化，好像忽然就变成圣人了。

他甚至是揪心如焚地等待着，剧终落幕的那一刻。

天下，没有不散的筵席。

终于到了日落西山的时刻，云雾崖的机场灯光设施不够完善，云雾崖1号直升机也必须要返航了。

光头小子的表现倒也落落大方，冲大家挥挥手，这就算是告别了。

红毛妹子哇的一声就大哭起来，这是九死一生，千辛万苦，也就短短地相聚了这么一个片刻工夫，从此又要天各一方，只能在梦里去搜寻那声声狼嚎了？

光头小子却无可奈何地告诉她，他必须要和狼群会合到一起，领着大家返回银龙潭，因为他在人世间还有一个妈妈就守在那里，就是云雾崖村落的香椿婶，是他老爸黑毛男的第一任妻子，哥哥香椿儿的亲生母亲，也是他目前在人世间最亲最亲的人，而且还有一只名叫黑莲花的大黑狗，领着一窝刚刚满月的黑狼崽子，那是即将就要叱咤山林第三个狼群，月亮山里的黑狼部落正在走上一条复兴之路，这一切都和他密不可分，他是义不容辞，必须勇担重任！

老教授频频点头，说他早就认识香椿婶了，回去收拾收拾，做一些必要的准备工作，然后也要去拜访那个银龙潭，他是忽然发现了一片洞天福地，就在那里颐养天年，绝对是一件赏心悦事，想着就让人高兴呀！

小学校长也呵呵大笑起来，说他认识那个黑莲花，那正是自己的爱犬呀！将来月亮山里的大黑狼群，个个都出自他的门下，他想不自豪都不行了！对了，他也决定了，和老教授一起去拜访那个银龙潭，要在那里办一所独特的学校，他是唯一的老师，光头小子就是唯一的学生，这才是真正的有教无类，孔老夫子在九泉之下也会为他高兴的！

大记者钱无忧一蹦老高，欢天喜地地嚷嚷着，说这一切都要带上他，就算是死皮赖脸地跟在后边，他也不会放弃这样大开眼界的机会，这事就这么说定了！

只有红毛妹子还在嘤嘤地哭泣。

只有春妮还是满脸愁容。

派出所所长也怅怅地叹了口气，同时还使劲地点了点头，好像直到这一刻才终于下定决心，向大家宣布了一个重要决定，要在那个银龙潭的附近寻找一片适合降落的地方，构筑一个永久性的山野机场，云雾崖的两架直升机每星期都会往返一次，送红毛妹子去看望她的光头哥哥，由春妮保驾护航，当然顺便也可以捎上老教授和小学校长他们，大记者钱无忧也可以带上自己的小女友，蹭吃蹭喝蹭飞机，一路免费，全由他这位派出所所长买单了！

红毛妹子这才拭去脸上的泪水，和光头小子挥手说再见。

云雾崖1号飞走了。

光头小子找到了武状元，又和狼群汇合到一起，他们并没有急着离去，只是在山野中燃起了一堆篝火，要在这里秉夜狂欢，纪念刚刚发生的那一场生死搏斗。

这一个阶段的故事，到这里就应该结束了。

月亮山里的人生是与众不同的，所以那个派出所所长也十分另类，一切都安排得和自己承诺的一模一样，给人们提供了足够的方便，让人生越发地绚丽多彩，也就不用过多地浪费笔墨了。后来，省有关部门送来了白面书生与红毛妹子的DNA比对结果，告破了多年前发生的一场强奸案。

本卷终